Maximilian Mayer

Die Giganten und Titanen in der antiken Sage und Kunst

Maximilian Mayer

Die Giganten und Titanen in der antiken Sage und Kunst

ISBN/EAN: 9783741174018

Hergestellt in Europa, USA, Kanada, Australien, Japan

Cover: Foto ©Andreas Hilbeck / pixelio.de

Manufactured and distributed by brebook publishing software
(www.brebook.com)

Maximilian Mayer

Die Giganten und Titanen in der antiken Sage und Kunst

DIE

GIGANTEN UND TITANEN

IN DER

ANTIKEN SAGE UND KUNST.

VON

MAXIMILIAN MAYER.

MIT 2 TAFELN UND IN DEN TEXT GEDRUCKTEN ABBILDUNGEN.

BERLIN.

WEIDMANNSCHE BUCHHANDLUNG.

1887.

Vorwort.

Dieses Buch dient zweierlei, nicht immer verbundenen Interessen. Die Bildwerke der Gigantomachie sollen gesammelt werden mit derjenigen Vollständigkeit, welche sich ohne eine weitverzweigte Correspondenz erreichen lässt, und zugleich verwerthet nach einer Methode, die von jedem Aufwand an kostbaren Publicationen und entlegenem Material unabhängig ist. Eine solche Uebersicht zu besitzen und nutzbar zu machen, war ein Bedürfniss, das nach den verdienstlichen Vorarbeiten von Jahn, Overbeck und Heydemann nur um so bestimmter hervortrat und in unsern Tagen, wo Pergamon die Aufmerksamkeit weiterer Kreise auf diesen Gegenstand gelenkt hat, wiederholt von gelehrter Seite ausgesprochen ist. Wer sich aber zugleich der mythologischen Forschung über die Giganten unterzog, wofür Wieseler's Artikel in der Hallischen Encyclopädie Bd. 67 ein nach den dort aufgestellten Gesichtspunkten erschöpfendes Material zur Verarbeitung bot, der konnte an den Titanen nicht vorübergehen. Schon die Aengstlichkeit, womit überall da, wo man Aufschluss über das Verhältniss der beiden Gattungen suchte, der Frage aus dem Wege gegangen war, deutete dabei auf ungewöhnliche Schwierigkeiten. In der That musste hier, wenn man sich nicht mit einem halben Resultat begnügen wollte, sehr weit ausgeholt werden, und es ist auf diese Weise dem mythologischen und literarischen Theile ein Gewicht zugefallen, welches ihn dem Interesse des archäologischen Publicums vermuthlich entrückt, und dem ganzen Buch dadurch ein Umfang zu Theil geworden, der mich fast vor dem Kallimacheischen Sprichwort zittern lässt. Es galt, den trüben Stoff der theogonischen Dichtung an sich und im Zusammenhang mit den nicht poetischen Quellen gründlich durchzusieben. Der Schleier, der die vorhomerische Begriffswelt deckt, wird dabei nicht weiter gelüftet, als es bei jeder andern sagengeschichtlichen Frage geschieht; denn z. B. fast jeder Deutungsversuch überschreitet unbewusst die homerische Grenze. Nur insofern das Griechenthum hier selbst Prähistorisches, Urzeitideen vorzutragen sucht, scheinen sich die vorliegenden Fragen in jenes Nebelgebiet zu verlieren, welches jenseits der Wissenschaft liegt. Diesen Schein nachdrücklicher als die Früheren zerstört zu haben, und der kosmogonischen Gestaltenwelt ihren so zu sagen vorweltlichen Charakter genommen, sie in den lebendigen Strom der Ortssage und Alltagsmythologie zurückgelenkt zu haben, betrachte ich als ein nicht nutzloses Unternehmen. Ich weiss, dass das Misstrauen, dem bis vor wenigen Menschenaltern auch die archäologischen Studien begegneten, auf der Schwesterdisciplin noch immer lastet. Allein jene Morphologie des Mythus, die Kekulé (Leben Welcker's S. 354) ersehnt, ist im Grunde längst gefunden und könnte zur Noth schon heut in Regeln gebracht werden. Selbst in dem begrenzten Operationsfelde dieses Buches würde das hervortreten bei glücklicherer Darstellung als sie wenigstens manche Theile zeigen, an denen ich nicht zu rütteln wagte, um nicht die Anlage des Ganzen zu gefährden, und die mir durch anderthalbjährige Unterbrechung des Druckes etwas fremd geworden sind. Im Uebrigen habe ich die Nachsicht des Lesers hauptsächlich für die tausend Nebendinge in Anspruch zu nehmen, wie sie an der Peripherie jedes Forschungskreises liegen, und die nöthigenfalls für den speciell Interessirten ebenso leicht zu berichtigen, wie für den Gang der Untersuchung unerheblich sind. Gewöhnlich hat ein Autor weniger die Leser des Buches als des Index zu fürchten.

M. Mayer.

Inhalt.

II. Theil. Bildwerke.

Verzeichniss der Abbildungen.

I. SAGE UND LITERATUR.

Die Gigantomachie, in welcher die vorliegende Sagenmasse gipfelt, ist im Alterthum immer viel populärer gewesen als die von Hesiod besungene Titanomachie. Kunstdarstellungen von dem Titanenkampfe giebt es überhaupt nicht, während Gigantenkämpfe an einer kaum zu bewältigenden Menge von Monumenten den bildlichen Schmuck ausmachen. Das Göttergeschlecht, welches dem Zeus voranging und das mehr der Speculation als uraltem Volksglauben seine Entstehung verdankte, im Cultus so gut wie gar nicht vertreten war, konnte die Phantasie nicht beschäftigen. Ein Mythus, in dem Zeus nicht Zeus, d. h. das oberste Wesen war, konnte im Volke nicht Wurzel fassen. Die Götter im Kampf mit einander zu zeigen, war überdies eine unerfreuliche und für den Volksglauben anstössige Aufgabe, ein Gegenstand, der mit den Conflicten einzelner Götter wie dem Streit um den Dreifuss oder Athena und Poseidons Streit um das attische Land, gar nicht zu vergleichen ist. Vor allem liess sich der Sturz, die Verbannung der Titanen, also der Kernpunkt des Ganzen, bildlich absolut nicht gestalten, wenigstens nicht in den Grenzen der antiken Kunst; — Michelangelo allerdings in seinem jüngsten Gericht hat dergleichen möglich gemacht. Ein Kampf endlich, in dem es keine Todten und Verwundeten giebt, für die Phantasie wohl möglich, wäre für die Kunst unfruchtbar, ja ein Unding; es würde nur eine grosse Schlägerei herauskommen. Es kommt hinzu, dass Hesiod einen hervorragenden Theil der Kämpfer als vielarmige und vielköpfige Ungeheuer schildert, dergleichen Missgestalten die griechische Kunst stets gemieden hat. — Alle Bedingungen, die hier fehlen, erfüllte dagegen die Gigantomachie, seit deren Aufkommen daher der Titanenmythus ein für alle Mal abgethan ist. Auch waren beide Mythen in der Hauptsache, dem Kampf um die Herrschaft des Olymps, einander zu ähnlich, um nicht verwechselt zu werden; eine Verwechselung, die wie gesagt gänzlich zu Gunsten der Giganten ausfüllt. Wo noch von Titanen und dem Götterkampfe in absichtsloser

Weise die Rede ist, sind in der Regel die Giganten und die Giganto-
machie gemeint oder miteinbegriffen, während umgekehrt Glieder der
Titanenfamilie, wenigstens in der späteren Literatur, oft schlechthin
als Giganten in Anspruch genommen werden. Titan ist jedoch im
Allgemeinen der weitere Begriff, schon weil die Titanomachie als
Prototyp aller derartigen Mythen erschien.

So etwa erscheint der Sachverhalt vom Standpunkt der abgeschlossenen Sagenbildung aus betrachtet. Wer aber dem breit
dahinströmenden Sagenflusse bergaufwärts nachgeht, der überzeugt
sich schliesslich, dass die Ursachen jener Vermischung der beiden
Mythen viel tiefer liegen. Wir werden den Gründen und Bedingungen
dieses Zusammenflusses am ehesten auf die Spur kommen, wenn wir
nicht allmählich aufsteigen, sondern von oben ausgehend den Verlauf
der Quellen verfolgen, und betrachten daher zunächst die Giganten,
dann die Titanen, darauf die Titanomachie und zum Schluss erst
die Gigantomachie, welche das Resultat der ganzen Entwickelung
bildet.

Die Giganten.

I. Allgemeines.

Wer in den Giganten der Griechen speciell Riesen sucht, Riesen, wie sie die deutsche Sage mit so viel Mannigfaltigkeit schildert, wird sich zunächst enttäuscht finden. Wie die Bildwerke keine Spur davon verrathen, dass man es mit Riesen zu thun habe, so tritt in der Literatur der klassischen Zeit die enorme Körpergrösse, die in den Sagen andrer Völker ein so fruchtbares Motiv abgiebt, ja überhaupt das Wesentliche ist, merklich gegen andere Züge zurück. Die detaillirte Schilderung des grotesk Riesenhaften in solchen Gestalten der Sage liegt von vornherein mehr nach der Seite des Märchenhaften hin als des ernsthaft Mythologischen, dem die Giganten durchaus angehören; daher auch da, wo der eigentliche Märchenschatz des griechischen Volkes niedergelegt ist, in der Odyssee, dies Element am reichsten entwickelt ist, nämlich in den Erzählungen von den Kyklopen und den Laistrygonen. Diese Unholde, gleichviel woher der Dichter sie genommen, sind wirklich Riesen und weiter nichts, und daraus entspringen die meisten Momente, die der Dichter vorführt [1]. Es fehlen denn auch nicht die gewöhnlichen Eigenschaften der Riesen, z. B. dass sie Menschenfresser sind, was den Giganten völlig fremd ist [2]; und wenn das älteste deutsche Wort

---

[1] Tyrtaios Fr. 12 (Bergk P. L. G.⁴): οὐδ' εἰ Κυκλώπων μὲν ἔχοι μέγεθός τι βίην τε. Aber bis in die späteste Zeit hat der Kyklopenname diesen Klang behauptet. Et. M. 220 wird den riesenhaften Galliern ein Kyklops zum Stammvater gegeben; und noch eine ganz späte Fabel bei Aesop 53 (ed. Halm) führt einen Riesen dieses Namens vor, wobei allerdings eine ältere Ueberlieferung zu Grunde zu liegen scheint.

[2] Ephoros bei Theon Progymnasin. 6, der Einzige, der den Giganten diese Eigenschaft beilegt, kann kaum als mythologische Quelle gelten. Bei Lykophr. 956 werden die Laistrygonen als Menschenfresser geschildert. In Bezug auf die Giganten könnte die Komödie vorausgegangen sein; das Fragment bei Ath. XV, 661K aus den Γίγαντες des jüngeren Kratin sieht ganz danach aus. Vgl. auch Nonn. 45, 180 f.

für Riese *etan* lautet (Grimm, D. Myth. 1, 431), also das unmässige
Essen der Riesen kennzeichnet, so entspricht dem durchaus der
Name des Laistrygonenkönigs *Λάμος*, Schlund, eine Charakteristik, die
sich bei den Riesen Idas (Apollod. III, 11, 2), Erysichthon (S. 42) und
Amykos (Theokr. 24, 115) wiederholt. Auch wenn in consequenter
Schilderung eines Riesenvolkes uns Riesentöchter oder Riesenfrauen
vorgeführt werden, wie dies die Laistrygonenerzählung mit deutschen
Sagen gemein hat, so gehört das ins Gebiet des Phantastischen und
sondert sich leicht von dem hier zu betrachtenden Mythenkreise.
Preller bemerkt bei dem Kapitel „Gigantomachie" (Mythol. I³, 57):
„so gutmüthige Riesen wie die der nordischen Sage sind der
griechischen unbekannt", im Allgemeinen gewiss richtig; nur würde
ich überhaupt nicht die Giganten zur Vergleichung heranziehen, sondern eher die Riesen der Odyssee; und unter diesen fehlt es z. B.
dem Polyphem bei aller Furchtbarkeit an gewissen gutmüthigen Zügen
nicht. Andrerseits lehnt sich die Schilderung jener grotesk riesenhaften Züge mehr an einzelne Gestalten an, als an ganze Riesenheere,
was der Phantasie zu viel zumuthen würde. Orion, die Aloaden,
Argos, Tityos, Alkyoneus, Antaios, Amykos, (allenfalls der dreileibige
Geryoneus) sind solche Gestalten und werden uns, soweit sie sich
mit unserm Sagenkreise berühren, noch beschäftigen. Die Giganten
aber treten von vornherein, d. h. bei Homer, als eine unbestimmte
Mehrheit, als ein Volk auf. (η 60. ἄγρια φῦλα Γιγάντων ², η 206.) —
Sie sind zwar unzweifelhaft Riesen; οὐκ ἀνδρέσσιν ἐικότες ἀλλὰ
Γίγασιν heisst es (κ 120) von den riesigen, berghohen (κ 113) Laistry-
gonen, die übrigens, obwohl ein Fabelvolk und mit märchenhaften
Zügen ausgestattet, doch aus einer örtlich bestimmten, nachweisbaren Gigantensage hervorgegangen sind; auch Hesiod in
der Theogonie (185) bezeichnet die Giganten als μεγάλοις und lässt
(v. 50) die Musen singen ἀνθρώπων τε γένος κρατερῶν τε Γιγάντων.
Allein diese Eigenschaft liegt weder in dem Worte selbst, wie wir
sehen werden, noch erschöpft sie das Wesen der Giganten. Die
Ilias, welche verschiedentliche Riesengestalten vorführt, die Lapithen
(*Λ* 262. *M* 128), die Aloaden (*E* 385), den Ereuthalion (*H* 136—156),
bedient sich niemals des Ausdruck γίγας; ebenso wenig die Odyssee,
wo sie von Gestalten wie Tityos, Orion oder den Aloaden spricht.

---

²) ὑπέρβια φῦλα Γιγάντων sagt Quintus Smyrnaeus XI, 416 nachahmend,
ὀρίδρομα φῦλα Γιγάντων Nonnus XLIII, 13.

Das bezeichnende Wort für riesig ist dort vielmehr πελώριος. Noch im fünften Jahrhundert, wo sich das Appellativ γίγας Bahn bricht, überwiegt die mythologische Beziehung; und gewiss wäre es Niemandem eingefallen, wie die Alexandriner thaten[4], Heroen wie Hektor oder Theseus um ihrer Grösse willen so zu bezeichnen. Der Komiker Teleklcides allerdings, indem er sich die Menschen der glücklichen Urzeit als „fetter“ und als μέγα χρῆμα Γιγάντων denkt (Amphikt. Fr. 1), hat lediglich die äussere Erscheinung im Auge. Wenn Aeschylus, der Erste, bei dem das Wort überhaupt im Singular vorkommt, den Kapaneus mit einem Giganten vergleicht (Sept. 407), so ist dafür in erster Linie der Charakter dieses Helden massgebend, das Ungestüm und der Uebermuth, mit dem er die Mauer erstürmt,

μακραύχενος γὰρ κλίμακος προςαμβάσεις
ἔχων ἐχώρει (Eurip. Phoen. 1172)

ähnlich wie die Aloaden

πίτναντες θοὰν
κλίμαχ' ἐς οὐρανὸν αἰπύν[5] (Pind. Fr. 162 Bergk[4]),

ferner sein einem Giganten ähnliches Schildzeichen[6] (Sept. 415), vor Allem der übermüthige Trotz, mit dem er den Zorn des Zeus herausfordert, und die Strafe, welche ihn ereilt: gegenüber all diesen Aehnlichkeiten mit den Giganten erscheint die Körpergrösse (408) mehr accidentiell; zur Hauptsache gemacht wird sie erst durch die späten Interpreten der Stelle, den Scholiasten und Philostrat Imagg. II, 29[7]. Man versuche einmal, unser „Riese“ oder „Hüne“ einzusetzen, um inne zu werden, wie wenig sich dieser Begriff mit dem griechischen

---

[4]) Lykophr. 526. 495. Die Scholl. erklären das Wort an der zweiten Stelle in dem älteren, mythologischen Sinne; aber mit Unrecht, wie 526 zeigt, wo eine solche Erklärung nicht möglich ist. Die Meinung von der ausnehmend grossen Gestalt des Hektor, die aus Homer allein, bei dem auch andre Helden, z. B. Aias, Achill, Menelaos, πελώριοι sind, nicht zu entnehmen war, scheint speciell von den Alexandrinern gehegt worden zu sein; ausser bei Lykophron finden wir sie bei Ovid Ars am. II, 645: Omnibus Andromache visa est spatiosior aequo; unus qui modicam diceret Hector erat.

[5]) In Betreff des Ausdruckes vergl. Lukian Charon 3. τοὺς Ἀλωέως υἱέας ... ἔτι παῖδας ἐθελῆσαί ποτε τὴν Ὄσσαν ἐκ βάθρων ἀνασπάσαντες ἐπιθεῖναι τῷ Ὀλύμπῳ εἶτα τὸ Πήλιον ἐπ' αὐτῇ, ἱκανὴν ταύτην κλίμακα ἕξειν οἰομένους κτλ. — Kapaneus mit den Aloaden verglichen Stat. Theb. X, 848 ff., mit den Giganten öfter.

[6]) Euripides Phoen. 1121 giebt dasselbe oder ein ähnliches dem Tydeus.

[7]) Auch Statius Theb. III, 605 und IV, 176 gehört dahin.

deckt. Dasselbe zeigt sich, wenn Euripides in den Bakchen (543) den Pentheus einen *γόνιον γίγαντα* nennt, wo ja an hervorragende Körpergrösse nicht zu denken ist, sondern lediglich die Verwogenheit gekennzeichnet werden soll, die es wagt, dem Gotte feindlich entgegen zu treten, wie an der Stelle selbst gesagt ist (*ἀντίπαλον θεοῖς*). In eminent mythologischem Sinne sind auch bei Sophokles Fr. 19, 7 die Pallantiden als ein Gigantengeschlecht gedacht. Noch ganz späte Stellen wie Myth. Vat. I, 12. 14, wo Tantalos, auch Ixion als gigas eingeführt wird, liessen sich in diesem Sinne deuten, wenn hier nicht eine andere bei den Titanen zu erörternde Ueberlieferung durchzublicken schiene. — Pindar, indem er die *ἡσυχία* feiert (Pyth. VIII, 1—18), führt als Gegensatz dazu den *κότος* und die *ὕβρις* der Giganten an. Dieses Ungestüm, welches oft an den Giganten hervorgehoben wird, sticht sehr ab gegen die natürliche Schwerfälligkeit der Riesen in andern Sagen; wird doch sogar die Schnelligkeit mancher Giganten hervorgehoben [8], wie auch darin ein bezeichnender Unterschied liegt, dass z. B. die deutsche Sage mit Vorliebe von „alten" Riesen spricht, während die Giganten oft jugendlich und schön gedacht werden. Diese Vorstellungen stehen indessen zum Theil schon unter dem Einflusse der Gigantomachie, eines Mythus, den Homer nicht kennt.

Die Giganten sind in der Odyssee, die ihrer zuerst gedenkt (η 58), ein übermüthiges Volk, welches nebst seinem Könige Eurymedon durch seine Frevel zu Grunde ging. Ausser der schon erwähnten Stelle, wo die Laistrygonen wegen ihrer Grösse mit Giganten verglichen werden, ist die Rede von ihnen η 206, wo die Phäaken sich rühmen, mit den Göttern in vertrautem Verkehr zu stehen, *ὥς περ Κύκλωπές τε καὶ ἄγρια φῦλα Γιγάντων.* Wie hier der Märchendichter sich in seinen Erfindungen an mythologisch Gegebenes anlehnt, so ist auch wohl die verwandtschaftliche Verbindung, in die er seine Phäaken mit dem Gigantenkönig setzt (η 58), nur als eine Fiction dieses Dichters zu betrachten [9], erfunden,

---

[8]) Einer der Giganten bei Apollodor heisst Θόων. Ptolem. Heph. VI (p. 195, 20 Westerm.) *ταχύτατος δ' ἦν ὁ Δάμυσος πάντων Γιγάντων.* Man beachte auch den gewiss mit *ἅλλομαι* zusammenhängenden Riesen-Namen *Ἐφιάλτης* oder *Ἐπιάλτης*, sowie Philostr. Vit. Apoll. V, 16. S. 177 (Kays.) über die Giganten *οὐρανῷ δὲ ἐπιπηδῆσαι καὶ μὴ συγχωρεῖν τοῖς θεοῖς ἐπ' αὐτοῦ εἶναι κτλ.*

[9]) So ist die Tochter des Gigantenkönigs eigentlich eine mythologische Unmöglichkeit und nur erfunden zum Zweck jener Verschwägerung.

um seinen losen Phantasiegebilden einen Rückhalt an den festen
Gestalten der Sage zu verleihen, aus demselben Grunde, weshalb er
den ursprünglichen Wohnsitz der Phäaken in die Nähe der Kyklopen
setzt (ζ 4). Auf der andern Seite ist aber diese Gleichstellung des
Gigantengeschlechts mit den soviel harmloseren Phäaken dazu angethan, die Giganten als das zu zeigen, was sie sind, nämlich als
Menschen. Ἔν τε οὖν τούτοις δηλοῖ, sagt Paus. VIII, 29, 2 von Homer,
θνητοῖς ὄντας καὶ οὐ θεῖον γένος τοὺς Γίγαντας, καὶ σαφέστερον
ἐν τῷδε ἔτι κτλ. (nämlich in ihrem völligen Untergange [η 59, 60]);
eine Stelle, die Wieseler [10] mit Recht an die Spitze seiner Untersuchung stellt [*]. Entsprechend heisst es Batrachom. 7: Γηγενεῶν
ἀνδρῶν μιμούμενοι ἔργα Γιγάντων, und sie sind wohl gemeint bei
Euripides im Herakles 853: θεῶν ἀνέστησεν μόνος | τιμὰς πιτνούσας
ἀνοσίων ἀνδρῶν ὕπο. Wenigstens die Inschrift eines Marmor-Kraters
mit den Thaten des Herakles spricht so von dem Gigantenkampf: οὕς
ποτ', ἄναξ, ἐτέλεσσας ὑπερχαιάλοις ἀδίκοις τε|ἄνδρας — |εὖτέ μιν (den
Zeus) ὑβρισταὶ φῶτες ἄτιμον ἄγον (Ann. d. I. 29, 102. Kaibel Epigr.
gr. 831). Dem gegenüber fällt der Ausdruck des Gratius Cyneg. 63, der
die Giganten *semideos* nennt, nicht allzu schwer ins Gewicht und will
als ein mehr zufälliger betrachtet sein. Ja selbst, wo sie in Gegensatz zu
den Menschen gestellt werden, wie in dem Odysseevers (κ 120) οὐκ
ἄνδρεσσιν ἐοικότες ἀλλὰ Γίγασιν oder im Proömium der Theogonie (50),
wo die Musen im Olymp singen von dem ἀνθρώπων τε γένος κρατερῶν τε Γιγάντων, glaubt man zu erkennen, dass es sich nur um
einen Artunterschied handelt. Davon macht auch die später (S. 10)
anzuführende Stelle aus den Phoenissen keine Ausnahme, wo das
übergewaltige Gigantengeschlecht dem schwachen „ephemeren" Menschen (ἀμερίῳ γέννᾳ) entgegengesetzt wird, ohne dass dabei auch nur
an ein längeres Leben der Giganten, etwa wie in der deutschen Sage,
zu denken wäre.

Schwierigkeiten hat den Erklärern von jeher die Stelle der
Theogonie gemacht, welche von der Geburt der Giganten spricht (185).
Hier zuerst erfahren wir — was das eigentliche Wesen der Giganten
ausmacht — dass sie Erdgeborne sind. Wie diese Eigenschaft, die
mit der rein menschlichen Natur nicht im Widerspruch steht und
von Homer z. B. dem Erechtheus und dem Tityos zugeschrieben

---

[10]) Encyclop. v. Ersch und Gruber Bd. 67, S. 141.
*) Vgl. jetzt Robert zu Preller Gr. Myth. I⁴, 66 [57].

wird, boi den Giganton zu verstehen sei, wird sich bald von selbst
orgeben. Soviel kann schon hier gesagt werden: die Hesiodische
Darstellung, wonach die von den Blutstropfen des Uranos befruchtete
Erde die Giganten gebiert, kann nicht massgebend sein; denn erstens
gehört der ganze Mythus von Uranos und seiner Verstümmelung
einer Gedankensphäre an, die von der homerischen, also der griechischen überhaupt, himmelweit verschieden ist und in einem wirklich
lebenden und volkstümlichen Mythus, wie der von den Giganten
ersichtlich war, nicht in Betracht kommen darf [11]; sodann aber entspricht die Mitwirkung einer zweiten, die Erde befruchtenden Person
wohl dem rein genealogisch angelegten System der Theogonie, keineswegs aber dem Geiste der auf Erdgeburten bezüglichen Mython, mag
man nun an Autochthonen wie Erechtheus oder an anders geartete
Erdsöhne, wie z. B. Tityos, denken. Die Personification der Erde selbst,
welche als Gigantenmutter in der weiteren Entwickelung des Mythus ja
eine gewisse Rolle spielt, datirt bei weitem nicht aus so früher Zeit,
wie jene Sagen von den Erdgebornen. Wenn also Apollodor I, 6 den
Giganten den Uranos zum Vater giebt, so ist dies in dem dortigen
Zusammenhang zwar schon an sich unsinnig, da nach dem Sturz
der Titanen, wie dort angegeben, der längst entmannte Uranos nicht
mehr in solcher Function auftreten kann; aber auch wenn das ἐξ
Οὐρανοῦ nur ein kurzer Ausdruck für ἐκ τῶν σταλαγμῶν etc.
(vgl. I, 4) wäre, so würde hier dasselbe gelten wie für Hesiod, auf
den ja doch die bezügliche Partie trotz aller Zusätze und scheinbaren
Varianten in letzter Linie zurückgeht. Noch weniger beweisen kann
die von Hygin praef. in Uebereinstimmung mit Mythogr. Vat. I, 11 [12]

---

[11] Wir bemerkten oben, dass der Phäakendichter Züge der mythologischen Giganten für sein Märchenvolk entlehnt. Wenn Akusilaos (Schol.
Apoll. Rh. IV, 992) einen Schritt weiter geht und auch die Entstehung aus
den Blutstropfen des Uranos auf die Phäaken überträgt, so kann das bei
der Art dieses Autors, der sich an Hesiod anschliesst, aber mit der Absicht
zu ergänzen und zu verbessern, nicht Wunder nehmen; merkwürdig ist
nur, dass dasselbe von Alkaios berichtet wird. Schömann Opusc. II, 41
findet in dieser Genealogie nichts, was gegen ein hohes Alter derselben
spräche. Richtiger urtheilt Welcker Kl. Schriften II, 45: „Alcäus [, dem Akusilaos nachgesetzt und] in dieser Sache, ist wohl nicht der alte Dichter".
Welcker denkt an irgend einen Prosaiker dieses Namens, wobei er aber
übler Weise Schol. Apoll. Rh. I, 957 mithereinzieht. Falls etwa eine Corruptel
vorliegt, könnte man an den in den Apollonius-Scholien genannten Ταρραῖος
denken.

[12] An der zweiten Stelle ist statt Tarturi Tantali geschrieben.

gegebene Genealogie, welche den Tartarus als Vater nennt. Wenn
der Schol. Hom. *B* 782 dem Typhoeus, den er nach der Gewohnheit
seiner Zeit für einen der Giganten nimmt, die Ge und den Tartaros
zu Eltern giebt, so kann dies, weit entfernt, die Hyginsche Version
zu bestätigen (wie Wieseler Anmerkung 25 glaubt), nur zeigen, worauf
sich der Werth jener Angabe reducirt; es ist die von Hesiod (Theog. 822)
dem Typhoeus gegebene Genealogie, die hier, wo dieser als ein
Häuptling der Giganten gilt, auch auf die letzteren ausgedehnt ist.

Vermindert sich hiernach der kosmogonische Anstrich erheblich,
der den Giganten in der hesiodischen Genealogie anhaftet, so bleibt
doch die grössere Schwierigkeit noch bestehen: die Giganten werden
in der Theogonie gleichzeitig mit den Erinyen und den Melischen
Nymphen geboren. Und doch sollen die Giganten keine Dämonen
sein. Gegenüber den vielen Versuchen, das Gemeinsame an diesen
drei Arten von Wesen herauszufinden, könnte man auf den Gedanken
kommen, einmal von innerer Verwandtschaft überhaupt abzusehen
und das Gemeinsame mehr äusserlich in der Art ihres Ursprungs
zu suchen, in ihrem Hervorsteigen aus der Erde: wie die Bäume
(welche mit den Melischen Nymphen durch ein sympathetisches Verhältniss verknüpft sind) und wie die Giganten hervorwachsen, grade
so steigen die Erinyen — nämlich aus dem vergossenen Verwandten-
blut — aus der Erde hervor; man denke z. B. an die Orestes-Vasen
wie Mon. d. J. IV 48, Overb. II. Gal. XXIX 7 und vergleiche Ap. Rhod.
III, 1383, Schol. Leyd. z. Eur. Phoen. 1007 [13]. Indessen wird man im
Allgemeinen eine das Wesen selbst treffende Erklärung vorziehen;
nur fehlt es bisher an einer solchen, die allen drei Gruppen in
gleicher Weise gerecht würde [14].

Thun wir zunächst einen Schritt vorwärts und sehen den
Vers 186 an; derselbe bezeichnet die Giganten als
   τεύχεσι λαμπομένους, δολίχ' ἔγχεα χερσὶν ἔχοντας.
Wenn die Zugehörigkeit dieses Verses nach wie vor beanstandet wird,
so kann dies jetzt wenigstens nicht mehr aus sachlichen Gründen geschehen. Sein Inhalt entspricht vollkommen derjenigen Vorstellung von
den Giganten, die wir an der Hand der Monumente seit dem sechsten
Jahrhundert bis tief in die Diadochenzeit hinein herrschend finden. Dass

---

[13]) Ἀνεδύθησαν δὲ ἀπὸ μηρῶν μέχρι τῶν ἄνω, καὶ οὕτως ἱστάμενοι ἐπολέ-
μουν κτλ.
[14]) S. jedoch S. 29, 38.

die Bildwerke die Gigantenschaar nicht durch besondere Körpergrösse
auszeichnen, wie dies bei Einzeldarstellungen von Riesen, Alkyoneus,
Antaios, Argos, Polyphem, möglich war, liesse sich aus räumlicher
Beschränktheit erklären; wie schon jene Einzelgestalten der Isoke-
phalie zu Liebe sitzend oder liegend dargestellt zu werden pflegen,
was hier nicht anwendbar war; dass sie aber auch in der sonstigen
Erscheinung derselben auf jede Charakteristik der Erdgeborenen ver-
zichten und nur Krieger darstellen, die mit den Göttern kämpfen,
deutet doch auf eine bestimmte Sagenanschauung. Die Dichter sind
damit in Einklang. So Batrachom. 169

> καὶ πολέμου πληθὺν δείξας κρατεροὺς τε μαχητάς,
> πολλοὺς καὶ μεγάλους ἠδ' ἔγχεα μακρὰ φέροντας,
> οἷος Κενταύρων στρατὸς ἔρχεται ἠδὲ Γιγάντων,

wo die Waffen natürlich nicht auf die Kentauren zu beziehen sind;
und ebenda 4 ff.

> δῆριν ἀπειρεσίην πολεμόκλονον ἔργον Ἄρηος,
> . . . .
> γηγενέων ἀνδρῶν μιμούμενοι ἔργα Γιγάντων
> ὡς ἔπος ἐν θνητοῖσιν ἔην.

Sophokles Trach. 1058 sagt:

> κοὐ ταῦτα λόγχη πεδιάς, οὔθ' ὁ γηγενὴς
> στρατὸς Γιγάντων, οὔτε θήρειος βία.

Euripides Phoen. 127 hat Kunstdarstellungen im Auge; nachdem
Antigone gefragt:

> τίς οὗτος ὁ λευκολόφας,
> πρόπαρ ὃς ἡγεῖται στρατοῦ
> πάγχαλκον ἀσπίδ' ἀμφὶ βρα-
> χίονι κουφίζων;

und von dem Pädagogen die Antwort erhalten, fährt sie fort:

> ἒ ἒ ὡς γαῦρος, ὡς φοβερὸς εἰσιδεῖν,
> γίγαντι γηγενέτᾳ προςόμοιος
> ἀστερωπὸς [15] ἐν γραφαῖσιν, οὐχὶ πρόςφορος
> ἀμερίῳ γέννᾳ.

---

[15]) Der Vergleich des in Waffen strahlenden Helden mit einem Stern
stammt aus der Ilias (E 5. Z 295. 401), die Euripides grade in den Phönissen
öfter vor Augen hat, so bei der obigen Scene die Teichoskopie, ferner bei
172 ff., wo Amphiaraos die σφάγια auf dem Wagen mit sich führt, den
Priamos aus Γ 310; eine weitere Nachahmung, ebenfalls aus Γ, constatirt
der Scholiast V. 171. — Uebrigens ist der Text nicht ganz in Ordnung.

Von Späteren erwähne ich ausser Plat. Rep. 414 D. E (besonders 415 D) und einigen Komikern (Athen. VI, 224a. IX, 376 f.) nur noch Apollonios Rhodios III, 1226, wo von einem Panzer die Rede ist, den einer der Götter dem Mimas, einem der Hauptgiganten, als Beute abgenommen. Die gleiche Charakteristik der Giganten spricht sich in dem Namen Ὁπλάδαμος aus; so heisst bei Pausanias VIII, 32, 3. 36, 2 der Häuptling jener Giganten, von denen die Arkader erzählten. Kallimachos Fr. 35 c macht umgekehrt die Chalyber zu Erdgebornen, lediglich, weil sie als Ares-Söhne und als Erfinder des Eisens und der Waffen galten. (Vgl. auch Schol. Eur. Phoen. 1120.)

Es ist für unsere Vorstellungsweise nicht ohne Weiteres erklärlich, wie man dazu kam, die aus der Erde hervorwachsenden Riesen sich ganz gewappnet zu denken. Eher noch, sollte man meinen, wäre die jüngere Vorstellung begreiflich, welche den Giganten wie dem Kekrops und dem Typhoeus Schlangenfüsse giebt; das Element des Wurms ist die Erde und darum gilt die Schlange als deren natürliches Symbol. Aber wenn wir auch diese Gestaltung bei Seite lassen, wenigstens sollte man eher erwarten, dass die wilden Söhne der Erde, die ἄγρια φῦλα Γιγάντων, wie in späterer Zeit nackt, höchstens mit Fellen bekleidet seien (Aristoph. Vög. 1249) und dass δρῦς καὶ πέτρα — ihr Element — ihnen als Waffen diene (Plat. Sophist. 35. Apollod. I 6, 1) [16], wie den Kentauren und Lapithen, als dass sie in Waffen strahlen wie die Helden der Ilias.

Lucrez V 1281:

    arma antiqua manus ungues dentesque fuerunt

    et lapides et item silvarum fragmina, rami

    et flamma atque ignes (πέτρας καὶ δρῦς ἱμμένας

                            Apollod. I, 6, 1)

    posterius ferri vis est acrisque reperta.

Horaz Sat. I 3, 100:

    unguibus et pugnis, dein fustibus atque ita porro

    pugnabant armis quae post fabricaverat usus.

Das sind nicht blos theoretische Betrachtungen einer späten Zeit, sondern diese Anschauungen theilt schon der alte Mythus. „Steine und Felsen sind des Riesengeschlechts Waffen; es gebraucht nur Steinkeulen, Steinschilde, keine Schwerter"; so berichtet Grimm aus

---

[16] Solche Kampfesweise der Giganten zuerst in Hermipp's Θεοί Fr. 13 (Kock).

der deutschen Mythologie (1, 442). Sehen wir doch an dem Beispiel
der Laistrygonen, welche nachweislich aus einem bestimmten Gigantenmythus hervorgegangen sind, dass man in alter Zeit Giganten kannte,
die nicht heroischen Waffenschmuck trugen, sondern — grade dieser
Zug lässt sich an dem Urbild der Laistrygonen constatiren —

οἱ ῥ' ἀπὸ πετράων ἀνδραχθέσι χερμαδίοισιν
βάλλον. (κ 121.)

Es ist demgegenüber wunderbar, in nachhomerischer Zeit bis gegen
Ende des 5. Jahrhunderts die Giganten nicht irgendwie von menschlichen, gewöhnlichen Kämpfern, von Heroen unterschieden zu sehen.
Wer diese Verwunderung nicht theilt, der empfindet eben nicht aus
sich, sondern aus dem Alterthum heraus, und zwar einem Alterthum,
welches entweder weniger hoch civilisirt war, als das homerische
und als das vierte Jahrhundert, — denn es liegt auf der Hand, dass
die Vorstellung, welche das Gewaltige, Gigantische in kriegerisches
Kostüm, in grosse Helmbüsche und Mordwaffen legt, naiver ist als
die, welche es von innen herausgestaltet, indem sie die Kraft an
ihren Wirkungen, an der Fähigkeit, Bäume und Felsen zu schleudern,
veranschaulicht und zugleich durch solche primitive Waffen, die sie
den Fabelgestalten der Vorzeit leiht, ein gewisses Bewusstsein von
ihrer eignen Cultur an den Tag legt; — oder wenigstens einem Gebiete des Alterthums, dessen Sagenbildung in Bezug auf die Giganten
ganz andern Bedingungen unterworfen war. Selbst wenn jene kriegerische Darstellungsweise lediglich aus der Volksanschauung hervorgegangen wäre, in der Art, wie ich es eben andeutete, so würde dieselbe doch auf bestimmte Gegenden oder Zeiten beschränkt sein.
Die merkwürdige Erscheinung, dass gewappnete Krieger aus der Erde
hervorgehen, wiederholt sich nun bei den thebanischen Sparten, wie
auch bei der kolchischen Drachensaat, die der korinthischen Sage
angehört; und diese Beispiele sind wahrlich älter, als irgend ein
Hesiod-Interpolator, älter auch als die bildlichen Zeugnisse, welche
Megara im sechsten Jahrhundert (Schatzhaus zu Olympia) und dann
Athen in so grosser Menge liefert. Auch diese Streiter werden uns
als Riesen geschildert und waren es zweifellos schon in dem alten
Epos des Eumelos, an welches sich Apollonios Rhodios in dieser
Sage ganz besonders nahe anlehnt (s. III, 1372 Schol.). Der Drache,
der in diesen Sagen vorkommt, bedingt das Wesen der Erdgeborenen
nicht; wäre er Bedingung, so müssten die Nachkommen der Sparten
nicht eine Lanze, sondern eine Schlange als Geburtsmal tragen

(Lob. Agl. 1147 c. Nauck Trag. Fr. adesp. 59). Der Drache ist hier wie in andern Sagen, z. B. bei den Hesperiden, lediglich Wächter des Orts, eine Art οἰκουρός ὄφις, wie man mit geringer Licenz sagen darf, zumal angesichts von Scenen, wie der auf der alten kyrenischen Kadmosvase dargestellten [17]. Ihrer Natur nach in intimster Verbindung mit dem Erdreich, ist die Schlange ganz begreiflicher Weise Vertreterin und Schützerin der einheimischen Erdscholle gegenüber allen Ankömmlingen und Eroberern, wie es die Heroen sind. Wie dem Wanderer, der sich in unbekannter Gegend auf einem Stein, an einer Quelle niederlassen will, die Schlange entgegenzischt, die er aus ihrem Schlupfwinkel aufgestört, so ist der hütende Drache in jenen Sagen zu verstehen, den die erobernd vordringenden Heroen, Kadmos, Iason, Herakles, zu überwinden haben. Grade weil die Giganten selbst, wie wir gleich sehen werden, etwas Verwandtes bedeuten, wie der Drache, ist der letztere überflüssig [18]. Uebrigens wird der Ausdruck des Euripides Phoen. 657 ἔνθα φόνιος ἦν δράκων Ἄρεος ὠμόφρων φύλαξ Manchen an den φόνιον γίγαντα Bakch. 543, andrerseits an die ὠμόφρων Χρύση erinnern, deren heilige Schlange ebenfalls den ankommenden Griechen zu schaffen macht. Ares vollends, den Alkman Fr. 104 Sohn des Kronos und der Rhea nennt, während ihn die Ilias mit den gleichen Worten charakterisirt wie den Briareos (A 405. E 906), Ares als indirecter Erzeuger der Streiter würde sich von selbst erklären; wenn nicht etwa seine Rolle nur durch das thebanische Local [19] gegeben ist; denn in dem entsprechenden Argo-

---

[17] Arch. Ztg. 1882, Taf. 12, 2. Zufällig nennt auch Euripides Phoen. 1010 den Sitz des Drachen einen σηκός, wie 930 eine θαλάμη; doch zeigt die von Valckenaar angeführte Parallele σηκοῖς ... Τροφωνίου Ion. 300 und Τροφωνίου ... θαλάμας ibid. 393, dass wenigstens der erstere Ausdruck nicht wörtlich zu nehmen sei; θαλάμη bedeutet ohnehin meist Schlupfwinkel von Thieren. — Uebrigens vgl. Soph. fr. 207 τρέφουσι κρήνης φύλακα χωρίτην ὄφιν. Aesch. fr. 119 ὁδοιπόρων δήλημα, χωρίτης δράκων.

[18] Wenn Grimm D. Myth. I, 440 sagt: „Für alle Helden wechseln Riesenkämpfe mit Drachenkämpfen", so wird in der griechischen Mythologie die letztere Kategorie nicht sowohl durch die im Text bezeichneten Schlangen, als in erster Linie durch die Hydra, den Nemeischen Löwen, die Chimaira u. s. w. vertreten.

[19] Thebens τεῖχος Ἄρειον Hom. Δ 407 und παλαίχθων Ἄρης Aesch. Sept. 103, vgl. 288. κρήνη Ἀρητιάς Ap. Rh. III, 1180. Schol. Aesch. Sept. 103. Apollod. III 4, 1; vgl. Paus. IX, 10, 5. Jedoch fehlen sichere Spuren alten Arescultes hier so sehr, dass ebenso gut umgekehrt diese Ausdrücke, wie

nautenmythus ist die Scene nach einer Version nicht wie gewöhnlich
in dem Hain des Ares, sondern, wie es scheint, in dem des Zeus
(Hyg. Astr. II, 20, p. 60, 1 Bunte). Die blosse Erdgeburt, ohne Mitwirkung eines Gottes, entspricht noch mehr dem Wesen der γηγενεῖς.
Kurz, die die Erde befruchtenden Drachenzähne sind ebenso unwesentlich
wie bei Hesiod die Blutstropfen des Uranos; der ganze Unterschied
zwischen beiderlei Dichtungen ist, dass wir es dort mit den Einzel-
sagen bestimmter Gegenden zu thun haben, während die Theogonie
diese ganze Gattung von Erdgeborenen, die als Γίγαντες schon bei
Homer zusammengefasst sind, in den Kreis ihrer Genealogie hereinzog.

Die Vorstellung von den bewaffneten Erdgebornen ist also in
Korinth und Theben, sodann in Megara und Athen (und, wie wir
sehen werden, auch in Eleusis) nachweisbar. Es liegt somit kein
Grund vor, in einer Dichtung, die wie die Theogonie so ganz in
böotischen Verhältnissen wurzelt, den Vers zu streichen, der von
den Waffen der Giganten spricht.

Wir kommen zu der Gesellschaft zurück, in der die Giganten bei
Hesiod geboren werden, den Erinyen und Melischen Nymphen. Während die Erinyen hier Schwierigkeiten machen, erklären sich die
Melischen Nymphen in dieser Verbindung durchaus befriedigend.
Wir haben uns überzeugt, wie wesentlich diesen streitbaren Erdgebornen die Lanze ist, die μελία, wie der stereotype Ausdruck für
Lanze lautet. Es war daher kein übler Gedanke von Preller M. I 43, 2,
auf diesen Punct die Verbindung mit den Melischen Nymphen zu beziehen; indessen ist der Gedankensprung von Nymphen bis zu Lanzen
doch etwas weit. Das entscheidende Moment ist wohl ein anderes;
und zwar ergiebt sich dasselbe aus der Vergleichung mit den Geschlechtern der Ἔργα καὶ ἡμέραι. Wie der Dichter der letzteren
dazu kam, die ältesten Menschengeschlechter, eines wie das andere,
von Metall sein zu lassen, untersuche ich hier nicht. Abstrus wird
dieser Gedanke erst, wenn man ihn presst und übersieht, dass es
dem Dichter nur bei dem dritten Geschlecht, dem chernen, mit dem
Metallcharakter Ernst ist, während bei den übrigen das Symbolische
überwiegt. Das Goldene nicht nur als bildliche Bezeichnung, sondern

die Gigantensage selbst, die Erinnerung an alte und heftige Kämpfe enthalten können. — Das corrupte, übrigens der guten Scholiengruppe angehörige Scholion C Phoen. 934: ὁ μὲν Ἄρης, ὡς λέγουσι, φύλαξ ἦν τοῦ
δράκοντος, κτλ. ist vielleicht so zu verbessern: ὁ μ. Ἀ. ὡς λέγουσιν, ὁ φύσις
ἦν τὸν δράκοντα.

als wirkliche mythische Gestalt jedes Allerhöchsten, Ueberirdischen, ist zwar uralt bei den Griechen; gleichwohl ist an Hesiods erstem Zeitalter nichts von Gold als der Name. Von dem silbernen, das lediglich der Abfolge, dem System zu Liebe da ist, weiss er begreiflicher Weise überhaupt nichts zu sagen. Auch das „Eiserne" seiner eigenen Zeit ist nur ein Bild. Dagegen bemerke man, eine wie sinnlich concrete Vorstellung er von dem ehernen Geschlechte hat; hier erhebt sich die Symbolik zu lebendiger, mythischer Gestaltung. Er beschreibt es (145) als

$$\delta\epsilon\iota\nu\acute{o}\nu \ \tau\epsilon \ \varkappa\alpha\grave{\iota} \ \breve{o}\beta\varrho\iota\mu\nu\nu, \ o\tilde{\iota}\sigma\iota\nu \ "A\varrho\eta o\varsigma$$
$$\breve{\epsilon}\varrho\gamma' \ \breve{\epsilon}\mu\epsilon\lambda\epsilon\nu \ \sigma\tau\nu\nu\acute{o}\epsilon\nu\tau\alpha \ \varkappa\alpha\grave{\iota} \ \breve{\nu}\beta\varrho\iota\epsilon\varsigma\cdot \ o\breve{\nu}\delta\acute{\epsilon} \ \tau\iota \ \sigma\tilde{\iota}\tau\nu\nu$$
$$\breve{\eta}\sigma\vartheta\iota\nu\nu, \ \dot{\alpha}\lambda\lambda' \ \dot{\alpha}\delta\acute{\alpha}\mu\alpha\nu\tau\nu\varsigma \ \breve{\epsilon}\chi\nu\nu \ \varkappa\varrho\alpha\tau\epsilon\varrho\acute{o}\varphi\varrho\nu\nu\alpha \ \vartheta\nu\mu\acute{o}\nu.$$

Das sind ganz die Züge der Giganten, und bestätigend hinzu kommt die Riesengrösse und Stärke:

$$\breve{\alpha}\pi\lambda\alpha\sigma\tau\nu\iota\cdot \ \mu\epsilon\gamma\acute{\alpha}\lambda\eta \ \delta\grave{\epsilon} \ \beta\acute{\iota}\eta \ \varkappa\alpha\grave{\iota} \ \chi\epsilon\tilde{\iota}\varrho\epsilon\varsigma \ \breve{\alpha}\alpha\pi\tau\nu\iota$$
$$\dot{\epsilon}\xi \ \breve{\omega}\mu\omega\nu \ \dot{\epsilon}\pi\acute{\epsilon}\gamma\nu\kappa\nu\nu \ \dot{\epsilon}\pi\grave{\iota} \ \sigma\tau\iota\beta\alpha\varrho\nu\tilde{\iota}\sigma\iota \ \mu\acute{\epsilon}\lambda\epsilon\sigma\sigma\iota\nu.$$

Das sind fast genau dieselben Worte, mit denen die Theogonie die gewaltigen hundertarmigen Erdriesen beschreibt; nur dass jenes anders geartete Riesen sind, nämlich elementare Gewalten; diese aber — τοῖς δ' ἦν χάλκεα μὲν τεύχεα κτλ. Wenn es schliesslich heisst:

$$\varkappa\alpha\grave{\iota} \ \tau\nu\grave{\iota} \ \mu\grave{\epsilon}\nu \ \chi\epsilon\acute{\iota}\varrho\epsilon\sigma\sigma\iota\nu \ \acute{\nu}\pi\grave{o} \ \sigma\varphi\epsilon\tau\acute{\epsilon}\varrho\eta\sigma\iota \ \delta\alpha\mu\acute{\epsilon}\nu\tau\epsilon\varsigma$$
$$\beta\tilde{\eta}\sigma\alpha\nu \ \dot{\epsilon}\varsigma \ \epsilon\dot{\iota}\varrho\omega\acute{\epsilon}\nu\tau\alpha \ \delta\acute{o}\mu\nu\nu \ \varkappa\varrho\nu\epsilon\varrho\nu\tilde{\nu} \ 'A\acute{\iota}\delta\alpha\nu,$$

so kann nach all dem kein Zweifel bestehen, dass, wie schon alte Erklärer bemerkten (Tzetz. 142. 144. 157), die Giganten gemeint sind, als dasjenige Geschlecht, welches den Heroen (dem vierten Zeitalter) vorangeht und theils von diesen, theils, wie die Sparten von Theben und Kolchis, durch eigene Gewalt aufgerieben wird. Vollständig wird diese Uebereinstimmung dadurch, dass der Dichter in Widerspruch mit sich selbst die ehernen Riesen ἐκ μελιᾶν geschaffen sein lässt, grade wie die Giganten in der Theogonie mit den Melischen Nymphen geboren werden. Dies ist offenbar der springende Punct; Preller selbst hat darauf zuerst hingewiesen. Man würde nun die Bedeutung eines so merkwürdigen Einklangs der beiden Gedichte, man würde vor Allem den Werth jenes alterthümlichen ἐκ μελιᾶν sehr unterschätzen, wenn man dies Alles mit Preller blos auf die μελία, die Lanze beziehen wollte, die allerdings für die Giganten charakteristisch ist. Mit Recht hat Schoemann Op. II, 136 hier an den bei den Griechen weitverbreiteten Glauben erinnert, wonach das Menschengeschlecht aus Bäumen und Steinen entspringt; die *Melia*, welche in verschiedenen Genealogieen als Stammmutter erscheint, z. B. in Argos, in Arkadien, in Bithynien, ist nur ein gemilderter Ausdruck für jene krasse, volksthümliche Idee. In den Giganten haben wir eben den phantastisch gesteigerten Inbegriff jener Geschlechter, die ἀπὸ δρυὸς ἠδ' ἀπὸ πέτρης waren, wie es in einem alten, schon bei Homer X 126, τ 163 (vgl. Hes. Th. 68) zur leeren Redensart verblassten Ausdrucke heisst. Auch die Kentauren, die wie Pholos von der μελία (Apollod. II 5, 9) oder wie Cheiron von der φιλύρα stammen, — Philostrat Im. II, 3 spricht auch von Cheiron als τῷ τῆς μελίας φυτῷ —, und von denen es heisst, dass sie δρυῶν ἐκπεφυκέναι καὶ πετρῶν (ib.), sind von dieser Art[20]. Dasselbe gilt von den Lapithen mit ihren mörderischen Fichten- und Eichenmännern, einem Kaineus, Elatos, Dryas. Es scheint ein gemeinsamer Zug bei diesen Baum- und Steingeschlechtern darin zu liegen, dass das Element, welches sie geboren, sie auch wieder verschlingt, wie dies besonders krass bei Kaineus hervortritt und in der μελία — insofern hat Preller Recht —, mit der sich die Giganten untereinander umbringen; diese Gesellen wissen eben wie Kentauren und Lapithen nichts besseres, als sich gegenseitig todtzuschlagen[21] — soweit nicht die Heroen als ihre Besieger auftreten. Auch die Aloaden, die γηγενεῖς von Naxos, tödten sich gegenseitig, und zwar auch indem eine dritte Person, eine Göttin, die als ihre Ueberwinderin gilt, ein Object zwischen sie wirft, das mittelbar ihren Untergang bewirkt (S. 47); grade wie Kadmos und Iason es thun. Uebrigens ist zu bemerken, dass die Lanze als Symbol bei Kaineus wiederkehrt (Schol. Apoll. Rh. I, 57), und dass die Lapithen auch in der Ilias, wo sie doch eine Art Riesenvolk darstellen und mit manchen Zügen desselben ausgestattet sind (ὑπερθύμοις Μ 128), gleichwohl in der Art wie Heroen kämpfen, als αἰχμηταί und Kampfgenossen des Nestor. Am bedeutungsvollsten gestaltet sich die Uebereinstimmung mit den kriegerischen Giganten bei dem mit den Lapithen genealogisch und örtlich (als ehemalige Gortynier) verwandten Phlegyervolke, dem Schrecken Delphis und

---

[20]) Cheiron αὐτόχθων Trag. fr. ad. 165. Sein Geschenk die μελία, Cypr. Fr. 2.

[21]) Καὶ ἐν τῇ πρὸς τοὺς Γίγαντας δὲ μάχῃ παραδίδοται ἠριστευκυῖα ἡ Ἀθηνᾶ καὶ γιγαντοφόντις ἐπονομάζεται κατὰ τοιοῦτον λόγον. Τοὺς γὰρ πρώτους ἐκ γῆς γινομένους ἀνθρώπους εὔλογον βιαίως καὶ θυμικοὺς κατ' ἀλλήλων γίνεσθαι κτλ. Cornut. de Nat. Deor. c. 20 p. 115, Osann. Die Stelle steht vollständiger bei Wieseler S. 148, 47, aber nicht am richtigen Orte.

Böotiens, welches schon in der Ilias als Typus eines Kriegervolkes erscheint, unter dem Ares und Phobos wüthet, *N* 302, vgl. Paus. II, 26, 4. Bekanntlich wurden auch die Phlegyer schliesslich auf eine furchtbare Weise von den Göttern vertilgt (Paus. IX, 36. Pherekyd. Fr. 102 a [H. G. F.] Euphorion Fr. 155). Eustath *N* p. 933, 15 versteigt sich sogar zu dem Ausdruck ταρταρωθῆναι αὐτοὺς ὑπὸ Ἀπόλλωνος. Die Erinnerung an dieses allmählich immer fabelhafter gewordene Volk hat in der Nachbarschaft so sehr nachgewirkt, dass die Phokenser für ὑβρίζειν gradezu φλεγυᾶν sagten. Man kann sich des Gedankens nicht erwehren, dass solche Erinnerungen eingewirkt haben bei jener kriegerischen Gestaltung der Giganten, die wir in Korinth, Megara, Theben nachwiesen, und die auch von dem Halbböotier Hesiod vertreten wird.

Es scheint, dass die Giganten von diesen ganz oder halbmythischen Völkern sich wesentlich durch den weiteren, allgemeineren Begriff ihres Namens unterscheiden, wenn wir auch unbequemer Weise constatiren müssen, dass derselbe erst verhältnismässig spät in appellativer Bedeutung vorkommt, und dass die Giganten ganz wie andere mythische Völker in die Literatur eintreten. Die Giganten sind, ehe der Mythus von Phlegra aufkommt, nicht in einer bestimmten Gegend heimisch, wie jene Völker in thessalischen und böotischen Städten, sondern sie sind ein Fabelvolk und in weiterem Sinne Vertreter einer grauen Vorzeit, einer übermächtigen und darum übermüthigen Generation. Dieser Mangel eines Zusammenhangs mit der Heroengenealogie bringt es auch mit sich, dass die Giganten uns als eine unbestimmte, namenlose Menge entgegentreten, aus der sich keine individuellen Gestalten hervorheben. Der eine Name Eurymedon, dessen sehr winzige Spuren in der späteren Literatur alle auf die Odyssee zurückführen, ist ziemlich allgemein gehalten und war ebenso leicht zu erfinden, wie der des Laistrygonenkönigs, oder zu entlehnen wie der des Hauptkyklopen, der einem Lapithen gehört (*A* 264); so sind auch die späteren Gigantennamen zum allergrössten Theile erfunden. Diese Namenlosigkeit ist sehr bezeichnend für das Wesen der Giganten, und würde bemerkt werden müssen, auch wenn sie nicht in den Ἔργα καὶ ἡμέραι — was sehr beachtenswerth — ausdrücklich hervorgehoben wäre: βῆσαν εἰς εὐρώεντα δόμον κρυεροῦ Ἀίδαο | νώνυμνοι, heisst es 153 von dem ehernen Geschlecht [29].

---

[29]) Mag man das νώνυμνοι als ruhmlos oder in welcher Nüance sonst fassen, es kommt, da der Dichter doch von ihrer Gesammtexistenz weiss,

Als eine unbestimmte Mehrheit treten sie uns entgegen. Schon die
Massenhaftigkeit, in der sie erscheinen — μυρίοι, οὐκ ἀνδρεσσιν
ἐικότες ἀλλὰ Γίγασιν (Hom. x 120) — und gleich der Saat aus der
Erde wachsen, was für eigentliche Riesen so wenig charakteristisch
ist, musste uns die Auffassung nahe legen, welche durch so viele
Momente unterstützt wird: nämlich dass wir es in den Giganten mit
einer älteren Bevölkerung überhaupt zu thun haben, mit den mythisch
eingekleideten Autochthonen, welche von den Heroen, d. h. den
durch sie vertretenen Griechenstämmen oft erst nach schweren
Kämpfen überwunden wurden. Wir können uns davon nirgends
besser überzeugen, als an den Sagen des zuletzt in die Geschichte
eingetretenen Stammes, des dorischen, wo die Conflicte mit der Urbevölkerung, die mit historischer Deutlichkeit zu Tage liegen, unter
unsern Augen sich zu Gigantenkämpfen gestalten. Herakles wird zu
dem eigentlichen Gigantentödter, und das geht so weit, dass selbst
in dem Kampf der Götter gegen die Giganten, der ganz andern Bedingungen unterliegt, Herakles den Kampf entscheiden muss. Wir
werden diese einzelnen Sagen noch kennen lernen. Wenn diese
ältere Bevölkerung sich mythisch zu Riesen gestaltet, so findet dies
seine vollständige Parallele in den germanischen Verhältnissen, wo
„Hüne“ ursprünglich nichts anderes bedeutet als Hunno (Grimm,
D. Myth. I, 433)[22]. Dass aber die unterdrückten Geschlechter im
Munde der herrschenden zu übermüthigen Frevlern werden, die ihren
Untergang — die Hauptsache an ihrem ganzen Mythus — verdient
haben, auch wenn nicht specielle Anlässe vorliegen, ist ein natürlicher
und der Analogien nicht ermangelnder Vorgang.

Der hier begründeten Anschauung widerspricht es durchaus nicht,
wenn dasselbe Element auch in einzelnen Riesengestalten verkörpert ist,
wie Antaios, den beiden Kyknos, Amykos, Ereuthalion und Andern, die
ja ebenso Vertreter ganzer Völker sind, wie ihre Gegner, die Heroen.
Man begegnet sogar mehrmals der Erscheinung, dass dasselbe
Autochthonenvolk in beiderlei Sagenformen auftritt, einmal als ein
Gigantenvolk, das andere Mal in Gestalt eines einzelnen Unholds.
Es lässt sich nicht leugnen, dass es fast ebenso oft die Götter
wie die Heroen sind, denen die Vernichtung dieser früheren Ge-

---

immer darauf hinaus, dass von ihnen keine einzelnen ruhmreichen Helden
genannt werden, wie deren die Heroensage so viele kennt.

[23]) So werden auch in der hebräischen Ueberlieferung die Autochthonen
von Kanaan als Riesen geschildert.

schlechter zugeschrieben wird, wie dies z. B. von den Giganten der
Odyssee selbst anzunehmen ist, die durch ihren nahen Verkehr mit
den Göttern über die zweite Möglichkeit hinausgehoben scheinen.
Andrerseits sind auch manche Einzelkämpfe der Götter, wie der des
Pythischen Apoll gegen den erdgebornen Riesen Tityos, der gleich
den Phlegyern in Panopeus haust, in diesem Sinne aufzufassen, d. h.
als die Ueberwindung feindlicher Nachbarn und Autochthonen [24].

Freilich aus dem engen Gesichtskreise der Hesiodinterpretation
lassen sich solche Fragen nicht behandeln. So glaubten G. Hermann,
Schoemann u. A. in den Giganten die Stammväter der Menschheit
und weiter nichts zu sehen, indem sie dieselben vollständig den
Melischen Nymphen parallel stellten und sogar den unglücklichen
Einfall hatten, beide mit einander zu verheirathen, was auf eine Ver-
doppelung desselben mythologischen Gedankens, auf eine Tautologie
hinauslaufen würde. Man übersah damit vollständig den principiellen
Gegensatz zwischen den bösartigen, streitsüchtigen Erdgebornen und
den von Zeus abstammenden, Cultur bringenden Heroen*, die wie man
an Iason, Kadmos, Herakles sieht, als deren Ueberwinder galten.
Auch die Ἔργα καὶ ἡμέραι, die uns jenes eherne Riesengeschlecht
leibhaftig vor Augen führen, deuten in der Abfolge der Geschlechter
diesen Unterschied an, indem sie das Heroengeschlecht auf das spurlos zu Grunde gegangene eherne Geschlecht folgen lassen. Man hat
in diesem Gedichte freilich die Zugehörigkeit der Heroenpartie bestritten, weil dieselbe einer andern Anschauungsweise als die nach
Metallen geordnete Geschlechterfolge entspringe und die Darstellung
des allmählichen Verfalls der Menschheit unterbreche. So wenig
diese sachlichen Gründe bestritten werden können, so misslich ist es
doch, auf Einheit der Anschauung bei einem Dichter zu dringen, der
ein Geschlecht in einem und demselben Athem von Erz und ἐκ

---

[24]) Der Rationalismus, der manchmal auch ungefähr das Richtige
trifft, spricht sich bei Strab. 422 (nach Ephoros) in dieser Weise aus: τὸ
παλαιὸν Παρνασσίους τινὰς αὐτόχθονας καλουμένους οἰκεῖν τὸν Παρνασσόν· καθ᾽
ὃν χρόνον Ἀπόλλωνα τὴν γῆν ἐπιόντα ἡμεροῦν τοὺς ἀνθρώπους κτλ. γινόμενον δὲ
κατὰ Πανοπέας Τιτυὸν καταλῦσαι ἔχοντα τὸν τόπον, βίαιον ἄνδρα καὶ παράνομον·
τοὺς δὲ Παρνασσίους συμμίξαντες αὐτῷ κτλ. Ueber die Einzelnen selbst, wie
Tityos und z. B. den Unhold Phorbas (Schol. Ψ 660), ebenfalls einen Repräsentanten der Phlegyer (Ov. M. XI 413. Phil. Im. II 19), ist damit nicht
präjudicirt.

*) Vgl. Robert z. Preller G. M. I⁴ 67 [57]. 78 ff. 83.

2*

μελιᾶν sein lässt; auch liegt es in dem ganzen Hesiodischen Stil,
nicht sowohl eine bestimmte Sagenanschauung zur Geltung zu
bringen und individuell auszuarbeiten, als vielmehr das mannigfache
vom Mythus Gegebene in ein System zu bringen, wobei zuweilen
verschiedene Versionen für dieselbe Sache mitunterlaufen [25]. Der
Dichter jedenfalls, welcher die Heroen einführte und zwar an
dieser Stelle, scheint die von uns aus den Sagen selbst gewonnene
Anschauung getheilt zu haben. Aus der blossen Nebeneinanderstellung beider in der Theogonie V. 50 [26] zu folgern, dass die Menschen von den Giganten abstammen, ist, wie das meiste, was noch
aus der Hermannschen Mythologie mitgeschleppt wird, verkehrt und
könnte auch in dem Odysseevers οὐκ ἀνδρεσσιν ἐεικότες ἀλλὰ Γίγασιν
nicht einmal bei unserer Auffassung desselben (S. 7) irgend einen
Anhalt finden. Unmöglich lässt sich der bösartige Charakter der
Giganten, den schon die Odyssee ausspricht, ignoriren, oder lassen
sich gar schlimme Giganten und gute unterscheiden, wie dies der
neuere Herausgeber des Göttlingschen Hesiod mit Andern thut, un-
bekümmert um die schrecklichen Schwestern der Giganten, die Erinyen, über die er sich vermuthlich mit Schömann durch Annahme
einer Gedankenlosigkeit seitens des Dichters hinwegsetzt. Noch hin-
fälliger womöglich ist Schömanns Aeusserung (Die Hesiod. Theogonie,
S. 117): jener Charakter der Giganten ebenso wie der der Erinyen
passe nicht zu dem, was sonst über die Zeiten des Kronos
vorkomme; als ob die Theogonie von der Idee eines goldenen Zeitalters unter Kronos eine Spur verriethe und als ob es dem Dichter
bloss darum zu thun sei, Uranos- und Kronos-Geschichten zu erzählen,
und dies nicht vielmehr blosse Einkleidung wäre und die Rubriken
abgäbe, in welche der mythologische Stoff kosmogonisch vertheilt
würde [27]. Wären die Giganten nur Riesen und weiter nichts, so

---

[25]) S. unter „Kyklopen“; eine ähnliche Bemerkung über Hesiods Stil
b. Schol. Hom. Ω 614.

[26]) αὐτὶς δ' ἀνθρώπων τε γένος κρατερῶν τε Γιγάντων.

[27]) Es scheint gegenüber dem vorletzten Hesiodbearbeiter und seinem
Buch über das Hesiodische System noch immer nicht überflüssig zu betonen,
dass abgesehen etwa von ein paar Nymphennamen und einigen durchsichtigen Personificationen im Anfang der Kosmogonie (123 f.) Hesiod nichts
erfindet, sondern lediglich Gegebenes verarbeitet, allerdings nach seiner
individuellen Auffassung, für die aber die lebendige Mythologie, die wirklichen Cultus- und Sagenverhältnisse in erster Linie massgebend waren
und noch heute die beste Controle bieten. Freilich wer in Meinungen be-

könnte eine Meinungsverschiedenheit hier eigentlich kaum aufkommen, da die Riesen allerwärts als ein verschwundenes Fabelvolk, oder wo noch einzelne von ihnen in der Sage erscheinen, als
Reste einer grauen Vorzeit gelten, mit der die eigne Vergangenheit,
die eignen menschlichen Vorfahren in keinem Verwandtschaftsver-
hältniss stehen. Was Zweifel erregen kann, ist nur jene merkwürdige Auffassung des Gigantencharakters, wie sie uns so vielfach
entgegentritt: ihre eigenthümlich kriegerische, von den Heroen nicht
verschiedene Erscheinung und die grosse Menge, in der sie von vornherein auftreten, lauter Züge, die für Riesen wenig Charakteristisches
haben. Wie sich die Schwierigkeit löst, ist gezeigt worden und
wird im Weiteren noch deutlicher werden. Indessen hätte Schömann immerhin diese Einwände erheben können. Statt dessen beruft er sich ausser auf den schon erwähnten Vers 50 der Theogonie
auf das Zeugniss des Ovid M. I, 156, wonach die Menschen aus
dem Blute der Giganten entstanden seien, welches nur bei den Orphikern eine Stütze findet. Der Augenschein lehrt aber, dass dieser
Mythus der Theogonie, wo die Giganten aus den Blutstropfen des
Uranos entstehen, nachgebildet ist, grade wie die Erzählung des
Dichters Pherenikos (Schol. Pind. Ol. III, 28), welcher die Hyberboreer
vom Blute der Titanen herleitete oder die noch näher an das Original
sich anschliessende des Akusilaos, der die Phäaken aus den Blutstropfen des Uranos entspringen liess. In der Ovidischen Darstellung
— über das Alter der Orphischen Verse urtheile ich nicht — ist es
überdies bezeichnend genug, dass das aus jenem trüben Keime ent-
sprossene Geschlecht das des Lykaon ist, also eines, das wiederum
zu Grunde geht und mythologisch den Giganten eigentlich parallel
steht (s. S. 34); genau so wird bei Lykophron 1356 der Ursprung
der Ligurer, für welche die gleichen Bedingungen gelten, wie für das
arkadische Urgeschlecht, ἀφ' αἵματος Γιγάντων hergeleitet, gar nicht
zu reden von den zahlreichen Stellen, wo die Ungeheuer und schädlichen Thiere von dem Blut des Uranos, der Titanen oder der Giganten hergeleitet werden. Wenn Dio Chrysostomus XXX (p. 550 R.

fangen ist wie dieser, dass „offenbar das speculative System eines Dichters
erst eine Reihe von Culten untergeordneter, unbedeutender und bisher
vielleicht unbekannter göttlicher Wesen hervorgerufen hat", oder dass der
Glaube an gigantische Geschlechter der Vorzeit seinen Ursprung in der
Theogoniestelle (V. 185) habe, dem predigt die Cultus- und Sagengeschichte
vergeblich.

300 M.) sagt ὅτι τοῦ τῶν Τιτάνων αἵματός ἐσμεν ἡμεῖς ἅπαντες οἱ ἄνθρωποι und dabei den Gedanken rhetorisch ausführt, dass die Erde ein Gefängniss, ein Tartaros sei, so ist offenbar an vergossenes Blut nicht zu denken, sondern lediglich an Blutsverwandtschaft (vgl. z. B. Nonn. 48, 443), an die Titanische Herkunft der Götter, von denen die Menschheit stammt; darauf deuten in derselben Rede (557 R. 305 M.) die Worte οἷον Ἡρακλέα τε καὶ Διόνυσον καὶ Περσέα καὶ τοὺς ἄλλους, οἷς ἀκούομεν θεῶν παῖδας, τοὺς δὲ ἐκγόνους, γενέσθαι παρ' ἡμῖν und die zu vergleichenden Worte (XXXIII am Anfang): καὶ δημόσιον ὕμνον τῆς πόλεως, περί τε Περσέως καὶ Ἡρακλέους, ... καὶ ὡς . . . ἀρχηγοὺς ἔχετε ἥρωας καὶ ἡμιθέους, μᾶλλον δὲ Τιτᾶνας. Von Giganten ist dabei in keiner Weise die Rede.

Das Einzige, was wirklich einer doppelten Auffassung fähig wäre, ist eben die Erdgeburt selbst, und es will festgestellt sein, wie sich diese Erdgebornen von gewöhnlichen, menschlichen Autochthonen unterscheiden. Hier muss nun bemerkt werden, dass das Autochthonenthum innerhalb des griechischen Mutterlandes an sich schon in gewissem Sinne eine Besonderheit bildet, und dass fast alle Geschlechter ihre Herkunft von den Heroen, d. h. von Zeus und den Göttern ableiten. Ἀπὸ γὰρ τῶν θεῶν τὸ τῶν ἀνθρώπων εἶναι γένος οὐκ ἀπὸ Τιτάνων οὐδ' ἀπὸ Γιγάντων sagt Dio Chr. XXX 556 R. 304 M., indem er, wie er selbst durch Angabe seiner Quelle bekundet, einer ganz andern Anschauung als oben Raum giebt, offenbar einer solchen, welche von den γηγενεῖς ausging und diese mit Titanen verwechselte. Die Stufenleiter, welche von Zeus durch soviel abgeblasste, vergessene Göttergestalten, die zu Heroen wurden, bis zu den verschiedenen Stämmen und ihren Erinnerungen herab führte, war früh genug ausgebildet, um uns das Homerische πατὴρ ἀνδρῶν τε θεῶν τε im wörtlichen Sinne annehmbar und nicht bloss als allgemein religiösen Ausdruck erscheinen zu lassen [29]. So weit in historischer, sangeskundiger Zeit die Erinnerungen der einzelnen Stämme und Geschlechter zurückreichten, stiessen sie auf Wanderungen und Kämpfe, die nun als Fahrten und Abenteuer ihrer Heroen zur Darstellung kamen. Zu den Wenigen, die sich nicht entsinnen konnten, ihre Wohnsitze je gewechselt zu haben, gehörten in erster Linie die Athener, deren Autochthonenthum schon die Ilias feiert: τέκε δὲ ζείδωρος ἄρουρα heisst es dort in Bezug auf Erech-

---

[29]) Vgl. wie überhaupt üb. d. Ursprung d. Mensch. Robert z. Prell. I⁴ 78 ff.

theus (*B* 548). Von Anderen machten mit der Zeit immer mehr
Landschaften Anspruch auf diesen Ruhm. Allein es sind eigentlich
nur die Peloponnesischen Urgeschlechter, die diesen Anspruch rechtfertigen; schon der alte Asios sagte von ihrem Stammvater, dass ihn
γαῖα μέλαιν' ἀνέδωκε, der zahlreichen andern Stellen nicht zu gedenken. Schon die Aigineten, die Hellanikos (Harpokration v. αὐτόχθονες) neben Athenern, Arkadern und Thebanern nennt, können
vor genauerer Prüfung nicht bestehen; ihr Ruhm fällt theils an
Thessalien, wovon noch die Rede sein wird, theils an Korinth-Sikyon
zurück: nicht nur der Name des Zeussohnes Aiakos selbst geht auf
Aia, das Land des Aietes („Eumelos" Korinthiaka Fr. 2 Kinkel) zurück,
wie seine Mutter Aigina auf die Landschaft des Asopos, dessen
Tochter sie heisst, sondern auch der Aiginetische Autochthonen-
mythus selbst von dem ameisenartigen Hervorkriechen der Menschen
aus der Erde hat seine Heimath in Korinth[29]. Eine nur etwas
andere Form der Korinthischen Sage ist die von Ovid M. VII 392
berichtete:

hic aevo veteres mortalia primo
corpora vulgarunt pluvialibus edita fungis,

die noch mehr an die σπαρτοί des Aietes erinnert und die höchst
wahrscheinlich mit der Sage, dass die Kureten gleich Bäumen oder
Pflanzen der Erde entsprossen seien (Fr. inc. Bergk P. L. G. III⁴ 713;
largoque satos Curetas ab imbri Ovid M. IV 282), in nächster Beziehung steht. Korinth wiederum theilt diesen Ruhm in ganz be-
deutendem Maasse mit seiner Schwesterstadt Sikyon, von deren
Sagen später die Rede sein wird; diese aber, die bei Eumelos zwar
nicht die riesigen Aloaden selbst, aber den Aloeus zum Ahnherrn
hat, wird, vielleicht von der alten Sage selbst, zu Arkadien gerechnet: καὶ ἔλαχεν Ἀλωεὺς τὴν ἐν Ἀρκαδίᾳ, ὁ δὲ Αἰήτης τὴν Κό-
ρινθον (Schol. Pind. Ol. XIII, 74 in dem Referat über Eumelos; s.
Fr. 1, vgl. Fr. 4). Wenn Hellanikos daneben Theben nennt, so entspricht
dies vollkommen den bekannten Sagenverhältnissen, in denen das
autochthone Element durch Echion, den übrig gebliebenen von den
Sparten, vertreten wird, und denen gemäss z. B. Euripides Iph. A. 259
Leïtos, den Heerführer der Böotier, als γηγενής bezeichnet. — Cen-

---

[29]) Steph. B. Κόρινθος· πόλις ἴσω τοῦ Ἰσθμοῦ τῆς Πελοποννήσου. Ἑκα-
ταῖος Εὐρώπῃ· ἡ αὐτὴ ἐκαλεῖτο Ἐφύρα ἀπὸ Ἐφύρας τῆς Μάρμηκος τῆς Ἐπιμη-
θέως γυναικός. Der Name Myrmex ist von hier aus nach Attika gekommen (Harpokrat. v. Μελίτη. S. unten S. 63 f.).

sorin IV, 11 nennt ausser Attika und Arkadien Thessalien, was später erklärt sein will.

Schon hieraus erhellt, dass die Landschaften, welchen in historischer Zeit eine solche Ausnahmestellung eingeräumt wurde, wesentlich dieselben waren, welche sich durch Gigantensagen auszeichnen: Korinth-Sikyon und Theben, daneben das in dieser Hinsicht noch näher zu beleuchtende Arkadien und Attika.

Auch diese wenigen Ausnahmen, die auf einem bestimmten historischen Bewusstsein beruhend sich behaupteten, haben der herrschenden und immer zunehmenden Neigung, die Ahnen genealogisch mit den Göttern zu verknüpfen, ihren Tribut gezollt; was nicht immer ohne Gewaltsamkeit abging, wie wenn z. B. dem Erdgebornen Erichthonios ausser der Ge noch ein göttliches Elternpaar (Athene und Hephaist) gegeben oder über die Drachensaat noch Ares als Erzeuger des Drachens gesetzt wird; daher es verfehlt wäre, in solchem Falle nach mythischen Beziehungen zu suchen und etwa, wie es Preller Ausg. Aufs. 173 thut, dieser Athene den Charakter einer Erdgöttin aufzudrängen.

Diese Neigung, den eignen Stamm von den Göttern und Heroen herzuleiten, musste zunehmen und das Uebergewicht erhalten, insofern sie theils eine politische Handhabe bot, um diejenige Herkunft und Verbindung, die man wünschte oder glaubte, scheinbar zu begründen, und insofern als nach dieser Richtung die den Griechen eigne unverwüstliche Lust am Fabuliren für ihre Götter- und Heldengeschichten die ergiebigsten und durch Liebesverhältnisse anziehendsten Stoffe fand. Daneben aber lässt sich eine andere nicht minder verbreitete und vielleicht ältere Anschauung beobachten, die den Ursprung des Menschengeschlechts im Allgemeinen anging und dasselbe aus der Erde, aus dem rohen Element selbst gleich Bäumen und Gestein entspringen liess; eine Idee, die oben nicht, wie Preller S. 163 sich denkt, auf dem Bewusstsein oder der Prätension uralter Ansässigkeit beruht, wenngleich sie an den bezüglichen Stätten natürlich zum Vorschein kommt, sondern die gänzlich absichtslos die Vorstellungsweise widerspiegelt, in der das griechische Volk kraft der ihm eignen Unmittelbarkeit der Naturempfindung und seines überwiegenden Sinns für das Concrete, Sichtbare die eigene Natur mit derjenigen der Allmutter Erde in Beziehung setzte. Es war hierbei keine Rede von höherer Mitwirkung, etwa von Prometheischer Bildung des Menschen aus dem Erdenkloss: ein Mythus, der seinem Alter nach sehr begrenzt ist, wenn auch sein Ursprung gewiss nicht ausserhalb der griechischen Grenzen zu suchen ist. Die Griechen selbst haben das Krasse, Rohe jener alterthümlichen Vorstellung von Baum- und Steingeburten früh genug empfunden, in welchem Sinne wohl schon die bezüglichen Homerstellen aufgefasst sein wollen. Doch würde es nicht berechtigt sein, dieses Perhorresciren der rohen Erdgeburt so zu verstehen, als wäre dabei bloss der Hinblick auf das Göttliche massgebend gewesen [30] und als hätte nicht, von den bereits angeführten Momenten abgesehen, der Geschmack und eine dem Altväterischen abholde, mehr dem Heroischen und Ritterlichen zugewandte Kunstdichtung dabei mitgesprochen. — Es ist aber nöthig, jene volksthümliche Anschauungsweise näher zu betrachten [31]. Für die Baumgeburt bieten Adonis, die Kureten die nächsten Beispiele dar. Aber auch die Eichen- und Fichtenmänner der Lapithen, wie Dryas, Elatos, der Arkadische $\Phi\eta\gamma\epsilon\dot{v}\varsigma$, auch die Dryoper [32] verrathen den Ursprung $\dot{a}\pi\dot{o}$ $\delta\varrho\upsilon\dot{o}\varsigma$ $\dot{\eta}\delta'$ $\dot{a}\pi\dot{o}$ $\pi\acute{\epsilon}\tau\varrho\eta\varsigma$. Selbstredend ist der Kalydonische Dryas, dem ein Titan zum Vater gegeben wird (Hyg. F. 173), nicht zu vergessen. Aetolien bietet ohnehin mehrere significante Beispiele; so den Meleager, der mit dem zugleich geborenen Baumzweig (Tzetz. Lyk. 492 Joh. Mal. VI p. 165 Dind.) in einem ähnlich sympathetischen Verhältnisse steht, wie die Dryaden zu den Bäumen, mit denen sie leben und sterben; wenn gewöhnlich statt des blühenden Zweiges ein Stück Holz genannt wird, so tritt dazu der Aetolische $'O\text{-}\xi\nu\lambda o\varsigma$ in Parallele, ein Name, der wie $'O\text{-}\iota\lambda\epsilon\dot{\nu}\varsigma$ gebildet ist und von Hesych als $\iota\sigma\acute{o}\xi\nu\lambda o\varsigma$ erklärt wird. Die Geburt eines Holzscheits oder eines

---

[30]) Pindar N. VI, 1 geht sogar so weit, die Götter selbst zu irdischem Ursprung herabzuziehen: $\dot{\epsilon}\nu$ $\dot{a}\nu\delta\varrho\tilde{\omega}\nu$, $\dot{\epsilon}\nu$ $\vartheta\epsilon\tilde{\omega}\nu$ $\gamma\acute{\epsilon}\nu o\varsigma\cdot$ $\dot{\epsilon}\kappa$ $\mu\iota\tilde{a}\varsigma$ $\delta\dot{\epsilon}$ $\pi\nu\acute{\epsilon}o\mu\epsilon\nu$ $\mu\alpha\tau\varrho\dot{o}\varsigma$ $\dot{a}\mu\varphi\acute{o}\tau\epsilon\varrho\omega$. Dennoch kann man sich darauf nicht berufen, weil die Herleitung der Götter von der Ge sich einfach auf Hes. Theog. 126 ff. bezieht; die Stelle zeigt weiter nichts, als dass die Orthodoxie, in welcher sich Pindar dem älteren Epos, besonders allem Hesiodischen, gegenüber befand, seiner natürlichen Frömmigkeit einen Streich gespielt hat. Von der Stelle Hes. $'E\varrho\gamma\eta$ $\varkappa.\dot{\eta}.$ 108 $\dot{\omega}\varsigma$ $\dot{o}\mu\acute{o}\vartheta\epsilon\nu$ $\gamma\epsilon\gamma\acute{a}\alpha\sigma\iota$ $\vartheta\epsilon o\acute{\iota}$ $\vartheta\nu\eta\tau o\acute{\iota}$ τ' $\dot{a}\nu\vartheta\varrho\omega\pi o\iota.$ die Preller S. 162 damit zusammenbringt, steht es durchaus nicht fest, ob dabei grade an die Ge gedacht sei und nicht vielmehr bloss genealogisch an den gemeinsamen titanischen Ursprung (hymn. Apoll. P. 138).

[31]) Uebereinstimmende Vorstellungen anderer Völker habe ich bei Mannhardt Ant. Wald- und Feldculte vergeblich gesucht.

[32]) Welcker, Götterl. I 184, 28. U. v. Wilamowitz-Möllendorf, Aus Kydathen S. 145. Vgl. Ant. Lib. 32 nach Nikander, Ovid M. IX 330.

Baumes als Symbol des Menschenkeimes kehrt übrigens bei Paris und bei dem Herodotischen Kyros wieder, im ersten Fall sogar deutlich durch verwandte Stammesverhältnisse der Troas vermittelt [33]. Auch die Geburt aus Steinen verdient an einigen minder bekannten Fällen illustrirt zu werden. Sie scheint besonders in der Parnassgegend verbreitet gewesen zu sein; dort spielt die Deukalionsage und dort ist Panopeus in der Nähe, wo die grossen herumliegenden Steinblöcke als Thonreste von der Menschenbildung des Prometheus ausgegeben wurden (Paus. X, 4, 3); dies eine offenbare Modernisirung alter auf Steingeburten bezüglicher Erinnerungen. Hier muss nun vor Allem an den Namen Κραναοί der autochthonen Athener erinnert werden, um so mehr als die Deukalionsage in Attika vorwiegend mit Kranaos verbunden erscheint (Marm. Par. 6. Apollod. III, 14, 6. Cedren 14ᵇ C). Der Weg führt hier von selbst auf die Giganten zurück, für die der Stein ein Symbol von ebenso weitgehender Bedeutung zu sein scheint, wie sonst die μελία. Schon an der Sage von Panopeus — beiläufig dem Orte, wo die gigantenähnlichen Phlegyer hausen — lässt sich beobachten, dass die Stätte der grossen Steinblöcke, an welche sich die Prometheuslegende knüpfte, genau diejenige war, an welcher der Riese Tityos localisirt wurde (Paus. X, 4, 4). Warum ist es ferner grade ein Steinwurf, durch den die Sparten in Theben wie in Kolchis gegen einander aufgereizt werden, da doch ein Lanzenwurf unter lauter Gewappneten soviel näher gelegen hätte? Bei Apoll. Rh. III, 1057 f. kämpfen sie sogar um diesen Stein. Offenbar symbolisirt derselbe hier die Landesangehörigkeit und Landesherrschaft, so dass der Stein, den Athene dem Kadmos übergiebt, genau dasselbe bedeutet, wie die Erdscholle, die Poseidon dem Euphemos schenkt (Pind. P. IV, 37), und wie in historischer Zeit die Forderung von Erde und Wasser als Zeichen der Unterwerfung. Das Symbol wiederholt sich in der Hand des Minotaurus und im Kreise der Argonautensage noch einmal, ebenfalls in Kreta, bei dem ehernen Riesen Talos, einem der μελιγγενεῖς (Ap. Rh. IV, 1641), der die in Kreta anlandenden Griechen, ähnlich wie der Kyklop und die Laistrygonen die abfahrenden, mit Felsstücken bewirft, als ein echter Vertreter des

---

[33]) S. meine Diss. de Euripidis mythopoeia. Berol. 1883, p. 57. Die Parisfabel, wie die Tragödie sie giebt, ist keineswegs von Herodots Kyros beeinflusst; eher umgekehrt; ib. 54.

feindseligen, riesenhaften Autochthonenthums; wie denn auch die, wie
wir sehen werden, als Giganten gedachten Koer den anlandenden Herakles mit Steinwürfen empfangen (Apollod. II, 7, 1). Nach Attika uns zurückwendend finden wir in Eleusis die hochalterthümliche Ceremonie des
βαλλητύς (Hesych. Ath. IX 406), dieselbe, die in Troizen, der Heimath
des Theseus, durch die λιθοβόλια bezeichnet wird (Paus. II, 32, 2), und
die darin bestand, dass man sich am Fest des Demophon mit Steinen
bewarf; offenbar eine dunkle, symbolische Erinnerung an die streitbare Vorzeit, wie sie durch den Namen des erdgebornen Τριπτόλεμος
unzweifelhaft bezeichnet wird, mag die Veränderung auch gross sein,
die mit dem Charakter dieses Helden, wie mit Eleusis überhaupt
vorgegangen [34]. Die Nachricht des Clemens Alex. Protr. p. 6 Sylb.,
p. 17 Pott. ᾤκουν δὲ τηνικάδε (bis zur Ankunft der Demeter) τὴν
Ἐλευσῖνα οἱ γηγενεῖς mag daher wohl in dieser an Giganten an-
klingenden Fassung berechtigt sein, wenngleich unter den Einzelnen, die Clemens anführt, nur Triptolemos und allenfalls Diaulos
diesem Sinne entsprechen [35].

Man bemerkt deutlich, was schon bei Korinth, Theben und
Arkadien constatirt wurde, eine wie nahe Beziehung zwischen den
Begriffen γηγενής und γίγας stattfand, von denen der eine eigentlich
nur die Kehrseite des andern bildet, und wie sehr es von den Zufälligkeiten der Bevölkerungsverhältnisse und der Sagenentwickelung
abhing, ob man die erdentsprossenen ersten Menschen als Ahnen
ehrte und als Heroen feierte, oder ob man sie in eine graue der
eignen Stammesgeschichte vorausliegende Vergangenheit zurück-
drängte und in die phantastische Form eines fabelhaften Riesenvolkes
kleidete. Uebrigens tritt an verschiedenen Orten die Μελία als
Stammmutter auf, dies eine abgeschwächte Form des Ursprungs ἐκ

---

[34]) Lehrs Aristarch² 459. Ein Missverständniss ist es freilich und nur
zu Interpretationszwecken erdacht, wenn Schol. Lykophr. 495 die Bezeichnung
des Theseus als „Gigant" auf seine Eigenschaft als Athener und γηγενής
ἀπὸ Ἐρεχθέως bezogen wird; die Verwandtschaft von γίγας und γηγενής
findet keine Anwendung auf die Lykophronstelle, deren Ausdruck vielmehr
wörtlich zu nehmen ist; s. oben S. 5, 4.

[35]) Kerkyon, den man versucht sein könnte, hier zu nennen, beweist
nichts; denn der ganze Weg des Theseus von Troizen ab ist mit Unholden
besetzt; auch gehört die Figur eigentlich in den Peloponnes (S. 37). Daher
ich der Angabe des Choirilos, Kerkyon und Triptolemos seien Brüder
gewesen (Paus. I, 14, 2), die allerdings sehr gut in unsern Zusammenhang
passt, nicht allzu viel Gewicht beilegen möchte.

μελιᾶν; aber grade an ihren Stätten begegnet man überall zugleich
den Riesensagen, so in Theben, in Argos, wo der Eponym des Landes
als erdgeborner Riese auftritt, in Bithynien, wo Melia die Mutter
des Amykos ist, in Byzanz [36], der Colonie der Megarer, welche bis
jetzt die älteste monumentale Gigantomachie geliefert haben und uns
nach dieser Richtung sogleich noch beschäftigen werden.

Es verlohnt sich, dieses eigenthümliche Doppelverhältniss an
weiteren Beispielen zu verfolgen. Bekanntlich bedeutet Πηλεύς, für
den schon die Alten die richtige Etymologie gegeben haben (Ath.
IX, 383 C. XI, 474 D.), nichts Anderes, als den aus dem Lehm Gebornen; auf der andern Seite aber stehen die πηλόγονοι oder, wie
es bei Kallimachos (h. Iov. 3, dazu Meineke S. 121. Strab. 331 Fr. 38 ff.)
wohl heissen muss, die Πηλαγόνες, das sind die Giganten. Noch
roher volksthümlich klingt die gleiche Anschauung in Κοπρεύς
wieder, woran man um so weniger Anstoss zu nehmen hat, als
Peleus selbst sein berühmtes Schwert — ursprünglich ist auch
ihm die μελία eigen — ἐν τῇ βοῶν κοπρῷ suchen muss, und
als auch die ehrwürdigen Stammväter der böotischen Aeoler als
neugeborne Kinder aus dem Schmutz des Rinderstalls gezogen wurden
(Welcker, Gr. Trag. 843, 3) [37]; der Ursprung ist der gleiche wie bei

---

[36]) Dionys. Byz. Periplus Bospor. 16 (Wescher).

[37]) Dort waren sie verborgen. Die Bugonie des Eumelos kannte vermuthlich mehr solcher βουγενεῖς. Das Verbergen des Neugebornen bezeichnet in der griechischen Mythologie sehr oft die Stelle des eigentlichen
Ursprungs, der dadurch nur mit einer minder fabelhaft klingenden Ent-
stehungsweise combinirt wird; so wird Dionysos, der phallische Gott der
Fruchtbarkeit, in der Weiche des Zeus verborgen, nachdem Semele seine
Mutter geworden; so Tityos, der Sohn der Ge, in der Erde, der menschlich
gedachten Elara zu Liebe; so Pallas Athene im Innern, eigentlich wohl im
Haupte des Zeus. Bei Kopreus, der verwandten Ursprungs mit Boiotos
und Aiolos ist, habe ich in erster Linie den böotischen im Auge, jenen,
der über das von der Erinys geborne Ross Arion verfügt (Schol. Hom.
ψ 346. Hes. v. Ἀρίων). — Dürfte man annehmen, dass der thebische ἵππος
einen Steingebornen bedeute, so würde dieso von jeher mit den Erinyen
eng verbundene Figur (cf. Her. IV, 499 und die von Stein dazu verglichenen
Tragikerstellen) mit Kopreus die Beziehung auf die Erinys gemein haben.
So erklärt sich vielleicht in der böotischen Theogonie die Verbindung der
Giganten (der μελιηγενεῖς) mit den Erinyen. Der Kadmeische Drache wurde
ohnehin von Manchen für einen Sohn des Ares und der Tilphusischen
Erinys — das ist eben die Thelphusische Arions-Mutter, Paus. VIII 25 —
ausgegeben. Schol. Soph. Ant. 126.

dem *Γαιήιος νίός* Tityos, dem Sohn der *Ἐλάρα* oder vielmehr
Ἀλλέρα (Pind. Fr. 294), da ε vor ρ eher zu α wird [38] als umgekehrt;
ἀλλέρον ist nämlich *κόπρον* (Hes.). Mit der Peleussage eng verknüpft
sind die von der Philyra (oder Melia) stammenden Kentauren, welche
die dem Heroenthum abgekehrte Seite der elementaren Geburt darstellen, und unter denen übrigens Cheiron in seinem Charakter frühzeitig eine ähnliche Milderung erfahren hat wie Triptolemos, wenngleich z. B. die schwarzfigurigen Vasen in dem Fichtenstamm, den
sie ihm stereotyp in die Hand geben, die alte Kentaurennatur festhalten. Gleichfalls nach Thessalien, dessen Erwähnung bei Censorin
wohl im Sinne dieser Beispiele zu verstehen ist, gehört *Ποίας* der
Grasmann und das Autochthonengeschlecht der *Φυλλίδαι* oder *Φυλ-
λιάδαι* (Hesych, vgl. Bekk. Anecd. I 314, 7), wobei an die Nymphe
Phyllis, die Geliebte des Theseiden, zu erinnern ist. — Stammt
doch auch Theseus, den die Ilias zu den riesenhaften Lapithen
rechnet (A 265), mütterlicherseits von *Πιτθεύς* dem Fichtenmann,
womit wohl auch der attische Demos *Πιτθός* in der kekropischen
Phyle zusammenhängt.

Ein besonders markantes Beispiel für den Uebergang von *γηγενής*
in *γίγας* bietet sich in dem thebanischen Astakos. Dieser Held,
dessen eigne Person mehr zurücktritt, der aber in seinen Söhnen die
äusserste Streitbarkeit repräsentirt, wird bei Stephan Byz. v. *Ἄδανα*
neben den drei Homerischen Titanen Kronos, Rhea, Iapetos und
einigen auf Klein-Asien bezüglichen Stammvätern als Sohn von Uranos
und Ge aufgeführt und zwar in seiner Eigenschaft als Ahnherr der
Megarischen Colonie in Bithynien, die seinen Namen trägt. Die
Genealogie, die natürlich keinerlei theogonische Bedeutung hat,
wiederholt sich z. B. bei Triptolemos (Pherekyd. b. Apollod. I 5, 2),
für dessen Person genau die gleichen Bedeutungen gelten, und bei
den Giganten des Apollodor (I, 6), falls dort nicht die Blutstropfen
des Uranos aus dem ersten Capitel des Buches gemeint sind. In
die Bithynische Titanenfamilie aber, deren kleinasiatische Glieder
sich alle als göttliche Personen zu erkennen geben, gelangte Astakos
möglicherweise erst durch die Verwechselung von *γίγας* und *τιτάν*.
Uns kommt es hier nur auf die Berührung von *γίγας* und *γηγενής*
an. Hierfür kommt nun eine Notiz aus Memnon (Phot. Bibl.
p. 228, 10) in Betracht: *τὴν Ἀστακὸν δὲ Μεγαρέων ᾤκισαν ἄποικοι*

---

[38]) Beispiele b. G. Meyer Gr. Gramm. § 21 S. 24 f.

Ὀλυμπιάδος ἱσταμένης ιζʹ Ἀσιακὸν ἐπίκλην κατὰ χρησμὸν θέ-
μενοι ἀπό τινος τῶν λεγομένων σπαρτῶν καὶ γηγενῶν τῶν ἀπογόνων τῶν ἐν Θήβαις, Ἀστακοῦ τὴν κλῆσιν, ἀνδρὸς γενναίου
καὶ μεγαλόφρονος. Was Megara botrifft und sein Participiren an
den Sagen des Nachbarlandes, so ist darüber keine Erklärung nöthig:
wird doch von der andern Seite her auch der Sikyonische Adrast,
der Gegner der Astakosfamilie (Herod. V 67), in Megara verehrt
(Paus. I 43, 1). Abgesehen von dem gedankenlosen Ausdruck τῶν
ἀπογόνων (vgl. Anmkg. 34), muss diese Bezeichnung des Astakos
als Sparto wohl gegeben gewesen sein; wenn in später Literatur öfter
σπαρτοί für γηγενεῖς vorkommt, so ist das um so weniger ein Grund
dagegen, als dort immer die Kureten gemeint sind (Lob. Agl. 1146)[39],
der Ausdruck also in der That zutrifft (S. 23); an unserer Stelle
wird ausdrücklich auf Theben Bezug genommen. Einen gefeierten
Thebanischen Helden, von dessen Eltern überdies nichts ver-
lautet, unter den Autochthonen des Landes zu finden, überrascht
nicht. Was uns aber darin bestärkt, die Ueberlieferung, die ihn
Sparten nennt, wörtlich zu nehmen, ist der Name des Astakos, der
in dieser Form Krebs, Krabbe bedeutet und wohl schon Manchen
befremdet hat. Der Name scheint nur in dem hier vorliegenden
Zusammenhang seine Erklärung zu finden. Euripides[40] und Apollonius sprechen bei den Sparten von dem aufschiessenden στάχυς erdgeborner Streiter; und in diesem so naheliegenden Bilde ist, denke
ich, die Lösung enthalten: nichts Anderes als ἄσταχυς haben wir
hier zu erkennen, ein Bild der Erdgeburt, ganz wie es in Korinth
die Pilze, in andern Sagen die Bäume und Steine sind. Der Volks-
witz natürlich machte aus Ἄσταχυς, das er nicht mehr verstand,
einen Ἀσταχός oder Ἀστακός.

Diese Wechselbeziehung zwischen γίγας und γηγενής scheint
fast in der Sprache selbst begründet zu sein. Schon die Alten
leiteten γίγας von γῆ ab (Etym. M. s. v.), allerdings wohl noch mehr
durch die naheliegenden sachlichen, als durch sprachliche Gründe
bestimmt. Die häufige Verbindung jener beiden Worte, wie Eur.
Phoen. 1131 Γίγας γηγενής, ib. 128 Γίγας γηγενέτης, Soph. Trach. 1058

---

[39]) Nur b. Porphyr. p. 20 (Brandis) steht allgemein γηγενεῖς καὶ σπαρτοί.
[40]) Herc. 5. Phoen. 939. Bacch. 264.

γηγενὴς στρατὸς Γιγάντων u. dergl., wo das Beiwort ja keinerlei unterscheidende, sondern in poetischer Weise rein intensive Bedeutung hat, würde dieser Etymologie eher günstig sein, als ihr widersprechen. Man pflegt mit γίγας das Wort γέγειος zu vergleichen, welches Hekataios im Sinne des Ursprünglichen, Alterthümlichen gebrauchte (Et. M.), und welches bei Kallimachos Fr. 103 gleichbedeutend mit αὐτόχθων vorkommt; γέγειος würde sich dann zu γίγας stellen, wie σίσυφος (Hesych) neben σίσιφος, während die Formen γῆ und γαῖα eine entsprechende Vocaldifferenzirung zur Folge haben (vgl. γειόθεν Kallim. Fr. 35c und γαίηθεν). — G. Curtius, der auch γέγειος dahin zieht, leitet das Wort γίγας von γίγνομαι ab, indem er es mit Formen wie γεγαώς zusammenstellt. Ich würde in diesem Falle ἴγνης, γνήσιος, γενναῖος vergleichen, Worte von der gleichen Herkunft, die dem Sinne nach alle auf Echtheit der Geburt hinauskommen. Ἴγνητες oder Ἰγνῆτες heissen die Eingeborenen auf Rhodos, die, wie sich zeigen wird, auch als Giganten gelten; und zwar möchte ich dasselbe nicht mit Lobeck Path. Elem. I, 74 als Compositum (Ἰθαγενεῖς) nehmen, sondern das Iota einfach als Vorschlagssilbe fassen, wie in Ἰ-γλῆτες, Ἰ-θώμη, Ἰ-ταβύριος und vielen andern Fällen. (Lob. Path. El. I, 75 f. Goebel, Lexilog. z. Hom. I 339 ff.) Auch Ἰγγενίδας ein ἥρως ἐπιχώριος in Byzanz (Dion. Byz. Periplus Bospor. 21a Wescher) wäre hier zu berücksichtigen. — Entschieden zu verwerfen ist der von Preller Gr. M. I² 57, 2 angenommene Zusammenhang von γίγας mit γίς (d. i. ϝίς), welches von Hesych als ἱμάς καὶ γῆ καὶ ἰσχύς erklärt wird, wobei die zweite, sehr befremdliche Bedeutung, die auch G. Curtius Et⁴. 392 anzweifelt, sich vermuthlich als Corruptel (= γίς?) erklärt. Lobeck selbst, dem diese Etymologie von γίγας gehört (Paralip. 83), hat sie später wieder in Frage gestellt (Path. Elem. I, 168 f.). — Auch Wieselers Gedanke, γίγα(ν)ς mit γαίω, γάννμαι, γαῖρος zusammenzubringen, hat Wenig für sich, obwohl sich in der Sache Eur. Phoen. 127 ὡς γαῦρος ὡς φοβερὸς εἰσιδεῖν γίγαντι γηγενέτᾳ προσόμοιος und das homerische von Briareos (Δ 405) und Ares (E 906) gesagte κύδεῖ γαίων vergleichen liesse.

II. Sagen einzelner Gegenden.

Die von Korinth, Theben und Megara her, auch durch Hesiod empfohlene Auffassung, welche in den Giganten die zu kampflustigen

Riesen gestempelten Urgeschlechter erblickt, findet ihre weitere
Illustration in den Verhältnissen des Peloponnes. Dort, wo sich
eine Völkerschicht auf die andere setzte, ohne dass die älteren und
ältesten ganz verdrängt wurden, standen die Gegensätze am unver-
mitteltsten nebeneinander, und die Streitigkeiten nahmen kein Ende.
Der zuletzt hinzugekommene Stamm, der dorische, behielt auch hier
in der Sage das letzte Wort. Indessen hat jener eigenthümliche
Sagen-Process, in welchem die älteren Einwohner moralisch um
ebensoviel herabgedrückt wurden, als sie an Körpergrösse und Furchtbarkeit wuchsen, wohl schon früher, vor den Doriern, begonnen.
Riesen sind die Arkader schon in der Ilias, wo sie in den Kämpfen
mit dem pylischen Nestor durch den ungeheuren Keulenschwinger
Ereuthalion repräsentirt werden: keiner der Pylier wagt sich an den
Riesen heran, nur Nestor, obwohl der jüngste, thut es und über-
windet ihn; sehr prägnant wird dann die daliegende Goliathsgestalt
beschrieben *H* 155:

$$\text{τὸν δὴ μέγιστον καὶ κάρτιστον κτάνον ἄνδρα}\cdot$$
$$\text{πολλὸς γάρ τις ἔκειτο παρήορος ἔνϑα καὶ ἔνϑα.}$$

Auch die übrigen Gegner der Pylier, die Epeier im nördlichen Elis,
haben, so viele ihrer genannt werden, fast alle etwas Gigantisches.
Bei dem Kyllenier Otos (*O* 518) liegt das schon im Namen, Agasthenes *B* 624 kommt ebenfalls früh als Gigantenname vor (auf der
ältesten, früher für chalkidisch gehaltenen, Giganten-Vase aus Caere);
Hypeirochos *A* 673 hat den gleichen Klang, und die gewaltigen Ak-
torionen *B* 621, *Ψ* 638, die einzigen Gegner, die selbst Herakles
nicht bezwingt, sind bekannt genug; auch der in Hesiods Katalogen
(Schol. Pind. Ol. X, 46, Fr. 89 Markscheff.) genannte Φυκτεύς, der
Einzige seines Namens, trägt diesen Charakter. Der bekannteste
endlich, Amarynkeus, dessen Name mehr von der Art des Αἰγείας
ist, erinnert unmittelbar an Amarynthos, der uns im Kreise der Titanen begegnen wird. Ob Salmoneus, der gigantenartig mit Zeus
wetteifert, speciell für Elis in Anspruch genommen werden kann,
und ob er nicht schon, bevor er dorthin wanderte, den götterfeind-
lichen Charakter trug, muss, ungeachtet der seinen Namen führenden
Stadt daselbst, unentschieden bleiben. Wohl aber möchte ich eine
andre, meist übersehene Geschichte hier einflechten, die unter den
mythologischen Miscellen eines bekannten Tractats [41] im Cod. Laur.

---

[41] Westermann Paradoxogr. 219. Mythogr. 347.

56, 1 steht. Φιλάνθρωπος ὁ τύραννος τὸ ἐν Ὀλυμπίᾳ ἱερὸν ἐμπρήσας ἐπὶ τῷ μὴ κατὰ γνώμην αὐτοῦ τὰς εὐχὰς τελεῖσθαι, ὑποστρέφων εἰς Ἦλιν οὐ μόνον αὐτὸς ἐκεραυνώθη ἀλλὰ καὶ οἱ σὺν αὐτῷ ὄντες τριακόσιοι. Hier ist der Name des Helden schwerlich richtig überliefert. An eine historische Person ist kaum zu denken. Denn abgesehen davon, dass ein Ereigniss wie die Inbrandsteckung des Olympischen Tempels doch nicht ganz unbekannt sein könnte, während dergleichen grade bei mythischen Frevlern öfter vorkommt, weist die Reihe von Uebelthätern, die hier mit Philanthropos beginnt, nur am Schlusse eine deutlich historische Persönlichkeit auf, die schon dadurch aus der Reihe dieser κεραυνωθέντες herausfällt, dass weder ihr Conflict noch ihre Strafe irgend etwas mit den Göttern zu thun haben. Vor Allem ist Φιλάνθρωπος selbst kein Name und sieht zumal in solchem Zusammenhange ganz wie der Scherz eines christlichen Abschreibers aus. Für die Entstehung der Corruptel giebt uns ein nützliches Merkmal die compendiarische Schreibung ΦΙΛΑΝΟΣ (soll heissen ΦΙΛΑΝΟΣ) an die Hand. Ich vermuthe danach als den richtigen Namen ΦΑΛΑΝΘΟΣ. Dieser würde uns direct nach Arkadien führen, wo er sich als Orts- und Heroenname wiederfindet, und zwar in einer Gegend, welche wimmelt von Sagen über Giganten und Titanen [42], wie ja Arkadien überhaupt das Gigantenland heisst [43].

Nirgends hat sich bekanntlich die älteste Bevölkerungsart so lange gehalten wie in Arkadien; hier steigerte sich der berechtigte Ruhm der Autochthonie bis zu der Meinung, dass die Ureinwohner die älteste Menschheit überhaupt repräsentirten; Sikyons Ruhm, die

---

[42]) Paus. VIII, 36. Steph. B. v. Θαυμάσιον. Dion. Hal. I, 61 vgl. Clinton Fast. h. I 22 b. Die gleiche Lesart (ΦΑΛΑΝΘΟΣ) empfiehlt sich vielleicht für das augenscheinlich verderbte ΚΑΑΝΘΟΣ bei Paus. IX 10, 5; so heisst dort ein autochthoner Heros von Theben, der Apolls Heiligthum in Brand steckt und von Jenem erschossen wird, und zwar an derselben Stelle, wo der thebische Drache gehaust haben soll; sehr bedeutsam wird dieser „Kaanthos" Sohn des Okeanos und Bruder der Melia genannt, wobei man unwillkürlich an die Hesiodischen Giganten, die Brüder der Melischen Nymphen denkt. Noch näher würde es freilich liegen Κάνθος einzusetzen, einen Namen, der (s. Schol. Ap. Rh. I 77) die Reihe der aus Euböa stammenden Feinde des böotischen und delphischen Apolls (Paus. X, 6, 3 [6]. 7, 1; vgl. Schol. Eur. Or. 932, 16?) vermehren würde.

[43]) Steph. B. Ἀρκαδία... οἱ δὲ καὶ Γιγαντίδα φασί. Vgl. Eust. z. Dion. Per. 414.

älteste Stadt und Besuchsort der Götter zu sein, scheint zum Theil
darin seinen Grund zu haben, dass die Asopos-Landschaft ehemals
zu Arkadien gerechnet wurde (S. 23). Die mythologischen Consequenzen, welche sich hieraus ergeben, lassen sich alle an dem Mythos von Lykaon und seiner Familie ,beobachten. Zeus kehrt bei
ihm ein, οἱ γὰρ δή τοτε ἄνθρωποι ξένοι καὶ ὁμοτράπεζοι θεοῖς ἦσαν,
(Paus. VIII 2, 2), grade wie es die Odyssee an den Giganten und Kyklopen hervorhebt. Der Frevel fehlt nicht, und es folgt nun die
Strafe: τοὺς δὲ Λυκάονος παῖδας ἀντίλε κεραυνῷ · καὶ τὴν Ἀρκαδίαν
συνεχῶς ἐκεραύνου, ἕως ἡ Γῆ ἀνασχοῦσα τὰς χεῖρας κτλ. (Apd. III 8),
was schon an die Gigantomachie erinnert. Unter den Söhnen des
Lykaon heisst der älteste Pallas, bei Hesiod einer der Titanen; ein
anderer Titanas; auch die Gigantennamen Aigaion und Harpalykos
sind vorhanden. Freilich wenn es Mythogr. Vat. II 58 heisst *de gigantum sanguine natus est Lycaon*, so ist dies nur aus Ovid Met. I 163
deducirt; in Wirklichkeit steht das Geschlecht des Lykaon, welches ja
selbst zu Grunde geht, den Giganten gleich; und diese sind nur der
mythologisch gesteigerte Ausdruck für die gewaltigen und rohen Urgeschlechter. Der Name des Lykaon selbst ist dabei ganz irrelevant;
und es ist wiederum bezeichnend, dass an die Spitze dieses vergangenen
Geschlechts kein uralter Heros von eigner mythologischer Consistenz
gestellt wird, sondern eine so durchsichtige Figur wie diese, die
Personification des Lykäischen Zeusdienstes mit seinen Menschenopfern. — Damit dem Geiste nach übereinstimmend setzt die mytho-
graphische Ueberlieferung bald den Lykaon, bald das eherne Geschlecht unmittelbar vor die als Strafgericht gedachte Deukalio-
nische Fluth [14].

Wenn die Vernichtung des Lykaongeschlechts durch Donner und
Blitz speciell in Trapezunt, wo der Mythus spielt, durch örtliche
Verhältnisse bedingt ist, und auch von dem arkadischen Orte Bathos,
der die ganze Gigantomachie für sich in Anspruch nahm, das Gleiche
zu sagen ist, insofern wesentlich vulkanische Naturerscheinungen den
Mythus vom Götterkampf dorthin zogen, so findet dagegen in einem
der Heraklesmythen das Gigantenthum, wie wir es fassen, und zwar
das arkadische, seinen reinen Ausdruck: der im Allgemeinen unbekannte Lykaon, von dessen Besiegung durch Herakles Euripides

---

[14] Apollod. I 7, 2. Schol. Eur. Or. 1647. Serv. Verg. Buc. VI, 41.
Lukian Dea Syr. 12. S. Hermes XX, S. 135 f.

Alkest. 502 spricht[45], ist vermuthlich kein Anderer als der arkadische, der zwar nicht wie jener Sohn des Ares, dafür aber αὐτόχθων (Nikand. b. Ant. Lib. 31) oder was ungefähr dasselbe sagen will, Sohn des Pelasgos heisst. Wie so oft in der Dichtung und Kunst ist ein ganzes Volk im Kampf nur durch den Führer vertreten. Wir werden in Alkyoneus noch ein zweites Beispiel finden, wie ein Gegner des Herakles, dessen Bekämpfung ein eignes ἆθλον bildet, nach anderer Version Vertreter der Giganten ist. Welckers Beziehung des Lykaonkampfes auf die Abschaffung der Menschenopfer — ganz abgesehen von dem, was Welcker selbst einwendet, dass diese sich dennoch bis in späte Zeiten forterhielten — ist unter diesen Umständen überflüssig. Dass die alte Bevölkerung hier grade am wenigsten ausgerottet wurde, daran kehrt sich der Mythus nicht, der ja nur den Sieg des dorischen Elements im Peloponnes verherrlichen will. Dass bei dem Untergange des Gigantengeschlechts einige Reste übrig bleiben, so einer der Sparten in Theben, ein Lykaonssohn hier, in denen das autochthone Element fortlebt, widerspricht dem Wesen des Mythus nicht. Freilich die Anschauung, dass Reste der Riesenzeit noch in die Gegenwart hineinragen, woraus in der deutschen Sage die vielen Motive von dem Verkehr zwischen Menschen und Riesen entspringen, tritt nur im Peloponnes, dort aber an einem besonders grellen Beispiele hervor, nämlich in der Heraklidensage bei Apollodor II 8, 5, 3, wo es von den Söhnen des Temenos heisst: πείθουσι Τιτᾶνας ἐπὶ μισθῷ τὸν πατέρα αὐτῶν φονεῦσαι[46]. Da hier auf die Titanen noch nicht eingegangen werden kann, nehme man an, es liege die gewöhnliche Verwechslung mit Giganten vor. Es sind jedenfalls bösartige Gesellen, zu denen die

---

[45]) Die von Welcker Götterl. II, 770 bei dieser Gelegenheit angeführte Vase Gerhard A. V.-B. 124 stellt Herakles im Kampf mit einem einzelnen Krieger, Kyknos sollte man meinen, dar. Das dem Gegner beigeschriebene ꟼOAX kann niemals Lykaon geheissen haben, da die Inschrift hart am Gesicht beginnt; sie gehört vielmehr zu den unverstanden nachgeschriebenen und giebt sich ziemlich unzweideutig als KAⱢO⸋ zu erkennen, so gut wie das ENϘⱏE⸋ der andern Figur als HEPKⱢE⸋, während das mit καλός in gleicher Höhe stehende ΛOEⱏ⸋ vermuthlich die Elemente von HOΓΑΙ⸋ enthält.

[46]) Vgl. Nicol. Dam. Fr. 38 ἐκύρον κακούργους ἀνθρώποις οὓς ἐπὶ μισθῷ ἔπεισαν τὸν Τήμενον ἀνελεῖν. Bei Apollodor wollte Hercher mit Faber das Τιτᾶνας in τινάς ändern; es wird sich aber zeigen, dass jede Aenderung unnöthig ist.

Ureinwohner hier gestempelt werden; man beachte, dass wir uns hier
in dorischer Sage bewegen. '*Ὑβρισταί* sind die Arkader auch beim
Schol. Laur. z. Aesch. Prom. 446, und in diesem Sinne wird auch
Oinomaos bei [Lukian] Charid. 19 mehrmals ein Arkader genannt.
Es ist begreiflich, dass solche Unholde in der Heraklidenzeit vorwiegend auch in Kynuria hausend gedacht werden, wo sich die
autochthone Bevölkerung am längsten hielt. Paus. III 2, 2: . . . ὡς
τὴν Ἀργολίδα .. λησταί τε ἐκ τῆς Κυνουριακῆς κακουργοῖεν, καὶ
αὐτοὶ καταδρομὰς ἐκ τοῦ φανεροῦ ποιοῖντο ἐς τὴν γῆν. Aus Giganten hat der Pragmatismus auch sonst Räuber gemacht, so Schol.
Ap. Rh. I, 996. Das Verschwinden unter der Erde (die wohl als
ihre Mutter zu denken ist, die sie aufnimmt) wird in anscheinend
späten Sagen von Titanen oder Giganten erzählt; auch von einem
Gigantenstamme in Italien, welchen Herakles aufjagte, heisst es, dass
dieselben καταγηγόντες .. ὑπὸ γῆς περισταλεῖεν, Strab. 281; doch
schon in einer Komödie des jüngeren Kratin wohnen die Riesen in
einer Schlucht unter der Erde (Athen. XV, 661 E)[47]. Gradezu die
Giganten nennt Pausanias VIII, 36 als in Arkadien hausend: die
Schaar derselben, unter dem Anführer Ὁπλάδαμος, soll, von der
Rhea gewonnen, ihr Schutz geleistet haben gegen die ihre Kinder
verschlingenden Kronos. Und zwar scheint, von der zweifelhaften
Verbindung mit Rhea abgesehen, die Gigantensage selbst in der
dortigen Gegend von zwei Seiten her gesichert, die aber beide die
Titanen betreffen und daher hier ohne Umschweife nicht erörtert
werden können. Ich erwähne nur, dass an demselben Puncte, wo
jene Fabel spielt, am Θαυμάσιον ὄρος, Atlas gewohnt haben soll.
(Dion. Hal. I, 61.) Dies ist auch der Ort, wo Phalanthos liegt, von
dem Pausanias einen Eponymen Heros kennt; daher denn von hier
aus auf den vorher erwähnten Phalanthos genügendes Licht fallen
wird. Nicht minder deutlich verräth sich die Anschauung, dass in
den Urzeiten die Giganten Arkadien bewohnt hätten, in dem Schol.
Apoll. Rh. IV 264, einer Notiz, die einem gewissen Theodoros verdankt wird; zur Erklärung, weshalb die Arkader προσέληνοι genannt
werden, heisst es dort: ὀλίγῳ πρότερον τοῦ πρὸς τοὺς Γίγαντας
πολέμου Ἡρακλέους τὴν σελήνην φανῆναι[48]. Nur ist dabei nicht

---

[47]) Dass es wie zu allen Zeiten auch gewöhnliche Räuberhöhlen unter
der Erde gab, z. B. Heliodor Aeth. II 24, steht dem nicht im Wege.

[48]) Auf diese Nachricht könnte sich berufen, wer auf der Berliner
Vase (Gerhard, Trinkschalen VIII 2) die Selene des Mittelbildes mit der

etwa an die Gigantomachie zu denken, die in erster Linie von den
Göttern geführt wird. Die Gigantomachie, ein Mythus, der von ganz
andern Gegenden ausgegangen ist, tritt von vornherein in Verbindung
mit Phlegra auf, und Ansprüche, wie die des erwähnten Bathos in
Arkadien, sind dagegen kaum laut geworden und sind auch nicht
ernst zu nehmen; wir werden später deutlich sehen, worauf sich
dieselben in Wirklichkeit reduciren.

Auch in die Theseussage, die in so vielen Dingen die Bahnen
der Heraklessage gegangen ist, spielt das arkadische Gigantenelement
hinein. Der autochthone Unhold von Eleusis, wo ohnehin einst die
γηγενεῖς gehaust haben sollen, Kerkyon, ist eigentlich in Arkadien
zu Hause, wie Plut. Thes. 11 bezeugt und wie die augenscheinliche
Identität mit dem gleichnamigen Vater des arkadischen Herrschers
Hippothoos (Paus. VIII, 5, 3. 45, 4) beweist: ein Zusammenhang,
der noch in einem ganz andern Kreise zum Vorschein kommt;
nämlich Parthenopaios, Einer der Sieben gegen Theben, der selber
als Arkader bezeichnet wird (Aesch. Sept. 530. Eur. Suppl. 890), hat
zur Mutter entweder die arkadische Atalante oder eine Tochter
Kerkyons (Antimach. Schol. Eur. Phoen. 150).

Soviel vom Peloponnes, dessen Bedeutung für unsern Sagencomplex in den spätern Capiteln bei den Titanen noch in höherem
Masse sich geltend machen wird.

Wenn gigantische Völker wie die Laistrygonen (Lykophr. 663)
und die ungefähr in gleichem Range stehenden Ligurer (Aeschyl.
Fr. 193. Lykophr. 1356) ersichtlich erst nachträglich, wahrscheinlich durch die nach westlichen Abenteuern ausschauenden
Geryoneus-Dichtungen zu besiegten Gegnern des Herakles gemacht
wurden, so nimmt dagegen das Abenteuer von Kos, welches schon

---

Aussenseite, die den Gigantenkampf darstellt, in Verbindung setzt, wie dies
neuerdings in dem Tirocinium Bonnense 1883 S. 74 eigentlich ohne er-
sichtlichen Grund geschieht. Ich selbst bin an diesem Zusammenhang längst
irre geworden und glaube, dass, wenn er bestände, man mindestens noch
den weiteren Schritt thun müsste, anzunehmen, dass hierin die Dichtung
irgendwie voranging, da sich sonst nicht einsehen oder nicht beweisen
liesse, weshalb grade hier, und nicht bei den tausend andern Schlachtscenen
der Vasen, ausgedrückt sein solle, dass erst die Nacht dem Gemetzel ein
Ende machte. Uebrigens muss die Bezeichnung der Figur, die Manche für
die Nyx halten, als Selene für zweifellos gelten wegen der über ihrem
Haupt gemalten Scheibe. Vgl. a. Wieseler Gött. gel. Anz. 1860, 295. Robert,
Hermes XIX 468.

die Ilias kennt, eine wichtige Stelle in diesem Kreise ein. Kos war
bekanntlich von Argos aus (von Epidauros) colonisirt, und der
Widerstand, den die Eingeborenen den Doriern leisteten, muss
hier ein besonders heftiger gewesen sein; die Gefahr, in welche
Herakles dort gerieth, hebt schon die betreffende Partie der Ilias
hervor, indem sie das Ganze in bekannter Weise auf die Ränke der
Hera zurückführt, welche den Helden auf der Rückkehr von Troja
dorthin verschlagen werden lässt. Nach Anderen soll Herakles dort
sogar verwundet worden sein; die dorische Dichtung wusste diesen
Widerstand der Bevölkerung [49] freilich damit zu motiviren, dass die
Koer den anlandenden Herakles und seine Genossen für Seeräuber
gehalten hätten. Allein der Umstand, dass sich die autochthonen
Koer dem Herakles furchtbar gemacht hatten, selbst in Verbindung
mit dem, was Apollodor erzählt, dass sie mit Steinen warfen, hätte
nicht genügt, sie in der Sage zu Giganten zu stempeln [50]. Es kam
noch Verschiedenes hinzu. Ihr mythischer Name ist bekanntlich Μέ-
ροπ*ες von einem König oder Stammvater Merops, der als γηγενής
aufgeführt wird (Steph. B. s. v.). Dieser Name, der bei Homer als
Beiwort das ureigenthümliche Wesen der Menschen ausdrückt, bezeichnete sie als die ältesten Menschen überhaupt. Zwar haben die
Koer selbst diesen Ruhm in historischer Zeit niemals genossen in
der Art wie die Arkader, doch bezeichnete Μεροπίς ein Fabelland,
welches man sogar im hohen Norden suchte, obwohl der eigentliche
Ursprung nicht ganz vergessen wurde und Μεροπίς als alter Name
für Kos angeführt wird. Merops heisst in der Ilias ein frommer
Seher, der in Perkote wohnt; Clemens Alexandrinus (Protr. III p. 13
Sylb., p. 38 Pott.) nennt den Merops neben dem Phoroneus als
Stifter von Gottesdiensten. Die Namen der Söhne des homerischen
mit den südlichen Lykiern stammverwandten Merops, Adrast und
Amphios, der das Beiwort λινοθώρηξ führt (B 830), weisen stark nach
Sikyon [51], dem μακάρων έδρανον (Kallim. Fr. 195). Merops heisst end-

---

[49]) Noch in späten Zeiten unterschied man in der Bevölkerung γηγενείς
und Herakliden. Hippokrat. Epist. 1294, S. 839 Kühn.

[50]) In Kos wird auch der von Herakles erlegte Unhold Termeros
localisirt (Schol. Rhes. 509, vgl. Plut. Thes. 11); doch gehört derselbe ohnedies nach Karien.

[51]) Auch der Name des Melanippos, des Gegners von Adrast (Herod.
V, 67), begegnet uns in Perkote, O 546, 576. Es darf unter diesen Umständen
gar nicht befremden (s. Wilamowitz Herm. XVIII, 430, 2), den Merops in
Böotien anzutreffen.

lich bei Euripides der König der frommen Aethiopen, bei denen die Götter
so gern weilen. Doch darf nicht verschwiegen werden, dass all diese
Ideen, soweit sie Kos angehen, erst veranlasst sind durch das Eindringen eines jüngeren Stammes, offenbar des dorischen, in die
Hexapolis, wodurch die älteren Einwohner zu Urmenschen, dann zu
Giganten gestempelt wurden. — Als Giganten finden wir die Meroper
aufgefasst bei Euripides in der Helena 382 [52], einer gewöhnlich über-
sehenen Stelle. Aber schon viel früher wurde Kos als Gigonteninsel
betrachtet, und als solche in den Kreis der Gigantomachie hereingezogen; von Pallene aus, dem Schauplatze des Kampfes, verfolgt

---

[52]) Die Stelle lautet:

$$\text{ἄν τί ποτ' Ἀρτεμις † ἐξεχορύσατο}$$
$$\text{χρυσεκέρατ' ἔλαφον Μέροπος Τιτανίδα κούραν}$$
$$\text{καλλοσύνας ἕνεκεν.}$$

Trotz der Corruptel im Verbum ist die hier angedeutete Sage ziemlich
erkennbar; es ist offenbar dieselbe, von der Ovid Met. VII, 363 — leider
allzu kurz — spricht:

Eurypyliquo urbem qua Coae cornua matres
gesserunt tum cum discederet Herculis agmen.

Es handelt sich also um eine Verwandlung in eine Hirschkuh, wobei die
Anknüpfung an das Herakles-Abenteuer nur mythographischer Natur zu sein
scheint. Dass bei Euripides von einer Metamorphose die Rede sei, ist
durch die voraufgehende Kallisto-Fabel nahegelegt, zumal in beiden Fällen
dieselbe Göttin agirt. Abgesehen von dem Plural, dessen Richtigkeit sich
nicht controliren lässt, müssen wir *matres* wohl wörtlich nehmen, und nicht
bloss als „Weiber" im Allgemeinen; denn Hygin Astr. II, 16 erzählt in der
That von einer Bestrafung der Gattin (nicht der Tochter) des Merops
durch Artemis und Persephone. Boio, die Söhne wie Töchter des Merops
durch die Götter, denen sie die Anbetung versagten, zur Strafe in Vögel
verwandeln liess, fasste wohl die vorliegende Sage mit der von den gigantischen Meropern zusammen. Euripides giebt offenbar die älteste Form,
indem er der Artemis eine Jungfrau gegenüberstellt, wobei nur das Genauere über die Art, wie diese durch ihre Schönheit frevelte, sich unserer
Kenntniss entzicht. Das verdorbene ἐξεχορύσατο ist vielleicht in ἐξεχορύσατο
zu ändern. — Artemis mit dem Bilde der Hirschkuh stammt natürlich aus
Epidauros (von wo Kos colonisirt worden); in der ganzen Gegend dort
spielt der Artemis-Dienst eine grosse Rolle; im benachbarten Hermione
finden wir sogar Artemis Iphigeneia, wobei die Hirschkuh zu ihrem Rechte
kommt; in der Epidaurischen Colonie Aegina dominirt ebenfalls diese
Göttin und zwar als 'Hekate' (Iphigeneia selbst wurde nach Hesiod zur
Hekate). So erkläre ich es mir auch, dass in dem Stammbaum der As-
klepiaden zu Kos, die ja ihren Ahnherrn auch aus Epidauros haben, einer
der älteren Νιβρός heisst. Steph. B. s. v. Κῶς. Vgl. das Orakel von Nebros,
dem ἔλαφος παῖς, Hippokr. Ep. 1292. 1271.

nach feststehender Ueberlieferung Poseidon den Polybotes übers Meer
und wirft die Insel Kos oder das benachbarte Eiland Nisyros, welches
er von Kos lossprengt, auf den Gegner, wie dies schon Bildwerke
des sechsten Jahrhunderts darstellen. Die bei Boio (Ant. Lib. 15)
hervortretende Auffassung der Koischen Autochthonen als eifriger
Diener der Erdgöttin und als ausgesprochener Feinde der übrigen
Götter wird noch näher zu erwähnen sein.

Der merkwürdigste Mythus in dieser Reihe ist wohl der von
Kyzikos, dessen Giganten schon die Odyssee kennt, während ihr
Kampf mit Herakles bei Apollonius Rhodius I, 942 ff. erzählt wird.
Dass die dortigen Giganten das Vorbild für die Lästrygonen abgaben,
hat Kirchhoff [53] mit Recht geschlossen aus der Erwähnung der Quelle
Artakia, einer historischen Localität bei Kyzikos, an welche die
Odyssee jenes Abenteuer anknüpft, obwohl sie es im Uebrigen in
der bekannten Märchenweise darstellt und sich das Ganze im fernen
Westen (x 82) wie alle Fabelländer denkt. So unzweifelhaft der
durch den Namen Artakia gegebene Zusammenhang ist, den Niese [54]
nicht hätte in Frage stellen sollen, und der sich sogar noch durch
ein anderes, nicht minder gravirendes Moment stützen lässt [54 a],
so braucht die Fabel doch darum nicht von jeher mit der Argonautensage, in der sie uns begegnet, in Verbindung gestanden zu haben.
Die in der Argonautensage geschilderte Erschliessung der Propontis-
und Pontusländer und die damit verbundenen Kämpfe gegen die
Eingebornen mögen immerhin Gigantenmythen, wie die von den
Sparten in Kolchis, nach sich gezogen haben, und z. B. die Kämpfe
mit den von der μελία stammenden Bebrykern, die der Riese Amykos
repräsensirt, tragen ganz diesen Charakter. An dieses autochthone,
streitbare und zu Grunde gegangene Volk (τὸ δὲ γένος αὐτῶν ἠφά-
νισται διὰ τοὺς γενομένους πολέμους, Schol. Apoll. Rh. II, 2) könnte
man auch denken, wenn die spätere, vermuthlich von Herakles ausgehende Genealogie Bithyniens den Titanen Kronos und den Briareos
als Stammväter und eine Titanin als Stammmutter des Landes nannte
(Steph. B. s. vv. Βιθυνία und Τρῆρος) [55]; und da dieser Stamm

---

[53]) Die Homerische Odyssee, 1879, p. 287 ff.
[54]) Die Entwickelung der Homerischen Poesie p. 224.
[54 a]) S. unter „Hekatoncheiren".
[55]) Vgl. Steph. B. Θρᾴκη ἀπὸ Θρᾴκης νύμφης Τιτανίδος, ἀφ' ἧς καὶ Κρόνου
δόλοχος. Dolonkos ist nämlich Bruder des Bithynos (Steph. B. δόλοχοι).

einst auch grössere Theile der Mysischen Nordküste bewohnte, was z. B. Charon von seiner Vaterstadt Lampsakos berichtet, die einst *Βεβρυκία* hiess (Schol. Ap. Rh. a. a. O.), so könnte man auch die Gigantensage von Kyzikos darauf zurückführen wollen. Allein es sprechen hier ganz andre Momente mit, und zwar solche, die erst in Verbindung mit den Titanen erörtert werden können. Der Hinweis darauf, dass die Kyzikenischen Riesen von Apollonius als vielarmige Ungeheuer geschildert werden, genügt wohl, die sehr veränderte Richtung anzuzeigen, in die wir hier gerathen würden.

III. Die Aloaden.

In einen wesentlich andern Kreis von Vorstellungen führt uns das gewaltige, von Ilias (*E* 385) und Odyssee (*λ* 305) gefeierte Brüderpaar der riesigen Aloaden, die von Jugendschönheit strahlen gleich dem Orion. Während aber Orion, mit dem Homer sie vergleicht (*λ* 310) und mit dem sie an vielen Orten zusammentreffen und manche wichtige Züge theilen [55a], nie zum Giganten geworden ist, begegnen wir dem Ephialtes unter den Giganten bei Apollodor und beiden ganz gewöhnlich in römischer Zeit, nachdem die für sie charakteristische Aufthürmung der Berge und Erstürmung des Himmels schon eine gute Zeit vorher auf die Gesammtheit der Giganten übertragen worden. Eine so ausgeprägte Riesengestalt wie Orion, welcher *γηγενής* ist, das Meer durchschreitet, wie fast alle Riesen Sohn des Poseidon heisst, dem auch Riesenbauten zugeschrieben werden, zeigt wiederum, wie wenig sich der Begriff Riesen mit dem der Giganten deckt. Während die Giganten einfach gleich Ungeheuern niedergemacht werden und ihre Generation immer eine graue Vorzeit, einen Gegensatz zu den sie überdauernden, im Cultus fortlebenden Göttern und Heroen bedeuten, war seinerseits Orion schon durch das lichte Bild am Himmel, in welchem er fortlebte, davor gesichert, in jene

---

Die kleinasiatischen Sagen greifen öfter über den Hellespont hinüber, wofür das Hekabe-Grab und die Polydoros-Fabel nicht die einzigen Beispiele sind.

[55a]) Z. B. den Conflict mit Artemis sowohl wie mit Hera (Apollod. I 4, 3), sowie die Blendung, die bei Orion bekannt ist, aber auch bei Ephialtes wiederkehrt (Apollod. I 6, 2, 2).

Kategorie herabzusinken. Ueberdies hat sich sein Andenken als
eines Landesheros viel länger behauptet, als das der Aloaden. In
einer Zeit, wo noch Korinna sein Ansehen erneuert, erzählt Pindar
Pyth. IV, 88 von den Aloaden, wie sie gleich andern Frevlern, z. B.
Tityos, durch die Letoiden getödtet werden, und das in Naxos, wo
der Heroencult der beiden Brüder inschriftlich bezeugt ist. Die Sage
derselben Insel erzählte sogar, dass sie sich grade wie die Sparten
gegenseitig getödtet hätten und zwar ebenfalls in Folge der von
einer dritten Person — hier einer Gottheit — ausgehenden Täuschung.
Anfänglich ist ihr Charakter ein ganz anderer; in der Ilias, wo sie
den Ares fesseln und eingesperrt halten, erscheint diese Riesenstärke
— zu der die Odyssee noch die Riesengrösse fügt — lediglich als
Bild einer glänzenden, auf Ackerbau gegründeten Cultur [56]. Aber es
ist nur ein Schritt von dieser Uebermacht bis zu dem Uebermuth,
der sie treibt, um Göttinnen zu freien (Apollod. I 7, 4, 4), den
Himmel zu ersteigen und auch andre Götter als Ares anzugreifen.
Ein sehr ähnlicher Mythus, der gewöhnlich übersehen wird, ist der
von Erysichthon, ebenfalls einem thessalischen Helden, dem Sohne
desselben Triopas, von dem durch seine Tochter Iphimede die Aloaden
stammen. Auch in diesem schlägt das cerealische Element, der
κόρος in ὕβρις um; die Gefrässigkeit, welche der Mythus als Strafe
darstellt für den an der Demeter begangenen Frevel, bezeichnet im
Gegensatz zu manchen andern Fällen nur das eigenste Wesen dieses
Helden; gab es doch auch eine Demeter Ἀδδηφαγία (Polem. Fr. 39),
wie den Aloaden entsprechend eine Demeter Ἀλωάς, und wird doch
von Manchen das Verbrechen dem Triops selbst zugeschrieben [56a], der
in enger Cultverbindung mit Demeter steht. Auch Erysichthon und seine
Sippschaft sind Riesen, wie wir durch Kallimachos h. Cer. 35 erfahren.
Ich erinnere hier noch einmal an den Namen Λάμος des Lästrygonen-
königs. Diese Vorstellung von den Riesen, sehr entgegengesetzt der-
jenigen von den chernen Männern, welche οὐδέ τι σῖτον | ἤσθιον,
scheint im Zusammenhang zu stehen mit dem Bilde, welches die
Odyssee von dem Kyklopenlande entwirft. Jener üppige Reichthum

---

[56]) Wie hier der Krieg, so wird im Cultus das Verhängniss gefesselt;
so das Bild der bewaffneten Aphrodite Morpho in Sparta Paus. III 15, 8,
das des Ares selbst ebendort 15, 5 (von Welcker Götterl. II, 729 ohne diese
Parallelen und daher falsch erklärt), das des Dionysos in Chios und der
Artemis in Erythrai. Polem. Fr. 110.

[56a]) Diod. V, 61. Inschr. des Herodes Atticus (Kaibel Epigr. 1046, 95).

des Erdbodens, der sich bei den Phäaken bis zu dem Bilde eines
Schlaraffenlandes steigert, dazu der Verkehr mit den Göttern, welche
die Gastmähler der Menschen besuchen, dies ganze höher potenzirte
Dasein ist das Bild einer goldenen Vorzeit, von welchem der rohe
und „eherne" Charakter der Urgeschlechter nur die Kehrseite bildet.
Die letztere Anschauung geht entweder parallel mit jener Idee von
der seligen Urzeit, oder sie giebt den Grund ab für das Aufhören
derselben. Erst die didaktische Dichtung hat dies Doppelverhältniss
verwischt und durch Einschiebung eines silbernen Zeitalters syste-
matisch abgestuft.

Wir haben es hier aber nicht mit rein poetischen Schilderungen
zu thun, sondern diese Beziehungen gewisser Giganten-Geschlechter
zum Gebiete der Demeter müssen tiefer mythologisch begründet sein.
Man sehe selbst, an wie vielen Beispielen sich dieselben aufzeigen
lassen.

Zunächst in dem nach Triopas benannten Culte der dorischen
Hexapolis, den wir schon berührten; sodann dem von Mylasa, dem
einzigen Ort, wo sich der Dienst der Aloadenmutter Iphimede nachweisen lässt (Paus. X, 28, 4). Von Kos, wo Triops als Vater des
Merops (Steph. B. s. v. *Μέροψ*) oder auch selbst als König der Insel
genannt wird (Schol. Theokr. 17, 68), wird erzählt, dass die dortigen
Autochthonen, die Meropssöhne, die in andrer Sage als Giganten
gelten, keinem der Götter und nur der Ge dienen wollten, indem sie
sich von den Städten fern hielten und nur dem Ackerbau lebten,
wofür sie denn von den Göttern gestraft wurden (Boio a. a. O.).
Dazu füge man die sehr beachtenswerthe Thatsache, dass Virgil
Aen. VI, 484 den Polybotes als Demeter-Priester kennt: *Cererique
sacrum Polyboten* (so nach der besten Lesart); Polybotes ist hier
unter den Troern grade wie Merops [57]. Wenn Apollodor von Athen
(b. Harpocr. s. v. *αὐτόχθονες*) die Bezeichnung Autochthonen auf
die Erfinder des Ackerbaus bezog, so ist das anscheinend ratio-
nalistisch gemeint; indessen glaubt man angesichts dieser Sagen
wirklich einen sagenhaften Hintergrund in jenem Ausspruch zu
erkennen. So wird bei Alexis Fr. 108 (Kock) ein eingefleischter

---

[57]) Offenbar steht das doppelte Vorkommen dieser Namen am karischen
Vorgebirge und an der Nordküste Mysiens im Zusammenhang mit dem
doppelten Vaterland des Lykierstammes, der sowohl in der Gegend von
Zeleia (*B* 824), wie im eigentlichen Lykion zu Hause ist.

Landmann βῶλος, ἄροτρον, γηγενής ἄνϑρωπος genannt. — Auch
die Gigantensage von Rhodos, wo Triopas ebenfalls stationirt
wird, läuft auf diese Verbindung mit dem Saatfelde hinaus.
Der eigentliche Name für die Eingebornen ist hier Ἴγνητες; indessen
hat sich die Sage von den Telchinen, die doch auch anderwärts
vorkommen, daneben geschoben und hat jene theilweis, z. B. bei
Diodor, sogar verdrängt. Diodor V 55 giebt die hierher gehörigen
Mythen offenbar nur mit unvollständiger Benutzung seiner Quellen
wieder, wodurch die Klarheit des Zusammenhangs gelitten hat. Es
handelt sich um vier Notizen. 1) Poseidon erzeugt mit der Ἁλία,
der Schwester der Telchinen (welche selbst Söhne des Meeres sind),
eine Tochter Rhodos und sechs wilde Söhne, die, wie an vierter
Stelle erzählt wird, der anlandenden Aphrodite den Eingang verwehren und allerlei Schandthat verüben, worauf sie von dem eignen
Vater unter der Erde verborgen worden; sie wurden übrigens auf
der Insel προςηῷοι δαίμονες genannt. 2) Zu derselben Zeit lebten
im Osten der Insel die sogenannten Giganten. 3) Zeus, nachdem
er die Titanen besiegt, erzeugt mit der Nymphe Ἰμαλία drei Söhne
Σπαρταῖος, Κρόνιος, Κύτος. 4) „Zu deren Zeit" kam Aphrodite
u. s. w. Sowohl zwischen 1) und 2) wie zwischen 3) und 4) vermisst man jeden Zusammenhang; mindestens sollte man erwarten,
dass Aphrodite von den Zeussöhnen gegen die Brüder geschützt
wird. Ich meine, es liegt auf der Hand, dass 1) und 2) nur verschiedene Versionen für dieselbe Sage sind, dass die Giganten im
Osten der Insel keine andern sind als „die östlichen Dämonen", die
wilden Poseidonssöhne (wie ja die meisten Riesen für Söhne Poseidons gelten); es ist ein echter Gigantenzug, dass sie den Ankömmlingen die Landung verwehren, und auch hier stimmen die einzelnen
Angaben insofern gut zusammen, als bei Diodor, wo Aphroditens
Reise von Kythera nach Kypros ging, die wirkliche Richtung ihrer
Wanderung nur umgekehrt ist; sie kommt in Wirklichkeit von Osten
und dort findet sie die schrecklichen Eingebornen. Die Autochthonen-
sage von Rhodos hat sich nun gespalten[57a]. Während Ἁλία und Poseidon, der in dem Rhodischen Cult keine Rolle spielt, die marinen

---

[57a] Die dritte Form (Diod. V 56, 4) ergab sich von selbst und ist im
Einzelnen ohne Werth; vgl. Hellanik. Fr. 11. — An den „Dämonen", die
hier zu Giganten werden, ist kein Anstoss zu nehmen, wie später gezeigt
werden wird.

Beziehungen der Insel vertreten — war doch die Insel selbst, wie
die Telchinen, aus dem Meere aufgestiegen —, so heirathet Zeus die
Ἰμαλία, welche von Clemens Romanus Homil. V, 13 als γηγενής bezeichnet wird, deren Name Müllerin bedeutet und in der Form
Ἰμαλίς ein Beiwort der Demeter ist (Preller, Polemon. fr. 39. p. 71).
Und zwar wohnte Zeus der Himalia in Gestalt eines Regengusses
bei (Clem. Rom. l. c.); dem entsprechen die (auch von Clem. Rom.
bezeugten) Namen der Söhne, welche sich auf Saat, Reife und Erndte
beziehen. — Mit der Sage von Rhodos, die wiederum γίγας nur als
Kehrseite von γηγενής offenbart, steht wie auf andern Gebieten so
auch hier diejenige von Kreta in innigem Zusammenhang. Die
dortigen Giganten, die in Kürze auch bei Ptolem. Heph. II p. 185, 25
erwähnt werden, sind genau von dem gleichen Schlage wie die beiden
Riesen der ἀλώα. Diodor V 71, indem er die Kämpfe des Zeus gegen
Giganten aufzählt, den mit Typhon in Kleinasien, den auf Pallene
und den (von Pallene dorthin übertragenen) des Phlegräischen Feldes
in Campanien, beginnt, da die ganze Partie von Kreta und der Geschichte des Zeus handelt, mit dem Kampf gegen die von Mylinos geführten Giganten, von denen einer Namens Musaios[57b] zu Zeus überging.
Mylinos der Müller repräsentirt eben so deutlich die eine Seite der
Aloaden, wie Musaios die andre aus Böotien bekannte, wo die
Aloaden als Stifter des Musencults am Helikon gefeiert wurden
(Paus. IX, 29, 1)[57c]. Damit aber Werth und Alter der ‚Mylinos'-Sage,
die auf den ersten Blick kein sonderliches Vertrauen erweckt, richtig
gewürdigt werde, wird uns von Rhodos her, wo der agrarische Charakter der Giganten deutlich war, Grund und Ursprung jenes Namens bekundet. Dort, also in der Nachbarschaft von Iphimedens
Stadt Mylasa, gab es eine Μυλαντία ἄκρα (ἐν Καμ<ε>ίρῳ τῆς᾿ Ρόδου)
sowie Μυλάντιοι θεοί ἐπιμύλιοι, ἀπὸ Μύλαντος ἀμφότερα τοῦ καὶ
πρώτου εὑρόντος ἐν τῷ βίῳ τὴν τοῦ μύλου χρῆσιν (Steph. B. s. v.);
dem Hesych zufolge war Μύλας εἷς τῶν Τελχίνων, ὅς τὰ ἐν
Καμείρῳ ἱερὰ Μυλαντείων ἱδρύσατο. Der leicht erkennbare Zusammenhang, in welchem diese Dinge mit der für die dorische
Hexapolis charakteristischen Cultverbindung von Apoll und Demeter

---

[57b]) So heisst ein Gigant b. Tzetzes Theog. 74. Abh. d. Berl. Ak. 1840, 150.
[57c]) Robert (Comment. in hon. Mommsen. 145 f.) hat Verdachtgründe
gegen die von Pausanias benutzte Quelle vorgebracht. Jedoch frappiren
die ziemlich parallelen Erscheinungen der Inselsage.

stehen, wird gesichert durch eine auf der Akropolis von Ka-
meiros gefundene Inschrift, die den Apollo selbst Mylas zube-
nennt[58], so dass jene Mehrheit gleichartiger Götter entweder nach
einem gewöhnlichen Process als Ausfluss der einen so gearteten Gottheit oder als die Verbindung von Apoll, Demeter und Persephone zu verstehen ist. Dunkel bleibt vor der Hand noch das
causale und zeitliche Verhältniss, in welchem dazu die Giganten,
Mylinos und die Aloaden stehen, da doch der Zusammenhang evident ist und sowohl die Aloadenmutter in Mylasa wie deren Vater,
der für diesen Cultuskreis significante Triopas, der auch unter den
Rhodischen Stammvätern ist (Diod. V 57. 61), jeden Zweifel in dieser
Hinsicht ausschliesst. — Es überrascht daher nicht, die Sage von Otos
und Ephialtes auch in Kreta verbreitet zu finden, zumal bei der
vielfachen Verbindung mit Naxos, wo die Sage von ihnen culminirt.
So hielt man sich berechtigt, zur Erklärung des Namens der kretischen Stadt Βίέννος oder Βιάννος (Steph. B. s. v.), wo Ares einen
Tempel hatte [59], den Mythus von der Fesselung des Ares durch die
Aloaden heranzuziehen, einen Mythus, der auch auf Naxos localisirt
wird (Schol. Hom. E 385); ferner hiess eine vulcanische Gegend daselbst Otii campi (Sallust bei Serv. Aen. III 578); und als in der
Kaiserzeit ein Riesengerippe dort gefunden wurde, dachte man an
Otos oder Orion (Plin. VII, 73), der ja auch auf jenen Inseln heimisch ist [60]. — Man bemerke übrigens, dass in Rhodos wie in Kreta
aus dem Regen des Zeus die Urbevölkerung entsteht. Während
aber in Rhodos die Sage vom Goldregen des Zeus (Pind. Ol. VII, 34,
Strab. 655) durch die vorübergehend dort angesessenen Danaiden auf
Argos zurückgeht, ähnelt die Geburt der Kureten, die nicht durch
eine sterbliche Mutter (wie Danae und Himalia) vermittelt wird,
sondern direct aus der Erde erfolgt, mehr der Sage von Korinth,
wo die Menschenleiber *pluvialibus edita fungis* waren. Es verdient
daher Beachtung, dass grade Aphrodite, die Cultgenossin des Helios

---

[58])   Ἀπόλλωνος . . .
                Κα]ρντίου καὶ Μύλαντ[ος. Journ. of Hell. Stud. IV, 351.
Lykophron 435 kennt einen Zeus Μελεύς.

[59]) Le Bas Voyage III 68c.

[60]) Vgl. für die beiden letzten auch die Völkerschaft der Ὠταῖς in
Kypros (Ephoros b. Steph. B. s. v.) und die mit Kypros verwandten Ὑγαῖς
in Kilikien (Apollod. III 14, 3).

in Korinth, es ist, welche auf Rhodos, der Heliosinsel, landen will.
Ueberdies wird Aloeus selber von der altkorinthischen Sage (Eume-
los Kor. Fr. 2. 4) in ihrem Gebiete localisirt, als ältester Herrscher
von Sikyon, einer Stadt, von wo aus, wie um der angeführten kretischen
Sagen willen erwähnt sein will, in der Heraklidenzeit ein Zug nach
Kreta ging (Paus. II, 6, 3). Aphrodite erscheint übrigens mit den
Aloaden verbündet in einer anscheinend unbedeutenden Erzählung,
Schol. Hom. *E* 385; ein Bündniss, welches sich nach dem ganzen
Zusammenhang daselbst möglicherweise nur darauf gründet, dass
sowohl die um Adonis trauernde Aphrodite wie das Aloadenpaar
der Ilias dem Ares feind ist. — Naxos endlich kann unter den
Inseln als Mittelpunct der Aloadensage gelten (Plut. de exil. 9). Hier
genossen sie offenbar aus alter Zeit her Heroencult (Diod. V 51) und
hatten ein eignes τέμενος, wie eine Inschrift bezeugt (CIG 2420).
Eine andere Form der Ueberlieferung, in der sie Gigantencharakter
angenommen haben, berichtet, dass sie sich gegenseitig tödteten
(Pind. Fr. 163), sei es mit Absicht (Diod.), sei es unfreiwillig, indem
Artemis, um die sie zu freien wagten, als Hirschkuh zwischen ihnen
schnell hindurchlief und so die Geschosse der Beiden zu ihrem Ver-
derben lenkte (Apollod. I, 7, 4). Nur von Naxos her sind die Aloaden
als γηγενεῖς bezeugt, nämlich durch Eratosthenes (Schol. Ap. Rh.
I, 482), in welcher Notiz zwar die Naxische Quelle nicht genannt ist,
aber nicht zweifelhaft sein kann, da Eratosthenes die Ναξικά des
Aglaosthenes gelesen und benutzt hat (Robert Erat. Cat. p. 243).
Doch hat man kein Recht, diese Eigenschaft allgemein für die
Aloiden anzunehmen und sie für Söhne des Saatfeldes, also der
Erde zu erklären. Die Ueberlieferung, die sie nur als Söhne des
Aloeus (Hesiod: Schol. Ap. Rh. a. O.), aber nicht einer 'Αλωά kennt,
wird sich, so gering der Unterschied aussieht, in diesem Puncte als
vollkommen correct erweisen, so dass die Form Aloiden eigentlich
den Vorzug verdient.

Uns kam es hier nur darauf an, diese Beziehungen zum Gebiet
der Demeter festzustellen, wenn auch eine Erklärung dieser merkwürdigen Erscheinung hier noch nicht zu erwarten ist. —

In dem Aloadenmythus der Odyssee haben wir den ersten Ansatz zu einem Kampf der Riesen gegen die Götter. Es wird freilich
nur von einem Versuch gesprochen (μέμασαν), gegen den die Götter
nicht irgend wie reagiren; nur Apollo tödtet die beiden in der Blüthe
der Jahre, Apollo der Todesgott der Männer in der Odyssee, dem

sie auch ohne jenes Vergehen unterlegen wären. Ich wage nicht zu
entscheiden, ob in den Worten

$$\dot{\alpha}\pi\epsilon\iota\lambda\dot{\eta}\tau\eta\nu\;\dot{\epsilon}\nu\;{}'O\lambda\acute{\nu}\mu\pi\omega$$
$$\varphi\nu\lambda\acute{o}\pi\iota\delta\alpha\;\sigma\tau\dot{\eta}\sigma\epsilon\iota\nu\;\pi\delta\lambda\nu\acute{\alpha}\ddot{\iota}\kappa\sigma\varsigma\;\pi\sigma\lambda\acute{\epsilon}\mu\sigma\iota\sigma,$$

nur ein etwas breiter epischer Ausdruck für den Angriff im Allgemeinen vorliegt, oder damit gesagt sein soll, dass die Aloadon, von
Hause aus kriegerisch, mit ihren Kämpfen sogar den Olymp nicht
verschonten. Im letzteren Falle, wo sie ihrem Namen sehr unähnlich
und den Giganten ganz ähnlich würden, müsste man daran erinnern,
dass Otos — das einzige Mal, wo der Name sonst noch vorkommt —
ein Häuptling der streitbaren Epeier heisst (Hom. O 518) und dass
diese in Panopeus — denn Epeios ist Sohn des Panopeus — mit
den Phlegyern und dem Riesen Tityos zusammentreffen.

Indessen scheint das Aufthürmen der thessalischen Berge und
die kolossale Körpergrösse mehr nach der Richtung der Kyklopen
hinzuweisen und entspricht auch mehr den Verhältnissen eines
Götterkampfes, als dies bei den kriegerischen Giganten, den Gegnern
der Heroen der Fall ist. Die Betrachtung der Titanen wird uns auf
diese Mythen zurückführen.

Sind auch die Giganten ohne Zweifel älter als der Titanenmythus der Ilias, so ist doch die Gigantomachie, in welcher dieser
ganze Sagencomplex gipfelt, von hier aus nicht zu erreichen, sondern
der Weg zu jenem Mythus, an dem die ganze Götterwelt theil-
nimmt, führt durch das Gebiet der Titanen und der Titanomachie.
Schon der Umstand, dass die Gigantomachie sich bis jetzt nicht vor
dem sechsten Jahrhundert nachweisen lässt, nöthigt uns hier inne
zu halten und zunächst den soviel früher auftretenden und auch
früher verschwindenden Mythus von den Titanen zu betrachten, von
denen in der Folgezeit nur der Name fortlebte, indem er an den
Giganten haften blieb, ohne dass die Berechtigung dieser schon im
fünften Jahrhundert üblichen Vermischung bisher genügend untersucht
und der Zusammenhang beider Mythen soweit aufgeklärt wäre, wie
dies allerdings möglich ist.

Die Giganten selbst haben sich als die mythisch gestalteten und
mehr oder weniger ins Groteske gesteigerten Autochthonen und Urgeschlechter zu erkennen gegeben. Aber indem sie als eine unbestimmte Menge auftreten, lassen sie ausgeprägte Persönlichkeiten

nur wenig aufkommen. Es wird sich in der That zeigen, dass die
meisten, wo nicht alle Einzelgestalten, die dieses weitverzweigte
Sagengebiet aufweist, nicht in dem eigentlichen Gigantenelement,
dem γηγενές, wenn man es so kurz bezeichnen darf, ihren Ursprung
haben, sondern auf Seiten der Titanen, ein Unterschied, über den
uns die folgenden Capitel belehren müssen. Viele der durch Gigantensagen ausgezeichneten Gegenden werden daher dort wieder unseren
Blick auf sich ziehen.

Man beachte daneben ausser den eigenthümlichen Beziehungen
zum Ackerbau, die hier zum ersten Mal festgestellt sind, den Umstand, dass die Ortssagen einmal auf vielarmige Ungeheuer, das
andre Mal auf bergthürmende Riesen hinausführten, beides Momente,
die über das eigentliche Gebiet der Giganten hinausdeuten und die
sich später in bedeutsamer Weise wiederholen werden.

Die Titanen.

I. Allgemeines.

Dass die Griechen jemals eine andere Hauptgottheit verehrt hätten als Zeus, glaubt heute wohl Niemand mehr. Ganz abgesehen von den inneren Gründen, die genugsam bekannt sind, kann uns über solchen Wahn schon die bereicherte mythologische Erfahrung hinweghelfen, welche lehrt, dass die Genealogie nicht zugleich das chronologische Verhältniss richtig wiederzugeben braucht, und dass, wenn sie dasselbe nicht gradezu umdreht, sie doch oft lediglich von den Hauptpersonen ausgehend die höheren Altersstufen, wo es an Namen fehlt, mit nebensächlichen oder direct erfundenen Figuren besetzt. Es kann sich einer Person wie Kronos gegenüber heute nur darum handeln, ihren Antheil als Zeus' Vater und als etwa wirkliche Gottheit zu unterscheiden und gegen einander abzugrenzen. Die erstere Rolle verdankt er aber, wie allgemein anerkannt wird, nicht dem Volksglauben, für den Zeus Anfang und Ende aller Dinge war, sondern der nach den Ursachen der Dinge forschenden Speculation; womit freilich eine Stufenleiter ohne Ende betreten war und die nicht weiter verwunderliche Erscheinung hervorgerufen wurde, dass eine andere Speculation über den Kronos den Uranos setzte, und eine weitere noch dem Uranos einen Aither (Eumelos Titanom. fr. 2 Kink.) oder Akmon (Hesiod und Alkman s. Bergk P. L. G. III⁴ p. 68) zum Vater gab, von dem künstlichen Aufbau des Hesiodischen Systems ganz zu geschweigen. Auf der andern Seite hat man für den wirklichen Cult des Kronos, wie er in den Κρόνια und zu Olympia, also noch unbeeinflusst durch den italischen Saturn hervortritt, bisher vergeblich eine festere Unterlage, einen chronologischen Anhalt gesucht; sollte unsere Untersuchung in diesem Puncte glücklicher gewesen sein, so würde dies doch nur dann von Werth sein, wenn es zugleich gelingt, bis zu einem gewissen Grade einzusehen, inwiefern grade diese Gottheit zu dem Namen des Haupttitanen gelangen konnte. An und für sich freilich würde man in Kronos,

grade weil seine Stellung bei Homer rein speculativen Ursprungs ist,
keine wirkliche Gottheit erwarten, sondern irgend eine Begriffs-
Personification und sollte meinen, dass dem Zeus wenn nicht der
Himmel oder der Aether, nur die unendliche Zeit, der Χρόνος, zum
Vater gegeben werden könne, auf den auch das Verschlingen der
eignen Kinder sowie das einzige homerische Beiwort, ἀγκυλομήτης,
vortrefflich passen würde. Allein schon das sprachliche Gesetz,
welches den Umlaut von χ in κ im Anlaut nicht duldet, macht
diese Etymologie, auf die schon die Alten selbst verfallen sind, zur
Unmöglichkeit. [1] Eine andere Lösung hat Welcker versucht, indem
er, die auch sonst beliebte Herleitung von κραίνω zu Grunde legend,
den Kronos-Namen aus einem ursprünglichen Beiworte des Zeus herleitete, welches in anscheinend patronymischer Form als Κρονίων
wie Ὑπερίων, Ἐνδυμίων (von ἐνδύνω) auftrat: ein feinsinniger Gedanke, der in diesem Kreise eine gewisse wenn auch nicht ganz genaue Parallele in dem späteren Οὐρανὸς Ἀκμονίδης [2] finden würde,
der aber zur Voraussetzung hat, dass es einen wirklichen, alten
Kronos-Dienst nie gegeben und Athener wie Eleer entweder schon
eine Berührung mit Saturn hatten [3] oder, was noch unglaublicher,
auf Grund des Epos einen Cult errichteten! Wir können nicht
anders, als an der Hand gut verbürgter Nachrichten Kronos für eine
thatsächlich vorhandene Gottheit halten, sei es eine verdunkelte
Nebengottheit oder eine ausserhalb des Olympischen Göttersystems
als Hauptgottheit geltende, wie z. B. den Sonnengott, in welchem
Falle seine Erhebung zum Göttervater ungefähr auf derselben Stufe
stände, wie die der Rhea zur Göttermutter. Diese Andeutungen
müssen vor der Hand genügen.

Rhea als Mutter des Zeuskindes ist, wie Welcker zeigt, in den
kleinasiatischen Cultverhältnissen einigermassen begründet, nicht so,
wenigstens nicht unmittelbar als Gattin des Kronos. Doch auch auf
dieses Verhältniss wird später ein Schlaglicht fallen.

---

[1] Die Kreter sagen allerdings κρίματα und κρόνος. Ath. Mitth. IX
Taf. 20: I 10, II 50. Vgl. O. Jahn Abh. d. Sächs. G. 1861 S. 724, 70. 748,
154. 739, 120. Κορώ f. Χορώ a. e. Vase, Revue arch. N. S. XVII 350.
Vgl. a. Meister Gr. Dial. I 120.

[2] Ἀκμων ist ursprünglich Beiwort des personificirten Himmels. Aehnlich wie Ἀκμονίδης findet sich in der Odyssee einmal Ὑπεριονίδης gebildet.

[3] Das früheste Zeugniss für die Identification des Saturn mit Kronos
scheint Aeschyl. fr. 11 zu sein, wo von Sicilien die Rede ist; vgl. Prom. 835.
Philochoros Fr. 184 kannte ein Grab des Kronos in Sicilien.

Iapetos, den man früher nicht ohne einen gewissen Schein von Probabilität mit dem biblischen Stammvater Japhet, unter dessen Nachkommen auch Javan, der Griechenstamm, sich findet, identificirte, entzieht sich vorläufig noch jeder Beurtheilung.

Nur diese drei Namen nennt Homer, bei dem die Titanen mehr als eine unbestimmte Menge erscheinen, deren Namen er nicht gekannt zu haben braucht, am wenigsten darum, weil es Ξ 278 von der Hera heisst:

ὤμνυε δ'ὡς ἐκέλευε (sc. Hypnos), θεοὺς δ'ὀνόμηνεν ἅπαντας τοὺς ὑποταρταρίους, οἳ Τιτῆνες καλέονται,

woraus nur folgt, dass diese im Eid angerufenen Namen grade wie die Styx, mit der sie zusammengestellt werden, furchtbarer Natur sind, furchtbarer wenigstens als Kronos, Rhea und Iapetos; sonst würde Hypnos nicht das Aussprechen der einzelnen verlangen. Der Tartarus selbst, wo die Titanen eingesperrt sind [4], ist für die Götter ein Gegenstand des Schreckens, mit welchem Zeus den Widerspenstigen droht (E 897, O 224); auch dies steht wenig im Einklang mit den Namen, die uns genannt werden; was hat z. B. Rhea mit dem Tartarus zu thun? Dieser Widerspruch zwischen den einzelnen Titanennamen und der allgemeinen Vorstellung vom Tartarus und seinen Bewohnern, tritt noch viel krasser in Hesiods Theogonie hervor. Das System von zwölf Titanen — eine runde Zahl, wie es die Theogonie liebt — weist ausser den drei homerischen diese Namen auf: Okeanos und Tethys, Hyperion und Theia, Kreios, Koios und Phoibe, Themis, Mnemosyne. Man hat längst bemerkt [5], dass diese Titanen nicht dieselben sein können, welche in der Titanomachie desselben Gedichts gegen die Götter kämpfen, wobei Okeanos in den Tartarus käme und auch Themis und Mnemosyne von den hundertarmigen Ungeheuern gepackt, in die Tiefe geschleudert und für immer dort gefesselt gehalten würden [6]. Nur hätte man diese Be-

---

[4]) Irre ich nicht, so hat man — den Autor kann ich leider nicht wiederfinden — seltsamer Weise das ὑποταρταρίους wörtlich genommen. Richtig Lobeck Paralip. 386, 104: οἱ κάτω ταρτάριοι, wozu er ähnliche Bildungen anführt.

[5]) O. Müller Proleg. 375 u. v. A.

[6]) Ein streitiger Punct bleibt es, ob die Bezeichnung der Titanen als χθόνιοι 697 eine Prolepsis enthält, oder die zwiespältige Anschauung von den Titanen verräth.

merkung auch auf Homer ausdehnen sollen, der ja die μάχη wenn
auch nur kurz erwähnt (O 224) und durch die von ihm namhaft
gemachten Titanen selber diesen Zwiespalt der Auffassung bekundet.

Sehen wir von dem Tartarus und seinen Schrecken gänzlich ab
und fassen zunächst nur die davon abgekehrte Seite dieses Mythus
ins Auge, die uns die Titanen als ehemalige Götter zeigt. Dem
Wesen der Τιτῆνες θεοί, wie sie Hesiod mit Vorliebe nennt, der sie
einmal sogar ἀγαυοί nennt (632), was etwa soviel besagt, wie wenn
Homer sich bei Kronos einmal zu dem Beiwort μέγας herbeilässt,
werden wir am ehesten auf die Spur kommen, wenn wir nicht von
ihrem Gesammtnamen ausgehen, dessen Erklärung sich erst aus der
mythologischen Betrachtung ergeben muss, sondern die uns vorgeführten Namen einzeln betrachten. Da die ganze Idee einer früheren,
vorolympischen Götterwelt keinen Boden im Volksglauben hat und
ihre detaillirte Ausbildung lediglich in den Händen philosophischer
Dichter lag, so konnte und musste das zu Stande kommende System
in den verschiedenen Händen sich verschieden gestalten und hat als
solches gar keinen Werth für uns. Ist doch nicht einmal über die
Namen der zwölf olympischen Götter Uebereinstimmung erzielt
worden, wie überhaupt die particularistischen Verhältnisse, unter
denen sich der griechische Mythus und Götterglaube entwickelte,
jeder Concordanz Hohn sprachen und einer dogmatischen Abschliessung
zum Religionssystem gänzlich widerstrebten [7]). Also irgendwie allgemeine Giltigkeit ist für das System des Hesiod von vornherein
nicht zu erwarten. Schon mit Homer stimmt er nicht; er hat vielmehr von diesem manchen nicht Titanischen Namen für seine Titanen,
an denen er offenbar Mangel hatte, entlehnt. Bekanntlich findet sich
in der Ilias neben der genealogischen Herleitung des Götterursprungs
eine andre, mehr kosmogonische, nämlich die Theorie von dem
Ursprung aller Dinge aus dem Wasser;

Ὠκεανοῦ, ὅσπερ γένεσις πάντεσσι τέτυκται (Ξ 246),

wobei πάντεσσι natürlich auf die Götter geht, da auf dieser Stufe
des Denkens sich noch alle Kosmogonie zur Theogonie gestaltet.
Diese Theorie (welche schon bei Homer durch Hinzufügung und zwar

---

[7]) Man könnte übrigens aus dem Hesiodischen Titanensystem den
Schluss ziehen, dass es dem Zwölfgöttersystem nachgebildet, dieses also
— wofür uns sonst jedes Anfangsdatum fehlt — damals schon bekannt
gewesen sei: wenn nur nicht schon bei Homer die Zwölfzahl an sich so
ausserordentlich dominirte.

ziemlich lose Hinzufügung der Tethys[8] genealogisch erweitert und
falls damit eine Erdgöttin gemeint war[9], missverstanden ist) sehen
wir in die Theogonie aufgenommen, derart, dass diese beiden Figuren
das älteste Titanenpaar bilden; nicht unpassend, da Okeanos, der in
äusserster Ferne die Erde sammt dem Olymp und dem Reich des
Poseidon und Hades umschliesst, trotz dieser principiellen Bedeutung
für das All ein imaginäres, der sichtbaren Welt entrücktes Dasein
führt (Y 7. Schol. Φ 195), wie es für die alten Götter passt. —
Ebenfalls aus Homer hergeleitet sind die sehr durchsichtigen Namen
Hyperion — wie Hesiod den Vater von Helios, Selene und Eos nennt —
und Phoibe, die Mutter der Leto. In jenem ist das homerische
Beiwort des Helios losgelöst und zu einer eignen Person gestaltet,
grade wie φαέθων, ἑκάτη, ein bekannter mythologischer Process;
von diesem ist es, obwohl der Name auch sonst vorkommt, nicht zu
kühn, die gleiche Art des Ursprungs anzunehmen: der Sohn der
Leto hat den Namen für ihre Mutter hergegeben. Aeschylos Eum. 8,
der das Verhältniss nur umkehrt, stösst uns gradezu auf diesen
Zusammenhang hin: Φοίβῳ· τὸ Φοίβης ὄνομ' ἔχει παρώνυμον. —
Merkwürdig ist es, neben diesen sieben imaginären Gottheiten auch
solche zu finden, die sichtbar im Cultus lebten; also Theia, die
Göttin von Aegina (Pind. I. IV (V), 1), Mnemosyne, Themis. Schon
der homerischen Rhea gegenüber könnte man diese Bemerkung
machen. Doch muss man wohl annehmen, dass es im Allgemeinen
verblasste und wenigstens dem Gesichtskreise des betreffenden Dichters entlegene Cultusnamen waren, die zu Titanen gestempelt wurden.
So ist für Theia der bekanntere Name Hekate (Paus. II 30, 2) und
war es wohl schon zu Hesiods Zeit für Alle, die nicht so speciell
wie Pindar mit den äginetischen Verhältnissen vertraut waren.
Aehnlich steht es mit der in andern Systemen als Titanin geltenden
Dione, einer Gottheit, von deren ehemaligem Range die meisten
Länder in historischer Zeit keine Ahnung mehr hatten und auch
wir nichts wüssten ohne die zufällige Kenntniss des alten Dodona
und seines Cultes. Bei Mnemosyne freilich ist auch das nicht zu-

---

[8] Ὠκεανόν τε, θεῶν γένεσιν, — καὶ μητέρα Τηθύν, Ξ 201. 302.

[9] Wie die alten Erklärer glaubten. S. Schömann Opusc. II, 30 f.
Schömann sucht unnöthigerweise das paarweise Auftreten dieses Urprincips
zu rechtfertigen, und zwar mit ganz unmythologischen Gründen.

treffend; sie hatte ja ihren Dienst oder wenigstens ihren Mythus zu
Eleutherai in der nächsten Nachbarschaft Hesiods, und die Theogonie
selbst in einer unverdächtigen Stelle des Proömiums erwähnt desselben (54); um den Widerspruch noch zu vermehren, ist es Zeus,
der sich mit ihr, der Titanin, vermählt (52). Für Themis können
etwa dieselben Voraussetzungen gelten. Man sieht aus der Einführung dieser Göttinnen nur, dass der Dichter bemüht war, seine
Titanische Götterwelt möglichst nach allen Seiten auszustatten und
alle Ressorts zu besetzen. — Endlich von Koios und Kreios darf
von vornherein vorausgesetzt werden, dass sie nicht von Hesiod
erfunden seien, wie Aetius [10] plac. philos. I, 6 geglaubt zu haben
scheint, sondern dass auch ihre Spuren im Schutte der älteren Cultus-
schichten sich finden lassen.

Was schon bemerkt wurde: dass das Hesiodische Titanensystem
selbstredend nicht auf irgend welche allgemeinere Geltung Anspruch
erheben könne und, wenn ein System aufgestellt werden sollte, dies
sehr verschieden ausfallen konnte, das zeigt sich an mehreren ecla-
tanten Beispielen. Von der Discrepanz zwischen Homer und Hesiod
wurde schon gesprochen. Was will man aber erst sagen, wenn uns
bei Stephanus Byz. s. v. *Κύννα* ein „Bruder des Koios" Namens
Kynnos genannt wird! Schon die Form, in der diese Nachricht auftritt und die sich sehr unterscheidet von der hie und da begegnenden
Bezeichnung *εἷς τῶν Τιτάνων*, verdient volle Beachtung; und der
mythologische Zusammenhang, in den die Notiz gehört, wird jeden
Zweifel beseitigen. An einer andern Stelle des Stephanus, s. v. *Ἄδανα*,
wird das Hesiodische System vollständig ignorirt, indem nur die drei
homerischen Titanen angeführt werden, aber inmitten von ganz
fremden Namen: *ἔστι δὲ ὁ Ἄδανος Γῆς καὶ Οὐρανοῦ παῖς, καὶ
Ὄστακος* (d. i. *Ἀστακός) καὶ Σάνδης καὶ Κρόνος καὶ Ῥέα καὶ Ἰαπετὸς
καὶ Ὄλυμπος* [11]. Weiter begegnet man bei Plato im Timäus p. 40 E
dem Phorkys als einem Bruder von Kronos und Rhea. Auch die
Orphiker zählen den Phorkys zu den Titanen, wobei ihm eine
siebente Titanin, die schon erwähnte Dione, entspricht. Die letztere

---

[10]) Vgl. Diels Doxographi Graeci 296.

[11]) So hat Salmasius für das überlieferte *Ὀλυμβρος* corrigirt, wahrscheinlich mit Recht; die Verbesserung der Vulgata *Ὄστασος* rührt von
Bergk her.

findet sich auch bei Apollodor; wenn Phorkys dort fehlt, so dass
sechs männliche neben sieben weiblichen Titanen stehen, so hat diese
Unebenheit offenbar ihren Grund in mythographischen Dispositionen [13].

Vor Allem aber scheinen von den Kindern der Hesiodischen
Titanen viele auf den gleichen Namen Anspruch zu haben. Nicht
nur der Sprachgebrauch, in welchem die Söhne des Kreios Pallas
(Paus. VII, 26, 5) und Astraios (Serv. Aen. I, 132), die Iapetiden
Atlas (Aesch. Prom. 430) und Prometheus (Pind. P. IV, 29. Eur.
Ion 455. Phoen. 1122. Soph. O. C. 56) als Titanen bezeichnet
werden, sondern auch innere Gründe legen uns dies nah. Pallas
gilt als Vater der Selene (h. hymn. Merc. 100) und Eos (Ovid F.
IV, 373), rückt also damit in die Generation des Hyperion; auch
vermählt er sich bei Hesiod mit der Styx, die im Göttereide den
Titanen coordinirt ist. Perses, bei Hesiod ebenfalls ein Titanensohn,
ist Vater der Hekate, die in Aegina und bei Hesiod Theia heisst,
während Theia selbst im Hesiodischen System unter den zwölf
Titanen ist. Astraios, der dritte Sohn des Kreios, erinnert an den
als Gigant vorkommenden, seinem Ursprung nach aber zu den
Titanen gehörigen Asterios. Atlas, bei Hesiod um eine Generation
jünger als Iapetos und Kronos, wird von Diodor III, 60 als Bruder
des Kronos bezeichnet. — Von der Analogie der Olympier, wo die
von Göttern Erzeugten wieder Götter sind, will ich gar nicht reden;
es verbietet sich das in Folge des eigenthümlichen Widerspruchs
zwischen Kronos dem Zeusvater und Kronos dem Titanen, wodurch
die Kroniden principiell verschieden sind von den andern Titanensprossen. Auch die Familie des Okeanos, unter der wohl nur genealogisch Eurynome „Titanisch" genannt wird (Kallim. Fr. 471),
widerstrebt einer solchen Bezeichnung, während Mnemosyne und Themis in den hier in Betracht kommenden Partieen überhaupt keine
Familien haben.

Es ist unter diesen Umständen ohne Bedeutung und wesentlich

---

[13]) Phorkos — wie Apollodor ihn nennt — figurirt nämlich unter der
Pontosfamilie als Vater der Gorgonen und Gräen (nach Hesiod), wo er
nicht entbehrlich ist, während Dione solche genealogische Bedeutung nicht
hat und dem Apollodor unbedeutend genug war, um den Namen zweimal
stehen zu lassen, hier und unter den Nereiden. Die ehemalige Identität
dieser beiden Dionen konnte er um so weniger ahnen, als schon in seiner
Quelle Dione aus der Schaar der Hesiodischen Okeaniden, wo sich bedeutende und dem feuchten Element gar nicht verwandte Figuren finden,
gestrichen und unverständiger Weise unter die Nereiden gesetzt ist.

dem Zufall zuzuschreiben, wenn sich für Kreios, Koios, Iapetos, Kronos keine ihrer Altersstufe bei Hesiod widersprechende Nachrichten finden. Die Untersuchung darf auch an diese nebelhaften Figuren mit voller Unbefangenheit herantreten. Und zwar mag dabei zunächst Iapetos unberücksichtigt bleiben, dessen Familie gegenüber den andern Titanensprossen einen ganz verschiedenen Charakter trägt: jenes sind durchweg göttliche Wesen, die Iapetiden dagegen Promotheus, Epimetheus, Menoitios, wenigstens nach Hesiods Auffassung, rein menschliche Typen, wie auch der älteste dieser Brüder, Atlas, den Diodor dem Kronos an die Seite stellt, zwar persönlich anderer Art, aber durch seine Töchter, die Plejaden, Stammvater eines grossen Theils der Menschheit ist, so dass sich hiernach die Worte des Homerischen Hymnus (Ap. P. 157) Τιτῆνές τε ϑεοὶ τῶν ἐξ ἄνδρες τε ϑεοί τε auf die Iapetos- und Kronos-Familie vertheilen liessen.

II. Koios, Kreios, Kynnos; Pallas, Perses, Astraios; Kronos.

Unter den Heroinen-Namen, die den Plejaden zugetheilt wurden, ist keiner so gefeiert und kommt in so verschiedenen Mythen zum Vorschein wie Elektra, worin man neuerdings eine bedeutende Gottheit, ein Correlat des Helios erkannt hat [13]. Diese, die bei Hesiod wie so viele bedeutende Figuren unter den Okeanos-Töchtern rangirt, hat in der Theogonie den Thaumas zum Gatten, dessen Bruder Phorkys wir unter den Titanen fanden, und dem vielleicht die durch Titanenmythen ausgezeichnete Arkadische Stadt Thaumasion ihren Namen verdankt. Der Name Elektra selbst nun haftet an einem Flüsschen des nördlichen Messene nahe der arkadischen Grenze. Und hier ist es, wo auch der Titanenname Koios begegnet. Ἠλέκτρα καὶ Κοῖος ῥέουσι. τάχα δ' ἄν τινα καὶ λόγον ἐς Ἠλέκτραν τῆς Ἄτλαντος λέγοιεν καὶ ἐς Κοῖον τὸν Λητοῦς πατέρα, ἢ καὶ τῶν ἐπιχωρίων ἡρώων εἶεν Ἠλέκτρα τε καὶ Κοῖος (Paus. IV, 33, 6). Man ist fast geneigt, die letztere Bemerkung zu acceptiren, wenn man sieht, dass Koios als Mannsname sich auf einem peloponnesischen Monument des VI. Jahrhunderts, einem helmförmigen, wahrscheinlich zu Olympia

---

[13] S. Wilamowitz ‚Ἠλεκτρυώνα‘ Herm. XIV, 457.

gefundenen Erzgefässe, findet [14]. Durch diese Zeugnisse ist nicht nur
der Gedanke an Hesiodische Erfindung ausgeschlossen, sondern auch
die Möglichkeit einer ehemaligen Gottheit des Koios gegeben.
Wichtig für die weitere Betrachtung sind noch die Oertlichkeiten,
die Pausanias in Verbindung mit diesen Flüsschen nennt: ein *Καρ-
νάσιον ἄλσος* oder vielmehr ein *Καρνειάσιον* [15], welches, wie der Zusammenhang an jener Stelle lehrt, seinen Namen von Apollo Karneios
hatte, sodann eine Quelle *Ἀχαία* und ein alter, nur noch in Ruinen
vorhandener Ort *Δώριον*.

Das Beispiel des Koios ermuthigt uns, auch den Kreios in
einem Flüsschen des Peloponnes wiederzuerkennen; der betreffende
Bach in Achaja heisst zwar *Κριός* nicht nur in der literarischen
Ueberlieferung, sondern auch nach Massgabe der Münzen von Pellene,
die einen Widderkopf zeigen. Allein der Name des Titanen schwankt;
die Form Kreios war schon zu Aristarchs Zeit abgekommen oder
hatte doch *Κρῖος* als ebenbürtige Form neben sich; sonst hätte Jener
nicht darauf kommen können, die Schreibung *Κριός* zu verlangen
(Lehrs Arist.[2] 281). Pausanias VII, 274 drückt sich hier nicht so vor-
sichtig aus wie bei Koios, sondern berichtet einfach, dass der Name
auf den Titanen bezogen werde, obwohl, wie er selbst hinzusetzt,
Κριός als Flussname sich auch anderwärts findet. Man muss bedenken, dass die Form *Κρεῖος* — bei dem Titanen ohne Zweifel die
ältere — sich bei dem heftigen Sturzbache im Volksmunde ebenso
leicht zu *Κριός* gestalten konnte, wie der Titanenname sich wandelte.
Ob übrigens der Name der Stadt mit dem Titanen Pallas zusammen-
hänge, wie man im Alterthum zu glauben geneigt war, ist um so
zweifelhafter, als Apollonius Rhodius in durchaus urkundlicher Weise
den Pelles, den auch Pausanias kennt, als Eponymen aufführt. Dagegen beachte man mit Hinsicht auf die Bevölkerungsverhältnisse
Achajas den uralten, sehr exclusiv gehandhabten Athenacult dieser
Stadt, zu dem nur Leute aus den einheimischen, das heisst aus den
ältesten Geschlechtern, als Priester zugelassen wurden. — Kreios
begegnet ferner, und zwar in dieser Form, an jener Grenze von
Mythologie und Geschichte, die durch die dorische Wanderung bezeichnet wird. Pausanias III, 13, 2 erzählt, der Apollo Karneios mit
dem Beinamen *Οἰκέτας* sei schon vor dem Heraklidenzuge in Sparta

---

[14] Roehl Inscript. antiquiss. 557. *γοῖος μάνότειν*.
[15] Vgl. die Mysterien-Inschrift von Andania, bespr. von Sauppe
Gött. 1860. Dittenberger Sylloge 388; s. lin. 55. 60. 63.

verehrt worden, *ἱδρύτο δὲ ἐν οἰκίᾳ Κρίου τοῦ Θεοκλέους ἀνδρὸς μάντεως*; es folgt dann noch ein kurzer Mythus, wonach dieser Seher den Doriern bei der Eroberung behülflich war. Den richtigen Namen giebt hoffentlich die spartanische Inschrift CIG 1373, wo ein *ἀπόγονος Κρείου* genannt wird. Dass diese Herkunft wie ein Adelstitel ausdrücklich hervorgehoben wird, spricht für die Identität dieses Kreios mit jenem hochverdienten Seher. Dieser Kreios steht mythologisch — wenn das Wort hier noch gelten kann — etwa auf einer Stufe mit dem Seher *Κάρνος*, der auch in der Heraklidensage und in Verbindung mit dem Apollo Karneios, von dem die Figur offenbar abstrahirt ist, vorkommt. Ohne den Hinblick auf den Titanennamen *Κρεῖος* würde man versucht sein, auch diesen „Seher" mit dem Schafapoll in Causalverbindung zu bringen. — Am bedeutendsten tritt dieser Name in Argos hervor, in dem *Κρεῖον ὄρος*, abermals im Kreise der Heraklidensage. Der Athenapriester Eumedes — wiederum ein Priester — beim Einfall der Dorer von den Seinigen des Verraths verdächtigt, flieht mit dem Palladium nach dem *Κρεῖον ὄρος* (Kallim. Pall. lav. 37 ff. und Schol.). Hier, dünkt mich, ist es noch deutlicher als bei Kreios, wie eine ein-heimische, achäische Gestalt — wobei das Motiv des Verrathes zur Anwendung kommt [16] — zu einer dorerfreundlichen umgewandelt ist. Der Priester flüchtet mit dem alteinheimischen Götterbild — natürlich vor den Eroberern; seine eignen Landsleute werden ihn im Moment der Unterdrückung nicht verfolgen, und im Augenblicke der eignen Gefahr sich nicht von ihrem Palladium trennen, es sei denn, um es vor den Eroberern zu sichern, demselben Palladium, an welches das Wohl und Wehe der Stadt geknüpft ist, wie wir auf dem Umwege über Troja, auf welches die Sage übertragen ist, erfahren. — Es muss constatirt werden, dass sowohl Kreios wie Koios an lauter Stellen begegnen, die deutliche Spuren der dorischen Invasion hinterlassen haben; solche Spuren einer Collision konnten sich aber in der sonst völlig dorisirten Halbinsel nur erhalten auf dem Grunde vordorischer Verhältnisse, von denen hier also Reste zum Vorschein kommen. Der fast allen Dorern gemeinsame Cultus des Apollo Karneios [17] trifft in der Gegend von Andania zusammen

---

[16]) Der Verrath zu Gunsten der Dorer wiederholt sich in Amyklai: Strab. 365. Konon 36.

[17]) Welcker Götterl. I, 469 ff.

mit so alten Namen wie Koios und Elektra; die Namen Ἀχαία πηγή
und Δώριον zeugen laut von diesem Zusammentreffen. In der nördlichen Landschaft, wohin sich das achäische Element zurückzieht,
bewahrt es seine uralten Gottesdienste eifersüchtig vor der Berührung
der Eroberer. Dabei sei schon hier erwähnt, dass in mehreren
achäischen Städten, in Patrai und Pellene, sich Sagen von Titanen
finden (Paus. VII, 18, 3. 27, 4) und dass auch in Phlius die dortige
Titanensage mit dem Apollo Karneios, ja allem Anschein nach sogar
mit dem achäisch-dorischen Conflict in Verbindung steht; vor Allem
ist in Sikyon, dem Brennpuncte für diesen ganzen Mythenkreis, an
Stelle des älteren, in Korinth erhaltenen Sonnengottes der Apollo
Karneios getreten (Kastor b. Euseb. I, p. 174 Schoene).

Ob nun in Koios und Kreios alte Götter oder alte Heroen zu
erkennen seien, kommt eigentlich auf dasselbe hinaus, da alte Göttergestalten so oft zu Heroen verblasst sind. Κρεῖος an κρείων er-
innernd und daher von den Alten als βασιλικός, ἡγεμονικός erklärt,
würde in seinem universellen Charakter sich andern peloponnesischen
Götternamen wie Δέσποινα, Ἄνακες [18] an die Seite stellen [19]. Mehr
lässt sich über Koios sagen. Schoemann (Op. II, 108) leitete dasselbe
als κόος (ϑυοςκόος, πυρκόος, κοίης) von καίω her und war sogar
geneigt, die Form Κόος selbst an einer Textstelle (hymn. Apoll. Del. 62)
einzusetzen, wo die Ueberlieferung μεγάλοιο Κοίοιο giebt, nicht
μεγάλου, wie die — übrigens in Κρόνοιο verdorbene — Form Κοίοιο
metrisch fordern würde. Diese Etymologie angenommen, würde man
in Koios kaum etwas anders als einen Sonnengott finden können.
Die grössere Wahrscheinlichkeit ist jedoch auf Seiten einer andern
Etymologie. Nach Etym. M. s. v. Τροία soll Antimachos κοία für
ἀγυιά, d. i. das Himmelsgewölbe, gebraucht haben. Damit steht
genau auf einer Stufe Hygin praef. S. 11, 13. 10, 3 (Schmidt) und
Fab. 140, wo Κοῖος durch Polus wiedergegeben ist. Ohne hiervon
zu wissen, haben sowohl G. Curtius wie Pott selbständig κοῖος (als
κοιϝος) mit κοῖλός coelum cavus in Verbindung gebracht, so dass
sich eine Personification des Himmels ergeben würde. Schwer in's
Gewicht fällt hier eine so alte, von allen schmückenden und ent-

---

[18]) Auch diese stammen aus dem Peloponnes, wie die Sage des attischen Aphidna noch selbst verräth. Vgl. a. Robert in ‚Kydathen‘ 101, 8.

[19]) Räthselhaft bleibt das Wort nur in einer Grabinschrift aus Myti-
lene CIG 2197 (Add. p. 1028): Ἀπολλώνιε Ἀπολλωνίου, Κρεῖε, ζήσας ἔτη νη̄
πᾶσιν χρηστὶ χαίρε.

stellenden Zuthaten freie Erinnerung wie die an den Heros Sphairos,
welche an der „Heiligen" Insel bei Troizen haftete, Paus. II, 33, 1.
Dass dieser Sphairos, der als ein Genosse des Tantalossohnes Pelops
bezeichnet wird, nicht etwa eine aus dem Beinamen der Insel
„Sphairia" hergeleitete Erfindung sei, dafür bürgt der Name der mit
seinem Cult eng verknüpften Aithra, bei deren Verbindung mit dem
angeblichen Wagenlenker des Pelops gewiss Niemand mehr unter
den Späteren den Sinn dieser beiden uralten Naturgottheiten ahnto [20].
Es kann sich daher gar nicht glücklicher treffen, als dass der
„Autochthone" Brotos, der von Broteas, dem Sohne oder Vater des
Tantalos [21] nicht zu unterscheiden ist, Sohn des A i t h e r und der Hemera heisst (Hesiod: Et. M. 215, 36). Diese Genealogie kann gewisser-
maassen als ein Beispiel des noch näher zu beleuchtenden Ueber-
ganges von Titanen in Giganten gelten. Denn wie Broteas, der für
die argivische Sage und ihre Dependenzen etwa dasselbe bedeutet,
was Lykaon für Arkadien, erst in Pergamon sich unter den Giganten
findet, so ist es auch nur in Zufälligkeiten begründet, wenn Aither,
den Eumelos Vater des Uranos und Empedokles *Τιτὰν* nannte, im
Hesiodischen System an anderer Stelle placirt ist (v. 124) und weder
er noch Sphairos, sondern der unkenntlichere Koios unter den Titanen ist. Zum Ueberfluss wird uns der hier mehrfach herein-
spielende Tantalos als eine echte und wichtige Titanenfigur begegnen, in einem Zusammenhang, der auch lehren wird, dass damit
die Beziehung auf die Sonne und die Zusammenstellung mit Elektra
keineswegs ausgeschlossen wird [22]. Unter diesen Umständen wäre es
seltsam, wenn der Name Koios mit dem von Kos, der Giganteninsel,
zusammenhinge; eine in der Kaiserzeit begegnende Meinung, die
allerdings die Form *Κόος* zur Voraussetzung zu haben scheint.
Argivos vel Coeum, Latonae parentem, vetustissimos insulae cultores,
so soll nach Tacitus Ann. XII 61 Kaiser Claudius bei einer koischen
Angelegenheit erzählt haben, indem er noch viele antiquarische Gelehrsamkeit über die Insel vorbrachte. Da die Beziehung der Koer
zu den Gigantensagen sich von ganz andrer Seite her selbständig
erklärt, so kann ich mich des Verdachts nicht entschlagen, dass wir

---

[20]) Das Appellativ *αἴθρα*, bei Homer noch im Gebrauch, wird von den
Späteren wieder aufgenommen, z. B. Antiphan. Fr. 52, 14 (Kock). Alexis Fr.
149, 17. Lykophr. 700. Ap. Rh. IV, 765. Schol. Epigr. auf Arat, ed. Buhle II, 433.

[21]) S. m. Schrift de Eurip. mythopoeia p. 31.

[22]) S. unter „Iapetiden".

hier eine Conjectur des Claudius vor uns haben, der nach Art seiner
Zeit Titanennamen unter die der Giganten mischte, indem er, mythologisch unterrichtet wie er war, einen der letzteren den Meropern
zum Ahnen geben wollte; wobei ihm aber wohl der zunächst sich
bietende Polybotes nicht so passend schien wie der in seinem Namen
an Kos anklingende Titan. Grade Coeus wird von den Römern allgemein zu den Giganten gerechnet. Verg. Aen. IV 179 *Coeo Enceladoque*. Propert. IV 9, 48 *Coeum et Phlegraeis Eurymedonta iugis*.
Myth. Vat. I 11 *Coeus gigas*. Daher denn auch bei Hygin Praef. mit
Enceladus und Coeus die Reihe der Giganten beginnt, unmittelbar
nach der Titanenfamilie, wo Coeus fehlt und durch Polus ersetzt ist [23].

Man wird nun auch etwas über den bei Stephanus Byz. genannten Κύννος wissen wollen. Κύννα, heisst es dort, πολίχνιον
πλησίον Ἡρακλείας ἀπὸ μιᾶς τῶν Ἀμαζόνων ἢ Κύννου τοῦ
ἀδελφοῦ Κοίου. Heraklea ohne nähere Bezeichnung und in Verbindung mit den Amazonen kann nur das berühmte am Pontus sein.
Darauf führt auch Ibykos Fr. 45, der die Amazonenkönigin Tochter
des Briareos nennt; womit schwerlich bloss ihre Streitbarkeit charakterisirt werden soll [24]. Denn grade in Bithynien spielen die Titanen eine grosse Rolle (S. 40) und keiner mehr als Briareos, dessen
Sagen an der Westgrenze, dem Rhyndakosgebiete, von altersher eine
kaum zu überschätzende Bedeutung haben.

---

[23]) Bestände der Zusammenhang von Κῶς und Κοῖος wirklich, wobei aber die
Zeugnisse κοία=σφαῖρα und κοῖος=πόλος nicht umgestossen würden und κῶς
sich höchstens als eine unkenntlichere, entstellte Form darstellen würde,
so müsste man wohl auch den Antenoriden Κόων hierherziehen und an die
Stammesverwandtschaft der durch Pandareos, Merops, Polybotes repräsentirten troischen Lykier erinnern (S. 43); der Mythus von dem Antenoriden
Ἰασο-κόων (s. Robert Bild und Lied 201) berührt sich allerdings in einem
charakteristischen Zuge auch mit dem von Kos, einem Gebiet. wo die Insel-
namen Kalydna und Tenedos sich wiederholen. — Uebrigens ist die Bemerkung kaum zu unterdrücken, dass der nur grade in diesem Bereich, in
Rhodos, vorkommende Name der Artemis Κικοία (Bull. d. corr. hell. 1885,
100), nach welcher auch eine Ortschaft dort hiess, wahrscheinlich nur durch
Reduplication entstanden ist wie Ἀ-κακάλλις aus dem für uns ebenfalls sel-
teneren Κάλλις. Man beachte, dass das Correlat des Koios, Alektra, speciell
im Rhodischen Cult erhalten ist.

[24]) Die Bezeichnung der Hippolyte als Neptuns Tochter (Νηπτουνίς
Lykophr. 1332) kommt auf dasselbe hinaus wie ihre Herleitung von Briareos (s. unter „Hekatoncheiren").

Was nun den Kynnos betrifft, so lassen sich dessen Beziehungen
alle im Mutterlande auffinden, ohne dass wir erst aus den Colonicen
Belehrung zu holen brauchen. Der Name Kynnos selbst findet sich
zwar nur hier erwähnt, doch ist der nach ihm benannte Apollodienst
wohlbekannt, ebenso das athenische Geschlecht der *Κυννείδαι*, in
dessen Händen jener Cultus lag. Der Name *Κύννα*, der sowohl in
Athen wie in der obigen Notiz begegnet, bürgt für die Richtigkeit
der Form *Κύννος*, eines Namens, der schon den Localschriftstellern
abhanden gekommen war. Sokrates wenigstens nahm eine Form
Κύννις (Suid.) oder *Κύννης* (Phot.) an, falls nicht einfache Textverderbniss vorliegt [25]. Der Apollo Kynneios nun hatte in Athen
seine früheste Stätte am Parnes; ὃν ἱδρύσατο Κύννις ᾿Απόλλωνος
καὶ Παρνηθίας νύμφης, ὡς Σωκράτης ἐν ιβʹ. Wenn auf diese Angabe eine lediglich zum Zweck der Namenserklärung erfundene Geschichte von Hunden (κύνες) folgt, die das — ebenfalls nur zu
diesem Behuf — ausgesetzte Apollokind gefährdeten, und wenn es
nun plötzlich heisst: ὀνομασθῆναι οὖν ἐν ῾Υμηττῷ ἀπὸ τῶν κυνῶν,
so erklärt sich diese entweder nachlässig excerpirte oder lückenhafte
Notiz daraus, dass jener Cult nach dem Hymettos übertragen worden;
es folgt dies aus der in dortiger Gegend gefundenen Inschrift (Rhan-
gabó ant. hell. II, 418), die den Apollo *Παρνήσιος* nennt [26]. Aber
die Heimath des Kynnos, grade wie seines Bruders Koios, ist der
Peloponnes: der Apollo Kynneios stammt aus Korinth, wo er inschriftlich bezeugt ist (CIG 1102. O. Müller Dor. I, 247, 1). Thatsache ist nun, dass Korinthisches stark in Attika eingedrungen;
ganz besonders freilich in die Tetrapolis. Dem korinthischen Epos
zufolge flicht Marathon, der Sohn des Sikyonischen Epopeus, nach
der gleichnamigen Gegend Attikas (Paus. II, 1, 1, vgl. S. 69).
Nach Hesiod war Erechtheus Vater, nach Asios Grossvater des Sikyon
(Paus. II, 6, 3. 25, 3). Von Medea ist die korinthische Herkunft
bekannt. Aus Korinth stammt auch die Athena ῾Ελλωτίς in Marathon; der Name *Τριχόρυνθος* spricht für sich selbst. Gleichen
Ursprungs scheint der über Attika nach Milet gelangte Gigant Asterios,
wovon später. Aber auch von der westlichen Seite her, um die es

---

[25]) Auch das Et. M. weiss den Namen nicht genau: Κυννίδαι γένος
ἱερὸν ᾿Αθήνησιν ἀπὸ Κύνου ἢ Κυνίδου ἥρωος. Der Geschichte von den Hunden
liegt ebenfalls die Form mit einfachem ν zu Grunde, wie Dindorf bemerkt,
der z. Henr. Steph. s. v. die bezüglichen Stellen sammelt.

[26]) Vgl. Milchhöfer d. attische Apoll S. 59.

sich doch bei Kynnos handelt, lässt sich diese Einwirkung, die
eigentlich nur den Ioniern zugeschrieben werden kann, beobachten.
Myrmex heisst der Vater der Melite, aber auch die Mutter der
Ephyra (S. 23, 29); betreffs der Vorfahren des Myrmex, als
welche Melanippos, Kyklops, Zeuxippos[27] genannt werden, ist für
den Letztgenannten der Sikyonische Ursprung bereits erkannt[28], für
Kyklops lässt er sich unschwer nachweisen, wahrscheinlich aber auch
für Melanippos. Für die Korinthische Herkunft des Kynnos ist es
nebenbei vielleicht bezeichnend, dass die einzige Person in Athen,
die seinen Namen trägt, grade eine berühmte Hetäre ist. Schon der
Umstand, dass Κύννα sonst nur noch als Ortsname im Gebiet von
Heraklea, der Megarischen Kolonie begegnet, weist auf das Isthmus-
gebiet hin[29].

So beginnt das Dunkel der Titanenwelt sich einigermassen zu
lichten. Jene geheimnissvollen Namen, bei denen sich so gar nichts
denken liess, erweisen sich wie Theia als Peloponnesische Cultusnamen, wenn auch das Wesen von Göttern wie Kreios, Koios, Kynnos
sich bis jetzt nur annäherungsweise bestimmen lässt. Was ihr Alter
betrifft, so stehen wir bisher durchaus vor einem negativen Resultat.
Kynnos, nicht minder Koios und Kreios, wie wir sahen, gehören der
vordorischen Zeit an; und Aehnliches wird sich für Pallas ergeben.
Dass keine Väter und Oheime des Zeus zum Vorschein kommen
würden, war zu erwarten und zu verlangen; aber dass sie erst im
Verhältniss zum Dorischen als Gegensatz erscheinen, bliebe wieder
etwas hinter der Erwartung zurück, wenn nicht zu beachten wäre,
dass sie auf dieser, der dorischen Stufe doch nur noch als Heroen
angetroffen werden, während Hesiod allerdings noch ein Bewusstsein
von ihrer ehemaligen Göttlichkeit bewahrt. — Auch darin stellt sich
ihnen, wenn nicht Alles trügt, Pallas zur Seite.

Dem Pallas und Perses wurde schon oben ihre ebenbürtige Stellung
neben Kreios, Koios u. s. w. angewiesen; die genealogische Unterscheidung wurde, wie oftmals, nur für die Quelle selbst, der sie

[27]) Die Sage, dass Erichthonios zuerst ein Gespann angeschirrt haben
soll, hängt vielleicht mit diesem Namen zusammen.

[28]) S. Wilamowitz Kydathen 146.

[29]) Daher man geneigt sein könnte, den schon von O. Müller Dor. I, 8
und Wilamowitz verdächtigten Namen der Nymphe CYAAIC, die von Apoll
den Zeuxippos gebiert, in KYNNIC zu ändern, das würde wenigstens in
diesen Zusammenhang besser passen als Ύλλις, wie Müller wollte.

entstammt, als maassgebend erfunden; sobald man aus dem Hesiodischen System heraustrat, zeigte sich, dass viele der Titanenkinder
mythologisch mit ihren Eltern und deren Geschwistern durchaus auf
gleicher Stufe stehen. Zwar lassen sich die Culte des Pallas und
Perses selbst nicht mehr nachweisen, wohl aber solche, die sich
daran angeschlossen; wie dort einen Apollo Κύννειος, so haben wir
hier einen Zeus Παλλάντιος [30] und eine Περσηίς als weibliches Correlat zum Helios, die lange existirte, ehe Hesiod sein System ent-
warf [31]. Es liegt hier nahe, das Wesen der einzelnen Titanen nach
den mit ihnen verbundenen Göttern zu beurtheilen. Für Pallas nun
ist es bemerkenswerth, dass das Κρεῖον ὄρος bei Argos, welches den
Namen seines Vaters trägt und welches in der Geschichte des Palla-
diums eine so alte Rolle spielt, zugleich den Namen πέτραι Παλλα-
τίδες führte (Kallim. Pall. lav. 42). Andrerseits aber soll Pallas
Vater der Selene (hymn. Merc. 100) [32] und der Eos (Ov. Met. IX, 421.
XV, 191. Fast. IV, 373) sein. Welcker (Götterl. I, 560) fasst hier
Pallas als „Umschwung", was aber πόλος heissen müsste (περι-
πλομένων ἐνιαυτῶν). Pallas ist und bleibt Schwinger, Schleuderer,
mag man dies auf den Blitzstrahl beziehen oder auf die Sonnen-
strahlen; Helios ist der Vater der Selene bei Euripides Phoin. 175,
wofür in den Scholien auch Aeschylus und die φυσικώτεροι angeführt werden. Gewiss ist nichts entgegengesetzter als der Sonnengott des heitern Himmels und der Donnergott, der Zeus Pallantios,
der im Gewölk thront; und doch hat es ganz den Anschein, als ob
in alten Götterdiensten diese beiden Begriffe nicht immer auseinander
gehalten worden. Bei Eumelos, dem angeblichen Verfasser des Korinthischen Epos waren die Rosse am Sonnenwagen folgende (Hygin
F. 183): *Eous, per hunc caelum verti solet: Aethiops* [33], *quasi flam-
meus est, concoquit fruges. Ili funales sunt mares, feminae iugarine:
Bronte, quae nos tonitrua adpellamus, Sterope, quae fulgitrua.*
Man wird hier vielleicht nur den beiden ersten Rossen Bedeutung
beilegen wollen, weil diesen allein bestimmte, für die Sonne passende

---

[30]) Etym. M. Παλλάντιος · ὁ Ζεὺς ἐν Ἀρκαδίᾳ. Hesych: Π · ὁ Ζ. ἐν Τραπεζοῦντι.

[31]) Hom. z 139. Hes. Th. 957. Ap. Rh. III 1035 Schol. u. Schol. III 200
Apollod. III, 1, 2.

[32]) In diesem Sinne erkläre ich mir Pallas den Vater der Chryse bei
Dion. Hal. I, 68, wo nur aus den Göttern Heroen geworden sind. Die
Identität des Lykaonssohnes Pallas mit dem Titanen verhehlt die Ueber-
lieferung selbst nicht, Dion. Hal. I, 43.

[33]) Wahrscheinlich ist Aithops zu lesen, s. M. Schmidt p. 36.

Eigenschaften gegeben sind, und wird die beiden andern, bei denen solche Attribute fehlen, für leere Namen zu halten geneigt sein, mit denen höchstens einige Goethesche Ausdrücke über die Sonne zu vergleichen wären, wie diese: „Und ihre vorgeschrieb'ne Reise vollendet sie mit Donnergang" (Faust Prol. im Himmel) oder die scenische Bemerkung im zweiten Theil des Gedichts: „Ungeheures Getöse verkündet den Aufgang der Sonne" — Ausdrücke, deren Quelle, wenn es nicht etwa Hygin war, ich nicht kenne [34]. Allein es kann sich hinter diesen Namen auch ein tieferer mythologischer Sinn verbergen, wie dies z. B. Welcker Ep. Cycl. II 416 annimmt, zumal wenn man die universelle Bedeutung erwägt, welche dem Helios als Hauptgottheit in Korinth zukam. Mit Recht erinnert man hierbei an das Blitzross des Bellerophon, das Wappen der Stadt Korinth. Es wird sich zeigen, dass diese Auffassung der Begründung nicht entbehrt. — Pallas vermählt sich bei Hesiod mit der Styx, während nach dem sogenannten Epimenides der Name ihres Gatten Peiras lautete, — ὅςτις δὴ ὁ Πείρας ἐστί setzt Pausanias hinzu, VIII 28, 1; wobei man sich wundern muss, dass Pausanias den Peiras nicht in seinen mythologischen Nachschlagebüchern fand, da der Mann doch in der Genealogie von Argos mehrfach vorkommt; er heisst dort bald Peiras, bald Peirasos [35]. Da nun Pallas den Perses zum Bruder hat, so mag dieser von Peiras, dem andern Gatten der Styx nicht so verschieden sein. Perses selbst wird gewöhnlich mit dem argivischen Perseus identificirt; auch hier finde ich eine Verwandtschaft mit Pallas, mag man an den männlichen oder an die weibliche Pallas denken: in Rhodos, wo der Stamm des Danaos oder der Danae eine Zeitlang ansässig war, wird Athene unter dem Goldregen des Zeus geboren, wie in Argos Perseus.

Hieran lässt sich eine wichtige Beobachtung knüpfen. Die Söhne des Argos heissen bei Apollodor II 1, 2 Ἔκβασος, Πείρας, Ἐπίδαυρος, Κρίασος, zu denen Schol. Eur. Or. 932 unter Aenderung der Reihenfolge noch den Τίρυνς fügt. Wirkliche, nicht fingirte Personennamen sind unter diesen nur Peirasos und Kriasos; sollte nun nicht Kriasos ebenso dem Titanen Krios entsprechen wie Pei-

---

[34] Sonderbarer Weise werden diese Worte gewöhnlich auf die Sphärenharmonie bezogen.

[35] Auch die Form Peiranthos kommt vor, Hyg. f. 145. Vermuthlich hängt damit auch Peiren, Peirene in Korinth zusammen. S. Welcker Nachtr. z. Aeschyl. Tr. 202, 58.

rasos dein Perses? Dieser Zusammenhang würde auf einen schwierigen Umstand Licht werfen. In jenem Vers des homerischen Hymnus, der Pallas als Vater der Selene nennt, wird dem Pallas selbst noch ein Vater gegeben: *Πάλλαντος ϑύγατερ' Μεγαμηδείδαο ἄνακτος* [26]. Wer ist Megamedes? Ich vermuthe, nur eine andre Form für Agamedes; wofür wenigstens Vieles spricht. Agamede, die für die Ilias das ist, was Medea für die Argonautensage, Medea selbst ebenso wie Kirke stehen alle dem Helios verwandtschaftlich ausserordentlich nahe. Agamedes selbst der Arkadier, in Stymphalos heimisch, ist so gewiss eine alte Gottheit wie sein Bruder, der als *Ζεὺς Τροφώνιος* vorkommt; sonst würde es nicht bald Agamedes, bald Zeus sein, der sich mit Epikaste oder Iokaste vermählt (Charax b. Schol. Ar. Nub. 508). Ein Agamedidas nun, also in derselben patronymischen Form wie er in der Person des Pallas erschien, findet sich in einem der Heraklidenhäuser (Paus. III 16, 3) und zwar in demjenigen, von dem ein Theil aus Argos nach Epidauros ging (O. Müller Dor. I 81). Wenn daher als des Argos Söhne Peirasos, Epidauros, Kriasos genannt werden und davon der erste und dritte Titanen entsprechen, so kann auch der Epidaurische Zweig unter ihnen mit dem Namen Agamedidas an einen alten Götternamen, eben den Beinamen des Pallas, anknüpfen. Ist dies richtig, so sieht man hier wiederum, was sich an Kreios und Koios zeigte, wie es die dorische Schicht ist, in der sich die alten Titanischen Götterformen des Hesiodischen Systems am deutlichsten abdrücken, wenn auch nur in der verblassten Gestalt von Heroen. Auch dass dieser Agamedidas gewissermassen seine Partei gewechselt hat und von der Genealogie auf die dorische Seite gezogen worden, findet seine Analogie in Kreios. Eine Controle für die Richtigkeit dieser ganzen Combination besitzen wir in der noch oftmals zu bemerkenden Thatsache, dass aus Titanischen Figuren Giganten und autochthone Unholde hervorgehen theils in der genealogischen Abfolge, theils in der Entwickelung ein und derselben Person; ein Beispiel davon, freilich keines der deutlichsten, war der Uebergang von Aither (der mit Sphairos und Koios parallel steht) in den Autochthonen und Giganten Broteas. So bietet sich in unserem Falle als Sohn des Stymphalischen Agamedes der Unhold Kerkyon (Paus. VIII 5, 3. 45, 4) der dann nach

---

[26]) Man vergleiche hiermit etwa den heroisirten Pallas und seine Tochter Chryse bei Dion. Hal. I, 68.

Eleusis wandert und Gegner des Theseus wird, und auch auf dieser
Stufe noch als Arkader bekannt ist (s. oben S. 37)[37]. Eine so ausgeprägte Gigantengestalt wie diese erlaubt einen Rückschluss auf die
Titanische Natur des Vaters. Pallas und Perses haben noch einen Bruder, Astraios, den Vater
der Gestirne[38]. Allein dieser Name beruht offenbar nicht auf Ueberlieferung, sondern gehört wie Asterie, die zweite Tochter des Koios
(die Mutter der Hekate), zu jenen „ausgesonnenen Potenzen", aus
denen, mit Welcker (Götterl. I 272) zu reden, Hesiod die Titanischen
Naturgötter herleitet, indem er sie, wenigstens einen Theil derselben,
um eine Generation zu tief stellt (vgl. S. 56). Dafür ist aber der
Name nach andrer Seite hin von Interesse. Man bemerkt nämlich
leicht, wie alle Titanen, die nach dem früher Gesagten hier überhaupt in Betracht kommen, eine ausgesprochene Beziehung auf die
Gestirne und Himmelskräfte überhaupt haben. Nicht in Betracht
kommen oder nur uneigentlich Titanen zu nennen sind Rhea, Okeanos,
Tethys, Mnemosyne, Themis. Von Kronos und Iapetos sei vorläufig
noch abgesehen. Dagegen betrachte man die Anderen: Da ist Helios,
Selene, Eos vom Vater Hyperion mit der Mutter Theia, die bald
Hekate, bald Euryphaessa (H. hymn. 31, 2. 4) genannt wird. Die
Perseïs Hekate, das Correlat zum Helios (Anmkg. 31), hat den Perses
zum Vater, während vom Pallas, einer weitverbreiteten Version zufolge, Selene und Eos stammen sollen. Entsprechend dem Astraios,
der mit Eos die Gestirne und Winde erzeugt, findet sich eine Asterie,
die Mutter der Perseïs Hekate, die Tochter des Koios, der die Sonne
oder den Himmel bedeutet, während sich an seinen Bruder Kynnos
ein Apollodienst anschliesst. Mit Apollo wiederum hängt die Titanin
Phoibe zusammen. Merkwürdig ist es endlich, dass die einzige
Olympische Gottheit[39] in diesem Kreise, die Tochter des Titanen
Koios, grade Leto ist, die Mutter der beiden einstmaligen Lichtgottheiten, wobei nicht zu übersehen, dass Asterie, wie die Schwester
der Leto heisst, der alte Name für Delos ist. — Es würde nahe
liegen, sich hierbei zu erinnern, dass die Titanen ja Uranos-Kinder

---

[37]) Die Identität der Beiden wird schon durch den Namen Hippothoos,
den der Sohn des Arkadischen Kerkyon führt, über jeden Zweifel erhoben.

[38]) Er erzeugt auch die Winde, was aber nicht in seinem Namen liegt.

[39]) Ich nehme das Wort hier im beschränkten Sinne, und schliesse
Helios und Hekate aus; die Stellung der Kroniden ist ohnehin eine excep-
tionelle; s. S. 56.

sind, *Οὐρανίωνες*, wie Homer sie einmal *E* 898 nennt im Widerspruch mit dem sonstigen Sprachgebrauch der Ilias, wo jenes Wort die Olympier bezeichnet. Allein eben der Umstand, dass schon die Olympier selbst Himmlische, Himmelsbewohner sind, nöthigt uns, wenn der Widerspruch nicht unerträglich werden soll, für das Wort *Οὐρανίωνες* hier eine etwas anders gewendete Bedeutung zu suchen, wie sich solche bequem aus der Hesiodischen Mythologie ergiebt, wonach das Wort einfach patronymisch zu fassen ist, unter Voraussetzung der dem Homer sonst fremden Personification des Uranos [40]; nur so, d. h. wenn man den appellativen Sinn von Uranos ganz bei Seite lässt, wird das *ἐνέρτερος Οὐρανιώνων* begrifflich fassbar und vor der Absurdität bewahrt. Der Zusammenhang der Titanen mit dem Himmelsgewölbe bleibt aber bestehen; war doch Koios selbst eine seiner Personificationen, deren wir im Weiteren noch mehreren begegnen werden.

Mit diesen Beobachtungen im innigsten Zusammenhange steht der an sich befremdliche und noch nie auch nur versuchsweise erklärte Umstand, dass Helios Titan genannt wird. Diese Bezeichnung findet sich zwar in ausgedehntem Maasse erst bei den Römern, respective deren alexandrinischen Vorbildern, wo auch Artemis, Leto, Kirke, Titanionen oder Titanisch genannt werden lediglich mit Hinsicht auf ihre Genealogie. Allein es giebt weit ältere Zeugnisse für diesen Gebrauch [41]. Schon Empedokles v. 236, der den ‚Alles umumspannenden Aether‘ *Τιτάν* nennt, deutet damit auf innere Gründe. Auf den Sonnengott selbst aber führt uns indirect Philochoros. Bis auf geringe Varianten übereinstimmend berichten die Lexica [42] zur Erklärung von *Τιτανίδα γῆν·* οἱ μὲν τὴν πᾶσαν γῆν [43], οἱ δὲ τὴν Ἀττικὴν ἀπὸ Τιτηνίου ἑνὸς τῶν Τιτάνων ἀρχαιοτέρου οἰκήσαντος περὶ Μαραϑῶνα, ὃς μόνος οὐκ ἐστράτευσεν ἐπὶ τοὺς ϑεούς [44], ὡς

---

[40]) So erklärten auch die Alten diese Stelle.

[41]) Das Zeugniss später Inschriften sowie der Anacreontea 44 (37), 7 (ζαφελῶς δ’ Ωαμψι Τιτάν) ist daher entbehrlich.

[42]) Et. M., Photius, Suidas, Apostolius XVI 69 (Müller F. H. G. I, 418).

[43]) Das ist entweder sehr räthselhaft oder es erklärt sich sehr einfach, nämlich dadurch, dass irgend ein Dichter die *Γαῖα πελώρη* oder auch die Gattin des Uranos so bezeichnete. *Τιτηνὶς Αἴα* (Kolchis) Ap. Rh. IV 131 ist nicht zu vergleichen.

[44]) Vgl. Mythogr. Vat. I, 11, wo von der Bestrafung der Titanen die Rede ist, absque uno Titane Sole.

Φιλόχορος ἐν Τετραπόλει καὶ Ἴστρος ἐν πρώτῃ τῶν Ἀττικῶν [45].
Dieser Titenios, den Etym. M. p. 760 (Gaisford) wohl minder genau
Titanos oder Titanios nennt, war, wie sich aus Eumelos (Fr. 4 Kink.
vgl. Kastor b. Euseb. I, 174 Sch.) ergiebt, der Sohn des Epopeus von
Sikyon, und dieser selbst nur eine Hypostase des Helios, des *ἐπόπτης*
oder des *Ἐπόψιος*, wie Apollo bei Hesych benannt ist. Zwar braucht
Ἐπώπη (d. i. Akrokorinth) nur eine ‚Warte‘ zu bedeuten; aber es ist
bezeichnend, dass der Name nur an diesen Stätten und in mythischer
Beziehung vorkommt (Hekataios b. Steph. B. v. *Κόρινθος*). Diese
Auffassung des Epopeus, die schon durch das Beiwort der Hekate
ἐπωπίς (Lykophr. 1176) nahegelegt wird — ein Beiwort, welches
nur bei der Sikyonischen Demeter wiederkehrt (Hes. s. v.) —, lässt
sich noch in anderer Weise belegen. Stephanus B. s. v. *Ἐρέτρια* sagt
*οὕτω δ' ἐκλήθη ἀπὸ Ἐρετριέως τοῦ Φαέθοντος υἱοῦ. τοῦτον δ'
εἶναι ἕνα τῶν Τιτάνων.* Phaethon (ursprünglich eine Potenz des
Helios) als Titan bezeichnet, giebt noch nebenbei einen Beweis ab;
worauf es hier aber ankommt, ist, dass in Eretria die berühmte Artemis *Ἀμαρυσία* verehrt wird und dass von ihrem Correlat Amarynthos (vgl. Steph. B s. v.) berichtet wird: *qui fuit Eretrieus ex insula
Euboea interemptus ab Epope* (Akusilaos Fr. 21 a. Müller). Also
Epopeus als Gegenbild eines Wesens, welches von zwei Seiten her
— durch den eignen Namen, wie durch die unmittelbare Verwandtschaft mit dem *Φαέθων* — als Sonnengott erscheint.

Hierzu kommt, dass sowohl der Name des Titan-Helios als auch
mythische Erinnerungen an ihn an einer uralten Stätte in Sikyon
selbst haften, nämlich an dem früh verfallenen Flecken *Τιτάνη* [46]
unweit der Stadt, der sich durch einige, später zu betrachtende,
hochalterthümliche Culte auszeichnet. *Ἐνταῦθα λέγουσιν οἱ ἐπιχώ-
ριοι Τιτᾶνα οἰκῆσαι πρῶτον· εἶναι δὲ αὐτὸν ἀδελφὸν Ἡλίου, καὶ
ἀπὸ τούτου κληθῆναι Τιτάνην τὸ χωρίον* (Paus. II 11, 5). Diese

---

[44]) Bei Müller ist die darauf folgende Glosse *Τιτᾶνας βοᾶν* (von der
später die Rede sein wird) fälschlich zu unserm Lemma gezogen.

[46]) So lautet der Name bei Pausanias an allen Stellen; dabei wird die
Länge des α geschützt durch Bildungen wie *Ἀλκμήνη* (von *Ἀλκμάν*), *Τροιζήνη*,
Κυλλήνη, (schwerlich durch *τιτήνη*, S. 76). Die Lesart *Τίτανα* kommt nur
in der corrupten Stelle des Stephanus vor: *Τίτανα χωρίον τῆς Σικυωνίας.
λέγεται καὶ ἐνικῶς· Τιτάνου τε λευκὰ κάρηνα* (B 735). Meineke schlägt vor
Τιτάνη· χ. τ. Σ ἔστι καὶ Τίτανα πόλις Θετταλίας λέγεται κ. λ. Einfacher wäre
es, zwar *Τιτάνη* zu schreiben, aber *καὶ ἐνικῶς* in *καὶ ἀρσενικῶς* zu ändern
und darauf die landschaftliche Unterscheidung folgen zu lassen.

ausführliche und bestimmte Erklärung unterscheidet sich vortheilhaft
von vielen andern, auf Ortsnamen bezüglichen desselben Autors.
Aehnlich, aber auch nur in schwachem Grade verdunkelt blickt der
ehemals hier dominirende Heliosdienst hervor aus dem, was von
Alexanor und dem sonst ebenso unbekannten, aber sehr durchsichtigen
Euhamerion gesagt wird (11, 7): τῷ μὲν ὡς ἥρωῖ μετὰ ἥλιον δύναντα
ἐναγίζουσιν, Εὐαμερίωνι δὲ ὡς ϑεῷ ϑύουσιν. Wenn Pausanias zu
der ersten Notiz hinzusetzt: δοκεῖν δέ μοι δεινὸς ἐγένετο ὁ Τιτὰν
τὰς ὥρας τοῦ ἔτους φυλάξαι καὶ ὁπότε ἥλιος σπέρματα καὶ δένδρων
αὔξει καὶ πεπαίνει καρπούς, καὶ ἐπὶ τῷδε ἀδελφὸς ἐνομίσϑη τοῦ
'Ηλίου, so ist absolut nicht ersichtlich, wie er aus der blossen Angabe von dem Bruder des Helios und ohne jeden weiteren Anhalt
auf solche Vermuthung verfallen konnte; wäre etwa gesagt „Bruder
des Kronos", so könnte bei dem letzteren an Saturn gedacht sein;
so aber muss man schlechterdings annehmen, dass Pausanias hier,
wie so oft, Angaben, die er in seiner Quelle fand, in Form einer
eignen Hypothese vorbringt. Ich denke hierbei nicht sowohl an den
Namen des fruchtbaren Μηκώνη und darüber etwa vorhandene
Mythen, als in erster Linie an Aloeus, des Helios Sohn, des Aietes
Bruder, der nach korinthischem Mythus („Eumelos") in Sikyon
herrschte, und zuweilen selbst als Titan bezeichnet wird (Schol.
Lucan VI, 410), oder an Züge wie den gleichfalls aus Eumelos be-
richteten, dass eines der Sonnenrosse dem Zeitenlauf, ein anderes
die Früchte zu reifen diene.

Man merkt wohl soviel, dass Titan ein ziemlich alter Name für
den Sonnengott sein müsse, wenn auch die näheren und erklärenden
Umstände uns noch fehlen. In der That werden sich noch verschiedentliche, ausdrücklich als Titanen bezeichnete Persönlichkeiten,
die nur grade Hesiod nicht aufgenommen hat, mit aller wünschens-
werthen Deutlichkeit als Hypostasen des Sonnengottes zu erkennen
geben. Hier ist zunächst der Ort, das gleiche Verhältniss bei dem
Haupttitanen, bei Kronos selbst, aufzuzeigen. Von Seiten des Moloch
und des Kinderverschlingens wird man dieser dunkeln Persönlichkeit
überhaupt nicht auf die Spur kommen, sondern nur dadurch, dass
man irgend eine Hauptgottheit, sei es eine fremde, wie Rhea es ist,
oder eine verdunkelte, wie Koios, Kreios, Kynnos darunter sucht. Die
Herkunft des Namens von κραίνω ist heut ziemlich allgemein angenommen. Wenn nun dieses κραίνειν nach den oben (S. 50 f.) aufgestellten Voraussetzungen mit Vollenden des Geschicks und Zeus-

ähnlicher Weltlenkung nichts zu thun haben kann, so kann man es
eben nur, wie auch Andre thun, auf das Reifen der Früchte beziehen,
etwa wie man τελέω (z. B. Hera Teleia) von der Geschlechtsreife und
ἠνυτόμαν τροφαῖς (Aesch. Ag. 1113) in ähnlichem Sinne sagte. Man
wird sich dabei nunmehr auf die Korinthisch-Sikyonische Sage stützen
können mit ihrem Titanen Aloeus, mit ihrem „Titan“, dem Saat-
und Reifekundigen Bruder des Helios, wobei auch die Functionen
der Sonnenrosse nicht zu vergessen. Wie dort von Helios, so ist
sonst auch von Kronos eine Persönlichkeit Namens Titan losgelöst
und zu einem Bruder desselben gemacht worden [47], eine Erscheinung,
die eigentlich nur eintreten konnte, wo Titan nicht den mythologischen Charakter, sondern den Eigennamen der Hauptperson bezeichnete. In dieser Richtung ist denn auch die Persönlichkeit des aus
Philochoros bekannten Titenios zu suchen, der sich ohnehin als Sohn
des Sikyonischen Helios-Epopeus entpuppte. Ganz deutlich und in
unanfechtbarer Weise tritt diese Verwandtschaft zwischen Kronos
und Helios in dem überhaupt durch alten Sonnendienst ausgezeichneten
Elis zu Tage, nämlich in Olympia [47a], wo beide einen gemeinsamen
Altar hatten und wo sie einstmals die Landesherrschaft unter sich
getheilt haben sollten. (Etym. M. 426, 18.) Und kann man die
Ueberlieferung, dass vor Apollos Zeiten das dolphische Heiligthum dem Kronos gehört habe (Lykophr. 202 Schol.), in den Wind
schlagen? [48] — Hier finden nun die früher ohne alle Ansicht und
Absicht mitgetheilten Beobachtungen über die ausgedehnten Be-

---

[47]) Es verschlägt nichts, dass die Zeugnisse alle auf Euhemeros zurückgehen. Enn. Fr. 3. 4. 6. p. 169 ff. Vahl. Diod. VI Fr. 2, 9. Myth. Vat. III,
3, 4. Καὶ βασίλευσε Κρόνος καὶ Τιτὰν Ἰαπετός τε Sibyll. III, 110. Vgl. Synkell.
p. 44. Eudok. p. 396.

[47a]) Ueber den Kronos-Cult dort s. Preller G. M. [4] I 52, 3.

[48]) Zur Annahme einer Corruptel (s. Scheer Rh. Mus. 34, 463. Aug.
Mommsen Delphic. 285) ist kein Grund, da in dem ehemaligen Orakel-
inhaber Poseidon (Paus. X 24, 4), in dem feindlichen, concurrirenden Verhalten der Ge dem Apollo-Orakel gegenüber (Eur. Iph. T. 1258 ff.), sowie
in dem Ortsdrachen Python parallele Sagenerscheinungen zu sehen sind.
Die Sagen von den durch Götter und Heroen erlegten Thieren unterliegen
ersichtlich verwandten Bedingungen, wie die von Giganten und oftmals
auch von Titanen; beiderlei Sagengattungen treffen sogar an manchen
Orten zusammen, wie in Theben der Drache und die Sparten, in Stymphalos
die Raubvögel und Kerkyon der Agamedide, in Lerna die Hydra und der
nach Alkyoneus benannte See, in der Gegend von Nemea der Löwe und
die Titanen von Phlius nebst den unbezwinglichen Molioniden von Kleonai.

ziehungen der Giganten zum Ackerbau ihre ungesuchte Erklärung, in einem Sinne, der noch weit mehr einleuchten wird, wenn zahlreichere Beispiele den Uebergang von Titanen in Giganten erwiesen haben werden. Der Titanische Aloous, in dessen Kreise diese Beobachtungen auf Kreta, Rhodos, Kos sich darboten, ist eben kein anderer als der anderswo Kronos benannte Sonnengott selbst, und der räthselhaften Cultgemeinschaft von Demeter und Helios-Apoll im Karischen entspricht durchaus die homerische Verbindung Kronos und Rhea. Es kann hiernach nicht einen Augenblick mehr zweifelhaft sein, wie der im Bereiche der Aloidensage nachgewiesene Gigant Mylinos und jener Mylas zu verstehen sei, der sich in Rhodos als eine Figur des Apollo selbst erwies, eines Apollo, der zwar dort, in der dorisirten Landschaft naturgemäss als Karneios auftritt, wie in Andania, der aber in Wirklichkeit nur die jüngere Cultform bezeichnet, die sich an den Dienst des Sonnengottes anschloss, wie dies in Sikyon (s. S. 60. 71.) und bei dem korinthischen Apollo Kynneios ziemlich handgreiflich ist. Diese nicht mehr zweifelhaften Beziehungen auf die Sonne einerseits, auf den Feldbau andrerseits fehlten den frühern Forschern, daher Buttmann und Welcker von ihrem Standpunct aus ganz Recht hatten, das Alter des Kronos-Dienstes in Zweifel zu ziehen. Es ist unter diesen Umständen keine sonderliche Kühnheit, den Titanen Anytos, den Pausanias (VIII 37, 5) in Arkadien mit Demeter und ihrer Tochter aufs Engste verbunden fand, im Sinne jenes ἠντιόμαν τροφᾶς für eine dieser Gestalten anzusehen und mit Κρόνος zu parallelisiren, zumal der Name im Alltagsleben vorkommt und so gut wie der Eleer Koios auf einen heroischen und von da auf einst noch höheren Rang des Patrons zurückdeutet. In Wirklichkeit liegt auch hier nur die partielle, auf gewisse Gegenden beschränkte Vordunkelung des unter zahllosen Namen verehrten Sonnengottes vor [49].

---

[49]) Wilamowitz (Ind. Schol. aest., Götting. 1884, p. 6) macht auf Soph. Fr. 875 aufmerksam: Ἥλιος — ὅν οἱ σοφοὶ λέγουσι γεννητὴν θεῶν | καὶ πατέρα πάντων, eine Idee, die er bei Seneca Phaedr. 888 wiederfindet. Der σοφός, in dem Robert z. Prell. I 38 Heraklit vermuthet, hat sich jedenfalls sehr mythologisch ausgedrückt. Sollte es bei der auch in der Philosophie bemerkbaren Neigung der Alten, sich im geeigneten Fall auf die Dichter, besonders auf „Homeros" zu berufen, nicht wahrscheinlich sein, dass der Philosoph hier den Kronos im Auge hatte, indem er dessen ursprüngliche Bedeutung noch kannte? An das Τιτῆνές τε θεοί, τῶν ἐξ ἄνδρες τε θεοί τε

So unbestreitbar es ist, dass unter dem Apollo der klassischen Literatur von Homer ab nichts weniger als der Sonnengott verstanden sei, so wenig kann doch heut noch geleugnet werden, dass Phoibos Apollo nicht immer bloss der transscendentale Bogenschütze und Leierspieler gewesen, sondern dass seinem Charakter als Todesgott, wie ihn Homer kennt, ursprünglich in der That jene Naturbedeutung zu Grunde lag, die aus den von vergeistigender Kunstdichtung unabhängigen Culten und Volkssagen noch deutlich hervorblickt, und die erst den späteren, theils speculativen, theils auf Localtradition zurückgreifenden Schriftstellern wieder zum Bewusstsein kam [60]. Nur wenn die sichtbarste, am unmittelbarsten in ihrem Wirken auf Wohl und Wehe der Erdbewohner empfundene Naturmacht in einer anderen oder anders charakterisirten Persönlichkeit aufgegangen war, begreift es sich, wie Helios hinter dem Kreise der Olympier so sehr zurücktreten konnte, wie dies bei Homer der Fall. Ist dies zugegeben und kann wirklich, worauf uns noch viele Momente führen werden, die einstige Cultbedeutung des Sonnengottes nicht hoch genug angeschlagen werden, so muss auch der Name Titan selbst, der an dem Sonnengotte haften blieb, das innerste Wesen dieser Verhältnisse widerspiegeln, derart dass, was uns als blosser Gattungsname für veraltete Götter erscheint, diese grosse Gottheit selbst mit ihrem Namen nennt oder sonst irgendwie begreifen lässt, wie sie grade zum Zeus in ein Vatersverhältniss treten konnte. Sehen wir, was sich über die Herkunft des Wortes Τιτάν ermitteln lässt.

Die älteste Etymologie des Worts findet sich bekanntlich in der Theogonie V. 209 f.; nachdem die Entmannung des Uranos und deren theogonische Folgen erzählt worden, heisst es in vier für sich stehenden Versen, der zürnende Uranos habe den Titanen ihren Namen beigelegt:

φάσκε δὲ τιταίνοντας ἀτασθαλίῃ μέγα ῥέξαι
ἔργον, τοῖο δ' ἔπειτα τίσιν μετόπισθεν ἔσεσθαι.

Diese Erklärung passt natürlich nicht auf die zwölf göttlichen Titanen, welche ja nichts verbrochen haben, sondern vor der Unthat des Kronos zurückscheuten; auch ihre Mitwisserschaft, die Schoemann

---

braucht wohl kaum noch erinnert zu werden. Vgl. übrigens Aeschylos Choeph. 981 Ἥλιος πατήρ, Pind. Ol. VII 70 ὁ γενέθλιος ἀκτίνων πατήρ.

[60]) Zuerst Euripides Fr. 781, 12, dann Plato Legg. XII 945e, Philochoros Fr. 2. Bei Artemis ist das richtige Verständniss, wie es durch den Namen Hekate vermittelt wurde, überhaupt nie verloren gegangen.

hervorhebt, kann man im Ernst nicht geltend machen. Vielmehr ist hier auf jene andern, götterbekämpfenden Titanen gedeutet, die wir von vornherein von den göttlichen unterschieden; man denkt dabei in der Sache wie in der Ausdrucksweise an den Thurmbau zu Babel, oder an die Aloaden, welche

'Όσσαν ἐπ' Οὐλύμπῳ μέμασαν θέμεν αὐτὰρ ἐπ' Όσσῃ κιλ.

Auch einer der Hauptgiganten heisst *Mimas* und eine Inschrift von Keos aus der ersten Hälfte des fünften Jahrhunderts spricht von den ᾳηρῶν .. μεμαότα ᾳῖλα .. γηγενέων (Monatsb. d. Berl. Ak. 1868 S. 4). Das Streben ins Ungeheure, welches hier wie bei den τιταίνοντες in den Vordergrund gestellt wird, der Versuch des Unmöglichen ist das Charakteristische an dieser Art von Mythen, die immer mit dem Sturz der Unternehmer endigen, nach welchem dann die Weltordnung sich als unerschüttert erweist.

Die, wie mich dünkt, fruchtlose Untersuchung darüber, ob diese Etymologie [51] an sich möglich sei, wird entbehrlich, sobald es gelingt, die Hauptfrage klarzustellen, welcher von beiden Arten Titanen, den göttlichen oder den himmelstürmenden, der Name von Hause aus zukommt. Welcker hielt noch in der Aeschyleischen Trilogie S. 97 den Fall, dass ein Name der sich empörenden „Erdriesen" auf die alten Götter übertragen worden, für ebenso möglich, wie den umgekehrten; ein Gedanke, den er später fallen liess, und der wohl wesentlich unter dem Eindrucke des fünften Jahrhunderts, welches Titanen und Giganten nicht unterscheidet, entstanden war. Ohne der Untersuchung vorgreifen zu wollen, dürfen wir aber verlangen, dass man sich zunächst an das von Homer und Hesiod Gegebene halte, an die *Τιτῆνες θεοί*, und dass, bevor man an eine Unrichtigkeit, an eine Uebertragung des Ausdrucks denkt, zuvor Alles angehört werde, was sich für die Richtigkeit desselben, für den innern Zusammenhang der beiden dort verbundenen Begriffe, anführen lässt. Hören wir zuvor noch einige etymologische Vorschläge. Hesiod selbst giebt, was nicht immer bemerkt wird, in jenen Versen noch eine zweite Erklärung des Worts. Es ist, worauf bereits oben hingewiesen wurde, eine schon von den Alten hervorgehobene Eigenthümlichkeit des Hesiodischen Stils, speciell der Theogonie, nicht sowohl eine Version im Mythus oder in der Ausdrucksweise individuell herauszuarbeiten als

---

[1]) Hesiod dehnt dem Worte Τιτάν zu Liebe an dieser Stelle das ι, welches sonst in τιταίνω immer kurz ist.

vielmehr verschiedene zusammenzustellen. So deutet er mit dem
zweiten der angeführten Verse unverkennbar auf *τίνω* und *τίτης* [52]:
eine Etymologie, die bei Weitem zu viel voraussetzt und das Wesentliche überspringt, abgesehen davon, dass *τίτης* nicht Düsser, sondern
Rächer bedeutet.

Völlig unbrauchbar für unsern Zweck ist das von Aeschylos
angewendete Wort *τιτήνη*, welches nach Hesych Königin bedeuten
soll, gewissermassen als ein Correlat zu *τίταξ*, welches erklärt wird
ἔντιμος ἢ δυνάστης· οἱ δὲ βασιλεῖς (Hes.), mit dem es doch aber
sprachlich nicht zusammenhängen kann. Jenes dürfte eher von *τίω*
und einem Adjectiv *τιτηνός* herkommen, wie es G. Hermann Op. V, 162
annahm; ohne dass dabei das von Schoemann berücksichtigte Schol.
Hom. Ξ 274, welches *Τιτάν* selbst *παρὰ τὸ τιτός* erklärt, mit hereinzuziehen wäre. *Τίταξ* aber, von *τάσσω* herrührend, gehört, wie man
zu bemerken versäumt hat, mit *Τίταχος*, jenem attischen Autochthonen zusammen, der Aphidna an die Dioskuren verrieth (Herod.
IX, 73); sowohl sprachlich — wo die Verwandtschaft auf der Hand
liegt — als sachlich, wie später zu zeigen ist.

Wundern muss man sich, wie die angebliche Titanenmutter
Τιταία, die Diodor V, 66 einführt, so allgemeine Beachtung finden [53]
und, da es sich natürlich um eine Erdgöttin handelte (Diod. III, 57),
sogar den Versuch veranlassen konnte, sie wie *τήθη*, *τηθύς*, *τίτθη*
von dem Stamme *θάω* herzuleiten, als ob von da ein Uebergang zu
τιτάν zu gewinnen wäre. Ich bin weit entfernt, diese Titaia mit
Schoemann Op. II, 118 für eine zu etymologischem Zweck versuchte
Erfindung zu halten. Im Gegentheil, grade weil ihr wahrer Ursprung
sich von anderer Seite her mit vollkommener Deutlichkeit ergiebt,
kann sie mit *Τιτάν* nichts zu thun haben. Nämlich der Name des
Erdriesen Tityos oder Tityas, wie ihn eine Vaseninschrift [53a] nennt,
des einzigen Sohnes der personificirten Erde, den Homer kennt (*Γαίης*

---

[52]) Bei Hesych ist die Hesiodische Doppelerklärung in sinnloser Weise
wiedergegeben, *τιτᾶνις· τιμωροί, ἀπὸ τοῦ τιταίνειν*, es müsste denn ἢ ausgefallen sein. Die Herleitung aus *τίνω* mit der grammatisch richtigen Variation haben auch die Orphiker: *οὕνεκα τισάσθην μέγαν Οὐρανὸν ἀστερόεντα*.
Die Komiker haben die erstere Etymologie aufgegriffen. Meineke II.
cr. 101. 411.

[53]) Heyne z. Theog. 208. Weiske, Prometh. 317. Völcker, Iapetiden
285. O. Müller, Prol. 374. Welcker, Götterl. I, 263.

[53a]) Monum. d. Inst. 1856. Taf. X.

ἐριχυδέος υἱόν, λ 576. *Γαιήιον υἱόν*, η 324), ist gebildet wie *Φλε-
γύ̕ας*, *Μιν̕ι̕ας*, *Μαρσ̕ι̕ας* [64], Formen, in denen das *r* ungefähr
so an Stelle des *ι* eingedrungen ist, wie etwa in *᾽Αμφικτύων*
oder *Μούνυχος* [65]. In seiner ursprünglichen Form hat sich der Name
wie so viele Ueberlieferungen, die im Mutterlande von den mannig-
faltigen Culturschichten verwischt oder verdeckt wurden, in Klein-
Asien erhalten, in Milet und durch Milesier offenbar weiter getragen
am Pontus, bei den Mariandynen [66]. Titias (*Τιτίας*), wie die Figur
hier heisst, ist Sohn des Zeus gleich dem Tityos, bei dem als einem
Riesen dieser Umstand sehr merkwürdig ist und auf eine ehemals andre
Beschaffenheit seines Charakters deutet. Titias steht in ebenso naher
Verbindung mit Rhea wie Tityos mit Ge oder Alora (S. 28). Er erscheint
gleich dem Eponymen Milets [67] und seiner Parallelfigur Atymnos,
als ein Haupttypus jener in der Jugendblüthe dahingeschwundenen
halbgöttlichen Personen, die wie Narkissos, Hyakinthos und Andere
um die Wende des Sommers mit *θρῆνοι* gefeiert wurden und die
meist mit Apoll in naher, zuweilen zu einem Gegensatz gestalteten
Beziehung stehen.   Man sieht an dieser verschiedenen Charakteristik, die dem Tityos gegenüber sich als die ursprüng-
lichere darstellt, wie sich die Entwickelung ein und derselben Figur
differenzirt hat; aus dem ehemals jedenfalls auch in Delphis Nähe
verehrten Heroen wurde auf dem Boden heftiger Völker-Collisionen
ein gigantischer Unhold; dies ist ein ganz gewöhnlicher noch oft zu
beobachtender Process. Beide begegnen sich noch in der Richtung
nach Kreta, Titias durch seine Verwandtschaft mit Miletos, Tityos als
Genosse des Rhadamanthys (Od. η 323) und Sohn der Minostochter
Europa (Pind. P. IV, 44. Ap. Rh. I, 179) [68]. Ohne Zweifel ist mit
Tityos und Titias die Erdmutter Titaia zu verbinden, wenngleich
das zu Grunde liegende Stammwort selbst, welches ersichtlich in
τίτανος wiederkehrt, innerhalb des Griechischen bis jetzt keine Er-

---

[64]) Mit *Μάρις*, *Μάρων*, *Μαρώνεια*, *᾽Ι-σμαρος* zusammenhängend; s. de
Eurip. mythopoeia 56 f. *Φλεγύας* von *φλέγω*, s. unter ‚Japetiden'.
[65]) S. G. Meyer Gramm. S. 93. Ahrens Ith. M. 17, 362. Wilamowitz,
Kydathen 137.
[66]) Apoll. Rh. I 1126 Schol., II 780 ff. Schol., Schol. Aesch. Pers. 917.
[67]) S. Preller G. M. II³ 134.
[68]) Bei Eustath 1699, 59 wird sogar auch Elara Tochter des Minos,
statt wie gewöhnlich des Minyas, genannt, doch wahrscheinlich nur durch
Textcorruptel.

klärung findet [59]. Und ich glaube die Versuchung ist gering, aus
dieser gemeinsamen Wurzel τιτάν zu erklären; dass Eustath Od.
1581, 32. 1699, 55 auf den Gedanken verfiel, den Tityos wegen
seiner gigantischen Natur etymologisch von den Titanen (τῶν ἀτα-
σθάλων Τιτάνων, er meint Od. η 60) wenigstens vermuthungsweise
herzuleiten, kann uns diese sprachliche Ungeheuerlichkeit nicht an-
nehmbarer machen.

Weit grösseres Interesse als Τιταία beansprucht für unsere
Frage eine andere weibliche Figur, Τιτώ. So nennt Lykophron 981
und Kallimachos Fr. 206 (Schol. Lyk. a. O.) die Eos oder Hemera,
ohne dass dabei an eine späte, alexandrinische Bilduug zu denken
wäre; das Wort begegnet schon auf einer Grabstele des vierten Jahrhunderts als Frauenname [59a], zum deutlichen Zeichen, dass es als Göttername bereits ausser Gebrauch gekommen war. Diesen Namen hy-
pokoristisch aus einem wie Τριτογένεια gebildeten Τιτογένεια zu
erklären [60], liegt kein Grund vor, auch wenn uns gesagt würde, was
Τιτο sei; denn von einer Verwandtschaft mit dem soeben nachgewiesenen Stamme, der in Titias, Tityos, Titaia, τίτανος zum Vorschein kommt, kann bei der Göttin der Morgenröthe wohl keine
Rede sein. Merkwürdigerweise hat man, soviel ich sehe, von der
zugehörigen Masculinform, die an vielen Stellen erhalten ist und
jeden Zweifel beseitigt, keine Notiz genommen. Zwar dass die
Alten die Form erklärten παρὰ τὸ Τιτὰν Τιτανίς καὶ ὑποκοριστι-
κῶς Τιτώ ἡ ἡμέρα Et. M. 760, 52, ist bekannt; ebenso dass mythologisch Hemera eng mit Helios-Titan zusammengehört: denn ausser
dass bei Hesiod Theog. 372 Eos, Helios und Selene Geschwister sind,
heisst das lichtbringende Sonnenross im korinthischen Epos Eous
(neben den anderen Functionen dienenden Rossen Aithops, Bronte
und Sterope) und lautet bei der korinthischen Colonie Apollonia der
Flussname Ἄωος, wie anderwärts Apoll charakteristischer Weise
als Ἐῷος verehrt wird (Herodor b. Schol. Apoll. Rhod. II, 684)
und wie Eos auf dem Pegasos, dem Feuer- und Sonnenrosse, reitet
(Lykophron 17). Allein auszugehen ist doch von der männlichen
Form.

---

[59]) Im Hebr. bedeutet tit allerdings Lehm, Koth. Tityos als Sohn der
Alera war in der That = Κοπρεύς (S. 28). Titias und die mit ihm oben genannten Figuren sind durchweg Bilder der Erdvegetation.

[59a]) Τιτὼ Σαμία, aus dem Piräus. Barbakion 2783, v. Sybel 3273.

[60]) Preller-Robert G. M. I, 48, 3.

Τῷ πᾶσα Φλέγρας αἶα δουλωϑήσεται
Θραμβουσία τε δειρὰς ἥ τ' ἐπάκτιος
σιόρϑυγξ Τίτωνος αἱ τε Σιϑόνων πλάκες
Παλληνία τ' ἄρουρα κτλ. (Lykophr. 1404).
Ein gewichtiges Zeugniss wegen der Verbindung mit dem specifischen
Gigantenlande. *Τίτων* heisst ferner der unter der Erde verschwin-
dende Fluss bei Circesium oder ἐγγὺς Κιρκαίου ποταμοῦ (Philosteph.
b. Schol. Lykophr. 1276), auch dies nicht durch Zufall; denn Kirke
ist des Helios-Titan Schwester und daher selber zuweilen „Titanin".
Dazu kommt Steph. B. *Τιτωνεύς, ὄρος* . . . . *Διονύσιος Γιγαντιάδος
πρώτῳ.* Wenn wir also hören, dass *Τιτώ* die Eos sei, so liegt in
all dem eine neue Begründung dafür, dass Titan ein uralter Name
des Sonnengottes sein muss, von dem hier nur eine früh entstandene
dialektische Nebenform vorliegt, eine Entstellung, wie sie nicht mehr
hätte stattfinden können, nachdem einmal der Titanenname auf die
Götterfeinde und die Giganten übergegangen und in aller Munde
war. Ist dies richtig, so ist ein weiterer Schritt unumgänglich geboten, nämlich der, *Τιθωνός* den Gemahl der Hemera, den Vater
des *Ἡμαϑίων*, des Phaethon und Sandakos (Apollod. III, 14, 3), als
identisch mit *Τίτων* in Anspruch zu nehmen; darum also die ausnehmende Schönheit, darum sein vorzeitiges Schwinden.

Diese Erörterungen haben nicht zu einer wirklichen Erklärung
des räthselhaften Wortes geführt, aber sie haben endgültig die Richtung festgestellt, in welcher der springende Punct liegen muss. Das
Resultat, zu welchem man von hier aus mit Nothwendigkeit, dünkt
mich, gelangen muss, wurde schon bei Kronos angedeutet. Nicht
irgend ein Appellativ liegt zu Grunde, sondern ein alter Göttername,
der Name einer Hauptgottheit, der auf ihre ganze Sippschaft übergegangen oder vervielfacht wurde in der Art wie *Μοῖσαι, Ἐρινύες,
Γοργόνες, Τρίτωνες, Σειληνοί, Πᾶνες, Θέμιδες, Νεμέσεις, Κλωϑώες,
Λαχέσεις, Πραξιδίκαι,* auch *Κύκλωπες* wie wir sehen werden, und
zahllose andre Gruppen von Personen, die alle ursprünglich nur im
Singular vorhanden waren. Es kommt hier nur darauf an, die
Thatsache ganz und vorurtheilslos zu würdigen, dass sich Zeus und
Helios-Apollo als Hauptgottheiten an vielen Orten begegneten, wobei
theils Einer den Andern verdrängte, theils — und dies ist es, was
uns interessirt — ein Compromiss zwischen Beiden zu Stande kam.
Dieser Vorgang, für den uns eine urkundliche Bestätigung in dem

$Z\varepsilon\dot{v}\varsigma\ ^{\prime\prime}H\lambda\iota o\varsigma$ von Amorgos vorliegt (Bull. de corr. Hell. VI, 189)[60a], ist z. B. handgreiflich in Kreta, welches wie das eng verwandte Rhodos durch seinen Sonnendienst hervorragt. Nur hier, in Gortys, findet sich ein $Z\varepsilon\dot{v}\varsigma\ ^{\prime}A\sigma\tau\dot{\varepsilon}\rho\iota o\varsigma$; den Zeusstier selbst, der die Europa nach Gortys entführt, zeigt eine Münze[61] von einem Strahlenkranz umgeben, wie er nur dem Helios und seiner Familie zukommt. Minos, der dem Homer für einen Sohn des Zeus gilt, hat hier den Asterion zum Vater, einen Asterios zum Sohn; seine Gemahlin ist *Ilaaiqán*, die Tochter des Helios und der Perseïs; und die Mutter der Europa ist $T\eta\lambda\varepsilon\varphi\dot{a}\sigma\sigma a$. Mit grosser Deutlichkeit liegt der Verschmelzungsprocess zu Tage bei Helena und den Dioskuren, die obwohl recht eigentlich und in hervorragendem Sinne Kinder des Zeus, einer freilich in den Culten von Amyklä, Therapne und Umgegend nirgends vorhandenen Gottheit[62], doch von dem Schwan, dem uralten Bilde des Helios-Apoll[63] erzeugt werden; wie ja auch der Kern des Ganzen, die Sage von dem Ei der Leda durchaus Apollinischen Heiligthümern anhaftet (Paus. III 16, 1. 2) und die darauf bezüglichen Vasen deutlich ein Apollo-Heiligthum darstellen[64]. Derselbe Widerspruch zeigt sich in Korinth, wo Helios dominirt, während doch ein altes Sprichwort sagte $\varDelta\iota\dot{o}\varsigma\ K\dot{o}\rho\iota\nu\vartheta o\varsigma$. Hier in der Heliosstadt ist ja grade die Stätte des Pegasos, welcher dem Donnerer die Blitze trägt; hier grade ist die Anschauung vertreten, dass die Rosse Bronte und Sterope den Wagen des Sonnengottes ziehen. Auch in Nemea, wo

---

[60a]) Vgl. CIG 4590. 4601. Man beachte den Zeus Aristaios von Keos (Serv. G. I 14. Athenag. Leg. p. Chr. 14), der Apollo genannt wurde und auch seine heiligen Rinderheerden hatte (Virg. G. I 14).

[61]) Abgeb. b. Combe, Num. Mus. Brit. VIII 12; s. Stephani, Nimb. 15.

[62]) Schon O. Müller bemerkte den auffallenden Mangel alter Zeusculte bei den Doriern. Der einzige durch ein gleichnamiges Fest wohlbegründete ist der des Zeus $O\dot{v}\rho\dot{a}\nu\iota o\varsigma$ in Sparta, also eines solchen, wie er besser für unsere Anschauung gar nicht zu wünschen sein könnte. Wir kommen darauf zurück.

[63]) Für Aphrodite ist dies Attribut nicht vor dem fünften Jahrhundert nachzuweisen. — Auf den Sonnengott, den schon Usener Rh. Mus. 23, 356 in diesen Zeusmythen erkannt hat, deutet auch Clem. Rom. Recogn. IX 584: $\varkappa a\dot{\iota}\ a\dot{v}\vartheta\iota\varsigma\ \dot{a}\sigma\tau\dot{\eta}\rho\ \gamma\iota\nu\acute{o}\mu\varepsilon\nu o\varsigma\ K\dot{a}\sigma\tau o\rho a\ \varkappa a\dot{\iota}\ \Pi o\lambda\upsilon\delta\varepsilon\dot{v}\varkappa\eta\nu\ \dot{\varepsilon}\zeta\acute{\varepsilon}\gamma\nu o\sigma\iota\nu$. S. unter ,$A\nu a\varkappa\varepsilon\varsigma$'.

[64]) Auf den drei wichtigsten der von Kekulé (Ueb. e. griech. Vasenb. d. Bonn. K.-Mus. 1879) zusammengestellten Vasen, auf A, B, C, kann darüber gar kein Zweifel obwalten; nur das Bonner Bild zeigt statt der Apollinischen Symbole ein Zeus-Idol, so dass auch hier jenes Schwanken der Anschauung besteht, welches für den Mythus selbst charakteristisch ist.

die Erinnerung an den Dienst der Mondgöttin bei der Sage von dem
Nemeischen Löwen noch in ziemlich krasser Weise hervortritt [65], wäh-
rend das männliche Correlat durch Zeus verdrängt ist, hat sich eine
Spur dieses Conflicts erhalten [66]. Eine minder zuverlässige, weil
leicht aus dem bekannten Gegensatz der beiden Götter herzuleitende
Ueberlieferung besagte, dass in Olympia selbst, wo allerdings in alter
Zeit durchaus der Sonnendienst geherrscht haben muss [67], Zeus mit
Kronos, der dort heimischen Gottheit, gerungen haben soll (Paus.
VIII 2, 1). — Ich frage nicht, welche Verhältnisse für das Ueberwiegen
der einen oder der andern Gottheit massgebend waren. Genug, dass
die beiden vielfach als Hauptgötter verwechselt und dass ihre
Functionen entweder verschmolzen oder — was vielleicht dem Richtigen noch näher kommt — von Hause aus nicht getrennt wurden.
Wäre es diesen Thatsachen gegenüber so unerhört, wenn beide mit
demselben Namen genannt wurden, gleichviel, ob derselbe für den
Sonnengott ursprünglich passte oder nicht, gleichviel — müssen wir
unbefangener Weise als Modification hinzusetzen — ob dessen Beziehung
auf Helios noch in das herrschend gewordene homerische Göttersystem passt oder nicht, ein System, dem doch die localen Culte
und Ueberlieferungen Hohn sprechen. Ich glaube, kurz gesagt, oder
vielmehr ich spreche als unabweisbare Folgerung aus, dass nichts
Andercs als die Form *Τάν* dem Namen *Τιτάν* zu Grunde liegt und
dass dieser ungeachtet des langen *ι* durch Reduplication entstanden
ist, gleich wie *Σίσυφος* aus *σοφός*, *σίσυφος* (Hesych), wie *πίφαύσκω*
und vereinzelt *τιταίνω* (Hes. Theog. 209) und wie, von der Quantität
abgesehen, *Τίταξ* und *Τιταχός*, *Μίμας*, *Γίγας* u. v. a. [68] Der Form

---

[65] Der Löwe soll vom Mond gefallen sein; s. Preller ³II 190, 2.
[66] Das ergiebt sich aus der unschwer nachzuweisenden Bedeutung
des Archemoros, der von der heiligen Ortsschlange des Zeus (Stat. Theb.
V 511. 576) getödtet wird.
[67] S. oben S. 32. 72. Welcker Götterl. I 407.
[68] Diese Etymologie ist übrigens übel empfohlen; denn sie findet sich,
wie ich sehe, schon unter Schwencks Einfällen. Welchen Sinn hat es,
Τιτάνις als *Ζᾶνις* zu erklären, wenn all die sehr eigenartigen und umständlich zu begründenden Voraussetzungen dabei fehlen. — Ich habe daran gedacht, ob nicht die Form *Τιτήν*, die sich auf einer kretischen Inschrift (aus
Hierapytna, herausg. v. Bergmann, Brandenbg. 1861) mehrere Male findet,
geeignet sei, den Entstehungsprocess des Wortes zu illustriren. Denn mit
dem gewöhnlichen Ersatz des *Ζ* (oder Dj) durch *δδ* oder *ττ*, wie ihn mitten
im Wort verschiedene Dialecte, auch der kretische, zeigen, lässt sich diese

Záv, gleichviel wie nun der Anlaut in den einzelnen Dialekten sich
gestalten möge, entspricht doch im Italischen Diana und Dianus,
nur dass der letzte Name ebenso früh die erste Hälfte des Explosiv-
lautes verloren hat wie *Táv* und *Δáv* die zweite. Diese Götter
entsprechen aber nicht der Hera und dem Zeus, sondern in erster
Linie der Artemis und ihrem Correlat. Allerdings haben die Römer
ihren Janus nicht nur als Sonnengott vielfach empfunden, sondern
daneben auch seine dem Jupiter ebenbürtige und ähnliche Bedeutung
so wenig vergessen, dass sie — des Janus Junonius [69] und sonstiger
Anzeichen nicht zu gedenken — von ihm gradezu als dem Jovo
Diano sprechen (CIL V, 783), ein Zeugniss, welches Jordan (zu
Preller Röm. M. I³ 167, 2) vergeblich zu entkräften sucht. Der Zufall will, dass wir zu dem bärtigen, doppelköpfigen Janus noch eine
anscheinend gut bezeugte Parallele nachweisen können, und dies an
einer der alterthümlichsten Apollo-Stätten, in Amyklai, wo das
älteste, noch vor-Bathykleische Idol vier Arme und vier Ohren hatte
und nur durch Zufall sein zweites Gesicht eingebüsst zu haben
scheint [70]; auch diese Gottheit ist eine kriegerische, wie der älteste
Janus. Bei dem stets apollinisch gedachten, mit Pfeilen ausgestatteten jugendlichen Veiovis der Römer sind diese Voraussetzungen,
d. h. das Zusammenfliessen von Zeus und der Sonnengottheit, längst
anerkannt (Preller R. M. I³ 264 f.). Und ist es nicht gegenüber allen
Bedenken, die sich gegen solche Vergleichungen noch regen können,

---

den Anlaut angehende Erscheinung doch nicht ganz auf eine Linie stellen.
Und wenngleich der wirkliche Laut, wie er sich im Munde der Kreter gestaltete, genauerer Bestimmung sich entzieht (vgl. G. Curtius, Etym.⁴ 606),
so schien mir doch die Möglichkeit nicht ausgeschlossen, dass hier ein
epenthetischer Laut gehört worden sei; und es war dann nicht einzusehen,
warum dieser sprachliche Process nicht schon 500 Jahre früher stattgefunden
und in dem Masse, wie der Sinn des Namens sich verdunkelte, die eignen,
unberechenbaren Bahnen der Mythenbildung eingeschlagen haben könnte.

[69]) Von dem Macrobius I 9, 16 eine sehr nothdürftige Erklärung giebt.

[70]) S. Welcker Götterl. I 473. Dass dieses oft erwähnte Bild von jeher
nur vier Ohren, wie berichtet wird, gehabt habe und nicht zwei vollständige Gesichter, ist ebenso unglaublich wie die Monstrosität eines haarlosen
Zeus (s. Preller G. M. I³, 107) oder eines Zeus ohne Ohren (ib. 124, 1); dem
ersteren hatte man vermuthlich seine kostbare Perrücke gestohlen; bei dem
andern waren diese Extremitäten sei es für sich oder in Verbindung mit
den Haarwulsten jedenfalls angesetzt gewesen und verloren gegangen. In
unserm Falle würde ich ein Holzbild annehmen, von welchem das zweite
Gesicht abgesprungen.

ein Umstand von erdrückender Bedeutung, wenn an einer so alten
und ehrwürdigen Stätte wie Dodona die Cultgenossin des Zeus noch
als *Διώνη* angetroffen wird oder gar, falls die Handschriften Schol.
Hom. γ 91 Recht haben, als *Διαίνη*? Grade an solchen, von den
eigentlichen Culturländern abgelegenen Gegenden, über welche die Geschichte der griechischen Stämme frühzeitig hinweggegangen, gewinnt
auch ein geringfügigeres Zeugniss als dieses an Gewicht. *Διώνη*
stellt sich neben Djan, Ζάν, wie *Τιτων* neben *Τιτάν* [1]. — Einmal
so weit gelangt, müssen wir uns auch erinnern, dass Titan in diesem
weiteren, über den Begriff der Sonne hinausgehenden Sinne uns schon
mehrmals begegnet ist: bei Empedokles war *Τιτάν* der ‚das All um-
spannende‘ Aether, und *Κοιος* bedeutete, wie wir sahen, den Himmel.

Was man gegen diese ganze Argumentation einwenden kann und
muss, ist dies, dass dabei doch nur aus dem Helios-Titan Titanische
Persönlichkeiten hergeleitet worden sind, während es grade auf Seiten
des Zeus, wo man sie erwarten sollte, an geeigneten Hypostasen
fehlt. Allein dieser Mangel ist nur ein vorübergehender und wird
in den späteren Capiteln zum Theil ausgefüllt werden, freilich ohne
dass wir dort den Namen Titanen in der ausgiebigen Weise antreffen
wie hier und im nächsten Capitel. Die Frage hängt insofern allerdings eng zusammen mit dem Verhältniss zwischen den beiden noto-
rischen Hauptgöttern, Zeus und Apoll, als nämlich der alte Natur-
gott Helios hinter Apollo zurücktrat, während der Donnerer mehr
seinen ursprünglichen, elementaren Charakter bewahrte, so dass die
mythologische Corruption des alten Namens zu *Τι-τάν* sich lediglich
oder vorwiegend an den Sonnengott, wo man nicht mit *Τάν* in Collision kam, anschloss. Von dieser Seite her werden uns in der That noch
zahlreiche Erscheinungen begegnen, die alle ausgesprochener Maassen
auf Helios als den eigentlichen „Titan“ zurückführen. Hier sei nur noch
angeführt, was sonst räthselhaft war, dass man für *παιανισμός*, d. i.
die Anrufung des Apollo Paian (ursprünglich Helios Paian, Timoth.
Fr. 13 Bergk p. 1272), auch *τιτανισμός* sagte. Wenn Strabo 331
Fr. 40 dies mit den Paionern und den ihnen verwandten Pelagonern
in Verbindung bringt, welche Letzteren „Titanen“ seien, so bezieht
sich das schwerlich auf Kallim. h. Iov. 3, wo in spielender Redeweise
für *πηλογόνοι*, d. h. die Giganten, *Πηλαγόνες* gesagt ist. Vielmehr

---

[1] Und wer sagt uns, ob der alte Göttername nicht noch in dem
heutigen Jánina wiederhallt?

6*

müssen beide Autoren (unter denen nur Strabo ausserdem Titanen und Giganten verwechselt) dieselben Umstände im Auge gehabt haben; und die Pelagoner wären nicht die einzige Völkerschaft, welche ihren Namen einem alten und speciell dem von uns erläuterten Cultnamen verdankten. Grade Ἀτιτᾶνες hiessen ja die der Heliosstadt benachbarten Anwohner des Aous im nördlichen Epirus, einer Landschaft, für welche die einst dominirende Stellung des Sonnengottes erwiesen ist [72]; das ausdrückliche, bei der Alltäglichkeit der Vorsatzsilbe α fast entbehrliche Zeugniss des Hesych s. v. τιτᾶνες [73], welches die Nebenform ἀτιτᾶνες sichert, lässt keinen Zweifel darüber aufkommen, dass die Atitanen oder, wie der Name weiter verunstaltet auch lautet, Atintanen ebenso nach dem Τιτάν benannt sind wie die arkadischen Ἀζᾶνες [74] und die Orts- und Flussnamen Τῆνος, Τήνειον, Τᾶνος nach dem alten Namen des Zeus.

Die Versuchung scheint stark zu sein, sich von hier aus den Weg zu bahnen zu jenen arkadischen Urgeschlechtern, die in der Heraklidensage als „Titanen" auftauchen, und gleich hier zu untersuchen, wie sich das Verhältniss zwischen Titanen- und Gigantensagen gestalte. Das nächste Capitel wird darüber allerdings Aufschluss zu geben haben. Es genüge vorerst festgestellt zu haben, aus welchem Stoff eigentlich jene Wesen geschaffen waren, welche sich hinter den Τιτῆνες θεοί verbergen, und damit, wie ich hoffe, die Herleitung von τιταίνω und alle andern auf Appellative hinausführenden Erklärungen abgewiesen zu haben, wie sie sich leicht einstellen, wo man nur die eine oder die andre Seite der Ueberlieferung, nicht alle zugleich befragt. Hesiod bewahrt im Allgemeinen, das bewährt sich auch in der gegenwärtigen Untersuchung, die allerältesten Ueberlieferungen; aber mehr als er wusste, konnte auch er nicht geben; und die Etymologie von Τιτάν wusste er entschieden nicht. Wie er zu der Vorstellung von den τιταίνοντες μέγα ἔργον ἔρξαι kam, ergiebt sich weder aus dem Wesen seiner zwölf göttlichen Titanen, mit dem dieselbe vielmehr streitet, noch aus deren Rolle

---

[72] S. Hermes XX 143, wo die Epirotischen Alexander-Obolen mit dem Helioskopf hinzuzufügen sind, Millingen Suppl. aux consid. s. l. monn. de l'ancienne Italie pl. 2, 6. Catal. of th. gr. coins in Brit. M. 1883, Taf. XX 2. 5.

[73] Vgl. M. Schmidt zu ἀτιτάνιτες.

[74] Vgl. die Ζᾶνες in Elis und Ἀζές Paus. IX 37, 1. 3. Natürlich kommt auch der Name der Paioner von Paian; s. Schol. Ar. Ach. 1213; vgl. Τίτων, Διώνη.

in der Titanomachie. Dass diese Idee nicht aus seinem Hirn stammt, sondern dass gemäss dem reichhaltigen, fast gelehrten Charakter der Theogonie, die manchmal mehrerlei Anschauungen zugleich wiedergiebt, hierin eine bestimmte Sage oder Sagengattung zum Vorschein kommt, wurde bereits angedeutet und wird sich im Weiteren ergeben, da wo von den Riesen und der Titanomachie die Rede ist, Mythen, von denen Hesiod ein werthvolles, aber auch schon verschobenes Bild giebt.

Zu einem abschliessenden Urtheil über Wesen und Umfang des Titanenkreises, sowie darüber, wieweit der von Welcker angenommene Gegensatz zwischen den Titanischen Naturgöttern und den vergeistigteren Olympiern, der für Helios und Apoll zuzutreffen scheint, berechtigt sei, ist hier bei Weitem noch nicht der Ort. Wir haben bisher nur, oder fast nur die dem Sonnengotte zugekehrte Seite des Begriffes *Τιτάν* kennen gelernt, eine Erfahrung, die sich im nächsten Abschnitt bestätigen und erweitern wird. Soviel aber ist schon hier klar: der nie zur Ruhe gekommene Process, dass alte Culte durch jüngere abgelöst oder variirt werden, dass göttliche Gestalten ihren Glanz verlieren und zu Heroen oder in andre Kategorieen herabsinken, spielt sich hier mit besonderer Deutlichkeit vor unseren Augen ab; auch die Verwandlung des einen Titan in eine Mehrheit folgt durchaus den Gesetzen griechischer Mythenbildung, wobei sich leicht von allen Seiten verwandte Gestalten einzufinden pflegten und um Namen keine Verlegenheit war. Nur dass der Vorgang diesmal den höchsten Gott selbst betraf und der Name nicht eine blosse Eigenschaft, eine Potenz ausdrückte, wie die weitaus meisten Götter- und Heroennamen, dies ist das Ungewöhnliche des Falles. Wenngleich nun die Darstellung der *Τιτάν*-Familie als älterer, d. h. veralteter Götter in gewissem Sinne zutrifft und die genealogische Ausdrucksweise des griechischen Mythus von selbst dazu führen konnte, diese Generation als die Eltern der Olympier anzusprechen, so glaube ich doch, dass die Volksanschauung diese Consequenz grade bei Zeus nicht gezogen haben würde, ganz abgesehen davon, dass sie öfter das historische Verhältniss umzudrehen als richtig wiederzugeben pflegt, und meine, dass grade in unserm Falle besondere, nicht mehr sicher erkennbare Umstände mitgesprochen haben mögen.

III. Die Japetiden.

Homer kennt oder erwähnt überall nur zwei männliche Vertreter der Titanengeneration, Kronos und Japetos; und Hesiods
System scheint der Japetosfamilie eine gleich bedeutende, wenn auch
von den andern charakteristisch verschiedene Stellung einzuräumen.
Nur erfahren wir weder hier noch von anderer Seite etwas über die
Person des Japetos selbst und können eingedenk der Erfahrung, dass
Hesiods Unterscheidung mehrerer Generationen das Wesen der Personen nicht berührt und dass sich die Titanen und ihre Sprossen
oftmals gleichstehen, höchstens von den Japetiden auf die Natur des
Vaters zurückschliessen. Japetos kommt, wenn man die abgeleiteten
Quellen wie billig ausser Acht lässt, nur in zwei Mythen vor, bei
Buphagos, einem arkadischen Frevler (Paus. VIII 27, 11), und bei
dem Aetolischen Dryas (Hyg. F. 173), aber beidemal nur genealogisch,
als Vater, ohne dass man Gewissheit darüber erhielte, ob hier ein
innerer Zusammenhang besteht, oder ob nicht durch solchen Vaters-
namen bloss die Titanische Herkunft, respective, wie bei Dryas, der
autochthone Charakter angedeutet werden soll.   So hat sich auch
über die Gemahlin des Japetos keine feste Tradition gebildet; Kly-
mene (Hes. Th. 508; Hyg. Fab. praef.), Asia [75] (Apollod. I 2, 2;
Lykophr. 1283. 1412 Scholl.), Aithra (Schol. Hom. Σ 486) werden genannt, ferner Asopis [76] (Procl. z. Hes. Ἔργα 48), Thornax (Paus.
a. a. O.) und, wenigstens als Prometheus' Mutter, Gaia - Themis
(Aesch. 18. 212. 1092).

Atlas, der älteste Japetide, überragt seine Brüder an mythologischer Bedeutung. Durch die Plejaden, seine Töchter (Ἔργα κ. ἡμ. 383),
von denen fast sämmtliche peloponnesische und noch einige böotische
und kleinasiatische Geschlechter ihre Herkunft ableiten (Apollod. III
10 ff.), ist er Vater einer ganzen Menschheit, wie dies die Ἀτλαντίς
des Hellanikos bestätigt. Diodor III 60 nennt ihn Bruder des Kronos; hier ist also die durch Hesiods System veranlasste Schiefheit

---

[75]) Diese mag auch bei Herod. IV 45 gestanden haben. Wenn dort
jetzt überliefert wird: ἐλήθη — ἔχειν τὸ οὔνομα γυναικὸς αὐτόχθονος, ἡ δὲ Ἀσίη
ἐπὶ τῆς Προμηθέος γυναικός | τὴν ἐπωνυμίην, während Eustath z. Dion. Per. 270
Προμηθέος μητρὸς las, so kann μητρὸς leicht durch die Aehnlichkeit mit
μηθέος verloren gegangen und statt dessen das γυναικὸς aus dem Vorigen
wiederholt sein. — Eine Okeanide Asia bei Hes. Theog. 359.

[76]) Ueberliefert ist Ἀσωπίη. Vgl. Völcker Japet. 72. — Ueber Aithra
s. S. 93, 104.

wieder ausgeglichen. Dementsprechend finden wir ihn im Herzen
von Arkadien localisirt, bei Thaumasion [77], derselben Gegend, wo
auch von Kronos und von Giganten erzählt wurde; eine Berührung
der beiden Titanen, die, wie sich sogleich ergeben wird, in ihrer ursprünglichen Bedeutung tiefer begründet zu sein scheint. Die Verwandtschaft mit Kronos, den wir in Elis noch im Cult antreffen,
sowie die Verbindung mit der Kyllenischen Maia, der Hauptfigur
unter den Plejaden, lassen diese Localisirung als die berechtigte und
relativ ursprüngliche erscheinen. Erst später ist er in mythische
Ferne gerückt worden, gleichzeitig mit dem durch mancherlei Sagen
ausgezeichneten Ladon, aus dem nun eine Schlange wurde; der Vorgang ist ein ähnlicher wie in dem Mythus von Herakles' Jagd nach
der Hindin, wo das endliche Ziel, der Ladon, die allerweiteste Ferne
bedeutet [78]. Atlas erscheint nun bekanntlich als der Himmelsträger
und ist als solcher schon bei Hesiod an den äussersten Westhorizont
gestellt; darauf bezieht sich, und zwar nur darauf, der Ausdruck der
Odyssee α 52, dass er

$$\vartheta\alpha\lambda\acute{\alpha}\sigma\sigma\eta\varsigma$$
$$\pi\acute{\alpha}\sigma\eta\varsigma \ \beta\acute{\iota}\nu\vartheta\epsilon\alpha \ o\acute{\iota}\delta\epsilon\nu. \ (\check{\epsilon}\chi\epsilon\iota \ \delta\acute{\epsilon} \ \tau\epsilon \ \varkappa\acute{\iota}o\nu\alpha\varsigma \ \alpha\grave{\upsilon}\tau\grave{o}\varsigma$$
$$\mu\alpha\varkappa\varrho\acute{\alpha}\varsigma, \ \alpha\grave{\iota} \ \gamma\alpha\~{\iota}\acute{\alpha}\nu \ \tau\epsilon \ \varkappa\alpha\grave{\iota} \ o\grave{\upsilon}\varrho\alpha\nu\grave{o}\nu \ \dot{\alpha}\mu\varphi\grave{\iota}\varsigma \ \check{\epsilon}\chi o\upsilon\sigma\iota\nu),$$

denn der dort Weilende hat vor Andern die Kenntniss des Weltmeeres
voraus; der Ruf von solcher verborgenen Kenntniss wurde aber immer
übertrieben und ins Wunderbare gesteigert, und eine solche, leicht
erkennbare Uebertreibung liegt in dem πάσης [79]; den Atlas deshalb
zum Schiffer zu machen — ein von Völcker (in den Japetiden) auf-
gebrachter Irrthum — würde dieselbe Plattheit sein, wie wenn das
spätere Alterthum ihn wegen seiner Berührung mit dem Sternen-

[77]) Das bei Dion. Hal. I 61 überlieferte Καυκάσιον ὄρος ist von Syl-
burg, Clinton F. H. I 22ᵇ u. Schömann Op. II 269 mit Recht so corrigirt
worden. Vgl. Apollod. III 10, 1, 1. Serv. Aen. VIII 134.

[78]) Herakles verfolgte das Thier ein ganzes Jahr lang, Apollod. II 5, 3,
daher eine andere Version das Ziel weiter hinausrückte und statt der arkadischen Oertlichkeiten, welche doch das Ursprüngliche sind, die Hyper-
boreer setzte, Pind. Ol. III 29 ff. Die Annahme Heynes (Observ. 145 f.)
und Prellers, das Thier sei endlich wieder nach Arkadien zurückgekehrt,
enthält einen Rationalismus, der dem Geiste des Mythus nicht gerecht wird,
und übersieht Analogieen wie die von Geryoneus, den Hekataios noch in
dem Helioslande Epirus kennt; s. oben S. 84, 72.

[79]) Dass dieser Charakter des Atlas erst durch die Hesperidenfahrt
des Herakles veranlasst sei, wie Wilamowitz Hom. Unters. 23 meint, scheint
mir unbegründet.

himmel zum Astronomen machte. Diese Berührung selbst aber, um derentwillen ihm auf einer bekannten Vase Selene als Gattin zur Seite gestellt ist [80], diese Function des Himmeltragens, wie ist sie zu verstehen?

Es wird hier wieder einmal nöthig sich zu erinnern, dass wenn die reichhaltigsten Compendien der Griechen den ganzen Mythen-Reichthum ihres Volkes nicht entfernt erschöpfen können, so vollends von einer einzigen Quelle, selbst einer so klar und reichlich fliessenden wie der Theogonie, nicht Alles auf einmal zu erwarten ist, und dass dies Gedicht, mag es sich selbst hie und da dazu versteigen, für ein und dieselbe Sache verschiedene Sagenformen zu überliefern [81], doch in vielen andern Fällen die Existenz anderer, paralleler Sagen-erscheinungen nicht ausschliesst. Eine solche Parallele, ohne die hier das Urtheil durchaus unvollständig bleiben müsste, findet Atlas in Tantalos. Der über des Tantalos Haupte schwebende Stein bedeutet, wie uns Euripides Or. 981 (vgl. Phaethon Fr. 777) belehrt, die Sonne, eine Auffassung, zu welcher der Dichter selbständig oder vom Standpunkt der Anaxagoreischen Theorie aus nicht leicht hätte gelangen können. Bestätigt wird diese uralte Berührung des Tantalos mit dem Himmel durch den Scholiasten: ἡ μὲν ἱστορία λέγει τὸν Τάνταλον ἀναιτεταμέναις χερσὶ φέρειν τὸν οὐρανόν; also ganz das Bild des Atlas und des späteren Uranos [82]. Dass diese Nachricht der an ältesten Mythen reichen Orest-Scholien in keiner Weise angezweifelt zu werden verdient — und welchen Anlass hätte auch der landläufige Mythus von dem Lydier Tantalos zu solcher Erfindung geboten? — dafür bürgt schon die innere Verwandtschaft der beiden Namen [83]; wobei noch die Mittelform Ταλαός zu beachten ist,

---

[80]) Gerhard, König Atlas im Hesperidenmythus.

[81]) s. S. 20, 25 u. 106.

[82]) Man hat für diese Figur der römischen Monumente den spätten Namen ‚Caelus‘ adoptirt; allein über den griechischen Namen hinauszugehen, ist im Allgemeinen nicht nöthig, da die Person des Uranos schon früher hie und da in der Kunst vorgekommen zu sein scheint: der Festzug des Antiochos (Ber. d. S. G. 1849, 63) ist weder das einzige noch das älteste Beispiel, s. (ausser Homer Σ 483) Eur. Jon. 1146. Vgl. Matz-Duhn Ant. B. 3341.

[83]) ‚Nomen illud (Τάνταλος) affine est verbis τλῆναι, ταλάσαι tollere, suspendere‘ Lobeck Path. elem. I 176. vgl. G. Curtius Etym.⁴ 220. 714. Ἄτλας = πολύτλας Schol. Eur. Hipp. 747; vgl. auch Anakreon Fr. 127 (143) Bergk⁴ III p. 228.

die[84] von *Τάλως* = *ῆλιος* (S. 91, 94) untrennbar scheint. Tantalos, der ursprünglich nicht in Lydien sondern in Argos heimisch ist[85] und in genealogischer Hinsicht durch seinen Sohn Pelops eine ähnliche Bedeutung für den Peloponnes gewinnt wie Atlas, wird zwar unter den Titanen, wo ihn wahrscheinlich der allzu nah verwandte Atlas[86] verdrängt hat, nirgends erwähnt, so wenig wie viele andere durchaus hierher gehörige Figuren; dafür tritt aber ein anderes, mehr nach Seiten der Gigantenmythen liegendes Moment ein. Der Sipylos, wohin die Tantalossage wandert, war nach Aristoteles Meteor. II 8, 368ᵇ 28 gleich der Thrakischen Pallene und dem Ligurerlande ein Ort, wo gewaltiges Steingeröll von ehemaligen Naturkatastrophen zeugte. An dieser Stelle aber haftet die Sage von dem Untergang eines ganzen Geschlechts, wie an der Pallene die Gigantomachie und an dem Ligurerlande der Sieg des Herakles. Nicht von dem Hause Amphions spricht Homer (*Ω* 602 ff.), sondern am Sipylos ereignet sich das Schreckliche. Und wenn es dort heisst:

$$ο\dot{v}δέ \ τις \ \ddot{η}εν$$
$$καιθάψαι, λαούς δὲ λίθους^{87} \ ποίησε \ Κρονίων,$$

so darf man sich nicht scheuen, diesen Ausdruck wörtlich zu nehmen, und darf ihn vielleicht gar jenen Sagen an die Seite stellen, wo Giganten unter Felsblöcken begraben werden oder direct in solche verwandelt werden; wie ja auch von Tantalos selbst, den Mythogr. Vat. I 12 einen Giganten nennt, eine Sage berichtet, Zeus habe zur Strafe den Sipylos auf ihn geworfen (Schol. Pind. Ol. I 90. 97). Bezeichnend genug ist eine in Verbindung mit Triton, also auf durchaus natürliche Weise, nach Afrika gerathene Genealogie: *μετωνομάσθη δὲ* (Triton) *ἀπὸ Νείλου τοῦ Κύκλωπος τοῦ Ταντάλου* (Hermipp b. Schol. Ap. Rhod. IV 269), wobei die ursprüngliche Identität mit unserem Tantalos durch die vielfach nachweisbare Erscheinung, dass aus Titanen Riesen und Giganten entstehen, über allen Zweifel erhoben wird. Genug, Tantalos und Atlas sind von Hause aus durchaus verwandte Erscheinungen. Uebrigens stellt sich den Beiden eine andere, nur minder ausgebildete Parallelfigur zur

---

[84]) Ebenso wie vielleicht *Ταλαιός· ὁ Ζεὺς ἐν Κρήτῃ* (Hes.).

[85]) s. de Euripid. mythopoeia p. 31.

[86]) Vgl. a. Hyg. F. 83 *Pelops, Tantali et Diones, Atlantis filiae.*

[87]) Das Wortspiel, welches übrigens der mythologischen Unterlage keinen Abbruch thut, findet sich bekanntlich auch bei Pindar Ol. IX 45 in der Deukalion-Sage: *κτίσσασθαν λίθινον γόνον· λαοὶ δ᾽ ὀνόμασθεν.*

Seite, das ist Ἄκμων[88], der ursprünglich nur eino jenen Namen entsprechende Eigenschaft des personificirten Himmels[89] oder des Him-
melsträgers darstellt, dann aber losgelöst zu einer selbständigen
Person geworden ist, die, da Uranos schon jenen festen Platz inne
hatte, noch um eine Generation höher gesetzt wurde, so dass Jener
nun als Οὐρανός Ἀκμονίδης erschien. Man wird nicht versäumen,
sich bei diesen Figuren des Κοῖος zu erinnern, dessen Name mit
Σφαῖρος und Πόλος zusammenfiel.

Wie man hiernach begreift, machte das Himmelstragen so sehr
das Wesen des Atlas aus, dass ein mythischer Grund dafür sich erst
nach und nach einfinden konnte. Während er der Theogonie einfach κρατερόφρων ist und seine Last κρατερῆς ὑπ᾽ ἀνάγκης trägt,
was fast wie Naturnothwendigkeit klingt, heisst er in der Odyssee
gradezu ὀλοόφρων wie Aietes (χ 137) und trägt anscheinend bei
Aeschylos (Prom. 427. 351), wahrscheinlich schon bei Eumelos[90],
seine Last zur Strafe für den Titanenkampf, in welchem er, wie
Hygin F. 150 und Myth. Vat. II 53 will, sogar der Anführer gewesen
sein soll.

Nächst Atlas ist unter den Japetossöhnen Prometheus die bedeutendste Figur. Gleich seinen jüngeren Brüdern als menschlicher
Charakter gedacht vertritt er speciell jenes bevorzugte Urgeschlecht,
welches, wie die Mythen von Tantalos, Ixion, Lykaon und den homerischen Giganten es zeigen, des nahen Verkehrs mit den Göttern
gewürdigt wurde, aber durch Frevel diesen seligen Zustand ver-
scherzte:

ξυναὶ γὰρ τότε δαῖτες ἔσαν, ξυνοὶ δὲ θόωκοι
ἀθανάτοισι θεοῖσι καταθνητοῖς τ᾽ ἀνθρώποις[91].

Bei einer ähnlichen Gelegenheit ereignet sich denn auch der Frevel
des Prometheus, einer Persönlichkeit, deren Mythen, wie sie wenigstens bei Hesiod vorliegen, in ihrem philosophischen Gehalt nicht
überschätzt werden dürfen. Die ethische Quintessenz des Sikyonischen
Mythus, dass Menschenwitz und Menschenlist vergeblich mit der

---

[88]) s. Bergk P. L. G.⁴ z. Alkman Fr. 111. Schoemann Op. II 268.

[89]) Vgl. Aristoph. Wolk. 285 ὄμμα γὰρ αἰθέρος ἀκάματον. Aber auch
γῆν ἄφθιτον ἀκαμάταν heisst es Soph. Ant. 338.

[90]) Darauf deutet doch wohl die Erwähnung des Hesperidenbaumes
in der Titanomachie, Philodem π. εὐσεβ. p. 43. Auch Pindar P. IV 288
versteht die Last als Strafe. Verschieden deutbar ist Quint. Sm. XI 419.

[91]) ‚Hesiod‘ Fr. 218 Marksch. 216 Rzach.

Göttermacht ringt, ist schon in jenen älteren Sagen enthalten. Wie Tantalos und Lykaon sucht Prometheus bei einem Mahl oder Opfer die Gottheit zu täuschen, nur dass es dort noch Menschenopfer sind, die versucht und von der Gottheit verdammt werden, während die modernere Erzählung Hesiods die wirklichen Verhältnisse zur Grundlage hat, bei denen sogar die Sikyonische Oertlichkeit eine historisch berechtigte Rolle spielen mag [92]. Eine weitere Analyse lehrt, dass die Gestalt des Prometheus selbst sich ihrem Kerne nach von jenen gestürzten Götterfreunden nicht trennen lässt, so wenig wie Atlas von Tantalos verschieden war. Von Lykaon sehe ich ab. Aber jene Büsser in der Unterwelt, zu denen auch Sisyphos zählt, standen ursprünglich alle mit der Sonne in einem merkwürdig nahen Zusammenhang. Ist schon die ganze Idee von den Unterweltsstrafen ihrem Alter nach sehr begrenzt, so lässt sich noch im Einzelnen nachweisen, dass jene Strafen ehemals ihren Ort am Himmel hatten, ja dass sie ursprünglich gar keine Strafen bedeuteten. Von Tantalos sahen wir schon, dass mit dem Stein über seinem Haupte die Sonne gemeint ist und dass er selbst anfänglich Himmelsträger war. Sicher ist dieses Verhältniss beim Ixion, dessen Rad sich von Hause aus am Himmel befindet [93]; man hat längst erkannt, dass das geflügelte Feuerrad nichts anders sei als die Sonne. Ixions Sohn, Πειρίθοος (Soph. O. C. 1592) der Umlaufende, erinnert unmittelbar an den kretischen Talos (s. Preller ²II 125), der die Sonne bedeutet und auf den kretischen Münzen Flügel hat wie jenes Rad [94]. Ixions Vater war nach Eur. Fr. 428 der in der Unterwelt gepeinigte [95] Frevler Phlegyas (von φλέγω); bei Pherekydes (Schol. Ap. Rh. III 62) hiess er Αἴθων [96], falls das überlieferte Αἴτων nicht vielmehr in 'Αντίων zu ändern ist. Endlich von Sisyphos lässt sich, da die Vorstellung von Bergen im Hades wenig Volksthümliches hat, bis jetzt nur vermuthen, dass es

---

[92] Vgl. das Paus. II 10, 1 Erzählte, was Niemand für Nachdichtung halten wird. Sikyon μακάρων ἕδρανον Kallim. Fr. 195, ἱερά Pind. N. IX 53.

[93] s. Preller G. M. ²II 13, 1, wo Eur. Her. 1298 u. Soph. Phil. 677 hinzuzufügen. Wilamowitz Hom. Unters. 203, 1.

[94] Ταλῶς· ὁ ἥλιος Hes., vgl. S. 89, 84. Ueber das Sonnenrad Grimm D. M. 578. Vgl. Mimnerm. Fr. 12, 7. Die Form Πειρίθοος wird auch durch den feststehenden Namen des attischen Demos Πειραιδαι gesichert.

[95] Virg. A. VI 618 Serv., Stat. Theb. I 713.

[96] So corrigirte O. Müller Orch. 197 [190, 3]. Wenn bei Nat. Com. VI 18, der sich auf Lukian beruft, des Tantalos Vater Αἴθων heisst, so bezieht sich das nur auf den Hunger und Durst des Sohnes; vgl. Hellanik. b. Ath. X 416 b.

vielmehr die Himmelskuppel [97] sei, über welche er den Stein — also die Sonne — hinaufwälze und herunterrollen sehe, um dann die Arbeit von Neuem zu beginnen. Besteht doch sein Vergehen charakteristischer Weise nur darin, dass er von seiner hohen Warte, der *Ἐπώπη*, wie Akrokorinth mythisch heisst, etwas gesehen hat, nämlich die Entführung der Aigina durch Zeus, wie Helios die entsprechende That des Pluton sah [98].

Aber diese Erörterungen gelten nicht bloss für die drei durch Unterweltsstrafen bekannten Götterfreunde. Der Mythus kannte weit mehr Gestalten, die sich der Götternähe eine kurze Zeit erfreuten, um dann von ihrer Höhe hinabgestürzt zu werden; und sie alle geben sich als Hypostasen des Helios zu erkennen, von denen man eben nur noch die Kenntniss ihrer einstmaligen Gottähnlichkeit bewahrte. Da ist zunächst der durch das Sonnenross als echtester Vertreter der Heliosstadt gekennzeichnete Bellerophon, der zum Himmel emporsteigt (Pind. J. VII 44. Eurip. Trag. Fr. p. 351) und zur Strafe dafür — schon in der Ilias Z 200 ist er allen Göttern verhasst — niedergeschmettert wird; auf einer bekannten Vase (Jahn Arch. Beitr. T. 5) ist sein Haupt von einem riesigen Strahlenkranz umgeben, dem Erbtheil des Heliosgeschlechts [99]. Für das der Heliosinsel Rhodos benachbarte Lykien ist nicht nur der Cult des Bellerophon bezeugt (Hom. Z 201) [100], sondern die Stätte seines Heiligthums wird auch merkwürdiger Weise durch die *Τιτηνὶς πέτρα* markirt (Quint. Smyrn. X 163). Was ein solcher Name zu besagen habe, ermisst sich am besten an der Hand des Beispiels von Phaethon. Dieser, bei

---

[97] *Ὄρος* bildlich gebraucht bezeichnet z. B. die Höhe des Hauses, Poll. I 8 § 80 oder die Höhe des Fusses, I 2 § 197. Wichtiger für unsern Fall wäre es, zu wissen, ob in Kallim. Fr. 206 *τόφρα δ' ἀνίσχουσα βλοσυρὸν λόφον ἔφριτο Τιτώ*, auf welchen Vers die Glosse der Lexika *ἀνίσχουσα· ἀναδύουσα, ἀνατέλλουσα* offenbar richtig bezogen wird (Naeke, Callim. Hec. [Opusc. II] p. 236), mit *λόφος* nicht etwa der Himmel gemeint sei; *βλοσυρὸν* (‚finster‘), wie für das überlieferte *θοσσόν* allgemein gelesen wird, würde so zu seinem Recht kommen, während Naeke's Versuch, für *βλοσυρὸν* die Bedeutung ‚glänzend‘ nachzuweisen, trotz Schneiders Zustimmung als missglückt zu betrachten ist.

[98] Steph. B. *Κόρινθος*, wo Hekataios citirt wird: *ἐκαλεῖτο δὲ Ἀκροκόρινθος Ἐπώπη διὰ τὸν Σίσυφον ἐντεῦθεν ἐπιδεῖν τὴν τῆς Αἰγίνης κτλ.*

[99] Ap. Rh. IV 727. Welcker G. I 409.

[100] Das *πεδίον Ἀλήιον* des Bellerophon, welches Homer etymologisirend mit *ἀλᾶσθαι* zusammenbringt, bedeutet nichts Anderes als *Ἀλῖον*; so hiess in Rhodos das Heiligthum des Helios. Eust. 1562, 17. Vgl. Apollo *Ἀλαῖος*.

dem die Identität mit Helios noch am deutlichsten durchscheint, wird wie wir wissen gradezu als Titan bezeichnet (S. 70); er lässt sich in seinem Unternehmen — denn ursprünglich ergreift er den Wagen heimlich [101] — und seinem Sturz mit dem vorigen wohl vergleichen [102]. In diese Reihe von angeblichen Frevlern gehört denn natürlich auch Prometheus, der nach Sappho zum Himmel aufsteigt, um seine Fackel am Rade des Sonnenwagens zu entzünden [103]. Und kann es mit der einstigen Bedeutung des hinabgeschleuderten Feuergottes Hephaistos viel anders stehen, einer Figur, die man ohnehin z. B. in Athen von Prometheus kaum unterschied? Die Bemerkung (Phot. Lex. Κάβειροι) über die Lemnischen Feuergötter εἰσὶ δὲ ἤτοι Ἡφαίστου ἢ Τιτᾶνες darf also heut kein Kopfzerbrechen mehr verursachen. Ich muss, um einigermassen vollständig zu sein, aus dieser Gestaltengruppe noch den Endymion nennen, den Geliebten der Selene, die ihn natürlich, was frühzeitig missverstanden wurde, immer nur schlafend und in einer dunkeln Höhle verborgen finden kann; in den grossen Eöen (Schol. Ap. Rh. IV 57) war sein Mythus dem des Ixion ganz ähnlich: er wird von Zeus in den Himmel erhoben, liebt dort die Hera, wird durch ein Wolkenbild derselben getäuscht und darauf von Zeus hinabgeschleudert [104].

Alle diese Gestalten führen auf den eigentlichen Titan, den mehr und mehr aus dem Göttersystem verdrängten Sonnengott zurück [105],

---

[101] s. Robert Eratosth. 216. Herm. XVIII 431, dazu Mayer Herm. XX 135.

[102] Die von Robert (Herm. XVIII 440) wiederaufgenommene Beziehung des Phaethon-Sturzes auf den Sonnenuntergang vermag ich daher nur bedingt anzunehmen.

[103] Fr. 145 (Serv. Virg. Ecl. VI 42, ausführlicher Myth. Vat. II 63). *Est de sole sumptus ignis* (Ennius).

[104] Iapetos selbst mag nicht sowohl von λάπτω als von πίπτω herkommen (vgl. δαπετής, s. a. Flach Glossen 43) und dem Sinne nach seiner Gattin Αἴθρα entsprechen. Auch für jene Heroen, welche aus der Höhe in's Meer stürzen, mag die gleiche Bedeutung nicht ausgeschlossen sein; so für Sphairos, das Correlat der Aithra (S. 61), und für Ikaros, dessen Vater Daidalos mit Hephaist identisch ist.

[105] Mit ganz besondern Umständen verknüpft ist dieser Process beim Asklepios, dem Sohn einer — wenigstens vermeintlichen — Sterblichen, bei dem sich der göttliche Charakter neben seiner Vernichtung durch Zeus vollkommen behauptet hat. Dass des ,Asklepios Feuergeburt und Blitztod' sowie sein Name Αἰγλάηρ, Ἀγλαόπης mit dem Namen der Phlegyer, als deren Nationalgott er erscheint, zusammenhängt, ahnte schon O. Müller (Orch. 197); hier nun ist der Beweis vor Augen: der Sonnenheld Ixion ist Sohn

wenn auch diese ihre ursprüngliche Natur zu früh in Vergessenheit
gerieth und ihre Mythen zu selbständige Bahnen einschlugen, um von
dem auch ihnen zukommenden Namen mehr als einige entlegene,
halbverwischte Spuren zu bewahren, zumal nachdem Homer dem
Titanenbegriff eine Besonderheit gegeben hatte, welche auf die meisten
dieser Figuren nicht mehr zuzutreffen schien.

Die nächste Frage muss die sein, warum für viele dieser alten
Sonnenhypostasen eine ausnehmende Klugheit das Charakteristicum
bildet. Denn nur in diesem Kreise finden sich die Namen Σίσυφος [106],
Προμηθεύς und das Beiwort ἀγκυλομήτης, die einzige Eigenschaft,
die Homer am Kronos kennt; möglich, dass auch die Weisheit
des Atlas älter ist als deren Beziehung auf die Geheimnisse des
Westens und der Schifffahrt, wo sie mindestens unberechtigt ist.
Man könnte glauben, die Volksmeinung habe auf diese Weise die
Macht des Alles sehenden und wissenden Helios kennzeichnen wollen.
Doch dünkt es mich einleuchtender und wird durch die Ortschaften,
wo diese Sagen spielen, näher gelegt, dass der Gott hier entweder
als der saat- und erndtekundige Ἀλωεύς oder — was noch wahrscheinlicher —, dass er in seiner Eigenschaft als Ἡφαιστος Δαίδαλος
gemeint sei, und dass die von Prometheus geraubte Ἡφαίστου καὶ
Ἀθηνᾶς ἔντεχνος σοφία σὺν πυρί, wie Plato Prot. 321 D gewiss
nicht bloss pragmatisirend sagt, zu Grunde liege. Als eine verwandte Erscheinung ist es zu betrachten, dass Sikyon den Beinamen
Τελχινία führt (Steph. B.) und in seiner Genealogie einen Τελχίν
und Θαλξίων aufweist (Paus. II 5, 5 vgl. Apollod. II 1, 1, 4); auch

oder Bruder des Phlegyas. Asklepios selbst, als Ἐπαμύριων verehrt
(Paus. II 11, 7), hat zur Gattin die Helinde Δαμαιτίη (Hermipp. Schol. Ar.
Plut. 701), zur Tochter eine Αἴγλη, um von der Grossmutter Στίλβη und dem
Vater Apoll zu schweigen. Er wurde jugendlich dargestellt in Sikyon
(von Kalamis u. b. Paus. II 13, 3) und im Arkadischen Gortys (Paus. VIII 28, 1),
worin man die Phlegyerstadt Gyrton wiedererkennen wollte; so erscheint
er auf einer Münze von Phlius (Journ. of Hell. stud. IV p. 50) und einer Statue
aus Kyrene (ebend. IV 46). Auch der Hahn, ein Attribut, das er mit Helios
(Plut. Pyth. or. 12. Paus. V 25, 5) und dem jugendlichen Ϝελχανός der Kreter
gemein hat, deutet auf den Sonnengott. Ist die Herleitung des Namens
Ἀσκλήπιος von Ἀσκάλαφος oder Ἀσκάλαβος gesichert, so verdient hier der Umstand besondere Beachtung, dass Askalaphos unter den Büssern der Unterwelt ist und einen Stein tragen muss (Apollod. II 5, 12, 6); ist sie es nicht,
so erhält sie dadurch eine nicht geringe Stütze.

[106] d. i. σοφός, σίσυφος Hes. Κάλχας Σισυφεύς Lykophr. 980 = K. ὁ σοφός;
(Schol.) Andere ziehen ἀσίφηλος hierher (G. Meyer Gramm. S. 41).

bemerke man, wie der Name und Cult des Kronos durchaus an den
gleichen Stätten wie die Telchinenfabel auftritt, so in Rhodos, Kreta,
in Korinth-Sikyon, wo statt des Kronos theils sein ‚Bruder‘ Titan,
theils *Προμηθεύς* figurirt, und in Olympia, wo Kronos wieder persönlich erscheint, nur dass dort statt der Telchinen bald die Daktylen (Paus. V 7, 4), bald die Kureten (V 8, 1) genannt werden,
ein grade in diesem Dämonenkreise überaus gewöhnliches Schwanken.
Mit andern Worten, wie der Ackerbau dem Titan verdankt wurde
und von da in die Gigantensagen übergegangen ist, so erzeugte die
auch bei andern Völkern mythisch gefeierte Gewinnung des Feuers,
hier insbesondere seine kunstvolle Verwendung, einen mythischen
Reflex, der auf die dem Sonnengotte nächststehenden, aber ihrer
Götterwürde entkleideten Persönlichkeiten zurückfiel. Selbst wenn
das Beiwort noch dem Sonnengotte persönlich galt, würde der Vorgang kein unerhörter sein; grade in den hier erörterten Verhältnissen,
wo oft mit der Sonne zugleich die Erdgöttin verehrt wird, bietet sich
die unbestreitbar analoge Erscheinung, dass Demeter selbst *'Αδδη-*
γαγία zubenannt wird.

Mag diese Erklärung das Richtige treffen oder ihm nur nahe
kommen, der fragliche Umstand selbst, die *προμήθεια*, erweist sich
als ein weit verbreiteter Zug, lehrreich genug für diejenigen, welche der
Kuhn'schen Prometheus-Deutung eine autoritäre Bedeutung beizumessen
gewohnt sind. Der Name drückt wie die tausend anderer Heroen
eine Potenz aus, und die Prometheusfigur müsste nicht so fest in verschiedenen griechischen Ortschaften wurzeln, um nicht mit dem gewöhnlichen Massstabe griechischer Sagenforschung gemessen zu werden.
Mag sein angebliches Grabmal in Argos (Paus. II 19, 7), wo man
doch von ihm nichts wusste, sondern das Feuer einer vielleicht parallelen Figur, dem *Φορων-εύς*, zuschrieb, ohne Belang sein, so stehen
dem doch die gewichtigen Zeugnisse andrer Oertlichkeiten gegenüber.
Die attische Anschauung verwechselt den *πυρφόρος θεός* Prometheus
gradezu mit dem Hephaist, indem sie ihn bei der Athenageburt den
Schlag auf das Haupt des Zeus führen lässt [107]; und in der Akademie
befand sich ein alter Altar, worauf dargestellt war *ὁ μὲν Προμηθεὺς*
πρῶτος καὶ πρεσβύτερος ἐν δεξιᾷ σκῆπτρον ἔχων, ὁ δὲ Ἡφαιστος
νεός καὶ δεύτερος (Schol. [108] Soph. O. C. 56). Nicht minder alt ist

---

[107] Eur. Jon. 452. Apollod. I 3, 6.
[108] Er citirt Polemon und Lysimachides. Vgl. d. Vase Mon. d. J. V 35.

die Prometheussage von Opunt, wo sie mit Deukalion zusammenhängt, und die von Phlius, welche sich mit der attischen berührt[106a].
Somit tritt die menschliche Seite des Prometheus, die ihn besonders einem modernen Publikum interessant macht, in den Schatten.
Aus der gegensätzlichen, ethisch begründeten Stellung Zeus gegenüber, in welche ihn Hesiods und vor Allem Aeschylos' Dichtung gerückt hat, tritt er zurück in die Reihe der übrigen Götterfeinde und
Frevler, die in Wirklichkeit nichts bedeuteten als die Hypostasen des
mehr und mehr vergessenen Sonnengottes.[109] — Bei Hesiod wird diese
ethische Wendung des Mythus besonders dadurch unterstützt, dass
dem Προμηθεύς ein Ἐπιμηθεύς („Nachbedacht") zur Seite gestellt
wird, eine ganz schattenhafte Figur, die nicht wie jene aus sich
selbst erklärbar und offenbar nur als Gegensatz zu ihr erfunden ist[110].
Epimetheus, mit allen Schwächen der wirklichen Menschheit behaftet
und seinen titanischen Brüdern Atlas, Prometheus, Menoitios sehr
unähnlich, soll zwar in Verbindung mit Pandora[110a] ersichtlich das
erste Menschenpaar bedeuten; allein er hat keine Nachkommenschaft.
Und woher hätte der mit eignen Erfindungen sehr sparsame Dichter
diese nehmen sollen? Keine Sage kennt den Epimetheus. Wenn
die Heroine Ephyra, d. i. Korinth, die nach Korinthischer Darstellung
(Eumel. Kor. Fr. 1 Kink.)[110b] als Gattin des Epimetheus gilt,
einmal als seine Tochter bezeichnet wird (Schol. Apoll. Rh. IV 1212),
so will das mythologisch ganz und gar nichts bedeuten. Epimetheus
der Titan selbst wird nur herbeigezogen, um dem Namen Korinths
ein möglichst hohes Alter zu sichern, grade wie Ephyra selbst (auch
diese keine echte Heroine, sondern ein blosser Name) von Myrmex (S. 23, 29), der das Autochthonenthum bezeichnet, oder von

---

[106a]) Keleos und Disaules (Paus. II 14, 2) kehren in Eleusis wieder.

[109]) Ursprünglich ist Prometheus nicht, wie Aeschylos dichtet, am Kaukasus, sondern an eine Säule am Ende der Welt gefesselt, so bei Hesiod
Theog. 521 und auf den älteren Monumenten (Wiener Vorl.-Bl. Serie D IX 7. 8).
Es kommt hier jedenfalls dieselbe Vorstellung zu Tage, wie bei Atlas, wo die
Person des Himmel- und Sonnenträgers auch noch neben den Säulen, die
man an die Stelle setzte oder selbständig annahm (Ibyk. Fr. 56, vgl. S. 121,159),
sich erhielt, aber nicht eben so geschickt damit verbunden wurde (Hom. α 52).

[110]) Damit ist nicht gesagt, dass die Erfindung von Hesiod stamme.

[110a]) In der Theogonie ist ihr Name bekanntlich nicht genannt.

[110b]) Simonides Fr. 206 scheint derselben gefolgt zu sein; s. Mark-
scheffel Hes. etc. Fr. p. 401.

Okeanos und Tethys (Eumelos), dem Urquell der Götter- und Menschenwelt hergeleitet wird [111].

Dagegen betreten wir mit Menoitios, dem vierten Japetiden, wieder festen Boden. Und zwar erfolgt hier jener Umschlag aus dem Titanischen ins Gigantische, worauf schon öfter Bezug genommen wurde.

> ὑβριστὴν δὲ Μενοίτιον εὐρύοπα Ζεὺς
> εἰς Ἔρεβος κατέπεμψε βαλὼν [112] ψολόεντι κεραυνῷ
> εἵνεκ' ἀτασθαλίης τε καὶ ἠνορέης ὑπερόπλου.

Das sind genau dieselben Eigenschaften, welche die Odyssee (ζ 59. 60. 206) in ungefähr ebensoviel Versen an den Giganten hervorhebt, wie denn die ἠνορέη ὑπέροπλος auch für Briareos charakteristisch ist (Theog. 619). — Es verschlägt nicht viel, ob man bei dieser offenbar nicht erfundenen Figur an den Unterweltshirten Menoites (oder Menoitios) denkt, oder an den streitbaren Heros von Aigina und Opunt, mit deren einem sie jedenfalls identisch ist. Für Opunt spricht einigermassen die dort heimische Prometheussage, die in Deukalion die Perspective auf die Steingeburten und γηγενεῖς eröffnet. Strabo 425 hält den Hinweis für nöthig, dass nicht Menoitios sondern Aias, Oileus' Sohn, der eigentliche Ahnherr von Opunt sei. Aias aber steht den Giganten im Charakter noch viel näher. Seine gewaltige Streitbarkeit machte ihn zu einem Kriegsgott für seine Landsleute, die ihn bekanntlich im Kampfe anriefen. Ein Frevler gegen Menschen und Götter trotzt er den letzteren noch in dem Moment, wo sie ihm mit vereinten Kräften den furchtbarsten Untergang bereiten. Da jene Katastrophe grade bei der Insel Mykonos stattfindet — die Blitze und der Seesturm konnten auch an vielen andern Stellen ihre Wirkung thun — so sei daran erinnert, dass nach einer sehr gut fundirten Localsage jener Insel Herakles dort die Giganten getödtet haben soll. Die grossen Felsblöcke,

---

[111]) So giebt Musaios seinem heimischen Helden Triptolemos den Okeanos zum Vater (Paus. I 22, 7); vgl. z. B. S. 33, 42. Apollod. II 1, 1, 2.

[112]) Der Zusatz ἐν τῇ τιτανομαχίᾳ bei Apollodor I 2, 2 sieht ganz aus wie ein wohlfeiler Zusatz von logographischer oder mythographischer Hand. Dass Menoitios allein von seinen Brüdern sich an dem Kampfe betheiligt haben sollte, erweckt in einer sonst wesentlich dem Hesiod folgenden Partie um so weniger Glauben, als es im Uebrigen von Alters her nicht an Versionen fehlte, die sogar den weisen Atlas an dem Kampfe theilnehmen liessen.

mit denen die Insel übersät ist (Ross, Inselr. II 29), sowie die nahen
Klippen, die Gyrai, zeugen von den Naturereignissen, deren Reflex
sich uns in jenen Sagen darstellt.

Wenn Hesiod auf die Japetiden Atlas und Prometheus, die ihm
freilich nicht mehr als Götter wie Kreios oder Koios, sondern nur
als menschliche Charaktere bekannt sind, plötzlich den Menoitios
mit seinem gewaltsamen, geräuschvollen Untergang folgen lässt (eine
Figur, die auch persönlich nicht aus einem Götternamen herzuleiten
ist) und so aus dem Titanengebiet heraus in das der Giganten über-
tritt, so folgt er damit eigentlich bloss — bewusst oder unbewusst
— denjenigen Bahnen, die der Mythus auch sonst eingeschlagen hat.
Im weitesten Umkreise lässt sich dieser Uebergang verfolgen, sei es,
dass sich Riesenfiguren direct aus Titanischen entwickeln oder dass
sie sich genealogisch an jene ansetzen, oder endlich, dass die Sagen
von vergangenen Geschlechtern, die durch Gewalt von den Göttern
vertilgt worden, sich örtlich mit Titanenmythen berühren. Aus
Talos, dem kretischen Sonnengotte, ist ein eherner Riese geworden,
den Apollonios sogar den μελιηγενείς zuzählt. Von der Helios-
Hypostase Aloeus dem ‚Titanen‘ (S. 71) [113] entspringen die riesigen
Aloiden, wie der Heliossohn Aietes die furchtbare Drachensaat her-
vorruft. So hat sich Mylas, der in Rhodos noch als eine Figur
des Helios-Apollo anzutreffen war, in einen Giganten Mylinos ge-
wandelt. Der Agamedide Kerkyon, den wir als eine Titanische
Persönlichkeit erkannten, hat sich in Attika und vielleicht schon
früher zu einem autochthonen Unhold gestaltet. Von Tantalos, dem
Sonnenträger, wird ein Kyklops erzeugt; und der gleiche Ursprung,
der Titanische, lässt sich für den Giganten Asterios erweisen (S. 144);
wie man auch in dem Riesen Kyknos, der sich den landenden Griechen
entgegenstellt, unschwer eine Hypostase des troischen Apoll erkennt,
desselben Gottes, als dessen feindliches Gegenbild in Thessalien ein
gleichnamiger Unhold erscheint. Es muss schon hier gesagt werden,
dass auch Epopeus, dessen Sohn Τιτήνος vor den Freveln des Vaters
sich entsetzend floh, die Götter zum Kampf herausgefordert haben
soll (Diod. VI Fr. 6 Dindf.) und gradezu unter die Giganten gerechnet wird [114]. — In andrer Weise findet die Berührung des Ti-
tanen- und Giganten-Gebietes statt, wenn Tantalos grade am Sipylos

---

[113]) Vgl. Claudian bell. Get. 68 *genuit quos asper Aloeus.*
[114]) S. unter Gigantomachie III § 6.

localisirt wird, wo die Spuren elementarer Katastrophen die Sage
von dem gewaltsamen Untergang eines ganzen Geschlechts hervor-
riefen: eine Erscheinung, die sich bei dem ligurischen Kyknos
wiederholt. Kyknos ist der Sonne verwandt sowohl durch seinen
Namen (S. 80) als durch Phaethon, in dessen Sturz er ohne triftigen
Grund, lediglich in Folge dieser inneren Verwandtschaft, hineingezogen wird. Das Ligurerland aber wird von Aristoteles neben
Pallene und dem Sipylos als ein durch Steingeröll, den Spuren ehemaligen Vulkanismus, ausgezeichnetes charakterisirt [115]. Soweit würden
hier dieselben Bedingungen zusammentreffen wie bei Tantalos. Wenn
anscheinend noch eine dritte hinzukommt, die Gefahr, in die Herakles
hier durch die Einwohner gerieth, so würde ich dem nicht allzuviel
Gewicht beilegen; denn eine positive, historisch erklärbare Beziehung
zum Herakles fehlt jener Gegend, die vielmehr erst durch die Geryoneus-Dichtungen in seinen Kreis hineingezogen zu sein scheint;
dagegen ist der Zusammenhang des Phaethonmythus mit dem Eridanos uralt, und die zwar in der Form, wie sie Diodor III 57 giebt,
ziemlich apokryphe Sage von den Titanen, die den Helios in den
Eridanos stürzen, scheint die Beziehungen zwischen jener Gegend
und unserem Mythenkreise nur zu bestätigen. — Als eine nicht zufällige Verknüpfung dieser beiden Sagenelemente, des Titanischen
und des γηγενής, ist es auch wohl zu verstehen, wenn über die
steingeborne Deukalionsgeneration Prometheus gesetzt und wenn dem
Dryas der Titan Japetos zum Vater gegeben wird. — Es überrascht
unter diesen Umständen nicht, an der Spitze von Völkern wie den
Lapithen und den Phlegyern, die sich unter gleichen Gesichtspuncten
wie die Giganten betrachten liessen, rein Titanische Figuren zu
finden: Ixion, Perithoos, Phlegyas den Vater oder Bruder Ixions.
Zwar wurden oben für die Phlegyersage von Panopeus andre
Gründe geltend gemacht, die Grenzfehden, die zuweilen auf Gigantensagen hinausführen, und die Felstrümmer, die man auf γηγενείς, auf Steingeburten oder deren Untergang bezog. Allein diese
Momente boten wohl nur den Anlass, um die Phlegyer grade an
jener Grenzstätte zu localisiren. Ihre wirklichen Sitze lagen mehr

---

[115]) Ich setze die schon einmal (S. 89) berührte Stelle her. ῞Οπου δ' ἂν
γένηται τοιοῦτος σεισμός, ἐπιπολάζει πλῆθος λίθων, ὥσπερ τῶν ἐν τοῖς Λίπαροις
ἀναβρασσομένων· τούτου γὰρ τὸν τρόπον γινομένου σεισμοῦ τὰ περὶ Σίπυλον
ἀνετράπη καὶ τὸ Φλεγραῖον καλούμενον πεδίον καὶ τὰ περὶ τὴν Λιγυστικὴν χώραν.

7*

nach Osten. Es waren dies Ἀλμῶνες oder Ὀλμῶνες (Paus. IX 24, 3.
34, 5) und Κύρτωνες, worin man leicht die alte thessalische Phlegyerstadt Γύρτων wiedererkennt. Jene Ortschaften sind darum von
Interesse, weil ihr Eponym Almos oder Salmos nicht verschieden ist
von Salmoneus (Hellanik. b. Steph. B. s. vv.), der gigantenähnlich
Fackeln gegen Zeus emporschleudert, und weil dieser Almos nach
Uebereinstimmung der Genealogieen ein Sohn des Sisyphos ist, so
dass wir auch hier auf Titanische Figuren zurückgeführt werden.
Und kann es Zufall sein, dass ein Bruder des Sisyphos und Almos
den Namen des späteren Gigantenkönigs Porphyrion führt (Schol.
Ap. Rh. III 1094), während ein andrer Bruder des Sisyphos den
Gigantennamen Mimas trägt (Diod. IV 67)?

So leicht sich hiernach der weitverbreitete Sprachgebrauch,
welcher Titanen und Giganten verwechselt, erklären zu wollen
scheint, so werden wir doch einzelne Fälle finden, an denen sich
dieser Vermischungsprocess noch bestimmter und greifbarer darstellen
lässt. Immerhin ist schon hier zuzugeben, dass diese Verwechselung,
die, wenn man nur die Homerischen und Hesiodischen Titanen und
andrerseits die Giganten der Gigantomachie ins Auge fasst, befrem-
dend und fast ungeheuerlich erscheinen müsste, in der Sache selbst
tief und fest begründet war. Es fragt sich also sehr, ob in der
Heraklidensage von der Ermordung des Temenos die Ueberlieferung,
welche als Mörder die Titanen nennt (S. 35), nur eine Ungenauigkeit im Ausdruck begeht, und ob sie nicht vielmehr den Mythus so
wiedergiebt, wie er von jeher erzählt wurde. Es gilt hier eben zu
scheiden, wie weit die mancherlei Sagen von Titanen, die im Peloponnes — freilich nicht da allein — umliefen, sich auf Titanische,
veraltete Culte reduciren — davon werden die nächsten Capitel Beispiele bringen —, ferner wie weit dieselben etwa nur der verfehlte
Ausdruck für uralte, autochthone Völkerelemente sind, und endlich
wie weit beiderlei Momente ineinandergreifen, derart dass Τιτᾶνες
hier zuweilen nur eine parallele und gleichartige Bezeichnung wäre
wie Ἀζᾶνες in Arkadien und Ἀτιᾶνες in Nord-Epirus, um von andern,
weniger sicheren Beispielen zu schweigen [116]. Wir überzeugten uns
schon, dass hier der durch die dorische Invasion entstandene Völker-
Conflict bedeutsam hereinspielt, so an den Stätten, wo die Titanennamen
Koios, Kreios und Pallas auftreten; und die Titanensagen Achajas

---

[116] Plin. N. H. V 121 *in ora* (Aeolidis) *Titanus amnis et civitas ab eo
cognominata*. Die Lateiner sagen Titan und Titanus. Vgl. auch S. 79 oben.

liessen sich unter dem gleichen Gesichtspuncte betrachten, ohne dass uns die stark modernisirte Form, in der z. B. die Sage von Patrai auftritt, darin irre machen könnte; einige der Hauptstätten dieses Conflicts waren durch den mit Dorern neu auftretenden Namen des Apollo Karneios markirt. Eine gleiche Beobachtung scheint sich nun auch in nächster Nähe der Prometheussage machen zu lassen, nämlich in Phlius, d. h. in Sikyonischem Gebiet. Man erzählte dort von Prometheus und zugleich von dem Autochthonen Aras (Paus. II 12, 4. 14, 3) und behauptete, dieselben seien um drei Generationen älter als die Arkadischen und Athenischen Autochthonen. An diesen Ansprüchen, so anmasslich und übertreibend sie auftreten, muss etwas Berechtigtes gewesen sein, denn Pindar N. VI 44 spricht von Phlius' Ogygischen Bergen [117]. Man bemerke nun, dass das Kelossa-Gebirge, woran Araithyrea, das ältere Phlius, lag, theilweise den Namen Karneates trägt, und dass Pindars Ausdruck, statt allgemein ‚uralt' zu bedeuten, leicht wörtlich zu nehmen sein möchte; denn die Heraklidensage kennt einen Achäerkönig Ogyges (Strab. 384). Hätten wir also auch hier den Durchbruch autochthoner vordorischer Erinnerungen, anknüpfend an die Sage von Titanen [118]?

Am deutlichsten macht sich natürlich der Einfluss des Dorischen in der dorischen Hexapolis Klein-Asiens bemerkbar. Die Koer werden nicht nur zu Urmenschen gestempelt, sondern direct zu Götterfeinden (S. 40. 43), zu einem ‚Titanischen' Geschlecht, wie Euripides sagt, welches dann in der Gigantomachie durch Polybotes vertreten eine hervorragende Rolle spielt. Daneben ist aus dem Mylas zubenannten Helios-Apoll der älteren Einwohner, der nun Karneios wurde, ein Gigant Mylinos hervorgegangen. Seinen jüngsten, fast historisch greifbaren Ausdruck, obwohl ihn schon die Ilias kennt, hat dieser Conflict in der Erzählung von Herakles und den Meropern gefunden.

---

[117] In der Kritik, die Apollodor (bei Strab. 299) an den bei den Dichtern beliebten mythischen Ortsbezeichnungen übt, ist mit dem Ὠγύγιον ὄρος, welches unmittelbar nach Homer, Hesiod, Alkman, Aischylos erwähnt wird, vielleicht auf die Pindarstelle Bezug genommen.

[118] Unwillkürlich ergiebt sich dabei folgende auf den Namen des uralten Autochthonensitzes Thyrea hinstrebende Klimax: in Manthyrea wird die Gigantomachie localisirt (Paus. VIII 47, 1), in Arnithyrea finden wir die Titanen und bei Thyrea selbst den Fluss Τάνος.

IV. Der Tartaros.

Während sich die Mythen von Tantalos und seines Gleichen, von Bellerophon und Phaethon, von Prometheus und Hephaist auf den Sturz ihrer Helden beschränken und nur noch eine dunkele Erinnerung an den ehemals göttlichen Charakter derselben bekunden, greift der Titanenmythus Homers einerseits weiter zurück, indem er solche verdunkelten Götter, die er übrigens, wie der Sonnengott Kronos zeigt, in gleicher Richtung sucht, unmittelbar als einstmalige Götter anspricht, geht aber andrerseits in der Fiction weiter, indem er ihren gegenwärtigen Aufenthalt im Tartaros sucht. Weder erschöpft aber, wie sich bald ergeben wird, die Beziehung auf die Sonnengötter den Begriff Titan, noch sind diese überhaupt die natürlichen Bewohner des Tartaros. Wie die erstgenannten Heroen, die doch schon als Sterbliche gedacht sind [119], theils ihre Strafen am Himmel abbüssen und erst auf einer späteren Sagenstufe in die Unterwelt versetzt werden, theils überhaupt nur aus ihrer Höhe hinabgeschleudert werden, so hat die Verbindung der Tartaros-Ideen mit Kronos und seines Gleichen vollends nichts Ursprüngliches.

Bei den Japetiden Hesiods ist diese infernalische Natur theilweise gemildert, insofern zwar auch diese der sichtbaren Welt entrückt sind, aber Atlas an das äusserste Westende, Prometheus an den äussersten Osten oder Norden gestellt ist. Menoitios aber, der gigantenähnliche, wird wiederum in ganz krasser Weise in die Tiefe geschleudert. Allerdings ist bei dem Letzteren Erebos gesagt (Theogon. 515) und nicht Tartaros, weil dieser für die Titanen reservirt bleiben musste, wie auch andrerseits der Ausdruck Hades wohl absichtlich vermieden ist, mit Rücksicht auf die unsterbliche Natur des zum Titanen gestempelten Menoitios. Indessen hat diese ganze Unterscheidung zwischen mehreren Unterwelten keinen Boden in der Volksanschauung. Der Name Τάρταρος [120] trägt ein viel zu festes, mythisches Gepräge, um erst mit dem späten Mythus von den Titanengöttern entstanden zu sein. Die späteren Dichter, Alexandriner und Römer, kommen darin dem Naturgemässen wieder näher, indem sie alle jene Unterscheidungen aufheben, welche die alte, ganz in Mythenbildung vertiefte Poesie erschuf. Bei dem Dichter

---

[119] Natürlich macht Hephaist eine Ausnahme. Aber bei Asklepios ist auch dies nicht einmal der Fall.

von *Ἰσπὶς Ἡρακλ. 255 und bei Anakreon Fr. 43, welche Tartaros gleichbedeutend mit Hades gebrauchen, weiss man fast nicht, ob man sagen soll, sie kümmern sich nicht mehr oder noch nicht um jene Sonderung. Nichts ist in dieser Hinsicht bezeichnender als die Verbindung der Titanen mit der Styx im Eid der Hera, also mit dem Gewässer, welches sonst ins Todtenreich gesetzt wird. Andrerseits wird Typhoeus in der Theogonie 822 aus dem Tartaros geboren und bei Pindar in den Tartaros geworfen, in welchem, oder welchem nahe wir auch die Hekatoncheiren finden werden. Man sieht hieran zugleich, dass es entweder Menschen, Verstorbeno oder aber ungezügelte Naturkräfte sind, welche in alten und echten Mythen die Unterwelt füllen, keine Götter. Wo solche eintreten, sind sie eben Unterweltsgottheiten, Herrscher im Schattenreiche. Von solchem Verhältniss ist aber bei den Titanen keine Rede; es sind Götter ohne Dienst [121], Herrscher ohne Reich. Dabei kann man nicht einmal sagen, die Verbannung in den Tartaros sei nur eine Consequenz des einmal erfundenen Mythus von früheren Göttern (Welcker G. I 269). Denn dieser Aufenthalt im Tartaros ist vielmehr das Wesentliche an dem ganzen Mythus, das Einzige, was Homer überhaupt von ihnen berichtet. Es fehlt gänzlich an Zügen, woran man die chemalige Herrlichkeit der Titanengötter anschauen könnte, wie überhaupt ihrer früheren Herrschaft mit keinem Wort gedacht wird. Erst Hesiod Theog. 425 spricht von ihnen als προτέροισι θεοῖσιν und nennt den Kronos θεῶν πρότερον βασιλῆα [122], und es klingt ganz anders, wenn Homer Ξ 200 blos sagt:

> ὅτε τε Κρόνον εὐρύοπα Ζεύς
> γαίης νέρθε καθεῖσε,

als wenn es Theog. 820 heisst:

> αὐτὰρ ἐπεὶ Τιτῆνας ἀπ' οὐρανοῦ ἐξέλασε Ζεύς

---

[120]) Die Etymologie s. b. Preller ¹ I 61. Vgl. κάρχαρος, κάρκαρος.

[121]) Arats gelehrte Caprice, neben dem Zeus die Titanen anzurufen (v. 16 αὐτός καὶ προτέρῃ γενεῇ) kommt natürlich nicht in Betracht. Dagegen war es logisch und durch das Vorbild der Ilias nahegelegt, wenn im Hom. Hymn. Apoll. P. 156 Hera die Titanen anrief. — Bei Hesych werden die in Lykien verehrten Ἄγριοι θεοί als οἱ Τιτᾶνες erklärt (vgl. Benndorf Reise in Lyk. 76,4); das will aber vielleicht nicht mehr besagen, als wenn umgekehrt ein Grammatiker von den Titanen sagt ,οἱ καταχθόνιοι δαίμονες'; denn dieser Art waren doch offenbar jene ἄγριοι oder σκληροὶ θεοί (s. Lob. Agl. 1186).

[122]) Ἔργα κ. ἡμ. 111.

oder gar bei Apoll. Rhod. II 135:

$$K\varrho\acute{o}\nu o\varsigma\ \varepsilon\ddot{v}\iota'\ \dot{\varepsilon}\nu\ 'O\lambda\acute{v}\mu\pi\dot{\omega}$$
$$T\iota\tau\acute{\eta}\nu\omega\nu\ \ddot{\eta}\nu\alpha\sigma\sigma\varepsilon\nu.$$

Wird uns aber wiederum gesagt, es sei selbstverständlich, dass die Vorfahren eines Herrschers auch die Herrschaft gehabt hätten (Welcker), so concentrirt sich das Interesse wieder auf den Sturz, und wir stossen auf das unglückliche Motiv von dem Kampf zwischen Eltern und Kindern. Denn der Kampf, wenn ihn Homer auch nur obenhin erwähnt, ist unvermeidlich, da sich die alten Götter doch nicht gutwillig hätten absetzen und in einen Ort des Schreckens ein-sperren lassen, wie es der Tartarus ist, mit dem Zeus den Wider-spänstigen droht. Ueberdies wie sollte — um alle Unmöglichkeiten dieses Mythus durchzugehen — der Conflict überhaupt entstehen? Zeus kann nicht der Angreifer sein, er straft nur die, welche seine Weltordnung stören, also Frevler wie Menoitios und die Giganten, oder unbändige Naturkräfte wie Typhoeus und die noch zu betrach-tenden Hekatoncheiren. Hesiod, der den Kampf ausführlich erzählt, geht doch der Frage nach der Ursache desselben aus dem Wege und beginnt gleich: $\delta\tilde{\eta}\varrho o\nu\ \gamma\grave{\alpha}\varrho\ \mu\acute{\alpha}\varrho\nu\alpha\nu\tau o$. Aeschylos, der vielleicht dem kyklischen Epos folgt, nimmt eine $\sigma\tau\acute{\alpha}\sigma\iota\varsigma$ unter den alten Göttern an, bei der die eine Partei den Zeus an Stelle des Kronos einsetzen will; aber auch dies ist nur ein Nothbehelf. Welches die eigent-lichen, echt mythischen Gegner des Zeus, die wirklichen Tartarus-bewohner sind — ich habe es schon angedeutet — darüber müssen uns die folgenden Capitel Sicherheit verschaffen.

V. Kyklopen.

Unmittelbar an die zwölf Titanen reihen sich in der Uranos-familie Hesiods die Kyklopen, und noch schrecklicher als diese die Hekatoncheiren, für die Hesiod, wie man sieht, keinen Namen weiss, sondern höchstens die aus ihrer Gestalt entnommene Bezeichnung, die schon bei Homer vorkommt. Beide Arten von Wesen, die Hesiod als furchtbare Riesen schildert, werden gleich nach der Geburt von dem eignen Vater, dem sie zu schrecklich sind, wieder in die Tiefen

der Erde eingesperrt, bis Zeus sie von da hervorholt, um sie als
Diener zu gebrauchen. Während aber die vielarmigen Ungeheuer,
nachdem sie im Kampfe ihre Dienste geleistet, wieder in ihre Tiefen
zurückkehren, gehen die Kyklopen, die Donner- und Blitzdämonen,
in ihrem Element auf, sobald sie ans Tageslicht treten; man kann
sich nicht wundern, wenn in dem Kampfe nur noch die Hekatoncheiren als Personen fungiren; Brontes, Steropes, Arges haben neben
βροντῇ τε καὶ ἀστεροπῇ (691) keinen Platz; daher denn — die
Echtheit von V. 501—506 vorausgesetzt [123] — diese als die unent-
behrlichen Diener oder Attribute des Zeus gleich bei seinem Herr-
schaftsantritte befreit werden, jene dagegen erst, als der aus-
gebrochene Kampf nöthigt, ungewöhnliche Naturkräfte zu entfesseln.
Dies Verhältniss wird vielfach verkannt. — Schon Apollodor hat
diesen klaren Sachverhalt getrübt. Jene Einsperrung der Riesen
durch Uranos an dem Ort, wo sie ihrer Natur nach zu Hause sind
— wie die Rückkehr dorthin nach beendigtem Kampfe zeigt —, ist
eine leere Form und nur dadurch nöthig geworden, dass der Dichter
seinem genealogischen Princip gemäss auch diese Naturwesen geboren
werden, also einmal ans Licht kommen lassen muss. Dass eine
Geburt durch den Vater an dem Ort verborgen wird, der in Wirklichkeit ihren eigentlichen Ursprung bedeutet, ist ein bekanntes
Motiv (S. 28, 37) [124]. Wenn nun bei Hesiod diese Einsperrung der
Riesen als Ursache genommen wird für den Groll der Titanen gegen
den Vater, so ist das natürlich vom Dichter erfunden, um die Ent-
thronung des Uranos zu motiviren; nachdem die Titanen den Uranos
gestürzt, müsste nun eigentlich ihr Erstes sein, die gefesselten
Brüder zu befreien; dies geschicht aber nicht, mit gutem Grunde.

---

[123]) Von der Berechtigung der Göttlingschen Athetese habe ich mich
nicht überzeugen können. Unter den πάντες, die Uranos einsperrt (157),
sind — so haben schon die Alten verstanden (Apollod. 1 1, 1, 2) — die Kyklopen mit einbegriffen, wie auch das δεινότατοι (155) nicht bloss für die
Hekatoncheiren gilt; vgl. 147. 139. Eine Stelle, welche die Befreiung der
Kyklopen berichtet, ist also nicht zu entbehren, und sie ist nach der
lockeren, oftmals unbehülflichen Compositionsweise der Theogonie hier gar
nicht zu beanstanden; ein Ereigniss wie der Herrschaftsantritt des Zeus,
welches sonst spurlos vorübergehen, ja überhaupt unerwähnt bleiben würde,
kommt so erst zu seinem Rechte. Können diese Rücksichten durch die
singuläre Form Οὐρανίδας umgestossen werden?

[124]) In Rhodos (s. S. 44) werden die furchtbaren Poseidonssöhne von
ihrem eigenen Vater unter der Erde eingesperrt.

Akusilaos aber, oder wer nun Apollodors Quelle sein mag, bemüht,
die Fugen der alterthümlichen Erzählung auszufüllen, jedoch ohne
Verständniss für die Naturbedeutung jener Wesen, lässt die Einge-
sperrten wirklich von Kronos befreien, wobei er denn — um nicht
mit Hesiod, wo sie erst Zeus befreit, in Collision zu gerathen —
genöthigt ist, sie nochmals, nämlich durch Kronos, einsperren zu
lassen. Auch darin verstösst Apollodor gegen den Sinn des Mythus,
dass er die Kyklopen, die nur dem Zeus attachirt sind, nach Weise
der Späteren als Schmiede betrachtet, die auch andern Göttern ihre
Waffen fertigen. Wenn die Theogonie an anderer Stelle als Träger
von Blitz und Donner den Pegasos einführt (286), so widerspricht
dies natürlich der gleichen Bedeutung der Kyklopen in keiner Weise,
da ja die Theogonie öfter verschiedene Sagen für dieselbe Idee anführt, z. B. den Eros zum kosmogonischen Princip erweitert und
daneben doch Aphrodite mit Eros und Himeros [125], oder Okeanos,
den homerischen Urquell aller Dinge, neben soviel anderen Urgott-
heiten. Der Anstoss, den man daran nehmen könnte, dass grade
die Blitzdämonen mit der Erde in Verbindung gesetzt werden, wird
schon durch den Vergleich mit dem Blitzross bedeutend abgeschwächt:
auch dieses, von der infernalischen Gorgo [126] geboren, steigt zum
Himmel empor προλιπὼν χϑόνα μητέρα μήλων (284).

Die Alten waren angesichts der Tödtung der Kyklopen durch
Apoll, eines Mythus, der in den Frauenkatalogen des vermeinten

---

[125]) Dass auch diese beiden durchaus personificirt zu denken sind,
lehrt das Beiwort καλός, welches der eine führt.

[126]) Hom. λ 634:

μή μοι Γοργείην κεφαλὴν δεινοῖο πελώρου
ἐξ Ἀΐδεω πέμψειεν ἀγαυὴ Περσεφόνεια.

Bei Apollod. II 5, 12, 4 halten im Hades, während alle Wesen vor Herakles fliehen, nur Meleager und Gorgo Stand. Das kann unmöglich, wie Wilamowitz (Hom. Unters. 140, 1) will, aus Homer abgeleitet sein, schon wegen der Verbindung mit Meleager, der, eine Art Gegenbild des Apollo Ἀγρεύς (Aesch. Fr. 195), von Hause aus ein Todesgott ist und zur Schwester die Gorge hat. Dass in der Tomba dell' Orco (Mon. d. J. IX 15, 1) Perse-phonens Haupt, wie sonst das der Meduse von Schlangenhaar umgeben ist, würde ich angesichts des Luxus, den die Etrusker mit Unterweltsschlangen treiben, kaum erwähnen, wenn nicht auch ihr Gemahl, Hades, durch eine wichtige Aeusserlichkeit ausgezeichnet wäre, die ihm von Hause aus zu-kommt und doch niemals an ihm gesehen wird: er trägt die Ἄϊδος κυνέη (s. Helbig Ann. 1870, 27).

Hesiod erzählt wurde, in grosser Verlegenheit darüber, was sie mit
unserer Theogoniestelle anfangen sollten, wonach die Kyklopen *θεοῖς*
ἐναλίγκιοι ἦσαν (142); als ob nicht auch Asklepios von Zeus nieder-
geblitzt würde. Pherekydes (Schol. Eur. Alk. 1) verfiel deshalb auf
den curiosen Gedanken, statt der Kyklopen ihre Söhne tödten zu
lassen, über welche Söhne nähere Auskunft zu geben, ihm wohl
schwer geworden wäre. Krates von Mallos tastete den Theogonietext
selbst an, indem er einen andern Vers an die Stelle setzte: *οἱ δ' ἐξ*
ἀθανάτων θνητοὶ τράφεν αὐδήεντες. Aber ganz abgesehen von
der Absichtlichkeit dieser Worte, welche direct auf den Tod der
Kyklopen Bezug nehmen, kann ein solcher Vers, mag er nachträglich
fabricirt oder aus irgend einem Dichter entnommen sein, unmöglich
in diesem Zusammenhange Platz finden, ohne weitgreifende Aen-
derungen nöthig zu machen [127]. Grade aus jener Naturbedeutung
der Kyklopen und der entsprechenden Apolls, nämlich seiner ursprünglichen Verwandtschaft mit Helios, würde sich jener Mythus
sehr schön und einfach erklären. Apoll tödtet die Dämonen des Gewitters grade wie er nach dem Mythus von Anaphe mit seinen
Pfeilen das Nebelgewölk durchschiesst (Apoll. Rh. IV 1704) [128].
Worauf es hier ankommt ist dies, die dämonische Natur der
Kyklopen, ihre einstmalige Göttergleichheit möglichst bestimmt auszu-
sprechen. Am Isthmus von Korinth befand sich ein alter Altar der
Kyklopen, denen dort auch geopfert wurde (Paus. II 2, 2). In Bathos, einer arkadischen Ortschaft unweit Trapezunt, opferte man den
Blitzen, Donnern und Stürmen, in Bezug worauf Schömann (Die Hes.
Theog. S. 104, 1) richtig bemerkt, dass es auch hier ebenso gut hätte *Κύ-*
κλωψι heissen können. Wenn man in Bathos sagte, dort habe die Gigantomachie stattgefunden, so steht das genau auf einer Linie mit der

---

[127]) Die Kyklopen wären dann scharf zu trennen gewesen von der
verwandten Gattung, den unsterblichen, in der Tiefe fortlebenden Hekatoncheiren; ferner müsste V. 501 ff. ohne Weiteres wegfallen und andres
mehr. Der Gedanke, den apokryphen Vers für den Rest einer andern
Fassung der Theogonie zu halten, ist also nicht so einfach zu acceptiren,
wie es Rzach gethan hat.

[128]) Apoll tödtet nach Serv. Aen. IV 377 die Telchinen, die als mythische Schmiede wenigstens von den Römern leicht mit den Kyklopen
gleichgestellt wurden; Stat. Theb. II 273; vgl. das Pompej. Gemälde Helbig
1318 c, Atlas XVII 1 und das Relief Clarac 181, 84, Overb. II. Gal. XVIII 5,
wo man als Gesellen des Hephaist Telchinen erblickt (Dilthey Bull. d. J.
1866, 156, der auf Chorikios p. 180 [ed. Boissonade] verweist).

Trapezuntischen Sage von dem Untergang des Lykaongeschlechts
durch Donner, Blitz und Erdbeben, wobei die Ge selbst die Hände
erhebend um Gnade gefleht haben soll. Dass hier wie in der
Sage vom Sipylos, von Pallene und Mykonos Naturereignisse vulkanischer Art mitgesprochen haben mögen, ist aus der Boden-
beschaffenheit von Bathos zu schliessen, wo Feuer aus der Erde
schlug, eine Erscheinung, die sich in der Neuzeit wiederholt hat [139].
Indessen steht hier im Vordergrunde die besonders in Arkadien ausgeprägte Cultusweise, den Zeus im Donner und Blitz zu verehren.
Und zwar scheint dieser alterthümliche Dienst auch an vielen Stellen
durchzublicken, wo nicht grade von Stürmen und Gewittern wie in
Bathos, sondern einfach von Winden gesprochen wird. Ich sage nicht
an allen derartigen Orten, aber an vielen, besonders da, wo solcher
Cult in Verbindung mit Pallas Athene erscheint. Also in der Nachbarschaft von Alalkomenai, im Gebiete der uralten Itonischen Pallas,
ich meine in Koroneia, auf dessen Marktplatz ein Altar der Winde sich
befand (Paus. IX 34, 2), oder zu Methone in Messenien, wo die Ἀθηνᾶ
Ἀνεμῶτις [130] verehrt wurde (Paus. IV 35, 5), ein Cult, den man als
in einer Küstenstadt auf die Seewinde zu beziehen geneigt sein könnte,
wenn nicht die Bevölkerung der Stadt aus Argos (Nauplia) stammte
und die von ihr mitgebrachte Sage von Diomedes als Stifter dieses
Cultes den älteren Sinn verriethe: Διομήδης εἰς Ἄργος ὑποστρέψας
εἰς τὸν Κεραύνιον ἀνέβη λόγον καὶ τέμενος Ἀθηνᾶς κατα-
σκευάσας κτλ. (Ps.-Plut. de fluv. 18, 12); ein aus trüber Quelle ge-
schöpftes aber doch werthvolles Zeugniss. In Arkadien gewinnt solche
Verbindung ganz besondere Bedeutung. Dahin gehört das Βόρειον
unweit Megalopolis, der Boreasberg, auf dessen Spitze Pallas mit Poseidon zusammen ein sehr altes, zu Pausanias' Zeit bis auf wenige
Spuren verschwundenes Heiligthum hatte. Es ist klar, dass auch in
Megalopolis selbst, wo der Boreas sein τέμενος unmittelbar neben der
Athena hatte, dieser Cult auf einheimischen Verhältnissen fusste und

---

[139]) Ross, Reisen im Pel. 90. Paus. VIII 29 καὶ πλησίον τῆς πηγῆς πῦρ
ἄνεισι. Λέγουσι δὲ οἱ Ἀρκάδες τὴν λεγομένην Γιγάντων μάχην καὶ θεῶν ἐνταῦθα
καὶ οὐκ ἐν τῇ Θρᾳκίῃ γενέσθαι Παλλήνῃ, καὶ θύουσιν ἀστραπαῖς αὐτόθι καὶ
θυέλλαις τε καὶ βρονταῖς.

[130]) Ueber Athena als Blitzgöttin s. Gigantomachie III 2 bei Pallas.
Vgl. Orph. h. zu Musaios v. 38:

    Παλλάδα τ' ἐγχεμάχην κούρην Ἀνέμοις τε πρόπαντας
    καὶ Βροντάς.

seiner Wurzel nach älter war als das historische Ereigniss, an welches die Legende nach athenischem Muster (Herod. VII, 178 —191) [131] die Stiftung desselben anknüpfte. Es heisst von dem dortigen Boreascultus *θύουσιν ἀνὰ πᾶν ἔτος, καὶ θεῶν οὐδενὸς Βορέαν ὕστερον ἄγουσιν ἐς τιμήν.* Ganz ähnlich war der uralte Dienst in Titane bei Sikyon; an dem dortigen Hügel, dessen Spitze ein sehr altes Athena-Heiligthum trug, war ein Altar der Winde, *ἐφ' οὗ τοῖς ἀνέμοις ὁ ἱερεὺς μιᾷ νυκτὶ ἀνὰ πᾶν ἔτος θύει* (Paus. II 12, 1). Wenn es weiter heisst: *δρᾷ δὲ καὶ ἄλλα ἀπόρρητα ἐς βόθρους τέσσαρας ἡμερούμενος τῶν πνευμάτων τὸ ἄγριον* [132], so erinnert das an den aus den Erdtiefen hervorbrechenden Typhoeus sowie an die Phänomene von Bathos und die Geburt der Kyklopen aus der Erde [133]. — Diese rohe Anbetung der Naturkräfte, die sehr zu scheiden ist von späteren, aus Anlass günstiger Naturereignisse gestifteten Votiv-Culten, gehört einer so alten Zeit an, dass man nicht etwa glauben darf, es seien hier nur Potenzen von Zeus oder Pallas losgelöst und personificirt, Personificationen wie sie Apelles gemalt (Plin. 35, 96) und Philostrat geschildert hat (Im. 1, 14), sondern wir haben hier umgekehrt die allerältesten Formen der Gottesverehrung, wirklich Naturgötter im Sinne Welckers, aus denen sich die geistigeren Gottheiten des Olymps erst entwickelt haben. Nicht nur *κεραύνιος* oder *κεραυνοβόλος* (CIG 1513) ist Zeus in diesen Gegenden, wie anderwärts, sondern er ist selbst der *κεραυνός*, eine Vorstellung, die übrigens auch in dem Beinamen von *καταιβάτης* durchblickt. Auf

---

[131] Vgl. Welcker, Götterl. III 69.

[132] Vgl. Ovid M. XV 298:

Vis fera ventorum caecis inclusa cavernis
exspirare aliqua cupiens etc.

Vgl. Prob. Virg. G. II 478 (p. 365 Lion): *Terrae autem tremoris tres causae sunt, nam aut ventis inclusis exitum quaerentibus etc.* Schol. Apoll. Rh. I 826: *Διονυσοφάνης δὲ βύθρον φησὶν εἶναι ἐν τῇ Θρᾴκῃ, ἐξ οὗ φυσήματα ἀνέμων γίνεσθαι, καὶ μυθευθῆναι οὕτω Θρᾴκην ἀνέμων οἰκητήριον.* Plin. N. H. I 114: *Ventos vel potius flatus posse et arido siccoque anhelitu terrae gigni. — et alios quos vocant altanos e terra consurgere.* 131 *Nunc de repentinis flatibus qui exhalante terra, ut dictum est, coorti etc.* Vgl. Sophokl. Ant. 417.

[133] *χθόνιαι βρονταί:* Aesch. Prom. 993. Fr. 56, 10. Soph. O. C. 1606. Eur. Hipp. 1201. Electr. 748. Aristoph. Vög. 1745. Accius Troad. Fr. 3. Vgl. ferner Eur. Fr. 475, 11 (Bakch. 585 ff.) u. Nonn. 48, 65. 69. Ungefähr in dieselbe Reihe gehört Seneca Quaest. nat. II 49 *inferna cum ex terra exsiliunt ignes.* So ist auch die Erdgeburt des Hephaist zu verstehen (Danais und Pindar b. Harpokr. s. v. *αὐτόχθονες.* Kinkel Ep. Fr. p. 79).

einer dem fünften Jahrhundert angehörigen Votiv-Inschrift aus Mantinea lesen wir wirklich den gewaltigen Namen Διὸς κεραυνοῦ [134].
In diesem Sinne ist auch der bildlose Zeuscult auf dem Lykaion (von dem ein Theil κεραίσιον ὄρος hiess) aufzufassen, sowie das Adlerpaar auf der τράπεζα, die zu den Menschenopfern diente. Den Ζεὺς Παλλάντιος von Trapezunt, dem Ort des Lykaon-Mythus, erwähnte ich schon früher. Und wenn südlich von Pallantion und dem Boreion, in Manthyrea zur Erklärung eines Beinamens der Athena die Gigantomachie herbeigezogen wurde (Paus. VIII 47, 1), so wissen wir nun, worauf sich der Werth dieser Angabe reducirt; zu Grunde liegt wie in Bathos, dem angeblichen Ort der Gigantomachie, der Cult der Stürme, Donner und Blitze, mit einem Wort der Kyklopen, der, wenn auch nicht grade unter diesem Namen, in jenen von den eigentlichen Culturstrassen abgelegenen Gegenden nicht sowohl speciell heimisch war als nur zäher festgehalten wurde.

In diesem Zusammenhange wird denn eine wenig beachtete Bemerkung des Hellanikos von Interesse sein. Schol. Hes. Theog. 139 (vgl. z. 144 [Gaisford]) [135]: Ἑλλάνικος δὲ τοὺς Κύκλωπας φησὶν ὀνομάζεσθαι ἀπὸ Κύκλωπος υἱοῦ τοῦ Οὐρανοῦ · Κυκλώπων γὰρ γένη τρία · Κύκλωπες οἱ τὴν Μυκήνην τειχίσαντες, καὶ οἱ περὶ τὸν Πολύφημον, καὶ αὐτοὶ οἱ θεοί. Diese Notiz wiederholt sich im Wesentlichen übereinstimmend ohne Nennung des Autors in den Schol. Aristid. 52, 10 (III p. 408 Dindf.): τρία γὰρ γένη φασὶν εἶναι Κυκλώπων τοὺς κατὰ τὸν Ὀδυσσέα, Σικελοὺς ὄντας, καὶ τοὺς χειρογάστορας (das sind die Mauerbauenden) καὶ τοὺς καλουμένους οὐρανίους. Wäre in dem ersten Bericht mit αὐτοὶ οἱ θεοί der Wortlaut der Quelle wiedergegeben, so ständen wir vor der seltsamen Erscheinung, dass die Kyklopen mit den Göttern selbst identificirt würden und sich nur als ein Name derselben darstellen würden. Unerklärlich wäre dieser Fall nicht nach dem, was bisher begegnet ist und was uns die weitere Untersuchung bringen wird. Allein

---

[134] Monuments grecs publ. par l'assoc. p. l'encouragem. d. étud. gr. IV p. 23. Roehl Inscr. antiquiss. 101. Auf dem Boden so uralter Ueberlieferungen versteht man, wie ein Mantineer bei Xenoph. Hell. VII 1, 23 folgendermassen sprechen konnte: — ὡς μόνοις μὲν αὐτοῖς (den Arkadern) πατρὶς Πελοπόννησος εἴη, μόνοι γὰρ αὐτόχθονες ἐν αὐτῇ οἰκοῖεν κτλ.

[135] Ich gebe die Stelle in der Fassung von Flach (Glossen u. Scholl. z. Hes. Th. p. 225); die Varianten sind minimal.

insofern die fraglichen Worte in einem Commentar zur Theogonie stehen, brauchen sie nur auf die in Rede stehenden Dämonen Bezug zu haben, zu denen damit zurückgekehrt wird. Der Logograph scheint um so mehr den zweiten Ausdruck (τοὶς καλουμένοις οὐρανίοις) gebraucht zu haben, als derselbe sonst nicht bekannt ist. Keinesfalls lehnt sich Hellanikos an Hesiod an, sondern er kennt nur einen Kyklops, des Uranos Sohn [136], und nimmt nur sehr äusserlich Rücksicht auf die landläufige Mythologie, welche von den Kyklopen in der Mehrheit zu sprechen gewohnt war. Auch wenn nun in der Notiz nichts weiter enthalten sein sollte als dies, müssten wir dafür dankbar sein. Denn sie verbindet sich aufs glücklichste mit einem monumentalen Zeugniss, dessen Gewicht nicht hoch genug anzuschlagen ist.

In Argos auf der Larisa, einer der ältesten unter den 16 Burgen dieses Namens, befand sich ein uraltes Schnitzbild des Zeus, welches ein drittes Auge auf der Stirn hatte, also dieselbe eigenthümliche Bildung aufwies, die schon die Theogonie an den Kyklopen kennt, Dämonen, von denen Hesiod ausdrücklich hervorhebt, dass sie in allem Uebrigen θεοῖς ἐναλίγκιοι ἦσαν. Es ist keine Frage, dass dies ξόανον nicht übergangen werden darf, wo von der Herkunft der Kyklopen die Rede ist [137]. Welcker, der über diese Monstrosität sehr kurz hinweggeht, bezieht sie nach Pausanias' Vorgange auf die dreifache Herrschaft des Zeus, die über den Himmel, die Unterwelt und das Meer (Paus. II 24, 5). In der That eine wunderliche Symbolik. Ich dächte, um gleichzeitig auf den Ζεὺς καταχθόνιος und den Ζεὺς ἐνάλιος zu deuten, würde man ihm ausser dem Blitz oder Adler ein Poseidonisches Attribut und daneben etwa den Kerberos beigegeben

---

[136]) Im Vergleich dazu hat die Angabe des Schol. Eur. Or. 965 Κύκλωπις Θρᾳκικόν ἔθνος ἀπό Κύκλωπος βασιλέως wenig Werth.

[137]) Man wird nicht einwenden wollen, dass diese nur ein Auge hätten, jener dagegen drei gehabt habe; denn die beiden natürlichen Augenhöhlen lassen sich auf keine Weise ignoriren; sie können nun einmal, wie es die Odysseebilder zeigen, nicht unangedeutet bleiben; es lässt sich das gar nicht denken, wenn überhaupt ein menschliches, oder auch nur thierisches Antlitz erkennbar sein soll. Das Charakteristicum, das Auge in der Stirn, in der That ein sehr bedeutsames und bei den Kyklopen noch nie genügend erklärtes, ist in beiden Fällen dasselbe. Wem es zu kühn erscheint, einen Dreiäugigen mit einem Stirnäugigen in Parallele zu stellen, mit dem ist überhaupt nicht zu rechten.

haben [138]; das wäre verständlicher als jene monströse Bildung, die alle Normen griechischer Götterbildung in so beispielloser Weise durchbricht. Die Alten nannten dies Bild Zeus Herkeios und hielten es für das des Priamos, welches Sthenelos als Beute heimgebracht hätte; wie man ja viele alte Idole für troische von den Griechen erbeutete Alterthümer ausgab [139]. Pausanias (a. a. O. u. VIII 46, 2) führt jenen Namen nicht an, indem er nur von dem Zeus πατρῷος des Laomedon spricht; sie ergiebt sich aber aus Schol. Eur. Tro. 16: τὸν δὲ Ἑρκειον Δία ἄλλοι ἱστορικοὶ ἀναγράφουσιν ἰδίαν τινὰ σχέσιν περὶ αὐτοῦ ἱστοροῦντες, τρισὶν ὀφθαλμοῖς αὐτὸν κεχρῆσθαί φασιν, ὡς οἱ περὶ Ἀγίαν καὶ Δερκύλον. Das hört sich so an, als ob es viele Bilder des Zeus Herkeios gegeben habe, an denen sich diese Wahrnehmung machen liess. Zum Glück aber kennen wir die Schrift des Agias und Derkylos, in der diese Bemerkung stand; es waren die Ἀργολικά, die Athenaeus III p. 86 F citirt. Selbst wenn es, was nicht der Fall, von denselben Verfassern [140] andre ebenso populäre Schriften gegeben hätte: in diesem Werk jedenfalls muss die Notiz gestanden haben, um so mehr als darin von der Eroberung Ilions in detaillirter Weise die Rede war: Ἴλιον ἑάλω — — Ἀγίας δὲ καὶ Δερκύλος ἐν τῇ τρίτῃ μηνὸς Πανέμου ὀγδόῃ φθίνοντος (Clem. Alex. Strom. I, 21 p. 381 Pott). Die Annahme liegt nahe, dass jenes räthselhafte, fremdartige Idol auf der Burg von Argos, welches durchaus von Barbaren herzurühren schien, Ausgangspunct war für jene allgemein hingestellte Behauptung über den Zeus Herkeios; so alte Idole und an so alter Stätte wie der Burg von Argos gab es nicht viele. Aber das ist hier nebensächlich. Auch die Benennung Zeus Herkeios, wenn sie in Argos hergebracht war, würde den Gang unserer Untersuchung nicht hemmen. Sicher bleibt, dass wir es mit einem uralten Cultbilde zu thun haben, dem Rest einer Zeit, welche noch ganz entfernt von idealer Götterbildung in seinen Götzenbildern ähnliche Missgestalten producirte, wie die barbarischen Völker aller Länder und Zeiten, eine Kategorie, in die ja auch das Medusenhaupt gehört. Selbstredend kann solches Bild nicht später entstanden sein als die Kyklopen der Odyssee, deren schon ins

---

[138]) S. Overbeck Kunstmyth. II S. 258 f., der aber S. 7 in der Deutung jenes Idols leider auch dem Pausanias folgt.

[139]) Z. B. Paus. VIII 44, 4. VII 19, 3.

[140]) Das genauere Verhältniss der beiden kann durch die Bemerkungen von Wilamowitz Hom. Unters. 180, 26 als klargestellt gelten.

Komische fallender Charakter die verwandte Gesichtsbildung für den höchsten Gott unmöglich gemacht hätte. Aber es bedarf dieses Hinweises gar nicht bei dem hohen Alter jenes Idols; nur die Hesiodischen Kyklopen kommen in Betracht, die Donner- und Blitzgötter, deren ehemals umfangreichen Cultus wir kennen gelernt haben. Nun bedenke man, dass es die Städte der Argolis sind, an deren Mauern sich die Sage von den Kyklopen heftet, — eine ernsthafte und von der Odyssee gänzlich unabhängige Sage. Andererseits erkennt man in dem alten argivischen Zeus unschwer den aus der Heraklidensage wohlbekannten τριόφθαλμος, dessen Führung sich anzuvertrauen das Orakel den in den Peloponnes einziehenden Fremdlingen empfahl[141]. Es war offenbar ein frommer Spruch, der die Dorer in die neue Heimath geleitete; und die platte, gemeine Auslegung, die man jenem Orakel gab, indem man annahm, Oxylos selbst oder der Esel, auf dem er ritt, sei einäugig gewesen, was in Summa drei Augen ergab, diese zeigt nur, durch ein wie hohes Alter der dreiäugige Zeus dem Verständniss der Sagenschreiber entrückt war, und wie vereinzelt jenes Idol dastand, grade fabelhaft genug für die Orakelsprache. Es kommt hinzu, dass auf diese Figur und auf sie allein im weiten Bereich der griechischen Mythologie der Name des Τρίοψ oder Τριόπας[142] passt, d. h. jenes Heroon der äolischen Völkerfamilie, welcher für den Bruder des Epopeus und des Aloeus, also hervorragender und ausdrücklich so genannter Titanen (S. 70. 71) gilt (Apollod. I 7, 4, 2) und durch seine Tochter Iphimede Stammvater zweier bergethürmenden, kyklopenähnlichen Riesen ist. Auf diese beiden, deren Mutter zu Mylasa in Karien verehrt wurde, während der Name des Triops die südliche Halbinsel Kariens beherrscht, bezieht sich möglicherweise die Nachricht von den lykischen Kyklopen, abgesehen von der durch Proitos gegebenen Verbindung zwischen Argos und jenen Gegenden Klein-Asiens. Wir kommen auf diesen Punct noch zurück. Man kann nach all diesem dem Schluss nicht ausweichen, dass Κύκλωψ und Τρίοψ nur dieselbe uralte Gottheit, den Blitz- und Donner-Zeus bezeichnen, dessen Bild uns glücklicherweise, und an einer so ehrwürdigen Stelle wie der

---

[141]) Apollod. II 8, 3, 3. Paus. V 3, 5. Schol. Aristid. p. 80 Dindf. Auch Plutarch spricht irgendwo davon.

[142]) Den Zusammenhang des τριόφθαλμος mit jenem Zeusbilde ahnte entfernt schon O. Müller Dor. 1 62 [61], 3, aber ohne tiefer in die Sache einzudringen. — Hesych τριόπην· τριόφθαλμον, vgl. s. v. τριοπίς.

Burg von Argos, wenigstens in der Beschreibung erhalten ist. Dass
die Eigenthümlichkeit seiner Erscheinung, das Stirnauge, ebenso gut
für sich allein als Einäugigkeit gefasst wie mit den beiden ohnedies
vorgezeichneten Augen in Verbindung gesetzt werden konnte, wurde
schon bemerkt. Die Frage, warum im ersten Falle grade die Bezeichnung κύκλωψ gewählt sei und nicht die einfachere μόνωψ, die
Euripides gebraucht (Kykl. 21. 648), erscheint gegenüber der Hauptsache, die ich als feststehend betrachte, wirklich als ein Moment von
secundärer Bedeutung und hängt davon ab, welchen Sinn man dieser
merkwürdigen Bildung unterlegt. Man könnte denken, dass etwas
Aehnliches zu Grunde liege wie bei der Geburt der Pallas aus dem
Haupte des Donnerers. Allein ungleich wahrscheinlicher ist es,
an eine — immerhin im Donner und Blitz sich offenbarende —
Gottheit des Himmels zu denken, deren eines grosses, rundes Auge,
die Sonne, man auf diese Weise symbolisirte. Euripides b. Philodem π. εὐσεβ. p. 22 nannte den Himmel und daher auch den Zeus
selber ἡλιωπόν; ὄμμα αἰθέρος heisst die Sonne bei Aristoph. Wolk.
285, ἱερὸν ὄμμ' αὐγᾶς — ἥλιος sagt Euripides Iph. T. 194, und eine
verwandte Vorstellungsweise bekundet sich im Ausdrucke des Par-
menides κύκλωψ σελήνη sowie des Aeschylos gleichfalls auf den Mond
bezüglichem ἀστερωπὸν ὄμμα Λητῴας κόρης (Fr. 164)[143]. Wir würden
also jene uralte Verbindung des Donner- und des Sonnengottes hier
in aller Wirklichkeit anschauen, die wir in so vielen Cultus- und
Sagen-Erscheinungen constatiren mussten[144]. Darnach ist die obige,
mehr provisorische Darstellung (S. 79) zu modificiren.

[143]) Von den Mauerringen, aus denen man die Kyklopen erklärte (Göttling Ges. Abh. 1, 25. Bursian Quaest. Euboic. 23. Schoemann Ind. lect. Gryph.
1859), kann unter diesen Umständen keine Rede mehr sein. Die Ringförmigkeit
wäre überdies ganz nebensächlich gegenüber der Riesengrösse jener Mauern;
auch ist nicht abzusehen, wieso dieselbe grade durch ein Auge in der Stirn
hätte zum Ausdruck kommen sollen. Endlich ist der Gedanke Schoemanns,
unter Κύκλωπες den Namen eines alten Volkes zu verstehen, schon deshalb
abzuweisen, weil die verwandten Volksnamen, auf die sich Schoemann
stützt, alle auf ωπες endigen, nicht auf ωπες. Der einzige derartige Name
Κέρκωπες bedeutet ebenfalls eine Dämonenart und kein Volk.

[144]) Soweit hatte ich geschrieben, als ich J. Grimms Abhandlung über
„die Sage von Polyphem' (Abhdl. der Berl. Akademie 1857) kennen lernte.
Grimm hat die Verwandtschaft des Kyklops mit dem dreiäugigen Zeusbilde
von Argos richtig vermuthet, wenn er auch die weiteren Belege nicht
bringen konnte, und hat die Beziehung des letzteren auf die drei Welt-
reiche mit richtigem Instinct abgewiesen, indem er an Odin erinnerte und

Ich kann aber bei dem gewonnenen Resultat nicht stehen bleiben: noch eine dritte Sagengestalt gleichen Ortes will in diesen Zusammenhang gezogen sein, der erdgeborne Riese Argos selbst. Dieser trug nicht immer die vielen Augen am Leibe, sondern hatte im Aigimios nur vier, zwei vorn und zwei am Hinterkopf [145], und in der noch älteren Sage, die Pherekydes überliefert, hatte er nur drei (Schol. Eur. Phoen. 1116). Zwar soll dieses dritte Auge am Hinterkopfe gesessen haben, wohin es ihm Hera setzte, als sie ihn zum Wächter über Io bestellte. Indessen ist ein drittes Auge doch immer eine solche Merkwürdigkeit, dass dies Zusammentreffen mit dem Zeus Τρίοψ und den Kyklopen von Argos nicht wohl ein zufälliges sein kann. Auch ist zu berücksichtigen, dass der Riese Argos nur in Verbindung mit der Io-Sage, also als Wächter, erscheint und hierin schon ein starkes Motiv liegen konnte, die nicht mehr verstandene Bildung des Dreiäugigen in der angegebenen Weise zu variiren. Dem Zusammenhang mit der Io, die ursprünglich nur nach Euböa, nicht weiter, flicht [146], entspricht es ja auch, dass die Kyklopen auf Euböa localisirt werden und von dort nach Argos kommen (Schol. Eur. Or. 965 [147]). Ein alter Gott ist also hier zum Ahnherrn des Landes geworden — denn weiter ist doch schliesslich der erd-

---

das runde Auge für die Sonne nahm mit speciellem Hinblick auf eine Norwegische Sage, wo das runde und mehr als tellergrosse Auge stirnäugiger Riesen so hell leuchtet, dass es die Nacht zum Tage macht. Wie sich die zahlreichen, allerdings höchst merkwürdig mit der Polyphemfabel übereinstimmenden Sagen der verschiedensten Völker, die Grimm vergleicht, zur Odyssee verhalten, lasse ich dahingestellt, wenn auch ganz besonders die Norwegische Sage in mancher Beziehung in einem tieferen Sagengrunde zu wurzeln scheint als die des homerischen Epos. Entgangen ist diesem Forscher nur die skythische Sage von den einäugigen, riesenhaften, goldhütenden Arimaspen (Aristeas Fr. 4 Kinkel), die vermuthlich hier die Vermittelung zwischen Europa und Asien bildet, sowie die unter den Aesopischen erhaltene Fabel von dem goldhütenden Riesen Kyklops (oben S. 1, 1).

[145] Ob bei Philod. π. εὐσεβ. p. 43 Gomp. (. . . . . ἐστὶ τέτταρας ἔχων ὀφθαλμούς) Argos gemeint ist?

[146] ‚Hesiod‘ im Aigimios b. Steph. B. v. Ἀβαντίς.

[147] Unter Kuretis ist hier nicht wie sonst Akarnanien oder Kreta, sondern Euboea verstanden, wo ebenfalls Kureten wohnten (Archemachos b. Strab. 465 467 und b. Schol. Hom. B 542; Schol. Eur. Or. 932, 16 in Verbindung mit Et. M. 798, 26 u. Harpocrat. Φοββάντιον; ferner Nonn. 13, 135. 154, Steph. B. Αἴδηψος). Darauf weist schon der Umstand, dass es Abanter sind, denen die Kyklopen dienen, Schol. Or. p. 239, 24. 240, 3 Dind. Vgl.

geborno Argos nichts [148] —, allerdings zu einer autochthonen, gewaltsam (durch Zeus) vertilgten Vorstufe des eigentlichen Heroengeschlechts. Aehnliche Erscheinungen zeigen sich bei Triopas, der zu einem grausamen Fürsten der Perrhäber, also des Ixion-Volkes, geworden ist (Schol. Hom. A 88 Bekk.) und dem auch der sonst von seinem Sohne Erysichthon erzählte Frevel gegen die Gottheit zugeschrieben wird, in welchem Sohne er (S. 42) wie in seinen Tochtersöhnen gradezu zum Rieson wird. An diesen Beispielen zeigt sich auch, dass die Riesengrösse der Kyklopen nicht etwa in den Riesenbauten von Argos ihren Grund hat; denn die Triops-Söhne und -Enkel sind eben schon in Thessalien gewaltige Riesen. Wir können diesen Abschnitt nicht schliessen ohne die Bemerkung, dass nach Pherekydes von Argos Kriasos stammt, den wir früher auf Krios zurückführten, und von Kriasos wiederum der Riese Ereuthalion (Schol. Phoeniss. a. a. O.) [149].

Auf der andern Seite ist mir nicht entgangen, dass Argos auch janusartig, mit zwei nach entgegengesetzter Seite blickenden Köpfen, gedacht wurde [150], und dass sich daraus das Augenpaar, das er am Hinterkopfe getragen haben sollte, unmittelbar erklären lässt. Für unsere Resultate ergiebt dies keinen Unterschied. Man erkennt hier eben, wie an den dreiäugigen Riesen den Reflex des Triops oder Kyklops, so an den doppelköpfigen [151] einen Rest der alten in

auch Schol. Hom. K 439 τεύχεα] ὅπλα· εἰρῆσθαι δὲ αὐτὰ Ἴστρος φησὶ παρὰ τὸ ἐν Τευχίῳ τῷ Εὐβοῖκῷ κατασκευάσθαι πρῶτον ὑπὸ Κυκλώπων. Als Euboea verstehe ich die Kuretis auch bei Nikander (Ant. Lib. 8), wo die betreffende Person gleichfalls aus Thrakien kommt (γένος μὲν Ἀξίου ποταμοῦ), wie im Orestscholion die Kyklopen. Schon Lobeck Agl. 1132 d hat, wie ich sehe, bei dem Euripidesscholion an Euboea gedacht.

[148]) So hängt es wohl auch zusammen, dass Apis, der erste Herrscher von Argos, bei Aeschyl. Suppl. 250 ff. das Land von Ungeheuern säubert und dass der γηγενὴς Argos dasselbe thut (Apollod. II 1, 2, 2 u. 3); ferner dass der Mythus von Apis sowohl, wie der vom τρισφθαλμος an die Uebersiedelung bei Naupaktos anknüpft (s. Aesch. l. c. u. Anmkg. 141).

[149]) Die Ueberlieferung — ob Pherekydes selbst ist zweifelhaft (s. Robert, de Apd. bibl. 51) — unterscheidet hier zwei Figuren des Namens Argos gemäss der bekannten aus chronologischen Rücksichten herzuleitenden Praxis der Genealogen, die für uns keinen Werth hat.

[150]) Bei Kratin in den Πανόπται (Meineke II 1, 102. Kock Fr. 153) κρανιά δισσὰ φορεῖν, ὀφθαλμοὶ δ᾽ οὐκ ἀριθμητοί. Vasenb. Bull. Nap. 1845 tav. IV.

[151]) Es zählt dazu der zuweilen doppelköpfige Boreas (z.B.Berlin, Vase 2186),

Amyklai und dem Janus-Cult nachgewiesenen Naturgottheit. Deren
von Hause aus ungetrennte Allmacht theilte sich früh nach Seiten
der Sonne und des Gewitters, um dann in dem Masse wie die
Göttervorstellungen abstracter wurden und sich die Personen von
ihren Machtäusserungen sonderten, eine Reihe von Potenzen zu hinterlassen, deren grob elementare Natur sich nur schwer in die engen
Formen der Personification fügte und immer riesengross über den
gewöhnlichen Menschheits- und Götter-Typus hinausragte.

Es bliebe nur zu wünschen, dass mit gleicher Bestimmtheit sich
auch in Bezug auf die mit Sternaugen übersäte Gestalt des *Παν-
όπτης* ermessen liesse, wieweit jene allerdings umfassend, univer-
sell gedachte Gottheit jemals den Himmel selbst bedeutete und wie
sich dazu Uranos und die ihm parallelen Titanischen Figuren ver-
hielten.

So zeigt sich denn in greifbarer Wirklichkeit, wie aus alten,
dem Religionsbewusstsein der homerischen Zeit fernliegenden Götterformen sich jene grotesken Abbilder entwickelten, für die uns bis
jetzt nichts fehlt, als ein Name, mit dem man die Riesen generell
bezeichnete, wo man von dem äusserlichen, speciell dem Kyklops
entlehnten Merkmal absah. Mit der Bezeichnung Giganten kann uns
natürlich nicht geholfen sein, wiewohl ein später oder doch schon
abgeschliffener Sprachgebrauch Lykien, die angebliche Kyklopen-
heimath, gelegentlich *Γιγαντία* nennt (Et. M., Hes., Bekk. Anecd. I 232).
Und der Riese Argos Panoptes begegnet nur unter der freilich sehr
dehnbaren, aber auch sehr matten Bezeichnung *γηγενής* [152]. Wenn
irgendwo, sollte man meinen, müsste hier der Name Titan in sein
Recht eintreten. In der That, wenn das Wort *Τιτάν*, wie man
nicht zweifeln kann, von *Τάν* stammt, also in erster Linie nicht
dem Sonnengott, sondern dem Donnerer zukommt, und diese Spaltung der höchsten Gottheit bei den Hellenen nicht überall oder nicht
von jeher existirte, wofür besonders die Korinthischen Verhältnisse
charakteristisch waren, so ist der Folgerung kaum auszuweichen,
dass der alte Ortsname *Τιτάνη* bei Sikyon wie dem Helios so zu-

dessen Cult in den kyklopischen Kreis gehört (S. 108 f.), und jedenfalls
auch der anfänglich nicht drei-, sondern zweileibige Geryoneus, der geflügelte Bewohner des Reiches des Todes und der Sonne, eines der Titanischen Abbilder des alten Helios (vgl. Gigantomachie unter ‚Alkyoneus').

[152]) Akusilaos b. Apollod. II 1, 3, 3. Aesch. Prom. 677, Suppl. 293.

gleich den mit so alterthümlichen Ceremonien dort verehrten Sturm-
göttern oder Kyklopen gehöre, deren Altar und Cult sich im Korinthischen Gebiete erhalten hatte. Wenn also in der Gegend von
Megalopolis und Methydrion so viel von Titanen und Giganten erzählt wurde, so reducirt sich auch das jedenfalls auf die Erinnerung
an die elementaren Götter, die hier einstmals viel genannt und verehrt wurden; ein Causalverhältniss, welches am deutlichsten in Bathos zu Tage tritt. Wieseler, der sich denkt, man habe die Giganten
angebetet, stellt auch hier die Sache umgekehrt dar und sucht hinter
den in Bathos verehrten Dämonen die Giganten, während doch in
Wahrheit erst die entgötterten Kyklopen zu Riesen gestempelt wurden
und, entsprechend der ältesten autochthonen Menschheit in den
Gigantensagen, an Furchtbarkeit und Körpergrösse soviel zunahmen,
als sie an Würde und faktischer Bedeutung verloren. Der Ausdruck
Giganten aber, den Wieseler gebraucht, ist hier überhaupt nicht anwendbar. — Man wird nicht verkennen, eine wie gewichtige Stütze
unsere, übrigens für die Ergebnisse dieses Capitels entbehrliche, Erklärung von Τιτύν in den eben betrachteten Verhältnissen findet. Grade
von Seiten des Zeus und seines Gebietes musste man zunächst Momente zu Gunsten dieser Erklärung erwarten; und wenn für uns der
Ausgangspunct auf der andern, in historischer Zeit an dem Zeus-
namen unbetheiligten Seite lag, so entsprang dieses schiefe Verhältniss den oben erörterten Zufälligkeiten der Cultentwickelung, welche
zwar die der Sonne zugekehrte Seite des Τάν, nicht aber seine
Donner und Blitze vergass und darum dort, wo eine scheinbar ganz
neue Gottheit an die Stelle getreten war, den alten, freilich mehr
und mehr entstellten Namen ertrug, während von dem Donnerer das
lebendige Religionsbewusstsein jene Bezeichnung in dem Maße ab-
stiess, als man damit ein den wirklichen Göttern abgekehrtes, sei es
ein formloses, elementar riesenhaftes, oder veraltetes, überwundenes
Wesen zu charakterisiren sich gewöhnte.

Ein ähnlicher Zufall hat denn auch über dem Hesiodischen
System gewaltet, welches die Kyklopen, da sie doch einmal Οὐράνιοι, Οὐρανίωνες waren, zwar als solche einreiht und als ehemalige
Götter anerkennt, sie aber nicht unter den eigentlichen Titanen,
sondern nur als deren Brüder aufführt, bloss deshalb, weil Hesiod
noch über die Kenntniss ihres speciellen Namens verfügte und weil
er andrerseits durch den homerischen Gebrauch des Titanennamens
befangen war. Hierdurch geräth er aber mit sich selbst in Wider-

spruch, insofern bei dem Kampfe die Kyklopen als Bundesgenossen
des Zeus ihren eigenen Brüdern gegenüberstehen und die Erklärung
des Namens als *ττταίνοντες μέγα ἔργον ῥέξαι* nicht auf die zwölf
göttlichen Gestalten passt, sondern eher auf Wesen von der Art der
urgewaltigen, Felsblöcke thürmenden Kyklopen und ihrer heroischen
Vettern, der Aloaden, berechnet ist, oder das Wesen eines bis zum
Himmel sich emporreckenden Atlas-Tantalos, des Kyklopenvaters,
wiederspiegelt [153]: lauter Erwägungen, die auch für die bald zu besprechenden Hekatoncheiren, die allerschrecklichsten unter diesen Gestalten, gelten. Jene Namenserklärung, die im Zusammenhang der
Theogonie den natürlichen und nicht wohl zu entbehrenden Abschluss
der Uranosgeschichte ausmacht, etwa aus dem Texte zu streichen,
wie man gewollt hat, geht schon darum nicht an, weil sonst die
Hauptfamilie unter allen, die die Theogonie nennt, ganz ohne Namen
bleiben würde, wie ein solcher doch für die Nebengruppe (139)
nicht fehlt [154]. Jedenfalls hat Hesiod den mit ganz anders gearteten
Vorstellungen verknüpften Namen tale qualo den Homerischen Titanen, deren Kreis er nach Kräften vervollständigte, vindiciren zu
müssen geglaubt und hat so den Gattungsnamen, für den es ihm
dort ersichtlich an Personal fehlte, denjenigen Wesen entzogen, denen
er eigentlich zukam. Es zeigt sich hier jener embarras de richesse
an Ueberlieferungen, der die Theogonie auch sonst auszeichnet. —
Inwieweit Homer selbst an diesem Irrthum betheiligt sei, lässt sich
hier noch nicht ganz ermessen, da er sich die Titanennamen, die
Hera im Eide alle mitsammt der Styx aussprechen muss, offenbar
schrecklich genug denkt und mit dem Tartaros entsprechende Vorstellungen verbindet, und da er nur die Spitzen dieser früheren
Götterwelt mit mehr göttlichen Gestalten besetzt. Es ist schwer-

---

[153]) Auf die bei den Iapetiden geschilderten Sonnenhelden würde
diese Charakteristik minder passen, da es nicht bei dem blossen Versuch
bleibt.

[154]) Aehnlicher Abschluss v. 263. 452. 613. Die Entfernung des *τοὺς δὲ* von
denen, auf die es sich bezieht, ist verhältnissmässig nicht grösser als die
des *ἣ δ'* v. 295 von der Keto 270. Im letzten Falle stehen die Geschichten
von den Gorgonen und Perseus, sowie von Geryoneus und Herakles dazwischen, während in unserm Falle nur die Folgen der Kronos-That in
kaum 20 zum Theil verdächtigten Versen eingeschoben sind und bis dahin
immerfort von derselben Schaar (*παῖσι* 162, *παῖδες* 164, *τοὺς δ'* 167) die
Rede war.

lich blosser Zufall, dass die Ilias nur die Titanen, die Odyssee dagegen nur die Kyklopen und Lästrygonen, und daneben die Gigantenvölker kennt. Jene noch als alte Götter empfundenen Titanen waren eben ursprünglich selbst von der Art der Kyklopen, und nur zugleich mit der speculativen Idee von den Zeus-Eltern, von einer wirklichen Götter-Vorwelt, zu einem unklaren Gemisch verquickt; in der Odyssee dagegen kommen die echten Bestandtheile des Mythus selbständig zum Vorschein, wenngleich in verjüngter Form — denn der Uebergang von Titanen in Giganten hat auch hier stattgefunden [155]. Und zwar hat es mit dieser, noch näher zu begründenden Auffassung so sehr seine Richtigkeit, dass wie für die Kyklopen der Odyssee die alten Donner- und Blitzgötter, so für die Lästrygonen die Hekatoncheiren sich als Titanische Urbilder nachweisen lassen; nur müsste, damit die Rechnung vollkommen aufginge, nicht der Hekatoncheir Briareos in *A* erwähnt sein, allerdings in einer Episode, die Welcker treffend als einen Nachklang der Titanomachie bezeichnet [156].

VI. Hekatoncheiren.

Ungefähr das entgegengesetzte Element wie die Kyklopen stellen die Hekatoncheiren dar; jenes sind Blitzgötter, dieses Dämonen der Tiefe, zunächst des Wassers. Thetis ist es, die in der Ilias *A* 404 den Briareos-Aigaion, den Hekatoncheiren herbeiruft, um den Zeus vor Poseidon und den beiden andern Göttern, die ihn bedrohen, zu schützen; wenn es daher heisst ὅ γάρ αὖτε βίῃ οὗ πατρὸς ἀμείνων, so kann mit dem Vater, wie auch Aristarch verstand, nur Poseidon gemeint sein, nicht etwa Uranos, den Welcker hier aus dem Titanenmythus hereinspielen lässt. Ganz ähnlich entscheidet Briareos den Streit zwischen Poseidon und dem altkorinthischen Zeus, dem Helios (Paus. II 1, 6. 4, 7). Poseidons Gegner war Briareos in der Heraklee des Konon oder Kinaithon (s. Schol. Apoll. Rh. I 1165); als Schwiegersohn des Meergottes, der ihm seine Tochter Kyampoleia giebt, be-

---

[155]) Man hat beiläufig darauf aufmerksam gemacht, dass sowohl Perseus, der Kyklopenführer (Pherekyd. b. Schol. Ap. Rh. IV 1091 p. 516, 8. 12) als der homerische Gigantenkönig den Namen Eurymedon führen (Ap. Rh. IV 1514. Euphorion b. Etym. M. 687, 35; vgl. Hesych s. v.).

[156]) Man beachte besonders, dass Briareos in der Tiefe gefesselt ist.

trachtet ihn eine spätere Partie der Theogonie 817, wie ihn Eumelos
als den im Meere hausenden Sohn des Pontos und Ion als Sohn der
Thalassa kannte, während Andre von einem Meerungeheuer fabelten
(Schol. Ap. Rh.). Es ist wohl allgemein anerkannt, dass *Alyaíων*
nur ein Name des Poseidon selbst ist [157] und der Riese mithin nur
eine vergröberte Hypostase desselben darstellt. In Euböa hat noch
Briareos selbst, d. h. Poseidon unter diesem Namen, an mehreren
Stätten einen berühmten Cultus (Solin 11); auch die Legenden, die
von ihm erzählt werden, gehen von Euböa aus [158] und zeigen ihn
meist als Beherrscher des Aegäischen Meeres; dabei brachte der sich
erweiternde Gesichtskreis der Griechen es mit sich, dass seine Herrschaft über das Mittelländische Meer überhaupt ausgedehnt wurde,
so dass ein Dichter von der sonst als Heraklessäulen bezeichneten
Westgrenze des Meeres sagte:

    ⟨Ινα?...⟩
    στῆλαί τ' Αἰγαίωνος ἁλὸς μεδίοντι Γίγαντος [159].

Dass grade die Persönlichkeit des Poseidon, der ja den meisten
Riesen, wo sie nicht Erdgeborne sind, zum Vater gegeben wird,
einer solchen Entstellung ins Riesenhafte besonders günstig war,
leuchtet ohne Weiteres ein. Aber auch die zahllosen Arme des
Briareos erweisen sich bei geringem Nachdenken als Ausflüsse derselben Idee, als ursprünglich dem Gotte selbst, dem *Cycladas Aegaeoni amplexo* (Stat. Theb. V 288) gehörig; sie wollen nichts anderes
sein, als ein Bild der zahllosen Meeresarme, die sich um und zwischen
das griechische Inselreich spannen und sich in das hundertfach aus-
gebuchtete Festland hineinstrecken [160]; wie ja im weiteren Sinne

---

[157] Eur. Alk. 595. Kallim. Fr. 103. Lykophr. 135 Schol. Stat. Theb.
V 56. 88. 288.

[158] Archemachos b. Plin. N. H. VII 207. Arrian b. Eust. Il. 123, 35.
Steph. B. Καρύστος, Vgl. Schol. Apoll. Rh. I 1165 p. 374, 17.

[159] Schol. Pind. N. III 38. Kinkel Ep. fr. p. 7, 1. —, Vulgo erat στῆλαι τὴν Α.
*Ceterum quid μεδίοντι sit, nescio; an scribendum μεδίουσι, imperant, moderantur,
terminum ponunt?* Boeckh kam hiermit dem Richtigen jedenfalls nah; viel-
leicht ist μεδίοντι beizubehalten und das Ganze Pindarisch. Dass Briareos-
Säulen der ältere Name sei, wusste Aristoteles b. Ael. V. H. 5, 3 und
Euphorion, Fr. 160. Vgl. Parthenios Fr. 25 und Tzetz. Exeg. Il. p. 23.
Die gleichfalls vorkommende Benennung nach Kronos (Schol. Dion. Pe-
rieg. 64) stützte sich entweder hierauf, indem sie wie die Bithynische Sage
(S. 40) statt des Briareos den Haupttitanen setzte, oder sie ging von dem
im Westen belegenen Kronos-Meer aus (S. 51, 3). Vgl. a. S. 129, 177.

[160] Die fünfzig Köpfe, die Hesiod den Hekatoncheiren giebt und die

Poseidon selbst der Erdumschlinger (γαιήοχος) ist. Möglich, dass dieser Sinn noch an einer der ältesten Stellen der Briareos-Sage durchblickt, nämlich an dem ἠρίον Αἰγαίωνος (Apoll. Rh. I 1165) [161] an der Rhyndakos-Mündung, wo die von dem Hügel herabfliessenden Bäche die Hände des Briareos genannt wurden, und dass nur die Angabe, es seien hundert gewesen, eine dem Hekatoncheiren zu Liebe gemachte Uebertreibung enthält (Arrian b. Eust. Il. 123, 35). — Auf denselben Ursprung deutet der Hekatoncheir Gyes, oder wie er mit epenthetischem γ heisst, Γύγης. Denn die Vervielfältigung, die Hesiod hier wie mit den Kyklopen vorgenommen, hat für uns wenigstens das Gute, mehrere gleichberechtigte Namen für dieselbe Figur ans Licht zu bringen, wofür es kaum nöthig ist, sich auf Schol. Ap. Rh. I 1165 Βριάρεως δὲ καὶ Αἰγαίων καὶ Γῆς ὁ αὐτὸς λέγεται συνωνύμως zu berufen. Ueber Κόττος, den man gewöhnlich durch Aeolismus von κόπτω herleitet, wage ich nicht zu urtheilen. Dass aber der Name des Gyges des Vielgliedrigen, auf den Lydien von Hause aus so wenig Anspruch hat wie Mysien auf den Briareos [162], nicht sowohl aus dem Hekatoncheirentypus hergeleitet als eine ebenbürtige Bezeichnung des vielgetheilten Elements und seines Dämons sei, ohne dass auch nur grade an die Arme (χεῖρες) zu denken wäre, dafür bürgen verschiedene Umstände. Ich verweise auf Ogyges, einen Namen, der zwar mit Ὠκέανος und Ὤγηνος nicht anders als höchst gezwungen in Verbindung gebracht wird, aber von dem feuchten Elemente allerdings unzertrennlich ist. Das lange ω kann in diesem Wort so wenig für stammhaft gelten wie etwa in Ὠρείθυια oder in Ὤανις; die Dehnung war im Rhythmus des Epos, welches meist die Adjectivform (Ὠγυγίη) gebrauchte [163], zu unvermeidlich, um irgend welche

---

in dem Namen dieser Wesen nicht begründet sind, brauchen nicht nothwendig eine charakteristische Bedeutung zu haben, da diese Unzahl Köpfe bei vielen Wesen elementarer Natur vorkommt, bei Typhoeus, der Echidna, der Lernäischen Hydra, bei Skylla und Kerberos. Manche gaben ihm 50 Leiber, Plut. amic. mult. 6 ὥσπερ οὖν ὁ Βριάρεως ἑκατὸν χειρσὶν εἰς πεντήκοντα φορῶν γαστέρας οὐδὲν ἡμῶν πλέον εἶχε κτλ. vgl. Virg. A. X 565, S. 127.

[161] Wieviel von der Sage schon Bakchylides, wieviel Kallimachos erzählt hatte, wird aus den Scholien nicht deutlich. — Man beachte auch, dass die in jenen Gegenden wurzelnde Amazonensage der Königin Hippolyte bald den Poseidon, bald den Briareos zum Vater giebt (S. 62).

[162] Αἰγαίωνός τινος ἥρωος Μυσοῦ τάφος, Schol. Ap. Rh. I 1165.

[163] Vgl. Wilamowitz Hom. Unters. 16.

Gewähr für ihre Echtheit zu bieten. Andrerseits dünkt es mich aber evident, dass Ὠ-γύγης gebildet ist wie Ὠ-βριάρεως (Hes. Theog. 617. 734), Ὠ-βριμος, Ὠ-ιλεύς, Ὠ-ξύλος, Ὠ-αξος u. v. a. Denn bezeichnend genug hat sich neben dem mythischen Begriff Ogygisch (d. i. uralt, vorweltlich) die Glosse Γυγαί = Πάπποι (Hes.) erhalten. Wenn wir zudem hören ὁ πάππος ἢ τήθης πατήρ, πρόπαππος, τάχα δὲ τοῖον <ἂν> εἴποις Τριτοπάτορα, ὡς Ἀριστοτέλης (Poll. III 7), so ist es wohl am Orte, sich der attischen Tritopatoros zu erinnern, als welche von Philochoros und Demon die Söhne von Uranos und Ge, nämlich die Sturmdämonen, d. i. wie eine Quelle hinzusetzt, Kottos, Briareos, Gyges, genannt werden (Lob. Agl. 754). Dass die letzte Angabe in der Hauptsache zutrifft, mögen auch in Attika nicht alle drei Hesiodischen, dafür aber noch andre Namen genannt worden sein, wird sich in anderem Zusammenhang sogleich ergeben. Dem Ogyges aber, auf den es hier einzig ankommt, einen ehemals göttlichen Rang zuzutheilen und ihn mit Gyes, als einer Poseidonhypostase, gleichzustellen, ermuthigt uns auch die Notiz des Schol. Hes. Theog. 806 ἀπὸ Ὠγύγου, βασιλεύσαντος πρῶτον τῶν θεῶν [164].

Ich begnüge mich, auf den Poseidonischen Ursprung der Hekatoncheiren hingewiesen zu haben, und gebe nun zu einem andern, schwierigeren Puncte über.

Dass Hekatoncheiren und Kyklopen grundverschiedene, ja entgegengesetzte Wesen seien, zu dieser Meinung wird man jedenfalls geführt. Aber so befremdlich es klingt, die Unterscheidung lässt sich für die älteste Zeit absolut nicht durchführen. Solin 11, 16 berichtet von der Insel Euböa: *Titanas in ea antiquissime regnasse ostendunt ritus religionum: Briareo enim rem divinam Carystii* [165] *faciunt, sicut Aegaeoni Chalcidenses: nam omnis ferme Euboea Titanum fuit regnum.* Ebenso ist bei Hesych Εὐβõα Τιτανίς ge-

---

[164]) Ich glaube nicht, dass die Nachricht etwa auf eine Stufe zu stellen sei mit der naturphilosophischen Vorstellung von Okeanos dem Ursprung aller Dinge (oben S. 53) oder gar mit ganz späten Erfindungen wie Ophion, der vor Kronos und Uranos geherrscht haben soll. Eher würde ich die Angabe des Musaios (Paus. X 5, 3 vgl. 24, 4) vergleichen, dass vor Apollo Poseidon das delphische Orakel inne gehabt haben soll. Vgl. S. 72, 48.

[165]) Vgl. Schol. Ap. Rh. I 1165, wo der Name des Aegäischen Meeres richtig mit Αἰγαίων in Verbindung gebracht wird: οἱ δὲ ἀπὸ τῆς Καρυστίας τῆς Αἰγαίης ὀνομαζομένης.

nannt mit ausdrücklicher Beziehung auf Briareos. Wer die geschicht-
liche Entwickelung der Mythen im Sinne hat, wird sich zunächst
der Auffassung zuneigen, dass hier Briareos nach späterer Weise als
Gigant betrachtet sei und demnach nur das wohlbekannte Schwanken
des Sprachgebrauchs vorliege. Indessen müssen wir uns hier wohl
an den gegebenen Ausdruck halten. Wenn Nonnus 48, 245 von dem
Τιτὴν πρεςβυγενὴς Αἰλαντος spricht, so würde die Unterschiebung
des Wortes *Γίγας* doch wenig passendes haben für den ehrwürdigen
Stammvater von Chalkis und Eretria. Und wer weiss, ob nicht die
Notiz des Steph. B., wo des Eretrius Vater Phaethon als *εἰς τῶν
Τιτάνων* figurirt, so gut die Bezeichnung auf Phaethon persönlich
passt, doch die Titanen allgemein als Stammväter Euböas voraussetzt.
Diese Momente führen auf die Erwägung, ob nicht des Istros Nach-
richt von den Kyklopen in Euböa (S. 115, 147) mit den Ueberlieferungen
von Briareos und den dortigen Titanen auf Eins hinauslaufen mag,
zumal sowohl die erstere wie die Notiz des Solin unmittelbar an
Erz- und Waffenbereitung anknüpft und diese Verbindung, die bei
den schmiedenden Kyklopen gerechtfertigt ist, in der Form, wie sie
Solin giebt, unerklärlich bleibt [166]. Kommt doch Briareos-Aigaion
selbst mehrfach als Kyklop vor: einmal direct bezeugt bei Demetrios
Kallatianos (Schol. Theokr. 1,65), der über Erdbeben schrieb (Strab.60),
und werthvoller wenn auch indirect in dem attischen Mythus von
den Hyakinthostöchtern, die auf dem Grabe des ‚Kyklopen Geraistos'
geopfert wurden (Apollod. III 15, 8, 3). Jene Mädchen sind Bilder
der Vegetation, die dem rauhen Winter zum Opfer fällt, gleichwie
im spartanischen Mythus, der bei Apollodor ungeschickter Weise mit
hereingezogen ist, Hyakinthos von dem Boreas getödtet wird (Serv.
Virg. Ecl. III 63) [167]. Dass aber das Euböische Geraistos mit seinem
berühmten Poseidoncult den Namen hergegeben hat für eine Hypostase des Poseidon, der für den Urheber des Winters und der Kälte
gilt [168], und dass diese Hypostase in Euböa kein anderer ist als der
Aigaion der Chalkidier, der Briareos der Karystier — *οἱ δὲ μυθικοὶ
Βριάρεω τὸν χειμῶνα καλοῦσι* (Joh. Lyd. d. mens. IV p. 58 S. 53

---

[166]) Bei Solin = Plin. IV 64 wird ein Culidemus oder Callidemus citirt,
das ist höchst wahrscheinlich Clidemus (Müller Fr. H. G. IV 352).

[167]) Wenn als Thäter Zephyros figurirt (Paus. III 19, 4), wird der Sinn
für uns nicht so klar. Vgl. jedoch über die Natur des Zephyros Theophr.
d. vent. 38.

[168]) s. Preller G. M. ¹ I 476, 3.

Bekk.) —, dies, denke ich, liegt auf der Hand, wie ja als die in
Attika verehrten Sturmdämonen uns wirklich die Hekatoncheiren ge-
nannt wurden. Treffen diese Beobachtungen zu, so würde es auch
mehr als blosser Zufall sein müssen, dass in Korinth sowohl der
Cult der Kyklopen sich erhalten hat als auch die Erinnerung an
Briareos dort in der Sage fortlebte (S. 120 f.).

Jedoch giebt es weit tiefere und engere Verbindungen zwischen
den beiden Dämonengruppen. Bekanntlich pflegen die Kyklopen
nebenbei als χειρογάστορες oder γαστρόχειρες bezeichnet zu werden [169].
Insofern dieses Wort grade bei den mauerbauenden Kyklopen auftritt, kann man versucht sein, die Auffassung der Alten zu adop-
tiren, welche darunter Werkleute verstanden, die ‚von der Hand in
den Mund‘ leben (Hesych, Strab., Bekk. An. 230, 13). Allein abgesehen
davon, dass Hekataios, der Erste, bei dem sich das Wort in diesem
Sinne nachweisen lässt (Poll. I 50, vgl. VII 7), von dem Verdacht
rationalistischer Umdeutung nicht frei ist, müsste man sich wundern,
einem solchen Appellativ nur grade in mythischer Verbindung zu
begegnen. Welcher Art die χειρογάστορες in der gleichnamigen
Komödie des Nikophon (Meineke II 2,852, Kock I 718) waren, wissen wir
nicht; aber aus der Anspielung seines Zeitgenossen Aristophanes,
der (Vög. 1696) nach dem Muster der Ἐγχειρογάστορες (Schol.) das
fabelhafte Volk der ἐγγλωτογάστορες fingirt, muss man auf die Kyklopen schliessen.

Offenbar hatte das Wort ursprünglich einen mythischen Sinn [170],
der früh verdunkelt wurde, und es ist ganz natürlich, dass, nachdem
die nahe liegende falsche Interpretation einmal eingedrungen war,
ernsthafte Schriftsteller dabei weder an die Kyklopen der Odyssee,
noch an die Hesiodischen Blitzdämonen, sondern einzig an die mauerbauenden Riesen denken konnten. Zum Beweise diene, dass die
einzige alte, nicht abgeleitete Quelle, die das Wort sonst noch kennt,
eine ziemlich entlegene, wiederum durchaus auf mythische Verhältnisse Bezug nimmt; sie ist überhaupt dazu angethan, den Sachverhalt aufzuklären. Es ist dies die Sage von den Riesen, die bei Kyzikos gehaust haben sollen.

Ich schicke voraus, dass deren hohes Alter durch die mit ihr

---

[169] Strab. 372 Κυκλώπων, — καλεῖσθαι δὲ γαστρόχειρες. Schol. Eur. Or.
965 Κύκλωπες δὲ οἱ ἐγχειρογάστορες. Schol. Aristid. p. 408, 25 Dindf Κύκλωπες οἱ καλούμενοι χειρογάστορες (nach Hellanikos? s. S. 110).

[170] Ich sehe, dass auch Preller G. M.² I 514 denselben geahnt hat.

identische Lästrygonenfabel verbürgt wird. Dass als deren Oertlichkeit ursprünglich Kyzikos gedacht war, ergiebt sich nicht nur, wie
Kirchhoff zeigt, aus der Erwähnung der Quelle Astakia (κ 107), die
man auch ohne des Alkaios ausdrückliches Zeugniss (Schol. Ap. Rh.
I 957) bei Artake suchen würde, sondern noch aus einem andern
charakteristischen Umstand, den Klausen [171] bemerkt hat. Die
Odyssee beschreibt genau den λιμένα κλυτόν der Laistrygonenstadt
mit seinen hohen, parallel laufenden Dämmen, in welche die Schiffe
des Odysseus einlaufen. Dass hier eine bestimmte Oertlichkeit vor-
schwebte, zumal Hafenbaukunst nicht die Sache von Menschenfressern
zu sein pflegt, ist ebenso klar wie dies, dass es sich eben um den
ausgezeichneten, sagenberühmten Hafen von Kyzikos handelt [172]. Der
Bau der dortigen Molen wird nämlich bald den dort einst hausenden
Γηγενεῖς zugeschrieben, so in der Argonautensage, wie sie Apollonius I 987 wiedergiebt, bald sollen die Erbauer thessalische ἐγχειρογάστορες gewesen sein, dies nach Deilochos, einem dortigen Local-
schriftsteller aus der Zeit der Perserkriege. Der mythische Charakter
des fraglichen Wortes bewährt sich auch hier; es verbinden sich die
beiden Traditionen ganz ungezwungen. Apollonius schildert nämlich
jene Riesen als Ungeheuer mit sechs Armen am Leibe, ein überaus
phantastischer Zug, dergleichen zu erfinden seiner Zeit natürlich fern
lag. Hierzu kommt, um das Band noch enger zu knüpfen, dass
grade in der dortigen Gegend die Sage von Briareos von Alters her
zu Hause ist, wie zahlreiche Ueberlieferungen (Ap. Rh. I 1165 Schol.)
bekunden, darunter eine vortreffliche, welche an Euböa selbst, die
älteste Briareos-Stätte, anknüpft. Andere Reste der Briareos-Sage
aus demselben Bereich — es handelt sich um das Gebiet der Rhyndakos-Mündung — wurden früher erwähnt (S. 40). In etwas verschiedener Weise klang der Mythus von dem elementaren, erderschütternden Dämon nach in der Erzählung, die Agathokles Περὶ
Κυζίκου (Steph. B. v. Βέσβικος) bewahrte. Danach wollten die Riesen
die Rhyndakos-Mündung mit Felsen verstopfen, wurden aber durch
Persephone, die Stadtgöttin von Kyzikos, mit Hülfe des Herakles

---

[171] Die Abenteuer des Odysseus aus Hesiod erklärt, S. 24 ff.
[172] Wenn man einen Ort in der Krim, Balaklawa, herausgefunden
haben will, auf den die Homerische Schilderung passen soll (s. Müllenhoff
Deutsche Alterthumsk. I 8), so mag das ja zutreffend sein, hat aber gegenüber dem so viel näher liegenden Kyzikos, an welches Müllenhoff nicht
dachte, keine Bedeutung.

niedergemacht, während aus den Felsblöcken Inseln wurden; eine
Geschichte, die auf das Wesen der dortigen Riesen ein charakteristisches Schlaglicht wirft, insofern sie an die Insel Besbikos anknüpft, welche durch Erdbeben vom Festlande losgerissen war
(Plin. II 204).

Es ergiebt sich aus all dem, dass χειρογάστορες, der mythische
Beiname der Kyklopen, wörtlich zu nehmen ist und dass diese Dämonen nicht immer, nicht von jeher, kann man sagen, von den Hekatoncheiren unterschieden wurden. Was es mit solcher Gestalt auf
sich habe, lässt sich aus dem Wesen der Kyklopen nicht erklären.
Zu Donner, Blitz und Stürmen hat sie keinerlei erdenkbare Beziehung, und zu den argolischen Riesenbauten bedurfte es höchstens
der immensen Grösse und Stärke, aber nicht der vielen Arme am
Leibe des Einzelnen. Vollkommen klar und sinnvoll dagegen waren
die vielen Arme des Meerdämons Aigaion; und wenn bei den gleichgestalteten Riesen der Argonautensage die Zahl der Arme auf sechs
reducirt ist, so würde sich das aus dem Briareostypus sehr wohl erklären, insofern bei einer grösseren Zahl solcher Figuren die Menge
der Glieder ins Grenzenlose ginge und der Phantasie zu viel zumuthen würde. Ein derartiges Schwanken bei so grotesken Vorstellungen bedarf keiner Entschuldigung; beschränken sich doch die
Vasenmaler aus naheliegenden Gründen darauf, der Lernäischen
Hydra nur etwa ein halbes Dutzend Köpfe zu geben, während
anderseits z. B. der Kerberos nach Hekataios hundert Köpfe hatte.

Nun erst versteht man, wie bei Virgil Aen. X 565 in den
Versen:

> Aegaeon qualis, centum cui brachia dicunt
> centenasque manus, quinquaginta oribus ignem
> pectoribusque arsisse

der Meerdämon feuerhauchend gedacht werden konnte, ein sonst
nicht überlieferter Zug, den ohne die äusserste Geschmack- und
Sinnlosigkeit Niemand erdichten, sondern nur eine sehr alte Quelle
überliefern konnte, wahrscheinlich, worauf bestimmte literarische
Anhaltspuncte führen [173], Eumelos selbst, der in Korinth der Berührung des Briareos mit den Kyklopen wie Keiner nahe stand.

Welchen Boden diese Sagen speciell in Milet finden, von wo

---

[173] S. ‚Gigantomachie,‘ III 6.

aus Kyzikos gegründet war [174], untersuche ich nicht. Doch ist so
viel einleuchtend, dass ionische Dichtung diese ihr von Hause
aus vertrauten Gestalten, gleichwie es mit der Drachensaat geschah,
dorthin versetzt hat, wo für sie lange Zeit unbekannter und halb
fabelhafter Boden gewesen war und die Besiedelung selbst vielleicht
nicht ohne Gefahren und Kämpfe von Statten ging. Mit den dortigen Riesen ging es wie mit den Koischen, zu Giganten gewordenen
Autochthonen. Wie — nach Art des auch in Zeleia gebietenden
Lykierfürsten Pandareos (S. 43, 57) — Merops, der Eponym der
Koischen γηγενείς zum Herrscher von Perkote — dies schon bei
Homer — und dem ganzen Rhyndakosgebiete wird [175], wie der spätere
Gigant von Kos, Polybotes, in der Troas wiederkehrt (S. 43), so sehen
wir die kyklopischen χειρογάστορες, welche die Sage von Lykien
aus nach Hellas kommen lässt, plötzlich in Kyzikos wieder auf-
tauchen und zwar in ihrer ältesten Gestalt.

Je mehr sich aber diese Gestalten um die dorische Hexapolis
concentriren, um so dringender wird unser Blick von hier aus, dem
Triopischen Gebiet, nach Argos zurückgelenkt zu dem Zeus Τρίοψ,
dem Urbilde der Kyklopen. Dieser Zusammenhang kommt noch in
Kyzikos durchaus zur Geltung: Triopas soll dorthin, nach dem so-
genannten Klein-Lykien gekommen sein und Zeleia gegründet haben
(Schol. Hom. A 88 Bekk.); nur wird bei dieser Wanderung direct
auf Thessalien zurückgegriffen; Triopas ist dort ein grausamer
Perrhaiberfürst, wie bei Deilochos die dortigen ἐγχειρογάστορες
Thessalier waren.

So laufen alle Fäden ungezwungen zusammen und führen von
Titanischen, in Riesengestalt verkörperten Naturkräften unmittelbar
auf Zeus zurück, und ihre Spaltung in Kyklopen und Hekatoncheiren folgte nur den Bahnen des Götterglaubens, der von dem
Zeus des Himmels einen Zeus ἐνάλιος, den Poseidon, lostrennte.
Es kann daher als ein Schlusspunct dieser Untersuchung gelten,
wenn in dem Karischen Mylasa, und zwar nur dort, der Cult der

---

[174] Die Zeitangabe schwankt bekanntlich zwischen Ol. 7 und Ol. 24.
Die Meisten werden wohl mit Niese Entwickl. d. Hom. Poesie 223, 1 das
ältere Datum für das richtige halten.
[175] Deilochos b. Schol. Ap. Rh. I 976. Konon 11. Parthen. 26. Val.
Flacc. III 10.

Triopstochter, der Aloadenmutter Iphimode (Paus. X 28, 4) und ebenfalls nur dort ein $Z\eta\nu o\pi o\sigma\varepsilon\iota\delta\tilde\omega\nu$ angetroffen wird [176].

VII. Titanomachie. — Schluss.

Wenden wir uns zur Theogonie zurück, so finden wir dort die drei Hekatoncheiren vor dem Kampfe in der Tiefe eingesperrt und, nachdem sie im Kampfe ihre Schuldigkeit gethan, wiederum in der Tiefe, an den Pforten des Tartarus hausend, angeblich als Wächter der Titanen [177]. In der Schlacht selbst sind sie mit Felsen bewaffnet und schleudern mit jedem Wurfe dreihundert solcher Geschosse. Kein Zweifel, dass mit diesen Dämonen, deren Wesen und selbst deren Namen der Dichter nicht schrecklich genug beschreiben kann (148) [178], unterirdische zerstörende Naturkräfte gemeint sind, wie sie das immer von Erdbeben heimgesuchte Griechenland genugsam kannte und fürchtete. Die sehr alte Charakteristik des Briareos, die bei Virgil und in der Rhyndakossage vorliegt, weist darauf deutlich genug hin. Um so wunderbarer ist es, diese Ungeheuer nicht unter den Gegnern des Zeus, dessen Weltordnung sie erschüttern, sondern auf seiner Seite zu finden. Nach langjährigem Kampfe, so dichtet Hesiod, ruft Zeus diese schrecklichen Gestalten aus der Tiefe herbei, indem er sie durch Nektar und Versprechungen gewinnt, und sie entscheiden nunmehr die Schlacht. Damit ist das natürliche Verhältniss, in welchem Zeus zu jenen Mächten steht, auf den Kopf gestellt. Es besteht nun einmal eine gewisse Kluft zwischen der Herrschaft des Zeus und der Erde nebst ihren Ausgeburten; dieser Conflict tritt zu Tage, wenn Zeus mit dem Typhoeus kämpft, $\delta\tau a\nu$ $\dot\alpha\mu\varphi\dot\iota$ $T\nu\varphi\omega\dot\varepsilon\iota$ $\gamma a\tilde\iota a\nu$ $\dot\iota\mu\dot\alpha\sigma\sigma\eta$ (Hom. B 781), und in verdunkelter Weise, wenn Zeus mit Hera streitet, welche letztere bei Stesichoros (Fr. 60) den Typhoeus gebar, welche abwechselnd mit der Ge (S. 109, 133) als Mutter des vaterlosen Hephaist (Hesiod Theog. 927) genannt wird

---

[176]) Dass dieser erst aus einer Karischen Gottheit abgeleitet sei (Preller [2] I 475, 1), ist keineswegs erwiesen.

[177]) Eine Nachbildung dieses Zuges bei Plut. or. def. 18: $\dot\varepsilon\sigma\tau\iota$ $\mu\dot\varepsilon\nu\tau o\iota$ (in Britannien) $\mu\dot\iota a\nu$ $\varepsilon\tilde\iota\nu a\iota$ $\nu\tilde\eta\sigma o\nu$, $\dot\varepsilon\nu$ $\dot\eta$ $\tau\dot o\nu$ $K\rho\dot o\nu o\nu$ $\kappa a\tau\varepsilon\dot\iota\rho\chi\vartheta a\iota$ $\varphi\rho o\nu\rho o\dot\nu\mu\varepsilon\nu o\nu$ $\dot\nu\pi\dot o$ $\tau o\tilde\nu$ $B\rho\iota\dot\alpha\rho\varepsilon\omega$ $\kappa\tau\lambda.$

[178]) Die Beschreibung stimmt zum Theil wörtlich überein mit der des dritten, gigantischen Geschlechts in den $"E\rho\gamma a.$

und nach der etwas apokryphen Hygin-Fabel 150 sogar die Titanen
gegen den Zeus aufgereizt hätte. Es will nicht einleuchten, dass jene
Gestalten, deren Element die Erdtiefen sind, in welche sie immer
wieder zurückgeschickt werden, vom Olymp aus kämpfen; solche
Kräfte kann eine naturgemässe Vorstellungsweise nur gegen den
Olymp gerichtet denken. So haben, jedenfalls nach älterem Vor-
bilde, die römischen Dichter das Verhältniss aufgefasst. *Centum
quisque parabat | inicere bracchia coelo*, sagt Ovid (Met. I 182), der
daneben den Meerdämon recht wohl kennt (II 10) [179], von den Giganten (vgl. Am. III 12, 27. Fast. V 35), *fidens inventas horrida
bracchiis* sagt in gleicher Hinsicht Horaz C. III 4, 50, und Nonnus
25, 93. 48, 46. 45, 180 stimmt damit überein [180]. Vor Allem wird
diese Auffassung durch die in diesem Punct doch wohl massgebende
altkorinthische Sage empfohlen, in deren Epos Briareos wirklich aus
seiner Meereswohnung hervorkam und auf Seiten der Titanen
kämpfte. Hesiod dichtet hier eben nur dem Homer nach, bei dem
Λ 401 Briareos dem Zeus zu Hülfe kommt [181]; auch dort ist die
Verbindung eine unnatürliche und durchaus vorübergehende, und das
wahre Verhältniss tritt klar zu Tage, wenn wir hören, dass der Riese
in die untersten Tiefen gebannt ist und erst von seinen Fesseln befreit werden muss. Das würde einen Titanenkampf voraussetzen
nicht wie ihn Hesiod sondern wie ihn Eumelos dichtete.

Ich muss dabei stehen bleiben, dass die Verwendung dieser infernalischen, zerstörenden Gewalten als Bundesgenossen des Zeus
schon ein zweiter Schritt ist, dem die feindliche Gegenüberstellung
beider vorausgegangen sein muss, wenn die Mythenentwickelung
nicht einen — in so alter Zeit unwahrscheinlichen — Sprung
gemacht haben soll. Eine solche Gegenüberstellung würde ungleich mehr natürliches, mythologisches Leben haben (um von der
grösseren poetischen Wirkung nicht zu reden), als der Kampf mit
den schattenhaften Titanen, welche keine Individualität haben, und

---

[179]) Eine dritte Auffassung nach einer ganz bestimmten Quelle, die
aber den Briareos auch gegen die Götter kämpfen lässt, liegt Fast. III
805 vor.

[180]) Vgl. Senec. Herc. Oet. 167. Ovid Fast. IV 593; Claudian bell.
Get. 62.

[181]) Agatharchides b. Phot. Bibl. p. 414, 35 Bekk. hat diesen Homerischen Mythus im Sinne, nur spielt in den Worten καὶ τῆς — φυλακῆς die
Erinnerung an Hesiod Theog. 735 herein.

über deren Waffen und Kampfesart wir nichts erfahren; wie denn
sehr bezeichnender Weise die Kampfbeschreibung erst mit der Theilnahme der Hekatoncheiren beginnt. Dass die ganze Titanomachie
etwa bloss aus der oberflächlichen Erwähnung des Kampfes bei
Homer hergeleitet sei, ist um so unwahrscheinlicher [162], als sich die
Briareos-Episode als ein Nachklang der Titanomachie, die Theomachie
(Y 4—74) sogar als eine directe und zwar schwache Nachahmung
derselben deutlich genug zu erkennen giebt.

Von der Schlachtbeschreibung selbst sagt Welcker: „Leicht
unterscheidet man die einfachen Bestandtheile einer roheren Sage,
die Blitze, die Steinwürfe, das Schlachtgeschrei" u. s. w. Auch
sonst fehlt es nicht an Spuren eines alten Naturmythus von dem
Conflict der Himmelsgötter, ich muss wohl sagen des Zeus, mit den
Ausgeburten der Erde, der von Mythen wie dem Typhoeuskampfe, der
sich in der Natur immer erneuert, sich allem Anschein nach dadurch
unterschied, dass er eine einmalige grosse Naturkatastrophe zur
Grundlage hatte. Als eine solche Spur ist unbedingt der grossartige
Aloadenmythus der Odyssee zu betrachten. Mögen auch Otos und
Ephialtes, von denen wenigstens Ephialtes, der bedeutendere, eine
uralte Riesenfigur ist, ihre Entwickelung scheinbar mehr nach der
heroischen Seite genommen haben, so ist (um des Ursprungs von Triops
nicht zu gedenken) ihr Mythus selber ein zu gewaltiger, um nach dem
gewöhnlichen Massstab der Heroensage beurtheilt zu werden, und er
müsste nicht in Thessalien spielen, um uns nicht zu einer Deutung
zu drängen. Ich will kein Gewicht darauf legen, aber ich kann
nicht anders glauben, als dass jene Katastrophe, welche den Olymp
und den Ossa auseinanderriss, diesen Mythus veranlasst hat, wie
dies für die Titanomachie schon Andere angenommen haben [164].
Und zwar zeigen sich die Tochtersöhne des Triops hier als würdige
Verwandte der Kyklops-Familie, nur dass sie nicht befestigend, sondern zerstörend wirken, weniger wie Kyklopen, als wie Hekaton-

---

[162] Nur hat man darum noch kein Recht, wie Welcker thut, die ganze
Uranos-Mythologie, die auf einem ganz andern Blatte steht, für Homer
vorauszusetzen, mögen auch an einer Stelle der Ilias im Widerspruch zu
dem gesammten Epos die Titanen Ούρανίωνες genannt sein.

[163] Man bemerke übrigens, dass hier wie in Korinth (S. 120) Briareos
gegen Poseidon, die mit ihm am nächsten collidirende Persönlichkeit, entscheidet, indem er ihm den Besitz des Festlandes versagt.

[164] Ein Ort Άλώιον im Thal Tempe, Steph. B. s. v.

cheiron. Auch die Sage, dass die Aloaden das Meer verschütten und das Land zum Meere machen wollten (Apollod. I 7, 4, 3), zeigt sie ganz in der Eigenschaft vulkanischer Kräfte, die in Erscheinungen wie dem Auftauchen neuer Landstrecken und dem Versinken des Festlandes sich besonders auf den Inseln — wo die Aloadensage am verbreitetsten ist — bemerkbar machen. In anderer Weise lebte bekanntlich die Erinnerung an jenes Ereigniss fort in dem thessalischen Fest der *Πελώρια* und dem Cult des Zeus *Πελώριος*, der ebenso gut, und vielleicht besser, dem Poseidon *Πετραῖος*, dem Urheber jenes Begebnisses (Herod. VII 129), hätte gelten können. Je nachdem man dies Ereigniss nach seinen für das Land segensreichen Folgen oder von seiner momentanen schreckenerregenden Seite auffasste, konnte ein Freudenfest oder ein Titanenmythus sich daran anschliessen, konnte dem Zeus oder dem Erderschütterer die Erinnerung gelten [185]. Aber ich unterlasse es, mich weiter in die Dämmerung einer so grauen Vorzeit zu verlieren.

Νέοι γὰρ οἰακονόμοι κρατοῦσ' Ὀλύμπου,
νεοχμοῖς δὲ δὴ νόμοις Ζεὺς ἀθέτως κρατύνει.
τὰ πρὶν δὲ πελώρια νῦν ἄϊστοι.

So sagt Aeschylos (Prom. 150) und verwechselt dabei nach der Weise seiner Zeit Titanen und Giganten; denn Kronos und die Seinigen waren nicht Riesen. Aber wie steht es mit dieser Verwechselung überhaupt, nach dem, was uns diese Untersuchung lehrt? Ist die Verwechselung nicht vielmehr auf Seiten derer, welche den homerischen Titanenmythus schufen? Ueberzeugen wir uns nicht mehr und mehr, dass Alles, was an diesem Mythus alt, echt und greifbar erscheint, auf Riesen oder auf Gigantengeschlechter hinausläuft? Jene alten Götter, die Titanen, sind als Gesammtheit nirgends zu fassen und in dieser Allgemeinheit des Gegensatzes zu den Olympiern erst auf speculativem Wege, nicht durch Volksmythus möglich geworden. Der Sitz im Tartarus, ihr einziges mythologisches Merkmal, kommt ihnen von Hause aus nicht zu, wenn wir darin recht gesehen haben, sondern gehört den versunkenen Menschen- und

---

[185]) Sollten etwa die *Τιτᾶνες*, ein Fest, welches neben den *Κρόνια* und *Διάσια* Schol. Eur. Or. 89 und Theodos. grammat. p. 69 (Göttling) erwähnt wird, identisch sein mit den *Peloria?* Auf einen Monat *Γιγάντιος* in Delphi Wescher u. Foucart Inscr. d. Delph. 148 u. 426 macht mich Robert aufmerksam.

Gigantengeschlechtern der Vorzeit oder den im Erdinnern schlum-
mernden Naturkräften; mit dem Alter der Riesensagen, die sich jedes
Volkes Phantasie erschafft, können die Titanen ohnehin nicht entfernt wetteifern; und die unglückliche Idee einer Niederwerfung und
Verbannung der eignen Eltern durch Zeus verschwindet ohne Weiteres
gegenüber einem Götterkampfe wie dem von uns vermutheten. So
ist dem homerischen Titanenmythus jeder Boden entzogen; und der
speculative Gedanke, welcher übrig bleibt, hätte für sich allein,
ohne die Verquickung mit mythologischen Elementen nie durchdringen
können und konnte auch nie in der Stärke auftreten, wie ihn z. B.
Welcker fasst, indem er die Naturgötter den Olympiern mit einer
Schroffheit entgegensetzt, die weder in den wirklichen Verhältnissen,
noch — worauf es hier ankommt — in dem Religionsbewusstsein
der mythenbildenden Zeit begründet ist; wie dies ein Blick auf die
homerischen Beiwörter des Zeus lehren kann.

Im Resultat würde unsere Untersuchung allerdings auf dasselbe
hinauskommen: die in den Kyklopen vergötterten Donner und Blitze
und Stürme, deren Anbetung der Peloponnes bewahrt hat, und die
nur noch als Functionen des höchsten Gottes gelten können, aber
ohne die Hoheit seines Wesens zu erschöpfen, andrerseits die wüsten,
schreckenerregenden Abbilder Poseidonischer Mächte, die als Hekatoncheiren tief unter dem Reich des Poseidon selbst, an den Pforten
des Tartarus wohnen: diese können in der That für ältere Götter
gelten, grade so gut wie die Sonnengötter; nur zweifle ich, wie gesagt, ob man diese Naturgötter als solche den Olympiern gegenüberstellte, und glaube, dass dieser Gegensatz mehr unbewusst zu Stande
kam, indem hier, und zwar hier ganz besonders, die wohlbekannte
Erscheinung eintrat, dass ältere Götterformen durch jüngere verdunkelt wurden und in ihrer Entstellung nur noch die Nachtseite
der jetzt freundlicher, menschlicher gedachten Götter darstellen
konnten. Wenn sich dabei in der Volksphantasie — wie auch bei
andern Völkern zu beobachten ist — fessellose Naturkräfte zu Riesen
gestalteten, so war mit der formlosen Unbändigkeit dieser Wesen
zugleich die Perspective auf einen Conflict mit den Olympiern gegeben, da sie mit der Fähigkeit sich zu empören auch den Willen
dazu, das τιταίνειν, μαίεσθαι (S. 75) besitzen mussten, wie jene, weil
sie die herrschenden waren, auch die Ueberwinder sein mussten: eine
Antagonie, die ohne den bestimmten, localen Anstoss, den wir vor-
aussetzten, vielleicht latent geblieben wäre, und die wenigstens bei

Hesiod in der Etymologie (209) und in dem Missverhältniss zwischen
Uranos und seinen Söhnen, den Erdriesen, vergebens nach einem
adäquaten Ausdruck ringt.

Soweit wird man vielleicht zustimmen. Aber Alles drängt hier
zu der schon bei den Kyklopen berührten Hypothese, dass der Name
Titan selber nicht nur den Hypostasen des Sonnengottes, sondern auch
denen des Zeus und Poseidon, den Kyklopen und Hekatoncheiren
zukomme, und dass in der Ilias dies entweder schon vergessen sei
oder dass unter den Titanen, ihr Herrscherpaar und Japetos ausgenommen, wirklich etwas derartiges verstanden sei, eine Vorstellung,
die in der Briareos-Episode von *A* selbständig und in disparater
Weise zum Vorschein käme. In der That solchen Tartarosbewohnern
gegenüber wie Kottos, Gyes, Briareos, die dem Hesiod in ihrer
Furchtbarkeit οὐκ ὀνομαστοί, kaum mit Namen zu nennen sind,
würde es begreiflich, warum Hera im Eide ausser der Styx alle
Namen der Tartarischen Götter einzeln aussprechen muss. Und
wenn Dämonen solcher Art, die ihnen einst nicht unähnlichen Kyklopen, bei Hellanikos als οἱ καλούμενοι Οὐράνιοι begegnen, so erhält das drohende ἐνέρτερος Οὐρανιώνων des Homerischen Zeus erst
Klang und Gewicht. Es muss dabei nicht grade an die Hesiodischen
Namen gedacht sein, da ja z. B. die Thetisdichtung der Ilias noch
keine Mehrheit von Hekatoncheiren kennt. Aber an parallelen Figuren hatte der griechische Mythus niemals Mangel. Man denke an
den furchtbaren Alkyoneus, eine ursprünglich Titanische Figur [196],
wonach der bodenlose See von Lerna, der Eingang zur Unterwelt,
benannt war (Paus. II 37, 5), oder an den Kyklopen Geraistos mit
seinen blutigen Opfern (S. 124), oder an Typhon, der wie die Peloponnesischen Kyklopen (S. 109) und alle bösen Winde in den
Erdtiefen wohnt. Und wer weiss, welche den Sikyonischen (S. 127)
verwandte Naturkräfte sich hinter den Rhodischen, unter die Erde
verbannten Dämonen (S. 44) oder jenen schädlichen ὑποχθόνιοι
verbergen, die in Arkadien mit den alterthümlichsten Ceremonien
verehrt wurden (Paus. VIII 15, 1). Es ist wahr, die Homerische
Titanen-Idee von einer abgeschlossenen Epoche, einer nunmehr ohn-
mächtigen Dynastie, würde so durchbrochen; denn jene schädlichen
Naturgewalten wirken ungestört fort. Aber wie trotz des Mythus
von Sturz und Verbannung des Kronos und der Rhea diese Götter

---

[196]) s. S. 138 f.

im Cultus existirten und ungehindert fortlebten, so war es auch mit
der Idee vom Tartaros und dessen schrecklichen Bewohnern, hinter
denen sich reale, früher oder später riesenhaft gedachte Naturkräfte
verbergen. Auch hier konnte Homer das Material nur aus der
Wirklichkeit, aus der Natur oder den Naturmythen entnehmen, und
wenn er dasselbe zu einer unkenntlichen Masse einschmolz, so geschah das dem Gedanken von der Göttervorwelt zu Liebe, mag derselbe nun bloss aus der Grübelei über den Ursprung des Zeus entstanden sein oder mögen darin indogermanische Ueberlieferungen von
Djaus und Varunah nachklingen. — Indem nun Hesiod, der bereits
im Banne Homers stand, dieser Idee von den früheren Göttern
weiter nachging, andrerseits aber alte, gute Traditionen damit ver-
band, wie den Kampf, die Charakteristik der Erdriesen, wohl auch
die Erklärung der Titanen als *τιταίνοντες μέγα ἔργον ῥέξαι*, was
direct an das Riesenunternehmen der Aloaden erinnert, indem er
ferner Titanengötter wie Riesen von Uranos und Ge stammen liess
und in dieselbe Familie einreihte, so dass nun die Titanen unnatür-
licher Weise von den eignen Brüdern bezwungen werden: so brachte
er die Collision zweier Anschauungen zum deutlichen Ausbruch, die
bei Homer in fast unentwirrbarer Weise miteinander verquickt sind.

VIII. Fortsetzung der Titanenmythologie.

1. Typhoeus.

Eine etwas andre Art von Naturwesen als die in den letzten
Capiteln geschilderten stellt Typhoeus dar, der in Riesengestalt per-
sonificirte *πρήστηρ*, der Repräsentant der feurigen Wirbel- und Gluth-
winde, wie sie der griechische Orient kennt. Dass er Sohn der
Erde (Hes. Theog. 821), *γηγενής* (Aesch. Prom. 355) sein muss,
der aus seiner Höhle hervorbricht (Pind. P. I 17, Aesch. Pr. 356),
ergab sich leicht aus der griechischen Vorstellungsweise, welche bösartige Dämpfe und Winde im Erdinnern wohnen und daraus aufsteigen lässt [167]. Es ist ein echter, prachtvoller und mit seltener

---

[167] Vgl. S. 109, 132 und Soph. Ant. 417:
καὶ τότ᾽ ἐξαίφνης χθόνος
τυφὼς ἀείρας σκηπτόν, οὐράνιον ἄχος.

Klarheit ausgesprochener Naturmythus, den uns die Ilias *B* 781 kennen lehrt:

> — ώςεί τε πυρὶ χθὼν πᾶσα νέμοιτο·
> γαῖα δ' ὑπεστενάχιζε Διὶ ὣς τερπικεραύνῳ
> χωομένῳ, ὅτε τ' ἀμφὶ Τυφωέι γαῖαν ἱμάσσῃ
> εἰν Ἀρίμοις, ὅθι φασὶ Τυφωέος ἔμμεναι εὐνάς.

Nur um der Grossartigkeit dieses von dem höchsten Gotte selbst ausgefochtenen Kampfes, der wie ein Pendant zu der alten Feindschaft des Meeresriesen Aigaion erscheint, und weil Typhon nach einer früh verbreiteten Anschauung die gesammte Götterwelt in ihrer Herrschaft bedroht [188], habe ich ihn, der sonst schwer einen Platz findet, hier eingereiht. Denn er lässt sich nicht wie Kyklopen und Hekatoncheiren aus den Göttern selber herleiten und müsste eigentlich wie Tityos oder Orion eine Kategorie für sich bilden. Dass ihn Hesiod, der den Mythus ausführlich beschreibt, ab und zu θεός oder ἄναξ nennt [189] (Theog. 824. 859), will nicht mehr besagen, als der

---

[188]) Hes. Theog. 836:

> καὶ νύ κεν ἔπλετο ἔργον ἀμήχανον ἤματι κείνῳ,
> καί κεν ὅ γε θνητοῖσι καὶ ἀθανάτοισιν ἄναξεν,
> εἰ μὴ ἄρ' ὀξὺ νόησε πατὴρ ἀνδρῶν τε θεῶν τε.

Aesch. Prom. 358:

> Τυφῶνα θοῦρον, πᾶσιν ὃς ἀντέστη θεοῖς

wo der metrische Anstoss wohl am einfachsten durch G. Hermanns πᾶσι δ' zu heben ist. Eine auf die Ausgleichung der griechischen und ägyptischen Götter abzielende Sage, die sich offenbar auf den orientalischen Ursprung des Typhon stützte, liess die Götter nach Aegypten fliehen. Pind. Fr. 91, u. A. Schade dass wir Philodem π. εὐσεβείας p. 46 Gomp. nur ganz unsicher und provisorisch ergänzen können:

3 ἐν πρς[. . . . .Ἀ]	13 παρὰ [ιῇ Ἥρᾳ. Καὶ ?
4 κουσίλα[ος καὶ Ἐπι-	14 ὁ Ζεὺς [ἔκαθεν τοῦτ-?
5 μενίδη[ς. Ἄλλοι δὲ	15 ον ἰδὼ[ν ὑπομεῖ-?
6 πολλοὶ τ[ε καὶ ὁ Ἐπι-	16 νπι λέγ[εται πάντα?
7 μενίδης λέγουσι	17 ταῦτα κ[αὶ πρὸς ἐκεῖ-?
8 Τυφῶν[α προσφυγόν-?	18 νον τὸν [γίγαντα? συν-
9 τος Διὸς [εἰς . . . τὸ βα-	19 θέσεις [ποιῆσαι. Καὶ φα-?
10 σίλειον c[ῆπτρον τὸ?	20 σιν, ὡς[
11 τῆς [Ἥρας λαβόντα?	21 τοὺς κ[
12 καθίς[ασθαι	

Diodor, der den Epimenides benutzt hat (V 80), erwähnt den Typhonkampf nur ganz kurz V 71. Zu Zeile 12 f. vgl. Hom. Δ 405 und unsere Anmerkung über Ptol. Heph. 185, 4: Gigantom. III 6.

[189]) Vgl. 681 ἀθανάτων.

gleiche Ausdruck für die Chimaira [190] oder die Harpyien [191] oder Charybdis [191a]; es bekundet nur den Respect, den die übergewaltige Macht dieses Wesens dem Erzähler einflösst, der als Grieche hinter jeder ungewöhnlich machtvollen Erscheinung ein göttliches Walten, ein *numen* wittert. Es ist sogar zuzugeben, dass, wie man sich vor jeder sichtbaren Naturgewalt neigte und die Anschauung, dass Zeus resp. Poseidon auch dem Meer und den Winden gebiete, nie zur vollen Ausschliesslichkeit gelangte, speciell Typhoeus gleich den übrigen Winden am wenigsten von der Verehrung ausgeschlossen war. Wie bei Stat. Theb. V 288 zu den Winden gefleht wird, wie Boreas und Zephyros ihren Cult haben, so will man bei Aristoph. Frö. 847 dem ausbrechenden Sturme (τυφώς), ihn zu besänftigen, ein schwarzes Lamm zum Opfer darbringen. Aber weniger weil dieser Cult — wie der der Attischen Tritopatoren und der Sturmdämonen im Peloponnes — sich direct aus der uralten Anbetung der Elemente herleiten liesse, als wegen der frühzeitigen Gestaltung des Typhoeus zum Zeus bekämpfenden Riesen, habe ich geglaubt, ihn nach dem Vorbild der Theogonie an die Titanomachie anschliessen zu dürfen. Schon wegen der grossen Bedeutung, die seine Person später für die Gigantomachie gewinnt, musste er auf seiner früheren, Titanenähnlichen Stufe gesondert erwähnt werden [192].

---

[190]) Theog. 319. Apollod. II 3, 1, 6. Hom. z 180.

[191]) Val. Flacc. IV 519.

[191a]) δῖα Hom. μ 103. 235.

[192]) Das fabelhafte Arimerland der Ilias suchte man in Kilikien (Pind. P. I 32. VIII 16, vgl. Fr. 92 f. Aeschyl. Prom. 355) oder am Kaukasus, wohin ihn wenigstens Pherekydes (Schol. Ap. Rh. II 1210) fliehen lässt, um aber eine ganz andere Localisirung damit zu verknüpfen, während der Logograph Xanthos und Andre an Phrygische Oertlichkeiten dachten (Strab. 579 f. 626 f. 628. Diod. V 71. Schol. Pind. P. I 31). Bei der Localisirung in Aegypten (Herod. II 156. III 5. Herodor b. Schol. Ap. Rh. II 1211; vgl. Hellanik. b. Ath. XV 680 A) macht sich schon die Identification mit dem ägyptischen Set geltend. Andrerseits brachte man frühzeitig und unabhängig von Homer den gluthhauchenden Riesen mit den Vulcanen des westlichen Nachbarlandes in Verbindung; s. unter ,Gigantomachie' III 6. Ein Τυφώνιον in Böotien und eine demgemässe Localisirung des Typhoeus-Kampfes, s. Preller' I 64, 2. 66; vgl. den Angriff Typhons gegen Delphi, Plut. fac. orb. lun. 30; die gleiche Localität scheint Dio Chrys. I p. 65. R. 13 M. vorauszu-

2. Ischenos und Alkyoneus.

Mit unbedingterem Rechte als Typhon und im eigentlichsten
Sinne muss der minder bekannte Ἰσχενος zu den Titanen gerechnet
werden, eine Figur, die grade dem entgegengesetzten Element entstammt wie der gluthauchende Riese. Besonders in Elis heimisch,
wird Ischenos von Lykophron v. 42 als γηγενής, von den Scholien
zur Stelle als Πγας, und von Tzetzes, dies wohl nur durch ein Versehen, als Sohn eines Mannes Πγας bezeichnet. Der Charakter eines
einheimischen Heroen, der sich für das Landeswohl geopfert habe,
wie man später erzählte (Schol., Tzetz.), enthält eine erhebliche Ab-
schwächung dieser Persönlichkeit [193], deren Grabmal und Cult sich
noch in Olympia am Kronoshügel erhalten hatte. Ihr ursprüngliches
Wesen verräth sich in dem andern Namen Ταράξιππος [193 a]. Es
bedürfte kaum des ausdrücklichen Zeugnisses des Pausanias, um eine
Hypostase des Poseidon zu erkennen [194]. Am Isthmus galt er als Sohn
des Glaukos (Paus.), also eines Poseidonsohnes (Schol. Hom. Z 154),
der selber durch seine wüthenden Rosse zerrissen wurde; und es ist
hoffentlich bekannt, dass im Mythus Wirkungen oder Machtäusserungen,
die im Wesen der Götter liegen, oft auf sie selbst oder ihre Hypostasen zurückfallen [195]. Da dieser Glaukos von dem gleichnamigen
Meergotte schwerlich verschieden war, so ist es hier wohl am
Orte, an den alten Ruf der Schiffer beim Sturme ἔξω Γλαῦκε zu erinnern, einen Rest uralter Deisidaimonie, welche die vorwiegend als
furchterregend und schädlich gedachten Götter durch Schreien,

setzen, wenn in der Allegorie über Königthum und Tyrannei Hermes dem
Herakles in Theben zwei Bergspitzen zeigt, deren eine nach Zeus, eine
nach Typhon benannt ist. In dem parodistischen ἐν Μεγάροις ὅδι φασὶ
Τυφῶς ἔμμεναι εὐνάς des Sillographen Krates ist vielmehr μεγάροις und
τυφῶς zu lesen (C. Wachsmuth, Gratulationsschr. des Bonner Seminars an
Welcker 1859 p. 77).

[193]) Auch die Genealogie ist hier später und local beschränkter Natur;
sein Vater Hermes ist ersichtlich der ἐναγώνιος, und als seine Mutter figurirt eine Priesterin vermuthlich von dem benachbarten Heraiou.

[193 a]) Lykophr., Anth. Pal. XIV 4, Paus. VI 20, 8 vgl. X 37, 4. Die
Beziehung des Heroon auf Pelops und Myrtilos (Hesych Ταράξιππος, Ptol.
Heph. 190, 18) ist ersichtlich erst aus dem Namen hergeleitet.

[194]) Ὁ δὲ πιθανώτερος ἐμοὶ δοκεῖν τῶν λόγων Ποσειδῶνος ἐπίκλησιν εἶναι
τοῦ Ἱππίου φησίν.

[195]) Vgl. z. B. S. 95. Der Mythus erinnert an den Poseidonischen Heros
Ἱππόλυτος. Prellers ([1] 285) Vergleich mit Aktaion ist viel zu äusserlich.

Schlagen oder Zauberformeln abzuwehren glaubt: ich erwähne dies, weil auch an Taraxippos, dem Doppelgänger des Glaukos, das βάσκανον des Charakters mehrfach betont wird (Paus. a. O. Alkiphr. III 62). — Aus einer so krass elementar gedachten Naturgottheit hat sich denn der Gigant Ischenos im Sinne unserer früheren Beobachtungen durchaus gesetzmässig entwickelt.

Ich habe schon im Vorübergehen die Meinung nicht verhehlen können, dass auch Alkyoneus eine jener Titanischen Figuren sei, die aus der Anschauung des nimmer gebändigten, stets gefürchteten Poseidon-Elementes entsprangen, als eine verfeinerte Denkweise, die äussere Erscheinung der Naturgewalten von dem göttlichen Walten mehr und mehr trennte und dem Beherrscher dieses Elementes seinen Platz neben dem Herrn des Olympos anwies.

Der Pallenische Riese ist nämlich ursprünglich im Peloponnes zu Hause, wie die Bewohner des Ortes selbst von daher, von Pallene oder Pellene gekommen waren [196]. Während das Makedonische Alkyon (Plin. N. H. IV 36), woran Jahn dachte (Ber. d. S. G. 1853, 129), vor genauerer Prüfung der Ueberlieferung nicht Stich hält — denn der Bambergensis hat Algion —, findet sich der Name an mehr als einer Stelle im Bereiche des Isthmos. Dort hiess ein Theil des korinthischen Meerbusens Ἀλκυονίς θάλασσα (Strab. 336. 393), dort wird die mit Poseidon vermählte Plejade Alkyone localisirt [197], und weiter landeinwärts bei Lernai liegt die bodenlose Ἀλκυονὶς λίμνη (Paus. II 1, 1); dazu kommt, dass die Priesterlisten des von Troizen aus gestifteten Heiligthums des Poseidon Isthmios in Halikarnass (CIG 2655) in den ältesten, mythischen Generationen den Namen Alkyoneus aufweisen. Ich kann nicht zweifeln, dass der Riese, den schon Preller (II 206), ohne an den verwandten Briareos (S. 124) zu denken, richtig auf Eis und Winterstürme bezogen hat, gleich diesem unmittelbar aus dem Poseidon herzuleiten ist.

Aber nicht bloss darum habe ich ihn neben den Ischenos gestellt. In der Geschichte von der Phlegyastochter Koronis, wie sie Antonin Lib. 20 nach Boio und Simmias erzählt, figurirt als Liebhaber der Koronis und Nebenbuhler Apolls ein Alkyoneus [198]; da nun diese Rolle gewöhnlich dem Arkader Ischys gehört, so scheint es mir nicht

---

[196]) s. Robert, Herm. XIX 473 ff.
[197]) s. Wilamowitz, Herm. XVIII 419 Anmkg.
[198]) Ein Alkyoneus in Delphi Nikand. b. Ant. Lib. 8.

oben kühn, Ischys nur für eine einfachere, noch unentstellte Form
von Ischenos anzusehen; selbst als Eleor konnte Ischys wie der dort
heimische Oinomaos (S. 49) leicht den bösen Arkadern zugezählt
werden.

---

3. Ἄνακες.

Nur um die Geduld und Nachsicht des Lesers, der hier mit so
viel neuen Deutungen überschüttet wird, nicht auf die Probe zu
stellen, lasse ich erst hier an letzter Stelle eine neue Gruppe von Gestalten folgen, bei der aber, sobald die Voraussetzungen einmal erkannt
sind, mit seltener Deutlichkeit jener Uebergang aus alten Götterformen in Riesen zu Tage liegt, den wir fast regelmässig beobach-
teten, wo sich beide Gattungen berühren. Es handelt sich in unserm
Falle um die Dioskuren nebst ihren Dependenzen, also um jenes zu
allen Zeiten als Lichtgötter gedachte Paar, welches schon dadurch,
dass ihm nur ein weibliches Correlat gegenübersteht, unter sich eine
noch engere Zusammengehörigkeit zu bekunden scheint, als dieselbe
in den Personen dieser zwei in ihrer Identität nicht zu früh erkannten Sterne liegen würde, um ein Paar zugleich, welches wenn
nicht durch den Rang von Zeussöhnen, so doch durch einen Namen
von so universeller Bedeutung wie Ἄνακες eine höhere Bedeutung
beansprucht, als sie einzelnen Sternen zukommt; wobei wiederum
die Verbindung mit jener zwischen Artemis und Aphrodite die Mitte
haltenden Göttin [199] ins Gewicht fällt. In ihrer eigentlichen Heimath,
in Sparta, dominirt von Altersher durchaus der Dienst des Apollo,
der hier noch lange als Sonnengott empfunden wurde, wie dies der
Festmythus lehrt, der Mythus von der runden Scheibe, durch die
der Gott den jugendlichen Hyakinthos, das Bild der blühenden Natur, tödtlich traf; eine Art der Machtäusserung, die sich bei Perseus,
der durch den Discus den Akrisios tödtet, nur in verdunkelter Weise
wiederholt [200]. Einmal darauf hingewiesen überzeugt man sich leicht,

---

[199] s. de Eurip. mythop. 12.
[200] Bei Perseus, dessen übereinstimmende Bedeutung unverkennbar
ist, wenn man ihn auf dem Sonnenrosse reiten sieht (vgl. Ovid Am. III 12,
24 und das Melische Relief b. Milling. Anc. Mon. II 2. 3. Müller-Wieseler I
14, 51), führt die Genealogie selbst auf Sparta zurück: Lakedaimons
Tochter, des Amyklos Schwester, heirathet den Akrisios.

wie mit dieser Gottheit die der Dioskuren zusammenfällt. Ihre
Gattinnen Phoibe und Hilaira, den Kypriern zufolge Apollos Töchter,
von denen die erste vielfach, die zweite durch Empedokles' Zeugniss
(Plut. fac. lun. 2, vgl. Hesych) als Mondgöttin zu erkennen ist, hatten
ihren Tempel in Sparta unmittelbar neben dem heiligen Gebäude des
alten, von Amyklai dorthin verpflanzten Apoll, während auf der andern
Seite ein ebenso altes Dioskuronheiligthum die Nachbarschaft bildete
(Paus. III 16), wie ja in Therapne das Phoebeion den Dioskuren-
Tempel umschloss (Paus. III 20, 1). Während nun an dem Leukip-
piden-Heiligthum die Sage von dem Ei der Leda haftete, welches
man dort im Original zu besitzen glaubte, ist es für das Dioskuren-
Haus charakteristisch, dass die beiden Fremdlinge, in deren Gestalt
die Dioskuren dort eingekehrt sein sollen, als ihre Heimath grade
Kyrene angaben, einen in diesem Zusammenhang auffälligen und anscheinend unmotivirten Namen, der sich aber dadurch erklärt, dass
das einzige mythische Charakteristikum Kyrenes der Schwan des
Apollo ist. Dass aber unter dem Schwan der Leda wie unter jedem
κύκνος sich nur Apollo verbergen kann und wieso dieser mit Zeus
verwechselt werden konnte, ist oben erläutert worden (S. 80). Nicht
zuletzt kommen die weissen Rossen in Betracht, die auch den
Thebischen Dioskuren eigen sind. In dieser Weise, zu Pferde,
kommt Helios, Hemera, Selene, Hekate, Eos, Phosphoros vor, wobei
einmal direct der Pegasos genannt wird [201]. Der Umstand, dass die
Sonnengottheit in den Dioskuren als Doppelgestalt erscheint (was
wohl auf Morgen und Abend oder Tag und Nacht deuten soll) und
das alte Janusartige Bild des Amykläischen Apoll (S. 82) würden
sich gegenseitig aufs Beste bestätigen. Es kommt hinzu das merkwürdige Zeugniss des Plutarch (de fratr. am. 1) *τὰ παλαιὰ τῶν
Διοσκούρων ἀφιδρύματα οἱ Σπαρτιάται δόκανα καλοῦσιν· ἔστι δὲ
δύο ξύλα παράλληλα δυσὶ πλαγίαις ἐπιζευγμένα.* Also auch hier
die Doppelgestalt und in noch roherer Form, wenn dies nicht etwa
der Rest des früher mit Kopf, Händen und Chiton ausgestatteten
Bildes selbst war. Die Folgerungen, welche sich hieraus für die Titanen ergeben, liegen auf der Hand. Die feindlichen Gegenbilder

---

[201]) s. de Eurip. mythopeia S. 60, 64; oben S. 78, wo Etym. M. 62, 32 hinzuzufügen. Einmal reitet bei Euripides auch der Zephyros. Das ist eine
ähnliche Erscheinung, wie wenn in der Theogonie Zephyros und seine
beiden Brüder denselben Astraios zum Vater haben wie die Gestirne.

der Dioskuren sind bekanntlich Idas und Lynkeus, und in ihnen zeigt
sich sofort der Umschlag der alten Gottheit ins Gigantenhafte. Idas,
ὅς κάρτιστος ἐπιχϑονίων γένετ' ἀνδρῶν (Hom. I 558), der Rivale des
Apollo — wiederum ein Beleg für unsere Auffassung der Dioskuren
— wagt es, gegen den Gott den Bogen zu spannen; unüberwindlich
für die Dioskuren wird er endlich von dem Blitzstrahl des Zeus
selber niedergeschmettert; bei Apollonios Rhodios I 467 geht er in
seinem Frevelmuth soweit, mit Zeus selber den Kampf aufnehmen
zu wollen, was den Scholiasten an den homerischen Kyklopen (ι 277)
erinnert. Als in spätern Zeiten zu Messene ein riesenhaftes, mon-
strös gebildetes Gebiss gefunden wurde, sagte man, es sei vom Schädel
des Idas (Phlegon Mirab. 11). Bei Lynkeus ist diese gigantische
Seite nicht ausgebildet [202], es überwiegt hier die eine Person, grade
wie der Name Kastor gegenüber Polydeukes. Dafür bietet aber eine
andere Sage einen vollgültigen und glänzenden Ersatz. Die wunderbare Geburt aus dem Ei haben die Dioskuren nur noch mit einem
Heldenpaar gemein [203], den Molioniden, jenen beiden zusammen-
gewachsenen Kämpfergestalten; Ibykus Fr. 16 Bgk.[4] [204]:

> τούς τε λευκίππους κόρους
> τέκνα Μολίονας κτάνεν,
> ἅλικας, ἰσοπάλους, ἐνιγυίους,
> ἀμφοτέρους γεγαῶτας ἐν ὠέῳ
> ἀργυρέῳ.

Die Eigeburt und die Unzertrennlichkeit, zwei höchst wunderbare
Momente, deuten in frappanter Weise auf die Dioskuren als Urbild
zurück. Um alle Ungewissheit zu beseitigen, giebt ihnen Ibykos

---

[202]) Zuweilen scheint das Erliegen unter dem Blitzstrahl auch von
Lynkeus erzählt worden zu sein, z. B. Schol. Lykophr. 543.

[203]) Die Geburt aus dem Ei kommt noch ein drittes Mal vor, bei dem
lesbischen Dionysos Ἐνόρχης Schol. Lykophr. 211, und würde uns hier viel
Kopfzerbrechens verursachen, wenn ihn Lykophron nicht gradezu als Stellvertreter Apollos einführte, eine bekannte Beziehung der beiden Gottheiten,
welche von den Inseln oder vom Osten ausgehend in Delphi culminirte.

[204]) Hartung wollte die Verse mit bekannter Willkür dem Stesichoros
vindiciren gegen das ausdrückliche Zeugniss des Athenaeus Ἴβυκος δ' ἐν
πέμπτῳ μελῶν, als ob die letztere Bezeichnung überhaupt für Stesichoros
passe. Man hätte nicht nöthig, von dieser Verkehrtheit zu sprechen, wenn
sich nicht Bergk noch in der neuesten Ausgabe dadurch einigermassen be-
irren liesse.

das für die Dioskuren charakteristische Beiwort λεύκιπποι [203], und giebt dem Ei Silberfarbe, grade wie die Dioskuren als ἀργύριπποι verehrt werden [206]. Diese beiden gewaltigen Kämpfer, die einzigen, die Herakles nicht bezwingt, bilden neben Idas einen andern Zweig aus demselben Stamme. Es hat dabei ganz den Anschein, als führe von hier direct ein Weg zu den Titanen zurück. Denn die Stätte, wo jenes gigantenartige Zwillingspaar durch Herakles aus dem Hinterhalte getödtet wurde und wo auch ihr Grab gezeigt wurde, ist Kleonai: daselbst aber [207] herrschte zur Herakliden zeit Agamedidas, der, wie wir sahen, höchst wahrscheinlich mit dem Megamediden Pallas identisch ist und mit Krios und Perses in eine Linie gehört (S. 67). Auch für den Zusammenhang mit den Dioskuren scheint die Genealogie einen Anhalt zu bieten. Von jenem Agamedidas nämlich stammen die beiden — wie ihr Altar in Sparta zeigt — göttlichen Personen Lathria und Anaxandra, Zwillinge, die wiederum Zwillinge heirathen, Paus. III 16, 5; unter diesen ist Anaxandra eine ganz so durchsichtige Gestalt, wie etwa Anaxis, worunter sich ein Dioskur verbirgt; dabei ist zu bemerken, dass die Frauennamen auf ανδρα alle Lakonisch sind, so Timandra, Alkandra die Dienerin der Helena (Hom. δ 126), Alexandra, auch, wie ich überzeugt bin, Κάσανδρα (Paus. III 19, 5. 26, 3).

Nicht dieselben, aber ähnliche Erscheinungen knüpfen sich an das Auftreten der Dioskuren in Attika [208]. Der „Autochthone" Titakos, der Aphidna an die Dioskuren verrathen haben soll, ergiebt sich durch Hesychs Τίταξ (s. oben S. 76) als Synonym von ˊΑναξ. Es kann nun aber als eine Regel in der Mythologie gelten, dass reine Appellative sich nicht gut erhalten, sondern leicht in Synonyme umspringen, wenn sie nicht durch eine kleine Weiterbildung oder Verdrehung zur Hieroglyphe werden. So ist es in Athen mit Anax ergangen. Wenn nun in Milet, welches mythisch Anaktorion oder Asterion hiess

---

[205]) Stesich. Fr. 86? Pind. P. I 66. Eur. Iph. A. 1154. Hel. 638.

[206]) So ist der gleichlautende Ortsname zu verstehen, s. Bergk P. L. G.⁴ Ibyk. Fr. 38; ob Ibykos selbst das Wort gebraucht habe, ist nicht mehr zu entscheiden.

[207]) Das überlieferte Κλισπωνίων Paus. III 16, 5 haben Kühn und O. Müller Dor. ² I 83, 1 evident richtig in Κλεωναίων verbessert.

[208]) Vielleicht auch an ihr Auftreten in der Argonautensage. Wer sagt uns, ob der Riese Amykos, der Dioskurengegner, nicht eine titanisch entstellte Hypostase der Gottheit von Amyklai ist?

(Schol. Ap. Rh. I 186. Paus. VII 2, 5. Steph. Byz.) ein Anax, gradezu unter diesem Namen, als Vater von Riesen, als Autochthone (Paus. VII 2, 3) oder Sohn der Ge (Paus. I 35, 5) und des Uranos (Steph. *Μίλητος*) erscheint, so ist der Zusammenhang evident, und es müsste nicht die Aphidna benachbarte Tetrapolis und Pallene ein Land der Riesen sein (s. unten), um irgend welche Zweifel darüber zu lassen, dass wir hier abermals die bekannte Götter-Metamorphose vor Augen haben. Zum Ueberfluss führt der riesige Sohn des Anax, dessen zehn Ellen langen Leichnam man bei der Insel Lade gefunden zu haben glaubte, den Namen Asterios (Paus. I 35, 5; Schol. Aristid. p. 323), wie die *Ἄναxες* selber von dem in einen Stern[209] verwandelten Zeus erzeugt werden[210].

Mehr als je muss uns hiernach einleuchten, wie leicht Titanen in Giganten übergehen und wie natürlich sich die die ganze Literatur durchziehende Verwechselung der beiden Gattungen erklärt und

---

[209]) S. 80, 63. Das ausserordentlich Unplastische, für Dichtung und Kunst gleich Ungeeignete dieser Verwandlung, sowie andrerseits die sehr alten Begattungsmetamorphosen des Zeus, neben denen sie aufgeführt wird, sichern ihren Werth und machen eine nachträgliche Entstehung aus der Sternnatur der Dioskuren durchaus unwahrscheinlich.

[210]) Auch diese Verhältnisse, die nur bei Milet durch Kreta vermittelt werden, weisen vielfach auf den Peloponnes, besonders Korinth-Sikyon, zurück. Bei dem Marathonischen Titanios war dies deutlich (S. 69), ebenso ist es bei dem attischen Giganten Porphyrion der Fall. Gleichermassen lässt sich in Bezug auf Asterios bemerken, dass der angebliche Name der Kolcher *Ἀστέριοι* (Nonn. 13, 249) an Korinth zurückfallen muss, um so mehr als der Urheber jenes Namens der Sohn einer Nymphe aus Phaistos ist, wohin in der Heraklidenzeit ein Zug von Sikyon aus ging (S. 47). Die gleichfalls *Ἀστέριοι* benannten Urbewohner von Tenedos (Hesych) sollten nach Aristoteles (Strab. 380, Paus. II 5, 3) mit dem Korinthischen Tenea stammverwandt sein; *Ἀστέριον* hiess auf der Insel übrigens die durch das mythische Doppelbeil ausgezeichnete Stätte (Plut. Pyth. or. 12). Endlich kann, was sich heute noch nicht verbürgen lässt, von Wichtigkeit sein, dass das Achäische Pellene, welches dem Thrakischen, also der Gigantenstätte, den Namen gab (S. 139), in dem Argonautenzuge durch einen Asterios vertreten wird (Ap. Rh. I 176).

rechtfertigt. Wenn es also Batrachom. 280 in der Anrede an Zeus heisst:

ἦ τὸ σὸν ὅπλον
κινείσθω μέγα Τιτανοκτόνον ὀβριμοεργόν,
ᾧ ποτε καὶ Καπανῆα κατέκτανες ὄβριμον ἄνδρα
καὶ μέγαν Ἐγκέλαδον καὶ ἄγρια φῦλα Γιγάντων,

wenn Aeschylos den neuen Herrschern des Olymps τὰ πρὶν πελώρια gegenüberstellt, wobei es sehr wohlfeil wäre, bloss an den gegen die Götter mitkämpfenden Briareos des Eumelos zu denken, wenn Euripides constant die Riesen von Phlegra Titanen nennt (Hekab. 472 Iph. T. 224 vgl. Hel. 382), wenn Antimachos (Schol. Arat 15. Fr. 42 Kink.) gradezu sagt: γηγενέας τε θεοὺς προτερηγενέας Τιτῆνας, wobei er sich wohl kaum auf das zweifelhafte χθόνιοι Τιτῆνες des Hesiod (Theog. 697) berufen haben würde, wenn Plato (Euthyphr. 6 Republ. II 17, 378 B. C) die Gigantomachie für den Kampf der Götter untereinander ansicht (vgl. [Lukian] Charid. 18), wenn dementsprechend später Kallimachos, ob Nachahmer oder nicht, von der Titanomachie als dem Γιγάντειος πόλεμος spricht (Fr. 465), während er bei den riesenhaften Galliern, wo jenes Wort an der Stelle wäre, Τιτῆνες sagt (hymn. Del. 174), und was dergleichen Beispiele eines tiefgewurzelten Gebrauches mehr sind: so deuten alle diese nicht sowohl auf einen laxen Sprachgebrauch, der mindestens auf einer so frühen Stufe der Gigantomachie wie bei Aeschylos befremden müsste und dem ehrwürdigen Vorbild des Hesiod in einer an Ignoranz grenzenden Weise zuwiderlaufen würde, sondern diese Redeweise quillt aus dem tiefen und in solcher Nähe sprudelnden Born des alten Sagenelementes selbst, welches überall die Berührung der beiden Gattungen spüren liess, überall aus verunstalteten, unkenntlich gewordenen Götterformen in der einen oder andern Weise Riesengestalten schuf [211].

---

[211]) Die Verwechselung von Titanen und Giganten, welche schon der Scholiast z. Eur. Hek. 471 hervorhebt (Τιτάνων· ἀντὶ τοῦ Γιγάντων. ὑποσυγχέουσι δὲ τὴν ἐν ἱκατέροις διαφοράν), begegnete mir ausserdem noch an folgenden Stellen. Titanen für Giganten ist gesagt: Plat. Legg. III 701 C (= Cic. de legg. III 2, 5), vgl. Plut. de esu carn. 996 C. Naevius Bell. Pun. Fr. 18 (Vahl.). Agatharchid. b. Phot. Bibl. 458, 18. Aelian b. Suid. v. Τιτᾶνας βοᾶν. Diod. III 74. Dio Cass. 51, 26. Pomp. Trog. 44, 4. Aristid. or. II 11. Schol. Theokr. VII 46, Eust. 987 v. 294. 1581 v. 324. 1699 v. 575. Schol. Eur. Phoen. 1120 p. 298, 1 Dindf. *Titania pubes* Virg. A. VI 580.

IX. Anhang.

1. Οὐράνιοι.

Was hier über den Uranos-Kreis nachgetragen wird, will nicht über die sehr fremdartigen Mythen, die Hesiod von der Person des Uranos erzählt, Aufschluss geben, sondern nur diejenigen Momente zusammenfassen, welche unabhängig von Hesiod Spuren der Uranos-Mythologie verrathen und vielleicht auf den Kern derselben hinführen können. Dabei müssen die mancherlei, ihrem Werthe nach problematischen Genealogien aus dem Spiel bleiben, die irgend welchen Stamm-Vätern oder -Müttern den ebenso hochklingenden wie in diesem Falle wohlfeilen Namen des Uranos vorzusetzen belieben (s. z. B. S. 29). Dagegen sind als Stellvertreter des Uranos in erster Linie Atlas und Tantalos (S. 88) zu nennen, echt mythische Figuren von unzweifelhafter Consistenz, mit denen der Name Akmon nur in der Ausbildung zur Persönlichkeit nicht gleichen Schritt gehalten hat; Koios und Sphairos schienen uns das Himmelsgewölbe zu repräsentiren (S. 60). Dass das Beiwort Οὐράνιοι oder Οὐρανίωνες nicht bloss in poetisch-religiösem Sinne allgemein die Götter bezeichnet, sondern auch in bestimmter mythischer Form vorkommt, lehrte Hom. E 898, wo darunter ausnahmsweise die Uranos-Familie, die Titanengeneration verstanden ist; es steht damit ähnlich wie mit dem in manchen Culten begegnenden Beiwort Ὀλύμπιος, welches auch eine ganz specielle, au die Thessalische Heimath an-

Impios Titanas Hor. C. III 4, 42. *Validos Titanas* Ovid Fast. III 797. Sil. Ital. I 435. IV 435. XII 725. Claud. rapt. Pros. I 44. 66, III 182, in Rufin. 524, ep. ad Ser. 27. Auson. Epigr. 29. Orph. hymn. XII (11) 1 Argon. 1060. Vermischung von G. u. T.: Noun. 8, 67. 13, 31. 20, 59. 18, 219 ff. vgl. 35, 351 und Quint. Sm. XIV 550, II 205, V 102 ff.; VI 271 *Τιτῆνα μέγαν.* Vgl. Orph. Arg. 518. Ferner s. S. 151. Astakos der γηγενής (S. 29) als Titan b. Steph. B. *Ἄδανα*, ebenso der Stammvater Lelantos b. Nonn. 48, 245; s. S. 124; die Giganten Askos und Damaskos b. Eudokia p. 396. Ueber Servius auf Myth. Vat. s. S. 157. Fraglich war die Bezeichnung Titan: Solin 11, 16. Hesych *Τιτανίδα.* Vgl. a. S. 100. — Giganten für Titanen: Schol. Apoll. Rh. I 554. Ptol. Heph. II 185, 25. Ps.-Plut. de fluv. 5, 3. Serv. Aen. VI 134. 287. VIII 298. — Varro b. Serv. G. I 166. Diod. III 62. Lobeck Agl. 132. 710. *Iapetos* Gigant: Sil. Ital. XII 149. Suid. II 91. Hyg. F. praef. *Coeus:* s. oben S. 62 u. Serv. G. I 279. *Atlas:* Schol. Hom. *Σ* 486. *Pallas:* Hyg. F. praef. *Gyges:* Herodian b. Priscian VI p. 257. Bekk. Anecd. p. 1359. *Tantalos:* Myth. Vat. I 12. *Ixion:* ebend. I 14. *Γίγας Ἴλιος* Theod. Prodr. VI 1; vgl. die neugriech. Märchen von dem Riesen und Menschenfresser Helios: Polites, ὁ ἥλιος κατὰ τοὺς δημώδεις μύθους, Ath. 1882.

knüpfende Erinnerung erhält. Demgemäss fanden wir bei Hellanikos die alten Blitzgötter, die Kyklopen, als *Οὐράνιοι*, oder vielmehr den Kyklops selbst als Uranossohn überliefert, eine Genealogie, die sich ganz naturgemäss bei den attischen Sturmdämonen, den Tritopatores wiederholte. Aber auch die Aphrodite Urania und der Lakonische Zeus Uranios sind ohne Zweifel aus dem gleichen Gesichtspunkte zu beurtheilen; darüber einige Worte.

Bei der weiblichen Gottheit, deren Platonische, eigentlich schon von Pheidias und Skopas verschuldete Umdeutung ins Ethische heute hoffentlich keinen Anhänger mehr findet, lässt sich der Nachweis verhältnissmässig einfach führen. Es hat allerdings den Anschein, als ob die Bezeichnung Urania, unter welcher die Griechen von der grossen Asiatischen Geschlechts- und Goburtsgöttin sprachen, in deren Charakter theilweise begründet sei [312]; aber dies braucht nur den Werth eines unterstützenden Moments zu haben und kein Hinderniss zu sein, um die Bedingungen hierfür in den griechischen Verhältnissen zu suchen. In Elis, wo, wie wir wissen, nicht nur der alte Sonnendienst auffällt, sondern auch der Kronos-Cult selbst sich erhalten hat, kannte man die Göttin als Tochter des Uranos und der Hemera (Cic. nat. deor. III 23, 59), dies also unabhängig von Hesiod, der sie von Uranos und der seine Zeugungstheile aufnehmenden Thalassa entspringen liess; ihr Heiligthum zu Olympia, vermuthlich das von Cicero geschene, welches Pausanias (VI 20, 3) schon in Trümmern fand, lag grade am Kronion in Verbindung mit dem Tempel der Eilithyia, die hier den Beinamen *Ὀλυμπία* führte; der letztere Umstand ist darum zu erwähnen, weil in Sparta ausser dem Cult des Zeus Uranios sich am Markte ein Heiligthum *Διὸς καὶ Ἀφροδίτης ἐπίκλησιν Ὀλυμπίων* findet (Paus. III 12, 9) [313]. Sodann wird von der Achaischen Stadt Aigeira berichtet: *τὴν δὲ Οὐρανίαν σέβουσι μὲν τὰ μάλιστα, ἐσελθεῖν δὲ ἐς τὸ ἱερὸν οὐκ ἔστιν ἀνθρώποις* (Paus. VII 26, 3); erwägt man, dass in dem benachbarten Pellene ein Athenacult von ähnlicher Exclusivität bestand und dass in ganz Achaja sich Erwähnungen von Titanen finden (S. 60), so

---

[312]) Welcker Götterl. I 674, 32. Roschers Lexik. d. Griech. u. Röm. Myth. 648. 652.

[313]) Dass dieses kreisrunde Gebäude für eine Stiftung des kretischen Propheten und Gesetzgebers Epimenides galt, wird heute nach Entdeckung des Gortynischen Rundbaues mit seinen Gesetzesinschriften von doppeltem Interesse sein.

drängt sich der Schluss auf, dass wir es hier mit uralten, vordorischen Culten zu thun haben, die man von jeher eifersüchtig vor
der Berührung der Eroberer wahrte. Die Göttin war eben im
Grunde, d. h. wenn man von ihrer orientalisirenden Umgestaltung
absah, keine andere als die uralte in Aigeira verehrte Mondgöttin,
die Artemis-Hekate, unter welcher ältesten Gestalt sich dort Iphigeneia
erhalten hat. Dass der Name Urania lediglich diese Beziehung, die
Herkunft aus einem älteren, mehr elementaren Cult ausdrückt, zeigt
sich ganz deutlich an der dritten Hauptstätte des Uraniadienstes,
in Attika, wo ganz besonders der östliche Küstenstrich ins Auge
zu fassen ist. Der Dienst der Urania soll nach Paus. I 14, 6
vom Gau Athmonon ausgegangen sein; aber ein anderes Mal wird
die Göttin von Athmonon als die grosse Amarysische Artemis
bezeichnet (Paus. I 31, 3). Dieser Doppelcharakter ist in Attika
durchgehend. Die Aphrodite von Kap Kolias, Genetyllis benannt,
erinnert schon durch die ihr als Attribut zugetheilten Hunde [214] an
die Hekate-Artemis, die in Brauron als Geburtsgöttin unter dem
Namen Iphigeneia verehrt ward. Mit dieser wiederum steht in
nächster Berührung die Helena von Aphidna und die grosse Rha-
mnusische Gottheit, Nemesis, des Okeanos Tochter, die durch das
Attribut des Apfelzweigs sowie durch die mit Aethiopenfiguren
geschmückte Schale hinlänglich als die orientalische Göttin gekennzeichnet ist [215]; zudem war in Athen die Aphrodite-Urania selbst
inschriftlich als Moira bezeichnet (Paus. I 19,2)! Ferner ist gegenüber,
in Eretria, wo die Amarysische Artemis ihren Hauptsitz hatte, der
Eponym des Ortes ein Sohn des ‚Titanen‘ Phaethon (S. 70), während Hesiod Theog. 988 und Euripides [216] die Aphrodite mit Phaethon zu einem Paar verbunden hatten; das männliche Correlat
Amarynthos hatte zum Gegenbild den Epopeus, den aus Sikyon
stammenden Titanen. Man sieht also, während in Korinth neben
Helios Aphrodite steht, ist in Eretria und Ostattika die Göttin noch
in unverfälschter Gestalt, als die ‚glänzende‘ erhalten und noch nicht
der fremden Göttin gewichen, mit der sie an so vielen Orten colli-
dirt. Das Beiwort Urania besagt hiernach nicht viel anderes als

[214] Preller [3] I 299.
[215] Die antiken Zeugnisse für den ägyptisch-phönizischen Ursprung
der Göttin s. de Euripid. mythop. 11 f., wo auch über die Beziehung der
Helena zur Aphrodite (p. 8 ff.).
[216] s. Wilamowitz Herm. XVIII 396 ff.

derjenige Mythus, der aus den Brüdern der Aphidnäischen Helena,
den Anakes, Giganten hervorgehen liess. Die Titanischen Beziehungen
der Urania kommen am deutlichsten zur Geltung, wenn wir hören,
dass sie mit dem Gigantenkönig Porphyrion in allernächster Verbindung steht; kein anderer als dieser, den die attische Sage noch
als König von Athmonon kennt, soll ihren Cult gestiftet haben; den
zum Giganten gewordenen soll sie in der Schlacht besiegt haben [217].
Solche Thatsachen genügen, und es ist wohl kaum noch nöthig,
auf den Porphyrion der korinthischen Heroenfamilie zu verweisen
oder mit Hülfe der Etymologie den *Πορ-φυρίων*, gleich *Φορων-
εύς* und Prometheus, als einen der Feuerbringer in Anspruch zu
nehmen.

Weit weniger lässt sich von dem Zeus Uranios [218] sagen. Das
hohe Alter desselben wird durch das danach benannte Fest *τὰ με-
γάλα Οὐράνια* und die Festperiode *Οὐρανιάς* verbürgt. Aber die
Frage, auf die Alles hindrängt, ob Uranos selbst im Cult
existirt habe und wie weit er neben Zeus Platz habe, übersteigt die
Grenzen unserer Aufgabe und würde nichts Geringeres erfordern,
als die griechischen Religionen bis in die indogermanische Urzeit,
die allerdings den Varunah neben dem Djaus kannte, zurückzu-
verfolgen.

2. Apokryphe Titanenmythen.

Von den soeben geschilderten Verhältnissen führt ein Sprung
über viele Jahrhunderte zu jenen künstlichen Nach- und Weiter-
bildungen, welche ungeachtet ihres posthumen Charakters in der
Literatur fast eine grössere Rolle spielen und wir können wohl sagen
uns mehr im Wege sind als der ganze homerische Titanenmythus.
Denn dieser hat sich nicht lange behauptet und eigentlich in der
Volksvorstellung, die unter Titanen etwas ganz anderes als eine
Göttervorwelt verstand, niemals recht Platz gegriffen. Dafür finden
wir später eine Menge Fabeln in Umlauf, welche theils von der
orphischen Vorstellung ausgehen, wo die Titanen, höllische Geister,
den kleinen Dionysos zerreissen, theils statt des letzteren das Zeus-

---

[217] S. unter Gigantomachie III § 2.
[218] Herod. VI 56 u. Inschr. s. Preller[1] I 149 (119).

kind vorführen und dabei in seltsamer Weise Kureten und Titanen verwechseln.

So sollen in Patrai die Titanen dem Dionysoskind nachgestellt haben (Paus. VII 18, 3), eine echt orphische Vorstellung, die hier aber auf dem Grunde alter achaischer Titanensagen zu ruhen scheint. Den Epaphos, den die Orphiker mit Dionysos vertauschen (Lob. Agl. 1133), mit dem aber allenfalls auch der von den Kureten getödtete Apis (Apollod. I 7, 6. Paus. V 1, 6) gemeint sein kann, sollen die Titanen getödtet (Hyg. F. 150) oder die Kureten verborgen haben (Apollod. II 1, 3, 7), worauf in einem Fall der Titanenkampf folgt, in dem andern, den auch Ovid M. VII 383 berührt, Zeus die Kureten tödtet. Das Zeuskind selbst muss sich oft gegen die Titanen vertheidigen, die sich dann unter die Erde, in den Schooss ihrer Mutter, flüchten (Dorion u. Tryphon b. Ath. III 78 B, Steph. B. Σπκαί. Schol. Lukian Prometh. 3).

Rhea selbst wird nicht nur, wie man meinen sollte, von der Kronos-Sippe, den Titanen (s. Musaios b. Eratosth. Kat. p. 102, 4 Rob., Schol. Hom. O 229), sondern auch von den Wächtern des Kindes bedrängt, die, weil sie ,Kureten oder Idäische Daktylen' waren (Paus. V 7, 4 vgl. VIII 31, 1), hier wie bei Strabo 472 Telchinen heissen (Schol. Ap. Rh. I 1141). Anderswo wird wiederum angenommen, dass ihr diese Dämonen vielmehr beistehen (ὑπὸ Τιτάνων 'Ρέᾳ δοθῆναι προπόλους ἐνόπλους τοὺς Κορύβαντας Strab. 472), nämlich gegen Kronos, der das Kind verschlingen will (Paus. VIII 36, 2). Nur sind an der letzten Stelle, wo beiläufig arkadische Ortssagen hereinspielen (S. 36), statt der Titanen die Giganten genannt, wie die orphischen Titanen von Diodor III 62 als γηγενεῖς, von Varro (Serv. G. I 166) und Späteren (Lob. Agl. 710. 132) als Giganten bezeichnet worden. Insofern weiter Rhea mit Demeter verwandt ist, erscheinen auch als deren und der Persephone Umgebung die Titanen (Ap. Rh. IV 988. Schol. 982. 984. Et. M. Ἀρπάνη. Paus. VIII 37, 3 [219]) oder die Kureten (Lob. Agl. 546).

Diese Titanen, die zum Glück wenigstens von den Figuren der (in dieser Zeit unter sich nicht mehr unterschiedenen) Titanomachie und Gigantomachie scharf getrennt sind, nahmen so sehr den Charakter der Kureten und der diesen verwandten Gruppen an, dass sie

---

[219]) Doch scheint auch hierbei an Aelteres angeknüpft zu werden (S. 73).

schliesslich als Tänzer zu dem ständigen Personal der Pantomimen-
bühne gehörten (Lukian de salt. 21. 79) und dass an einer sogleich
zu besprechenden Stelle gradezu gesagt werden konnte: *ἐνομίζοντο
δὲ τῶν πριαπωδῶν θεῶν εἶναι.* Dass sich dabei nicht etwa die ob-
scöne Umdeutung des Namens *Τιτάν,* wie sie die alte Komödie liebte
(S. 76, 52), sondern nur jene grenzenlose, bis zu den Satyrn hinüber-
gehende Vermischung geltend macht, zeigt die erste der beiden angeführten Lukian-Stellen: *Βιθυνὸς δὲ μῦθος — τὸν Πρίαπον δαίμονα
πολεμιστὴν τῶν Τιτάνων οἶμαι ἕνα ἢ τῶν Ἰδαίων Δακτύλων τοῦτο
ἔργον πεποιημένων τὰ ἐνόπλια παιδεύειν.* Aber auch in dieser
Entstellung haben die Titanen noch den bösartigen, schreckenerregenden Charakter bewahrt; *τιτανῶδες βλέπειν* heisst es in diesem
Sinne bei Lukian Tim. 54 [220] und den vielleicht darauf Bezug neh-
menden Paroemiographen (I p. 455. II p. 678 ed. Leutsch), wobei den
obwaltenden Umständen nach wohl zunächst an die Bühnenmaske
gedacht war (Luk. quom. histor. etc. 23) [221]. Ich denke mir, dass
dabei auch die den orphischen Titanen eigne Sitte, sich das Gesicht
weiss zu bemalen (Lob. Agl. 654 ff. vgl. Euphor. Fr. 157), womit das
Götterkind geschreckt werden sollte, beibehalten war, und dass ihre
Nachstellungen und die schützende Rolle, welche die Kureten dabei
spielten, einen Hauptstoff jener mimischen Darstellungen boten.

Man kann zur Erklärung und Milderung jener befremdenden
Mythologie sagen, dass wenigstens um Titanen und Kureten als eine
Generation nebeneinanderzustellen, wie dies bei Strabo und bei Diodor
V 66 der Fall, es keiner besonderen Nachrichten bedurfte, sondern nur
als Ausgangspunct Kreta genommen zu werden brauchte, wo Zeus unter
den Titanen geboren und von den Kureten umtanzt wurde; eine
Voraussetzung, wovon auch, wie hier bemerkt werden mag, die Lo-
calisirung des Titanenkampfes auf Kreta lediglich eine Consequenz

---

[220]) *Ἀλλὰ τί τοῦτο; οὐ Θρασυκλῆς ὁ φιλόσοφος οὗτός ἐστιν; οὐ μὲν οὖν
ἄλλος · ἐπιτείνας γοῦν τὸν πώγωνα καὶ τὰς ὀφρῦς ἀνατείνας καὶ βρενθυνόμενός
τι πρὸς αὑτὸν ἔρχεται, τιτανῶδες βλέπων* κτλ. So vergleicht schon — was
Kock gänzlich missversteht — Aristoph. Wolk. 853 die struppigen, lang-
bärtigen Philosophen mit den *γηγενεῖς.* Ebenso *δριμὺ καὶ τιτανῶδες* Luk.
Ikarom. 23. [Lukian] Philopatr. 22. Schol. Ar. Wolk. 1176.

[221]) — *ὡς καὶ τοῦτο ἐοικέναι παιδίῳ, εἴ που Ἔρωτα εἰδὲς παίζοντα, προσω-
πεῖον Ἡρακλέους πάμμεγα ἢ Τιτᾶνος περικείμενον ·* Jahns schon von Blümner
(Arch. Stud. z. Luc. 83) zurückgewiesene Conjectur *Πανός* hat gegenüber den
Riesenmasken, von denen hier die Rede ist, keinerlei Berechtigung.
Pollux IV 142 führt unter den *ἔκσκευα πρόσωπα* auch den *Τιτὰν ἢ Γίγας* auf.

war [222]. Aber das letzte Wort über die merkwürdige Verwechselung von Kureten und Titanen ist damit freilich nicht gesprochen. Ich muss wohl oder übel, vielleicht zu glücklicherer Verwerthung von späteren Händen, die mir zu Gebote stehenden Daten mittheilen. Es gab ein Sprichwort Τιτᾶνας βοᾶν oder καλεῖν, welches die Paroomiographen (II 219. I 314 ed. Leutsch) erklären ἐπὶ τῶν κεκραγότων τινὰς εἰς βοήθειαν. Da die Tartarischen Titanen Homers, welche Hera anruft, nur ein literarisches Dasein führen und der Volksmund mit Titanen entweder die Götterfeinde oder jene Bösewichter meinte, wie sie in der Sage von den Temeniden als Helfershelfer und gedungene Mörder auftreten, so muss das Sprichwort nach meiner Meinung, mit der die antiken Erklärer nicht im Widerspruch sind, entweder bedeuten „Räuber und Mörder schreien" oder wahrscheinlicher den Sinn einer Drohung haben, wie man Μορμὼ βοᾶν sagte (Schol. Aristid. p. 42 Dindf.), ein Beispiel, welches um so mehr verglichen sein will, als diese weiblichen Spukgestalten sich mehrfach mit den Riesen berühren: so ist die der Mormo ganz nah verwandte Lamia (s. Arch. Ztg. 1885 S. 122) das Correlat zu dem Laistrygonen Lamos, und bedeutet Ephialtes zugleich den Riesen und das Alpdrücken; und dass bei Kallim. h. Dian. 66 die Mutter

---

[222]) Musaios b. Eratosth. Kat. p. 102 Rob. Die Sage von Naxos (Aglaosthenes b. Erat. Kat. 30) beansprucht für ihre Insel nur einen Jugendaufenthalt des Zeus, lässt aber den herangewachsenen Gott zum Titanenkampfe von da aufbrechen, d. h. nach Kreta, seinem Geburtsorte, zurückkehren. Ovid Fast. III 437 ff., der einer ähnlichen Version folgt, vermengt damit die landläufige Gigantomachie und Bergthürmung; dass die Verse (443 f.)

> stat quoque capra simul. nymphae pavisse feruntur
> Cretides. infanti lac dedit illa Jovi,

nur auf Grund der Kretischen Localität Sinn haben, ist selbstredend, lässt sich aber auch durch Vergleichung mit Claudians Gigantomachie verdeutlichen, wo der Gegner Apolls Delos aus dem Meeresgrunde losreissen will (120):

> exclamant placidae Cynthi de vertice Nymphae:
> Nymphae, quae rudibus Phoebum docuere sagittis
> errantes agitare feras primumque gementi
> Latonae struxere torum etc.

Die gleiche Voraussetzung bezüglich des Ortes gilt bei Diod. III 61—74 u. Ptolem. Heph. II 185, 22, bei welchen beiden ein Olympos, der Erzieher des Zeus, sich an die Spitze der Gegenpartei stellt; ein Olympos unter den Titanen S. 55.

den Kindern mit dem Kyklopen droht, ist ja auch nur ein *Τιτᾶνας*
καλεῖν. Wenn sich für dieses Sprichwort bei Photius Lex. und
Suidas folgende Erläuterung findet: *ἐβοήθουν γὰρ τοῖς ἀνθρώποις
ἐπαχούοντες, ὡς Νίκανδρος ἐν α' Αἰτωλικῶν*, so erweckt das den
lebhaften Verdacht ungenauer Wiedergabe, zumal die Glosse auch
sonst nicht ganz in Ordnung ist: das voraufgehende Citat nämlich,
Ἴστρος δ' ἐν α' Ἀττικῶν, gehört — was Müller Fr. II. G. I 418, 1
und Schneider Nicandr. p. 21 entgangen ist — als Schluss zu dem
vorhergehenden Lemma [223] und ist durch das *δ'* in seiner Zugehörigkeit entstellt, während andrerseits die unsorer Glosse anhängenden
Worte: *ἐνομίζοντο δὲ τῶν πριαπωδῶν θεῶν εἶναι*, welche, wie man
sieht, eine ganz späte Anschauung von den Titanen bekunden, ungefähr zeigen können, durch wie verschiedene und ungewaschene
Hände das Nikander-Citat hindurchgegangen. Dass auch bei Nikander
nicht etwa die Titanen des Tartaros gemeint waren, welche bei
Homer und Agatharchides dem Zeus helfen (oben S. 130), aber
dazu doch erst von ihren Fesseln befreit werden müssen, dies scheint
mir selbstverständlich. Sehr wohl kann auch dort die Hülfeleistung
der Titanen von jener schlimmen Art wie in der Heraklidensage gewesen sein.

Inwiefern alles dieses eine Beziehung zu den Kureten habe
oder haben könne, will ich kurz darlegen. Ich schicke voraus, dass
Schneiders Hinweis auf *Ὀρτυγίη Τιτηνίς*, womit Nikander (b. Schol.
Ap. Rh. I 419) eine gewisse Oertlichkeit Aetoliens bezeichnete,
durchaus hinfällig ist und nichts zur Erklärung beiträgt, da die
Alexandriner Alles, was zum Kreis der Leto gehört, wie hier
Ortygia, als ‚Titanisch‘ zu bezeichnen pflegen. Aber in anderer
Hinsicht ist es von Interesse, dass das *Τιτᾶνας βοᾶν* in den
Αἰτωλικά stand. Denn die mythische Bevölkerung jener Landschaft
bildeten die Kureten, eben jenes Volk, welches von den kretischen
Dienern des jungen Zeus schwerlich zu trennen ist. Grade das
Aetolische früh untergegangene Olenos ragt aus dem ganzen griechi-
schen Continent hervor durch den Mythus von der Zeusgeburt [224].

---

[223]) Zu *Τιτανίδα γῆν*. S. oben S. 69 f. Bei Apostolius, der im Uebrigen
mit den andern Zeugen übereinstimmt, lautet dasselbe *Τιτανίδα παρακτὶς* mit
dem unverständlichen Zusatze *ἐπὶ τῶν φιλοθέων*.

[224]) Steph. B. s. v. Stat. Theb. IV 104. Doch wurde die das Zeuskind
nährende *αἲξ Ἑλενίη* auch auf das Elische Olene (Strab. 387) bezogen; daher
bei Hyg. Astr. II 13 für *Olenon in † Aulide* wohl *Elide*, nicht *Aejtolia*, zu

Daneben bewahrt der Peloponnes zwar halb verwischte aber doch
so alte Spuren von Kureten, dass man sich fragt, wie diese Elemente,
wenn sie doch nur fremde waren, so tief in das Herz des Landes
eindringen konnten. Ich nenne ausser den „Kureten oder Daktylen‘
Olympias (Paus. V 7, 4. VIII 31. 1) das *Κουρήτων μέγαρον* in Messene
(Paus. IV 31, 6. 7), welches in ausgesprochener Beziehung zu Aetolien
und den verwandten Culten Achajas stand (s. VII 18, 1. 7. 19, 3 gegen
Ende); ferner das bei Paus. VIII 34, 2 gänzlich missdeutete *Δακτύλου
σῆμα*, welches nur darum in so gewaltsamer wie alberner Weise mit
Orest in Verbindung gebracht wurde, weil auch dessen Sage in dortiger Gegend, dem Azanenlande, einen festen Platz hatte. Dazu kommt
Stat. Theb. IV 292 *venit et Idaeis ululatibus aemulus Azan*, wonach
eben dort am Lykaion ein korybantischer Cult bestanden hätte; und
die Scholien zur Stelle behaupten sogar in Bezug auf den Namen
der Azanen: *apud Arcades Curetes hoc nomen habent*. Was uns hier
beunruhigt und der unangenehmen Verwechselung von Titanen und
Kureten einen gewissen Hintergrund giebt, ist der früher dargelegte
Umstand, dass Ἀζάν, neben welcher Form sich ein Ἀζεύς findet
(S. 84), eine verwandte und ganz gleichen Bedingungen unterliegende
Bildung war wie Ἀτλᾶντες und Τιτᾶνες, wobei sich dasselbe
Schwanken zwischen menschlichem und dämonischem Charakter zeigt
wie bei den Kureten, und dass in dem Statius-Scholion über den
Azanischen Zeus-Cult gesagt wird *unde vulgo in sacris Deae magnae
dicitur ‚Azan‘*; d. h. Zeus führe in jenem Cult den Namen Azan,
oder — was auf dasselbe hinauskommt — es werde dabei ‚Azan‘
gerufen [225].

Ob die Kureten von Euböa, die von diesem Titanenlande
(S. 123 f.) nach Marathon, dem Titanenwohnsitz (S. 69 f.) kommen
(s. S. 115, 147 besonders Nonnus), für die vorliegende Frage etwas zu
bedeuten haben, bleibt dunkel wie das Meiste an diesem ganzen
Problem. Gelänge es einigermassen zu erkennen, wohin und woher die
Kureten kamen, diese ‚heroisirten Träger‘ eines bestimmten Cultes,

---

lesen. Wenngleich die von Welcker Götterl. II 238 f. gebrandmarkten
Sagen von der Zeusgeburt in Arkadien in der That keine Sicherheit bieten,
so lässt sich doch seine Behauptung, dass man von Kureten in dieser
Gegend nichts höre (S. 236), nicht aufrecht erhalten.

[225]) Hier die ganze Stelle: *aemulus, quia in illo monte ut Juppiter ita
etiam Mater deorum colitur ritu: inde Azan. | apud Arcades Curetes hoc nomen
habent de monte Azane. | unde vulgo in sacris Deae magnae dicitur Azan.* Die

die ihren Namen wie die *Βάκχοι* (Eur. Fr. 475, 15) von ihrem Gotte, dem jugendlichen, haben mochten: so würde sich das Gewirr von Kureten, Korybanten, Satyrn, Telchinen, Daktylon und Kabiren einigermassen lichten, in welches jetzt nicht leicht Jemand ungestraft seinen Schritt setzt.

Interpunction hinter *inde Azan* ist nicht überliefert, aber unerlässlich. Dort beginnt eine neue Erklärung, die auf den Volksnamen Azan eingeht, während die erste darunter merkwürdigerweise den Berg zu verstehen scheint, wenn dort nicht die Erwähnung des Lykaions ausgefallen und die zweite Stelle *(de monte Azane)* nur eine Consequenz davon ist; wenigstens weiss man sonst nichts von einem so benannten Berge. *Jemulus* ist übrigens falsch erklärt, auch wenn die zur Erklärung angeführte Thatsache richtig sein sollte; denn wie z. B. Stat. Theb. IV 194 (*et quae Joce provocat Iden, Olenos*) zeigt, ist nur von der Rivalität der durch die gleiche Sage (die Zeusgeburt) berühmten Orte die Rede.

Neben *Ἀζεύς, Ἀζάν* und *Ἀ-ττάν* ist noch die Form *Δίας* nachzutragen, die den *Δϊάσια* zu Grunde liegt; Dias ist ein Titan, Et. M. s. v. = Eudokia 396; umgekehrt fanden wir oben S. 132, 185 ein Fest *Τιτάνια*.

Ich füge hier zum Schluss eine mir unerklärliche Stelle an: Plut. Galb. 1, wo *τὰ λεγόμενα Τιτανικά πάθη* erwähnt werden als Gleichniss für den in viele Stücke zerrissenen Riesenleib des römischen Reiches; eine doch mindestens schiefe Vorstellung, wenn der orphische Mythus gemeint ist.

Die Gigantomachie.

I. Allgemeines.

Der Mythus von der Gigantomachie, der sich nicht vor dem sechsten Jahrhundert nachweisen lässt, ist ersichtlich jünger als die Titanomachie: Herakles spielt darin eine wichtige Rolle. Die Götter, so heisst es (Apollod. I 6), haben eine Prophezeiung, wonach sie nur mit Hilfe eines Sterblichen der Giganten Herr werden können; ein Zug, den eine schlechte Ueberlieferung aus jener Spätzeit, welche den Dionysos zu einem Herakles ähnlichen Halbgott machte, auch auf diesen ausdehnt (Diod. IV 15. vgl. III 70. 74. Castor Fr. I)[1]; ungeschickt genug, da sie das Orakel von den zwei rettenden Halbgöttern der Gaia selbst, der Mutter der Giganten, in den Mund legt[2] (Schol. Pind. N. I 100). Für die volksthümliche Anschauung, wie sie sich in der Literatur der klassischen Zeit und in den Kunstdarstellungen aller Epochen ausspricht, kommt in dieser Hinsicht nur Herakles in Betracht. Schon auf den schwarzfigurigen attischen Vasen erscheint er typisch neben Zeus auf dem Kriegswagen, ganz wie es Euripides im Herakles 177 schildert (vgl. 1190); schon Pindar N. VII 90 kennt die hervorragende Theilnahme des Herakles. Dionysos kämpft einfach in der Reihe der Götter.

Andrerseits aber unterliegt ein Kampf, der die ganze Götterwelt in Bewegung setzt, ganz anderen Bedingungen als die Heroensage und nöthigt den Massstab des Titanenkampfes anzulegen. Zwar will die theogonische Einkleidung des Mythus bei Apollodor (unserer Hauptquelle für denselben), wo die Ge[3] die Giganten aus Groll über

---

[1] Der Zusatz bei Castor: *qui et ipsi erant Titani* (d. i. Gigantes) passt nur auf Herakles, den sich die spätere Zeit riesenhaft denkt, grade wie den Theseus (S. 5, 4); s. S. 151, 221 Hercules Titan: z. B. Senec. Herc. Oet. 144. Orph. hymn. XII (XI) 1.

[2] Vorbild für diese Fiction war vermuthlich Hesiod Theog. 627 ff., wo aber Gaias Parteistellung eine ganz andre ist.

[3] Ueber Uranos, der hier als Vater der Giganten genannt wird, s. S. 8 und 29, aber auch 144.

den Sturz der Titanen gebiert, wenig bedeuten, da diese Motivirung, die sich auch sonst bei den Mythographen findet[4], lediglich der Anknüpfung an den Titanenmythus dient und sich nachher, wo an die Gigantomachie der Typhoeuskampf angeknüpft wird, in plumper Weise wiederholt[5]. Aber wer weiss, ob von jeher die gewappneten Erdgebornen, wie die Bildwerke sie zeigen, es waren, denen dieser Kampf galt. Wenigstens kommt schon früh, schon im fünften Jahrhundert, die Vorstellung zur Geltung, dass die Giganten Felsblöcke und brennende Baumstämme gegen den Himmel schleuderten[6]. Sollte dies blosse Nachdichtung sein? Phlegra, wie Pallone, der

---

[4] Ausser Tzetz. Lyk. 63 (d. i. Apollodor): Schol. Apoll. Rh. II 40, Schol. Hom. Θ 479, nur dass hier statt der Erde die Γίγαντες, οἱ Γῆς παῖδες, die ἀγανακτήσαντες sind. Vgl. Lukian de salt. 37 f. Τιτάνων μάχην — εἶτα Ἑξῆς Γιγάντων ἐπανάστασιν (in einer Partie, über deren mythographische Beziehungen Herm. XX 112, 2), de sacrif. 14 τῶν Γιγάντων τὴν ἐπανάστασιν. Ovid. Am. II 1, 13 von der Gigantomachie: cum male se Tellus ulta est; vgl. Metam. I 182. 152. Auf demselben Motiv beruht Serv. Aen. IV 178. Die Mythographi Vat. I 11 und II 53 nebst Serv. VI 580 betonen zwar die ultio, nehmen aber seltsame Gründe dafür an: ob sui atque Tartari (s. oben S. 8, 12) derisionem (I 11); Terram diis quod eam habitare dedignati sunt iratam (II 53). Ueberaus befremden muss dabei die Angabe Titanas contra Saturnum genuit, Gigantas postea contra Jovem (Serv.), ungenauer Titanas et Gigantas Terra — genuit ex se contra Saturnum et postea contra Jovem (I 11). Vielleicht ist das Ganze nur aus Missverständniss folgender, einem alten Kommentar entstammenden Stelle entstanden Serv. Aen. X 565 Ilic (Briareus) contra Titanas Jovi adfuisse dicitur vel ut quidam volunt Saturno (vgl. III § 6). — Bei Diodor III 70 zürnt die Erde, dass eine ihrer Ausgeburten, die Aigis, von Athene getödtet worden, obwohl die Göttin dort selber γηγενής ist. Nonnus giebt den Grund nicht an, weshalb die Ge den Göttern zürnt. Claudian wiederum beginnt seine Gigantomachie: Terra parens quondam caelestibus invida regnis | Titanumque simul crebros miserata dolores etc. Vgl. Virg. A. IV 178: illam Terra parens ira inritata deorum | extremam ut perhibent Coeo Enceladoque sororem | progenuit; ebenso Senec. Oct. 244. Sil. It. V 111.

[5] Genau so wird rein mythographisch bei Serv. Aen. IV 178 der Zorn der Erde gegen die Götter, von dem Virgil spricht, durch den Tod der Giganten motivirt.

[6] Hermipp in den Θεοί (s. unten S. 170). Plat. Soph. 33. Duris b. Schol. Ap. Rh. I 501. Apollod. I 6, 2. Nonn. 45, 199. Hesych ὀρειτύπου δίκην. Hor. C. III 4, 55. Aber schon auf der schwarzfigurigen Londoner Vase No. 511 führt der übrigens mit einer Rüstung angethane Gigant eine Fackel, wie der Katalog besagt und eine erneute Prüfung des Originals bestätigt hat; allgemein sind die Steinblöcke und brennenden Bäume auf der etwa an der Grenze des 4. und 3. Jahrhunderts stehenden Melischen Vase im Louvre.

feststehende Ort des Kampfes, mythisch heisst [1], bedeutet ursprünglich nur eine „Brandstätte", einen Ort, wo, wie Aristoteles Meteor. II 8, 368 [b] sagt, gewaltiges Steingeröll (vgl. Solin 9, 6) von einstigen vulkanischen Katastrophen zeugte, gleichwie die Gegend am Sipylos und gewisse Stellen des Ligurerlandes, wie auch — fügen wir hinzu — Mykonos [8], Panopeus (S. 26), an denen allen die Sage von einem durch die Götter oder durch Herakles vernichteten Gigantengeschlecht haftet (S. 89. 97). Zwei wichtige Momente aber kommen in Phlegra dazu, um grade diesen Ort zur mythischen Kampfstätte zu machen. Erstens der gegenüberliegende Olymp. Gegen diesen hat man sich doch wohl ursprünglich den Angriff gerichtet gedacht, ohne dass dabei die Breite des Thermäischen Meerbusens der Phantasie ein Hinderniss bot. Für die Sage war es ein Leichtes, zumal bei gigantischen Verhältnissen, Pallene näher an den Olymp heranzurücken. In unserer Ueberlieferung freilich tritt dies wenig hervor. Vielmehr haben sich die Dichter früh gewöhnt, mehr die Phlegräische Kampfstätte ins Auge zu fassen, zu welcher die Götter nach Heroenart bewaffnet herabkommen [9], aber doch nicht ohne von den Riesen angegriffen zu sein. Nur Solin 9, 6 spricht von dem hier stattgehabten ,Weltkampf' und von den auffällig grossen Steinblöcken *quibus oppugnandum* [10] *impetitum caelum crediderunt.* Die landläufige Verwechselung von Olymp und Himmel hat jedenfalls dazu beigetragen,

---

[1]) Herod. VII 123. Eudoxos b. Steph. B. Φλέγρα. Ephoros b. Theon Progymn. 6. Strab. 330 Fr. 25. 27. Schol. Ap. Rh. III 234. Skymn. 634. Philostr. Her. 289 ed. mai. Kays.

[8]) Alle Hügel dort sind mit riesigen Granitblöcken übersät; Ross Inselr. II 29. Μύκονος —, ὑφ' ᾗ μυϑεύουσι κεῖσϑαι γιγάντων τοὺς ὑστάτους ὑφ' Ἡρακλέους καταλυϑέντας Strab. 487. Bei Steph. B. s, v. und Eust. z. Dion. Perieg. 525, wo sich die Notiz wiederholt, steht ἐγκαινοτάτους statt ὑστάτους, dies fast komisch. Damit man aber nicht ὑστάτους anzweifle und beide Lesarten auszugleichen suche (etwa durch δεινοτάτους), vergleiche man Strab. 281, wo Herakles τοὺς περιλειφϑέντας τῶν γιγάντων vernichtet, und den im Uebrigen an Apollodor sich anschliessenden Tzetzes z. Lyk. 63, wo Herakles τοὺς ἑτέρους — ὁμοίως πλὴν ὀλίγων σὺν Διὶ ἀναιρεῖ.

[9]) Pind. N. 1 67 ἐν πεδίῳ Φλέγρας — μάχαν. Aesch. Eum. 291 (von Athena): Φλεγραίαν πλάκα | Θρασὺς ταγοῦχος ὡς ἀνὴρ ἐπισχοπεῖ, vgl. Arist. Vög. 824; unter den römischen Dichtern s. besond. Petron 123 v. 207.

[10]) Vgl. etwa den Ausdruck Philostr. Heroic. S. 140 Kays. γιγάντων στρατοπεδευσάντων ἐπί. Minder bezeichnend ist der lateinische Ausdruck Stat. Ach. I 484 *Sic cum bellantes Phlegraea in castra coirent caelicolae,* Aetna 42 *Phlegraeis castris,* u. ö.

diese Seite des Mythus in der ohnehin spärlichen Ueberlieferung
zu verwischen. Wenigstens darf man nicht einwenden, dass die
Kunstwerke der älteren Zeit, die zahllosen Vasen, den Kampf nur
als Handgemenge auf ebener Erde schildern, da der Ansturm gegen
die Höhe und das Herabkommen der Götter die Fähigkeit des alten
auch für die Vasen massgebenden Reliefstils weit überstieg, aber
sofort in glänzender Weise in die Erscheinung tritt, nachdem die
Malerei diese Fesseln abgestreift. Nach Pindar P. VIII, der aber
doch von dem κότος der Giganten spricht (vgl. Fr. 109 στάσιν ἐπί-
κοτον), könnte es scheinen, als ob Porphyrion nur in trotzigen Reden
μεγάλαυχος (15) und παρ' αἶσαν ἐξερεθίζων die Götter zum Kampfe
herausgefordert habe. Aber das that auch Epopeus und vielleicht
noch mancher andre Frevler. Zu einem wirklichen Götterkampfe,
der den ganzen Olymp in Bewegung versetzte, konnte es nur kommen, wo der Göttersitz selbst in der Nähe war und in seiner Sicherheit bedroht war. — Dies der eine Punct, den man bei der that-
sächlichen Fixirung des Mythus auf der Pallenischen Landzunge ins
Auge zu fassen hat. Der andere ergiebt sich aus der Art ihrer Bevölkerung. Chalkidier waren es, die das Land von Altersher inne
hatten. Sie können um so eher den Mythus dort hingetragen und
festgehalten haben, als auch in Italien nur ihnen die frühzeitige
Uebertragung von Namen und Mythus des Phlegräischen Feldes zuzuschreiben ist. Vielleicht darf man daran erinnern, dass Euböa
das Land der Riesen ist, dasjenige, wo Briareos-Aigaion seine uralte
Stätte hat, wo nach Einigen die Titanen, nach Andern die Kyklopen
gewohnt haben sollen (S. 124); ferner dass in Chalkis und dem
gegenüberliegenden Anthedon die Sagen von Briareos mit der von
den Aloaden (Paus. IX 22, 5) in merkwürdiger Weise aufeinander-
stossen. Thatsächlich ist Briareos in der Gigantomachie, wie sie
z. B. dem vierten Jahrhundert geläufig, eine Hauptfigur und zwar
nicht mehr als der Meerdämon, wie ihn die Kyklische Titanomachie
kämpfen liess, sondern als eine Art Prototyp der Phlegräischen Em-
pörer, nicht als Hekatoncheir äusserlich hereingezogen [11], sondern in
die Entwickelung des Mythus innerlich verflochten. Was der Gigantomachie, die in ziemlich entwickelten Formen vor uns tritt, ihr

---

[11] Wie Robert (zu Preller S. 71, 5. 72) annimmt, der übrigens die
Theilnahme des Briareos an der Gigantomachie literarisch nicht vor Kallimachos nachweisen zu können glaubt. S. unten III 6.

eigenthümliches Gepräge giebt, ist, dass den Göttern die menschlich
gedachten und vieler Orten geharnischt vorgestellten Erdgebornen,
die unser erstes Capitel beleuchtete, entgegengestellt werden und der
ganze Olymp zu einem Kampfe aufgeboten wird, der eigentlich nur
die Heroen, in dorischer Zeit besonders den Herakles, anging. Aber wie
die alten Titanischen Riesensagen, hinter denen sich veraltete Göttergestalten oder ungebändigte Naturgewalten verbargen, von den mehr
politisch gearteten Gigantensagen, die sich auf feindliche, streitbare
Autochthonen-Völker bezogen, abgelöst werden, wobei sich theilweise
die titanischen Figuren selber in Gigantenhäuptlinge wandeln, hat
sich oben gezeigt, sowohl im Kreise der dorischen Hexapolis von
Klein-Asien wie am Rhyndakosgebiete und im Peloponnes. Vielfach
waren es dort die Dorier, welche die Veränderung herbeiführten. In
Pallene nun wiederholt sich augenscheinlich derselbe Vorgang. Auf
die chalkidischen Ansiedler folgten korinthische, also Dorier. Wie
nun in den Pseudo-Sokratischen Briefen, einer für Heraklesmythen
wichtigen Schrift, wiederholt betont wird, dass der Besitz der Chalkidike, ganz besonders Pallenes keinem Andern zukäme als den Herakliden (30, 5 f. ed. Orelli p. 37. Epistologr. ed. Hercher 630) [12], so
ergab sich — dieselbe Vorstellung ins Mythische übersetzt — nunmehr
von selbst, dass der Ahnherr jener Geschlechter auch in diese
Gegenden erobernd und die Autochthonen vernichtend vordringen
musste. Schon früher, wahrscheinlich schon in einem der ,Hesiodi-
schen' Gedichte, hatte in diesem Sinne die dorische Dichtung den
Herakles auf dem Rückwege von Troja erst die Koischen Autochthonen besiegen, von da aus nach Pallene kommen lassen, um einen
dort hausenden Riesen zu bezwingen. Sobald daher Pallene Schauplatz des Götterkampfes wurde, war seine Rolle unmittelbar gegeben.
— Der Pallenische Riese Alkyoneus, eine ursprünglich Titanische
und den allerältesten Ansiedlern, den Achäern, angehörige Figur,
geht anfangs unabhängig neben der Gigantomachie einher, und ist

---

[12] ὃ δί ἐστιν οὐκ ἐμποδὼν τοῖς τυχοῦσιν εἰπεῖν, ἐκ πολλοῦ τε χρόνου τοῖς
πᾶσι κατασεσιώπηται, συμφέρει δί σοι πυθέσθαι, ταῦτά μοι δοκεῖ φράσειν καὶ
τούτων ἀξιώσειν εὐαγγελία δικαίαν χάριν Ἀντιπάτρῳ παρὰ σοῦ δοθῆναι· περὶ γὰρ
τῆς γινομένης Ὀλυνθίοις χώρας, ὡς ἔστι τὸ παλαιὸν Ἡρακλειδῶν ἀλλ' οὐ Χαλκι-
δέων, ὁ φέρων τὴν ἐπιστολὴν μόνος καὶ πρῶτος ἀξιοπίστους μύθους ἕρξει. — —
τὴν δὲ Ἀμφιπολῖτιν Ἡρακλειδῶν οὖσαν Ἀθηναίοις καὶ Χαλκιδεῖς λαβεῖν. — —
Παλλήνην δὲ Ἐρετριεῖς καὶ Κορινθίους καὶ τοὺς ἀπὸ Τροίας Ἀχαιοὺς Ἡρακλειδῶν
οὖσαν κατασχεῖν.

erst nachträglich in dieselbe hineingezogen worden. Er ist neben dem Gigantenvolk eine Erscheinung ganz wie in Panopeus Tityos neben den Phlegyern (S. 16 f. 19), wie in Arkadien vermuthlich der Heraklesgegner Lykaon neben der gigantischen, von den Göttern vertilgten Lykaonsfamilie (S. 34), wie in Mysien der Riese Kyknos neben den Troern, wie der Phaethonteische Kyknos neben den von Herakles bezwungenen Ligurern (S. 99).

Bei alledem liegt die Entstehungsgeschichte der Gigantomachie selbst noch einigermassen im Dunkeln. Möglich, dass dieselbe wirklich nur ein Nachbildung des Titauenkampfes war, die nur mit minder schattenhaften Figuren operirte und darum, zumal sie sich auf die Kunst stützen konnte, dauernderen Erfolg hatte. Möglich aber auch, dass in der That die Euböischen Riesengestalten, unter denen Briareos selbst von jeher eine Hauptperson in den Götterkämpfen war, den Kern des Mythus abgaben und dass dieser, die sogenannte Gigantomachie, ursprünglich nur ein Zweig aus derselben Wurzel war wie Aloadenmythus und Titanenkampf, aber dadurch, dass er auf halbbarbarischen Boden gerieth und der dorische Mythus von dem überall vordringenden und die gigantischen Autochthonen bezwingenden Herakles dazukam, ein jüngeres Ansehen erhielt als ihm von Hause aus zukommt [13].

II. Literatur.

Unsere Zeugnisse für die Gigantomachie gehen bis jetzt nicht viel über das sechste Jahrhundert hinaus. Das Schatzhaus der Megarer in Olympia und einige noch ältere Thongeräthe, nächstdem Xenophanes und Pindar, vielleicht auch schon Eumelos, sind die frühsten Zeugen. Frühere Spuren, die man zu finden glaubte, beruhen so offenkundig auf Täuschung, dass man nur ungern auf diese Hypothesen eingeht.

Es ist eigentlich kaum der Erwähnung werth, wenn Wieseler S. 168 glaubt, dass bei Hesiod in der Titanomachie die φάλαγγες der Titanen (v. 676) durch Giganten ausgefüllt würden. Welches die Bundesgenossen der Titanen sein könnten, haben wir erörtert, nämlich Briareos und seines Gleichen, wie dies die Dichtung des

---

[13]) Im Uebrigen s. III 2 am Schluss.

Eumelos zeigt, auf die Wieseler kein Recht hat sich zu berufen. Die
gewappneten Giganten gehören eben einer andern Sagenrichtung an,
und wenn auch beides Riesen sind, so können sie doch, sobald sie
einmal unterschieden werden, nicht äusserlich auf föderativem Wege
wieder zusammengebracht werden. Wieseler legt erstaunlich viel
Gewicht auf die Theogonie des Johannes Tzetzes (s. unten ‚Namen'),
die sich doch ziemlich genau an Hesiod hält und nur in der Titanomachie, die wiederum ganz Hesiodisch ist, v. 271 die Worte
gebraucht τροποῦται καὶ τοὺς Γίγαντας τροποῦται καὶ Τιτᾶνας, als
ob dies nicht bloss eines der vielen Beispiele dafür wäre, dass die
Spätzeit, wie ja eigentlich schon die klassische Zeit, Giganten und
Titanen absolut nicht auseinanderzuhalten vermochte. Thöricht genug
ist diese Einmischung der Giganten freilich, nachdem bloss von Titanen die Rede gewesen war. Ferner gründet sich Wieselers Meinung auf eine Stelle des Gregor von Nazianz or. adv. Julian. 103 D,
aus der schon Frühere geschlossen hatten, es sei in der Theogonie
eine Partie ausgefallen, welche ausführlicher von den Giganten handelte. Man braucht die Stelle nur zu lesen, um das Hinfällige dieser
ganzen Voraussetzung zu erkennen: Καλὸν προςάδεσθαι τὴν Ἡσιόδου θεογονίαν αὐτοῖς (den Heiden) καὶ τοὺς ἐκεῖ πολέμους καὶ
κλόνους, τοὺς Τιτᾶνας, τοὺς Γίγαντας μετὰ τῶν φοβερῶν ὀνομάτων
τε καὶ πραγμάτων· Κότος, Βριάρεως, Γύγης, Ἐγκέλαδος, οἱ δρακοντόποδες ἡμῶν καὶ κεραυνόβολοι [14] θεοί, αἱ τούτοις ἐπιφερόμεναι
νῆσοι, βέλη τε ὁμοῦ καὶ τάφοι τοῖς ἀπαντήσασιν τὰ πικρὰ τούτων
γεννήματα, Ὕδραι, Χίμαιραι, Κέρβεροι, Γοργόνες, φιλοτιμία παν-

---

[14]) So ist offenbar zu schreiben für das Überlieferte κεραυνοφόροι.
Wieseler Anmkg. 40 dachte an κορυνηφόρος, zog es aber vor, nicht zu corrigiren, da er blitztragende Giganten nachweisen zu können glaubte. Das
Bildwerk, worauf er sich bezieht, eine Revue arch. X (1853) p. 100 abgebildete Gemme, stellt aber einen fischschwänzigen Meerdämon dar und
der zweizackige Gegenstand in seiner Hand gewiss keinen Blitz; es war
in der Vorlage vielleicht ein Schilfgewächs. — Auch Farnell Journ. of
hell. stud. III 301, der sich ganz auf Wieseler stützt, behält die überlieferte Lesart bei, aber ohne ein Wort der Erklärung hinzuzufügen. Der
Ausdruck θεοί ist im Munde des Kirchenvaters natürlich eine blosse Ungenauigkeit und nicht etwa mit den S. 145 angeführten Platostellen zu vergleichen. Aehnlich werden in Tzetzes Theogonie 374 die Giganten unter
die δαίμονες gerechnet, ein Fall, der wiederum von Beispielen wie dem
S. 41 vorgekommenem geschieden sein will. — Ueber das folgende βέλη τε
ὁμοῦ καὶ τάφοι s. unten III 6.

τὸς κακοῦ · ταῦτα ἴστω τῶν Ἡσιόδου καλῶν ταῖς ἀκοαῖς προτιθέ-
μενα. Wer dies wörtlich nimmt, müsste folgerecht auch die
Schlangenfüssler dem Hesiod vindiciren. Dass hier nicht bloss He-
siodisches dem Autor vorschwebt, dafür ist der doch wohl dem
Euripides (Ion 206) entlehnte Ausdruck κλόνος Γιγάντων — und
den Euripides kannte Gregor gut — sehr bezeichnend; die Beziehung
von κλόνους auf Γίγαντας ergiebt sich aus dem den ganzen Satz
beherrschenden Parallelismus:

τοὺς πολέμους   καὶ κλόνους
τοὺς Τιτᾶνας   τοὺς Γίγαντας
μ. τ. φοβερῶν ὀνομάτων τε   καὶ πραγμάτων
Κόπος, Βριάρεως, Γύγης   Ἐγκέλαδος, οἱ δρακοντόποδες κτλ.

Man empfängt einfach den Eindruck wie Schömann (Op. II 401), ·
dass Gregor, statt den obscuren Autor irgend einer Gigantomachie
namhaft zu machen, diese, die obenein mit der Titanomachie vermengt wurde, auf den Hesiod als den Repräsentanten dieser Art von
Dichtungen übertrug, da es ihm nur darauf ankam, eines der Häupter
heidnischer Theologie mit seiner Polemik zu treffen.

Noch weniger berechtigt ist es, sich auf den Scholiasten zu dieser
Stelle zu berufen, der theils in Gregors Fusstapfen tritt, theils neue
Ungenauigkeiten hinzufügt. Die Stelle, die man bei Lobeck Agl.
567[b] lesen kann, lautet so: ἐν τῇ Θεογονίᾳ καταριθμεῖται τὰς τῶν
θεῶν γενέσεις, Ἔρεβος καὶ Χάος — Οὐρανὸν καὶ Γῆν — Κρόνον —
Δία — τοὺς Ἑκατόγχειρας · ὅθεν καὶ τὴν Γιγαντομαχίαν καὶ τὰ ἐκ
τῶν αἱμάτων αὐτῶν ἰοβόλα θηρία, τὴν ὕδραν ἣν Ἡρακλῆς ἀπέκτεινε, τὴν Χίμαιραν ἣν Βελλεροφόντης, τὴν Γοργόνα ἣν ὁ Περσεύς,
καὶ τὸν τρικέφαλον κύνα. Schon die Verkehrtheit, welche darin
liegen würde, wenn bei einer auch nur aphoristischen Inhaltsangabe
der Theogonie die angebliche Gigantomachie genannt, die Titanomachie aber fortgelassen wäre, müsste uns abhalten, auf den Wortlaut einer solchen Angabe Schlüsse zu bauen; dies auch dann, wenn
wir nicht daneben den Gregortext hätten, auf den der Scholiast Bezug nimmt, wobei er übrigens die Ungenauigkeit noch vermehrt,
indem er Titanenkampf und Gigantenkampf vermengt. Was in Text
und Scholion weiter folgt, von Hydra, Chimära, Gorgo und Kerberos
— also mit Ausnahme des letzteren denselben Wesen, die bei Hesiod
zwar nicht aus dem Titanen- oder Gigantenblut, wohl aber aus der
Verbindung von Typhoeus und Echidna entspringen —, das kann
uns nicht eines Andern belehren, sondern nur den Eindruck der

11*

Ungenauigkeit erhöhen [15]. Zwar erzählt auch Nikander Ther. 8 ff.
Spinnen, Schlangen und sonstige giftige Thiere hätten ihren Ursprung
vom Blut der Titanen, und beruft sich dabei auf Hesiod; allein
schon sein Scholiast bezeichnet diese Angabe als unzutreffend.
Wenn nun der Gregor - Scholiast gleichfalls von giftigen Thieren
spricht, die aus dem Blute der Besiegten entstanden, eine Bezeichnung, die auf jene Fabelthiere, höchstens die Hydra ausgenommen, gar nicht recht passt, so hat er dies natürlich nicht aus
Nikander, sondern beide können es, abgesehen davon, dass jene Anschauung überhaupt früh verbreitet war [16], eher aus derselben Quelle
geschöpft haben, nämlich aus Akusilaos, dessen (nach seiner Weise
den Hesiod überbietende) Version: *ἐκ τοῦ αἵματος τοῦ Τυφῶνος
πάντα τὰ δακετὰ γενέσθαι* (Schol. Nikand. a. a. O.) in den mythologischen Handbüchern zu finden war, mochte auch der Unterschied
der Autorschaft in manchen Büchern verwischt sein. Typhoeus
aber wurde zur Zeit Nikanders, mochte auch nebenbei der Mythus
von der Flucht der Götter sich in der Literatur fortpflanzen, im
Allgemeinen längst nicht mehr von den Giganten unterschieden,
so wenig wie die Giganten von den Titanen.

Aber als sollten wir nun einmal vor dem Spuk einer Hesiodischen Gigantomachie keine Ruhe haben, so tritt nun wieder Schoemann (Op. II 140, 23) selbst mit der Behauptung auf, dass schon
in einem der Hesiodischen Gedichte die Gigantomachie vorgekommen
zu sein scheine; es ergebe sich das aus Schol. Leyd. z. Hom.
T 229 (Valckenaer Opusc. II p. 127). Da nicht nur Müller Fragm. Hist.
Gr. Vol. II p. 12 von einer Gigantomachie spricht, sondern auch Preller
G. M. I 58, 1 mit Schoemann diesen Inhalt in dem Scholion findet
und Robert Prellers Bemerkung stehen lässt, so ist es nöthig, den
Wortlaut der Stelle vorzuführen. *Οἱ περὶ Κρόνον Οὐρανοῦ παῖδες*

---

[15]) Keiner wird so oft fälschlich citirt wie Hesiod; s. Markscheff. p. 386.
Kink. Ep. Fr. p. 183, wo Fr. 275 M. 257 K. (s. de Eurip. myth. 6) und
Manil. II 14 zuzufügen.

[16]) Aesch. Suppl. 254

χνωδάλων βροτοφθόρων,
τὰ δὲ παλαιῶν αἱμάτων μιάσμασιν
χρανθεῖσ' ἀνῆκε γαῖα κτλ.

Gothier ans dem Blut des Uranos: Epimenides b. Ath. VII 282 F; aus dem
des Typhoeus: Schol. Ap. Rh. II 1210, 15. Dass schädliche Thiere aus der
Erde geboren werden, wurde vielfach angenommen; Kallim. Fr. 376. Schol.
Ap. Rh. IV 150, 28.

ἀρχαῖοι Τιτᾶνες τοῖς ἀμφὶ τὸν Δία νεωτέροις θεοῖς πόλεμον ἤραντο
καὶ τοῦτο πράττειν δι' ἐπιβουλῆς ἐγνώκασι, καὶ <.....> δηλοῦσι
τοῦτο Διὶ καὶ ἀξιοῦσιν αὐτοῖς (l. αὐτοὶ?) συγκροτῆσαι τῷ τοῦ πολέμου καιρῷ καὶ τιμῆσαι τὴν Στύγα καὶ τὸ τῆς Στυγὸς ὕδωρ ὅρκον
θεῶν ποιῆσαι. ἡ ἱστορία παρὰ Ἡσιόδῳ καὶ Θεογόνῳ. Dieses sehr
problematische Scholion erhält erst einiges Licht, wenn man die
Scholia minora [17] daneben hält. Dieselben stimmen im Anfang, bis
ἤραντο, wörtlich mit dem Leidensis überein, fahren dann aber so
fort: καὶ τοῦ Διὸς συμμάχους ἀγείροντος ἡ Στὶξ πρώτη πάντων
σὺν τοῖς παισὶν αὐτοῖς παρεγένετο. Διὸ ἐξόχως αὐτὴν ἐτίμησαν οἱ
περὶ τὸν Δία θεοί. καὶ τὸ ὕδωρ αὐτῆς, τῆς ἐν ᾅδου πηγῆς, θεῶν
ὅρκον ἐποίησαν. Mit diesem Bericht, auf den die Citirung Hesiods,
und zwar der Theogonie (383 ff.), passen würde, trifft, wie man
sieht, der Leidensis gegen den Schluss hin wieder zusammen,
eigentlich schon von ἀξιοῦσιν ab, nur drückt er sich kürzer, ungenauer und etwas verschroben aus. Dazwischen drängt sich eine für
uns räthselhafte Partie, welche mit καὶ τοῦτο beginnt und vor δηλοῦσι, wo das Subject wechselt, augenscheinlich eine Lücke hat.
Wie die subscriptio zu verbessern sei, lässt sich heute noch nicht
entscheiden: da die listigen Nachstellungen der Titanen in der späteren Mythologie vorkommen und eine gewisse Rolle spielen (S. 147 f.),
so mag in Θεογόνῳ immerhin ein Autorname stecken, etwa Θεα-
γένει, wie Müller wollte [18], wobei jedoch nicht an den alten Rhe-
giner, sondern an jenen jüngeren zu denken wäre, der Μακεδονικά
schrieb und Pallenische Geschichten erzählte; andrerseits darf bei
dem wenig exacten, oft mehr summarischen Charakter der mythographischen Subscriptionen, der fremde Einschiebsel duldet, die
nächstliegende Schreibung ἐν τῇ Θεογονίᾳ nicht als ausgeschlossen
gelten. Aber diese Frage kann für uns nur von secundärem Interesse
sein. Hier kommt es nur darauf an, festzustellen, dass von einer
Gigantomachie auch nicht die geringste Spur in diesem Scholion zu
entdecken ist.

Hesiod muss also aus dem Spiel bleiben. Aber auch sonst
sieht man sich in der älteren Zeit vergeblich nach einer epischen
Gigantomachie um. Dass es dergleichen Dichtungen gab, zeigt ausser
der Batrachomyomachie V. 7 die Stelle des Xenophanes bei Atho-

---

[17] Zu T 108. Ueber die scholl. Leid. im Allgemeinen Maass Herm. 19, 534.
[18] Θεοπόμπῳ, worauf Welcker Ep. C. 127 verfiel, hat keinen Schatten
von Berechtigung.

näus XI 462 (Fr. I 19) [19]. Aber es ist davon weder ein Autorname, noch das geringste Bruchstück auf uns gekommen. Ob etwa
die kyklische Titanomachie, die in den Schol. Apoll. Rhod.
I 1165 dem Eumelos, bei Athen. VII 277 D und I 22 C dem Eumelos oder
Arktinos zugeschrieben wird, auch die Gigantenschlacht behandelte,
lässt sich schwer entscheiden. Aus der Bezeichnung ὁ τὴν Γιγαντομαχίαν ποιήσας Schol. Apoll. Rh. I 554, womit dem ganzen Ausdruck nach nur das kanonischen Rang behauptende Epos des Eumelos
gemeint sein kann, einen derartigen Schluss zu ziehen, muss man
bei dem steten Schwanken des Sprachgebrauchs, der auch Giganten
für Titanen sagte, zunächst Anstand nehmen, zumal der dort erwähnte Gegenstand, die Erzeugung Cheirons durch Kronos, durchaus
in die Titanengeschichte gehört und sich leicht mit Fr. 6 (Kinkel)
verbindet. Jedenfalls könnte die Gigantomachie nur neben der Titanomachie, d. h. im Anschluss an dieselbe vorgekommen sein. In
der letzteren scheint der Dichter ganz im Banne Homers und Hesiods
gestanden zu haben und nur darin eine bessere Tradition befolgt
zu haben, dass er den Briareos auf Seiten der Titanen kämpfen liess.
Man begreift nur nicht, wie die undankbare Aufgabe eines Kampfes
zwischen Unsterblichen, der sich also nur in allgemeinen Wendungen
bewegen konnte, noch einen zweiten Dichter reizen konnte, nachdem
Hesiod, der der Hauptschwierigkeit aus dem Wege ging, Alles was
hier möglich war, eigentlich in glänzender Weise geleistet hatte.
Auch ist schwer abzusehen, wie die einzelnen Olympier und ihre
Bewaffnung, von der in dem Gedicht umständlich die Rede war
(Fr. 4 K.), zur Verwendung kommen sollten, wenn die Gegner un-
verwundbar und unsterblich waren. Nimmt man hinzu, dass Euripides, der dies Epos thatsächlich kannte [21], an dem Siegestanz der
Götter, also einem direct aus Eumelos entlehnten Zug [22], den Herakles
theilnehmen lässt (Herakl. 180), so erscheint es nicht grade ausgeschlossen, ja bis zu einem gewissen Grade wahrscheinlich, dass be-

---

[19]   ἀνδρῶν δ' αἰνεῖν τοῦτον, ὃς ἐσθλὰ πιὼν ἀναφαίνει
      ὡς ἡ μνημοσύνη· καὶ τόν, ὃς ἀμφ' ἀρετῆς.
      αὔτε μάχας δίεπε Τιτήνων οὐδὲ Γιγάντων κτλ.
[20] Es ist nicht etwa zu emendiren in Τιτανομαχίαν, wie Weichert
Apollonius S. 199 und Schoemann Op. II 24 wollten.
[21] Fr. 888, vgl. oben S. 65, 33.
[22] Fr. 5 Kinkel; vgl. Tibull II 5, 9, Seneca Agam. 340, s. Welcker
Ep. Cycl. II 412; hinzuzufügen ist Martial VIII 50, Dion. Hal. VII 72.

reits bei Eumelos der Gigantenkampf sich an die Titanomachie anschloss und dass die Vermengung der beiden Mythen darin eine bedeutende Unterstützung fand [22]. In diesem Falle würde natürlich auch
das vielfach wiederkehrende Motiv des Kampfes, der Groll der Ge
über den Sturz der Titanen, dem Epos entstammen und nur bei Typhoeus, dessen Mythus bei Apollodor die dritte Stelle einnimmt, in
ungeschickter Weise von dem Mythographen wiederholt sein.

In des Musaios Titanomachie [24], die jedenfalls nur einen Theil
seiner Theogonie bildete (Robert, Eratosthen. p. 241), spielte Kadmos
eine Rolle (Schol. Apoll. Rh. III 1179); damit ist die Darstellung
des falschen Pisander (Welcker Ep. Cycl. I 95) und des Nonnos (I u. II)
zu verbinden, wo Kadmos den Zeus im Typhoeuskampfe unterstützt [25].
Wenn die gleiche Rolle sonst auch dem Hermes zugetheilt wird, so
ist dies auf den Zusammenhang von Hermes und Kadmos oder Kadmilos zurückzuführen. Uebrigens scheint Musaios dem Hesiod fol-
gend nur Titanomachie und Typhoeuskampf behandelt zu haben;
ein grösseres Fragment aus der ersteren bei Eratosth. Katast. 13
(Robert S. 240).

Mehrere Titanomachien oder Gigantomachien erwähnt die Tabula
Borghese, doch ist nur der eine Autorname Telesis aus Methymna
erhalten (Jahn-Michaelis Griech. Bilderchron. S. 76. Kinkel Ep. fr.
p. 4); eine andere Ergänzung des Restes μαχιας finde ich nicht zulässig (s. Wilamow. Hom. Unt. 334).

Endlich wurde auch dem mythischen Thamyris eine Titanomachie zugeschrieben (Herakleid. b. Plut. de music. 3).

Aus klassischer Zeit zu erwähnen wäre nur noch die Parodie
auf unsern Mythus, die von Hegemon zur Zeit der Sicilischen Expedition mit so viel Glück in Athen aufgeführt wurde (Polemon
Fr. 45 Prell.). Chamaileon erzählt (b. Athen. IX 407) von dieser
Aufführung oder vielmehr Recitation, es sei nie in Athen soviel ge-
lacht worden wie damals, und das Publicum habe sich dabei so
ausserordentlich amüsirt, dass es nicht einmal durch die plötzlich
sich verbreitende Nachricht von der Sicilischen Katastrophe bewogen

---

[22]) s. Wilamowitz Hom. Unters. 345, 22.

[24]) So liest man allgemein für das überlieferte τιτανογραφια.

[25]) s. R. Koehler d. Dionysiaka des Nonn. S. 3, 1. Man hat die Rolle des
Kadmos jedenfalls mit Robert z. Prell. I 66 im Zusammenhang mit dem
böotischen Typhaonion zu verstehen.

wurde, das Theater zu verlassen, sondern sich an Ort und Stelle
ausweinte. Dies klingt selbst für eine Anekdote so absurd, dass
wir ein Recht haben, auch den sonstigen Angaben dieses Autors
gegenüber eine gewisse Vorsicht zu beobachten. Es brauchte ihm,
um dergleichen zu erfinden, nicht einmal das genaue Datum der
Aufführung vorzuliegen, sondern nur die Nachricht, dass dieselbe
zur Zeit der Sicilischen Expedition mit ausserordentlichem Beifall
stattgefunden. Ja selbst ein ἀπεχοῦντος τοῦ ναυτικοῦ περὶ Σικελίαν
konnte er vorfinden, ohne dass sich dasselbe grade auf die Katastrophe von 413 zu beziehen brauchte, eine Beziehung, welche unser
Literarhistoriker allerdings brauchen konnte, um seine Erzählung
durch den Contrast des rauschenden Vergnügens und der Iliobspost
zu würzen. Die antike Historie leichteren Schlages hat solche Motive immer geliebt; man denke an die Tarentiner, welche der ein-
dringende Feind grade im Theater findet [26]. — Wenn meine Vermuthung richtig ist, so würde hierzu vortrefflich eine Stelle aus den
i. J. 414 aufgeführten Vögeln des Aristophanes stimmen, für die man
sonst vergebens eine Erklärung sucht. Es heisst dort nach einigen
unverständlichen und verdorbenen Worten 824:

τὸ Φλέγρας πεδίον, ἵν' οἱ θεοὶ τοὺς γηγενεῖς
ἀλαζονευόμενοι καθυπερηκόντισαν.

In diesen Worten, mit welchen Aristophanes offenbar auf die Heiter-
keit des Publicums rechnete, ist auch nicht die Spur eines Witzes
zu entdecken. Diese parodistische Auffassung des Gigantenkampfes
ist an sich ziemlich frostig und hat durchaus nichts Komisches; sie
ist vom Dichter angebracht bei Gelegenheit der Prahlereien, die er
kurz vorher (822 f.) im Vorübergehen erwähnt, bleibt aber darum
materiell durchaus unmotivirt und unerklärt. Ganz anders gestaltet
sich die Sache, wenn der Dichter mit dieser an sich durchaus nicht
nahe liegenden Parodie Bezug nahm auf ein so bekanntes Ereigniss
wie das Début des Hegemon; damit war er sicher, erheiternd zu
wirken. — Hierzu kommen die mannigfachen andern Beziehungen
des Stückes auf die Gigantomachie [27], welche schon den Alten nicht

---

[26] Aehnliche auf Erfindung beruhende Synchronismen erwähnt Diels
Rh. Mus. 31 S. 14.
[27] 553. 1250 ff.; das Auftreten des Titanen Prometheus, vgl. Welcker
Ep. Cycl. II 415 ff.; bei 1633 ist man versucht, an Apollodor I 6, 2, 1 zu
denken.

entgangen sind [28], vor Allem der Conflict des neuen Staates mit den
Göttern und der Kampf um die Herrschaft; Aristophanes selbst
scheint (die genauere Wendung, die er gebraucht v. 823, ist verdorben) die Wolkenstadt mit dem Phlegräischen Felde zu vergleichen,
denn der Chor nimmt die oben citirten Verse mit den Worten auf:
λιπαρὸν τὸ χρῆμα τῆς πόλεως. Dass der Gedanke an die Gigantomachie dem Dichter auch den Vers eingegeben hat: τῷ ξανοῖμεν
τὸν πέπλον, lehrt der Augenschein [29].

---

[28]) Hypothesis II (Scholl. ed. Dübner p. 209 b, 20) und Schol. 553, 45.

[29]) Die von Hegemon handelnde Partie des Polemon (Fr. 45 Prell.)
zeigt eine höchst merkwürdige Erscheinung. Der Autor zählt dort die ihm
bekannten Parodisten auf, indem er an die Spitze den Hipponax stellt;
λέγει γὰρ οὗτος ἐν τοῖς Ἰαμβίροις.

> Μοῦσα μοι Εὐρυμιδοντιάδεα τὴν ποντοχάρυβδιν,
> τὴν ἐγγαστριμάχαιραν, ὃς ἐσθίει οὐ κατὰ κόσμον,
> ἐννέφ᾽ ὅπως ψηφῖδι κακῇ κακὸν οἶτον ὄληται,
> βουλῇ δημοσίῃ παρὰ θῖν᾽ ἁλὸς ἀτρυγέτοιο.

Darauf folgt Epicharm ἔν τινι τῶν δραμάτων ἐπ᾽ ὀλίγον, Kratinos ἐν Κόντι-
δαις und unser Hegemon ἐν ἰαλλω Φακῆν. Zur Erläuterung dieses Beinamens wird eine längere, über 20 Verse betragende Partie angeführt,
offenbar aus einem Prooemium, in welchem sich der aus Thasos kommende
Dichter bei seinem ersten Debut einem fremden Publicum vorstellt, und
zwar dem Athenischen Publicum, wie aus V. 16 und 18 ziemlich unzweideutig hervorgeht. Es wird dann nach einer kurzen Erwähnung des Hermipp, in dessen Komödien auch einzelne Parodieen vorkamen, fortgefahren:
τούτων δὲ πρῶτος εἰσῆλθεν εἰς τοὺς ἀγῶνας τοὺς θυμελικοὺς Ἡγήμων καὶ πῦρ᾽
Ἀθηναίοις ἐνίκησεν ἄλλαις τε παρῳδίαις καὶ τῇ Γιγαντομαχίᾳ. γέγραφε δὲ καὶ
κωμῳδίαν κτλ. — Die angeblichen Verse des Hipponax, von dem sonst keine
Hexameter bekannt sind, erregen nun mancherlei Bedenken. Schon die
ungewöhnliche Einführung ἐν τοῖς Ἰαμβίροις erregt einen gewissen Anstoss
und hat zu Aenderungsversuchen Anlass gegeben. Doch ich lege darauf
kein Gewicht. Nun aber die Verse selbst. Wer ist der Eurymedonssohn?
Ich will nicht darüber streiten, ob die patronymische Einführung eines
doch in dieser Form am wenigsten allgemein bekannten Helden dem antiken
Publicum eher genügen konnte als uns, und ob nicht vielmehr mit Welcker
Εὐρυμέδοντα θιά zu lesen sei. Jedenfalls lag wie bei andern Parodieen ein
mythischer Stoff zu Grunde, und in dieser Richtung ist die Persönlichkeit
zu suchen, gleichviel ob sie selbst oder nur eine von ihrem Schlage, etwa ein
Zeitgenosse, zu der Persiflage herhalten musste. Es giebt aber nicht nur
im Epos, woran zunächst zu denken ist, sondern im ganzen Bereich der
Mythologie nur einen Eurymedon — denn der gleichlautende Beiname des
Poseidon und des Perseus will nichts besagen —, das ist der homerische
Gigantenkönig. Dass der Held ein unmässiger Fresser ist, deutet gleich-

Auch Hermippos in den ‚Göttern‘ hat, wie Wilamowitz (Herm. VII 140) bemerkt, seinen Witz an diesem Mythus versucht. Das bezeichnende Fragment bei Athen. XIV 316 C. D Meineke II 390, 5 Kock I 232, 31 lautet: λεπάδας δὲ πετρῶν ἀποκόπτοντες [30] κρεμβαλιάζουσι <᷄–᷄–᷄–>; auch das πεντελίζειν (Fr. 34 Kock) deutet Wilamowitz in gleichem Sinne. Jedoch war diese Parodie im Vergleich mit der Hegemonschen schwerlich ein solches Ereigniss, dass die Verse aus den Vögeln sich mit Wilamowitz darauf beziehen liessen.

Die sonstigen auf unsern Mythus bezüglichen Schriftwerke sind bis auf winzige Reste verloren. So die Γιγαντιάς eines Dionysios, vielleicht des (auch nur bei Stephanus citirten) Bassariken-Dichters, eine Dichtung in mindestens drei Büchern, wovon ein Hexameter bei Stephanus B. v. Δώτιον steht, der das Werk auch sonst mehrfach citirt (s. v. Κελαδώνη, Ὀρέσται [31], Νύσσων, Τιτωνεύς). Ferner die Παλληνιακά des aus der Chalkidike gebürtigen Hegesippos, eine

----

falls in frappanter Weise auf den Riesen, wie auch der Ausdruck ἐγγαστριμάχαιραν nicht zufällig an ἐγγαστρόχειρς zu erinnern scheint. In dem dritten Verse (wozu κακῶς κακά v. 9 des grossen Frgm. zu vergleichen) ist an ψαφίδι nicht zu rütteln, wohingegen meines Erachtens das δημοσίη in V. 4 eine Verschreibung von διαμονίη sein kann, wie sie leicht zu Wege gebracht wurde durch den Gedanken an ψαφίδων: einen falschen Gedanken, wenn, wie ich vermuthe, die Parodie nicht von einem traurigen Process oder Ostrakismos handelte, sondern vielmehr schilderte, wie der Vielfrass, statt wie die wirklichen Giganten durch Felsblöcke, durch ein Kieselsteinchen (das er verschluckte?) elendiglich zu Grunde ging. So scheint Hermipp in der Parodie des gleichen Mythus (s. d. Text) den Angriff der Felsen gen Himmel schleudernden Giganten als ein harmloses Fangspiel mit Steinchen darzustellen (vgl. Wilamow. Herm. VII 140). Aber das sind Nebenumstände. In der Hauptsache wäre es jedenfalls ein höchst merkwürdiges und kaum glaubliches Zusammentreffen, wenn auch Hipponax den Mythus von dem Giganten Eurymedon parodirt hätte und diese Verse nicht vielmehr von Hegemon selbst wären, sei es, dass sie als Anfang des berühmten Gedichts von Jemand an den Rand geschrieben worden oder aber mit dem längeren Citat irgendwie, etwa sich daran anschliessend, im Zusammenhang standen. Ich halte mich für verpflichtet, auf dies Problem hinzuweisen.

[30]) Vgl. Hesych ὀρετύπου δίκην· ὅτι οἱ Γίγαντες ἀποσπῶντες ἀπὸ τῶν ὀρῶν κορυφὰς καὶ πέτρας; ἔβαλλον. Die Glosse, die sich auf Aesch. Sept. 85 βρέμει δ' | ἀμαχέτου δίκαν ὕδατος ὀρετύπου bezieht, wäre allerdings eine mira interpretatio wie G. Hermann sagt, wenn nicht der Vf. in seinem Exemplar einfach γίγαντος — dies natürlich fehlerhaft — statt ὕδατος gelesen hätte.

[31]) Solin 9, 4 ff. rechnet Phlegra zur Orestis und Palaephat. de incred. 20 (Westerm. Mythogr. 285) lässt die Hekatoncheiren in der Orestias wohnen.

Prosaschrift, die viel benutzt wurde. Auch Theagenes, der Verfasser der *Μακεδονικά*, der, nach seiner Darstellung des Gigantonkampfes (Eust. z. Dion. 327. Steph. B. v. *Παλλήνη*. Müller Fr. H. G. IV 510) zu schliessen, an rationalistischer Mythenauffassung seinem älteren Namensvetter nichts nachgab, schöpfte aus jenem Work und hat uns daraus eine ziemlich dürftige Liebesgeschichte des Bakchos erhalten (Parthenios 6). Aristokles, der περὶ γιγάντων schrieb (Müller IV 329) und unter denjenigen genannt wird, die den alten Melesagoras ausschrieben, scheint bereits der Kaiserzeit anzugehören[32]. — Endlich soll nach Diog. Laert. VII 175 auch Kleanthos der Stoiker περὶ γιγάντων geschrieben haben; allein dieser hat sich mit Fabeln nicht abgegeben, und es ist klar, dass auch hier die so oft begegnende Verwechselung mit Neanthes von Kyzikos vorliegt[33]. Von diesem, der sich ja mit den Mythen seiner Heimath beschäftigte, Nachrichten zu besitzen über eine im vorliegenden Mythus so wichtige Gegend, wäre unschätzbar.

Von poetischen Behandlungen der Gigantomachie sind nur die zwei fragmentarischen Gedichte der beiden Claudiane aus der Zeit der Völkerwanderung auf uns gekommen, das eine von dem bekannten Lateiner, das andere in griechischer Sprache (jetzt am zugänglichsten in Jeeps Claudian-Ausgabe Praef. p. 78). Der Stoff war in der Kaiserzeit besonders beliebt[34]. Eine der frühesten Dichtungen in diesem Genre mag die Jugendarbeit des Ovid gewesen sein, die der Dichter indessen nie der Oeffentlichkeit übergeben zu haben scheint (Amor. II 1, 11; vgl. Met. X 150).

So bleibt uns denn als einzige vollständige und bis zu einem gewissen Grade massgebende Quelle Apollodors Bibliothek, die im 6. Capitel des ersten Buches eine, wie wir sehen werden, in vieler Hinsicht werthvolle Darstellung des ganzen Mythus giebt. Diese muss natürlich die Grundlage unserer Untersuchung bilden.

---

[32] s. Boeckh z. Schol. Pind. Ol. VII 66. Rob. Münzel Quaestiones mythogr. 10.

[33] s. Fr. H. G. III 3. Marquardt Cyzicus 168.

[34] Vgl. auch unten III § 6.

III. Die Gigantomachie auf Grund von Apollod. Bibl. I 6.

1. Alkyoneus. *

Aus der Gigantomachie des Apollodor ist vor allen Dingen der
Alkyoneus-Kampf auszuscheiden, der nur äusserlich damit verbunden
ist. Zunächst sticht es von dem Kampfgetümmel, in welchem Götter
und Giganten handgemein sind, merkwürdig ab, wie gleichsam ab-
seits von der Scene Herakles mit Hülfe der Athena den Riesen fort-
schleppt [35]. Das würde indessen nicht so auffallen, wenn nicht in
der eigentlichen Schlachtbeschreibung diesen beiden, wie den übrigen
Göttern, schon ihre bestimmten Gegner zugewiesen wären, so dass
der Alkyoneus-Kampf aus der Reihe herausfällt: Athena kämpft
gegen Enkelados und Pallas, Herakles ausser gegen Porphyrion, den
er dem Zeus niedermachen hilft, gegen alle Giganten. Auch ist
grade in der Gigantomachie, wo Herakles der Helfer der Götter sein
soll, der Beistand der Athena ihm gegenüber schlecht angebracht

---

*) Diese Blätter, in welchen nur auf das Arch. Ztg. 1884 Taf. 4 ver-
öffentlichte Vasenbild nachträglich Rücksicht genommen wird, sind schon
vor längerer Zeit geschrieben. Inzwischen hat Robert (Herm. XIX 473)
die Alkyoneus-Sage einer gründlichen Untersuchung unterzogen. Allein
ich habe mich mit seinen Ergebnissen, besonders mit der Beurtheilung des
Nemeen-Scholions nicht befreunden können; schon das überaus complicirte
Resultat, welches nicht weniger als 6 oder 7 Versionen unterscheidet, muss
grosse Bedenken erregen. Nach reiflicher Erwägung habe ich an meinem
Text nichts ändern zu müssen geglaubt und statt dessen in den Anmer-
kungen die Differenzpuncte zur Sprache gebracht.

[35]) Den Satz πρῶτον μὲν ἐτόξευσεν Ἀλκυονέα, [αὐτὸς δὲ ἐπὶ τῆς γῆς μᾶλλον ἀνεθάλπετο], Ἀθηνᾶς δὲ ὑποθεμένης ἔξω τῆς Παλλήνης ἔλκυσεν αὐτόν, wo
Hercher den Zwischensatz mit Unrecht streicht, verbessert Wilamowitz
Ind. lect. aest. Goetting. 1884 p. 11 so: ὡς δὲ ἐπὶ τῆς γῆς πάλιν ἀνεθάλπετο,
Ἀθηνᾶς ὑποθ. κτλ., wobei mir nur die Aenderung von μᾶλλον unnöthig zu
sein scheint. — Der Zug von der Unüberwindlichkeit in Berührung mit der
mütterlichen Erde ist vielleicht von hier aus auf Antaios übergegangen,
dessen Alter schon historisch, durch die Gründung Kyrenes, begrenzt ist
und auch der Sagenform nach geringer erscheint: denn dass die heimathliche Erdscholle, als in einer echten Localsage, für die Mutter Erde überhaupt gilt, und dass der Riese von da weggeschleppt werden muss, ist ungleich alterthümlicher, als wenn die Erde überhaupt, wie bei Antaios, verstanden wird und Herakles zu dem bekannten Athletenkunststück greifen
muss.

und verräth sich in seiner typischen Form 'Ἀθηνᾶς ἐπιθεμένης leicht
als das gewöhnliche Requisit der Heraklesthaten, der Heroen-ἄθλα
überhaupt. Dass das Alkyoneus-Abenteuer nicht eigentlich zur Gigantomachie gehörte, ja dass er es vielleicht nicht einmal in seinen
Quellen damit verbunden fand, scheint der Mythograph selbst zu
verrathen, indem er jenes scharf abschliesst: κἀκεῖνος μὲν οὕτως
ἐτελεύτα und unmittelbar darauf die eigentliche Gigantomachie, den
Angriff des Gigantenkönigs Porphyrion gegen Herakles, Hera und
Zeus, beginnt Πορφυρίων δὲ 'Ηρακλεῖ κατὰ τὴν μάχην κτλ.,
wiewohl er in seiner kindischen Weise den Ausdruck nachher
wiederholt. (Vgl. a. unten Cap. IV.) — Dasselbe lehren uns die
Monumente, schwarzfigurige und strenge rothfigurige Vasen, die
den Alkyoneuskampf darstellen ohne irgend welchen Zusammenhang mit jenem Götterkampfe, ganz wie andre Heraklesthaten.
Athena ist schützend, hülfreich gegenwärtig und durchaus in zweite
Linie gestellt, sehr im Gegensatz zu den zahlreichen Darstellungen,
welche Athena im Kampf mit Giganten zeigen. Vor Allem passt
die hervorragende Rolle des Hypnos [36], für welche das redende
Zeugniss der Monumente mehr beweist als das Schweigen Apollodors,
sehr wenig in den Zusammenhang einer Gigantomachie und sehr gut
in ein besonderes Herakles-Athlon, wie es Pindar mehrfach erzählt
(N. IV 27. Isthm. V 32. Vgl. den *gigas* Sidon Ap. C. IX 92, XIII
11, XV 141).

Dass Alkyoneus, der seit sehr früher Zeit in Pallene heimisch
war, nach dem Aufkommen der Gigantomachie allmählich mit den
Giganten zusammengeworfen wurde [37], war unvermeidlich, und diese
Vermischung, durch die sich offenbar das frühe Verschwinden des
Athlons aus Kunst und Poesie erklärt, muss längst perfect gewesen
sein, ehe die Mythographen in dieser ungeschickt äusserlichen Weise
das Alkyoneus-Abenteuer mit dem grösseren Mythus combinirten.
Pindar hält beide Sagen noch völlig auseinander, aber schon der nah
verwandte Dichter des lyrischen Autochthonen-Fragments (Bergk
P. L. G. ⁴ III 713), welchem Alkyoneus der πρεσβύτατος Θρασυ-

---

[36]) Die Zweifel über die Benennung der Flügelfigur beseitigt Fr. Koepp
Arch. Ztg. 1884 S. 41 ff.
[37]) Philostr. Her. 289 (ed. min. Kays. I S. 140, 11). Nonn. 25, 90. 36, 242.
48, 71. Claudian Rapt. Proserp. III 185. Hygin Fab. praef. Schol. Hes. Theog.
185. Joh. Tzetz. Theog. 84. Die beiden Letztgenannten stellen ihn gradezu
an die Spitze.

γνιῶν Γιγάντων ist, lässt diese Vermischung anklingen. Im Uebrigen habe ich von dem Verhältniss des Alkyoneus zu der Gigantenschaar schon gesprochen (S. 160) und ähnliche Doppelerscheinungen verglichen. Der Riese selbst, den jener unbekannte Lyriker als den Ahnherrn von Pallene feiert, gehört den Achäern an, die noch vor den Chalkidiern jene Gegend besiedelten. Die Gegend des Isthmos ist es, wo der Name des Alkyoneus mehrfach haftet (s. oben S. 139). Zu diesen Ortsverhältnissen scheint nun auf den ersten Anblick Schol. Pind. N. IV 25 (43) vortrefflich zu passen. Οὗτος ὁ Ἀλ-κυονεύς εἰς τῶν Γιγάντων λέγεται περὶ τὸν Ἰσθμὸν τῆς Κορίνθου συμβεβηκέναι Ἡρακλεῖ, οὗ τὰς βοῦς Ἡρακλῆς ἐξ Ἐρυθείας παρ-ήλαυνε. Leider wird sich aber die Glaubwürdigkeit dieses Zeugen in so ungünstigem Lichte zeigen, dass Jahn wahrscheinlich Recht behalten wird, hier ein durch die Erwähnung des Isthmos von Pallene verursachtes Missverständniss anzunehmen. Man vergleiche Schol. Pind. Isthm. VI 33 (47): Φλέγρα τῆς Θρᾴκης χωρίον· διέ-τριβε δὲ ὁ Ἀλκυονεύς κατὰ τὸν Θρᾳκικὸν Ἰσθμόν. Βουβόταν δὲ τὸν βουκόλον φησί, παρ' οὗ τὰς Ἡλίου βοῦς ἀπήλασεν· ὅθεν καὶ ὁ πόλεμος θεῶν πρὸς τοὺς Γίγαντας· ein Scholion, welches, wie wir sehen werden, ebensoviel für sich hat, wie das erste gegen sich; nur dass, was die Oertlichkeit angeht, die Ausdrucksweise auch hier zu wünschen übrig lässt, da unter dem Thrakischen Isthmos auch der Thrakische Chersonnes verstanden werden kann (Herod. VI 36). Es ist aber nöthig, auf die Sage selbst näher einzugehen

Wir lesen bei Apollodor I 6 mit Bezug auf Alkyoneus Folgendes: οὗτος δὲ καὶ τὰς ἡλίου βόας ἐξ Ἐρυθείας ἤλασε. Diese Worte werden zwar in dem Zusammenhang der Gigantomachie, wo sie stehen, von Hercher mit Recht beanstandet, konnten aber in jedem mythologischen Handbuche, mochte Alkyoneus mit den Giganten zu-sammengeworfen sein oder nicht, sehr wohl Platz finden; wie sich dies auch von anderer Seite her zu ergeben scheint. Wir gewinnen hiermit eine mit dem Geryoneus-Mythus collidirende oder vielmehr parallele Sage, die Pindar kannte, und bei der nur die Details uns fehlen und davon abhängig sind, ob man die Apollodor-Glosse mit dem einen oder andern Scholion verbindet. Von der Glosse ist aus-zugehen, weil sie in dem dortigen ganz verschiedenartigen Zusammen-hang weniger als die Pindarscholien dem Verdachte ausgesetzt ist, irgend etwas an der Hand eines gegebenen Textes hinzuzudichten. Angesichts des Widerspruchs, der zwischen der Apollodor-Notiz und

dem Nemeen-Scholion besteht, wird man nun zunächst das andere
Scholion vergleichen und finden, dass hiernach der Riese die Rinder
des Helios, die nach Erytheia gehören, weggetrieben hatte, bis dann
Herakles kam und sie ihm abnahm, was sehr wohl während
des Schlafes des Hüters, wie es bekannte Vasenbilder zeigen, geschehen konnte. Das würde eine vollkommene Parallele zu Geryoneus ergeben, dessen Rinder als die der Sonne durch Namen und
Lage der Oertlichkeit hinlänglich charakterisirt werden, mag dieselbe
noch auf dem Festlande liegen, etwa in dem Sonnenlande Epirus
(S. 84,72) — noch Hekataios kennt den Geryoneus in Ambrakia [38] —
oder mag dieselbe entsprechend der erweiterten Länderkenntniss in
die mythische Ferne jenseits des Meeres hinausgerückt sein; nur
ist eben die Beziehung auf Helios in unserer Ueberlieferung verloren
gegangen. Die Alkyoneus-Sage hat sich jetzt in aller Vollständigkeit auf einer schwarzfigurigen Schale gefunden, die zu dem bekannten Typus ausser Athena und einigen Genossen — ein Krieger
ist auch auf einer der bekannten Vasen dabei — noch als Fortsetzung des Runds einige Gefährten zeigt, die zu Wagen mitsammt
der Heerde davonsprengen (Arch. Ztg. 1884 Taf. 3) [39]. Ein deutlicher Beweis, dass die Geschichte in dieser Form schon vor Pindar
sehr bekannt und wahrscheinlich im Epos erzählt war; von den
lyrischen Koryphäen bleibt wenigstens Stesichoros mit seiner Geryonis

---

[38]) Die dortige Gegend war für die östlichen Griechen das Gebiet des
Sonnenunterganges, des Dunkels, wie sie auch bekanntlich das Reich des
Todes ist: dort fliesst der Acheron, dort liegt die λευκὰς πέτρη, Geryoneus
selbst, der bei Horaz C. IV 21, 7 in der Unterwelt figurirt, ist in der tomba
dell' Orco (s. S. 106, 126) als Diener dem Unterweltsgotte zur Seite gestellt;
der Kerberos gehört ihm b. Mythogr. p. 303 Westerm.; sowohl Helios-
Phaethon (Hermes XX 141) wie Aïdoneus (Philoch. fr. 46 [Plut. Thes. 35].
Ael. V. H. IV 5. Paus. I 17, 4. Mythogr. 322 VI) gilt als König der Molosser;
und die Heerden des Hades unter Menoites weiden in derselben Gegend
wie die des Geryoneus (Apollod. II 5, 10, 6; vgl. 5, 12, 7). Zwischen diesen
und den Sonnenheerden ist daher nicht zu unterscheiden; um so weniger
als die berühmtesten Sonnenheerden in Tainaron weiden, welches nicht
minderen Ruhm als Eingang zum Hades geniesst. Die gleiche Erscheinung
wiederholt sich nun bei Alkyoneus, der sowohl Sonnenhirt ist, als auch
dem bodenlosen See bei Argos, der als Eingang zur Unterwelt galt, seinen
Namen gegeben hat. — Hiernach erledigen sich die von Robert S. 483 geltend
gemachten Bedenken. Die ethische Deutung, die er dem ganzen Mythus
giebt, vermöchte ich ohnehin nicht mit meiner Anschauung zu vereinigen.

[39]) Ueber Roberts abweichende Erklärung s. Anmerkung 41.

ausgeschlossen. Pindar selbst steht mit unserer Fassung der Sage nicht so sehr in Widerspruch, wie dies auf den ersten Blick scheint, insofern er den Riesen nicht schlafend sondern anscheinend kämpfend vorführt. Es wäre wirklich kein ruhmvolles und der immer wiederholten Erwähnung würdiges Abenteuer, wenn der gewaltigste der Heroen einen schlafenden Gegner einfach hinschlachtete. Vielmehr ist es nicht nur möglich, sondern höchst wahrscheinlich, dass der Riese durch die Pfeilschüsse ermuntert, wenn auch schwer getroffen und unfähig den Feinden nachzusetzen, ihnen doch einen gewaltigen und höchst gefährlichen Steinwurf nachschickte, wie der Kyklop dem absegelnden Schiff des Odysseus. Grade ein solcher Sachverhalt würde in der Pindarischen Darstellungsweise: Alkyoneus unterlag ihm „nicht ohne zuvor noch mit einem Felsblock ein Dutzend Gespanne und doppelt soviel darauf befindliche Krieger vernichtet zu haben", den allerprägnantesten Ausdruck finden [10]. Noch ein anderer, mehr äusserlicher Umstand fällt ins Gewicht. Wir sind im Allgemeinen

---

[40]) Indem Pindar hinzusetzt ἐπειρομήχας ἱὼν τι ϛαντίη | λόγον ὁ μὴ ξυνίεις· ἐπεὶ | ῥέοντά τι καὶ παθεῖν ἔοικιν, beschönigt er einen so schweren, einer Niederlage ähnlichen Verlust des Helden mit einem bekannten Sprichwort (vgl. insbesondere Aeschyl. Choephor. 302 ff. Kirchh. und Arrian An. VI 13, 5). Dass Pindar dergleichen vollkommen erfunden haben könne, wie man bei Koepp Arch. Ztg. 1884 S. 35 f. liest, scheint eine Verkennung Pindarischer Dichtweise. Nicht glücklich ist dabei der Seitenblick auf den Pelopsmythus, den Pindar doch nicht umbildet, sondern dessen Ueberlieferung er ausdrücklich anführt, aber um sich davor zu bekreuzen. Speciell in Bezug auf Herakles konnte vor der Annahme so weit gehender Indulgenz schon das Beispiel von Ol. X 15 bewahren, wo der Dichter im Einklang mit der neuen Stesichoreischen Version, die er zu adoptiren ja nicht nöthig hatte, berichtet, wie Herakles von Kyknos in die Flucht geschlagen wurde. — S. 83, 6 meint Koepp, der Scholiast z. Apoll. Rh. I 1289 deute auf eine derjenigen Pindarstellen, welche den Kampf gegen Troer, Meroper und Alkyoneus zusammenstellen. Ich selbst habe früher daran gedacht, ob nicht die hier zwischen Troern und Alkyoneus genannten Ἀμάζανις auf blossen Gedächtniss- oder Schreibfehler zurückzuführen seien. Allein auch in den Amazonenkämpfen nennt Pindar den Telamon als Genossen des Herakles; richtig ist daher jene Bemerkung erst dann, wenn man sie zugleich auf Stellen wie Nem. III 36 ff. und Fr. 55 ausdehnt, wo der Troische und der Amazonenkampf nebeneinander genannt sind, übrigens so, dass man doch zugleich merkt, der Zusammenhang sei kein chronologischer, wie beim Meroper- und beim Alkyoneus-Abenteuer (vgl. III 37 καὶ κοτι). — Uebrigens darf man nicht etwa mit Preller [2] II 232 annehmen, Telamon habe an der Gigantomachie theilgenommen.

nicht gewohnt, den Herakles mit reisigem Trosse seine Abenteuer bestehen zu sehen; erst die dorische Dichtung, die in den Heraklidensagen sich schon ganz ins Historische verliert, hat die ideale Kampfesweise abgestreift und zeigt den Helden als Heerführer im Zuge gegen Pylos und Lakedämon, gegen Troja und Kos und im vorliegenden Falle. Und grade darin stimmt die bildliche Darstellung sehr gegen die Gewohnheit der Kunst mit Pindar überein. Ueberdies geschieht die Fortführung der Rinder nicht in ruhiger, siegesgewisser Weise wie auf dem entsprechenden Geryoneus-Bilde des Euphronios, sondern in so grosser Hast, dass man unwillkürlich an die Pindarische Erzählung erinnert wird [11]. Denn was den Schlaf betrifft, der für Pindars Zweck nebensächlich, ja sogar störend sein müsste, so war derselbe für die ältere Kunst, die ohnehin gern Alles was sie weiss ausspricht, ein zu charakteristisches Moment, um es sich entgehen zu lassen [12].

Als literarische Quelle der Geschichte, wie sie Pindar und die Vasen vorführen, würde man am ehesten, wie gesagt, das Epos vor-

---

[11]) Robert bestreitet, dass der Tross des Herakles und die Wegführung der Rinder gemeint sei, und sieht hier auf Grund eines vielgebrauchten Vasen-Schemas nur die Wagen der beiden auf der Vorderseite kämpfenden Helden, nämlich des Herakles und seiner Begleiter. Allein der Anstoss, den Robert daran nimmt, dass die Rinder nicht sichtlich getrieben, sondern gleichsam von selbst mitlaufen, fällt fort, wenn die Gespanne zugleich rasch davonjagen müssen; die Coincidenz beider Handlungen konnte ein Bild so niederer Dutzendgattung nicht deutlicher wiedergeben, als indem es alle Rinder neben den Wagen nach der gleichen Richtung mitlaufen liess, letzteres ein Umstand, der wie das Rennen der Thiere überhaupt doch nicht zufällig sein kann und bei einem blossen „erschreckt Umherspringen" schwerlich stattgefunden hätte. Ferner pflegen auf den Vasenbildern, auf die Robert sich beruft, meiner Kenntniss nach die Wagen den beiden Gegnern zu gehören, und daher nach verschiedenen Seiten dahinzufahren. Dass sie hier nach derselben Seite hin fahren, würde eine gleiche oder schlimmere Gedankenlosigkeit sein, wie die von Robert beanstandete Wagenlenkertracht der Genossen.

[12]) Die Art, wie Robert den Pindarischen Kampf mit dem Schlafmotiv verbindet, indem er während des heftigen Kampfes plötzlich durch Götterwillen den Alkyoneus einschlafen lässt, scheint mir nicht sehr glücklich gewählt. Die umgekehrte Verbindung, die ich im Text gegeben, ist doch wohl das Natürliche und Einfache. Das auf einigen Vasen halbgeöffnete Auge des Riesen würde ich mit Koepp als Zeichen des Erwachens auffassen, als einen Zug, mit welchem der naive Maler um einen Moment zu früh seine Kenntniss von dem Ausgang der Fabel bekundet.

aussetzen, am liebsten Hesiod, der in der That zu unserer Haupt-
stelle, Isthm. V (VI) 37 (53), citirt wird.   Danach kam die von
Pindar berichtete Ceremonie, durch die Herakles das Freundschafts-
bündniss mit Telamon einging, in den grossen Eöen vor; und es ist
wohl möglich, dass sich daran die Erwähnung der drei gemeinsamen
Kämpfe anschloss; ohne dass darum für den Scholiasten, dem es nur
auf die ungewöhnliche Ceremonie ankam, ein Grund vorgelegen
hätte, auch für diese Kämpfe, als etwas bekanntes, die Quelle
anzugeben, da ihm das specielle Interesse dafür und für die
Fragen, die wir daran knüpfen, vollkommen fehlte. — Daneben
sei aber eine Bemerkung über den Hypnos erlaubt.   Weder
Prellers noch sonst welche Erwägungen haben mich überzeugen
können, inwiefern die Rolle dieser Figur in dem Wesen des übrigens
von Preller richtig gedeuteten Alkyoneus begründet sei.   Sollte der
Grund, den Hypnos einzuführen, nicht vielmehr ein literarischer gewesen sein?   Das unmittelbar vorangehende Abenteuer, das von Kos,
ist in der Ilias angezettelt durch Hera und direct verschuldet durch
die Beihülfe des Hypnos (Ξ 249 ff.); der Gedanke liegt daher nicht
so fern, dass die dem Herakles günstige Dichtung in dem daran an-
geschlossenen Abenteuer von Pallene den Hypnos seine Schuld wieder
gut machen liess, vermuthlich auf Geheiss des Zeus, der schon in
der Ilias wegen der Koischen Gefahr über den Schlafgott heftig er-
grimmt war und ihn beinahe aus der Höhe ins Meer geschleudert
hätte.   Die Anknüpfung an Homer ergab sich hier so natürlich und
organisch wie in wenigen Fällen.   Ja selbst die auffallende vogel-
artige Kleinheit der Flügelgestalt, in der man nicht ohne Weiteres
den Zwillingsbruder des Thanatos ahnt, ein Moment, das sich nicht
grade aus künstlerischen Gründen erklärt, mag ihren Anhalt in der
Ilias haben.   Hypnos, der übrigens auch von Hause aus geflügelt zu
denken ist, lässt sich dort, um nicht von Zeus, den er bewältigen
soll, gesehen zu werden, in Gestalt eines Vogels auf einem nahen
Baume nieder (Ξ 289):

---

⁴¹) Der Zusammenhang und die Reihenfolge dieser drei Abenteuer
(die Pindar überall festhält) hat sich auch bei den Mythographen erhalten:
Apollodor II 6, 4. 7, 1; nur dass hier an Stelle des Alkyoneus-Abenteuers
die Gigantomachie gesetzt ist, in welche jenes verflochten wurde, so dass
nun ungeschickt genug die kurze Erwähnung des Götterkampfes den beiden
menschlichen Kämpfen anhangt.

ἔνϑ' ἧσϑ' ὄζοισιν πεπυκασμένος εἰλατίνοισιν,
ὄρνιϑι λιγυρῇ ἐναλίγκιος, ἥν τ' ἐν ὄρεσσιν
χαλκίδα κικλήσκουσι ϑεοί, ἄνδρες δὲ κύμινδιν.

Ein so eigenartiges Moment kann wohl auf die vorliegende Anschauung eingewirkt haben.

Soviel über die Hauptversion des Alkyoneus-Athlos. Ihr scheint
nun in dem Nemeen-Scholion und in dem bisher nicht erwähnten
Scholion Pind. P. VIII 17 eine andere Version gegenüber zu stehen.
Man höre zur Beurtheilung dieser Zeugen zunächst den zweiten,
der Text-Interpretation dienenden Theil des Nemeen-Scholions (nach
Boeckh). *Οὐ πρότερον οὖν, φησίν, ἀνεῖλε τὸν 'Αλκυονέα 'Ηρα-
κλῆς, πρὶν τὰ ἅρματα αὐτοῦ δώδεκα ὑπὸ τοῦ 'Αλκυονέως βλη-
ϑῆναι· μετὰ γὰρ τὸ συντρίψαι αὐτοῦ δώδεκα ἅρματα καὶ εἰκοσι-
τέσσαρας ἄνδρας λίϑῳ μεγίστῳ, τὸ τελευταῖον κατ' αὐτοῦ τὸν λίϑον
ἔρριψεν, ὃν τῷ ῥοπάλῳ ἀποσεισάμενος οὕτως ἀπέκτεινε τὸν 'Αλκυονέα, καὶ φασι κτίσϑαι τὸν λίϑον ἐν τῷ 'Ισϑμῷ.* Hier wird uns zunächst zugemuthet, die Sinnlosigkeit zu glauben, dass Alkyoneus
zweimal denselben Felsblock geschleudert habe, wovon der Text,
wie von einem zweiten Wurf überhaupt, keine Spur verräth. Aber
auch die ganze Darlegung vermag unter ihrem Wortreichthum nicht
den Mangel erklärenden Materials zu verbergen, wie denn speciell
das *οὐ πρότερον* eine gedankenlose Vergröberung des Pindarischen
οὐ — πρὶν enthält und dem eigentlichen Sinn der Stelle („nicht
ohne") keineswegs gerecht wird. Endlich scheint mir die Kampfesweise des Herakles nichts als eine wohlfeile Erfindung zu sein:
schon dass die Keule als seine Waffe gedacht ist, während Pindar
im Einklang mit den gleichaltrigen Kunstwerken ihm ausdrücklich
den Bogen giebt, verräth den jüngeren Erzähler; vollends einen Felsblock, der zwölf Wagen mit Ross und Mannen zermalmt und der
allenfalls von dem Riesen, dem *οἴρεΐ ἴσος*, geschwungen werden
konnte, dem Herakles wie zum Ballschlagen in die Hand zu geben,
dies konnte nicht der guten Zeit einfallen, sondern erst derjenigen,
die den Herakles — in strictem Gegensatz zu Pindar (Isthm.
III [IV] 71) — mehr und mehr als Riesen dachte. Wenn
dann noch die Bemerkung folgt, der Stein solle noch auf dem
Isthmos liegen, so wird man nach solchen Antecedentien nicht viel
Vertrauen dazu haben oder wenigstens der Beziehung des Steines
grade auf dieses Abenteuer nicht viel Gewicht beilegen. Wir haben
es hier mit der allerwohlfeilsten Art von Ortslegenden zu thun, wie

ßie besonders an die Person des in aller Welt herumgetriebenen
Herakles gern angeknüpft wurden. Sowohl in dieser wie zugleich in
der vorerwähnten Hinsicht lehrreich sind Stellen wie diese: [Aristot.]
Mirab. Auscult. XCVIII (102) p. 30 Westerm. Ἔστι καὶ περὶ ἄκραν
Ἰαπυγίαν λίθος ἀμαξιαῖος, ὃν ὑπ' ἐκείνου (Herakles) ἀρθέντα με-
τατεθῆναί φασιν, ἀφ' ἑνὸς δὲ δακτύλου κινεῖσθαι συμβέβηκεν. Auf
derselben Höhe steht die Bemerkung, die jener Interpretation vorangeht und sich an das oben (S. 174) Citirte anschliesst: καὶ τῆς
μάχης αὕτη ἡ αἰτία ἐγένετο τῇ βουλῇ τοῦ Διός· πολέμιος γὰρ ἦν
τοῖς Γίγασιν, eine Bemerkung, die zwei sich widersprechende und
durch das über alle Mafsen nichtige βουλῇ Διός vermittelte Motive
angiebt, und beide derart, dass man deutlich sicht, es ist keines von
beiden überliefert gewesen und die ganze Wendung nur dadurch entstanden, dass in der mythographischen Quelle, die der Scholiast benutzte, die μάχη, d. h. die Gigantomachie, sich unmittelbar an die
Alkyoneus-Geschichte anschloss, ein Umstand, der freilich auch in
dem Isthmien-Scholion zu Tage tritt.   Unter solchen Umständen
findet die Version von dem Alkyoneus-Kampf beim Isthmos οὗ τὰς
βοῦς Ἡρακλῆς ἐξ Ἐρυθείας παρήλαυνε an unserem Scholiasten einen
schlechten Gewährsmann und macht zum Mindesten statthaft und
nöthig, den ‚Korinthischen‘ Isthmos als Irrthum zu beseitigen. —
Nicht günstiger steht es mit dem zweiten Scholion, Pyth. VIII 17.
Dasselbe bemerkt zu der dort von Pindar erwähnten Gigantomachie
und dem Anführer Porphyrion: τὸ δὲ μετὰ βίας ἀγόμενον κέρδος
ἀνόνητόν ἐστι, τοῦτο δὲ εἶπεν ὅτι Πορφυρίων ἐπεχείρησε ἀποσπά-
σασθαι βοῦς Ἡρακλέους ἄκοντος αὐτοῦ. Das ist höchst merkwürdig.
Wie konnte eine solche Verwechselung zu Stande kommen, wo
Herakles mit keinem Worte genannt, sondern nur von dem Kampf
der Götter die Rede war! Man braucht aber auch hier nur das be-
liebteste Handbuch, neben dem es einige ganz ähnliche gab, aufzu-
schlagen, nämlich Apollodors Bibliothek, um dort und zwar nur dort,
den Alkyoneus in einer Weise neben Porphyrion an die Spitze gestellt und die Erwähnung der Helios-Rinder — ursprünglich vielleicht am Rande — eingeschoben zu finden, die es einem flüchtigen
Leser sehr leicht machte, jene Verwechselung zu begehen: διέφερε
δὲ πάντων Πορφυρίων τε καὶ Ἀλκυονεύς, ὃς δὴ καὶ ἀθάνατος ἦν
ἐν ᾗπερ ἐγεννήθη γῇ μαχόμενος· | οὗτος δὲ καὶ τὰς Ἡλίου βόας ἐξ
Ἐρυθείας ἤλασε | · Mag immerhin der Scholiast sich für die Text-
worte κέρδος δὲ φίλτατον ἑκόντος εἴτις ἐκ δόμων φέροι nach einer

Erklärung umgesehen haben, worauf das ἄκοντος in seiner Bemerkung hinzielt, so kann doch im vorliegenden Falle, der ohnehin aufforderte, die Gigantomachio nachzuschlagen, über den Weg, wie der Commentator grade zu diesem Resultat kam, angesichts der Apollodorstelle kein Zweifel walten. Man könnte bei solcher Sachlage wohl zweifeln, ob die auf die Rinder bezügliche Glosse in andern Compendion anders und im Einklang mit unsern Scholien gelautet habe, und ob nicht vielmehr die beiden Scholiasten den Passus durchaus so lasen wie wir, also οὗτος δὲ καὶ τὰς Ἡλίου βόας ἐξ Ἐρυθείας ἤλασε (oder etwa ἀπήλασε), nur dass sie in verzeihlicher Unkenntniss der Sage, hierbei — als ob βόας τὰς ἐξ Ἐρ. dastände — an das bekanntere Geryoneus-Abenteuer dachten, und dass der erstere als der geschicktere von beiden dasselbe auf Grund der vorgefundenen Erwähnung des ‚Isthmos' mit dem bei Pindar gegebenen Abenteuer combinirte.

Allein eine Bürgschaft dafür, dass jene zweite Version, die den Pallenischen Wegelagerer in die Abenteuer der Geryoneus-Fahrt hineinzog, wirklich bestand, liegt in folgenden Umständen. Es würde dabei nämlich Voraussetzung sein, dass Herakles, der sonst Thrakien nicht zu berühren hat, statt von Westen her vielmehr den Ocean umschiffend durch die Pontosländer zurückkehrt, wie dies ganz ähnlich Herodot IV 8 ff. erzählt[44] und Servius A. XI 262, 22 (Thilo) voraussetzt, eine Auffassung, die auch bei Paus. I 35, 6 nachklingt. Diese Sage, die den Helden mit den Rindern den Hellospont und Thrakien passiren lässt, liegt nicht nur bei Apollodor II 5, 10, 11 zu Grunde, wo sie ganz gewaltsam mit der westlichen Route verknüpft ist, so dass sich die Stationen Sicilien und Thrakion unmittelbar folgen, sondern sie ist auch Orph. Argon. 1059 gemeint; die meines Wissens noch nicht erklärten Verse

βοὸς πόρον ἐξικόμεσθα,
λίμνης ὄντα μεσσηγύ · βοοκλόπος οὔ ποτε Τιτάν
ταύρῳ ἐφεζόμενος βριαρῷ πόρον ἔσχισε λίμνης

können sich einzig und allein auf Herakles beziehen, der auch Orph. hymn. XII 1 als Titan d. h. Riese bezeichnet wird (s. S. 156, 1), und von dem auch die gewöhnliche Version weiss, dass er sich von einem der Rinder über die Meerenge — dort ist es natürlich die

---

[44]) Die Skythen, denen Herodot die Sage zueignen zu müssen glaubte, haben nur die kleine Variation damit vorgenommen, dass sie Herakles die Reise im Osten beginnen lassen und den Aufenthalt bei ihnen, der doch nur ein Parergon sein konnte, an die Spitze stellen.

Sicilische — hinüber tragen lässt [45], ein alter Zug, der bei dem kretischen Stiere wiederkehrt [46]. Der Name Bosporos wird hier statt durch das Jo-Rind vielmehr durch die Herakles-Rinder erklärt, wie ja auch der οἶστρος Ἥρας sich in dieser Geschichte unbeabsichtigt wiederholt (Apollod.), nur dass bei dem Mythographen, wo die Richtung der Reise umgekehrt ist, statt des Bosporos die westliche Ueberfahrt genannt wird, wobei die uralte Etymologie um so mehr verloren gehen musste, als Herakles dort gar nicht übersetzt, sondern die Reise plötzlich abbricht, so dass der Weg dahin nun überhaupt keinen Sinn mehr hat.

2. Attisches.

a) Porphyrion und Andere.

Die eigentliche Gigantomachie beginnt also bei Apollodor mit Porphyrion. Dieser, dem dort Alkyoneus unpassender Weise zur Seite gestellt ist, erscheint als Führer der Riesen unbestritten seit dem fünften Jahrhundert, also fast dem Auftreten des Mythus überhaupt. Bei Pindar P. VIII 17 heisst er βασιλεὺς Γιγάντων, und dass Aristophanes Vög. 1251 die Wendung καὶ δή ποτε εἰς Πορφυρίων αὐτῷ (dem Zeus) παρέσχε πράγματα nicht bloss dem Wortspiel zu Liebe [47] erfand, sondern dem Mythus folgte, zeigt die nur wenig jüngere Schale des Erginos, wo Porphyrion inschriftlich dem Zeus gegenübergestellt ist. Auch bei Horaz c. III 4, 54 ist mit *minaci Porphyrion statu* offenbar der Gegner des Zeus gemeint, jene vom Rücken gesehene Figur, die sich auf den verschiedensten Monumenten wiederholt [48].

---

[45]) Diod. IV 22 τὰς μὲν βοῦς ἐπεραίωσεν εἰς τὴν Σικελίαν, αὐτὸς δὲ ταύρου κέρως λαβόμενος διενήξατο τὸν πόρον.

[46]) Diod. IV 13 ἤγαγεν αὐτὸν εἰς Πελοπόννησον, τὸ τηλικοῦτον πέλαγος ἐπ᾿ αὐτῷ ναυστολήσθείς.

[47]) Vgl. Martial XIII 78 *nomen habet magni volucris tam parva gigantis.*

[48]) Auch Nonn. 25, 89 und 48, 20 stellt den Porphyrion an die Spitze. Pindar lässt ihn durch Apollo besiegen; es ist dies an einer Stelle, wo noch ein gewaltigerer Gegner der Götter, Typhon, daneben genannt wird und Zeus durch diesen in Anspruch genommen ist; freilich steht auch bei Claud. Gig. 34. 115 ff. Porphyrion dem Apoll gegenüber, aber diese Version bleibt immer die ungewöhnlichere.

Aber diese Form des Mythus mit Porphyrion als Mittelpunkt war weder die einzige noch die älteste. Betrachtete doch eine andere Ueberlieferung, die noch bei Claudian rapt. Pros. III 351 und Klaudian *Γιγ.* 58 zum Vorschein kommt, als Häuptling den Enkelados *(ipsius Enceladi — summi terrigenum regis)*, in welchem Sinne vielleicht Batrachom. 7 und Eurip. Kykl. 7, die grade ihn herausheben, zu verstehen sind [49]. Die Odyssee η 206 kannte als Gigantenkönig den Eurymedon, während es nach λ 313 die Aloiden waren, die den Angriff gegen den Olymp wagten oder wenigstens beabsichtigten. Speciell in Pallene kannte man, wie wir sahen, von Alters her den Riesen Alkyoneus, den *πρεσβύτατος Γιγάντων,* wie Manche sagten. Anderwärts erzählte man von dem Frevler Epopeus, der alle Götter zum Kampfe herausforderte (S. 98); und wie leicht hätte nicht z. B. von Salmoneus dasselbe gedichtet werden können [50]. All solche Einzelgestalten, um die sich leicht eine namenlose Menge schaarte [51], wollen mit gleichem Mafse gemessen sein und sind darum nicht geringer anzuschlagen, weil sie nicht das gleiche Glück gehabt haben, wie Porphyrion, den eine bestimmte Dichtung in den Vordergrund rückte. Wie diese Sagen innerlich manche handgreiflichen Züge, von denen noch die Rede sein wird, mit einander gemein haben, so sind sie auch nach und nach wieder zu ihrem Rechte gekommen und mit der geläufigen Form der Gigantomachie in dieser oder jener Weise vermischt worden, ein Process, der weit über die klassische Zeit hinausdauert. Enkelados, der in der Batrachomyomachie noch dem Blitzstrahl des Zeus erliegt [52], wurde der stereotype Gegner der Athena und blieb eine Hauptfigur des ganzen Mythus; Alkyoneus trat in die erste Reihe, Eurymedon zuweilen an die Spitze der Kämpfer; die Aufthürmung der Berge wurde seit hellenistischer Zeit von den Aloiden auf die Gigantomachie übertragen; und Epopeus findet sich bei Hygin neben dem Porphyrion genannt (s. unten ‚Namen').

------

[49]) Philostr. Her. 288 τῷ Ἐγκελάδῳ καὶ τοῖς ἀμφ' αὐτόν. Aristid. II 11. Ἐγκέλαδον μὲν καὶ τοὺς ἡγουμένους αὐτῶν (scil. Γιγάντων). Vgl. Schol. Arist. Ritt. 566.

[50]) Robert z. Prell. I 75 nennt statt aller dieser Mimas und Polybotes, die ich nicht dahin rechnen kann; s. S. 203 und 193.

[51]) z. B. οἱ περὶ Ἴδαν Pherekyd. Schol. Ap. Rh. I 152. Schol. Lykophr. 540. Vgl. S. 142.

[52]) ebenso Quint. Sm. V 641, Sidon. Ap. C. VI 27.

Fraglich bleibt nur, ob alle jene nach derselben Richtung hin-
strebenden Zweige der Sage oder auch nur einer von ihnen wirklich
zu der vollen Entwickelung gelangte, und ob nicht erst der in Porphyrion's Person gipfelnde die vorhandenen Elemente zum Durchbruch brachte und zu einem wirklichen Götterkampfe ausgestaltete;
nur für einen solchen, nicht für irgend welche Einzelkämpfe ist die
Bezeichnung Γιγαντομαχία bezeugt und anwendbar.

Dass nun grade Porphyrion zu einer so hervorragenden Rolle
gelangte, ist wesentlich attischem Einfluss zuzuschreiben. Porphyrion
wird uns als einer der uralten Könige von Attika bezeichnet, deren
besonders im Osten des Landes viele auftreten. Wie Pallas in
Pallene, Kephalos in Thorikos, Kolainos in Myrrhinus, so soll er in
Athmonon geherrscht haben, und zwar noch vor Aktaion's Zeiten,
ähnlich wie sein Nachbar Kolainos vor Kekrops gesetzt wird (Paus.
I 31, 3). Mögen jene Namen auch von ungleichem Alter und z. B.
Aktaion und Kolainos sehr durchsichtiger Natur sein [53], interessant
bleiben sie um ihrer Vielheit willen, als Repräsentanten jener zahlreichen kleinen Raubfürsten, wie sie vor der durch Theseus' Namen
bezeichneten Acra dort hausten. Wie grosse religiöse und politische
Gegensätze innerhalb des Landes in alter Zeit bestanden, ist besonders von Wilamowitz (Kydath. 119 – 136) in helles Licht gesetzt
worden sowohl für den Westen wie für den Osten, wo noch Stammes-
unterschiede dazukamen. Und zwar scheint in Bezug auf die östlichen Nachbarn in Athen die Vorstellung geherrscht zu haben, dass
man sich hier einem riesenhaften, unbändigen Geschlecht gegenüber
befunden, welches Mädchen raubte und mit Felsblöcken schleuderte,
zugleich aber seine Ueberlegenheit wie die Kyklopen und die Riesen
von Kyzikos durch gewaltige Bauten documentirte. Von den beiden
,Pelasgern', die uns in dieser Hinsicht namhaft gemacht werden,
Euryalos [54] und Hyperbios, ist jetzt der erstere wirklich als

---

[53]) Jener ist bekanntlich von Ἄκτη, dieser von der Artemis Kolainis
hergeleitet.

[54]) Bei Paus. I 28, 4 steht allerdings ἀγρόλας, doch ist, wie man längst
gesehen, das Brüderpaar dasselbe wie jenes Athenische, welches Plin. N.
H. VII 194 als die ersten Häuserbauer nennt. Ebendahin gehört der mythische Techniker Hyperbius Corinthius, den Plin. VII 198 nach den Kyklopen nennt, und wohl auch Plin. VII 209 animal occidit primus Hyperbius Martis filius. Man erkennt die früher (S. 63 f.) aufgezeigten Fäden,

Gigant auf einer attischen Schale des 5. Jahrhunderts aufgetaucht
(Έφημ. ἀρχ. 1885 Taf. V 2. 3), wie Nonnos einen Kyklopen Euryalos
kennt [55], während der andre, freilich allgemeiner gehaltene auf der
noch älteren jonischen Vase aus Caere begegnet; eine Gestaltengruppe, der auch wohl der Gigant Europeus oder Europes einer
schwarzfigurigen attischen Vase (Έφ. ἀρχ. 1886 Taf. VII) angehört.
Gewöhnlich concentrirten sich jene Vorstellungen um Pallene [56]. Dort
haust das Riesengeschlecht des Pallas (Sophokl. Fr. 19, 7 [57]), dessen
Söhne Klytos und Butes (Ovid M. VII 500) sich unter den Giganten
des Tzetzes als Klytios und Botes (var. l. Bootes) wiederfinden [58],
wie auch in Apollodors Gigantomachie ein Klytios auftritt und in
Eleusis ein Κλύτιος ὁ Ἀγριόπου τοῦ Κύκλωπος vorkommt (Schol.
Hom. Σ 483 Bekk. s. Anmkg. 51). Von Pallene holt in einer bekannten Legende des alten Melesagoras (Antigon. Karyst. Mirab. 12)
Athena die grossen Felsblöcke her. Und aus oben dieser Gegend
stammt der Gigantenkönig Porphyrion.

Es sind noch andere Umstände, die auf denselben Zusammenhang führen. Schol. Arist. Vög. 1252: Πορφυρίων ὁ γίγας ὁ τῷ
Διὶ πολεμήσας, ὃν ἐχειρώσατο Ἀφροδίτῃ und Schol. 553 zu den
Textworten ὡ Κεβρίονα καὶ Πορφυρίων ὡς σμερδάλεον τὸ πόλισμα]
ἐπιτηδείως δὲ τὸν Πορφυρίωνα παρέλαβεν, καὶ ὅτι ὄρνις καὶ ὅτι
εἰς τῶν γιγάντων (ὅμοιος τῷ Κεβριόνῃ) ὃν ἐχειρώσατο ἡ Ἀφροδίτη [59].

die von den Mythen Korinth-Sikyons nach Attika hinüberführen. Das gilt
auch für Κύρηπης; denn er lässt sich nicht trennen von Κύρωψ, dem Vater
des Telchin (Paus. II 5, 5) und weist wiederum nach Sikyon; und nicht
anders steht es mit dem im Text genannten Vater des Klytios (S. 107 mit
Anmkg. 128 u. S. 94); beide sind aus kyklopischem Geschlecht.

[55]) 14, 59. 28, 242. 37, 707. 39, 220.

[56]) Vgl. O. Müller Hyperb. röm. Stud. I 280 und ‚Pallas‘ § 13 in Ersch
u. Grubers Enc. = kl. d. Schr. II 151 f. Hier wäre Θεμίσων ἐν Παλληνίδι
(Athen. VI 234 d) von Interesse, wenn der Autor und die Schrift nicht
ihre Existenz bloss einer falschen Lesart verdankten. Wilamowitz Ind.
schol. bib. Gryph. 1879, 9.

[57]) ὁ σκληρὸς οὗτος καὶ γίγαντας ἐπερίφων — Πέλλη;.

[58]) Wieseler S. 173.

[59]) Die von mir der Deutlichkeit halber eingeklammerten Worte, die
Robert zu Preller I 74, 3 irrthümlich mit dem Folgenden verbindet, be-
rechtigen in keiner Weise einen Giganten Kebriones anzunehmen; sie sind
ein ebenso ohnmächtiger wie überflüssiger Erklärungsversuch für die Text-
worte, welche einfach aus den Kämpfen um Troja (die uns nur sehr un-

Dass auch hier attische Localsage vorliegt, ergiebt sich daraus, dass nach Paus. I 14, 7 Porphyrion in Athmonon den Cult der Aphrodite Urania stiftete, eine Nachricht, die dadurch nichts von ihrer Bedeutung verliert, dass die Einführung desselben Dienstes in der Stadt Athen dem Aigeus zugeschrieben wurde (Paus. I 14, 6).

Die Verbindung jener beiden Figuren war, wie an früherer Stelle (S. 149 f.) gezeigt ist, eine alte und innerlich berechtigte. Doch hat die Dichtung und Kunst davon nicht weiter Notiz genommen. Nur an einer der jonischen Kolonien, in Pantikapaion, kommt ein ähnliches Verhältniss zum Vorschein; denn der altjonische Name Apaturos, den Aphrodite dort führt, wird merkwürdigerweise mit Giganten in Verbindung gebracht, welche die Göttin durch eine Täuschung (ἀπάτη [60]) vernichtet haben soll (Strab. 495). — Apollodor führt die Liebesgöttin nicht unter den Kämpfern auf, wie sie denn persönlich erst auf der grossen, sehr figurenreichen Vase von Melos Platz gefunden hat, und — von den spielenden Motiven später Dichter und Rhetoren [61] abgesehen, wo die Giganten unter ihrem blossen Anblick erliegen — ihr eine wirkliche Rolle in diesem Kampfe nicht mehr zu Theil geworden ist. Und dennoch hat es gar sehr den Anschein, als ob die Sage des östlichen Attikas ihr Recht behaupte. Ich will kein Gewicht darauf legen, dass bei Apollodor Zeus dem Porphyrion, offenbar um ihm leichter beizukommen [62], ein Gelüst zur Hera einflösst, ein Motiv, welches, von der Urheberschaft des Zeus abgesehen, in der Charakteristik der wilden Erdsöhne sich auch sonst wiederholt und sich nur gezwungen als eine Mitwirkung der Aphrodite deuten liesse. Dagegen bemerke man den doch ziemlich seltsamen Umstand, dass die Moiren — hier nach alterthümlicher Tradition ihrer zwei [63] — an dem Kampfe theilnehmen. Erwägt man, dass nicht nur allgemein das Wesen der von Ost-Attika verehrten Göttin in der Nemesis von Rhamnus ihren

---

vollständig überliefert sind) und denen um den Olymp je einen Helden herausgreifen.

[60]) Die richtige Etymologie ist bekannt; sie tritt in dem Zeus und Apollo Πατρῷος sowie bei den Τριτοπάτορες zu Tage.

[61]) Klaudian Γιγ. 43 ff. Themistios or. 13 p. 217 Dindf.

[62]) *haud dubie ut ei insidias strueret* Heyne Obs. in Apd. 31. Fälschlich findet Wieseler S. 142, 8 bei Pind. P. VIII 12 f. eine Anspielung auf Porphyrions Begehrlichkeit.

[63]) Paus. X 24, 4. Plut. de d 2; die François-Vase zeigt zwei Paare.

vornehmsten und eigensten Ausdruck findet, sondern dass Aphrodite
Urania in den altattischen Ueberlieferungen auch gradezu als Moira
galt (Paus. I 19, 2) [41], so muss man auf den Gedanken kommen, dass
die Abwesenheit einer in diesem Kreis so wichtigen Göttin nur eine
scheinbare sei und ihre Persönlichkeit hier nur im Lauf der Zeiten
eine Verdunkelung erfahren habe.

b) Aster; Leon.

Es ist hier am Ort, zwei von Apollodor nicht erwähnte Giganten
einzuschieben, die mit den Verhältnissen der jonischen Tetrapolis
Attikas mehr oder weniger eng verknüpft sind. Der eine ist des
Anax Sohn Aster oder Asterios, jener Milesische Riese, dessen Herkunft früher beleuchtet wurde (S. 144). In Bezug auf ihn lesen wir
in den Scholien zu Aristid. p. 323 (Dindf.): τὰ Παναϑήναια
(wurden eingeführt) ἐπὶ Ἀστέρι [42] τῷ γίγαντι ὑπὸ Ἀϑηναίων
ἀναιρεϑέντι. Ob hier wirklich, wie O. Jahn (Ann. d. J. 1863
p. 250) wollte, ὑπὸ Ἀϑηναίας zu schreiben sei, wird zweifelhaft
durch die am gleichen Orte überlieferte Notiz über die kleinen Panathenäen: ταῦτα γὰρ ἐπὶ Ἐριχϑονίου τοῦ Ἀμφικτύονος γενόμενα,
ἐπὶ τῷ φόνῳ Ἀστερίου τοῦ γίγαντος, natürlich, ohne dass man sich
etwa vorzustellen hätte, Erichthonios habe an der Gigantomachie
theil genommen; vielmehr sind es nur die localen Elemente dieses
grösseren Mythus, die hier zum Vorschein kommen; etwa wie Klytios, der Kyklopensohn und nachmalige Gigant, im Eleusinischen
Kriege gegen Athen fällt. Ἀϑηναίων würde ich auch darum beibehalten, weil ich nicht ohne dieses Vorbild die analoge Fiction zu
erklären wüsste, welche von siegreichen Kämpfen der Athener mit
den fabelhaften Atlantinern (Procl. z. Plat. Tim. I 57 F., s. Plato
Tim. 3 p. 25) spricht, Scenen, die angeblich den Peplos an den
kleinen Panathenäen zierten (Schol. Plat. Rep. 327 A) [43].

Noch ein anderes Moment aus den Conflicten mit und unter den

---

[41]) Aphrodite oder Eileithyia mit den Moiren verbunden: Pind. N.
VII 1, O. VI 42, Orph. h. LV 5, u. ö.; s. Wilamowitz Isyllos 12.

[42]) So lautete der Name auch Lykophr. 1301, wo jetzt Κρήτης Ἀστέρῳ
στρατηλάτῃ steht mit einer Unform (vgl. S. 80), die sich nur durch Unkenntniss hellenistischer Verstechnik eingeschlichen hat. Wilamowitz, Ind.
schol. hib. Gryph. 1883 p. 14.

[43]) s. Michaelis d. Parthenon S. 320b.

östlichen Nachbarn, wie sie die Sage wiederspiegelt, ist hier von
Bedeutung. Wir hören, dass jene Kämpfe sich zwischen Hagnus und
Pallene besonders hartnäckig gestalteten und dass Leos von Hagnus
seine Partei, die Pallantiden, an die Athener verrathen haben soll [57].
Aber dieser Leos, der nur in Athen existirt, ist eine ziemlich
schattenhafte Figur, die nur in der Phyle *Λεοντίς* einen Rückhalt
findet, und kann leicht, nach Art so mancher Eponymen, allein
daraus abgeleitet sein. Die Geschichte von der freiwilligen Opferung
seiner Töchter, das einzige mythische Merkmal an ihm, kehrt an
derselben Küste Attikas und viel bedeutsamer bei der Hyakinthos-
Familie wieder und weist dort theils nach dem Peloponnes zurück,
wo Hyakinthos selbst der tödtlichen Wirkung der Sonnenscheibe erliegt (S. 140), theils nach Euböa hinüber in den Kreis des ,Ky-
klopen' Geraistos (S. 124). Nun giebt es bekanntlich in Milet neben
dem Asterios einen Giganten Leon (Anth. Pal. VI 256 *Λέοντος*
ὄμματα Μιλησίου γίγαντος, vgl. Suid. v. *ἀειρόμητος*) [58], den man in
einem der Pergamener wiedererkannt hat, und dessen Name unter
den Lykaonssöhnen (S. 34) neben einem Pallas, Aigaion, Titanas,
Harpalykos begegnet. An dem einzigen Zuge, den das Epigramm
hervorhebt, erkennt man sofort eine alte Figur von mythischem
Kern: der ungewöhnliche Glanz seines Auges weist den Mythendeuter
nach der gleichen, schon durch Aster angezeigten Richtung wie die
enorme Sehkraft des Lynkeus (S. 140 ff.), wie die Blendung des
Kyklopen, des Orion und des Ephialtes (Apollod. I 6, 2, 2) [59], bei
deren dreien wenigstens — denn über Orion weiss ich nichts —
sich dieser Umstand aus Titanischem Ursprung, aus ihrer einstigen
Sonnennatur erklärt. Es war nicht überflüssig, oben (S. 72, 48) die
auch sonst bekannte Thatsache zu illustriren, dass zwischen den

---

[57] Plut. Thes. 13. Autochthone Gestalten werden öfter zu Verräthern
gestempelt: s. S. 59. Auch bei Diodor V 55 ist unter den Giganten ein
Ueberläufer. Da Leos als Herold der Pallantiden bezeichnet wird (Plut.
a. a. O.), so ist zu erinnern, dass von Prometheus, der ja von den Titanen zu
Zeus überging (Aesch. Prom. 220), berichtet wird: *Ἴθας ὁ τῶν Τιτήνων κῆρυξ*
Προμηθεύς· τινὶς Ἴθας (Hes.). Die in dieser Form nicht ganz verständliche
Glosse bezieht sich, wie die Form *Τιτήνων* zeigt, auf eine epische Dichtung.

[58] De Witte Ann. d. J. VI 343 wollte auf Leon und Asterion auch Milesische Münzen beziehen, wo ein Löwe sich nach einem Sterne umblickt.
Revue num. 1838, 417. Gardner Typ. of gr. coins XVI 5.

[59] Diese Erscheinung hätte oben (S. 140 ff. 114) die Probe auf die
dortige Rechnung liefern können.

mythischen Abenteuern mit Ungeheuern und den Gigantenkämpfen
örtlich und inhaltlich ein Parallelitätsverhältniss besteht; hier ist
ersichtlich die eine Gattung in die andere umgeschlagen: der Löwe
des Herakles, der berühmte Sonnenlöwe aller Mythologien, hat die
Gestalt eines Riesen angenommen, und die Behauptung, dass der
Nemeische Löwe eigentlich ein Mann Namens Leon gewesen sei —
in Ptolemaios Chennos' Munde eine Lüge, die sich nicht einmal auf
Kenntniss des Milesischen *Λέων* zu stützen brauchte — wird hier
zur Wahrheit, wofern man nämlich bereit ist, den Satz jeden Augenblick umzukehren. Danach hätte, wie auch in sprachlicher Hinsicht
einleuchtender, der Heros der Phyle Leontis vielmehr Leon heissen
müssen und wäre gleich den Anakes vom Peloponnes nach der
Tetrapolis gelangt, um gleich jenen, sei es dort oder erst jenseit
des Meeres, zum Riesen zu werden.

Man könnte noch darauf hinweisen, dass auch der Pergamener
Serangeus [70] nur in Attika einen mit Heroencult verehrten Namensvetter findet (Serangos: Phot. lex. v. Σηράγγειον. Bekk. An. I 301)
und eine ähnliche Metamorphose erlebt haben mag, wenn nicht der
Name ohnehin für eine Ausgeburt der Tiefe etwas Charakteristisches
hätte.

c) Pallas.

Wie auf Seiten der Götter nächst Zeus und Herakles der Athena
die bedeutendste Rolle zufällt, so ragt auf der andern Seite ihr
specieller Gegner, Enkelados, hervor, von dem aber erst unten (6 b)
die Rede sein kann. Apollodor und Andre geben der Göttin noch
einen zweiten Gegner, Pallas, den die Bildwerke nicht nennen. Nach dem
früher Gesagten würde nichts näher liegen als hierin den Herrn von
Pallene, den Nachbar und Feind Athens zu erkennen, natürlich über
die heroischen und localen Schranken hinausgehoben und in die
Phlegräische Schaar versetzt. Allein so einfach ist die Sache nicht
und sie greift in die Götterlehre hinüber. Nach Apollodor zog Athena
dem Pallas das Fell ab und bedeckte sich damit im Kampfe. Ganz
Entsprechendes erzählt Euripides Jon 897 ff. von einer weiblichen
Gegnerin, die er Gorgo nennt; die Erde habe dieselbe im Gigantenkampfe aus Feindschaft gegen Athena geboren und die Göttin habe

---

[70]) Erhalten ist *αγγευς*, die Ergänzung von Heydemann.

sich mit der der Feindin abgezogenen Haut, der Aegis, bedeckt. Bekannt und durch den dazwischentretenden Perseus nur wenig verdunkelt ist der Gegensatz zwischen Athena und Gorgo, welche, wie
man gewöhnlich sagt, die feindliche, schreckenerregende Seite der
Göttin repräsentirt, oder wie ich vorziehen würde zu sagen, eine
ältere, einseitig schreckliche Bildung und Cultusform der Athena bedeutet [71]. Aber dieses Widerspiel ist in verschiedenen Mythen ausgeprägt, nicht nur in dem argivischen von der Medusa; in Itone
z. B., nahe Alalkomenai, also einer der ältesten Cultusstätten der
Athena, ist der Name ihrer Gegnerin Jodama (Paus. IX 34, 1);
Andere nennen ihr Gegenbild geradezu Pallas (Apollod. III 12, 1.
Tzetz. Lyk. 355). Zwar wird dieselbe bald als Priesterin, bald als
Schwester der Göttin bezeichnet und ihre Tödtung als eine unab-
sichtliche hingestellt; doch ist das nur die sehr durchsichtige Einkleidung eines Verhältnisses, welches die Sage selbst ausspricht, indem sie das Palladion für das Bild der Getödteten ausgiebt; und
Philodem leitet auch den Namen der Pallas gradezu von der getödteten „Dienerin" gleichen Namens her [72]. Diese Wandelung der
älteren, roheren Cultusform in eine freundlichere ist nirgends deutlicher ausgesprochen, der Bruch mit der Vergangenheit nirgends so
gemildert, wie in dem vorliegenden Mythus: nicht nur das Antlitz
der älteren Göttin ist beibehalten, wenn auch zu einer Art Apotro-
paion herabgesunken, sondern selbst ihre Hülle wird von der Athena
umgethan und damit gewissermassen als die ihrige anerkannt; damit
wird die Tradition gewahrt und zugleich ein nicht mehr verstandenes
Symbol, die Aegis, erklärt. Wenn nun Euripides eine so alte Antagonie mit der soviel jüngeren Gigantomachie in Verbindung setzt,
so mag das sein eigner Gedanke sein, obwohl die Worte ἀρ' οὗτος
ἴσθ' ὁ μῦθος ὃν πάλαι κλύω; sich auch in entgegengesetztem Sinne
deuten lassen [73]. Die grosse Pariser Vase aus Melos zeigt in der
That neben dem Hauptgiganten eine weibliche, der Situation gemäss

---

[71]) Dahin gehört auch die im Athenatempel vorgefallene Bewältigung
der Gorgo durch Poseidon und die Verwandlung ihres Haares in Schlangen
durch Athena (Ovid. M. IV 796), sowie die Locke der Medusa im Athena-
tempel von Tegea. Apollod. II 7, 3, 5.

[72]) de piet. p. 6 G, ἔ]νιοι δὲ τὴν Ἀ[θην]ᾶν Παλλάδα εἶν]αί φασιν ὅτι Πα[λλά]δα
τὴν Παλαμ[άο]νος ἑαυτῆς ὁπαδὸν οὖσαν ἄκο[υ]σα δ[ι]έφθειρεν (nach Bücheler).

[73]) Aehnlich bezeichnet Virgil die böse Fama als eine Ausgeburt,
welche die Erde Coeo Enceladoque sororem progenuit. S. 157, 4 a. E.

amazonenhaft gekleidete Figur, in der man nichts anders als jene
Gegnerin der Athena erkennen kann [74]. Insofern Euripides und
seine Zeit Giganten- und Titanenkampf völlig vermengt, hat es allerdings einen Sinn und entspricht den Ideen des Titanenmythus, jene
ältere Göttin, mag man sie Gorgo oder Pallas nennen, den über-
wundenen Gegnern der Götter beizuzählen. Ein männlicher Pallas
ist ja unter den Titanen. Und dieser ist in's Auge zu fassen, wo
das Fellabziehen auf einen männlichen Gegner übertragen ist. Entweder liegt der gewöhnliche Uebergang von Titanen in Giganten vor,
oder die Erscheinung ist durch die ostattischen Sagenverhältnisse
vermittelt, wo dann der alte Gott oder Titan grade so zum Heros
geworden, wie dies in Arkadien der Fall war (S. 65, 32. 67) [75].

[74]) Robert, der diese Deutung zuerst ausgesprochen, hat sie z. Preller
I 76, 1 wieder fallen lassen. Ich sehe nicht ab, wie, da hier jede künstlerische Tradition fehlte, ein kriegerisches Weib, wenn sie nicht der Athena
ähnlich werden sollte, viel anders als in der Art der Amazonen gerathen
konnte, von denen sie doch wiederum durch das Fehlen des Rosses, der
Genossinnen und der im 4. Jahrhundert unumgänglichen asiatischen Kleidung genügend unterschieden war.

[75]) Festus 220 Müll. *Pallas Minerva est dicta, quod Pallantem gigantem
interfecerit*; dieselbe Erklärung Et. M. 649, 54, Myth. Vat. I 124, einmal,
dünkt mich, auch in den Euripidesscholien; (vgl. Sidon. Ap. C. XV 23 *hic
Pallas Pallanta petit*, vgl. Claud. Gig. 95). Vielleicht erklärt sich einfach
durch Vermischung dieser Notiz mit einer Glosse, die den bekannteren
Gegner beifügte, die sonderbare Bemerkung bei Hesych Ἐγκέλαδος ἡ Ἀθηνᾶ;
so sind beim Myth. Vat. II 53 durch Verquickung zweier Notizen Enkelados und Aegaeon identisch geworden. — Weiter erklärte man den Namen
der Göttin *ab insula* (l. *peninsula?*) *Pallene in qua nutrita est* Myth. Vat. I
124 und von einem gleichnamigen See (Kallimach. Fr. 398).
Eine seltsame Ueberlieferung bei Tzetz. Lyk. 355, Cic. N. D. III 23, 59,
Arnob. adv. g. IV 14. 16. Clem. Al. Protr. 24 P. Ampelius 9 weiss von einem
Vater der Athena Nameus Pallas, der der eigenen Tochter Gewalt anthun
wollte, worauf diese ihn tödtet, sich mit seinem Fell bekleidet und seine Fittige
an ihre Füsse setzt. O. Müller Hyperb. röm. Stud. I 286 dachte dabei an
Athena-Nike und an Pallas, den Vater der Nike (Hes. Theog. 384), wovon
aber das Vorliegende nur eine Ableitung sein könnte, nicht umgekehrt, wie
Müller für möglich hielt. Denn diese Fiction beruht bereits auf einer
ziemlich vorgeschrittenen Charakteristik und Gestaltung der Giganten, und
die ursprüngliche Verwandtschaft der Göttin mit dem Titanen oder Giganten
ist nur etwas bestimmter und kühner ausgesprochen als in den sonstigen
Ueberlieferungen.
Damit hängt es zusammen, dass nach Schol. Hom. Z 92 und Eust.
p. 627 das Palladium mit Menschenhaut überzogen ist und dass bei Claudian

Die Erscheinung, in welcher die älteren Darstellungen der Gigantomachie Athena regelmässig vorführen, ohne Schild, nur mit dem dämonischen Fell über dem ausgestreckten Arm, ist dieselbe, wie sie manche Palladien im 5. Jahrhundert zeigen. Und wenn die Göttin, welche den Blitz in Verwahrung hat (Pind. fr. 146. Aesch. Eum. 812) und ihn selbst zuweilen gegen die Giganten (Aristid. II 11. Schol. Lucan VII 150) und andere Missethäter (Eur. Troad. 80. Virg. A. I 42) schleudert [76], in der Gigantomachie die Aegis erbeutet und angelegt haben soll, so steht das auf gleicher Linie, wie wenn es heisst, Athena sei während jenes Kampfes geboren (Sidon. Ap. C. VI [Migne, II Baret] 15) oder es habe während desselben Palladien geregnet (Phylarch b. Schol. Aristid. p. 320). Diese Gottheit ist nächst Zeus ganz besonders die γιγαντολέτις (Lukian Philop. 8) γιγαντολέτειρα (Suid. s. v., vgl. Orph. hymn. 32, 12), γιγαντοφόντις (Cornut. 20 p. 39 Lang).

Insofern war also die Gigantomachie für Athen ein nationaler Stoff und würdig, das Festgewand der Landesgöttin zu schmücken, wenngleich Phlegra immer der nominelle Schauplatz des Kampfes blieb. Indessen würde es entschieden zu weit gehen, den Ursprung des ganzen Mythus in Athen zu suchen und mit O. Müller anzunehmen, derselbe sei erst von da aus durch die Eretrier nach der Chalkidike verpflanzt worden. Unzweifelhaft hat ein Einfluss auf die Ausbildung des Mythus, wie er uns vorliegt, stattgefunden: attische oder attisch-jonische Dichtung muss es gewesen sein, die den Porphyrion und vielleicht auch den Pallas einführte, die ferner den Eleusinier Klytios der Hekate gegenüberstellte; die hervorragende Rolle, welche Dionysos in diesem Kampfe schon auf den schwarzfigurigen Vasen und dann in immer zunehmender Weise spielt, darf man gleichfalls diesem Einflusse zuschreiben; dasselbe gilt von der hervorragenden Betheiligung des Hephaest; und eine Schilderung wie die Apollodors, welche den Dionysos fast unmittelbar neben den

---

rapt. Pros. III 335 die Felle der Giganten von den Göttern als Trophäen aufgehängt sind. Nach demselben Vorbild zieht Dionysos einem Giganten das Fell ab (Et. M. Ἰαμασκός) und betrachtet Ptolemaios Hephaistion 5 p. 192 das Fell des Herakles als das eines Giganten Leon.

[76]) Vgl. Sidon C. XV 6 und die Münzen im II. Theil.

Hephaest und neben diesen die Athena stellt, trägt attisches Colorit.
Allein „Attika hatte kein Phlegra" [77], keine Erinnerungsstätte von
Naturrevolutionen und gar eine solche, die dem Olymp gegenüberlag
und wo die Ausgeburten der Erde drohend gegen den Göttersitz gerichtet scheinen mussten. Wenn auch die attischen Gigantensagen,
die schliesslich in dem Pallantidenmythus zum Ausdruck kamen,
älter waren als die Theseussage [78], so reichten sie doch nicht aus,
einen Götterkampf heraufzubeschwören. Die Entstehung eines Mythus, der uns von vornherein nur in Verbindung mit der Chalkidike
entgegentritt, würde, Athen als Heimath vorausgesetzt, in eine Zeit
fallen, wo Athen noch viel zu klein war, um auf Grund seiner Orts-
verhältnisse die ganze Götterwelt in Bewegung zu setzen und selbst
nur eine Nachahmung des Titanenkampfes zu dichten; und für die
Vermuthung [79], dass die Athener bei Phlegra an ihr Pallene gedacht,
fehlt mir jeder Anhalt. Wir haben die Gigantomachie aus attischen
Händen, aber sie ist kein einheimisches Product.

---

3. Polybotes.

Eine ganz hervorragende Rolle nahm in den Riesensagen von
jeher die dorische Hexapolis Klein-Asiens ein, wie oben S. 39 f.
43 f. und besonders bei den Titanen dargelegt wurde. Es überrascht daher nicht im Mindesten, dass der aufkommende Mythus
von der Gigantomachie von vornherein die Insel Kos in seinen Kreis

---

[77] Die Worte gehören Welcker Götterl. 1, 790, der im Uebrigen die
Gigantomachie nicht richtig beurtheilt; s. unten 6 c. Der Φλεγραιώδης λιμών
(Schol. Aristoph. Lys. 913), mit dem Wieseler S. 173 operirt, beruht auf
falscher Lesart; s. Jahn-Michaelis Paus. arc. descr. p. 36, 16.

[78] Vgl. Wilamowitz Kydath. 136. 101, 8.

[79] Robert z. Preller I 75 f. Dass Phlegra von Hause aus nur ein
mythischer Name idealen Ortes sei, liesse sich aus Stellen wie der folgenden ebenso gut widerlegen wie beweisen: Polyb. II 91, 7 προςαγορεύεται δὲ
καὶ ταῦτα (die Capuanischen Felder) Φλεγραῖα καθάπερ καὶ ἕτερα τῶν ἐπιφα-
νῶν πεδίων. Bei der Leichtigkeit, womit auch die besten antiken Schriftsteller den Plural für den Singular gebrauchen — man denke nur an ἔνιοι
und ἄλλοι λέγουσι — ist es nicht nöthig, hier an andere Stätten als Pallene
zu denken.

hineinzog. Das geschah in äusserst geschickter Weise, wie am vollständigsten bei Steph. Byz. (= Eudokia 340 = Favorin) s. v. *Νί
συρος* zu lesen: *Πολυβώτης· εἰς τῶν Γιγάντων ὑπὸ Διὸς βληθεὶς
ἐνήχετο, Ποσειδῶν δὲ ἐπ' αὐτὸν ἀφεὶς τὴν τρίαιναν τοῦ μὲν ἥμαρτε·
γέγονε γὰρ* (l. *δὲ?* [80]) *νῆσος τὸ βληθὲν Νίσυρος.* Hierauf folgt nun,
was öfter berichtet wird (Apollod. Bibl., Strabo 489, Eust. z. Dion.
525), dass Poseidon das losgesprengte Inselstück, Nisyron, nimmt
und auf den Gegner wirft. Ohne die bei Stephanos gegebene Voraussetzung sieht man nicht ein, warum Poseidon zu diesem —
übrigens für den Erderschütterer sehr passenden — Kampfmittel
greift und den Gegner nicht einfach mit seinem Dreizack niedersticht,
wie die Erginos-Schale und andere Bildwerke der jüngeren Epochen,
die die Insel fortlassen, vor Augen führen. Auch das in den drei
andern Quellen fehlende *ὑπὸ Διὸς βληθείς* macht, so leicht es zu
erfinden war, einen günstigen Eindruck; denn dass Poseidon nicht
gleich auf der Kampfstätte die Waffe nach dem Gegner schleudert,
und ihm nur die Rolle des Verfolgers zufällt, scheint die Dichtung
in der Weise motivirt zu haben, dass der Gigant vor dem flammenden Blitzstrahl in's Wasser sprang, wie bei Sidon. Apollinar. C. XV
21 (*restinguit flumine fulmen* [81]); jedoch bleibt dies unentschieden.
Dahingegen ist mit aller Entschiedenheit an der Lesart *ἐνήχετο* festzuhalten [82] und die überaus schwächliche Variante *ἠνείχετο*, die in
der identischen Fassung Favorins und der Eudokia wiederkehrt, zu
beseitigen; auch Eustath z. Dion. Per. 525 bezeugt diesen in den
beiden Hauptquellen verlorenen Zug: — *διότι ἀποκοπεῖσα τῆς νήσου
τῆς Κῶ τῇ τοῦ Ποσειδῶνος τριαίνῃ ἐπεσύρη τῷ Γίγαντι Πολυβώτῃ
νέοντι.*

Nach Andern (Strab. a. a. O.) sollte es Kos selbst sein, worunter
der Gigant sein Grab fand. Diese Form der Sage ist weniger probabel; denn Nisyros hat die Ueberlieferung für sich, dass es durch
Erdbeben von Kos losgerissen sei (Plin. N. H. V 134); auch eignete
sich das kleine, fast kreisrunde Nisyros, welches in der Hand des
Gottes nur wie ein grosser Stein erschien, ungleich besser für die
ihm zugetheilte Rolle als das langgestreckte Kos. Die von Paus. I

---

[80]) Wieseler S. 51, der übrigens den Stephanos nicht anführt, nimmt
vor *γέγονε* eine Lücke an, was mir nicht nöthig scheint.

[81]) Vgl. Nikand. b. Ant. Lib. 28, wonach der vom Blitz getroffene
Typhon *ἠφάνισε τὴν φλόγα τῇ θαλάσσῃ.*

[82]) Vgl. Heyne z. Apd. p. 33.

2, 4 kurz berührte, aber nicht mitgetheilte Sagenform, welche die
Affaire von Poseidon und Polybotes mit der koischen Landspitze
Χελώνη in Verbindung brachte, mochte von der landläufigen kaum
so verschieden sein und darauf hinauslaufen, dass das losgesprengte
Stück zur Zeit, da es noch mit Kos zusammenhing, Chelone geheissen
haben sollte [83] . —

Die Art, wie Poseidon den Gegner vernichtet, ist originell, aber
nicht diesem Mythus allein eigen. So soll Briareos von Euböa
übers Meer nach dem phrygischen Rhyndakos geflohen sein, an
dessen Mündung Poseidon ihn unter einem Berge begrub [84]; also
eine ganz parallele Sage, die aber niemals mit der Gigantomachie
verbunden wurde. Nach Pherekydes hatte Zeus die Cumä gegenüberliegende Insel oder Inselgruppe auf den Typhon geworfen (unten § 6 c).
Eine Sage, deren Alter ich nicht kenne, erzählt, dass Zeus auf Tantalos, vermuthlich den als *gigas* gedachten (S. 89), das Sipylos-
gebirge gestürzt (Schol. Pind. Ol. I 90). Jede dieser Sagen hat
irgend welche echt mythische Grundlage, wie man sie besonders an
der von Mykonos erkennt, unter welcher Insel ebenfalls besiegte
Giganten liegen sollten (S. 158. 97). Dahingegen können die gleichen
Fabeln, welche an die Berge Athos [85], ‚Arima‘ (s. Preller G. M. ⁴ I
64, 1), Mimas (Schol. u. Eust. z. Hom. *γ* 172) und das Vorgebirge

---

[83]) So verstehen die Stelle auch Heyne und Wieseler 151, 55.

[84]) Schol. Ap. Rh. I 1165 p. 373, 28: *Κόναν* (oder *Κιναίθων*) *δὲ ἐν τῇ*
'Ηρακλείᾳ φησὶν ὅτι Αἰγαίων καταγωνισθεὶς ὑπὸ Ποσειδῶνος κατεποντίσθη εἰς
τὸ νῦν λεγόμενον ὑπὸ τ. 'Απ. ἱερὸν Αἰγαίωνος τὸν αὐτὸν καὶ Βριάρεων καλῶν.
Damit verbindet sich ungezwungen ein anderes Scholion ib. p. 374, 16:
ὁ δὲ περὶ τοῦ Αἰγαίωνος μῦθός ἐστιν οὗτος· φυγὼν ἐκ τῆς Εὐβοίας ἐλθὼν εἰς τὴν
Φρυγίαν κατὰ τὸν βίον ἐτελεύτησεν. γίγας δὲ ἦν. οὕτως Ταρραῖος. Die subscriptio
ist hier mythographisch und schliesst den Dichternamen nicht aus. Im
Uebrigen s. S. 126 f.

[85]) Steph. B. *'Άθως, ὄρος Θρᾴκης, ἀπὸ 'Άθω γίγαντος, ὡς Νίκανδρος*
πέμπτῳ τῆς Εὐρωπίας·

    καὶ τις 'Άθω ῥόσον ὕψος ἰδὼν Θρήικος ὑπ' ἄστροις
    ἔκλυεν † οὐ δηθέντος ἀμετρήτῳ ὑπὸ λίμνῃ
    ὅς † ἀνακοεῖν χείρεσσιν δύο ῥίπτεαι βέλεμνα
    ἠελίατου προσέλυμνα Καννατραίης πέρος ἄορης.

Im 2. Verse schreibt M. Schmidt *ῥνηθέντος,* Schneider *ἔκλυ' ἐν οὐδέι θέντος,*
dies ziemlich schwach; ansprechender ist seine Verbesserung des 3. Verses:
ὅσσαν' ἀπ' οὖν κτλ., in Verbindung womit man *οὐ δμηθέντος* conjiciren
könnte. — Ein Gigant Athos: Schol. Hom. Σ 229, von Poseidon unter dem
Berg begraben: Eust. 980.

Ophionion (s. unten) geknüpft wurden, nur als Nachbildungen
gelten, die sich, wie die zwei letzten, auf gleichlautende Gigantennamen oder, wie die erste, auf die Nachbarschaft der Kampfstätte
stützen. In letzterer Richtung bewegt sich auch die Vorstellung
des Lucan IX 657, Val. Flacc. II 16, Sidon. Ap. C. XV 24 und
der Claudiane (Gig. 95—113, Γιγ. 41), welche die Berge der Chalkidike
als versteinerte und verwandelte Riesen ansieht [86].

Von dem verwandten Motiv bei Apollodor, wo Athena das
ganze Sicilien auf den Gegner stürzt, soll später die Rede sein.

----

4. Ephialtes.

Neben den drei bisher erwähnten Giganten Apollodors beansprucht
vielleicht keiner grössere Beachtung als Ephialtes. Er ist wie hier
dem Apoll gegenübergestellt auf der Erginosschale, während er auf
einer strengen rothfigurigen Vase als Gegner Poseidons erscheint.
Sein Name, der auch Ἐπιάλτης und Ἰγιάλτης lautete [87], begegnet
schon auf der alten Caeretaner Vase, wo er in der Form Ἰπιάλτης
dem nächsten Gegner des Zeus beigeschrieben ist; desgleichen auf
einem sehr alten schwarzfigurigen Vasenscherben aus Eleusis, wo
die Figur allem Anschein nach wieder dem Zeus gegenüber gestanden haben wird: möglich, dass nach Mafsgabe der Odyssee
λ 313 oder einer noch weitergehenden Dichtung Manche wirklich
die Aloaden als Häuptlinge der Giganten ansahen [88]. Wie bei

----

[86]) Aehnliche Vorstellungen im germanischen Mythus: Weinhold Ber.
d. Wien. Ak. 1858 Bd. 26 S. 285 f. Natürlich wird diese Wirkung dem
Gorgoneion der Athena zugeschrieben. Lucan; Claud. gig. 92 rapt. Pros.
II 92: Sidon. C XV 23. Vgl. übrigens die Versteinerung des riesigen Atlas:
Polyidos, Bergk P. L. G. 'III 632 (1278), Ovid M. IV 631, Lucan IX 655.

[87]) Auch ἐπιάλλης (vgl. S. 6, 8), ἰφέλης, αἰφέλης und ἐπωφέλης; s. Meineke
Hist. crit. p. 153, 87. Meister Dialecte I 117.

[88]) Das Grabmal des ‚Herrschers' Otos, welches Hipponax Fr. 15, 4
in Karien erwähnt, ist höchst wahrscheinlich dasselbe, welches sonst der
Iphimede gehört (Paus. X 28 a. E.), wie ja auch in Böotien dasselbe Monument auf die Mutter wie auf die beiden Söhne bezogen wurde (Paus.
IX 22, 5). Die corrupte Hipponaxstelle besagt: geh immer nach Süden,
nach Smyrna, nach Lydien zum Grab des Attalos, zum Grab des Gyges
und zur Stele des . . . . ., — dann folgt natürlich Karien: καὶ μνήματ᾽
ῶτος † μυτάλιδι πάλμυδος. Klar ist καὶ μνήματ᾽ Ὤτου πάλμυδος υ–⏑υ, und

heroischen Zwillingen öfter, hat der eine das Uebergewicht; nämlich Ephialtes, den die Ilias *E* 385 anscheinend, Pindar P. IV 89 sicher in den Vordergrund stellt, während Apollodors Gigantomachie überhaupt nur ihn erwähnt. Es muss ein sehr alter Riesennamo gewesen sein (s. a. S. 113 f.), denn mit Ἐφιάλτης bezeichnete man auch einen plötzlich eintretenden fieberhaften Zustand, etwa unser ‚Alpdrücken‘, wie sich ja später ein Alpos wirklich unter den Giganten findet. Noch ganz persönlich kommt der Alp (*incubo*) Ἐφιάλτης bei dem Mimographen Sophron vor, von dem Eustath Il. 561, 19 die Worte citirt Ἡρακλῆς Ἠπιάλητα πνίγων: der starke Held würgt den Unhold, weil dieser die Menschen würgt [89].

Ein Zug, den die Aloaden mit den Gigantenhäuptlingen, aber auch mit dem Riesen Tityos und andern Frevlern gemein haben, ist das erotische Verhältniss zu gewissen Göttinnen, welches bald als ein Freien, bald als ein brünstiger Angriff erscheint. Von Porphyrion war schon die Rede, nur dass dieser, ehe er zum Gigantenkönig wurde, nicht sowohl zu der Himmelskönigin, als zu einer andern Göttin in mythologischer Beziehung stand. Euphorion dichtet oder berichtet, dass Hera, als sie bei den Eltern erzogen wurde, von dem Giganten Eurymedon — in dem man leicht den Gigantenkönig der Odyssee erkennt — überwältigt wurde [90] und den Prometheus

---

das verlorene charakteristische Wort (etwa Γιγαντείου?) ist schwerlich aus dem corrupten zu gewinnen, da dieses wohl nur aus ^{μυ}ταλλιδος entstanden ist, d. h. durch Verschreibung und Correctur des seltenen πάλμυδος, derart dass sich, wie nicht selten, zwei Lesarten nebeneinander geschoben und ein anderes Wort verdrängt haben.

[89]) Ἠπιάλης ὁ τὸν πατέρα πνίγων Sophron (s. Ahrens Dial. dor. I 475) und vielleicht nach dessen Vorbild Aristoph. Wesp. 1037 (s. Botzon Progr. Marienbg. 1867 p. 20):

φησὶν δὲ μετ᾽ αὐτοῦ
τοῖς ἠπιάλοις ἐπιχειρῆσαι πέρυσιν καὶ τοῖς πυρετοῖσιν,
οἳ τοὺς πατέρας ἦγχον νύκτωρ καὶ τοὺς πάππους ἀπέπνιγον,

ebenso in den zweiten Thesmophoriazusen (Fr. 332 Kock; Meineke II 1086, 17) ἅμα δ᾽ ἠπίαλος πυρετός πρόδρομος.

[90]) Vgl. Schol. Theokr. VII 46: ἄλλοι (φασὶ) μοιχὸν Ἥρης εἶναι τοῦτον. Der Name Eurymedon ist auch bei Hygin fab. praef. herauszuerkennen, nicht minder bei Properz (oben S. 62), wo man einen typischen oder hervorragenden Giganten zu erwarten hat, und das corrupte *Oromedon* nur in den Augen derer Berechtigung haben kann, welche es vorziehen, allgemein auf die Lückenhaftigkeit unserer mythologischen Ueberlieferung hinzu-

gebar [91], weshalb Zeus den Frevler später in den Tartaros warf
(Schol. Hom. Σ 397). Ein Liebesverlangen zur Hera scheint auch
die dem 5. Jahrhundert angehörige Vase von Altamura bei dem
jugendlichen Schaarenführer vorauszusetzen. Eine gleiche Beobach-
tung hat man an der Artemisgruppe des grossen Pergamenischen
Frieses gemacht, während die entsprechende Gruppe der Erginos-
Schale zwar einen ähnlichen Eindruck erweckt, aber kein sicheres
Urtheil zulässt. Selbstredend sind solche Motive von der spielenden
Dichtung späterer Zeiten begierig aufgegriffen und weiter geführt
worden. Gratius Cyneg. 64:

> illi aggeribus temptare superbis
> aethera et ah! matres ausi attrectare deorum [92].

Bei Ovid Fast. IV 593 klagt Demeter über die gewaltsame Entführung ihrer Tochter:

> quid gravius victore Gyge [93] tulissem? [94]

---

weisen, statt die vorhandene zu befragen. Auch kann man sich nicht auf
Welcker Götterl. I 793, 18 berufen, dem grade in diesem Capitel allerlei
Irrthümer begegnen (s. 7 c).

[91]) Zu Grunde liegt die aus Athen bekannte Verwechselung von Prometheus und Hephaist, welchen Hera ohne Beihülfe des Zeus gebar:
Robert z. Preller I 92, 3.

[92])   *Nonne vides veterum quos prodit fabula rerum*
          semideos (illi   —   deorum)
          quam magna mercede meo sine munere silvas
          impulerint?
Gratius meint also eigentlich die Aloiden, von deren unglücklicher Jagd
Apollodor I 7, 4 berichtet (S. 47); *mercede:* wie theuer sie ihre Jagd er-
kauften; *impellere* wie Virg. G. I 254; vgl. a. *silvas movere* Grat. 3.

[93]) Script. hist. Aug. ed. Pet. II 8: *tam crudelis fuit* (Maximinus I) *ut*
illum — multi Tyfona vel Gygam vocarent. Ovid Am. II 1, 11. Seneca
Herc. O. 167.

[94]) Aehnliche Klage der Ceres bei Ovids Nachahmer Claudian, Rapt.
Pros. III 182:
          an caelum Titanes habent! quae talia viro
          ausa Tonante manu! rupitne Typhoea cervix etc.
Vgl. ebenda III 196: *acies utinam cessana Gigantum ¡ hanc dederit cladem. —*
Phlegra nobis infensior aether. I 66 *incestis Titanibus.* Auch bei Horaz C. I 12
          tu gravi curru quaties Olympum,
          tu parum castis inimica mittes
               fulmina lucis
sind die Giganten gemeint.

Claudian Gig. 40 schildert die wilden Wünsche der Himmels-stürmer:

> hic sibi promittit Venerem speratque Dianae
> coniugium castamque cupit violare Minervam.

Aehnlich droht Gaia bei Nonn. 48, 20:

> ὁππότε Πορφυρίωνι χαρίζομαι εἰς γάμον Ἥρην [95]
> καὶ Χθονίῳ Κυθέρειαν, ὅτι Γλαυκῶπιν ἀείσω
> εὐνέτιν Ἐγκελάδοιο καὶ Ἄρτεμιν Ἀλκυονῆος.

Gegenüber solchen nicht minder willkürlichen wie geschmack-losen Behandlungen des Mythus, haben wir es bei den Aloaden mit einer entschieden alten Ueberlieferung zu thun. Bei Apollod. 1 7, 4, 4, mit dem das kürzer gefasste Schol. Hom. E 385 überein-stimmt, heisst es, dass Ephialtes um Hera, Otos um Artemis zu freien gewagt und beide dann durch die bekannte List der Artemis umkamen (S. 47). Hierbei fällt nur auf, dass Artemis die Strafe für ein Vergehen vollstreckt, das an ihr und Hera begangen worden; dasselbe kann sich — so sollte man meinen — nur gegen sie allein gerichtet haben; selbst wenn, wie in der Odyssee, Apollo die beiden Jünglinge tödtet, würde dies immer nur auf Artemis führen. Dieses einzig denkbare Verhältniss tritt auch bei Hygin F. 28 [96] und bei Kallimachos h. Dian. 264 zu Tage, welcher Letztere nur den Einen und zwar als Freier der Artemis nennt, indem er ihn nach homerischer Weise mit Orion zusammenstellt. Entweder ist also Hera entsprechend der Zahl der Freier nachträglich der Artemis an die Seite gestellt worden: dann würde man aber jede andere Göttin eher erwarten als die matronale Hera; oder wir haben es mit einer besonderen Sage zu thun, die mit jener combinirt worden. In Bezug auf diesen Fall würde Beachtung verdienen, — ein vielleicht zufälliger Umstand — dass nur Otos als Freier der Artemis genannt zu werden pflegt [97],

---

[95]) So Jahn Ber. d. S. G. 1853, 137, 8 für Ἥρην. Etwas variirt und mehr auf Homer-Reminiscenzen beruhend sind die Drohungen des Typhoeus im I. und II. Buche.

[96]) Daselbst — wo die Aloiden der Artemis Gewalt anthun wollen, vgl. Gratius — ist die gewöhnliche Fabel von der Hindin auf Apollo über-tragen, jedenfalls nur durch unzeitige Einmischung der Homerischen Dar-stellung (λ 318). Denn die Hindin gehört in allen Mythen der Artemis, obwohl die ältere Kunst — Sculpturen wie Vasen — Hirsch oder Reh auch dem Apoll nicht selten beigiebt.

[97]) Kallim. a. O. Nonn. 5, 509. 36, 247. 44, 304. 48, 417. 403. Otos für sich allein, sowie Orion erscheint auch in Kreta (S. 46), wo Hera nichts

so dass Ephialtes für Hera frei bleibt. Nimmt man dazu, dass
Ephialtes bei Apollodor I 6 geblendet wird gleich dem Orion, der
gleichfalls mit der Hera in Conflict geräth (S. 41, 55), so gewinnt
es ganz den Anschein, als ob Ephialtes einst eine ähnliche Rolle
gespielt habe, wie sie die attische Gigantomachie dem Porphyrion
zuertheilt.

---

5. Die weiteren Namen bei Apollodor

sind mannichfach verdorben. So musste der bekannteste, Enkelados,
erst aus *ἐν κεφάλῳ* gewonnen werden, wie auch unter den Göttern
Dionysos aus *δρυός* oder *διός* hergestellt ist, zahlreicher kleiner
Corruptelen im übrigen Texte nicht zu gedenken. Bei der geringen
Anzahl alter und feststehender Gigantennamen ist die Emendation
hier mehr als irgendwo beständigem Fehlgreifen ausgesetzt; und doch
entschliesst man sich schwer, unter dem Dutzend Namen, die der
Mythograph giebt, einige der bekanntesten zu entbehren.

Des Dionysos Gegner heisst dort Eurytos, ein Name, der auch
in Hygins Verzeichniss steht. Aber grade dem Dionysos, einem der
hervorragenderen Theilnehmer an dem Kampfe, muss in guten Ueberlieferungen eine Figur von minder vulgärem Namen, nämlich Rhoitos, gegenübergestanden haben. Das bezeugt nicht nur Horaz C.
II 19, 23 (vgl. III 4, 55), der in diesem Mythus entschieden alten
Quellen folgt, wie denn der Gigant auf der Erginos-Schale, bei Ps.-
Virg. Cul. 27, hier als Gegner des Zeus, bei Sidon. Apollinar. C.
VI 24 und Schol. Hes. Theog. 185 figurirt und auch bei Naevius
und Hygin zu stehen scheint [66], — sondern auch andere Erwägungen

---

zu thun hat, sondern lediglich Artemis Diktynnis ‚die Netzwerferin.‘ —
Inzwischen hat die auf Kreta bezügliche Stelle Serv. Aen. III 578 von
Robert (Prell. I 105, 2) eine ganz abweichende Interpretation erfahren, die ich
mir aber nicht anzueignen vermag; ich kann mit den früheren Erklärern
nur so verstehen: < quemadmodum est> *Otus in Creta secundum Sallustium*
(unde Otii campi)? < quemadmodum> *Typhoeus in Campania (ut ,Inarime etc.‘)*?
Vgl. Dode script. rer. myth. II 53.

[66]) Auf der Schale ist der Name in Φοίτος verschrieben wie in dem
Hesiodscholion in Φροῦτος oder Φοῦτος. Bei Naevius bell. Pun. Fr. 10 Vahl.
ist in *Rhuncus atque Purpureus* der erste Name aus Rhurus (dies aus Rhoerus)
verdorben, der zweite übersetzt aus Porphyrion. — Bei Kallimachos hymn.

führen darauf hin. Rhoitos ist der Eponym von Rhoiteion. Grade
an diesem Ort aber knüpft sich das bedeutsame Eingreifen der Dio-
nysosfamilie in die troischen Ereignisse (Kyprien Fr. 17 Kinkel) [99].
Andererseits ist die Nachbarschaft Pallenes, die Bakchos unterwirft [100],
mit Rhoiteion in der Sage eng verknüpft, insofern von Sithons
Tochter Rhoiteia, die gleich seiner Tochter Pallene (Parthenios 6) [101]
für Bakchos' Geliebte galt, der Name jenes Vorgebirges hergeleitet
wird (Lykophr. 583. 1161. Schol.) — Hat man nun ein Recht, wie
man wünschen muss, ʿΡοῖτος mit Bentley und Hercher auch bei
Apollodor einzusetzen? Gesichert ist das Recht zu einer Text-Aen-
derung, über deren Wahl dann allerdings nicht zu schwanken wäre,
nur in dem Fall, wenn sich in der vorliegenden Namensliste, wie
man gewollt hat, ein Eurytion nachweisen lässt, wodurch denn
Eurytos definitiv ausgeschlossen würde [102].

Für den verdorbenen Namen γρατίων, den Artemis' Gegner
führt, scheint nämlich, da die Form κρατίων von κράτος nicht
gebildet wurde, Εὐρυτίων, welches nur die Vorsetzung eines Buch-
stabens verlangt, die einfachste Verbesserung zu bieten [103]; so heisst
ein Kentaur und der Heerdenwächter des Goryoneus. Doch ist hier
ohne weiteres handschriftliches Material keine Sicherheit zu gewinnen

<hr>

Dian. 221 und Apollod. III 9, 2, 3 ist der Kentaurenname *Rhoikos* überliefert, doch Bentley's Vorschlag z. Horaz C. II 19, 23, auch hier *Rhoitos* zu
schreiben, verdient wenigstens Erwägung, da die Gigantennamen Mimas,
Phlegraeus, Ophion, auch Rhoetos selbst (Virg. G. II 456 mit schwanken-
der Lesart; Ovid M. XII 271 ff. Val. Flacc. I 141. Claudian epithal. d. nupt.
Hon. praef. 13) bei Kentauren vorkommen. Von den Giganten sind auch
die brennenden Baumstämme entlehnt, welche die Kentauren bei Ael. V. H.
XIII, 1 p. 145, 30 Herch. führen.
[99]) Der zweite Eingriff, der von dem Gotte persönlich ausgeht, —
auch dieser war in den Kyprien erzählt (Schol. Hom. Δ 59) — geschieht
beim Kampf am Kaikos und ist darum von Interesse, weil Bakchos dabei
den Gegner in eine Weinrebe verwickelt, ein Kunstgriff, dessen er sich
auch in der Gigantomachie bedient.
[100]) Die jüngere Dichtung stellte, wie man besonders an Ovid sieht,
bei Bakchos' thrakischen Siegen Sithone in den Vordergrund.
[101]) Nach Διογένης καὶ ʿΥγιείννος ἐν Παλληνιακοῖς. Vgl. Konon 10.
[102]) Das Schwanken von Eurytos und Eurytion ist bekannt; es findet
sich bei dem Kentauren und mehreren andern Personen.
[103]) Dieses ist von Schwenck Gr. Myth. II p. 487, jenes von Pyl myth.
Beitr. p. 198 vorgeschlagen. Andere Besserungsversuche sind ʿΡαιτίων
(Faber), ʿΡοιτίων (Lefèvre, Jahn), ʿΚλατίων (Heyne).

und die umgekehrte Heilmethode vielleicht nicht minder berechtigt.
Danach hat Hercher 'Ραίων vermuthet, einen bei Suidas vorkommenden Mannesnamen, der den Rauschenden bedeutet, in diesem Mythus
aber gar zu unverbürgt und ohnedies etwas weit hergeholt ist. Von
hier aus der nächste Gedanke würde Γαίων sein, wie man auf der
Erginosschale liest; allein um dieses als vollständigen Namen zu
fassen, ist weder das Homerische, von Briareos gesagte κύδει γαίων [104]
(S. 31 a. E.), noch, woran Robert z. Prell. I 71, 5 denkt, die Beziehung auf Γαία ausreichend; es muss also bei der früheren Auffassung bleiben, dass in der Inschrift die Anfangsbuchstaben Al verwischt sind. Sollte nun dieser wichtige Name, Αἰγαίων [105], sich
nicht auch bei Apollodor verbergen, zumal bei dem Mythographen
wie auf der Schale die gegenüberstehende Gottheit Artemis ist und
beide Quellen auch in dem Namen des Apollogegners übereinstimmen!

Einen Giganten Hippolytos kennt ausser Apollodor, der ihn
mit Hermes kämpfen lässt, auch Tzetzes (Theog. 92), der aber doch
als Leser Apollodors hier nicht gut eine besondere Quelle abgeben
kann, mögen auch Namen wie Aigeus, Nereus, Triton, die er daneben
anführt, gut dazu passen. Keinesfalls wäre dabei etwa an Pferde
und Wagen zu denken; mit diesen haben die Erdgebornen nichts zu
thun, und scheinbare Ausnahmen, wo man Giganten in solchem
Aufzug sehen wollte, beruhen auf falscher Deutung der bezüglichen
Monumente. Aber auch hier müssen wir uns die Möglichkeit einer
Textverderbniss gegenwärtig halten und beachten, wie leicht ἱππόλυτος aus ἁρπόλυκος verschrieben sein kann. Ein Harpalykos und
ein Harpaleus begegnet unter den Lykaonssöhnen; Harpalyke ist eine
windschnelle Unholdin in Thrakien (Virg. A. I 317, Serv.) oder
jene unmenschliche Tochter, die den jüngsten Bruder schlachtet und
dem Vater vorsetzt (Parthen. 13) [106]. Harpolykos ist nach Theokr.

---

[104]) Αἰγαίων δέ ἐστιν ὁ ἀεὶ τιθηλὼς καὶ γαίων. Cornutus 17. Natürlich
würde die Herleitung von γαίω nicht auf ἀεί, sondern auf eine Verstär-
kungssilbe wie in αἰχός führen. Die richtige Etymologie Schol. Ap. Rh.
I 1165.

[105]) Αἰγαίων ist schon von Gale vorgeschlagen. Αἰγαίων ist unter den
Giganten bei Tzetzes und durch Uebertragung auch unter den Lykaons-
söhnen bei Apollod. III 8. Häufiger kommt er in der Gigantomachie als
Briareos vor, einmal mit dem Doppelnamen Sidon. Ap. C. XV 25 (Migne,
XII Baret). S. a. unten 6a.

[106]) Als Quelle wird Κύφορίων Θρᾳκὶ καὶ † Ἰσιτάδας citirt.

XXIV 114 der Faustkämpfer, bei dem Herakles gelernt hat. Leider lässt sich die alte Schale aus Caere nicht verwerthen, da das *APГOΛΛ.*, das sich dort in der Nachbargruppe des Hermes findet, in der Vorlago ebensowohl *'APГOΛΛς*[107] wie *H]APПOΛΛνκος* oder *H]APГOΛΛινς* geheissen haben kann.

Klytios wurde bereits erwähnt und mit dem Pallantiden der östlichen, sowie dem Kyklopensohne der westlichen Nachbarschaft Athens in Verbindung gebracht. Grade in Eleusis, der Heimath des Zweitgenannten, spielt mehr als irgendwo in Attika Hekate eine Rolle, diejenige Göttin, die dem Giganten Klytios gegenübersteht.

Die beiden noch übrigen Namen, Agrios und Thoon, der Wilde und der Schnelle, wovon der Erstere auch dem Hygin bekannt ist, sind ziemlich allgemeinen Charakters. Wenn man bei Apollodor liest *Μοῖραι δὲ 'Αγριον καὶ Θόωνα χαλκέοις ῥοπάλοις μαχομένους*, so kann das letzte Wort unmöglich richtig überliefert, sondern nur aus *μαχομέναι* verdorben sein, wie schon Heyne dies unter der Variante *μαχομένας* geahnt hat. Nicht die Bewaffnung der einzelnen Giganten, die zu Anfang allgemein bezeichnet war — und wie sollte grade bei den zwei unbedeutendsten eine Ausnahme gemacht sein — sondern die Kampfesweise der einzelnen Götter wird regelmässig angegeben. Man würde diese Angabe, wenn sie bei den Moiren fehlte, gradezu vermissen. [117a]

Von den bekannten Gestalten vermisst man Mimas[108]. Euripides (Jon 215) betrachtet ihn als Gegner des Zeus oder greift wenigstens ihn heraus, da nach Massgabe der Monumente der

---

[107]) Das würde dem *'Αγρόλας* entsprechen, dem Genossen des ebenfalls auf der Vase vorhandenen Hyperbios, s. S. 184, 54.

[107a]) Eine eiserne Keule führt die Schicksalsgöttin Orph. fr. 109. 110 Abel, vgl. Eurip. Alk. 980 Kirchh. *Δίκη* mit Keule Eur. Hipp. 1171, vgl. Paus. V 18, 2 und das Vasenbild Nuove Memorie dell' Inst. II 4, 4; ebenso *Χρόνος* Eur. Here. 777, wenn Wilamowitz An. Eur. 230 ff. richtig conjicirt.

[108]) Mimas ist aus demselben Grund Gigantenname, weshalb der jonische, stets wolkenbedeckte (Arist. Vög. 273), stürmende (Hom. γ 172) Bergriese (vgl. Kallim. b. Del. 66) sich so nennt; s. S. 75. Keiner hat den Namen von dem Andern entlehnt, obwohl es einen gleichnamigen Berg in Thrakien und zwar nicht zu weit von Pallene gegeben haben muss (Et. M. Suid. Meineke z. Kallim. p. 182). Auch die Kentauren, ein den Erd-gebornen an Ungestüm verwandtes Geschlecht, weisen einen Mimas auf: Hesiod *Ασπίς* 186, Vase Revue arch. N. S. XVII 350, 10.

höchste Gott mit zwoien oder dreien zugleich zu kämpfen pflegt, wie
auch bei Horaz C. III 4, 53 zu erkennen, wo wieder Mimas daboi ist.
Fast wie die Hauptfigur erscheint er bei Silius It. IV 275, XII 147 und
nicht viel anders bei Seneca Herc. Oet. 981, während die Erginos-
Schale, Apollonios III 1227 und Claudian Gig. 87 ihn dem Ares
gegenüberstellen. Auch unter den Pergamonern fehlt nicht $Μιμ<ας>$.
Was nun Apollodor betrifft, so bekenne ich, an der Stelle 'Ε. δ.
Λ. 9. Ἴκτεινε, Κλύτιον δέ, φασίν, Ἑκάτη, μᾶλλον δὲ Ἡφαιστος
βαλὼν μύδροις längst Anstoss genommen zu haben, ehe ich ahnte,
was sich hinter dem problematischen μᾶλλον δὲ verberge. Eine
Steigerung von Ἴκτεινε ist nicht denkbar. Höchstens die corrigirende
Bedeutung ‚vielmehr‘ kommt in Betracht; und doch kann von einem
Schwanken der Ueberlieferung, welches die eine der beiden Gottheiten ohne Gegner lassen und gradezu ausschliessen würde, schon
aus folgendem sehr einfachen Grunde keine Rede sein. Vorgeführt
werden uns folgende Götter: Zeus, Hera, Apollo — Herakles, der zu
Hülfe gerufene und erst nach diesem Kampf in den Olymp auf-
genommene (Diod. IV 15) Sterbliche bleibt bei Seite —, ferner
Dionysos, Hekate, Hephaist, Athena, Poseidon, Hermes, Artemis
und die beiden Moiren; das sind im Ganzen zwölf, also eine runde
doch mit Absicht gewählte Zahl, welche offenbar den Zwölfgötter-
kreis darstellen soll; diese Ordnung würde durchbrochen, wenn einer
der Götter seinen Platz räumen müsste. Der Gedanke ist also gar
nicht zu unterdrücken, dass auch hier wie unter διός und ἐν κεφάλῳ sich einer der zahlreichen verdorbenen Namen verberge.
Μαλλονδε für eine Verschreibung von Μιμαν'τα'δε anzusehen, empfiehlt sich um so mehr, als in andern Gigantomachieen dieser Gigant
thatsächlich dem Hephaist gegenüberstand.

Claudian Gig. 85:

occurrit pro fratre Mimas Lemnumque calentem [110]
cum laro Volcani spumantibus eruit undis. [111]

[m)] Nur wer mit den älteren Vorstellungen von diesem Mythus vertraut war, konnte (wie Horaz) neben Zeus grade Dionysos und Athena.
Hephaist, Hera und Apollo hervorheben; wie nun Enkelados der Athena
gegenübergestellt ist und mit Rhoetus des Dionysos Gegner gemeint ist
(vgl. Il 19, 23), so sind die drei vorangeschickten Giganten Typhoeus,
Mimas, Porphyrion, was die Namen ohnehin lehren, als Gegner des Zeus
zu verstehen.

[110)] Jeep hat die Variante *cadentem* in den Text aufgenommen.

[111)] Es kommt nicht wirklich zum Kampf zwischen beiden, da Ares

Sidonius Apollinaris C. XV (Migne, XII Baret), 25:
    hic Lemnon pro fratre Mimas contra aegida torquet
    impulsumque quatit iaculabilis insula caelum. [111]

Was für einen Augenblick stutzig machen kann, ist das φασί,
in dessen unmittelbarer Nähe gerade sich jener Zwiespalt der Ueberlieferung, den wir bestreiten, vorfindet. Wie aber, wenn auch dies
φασί sich als eine Corruptel herausstellte! Ich glaube nicht, dass
sich im ganzen Apollodor ein ähnliches, eingeschobenes φασί findet
und dass das Wort in dem Buch überhaupt anders als mit ἔνιοι
oder ἄλλοι im Gegensatz zu bestimmten Autornamen, vorkommt.
Aber wäre es selbst der Fall, die Bedenken wären damit nicht beseitigt. Hekate ist die einzige Gottheit, deren Attribut oder Kampfesweise Apollodor nicht angiebt; die verdorbene Stelle am Schlusse
Ἄρτεμις δὲ † γρατίωνα kann nicht als Ausnahme gelten. Was liegt
also näher, als unter dem φασίν ein δρσίν — die einzig passende
Waffe für Hekate — zu suchen? [113]

Im Allgemeinen ist es nur eine beschränkte Anzahl von Namen,
über welche die Gigantomachie anfänglich verfügt. Der Scholiast
z. Hes. Theog. 185, der nur den Polybotes vergisst, trifft im Ganzen

----

hier in den Vordergrund gestellt ist; die Antagonie ist da, aber latent; so
ist am Schluss des Gedichts, da wo es abbricht, Porphyrion im Begriff, die
Insel Delos loszureissen, weil dieser Gigant als Gegner Apolls gedacht ist
(v. 34 f.). Das Gedicht des Sidonius ist nur eine Verherrlichung der Athena
und lässt andere Götter überhaupt nicht auftreten.

[112] Die Nachahmung Claudians tritt auch sonst hervor:
Claudian:
    67 *Hic iuga conixus manibus Pangaea coruscat.*
    69 *— hic Rhodopen Hebri cum fonte revellit*
        et socias truncavit aquas, summaque levatus
        rupe giganteos umeros irrorat Enipeus.
    100   *saevusque Damastor.*
Sidonius:
    20 *Porphyrion Pangaea rapit Rhodopenque Damastor* (vulgo -que
        Strymonio cum fonte levat etc.   Adamastor)
Ferner Claud. 60 = Sid. c. IX 83; vgl. a. Anmkg. 86.

[113] Durch Verwechselung derselben Buchstaben scheint Ἐγκελάδῳ
Anfangs zu ἐγκελάσῳ entstellt worden zu sein, woraus dann leicht ἐγκεφάλῳ
wurde.

das Richtige, wenn er als die wichtigeren Alkyoneus, Enkelados,
Porphyrion, Mimas, Rhoitos und Obrimos bezeichnet, wovon der letzte
Name, obwohl ihn ein Pergamener führt, nur als eine Variante von
Obriareos zu betrachten ist, dergleichen die Verlegenheit um Namen
später zahlreich hervorbrachte.

Die verhältnissmässig späte Ausbildung dieses Mythus erleichtert
es, seinen eigenthümlich mosaikartigen Charakter zu durchschauen.
Enkelados, Alkyoneus, Porphyrion, Briareos, Pallas, Epopeus, Ephialtes,
Eurymedon, — es sind durchweg Gestalten, die schon vorher und
für sich allein als Götterbekämpfer dastanden und sehr leicht den
Mittelpunkt einer Gigantomachie bilden konnten. Es galt nur, eine
Schaar gleichartiger Streiter um sie zu versammeln. Das war ein
Leichtes für die Kunst, die schon seit dem 6. Jahrhundert gewohnt
war, die kämpfenden Götter und Erdgebornen paarweise an einander
zu reihen, ohne viel nach den Namen zu fragen. Aber die Dichtung, die ohne den gleichen Zwang, aber nach altepischer Sitte sich
gleichfalls überwiegend in Monomachieen bewegte, war genöthigt,
neue Namen zu erfinden, oder, wie es die spätere, für die Unterscheidung der Mythen minder feinfühlige Zeit that, aus passenden
Sagenkreisen zu entlehnen. Schon die geringe Anzahl, die Apollodor
aufführt, verliert sich zum Schluss in's Allgemeine. Auf so schwachem
Fundament hat sich denn eine bestimmte Tradition über die sich
gegenüberstehenden Kämpfer nur in geringem Maasse herausbilden
können, und auch diese, die nicht einmal strict inne gehalten wird,
verfliegt bald wieder, je mehr sich die Einzelgruppen in ein allge-
meines Kampfgewühl auflösen.

Was den von Apollodor vorgeführten Götterkreis betrifft, so
fehlt darin ausser Hestia, die in Athen keine grosse Rolle spielt, und
Aphrodite, über welche oben das Nöthige bemerkt ist (S. 186), Demeter. Diese nicht sowohl weil Homer sie noch nicht kennt, als
wegen ihrer bedenklichen Verwandtschaft mit Ge, der Gigantenmutter;
ferner Ares, der wohl den Giganten zu ähnlich war (vgl. S. 13. 17.
Hom. Φ 407), und den erst die späteren Dichter im Götterkriege
vermissten und in den Vordergrund stellten [114], wie die für solche
Rücksichten weniger zugängliche Kunst von Anfang an that.

---

[114] Apoll. Rh. III 1226. Ovid Fast. V 555. Aetna 61. Stat. Ach. 1
485. Sil. It. I 433, IV 435. Claud. Gig. 75.

6. Der Mythus in Italien.

Von einem ziemlich in die Augen fallenden Zuge, den Apollodor berichtet, ist noch nicht die Rede gewesen; Athena, sagt er, wirft die Insel Sicilien auf den fliehenden [115] Enkelados. Hierin macht sich zunächst der principielle Unterschied gegen die andern Kampfmotive geltend, dass die Schlacht nicht auf eine bestimmte Oertlichkeit beschränkt ist, sondern, was im Vergleich dazu als eine jüngere Form bezeichnet werden muss, dass der Kampf in ungemessenen Verhältnissen gedacht und über Länder und Meere ausgedehnt wird. Bei Poseidon, der den Gegner über's Meer verfolgt, fällt dies weniger auf; der Gott ist da in seinem Element und dieses selbst stösst unmittelbar an den Kampfplatz; zudem ist es, wie in den ähnlichen Mythen der älteren Zeit (S. 195), nur ein winziges Eiland, welches er auf den Gegner wirft, nicht ein Land von der Grösse etwa des Peloponnes. Schon der Titanenkampf, der vom Othrys bis zum Olymp hinüberwogte, der Aloadenmythus mit seiner Bergthürmung bewegte sich in gewaltigen Dimensionen. Aber das genügte der späteren Zeit nicht mehr. Die Alexander- und Diadochen-Zeit, in ihren eignen Entwürfen in's Maßlose und Gigantische gehend und geneigt, sich schon die Heroen riesenhaft vorzustellen [116], hatte in dem Götterkampfe erst recht keinen Grund, das plus ultra zu scheuen und war gewiss auch hierin den Römern Vorbild und Sporn. Besonders unter diesen, wo Poeten und solche, die sich dafür hielten, mit Vorliebe ein Thema behandelten, bei dem sie ihrer Phantasie völlig die Zügel schiessen lassen konnten und feinere Normen des Geschmacks hinwegfielen, wetteiferte man in der Schilderung des Ungeheuerlichen und in der Erfindung groteskester Motive [117]. Proben davon sind uns in den Fragmenten der beiden Claudiane, bei Sidonius und Nonnus erhalten. Da werden nicht mehr wie ehemals Felsblöcke, sondern —

---

[115] Vgl. Schol. Lucan VII 145: *Aetna* (premit) *fuga in Siciliam transeuntem Enceladum.*

[116] Herakles (S. 156, 1. 179 f.) Theseus, Hektor (S. 5, 4), Achill (Lykophr. 177. Ptol. Heph. VI 195, 18), andere Apoll. Rh. I 739.

[117] Vgl. Philostr. V. Soph. p. 221 (S. 32 Kays.) über den Sophisten Skopelian: ὁ δὲ οὕτω τι μεγαλεγωρίας ἐπὶ μεῖζον ἦλασεν, ὡς καὶ Γιγαντίαν (oder Γιγαντίδα?) ξυνθεῖναι. Martial XI 52, 16. IX 50. Ovid Am. I 1, 11: *ausus eram memini, caelestia dicere bella ; centimanumque Gygen (et satis oris erat).*

dies sicher nach hellenistischem Vorbild [118] — Berge und ganze
Inseln gen Himmel geschleudert, die auf die Angreifer zurückstürzen
und sie bedecken [119]. Da rauscht das Meer in seinen Tiefen auf,
wenn die Gigantenleiber niederstürzen, (Nonn. 45, 204 ff.; vgl. Quint.
Sm. VIII 465); ein Gigant säuft einen ganzen Fluss (Claud. 27),
ein anderer sogar ein ganzes Meer aus (ib. 30 ff.); die See kocht von
den Blitzen (Nonn. ib. 71), — und was der Extravaganzen mehr sind, die
zum Theil jedenfalls schon die alexandrinische Dichtung verschuldete.
Wieviel massvoller war es dagegen, wenn Polybotes von Poseidon
verfolgt schwimmt, während es doch so nah gelegen hätte, ihn gleich
Orion, bei dem dies eine besondere Bedeutung haben muss, das Meer
durchwaten zu lassen. — Mit einem Wort, man erkennt, dass was
Apollodor von Enkelados und Sicilien berichtet, nicht zu dem alten
Kern der Erzählung gehört; oder wenigstens sehr weit abliegende
Traditionen in nicht glücklicher Weise berücksichtigt. Denn mit
dem Antheil des Westens an den Gigantenmythen hat es seine besondere Bewandtniss.

Es war ein äusserst fruchtbarer Gedanke, die niedergeworfenen
Riesen unter vulcanischen Stätten gefesselt zu denken, in einem Zustand des nicht leben und nicht sterben könnens [120], grollend über
ihren Sturz und in zeitweisen Befreiungsversuchen die Erde er-
schütternd, während der Gluthauch der Vulcane aus ihrem keu-

---

[118]) Apollodor I 6, 3, 11 nach einem hellenistischen Typhoeus-Gedicht
(s. unten III 7 b): μαχόμενος—ὅλα ἔβαλλεν ὄρη. Theokr. VII 152 von Polyphem: ὅς ὥρεσι νᾶας ἔβαλλε. Schol. Ap. Rh. I 501: Δούρις φησι τοὺς ὑπὸ τῶν
Γιγάντων καταψηχθέντας λίθους τοὺς μὲν εἰς τὴν θάλασσαν πεσόντας γενέσθαι
νήσους, τοὺς δὲ εἰς τὴν γῆν ὄρη. Ferner Kallim. h. Cer. 35, wofür aber schon
Eurip. Phoen 1131 eine Analogie giebt, und Apoll. Rh. I 739.

[119]) Klaudian 23:
ἀλλὰ πεσόντες
αὐταῖς αἷς φορίσκον ἐτυμβεύοντο βολῇσι.
75: ἐπὶ δ᾽ αὐτῷ νῆσος ὄρουσιν,
ἣν αὐτὸς προίηκεν ἐς οὐρανόν.

Greg. Naz. (oben S. 162, 14) αἱ τούτοις ἐπιτρεφόμεναι νῆσοι, βέλη τε ὁμοῦ καὶ
τάφοι — τοῖς ἀπαντήσασι.

[120]) Philostrat Im. II 17 p. 421 von den Giganten: οὔς ἤπειροί τε καὶ
νῆσοι πιέζουσιν οὔπω μὲν τιθνεῶτας ἀεὶ δὲ ἀποθνήσκοντας. Vita Apoll. Tyan.
V 16 p. 92: Τυφῶ τινὰ ἢ Ἐγκέλαδον δεδέσθαι φασὶν ὑπὸ τῷ ὄρει καὶ δυσθανα-
τοῦντα ἀσθμαίνειν τὸ πῦρ τοῦτο. Serv. Aen. III 578: quasi semianimis sit
Enceladus.

chenden Rachen zu dringen schien [121]. Auf dem Hintergrunde Campaniens und Siciliens erhielten diese Vorstellungen ein besonders glänzendes Colorit. Noch als im Jahre 79 der Vesuv ausbrach, glaubte man, die Giganten hätten sich wieder erhoben, und die aufs Aeusserste erregte Phantasie des Volkes sah ihre Gestalten den Berg umschweben (Dio Cass. 66, 23), — und wie mancher reizvolle Zug der Sage mag uns verloren sein; ich erwähne nur — was eigentlich die Kehrseite des Vulcanismus angeht — die hübsche Wendung bei Polybios, der von Campanien sagt, es sei kein Wunder, dass um einen von der Natur so herrlich ausgestatteten Landstrich die Götter einst einen Riesenkampf geführt: ein Gedanke, der sich bei Strabo 243 in etwas vergröberter Weise wiederholt. Jedoch ist der Westen Anfangs nicht in so äusserlicher, combinatorischer Weise in diesen Mythus gezogen worden, wie dies bei Apollodor geschieht. Vielmehr ist der Mythus wie der Name des Phlegräischen Feldes dorthin gewandert und fand dort eine neue und doppelt fruchtbare Stätte. Diese Bezeichnung der Cumäischen Ebene sowie die dortige Localisirung des Gigantenkampfes begegnet zuerst bei Timaios (Diod. IV 21), Lykophron 688, 693, 705 ff. [122] und Polybios II 17, 1. III 91, 7; und — um von der Masse römischer Dichterstellen abzusehen — die Quelle des Claudian rapt. Pros. III 332, wonach in einem Sicilischen Hain die abgezogenen Häute und Spolien [123] der Giganten hängen, kennen wir nicht. Aber es kann eigentlich keinem Zweifel unterliegen, dass jene Uebertragung schon in früher Zeit stattfand und auf keinen Andern als die Chalkidier, die natürlichen Träger dieses Mythus, zurückzuführen ist [124]. Den elementaren Charakter tragen die Giganten im Gegensatz zu den griechischen Darstellungen

[121]) Am ausführlichsten Sil. It. XII 143 ff. Ovid M. V 345 ff. Die anderen Stellen S. 214 f. Oefter heisst es, dass der Gigant von den Blitzen brenne oder sie aushauche: Virg. A. III 580, Oppian Kyn. I 273. Val. Flacc. II 23. Sil. It. VIII 538, 540. — Hyg. f. 152.

[122]) Wenn die Pithakussen, die ‚Giganteninseln', von den Göttern zum Hohn auf die besiegten Riesen mit Affen bevölkert sind und wenn dort am Avernersee Zeus die Weihe der Styx vollzieht μέλλων Γίγαντας κατὰ Τιτῆνας πιφᾶν, so deutet dies doch auf dortige Localisirung des Kampfes, mag auch Lykophron, dem es ja nur auf Häufung der Anspielungen ankommt, sonst an Pallene festhalten.

[123]) Die dem Mimas abgenommenen Waffenstücke (v. 347) erwähnt schon Apollonios III 1227.

[124]) So urtheilt auch Wieseler S. 171.

auf etwa dem 5. Jahrhundert angehörigen Bronzereliefs [125] italischer Fabrik, wo sie den Göttern Feuer entgegenspeien. Andererseits kann, was die chalkidische Vermittelung angeht, etwa folgendes Beispiel lehrreich sein. Epopeus, der Titan (S. 70), der alle Götter zum Kampf herausforderte (Diod. VI Fr. 6 Dindf.), muss zeitig zu einem Giganten geworden sein; denn bei Hygin in der Praefatio steht er neben dem Gigantenkönig Porphyrion (s. ‚Namen‘). Nun heisst es Strab. 248, wo von dem Phlegräischen Felde bei Cumae und den gegenüberliegenden Inseln, der alten Kampfstätte des Zeus und Typhon (IV 3), der Γιγάντων νῆσος (Lykophr. 688) die Rede ist: καὶ Τίμαιος δὲ περὶ τῶν Πιθηκουσσῶν φησιν ὑπὸ τῶν παλαιῶν πολλὰ παραδοξολογεῖσθαι — das sind die Gigantenfabeln, s. Diod. IV 21, 7 — μικρὸν δὲ πρὸ ἑαυτοῦ τὸν Ἐπωπέα λόγον ἐν μέσῃ τῇ νήσῳ τιναγέντα ὑπὸ σεισμῶν ἀναβαλεῖν πῦρ κτλ. (Vgl. Plin. N. H. II 203). Da die Sage von Epopeus in Eretria durch Akusilaos bezeugt ist (S. 70) [126], so mag die Ortsbenennung damit im Zusammenhang stehen, obwohl man natürlich Niemanden hindern kann, einfach an eine hohe Warte zu denken.

Treffen diese Erwägungen zu, so ist damit noch keineswegs gesagt — worauf man leicht kommen könnte — dass die natursymbolische Bedeutung schon den Giganten Pallenes eigen gewesen. Die Unterscheidung zwischen den Gigantengeschlechtern und den Titanischen Naturriesen bleibt bestehen, und wenngleich sich beide in Phlegra leicht vermischen konnten, so ist doch zu betonen, dass die elementare Natur des Mythus — wenn sie bestand — nicht aus der italischen Gestaltung desselben zu erschliessen sei, weil diese theils durch die Natur der Landschaft, theils durch anderweitige Momente bedingt war, die wir kennen lernen werden.

---

a) Briareos.

Diejenige Persönlichkeit, welche jener Vermischung besonders günstig war und recht eigentlich den Angelpunkt der Götterkämpfe bildete, war Briareos-Aigaion. Diesen durch und durch elementaren,

---

[125] s. unsere Tafel I.
[126] Auf den alten Alkyoneus der Chalkidike, der am Vesuv wieder begegnet (Philostr. Anmkg. 128, Claudian rapt. Pros. III 184) würde ich weniger Gewicht legen, da die bekannteren Giganten in Italien nach Belieben herumgeworfen werden.

erderschütternden Dämon [127] sollte man am ehesten meinen auf den neuen, vulcanischen Stätten des Mythus wiederzubegegnen. Dem ist aber nicht so. Nicht ihn nennen die in diesem Punkt ziemlich zahlreichen, wenn auch etwas schablonenhaften Dichterstellen als den in der Tiefe Gefesselten, sondern ganz andere Giganten, am häufigsten den Enkelados und den Typhoeus. Das eine Mal, wo er vorkommt, bei Kallimachos h. Del. 143, will nichts bedeuten, da der Dichter selbst bei anderer Gelegenheit einen andern Riesen, den Enkelados, nennt; wobei nicht etwa die Vorstellung Platz griff, als ob mehrere oder alle Riesen unter dem Vesuv oder Aetna eingesperrt seien, wie Myth. Vat. I 11 ungenauer Weise behauptet und wie auch aus Horaz C. III 4, 73 nicht herauszulesen [128]. Aber Briareos tritt nur darum hier etwas zurück, weil er seine Sondernatur bereits eingebüsst hat und in der Masse der Giganten aufgegangen ist. Wenn Kallimachos an der fraglichen Stelle sagt:

ὡς δ' ὁπότ' Αἰτναίου ὄρεος πυρὶ τυφομένοιο
σείονται μυχὰ πάντα, κατουδαίοιο γίγαντος
εἰς ἑτέρην Βριαρῆος ἐπωμίδα κινυμένοιο

so greift er oder die Sage, der er folgt, eben lediglich einen Hauptgiganten aus der gewöhnlichen Schaar heraus, eine Figur von typischer Bedeutung, die man Jahrhunderte lang als solche gekannt und sogar gewappnet dargestellt hatte: Poseidipp b. Ath. IX 376 f. (Meineke IV p. 521) sagt von einem sich spreizenden Hauptmann:

ξεναγὸς οὗτος, ὅστις ἂν θώρηκ' ἔχῃ
φολιδωτὸν ἢ δράκοντα [129] σεσιδηρωμένον
ἐφάνη Βριάρεως,

---

[127]) Vgl. oben S. 126—132. Philostrat V. Apoll. IV 6 meint mit Αἰγαίωνα σεισίχθονα wohl den Poseidon, s. Epist. p. 359. Diese Stellen wären also oben 121, 157 hinzuzufügen.

[128])
Iniecta monstris Terra dolet suis
maeretque partus fulmine luridum
missos ad Orcum nec peredit
impositum celer ignis Aetnam.

Philostrat Her. 289 sagt zwar Νεαπολῖται δὲ οἱ Ἰταλίαν οἰκοῦντες θαῦμα πεποίηνται τὰ τοῦ Ἀλκυονέως ὀστᾶ. λέγουσι γὰρ δὴ πολλοὺς τῶν γιγάντων ἐκεῖ βεβλῆσθαι καὶ τὸ Βέσβιον ὄρος ἐπ' αὐτοὺς τύφεσθαι. Allein der zweite Satz kann wohl kaum Anspruch machen, mehr als eine rhetorische Aufbauschung des ersten zu sein.

[129]) Was für ein Waffenstück der δράκων sei, weiss ich nicht, wenn

14 *

und schon Timokles b. Ath. VI 224 a (Meineke III p. 598, Kock
II p. 457) wählt für den verbissenen, immer zum Krieg mahnenden
Demosthenes denselben Vergleich:

$$\dot{o} \; B\varrho\iota\acute{a}\varrho\epsilon\omega\varsigma$$
$$\dot{o} \; \tau o\grave{v}\varsigma \; \varkappa\alpha\tau\alpha\pi\acute{\epsilon}\lambda\tau\alpha\varsigma \; \tau\acute{a}\varsigma \; \tau\epsilon \; \lambda\acute{o}\gamma\chi\alpha\varsigma \; \dot{\epsilon}\sigma\vartheta\acute{\iota}\omega\nu,$$
$$\mu\iota\sigma\tilde{\omega}\nu \; \lambda\acute{o}\gamma ov\varsigma \; \ddot{a}\nu\vartheta\varrho\omega\pi o\varsigma, \; o\dot{v}\delta\grave{\epsilon}\nu \; \pi\acute{\omega}\pi o\tau\epsilon$$
$$\dot{a}\nu\tau\acute{\iota}\vartheta\epsilon\tau o\nu \; \epsilon\dot{\iota}\pi\grave{\omega}\nu \; o\dot{v}\delta\acute{\epsilon}\nu, \; \dot{a}\lambda\lambda' \; "A\varrho\eta \; \beta\lambda\acute{\epsilon}\pi\omega\nu \; ^{130}.$$

Solche Beispiele, vielleicht auch Apollodor (Seite 202), vor Allem
die wichtige Erginos - Schale, die unter ihren wenigen Giganten
den <Al>γαίων, diesen sogar jugendlich vorführt, lassen den Gedanken an den hundertarmigen, fünfzigköpfigen oder fünfzigleibigen
Meerdämon nicht mehr aufkommen; Kallimachos würde sich in
diesem Falle wohl anders ausgedrückt haben. Auch die römischen
Dichter und Nonnos konnten also von daher die Mitwirkung der
Hekatoncheiren am Gigantenkampfe nicht entlehnen. Und wenn in
der seltsamen, offenbar hellenischen Dichtung, die Ovid F. III 796
wiedergiebt (S. 233), Briareos ein dort vorkommendes Ungeheuer mit
einem Beile tödtet, statt es mit der Unzahl seiner Arme zu erwür-
gen, so passt auch dies nur für einen menschlichen Giganten. Beide
Gattungen haben eben in dieser Literatur ihre Eigenschaften ge-
tauscht; die Hekatoncheiren werden zu Giganten (S. 198, 93 und
202) ¹³¹, und diese bekommen die vielen Arme (S. 130).

Neben dieser aus der Entwickelung des Mythus selbst hervor-
gegangenen Anschauung hat sich die mehr literarisch fortgepflanzte
Ueberlieferung von dem Hekatoncheiren allerdings nicht beseitigen

---

nicht etwa der, den man als Schildschmuck (zuweilen von bedeutender
Länge z. B Furtw. Sammlg. Saburoff Taf. 49, 2) auf Vasen sieht. Seltsamer Weise liest man aber bei Hygin Astr. II 3 (s. Robert Eratosth.
p. 60): *nonnulli etiam dixerunt hunc draconem a gigantibus Minervae obiectum
esse, cum eos oppugnaret; Minervam autem arreptum draconem contortum ad
sidera iecisse*, womit man unten die Typhon-Bildwerke vergleichen wolle.
Sil. It. VI 181 *quantis armati caelum petiere Gigantes | anguibus* ist zweifel-
haft und kann sich auf die Schlangenfüsse beziehen. Auch die *vipereas
manus*, die Seneca Herc. O. 169 den Giganten giebt, möchte ich anders
erklären (IV 2).

¹³⁰) Meinekes Citat 'Theophylact. Ep. 1' muss auf einem Versehen
beruhen; auch sind die Worte unverständlich, die er anführt: *ἐγώ τι κει-
νὸν ἔχειν πρὸς τὸν δῆμον δίχομαι, ὅςγε οὕτως αὐτὸν πίφρικα τὸν Βριάριων, ὥςτε
καὶ ἄστρα σημαίνεσθαι.*

¹³¹) Briareos: Lucan IV 595. Stat. Theb. II 595. Claud. rapt. Pr. 1 46.

lasson [132]. Die hier noch einmal und vollständiger zu erwähnende Stelle des Virgil, Aen. X 565 besagt:

Aegaeon qualis centum cui bracchia dicunt
centenasque manus quinquagenta oribus ignem
pectoribusque [133] arsisse, Jovis cum fulmina contra
tot paribus streperet clupeis, tot stringeret enses.

Dass der Riese mit den hundert Armen obensoviele Waffen schwang, wiederholt nicht nur Claudian (r. Pros. III 345 vgl. cons. Stil. I 305) und Sidonius (C. XV 28), sondern deutet auch Plato an (Euthyd. 25 p. 290 c) [134]. Es muss dies in einer Dichtung vorgekommen sein. Der phantastische Zug, dass der Meeresriese zugleich Feuer gespieen, lenkte unsere Vermuthungen (S. 127) auf die kyklische Titanomachie, die für Virgil durch prosaische Auszüge, wie sie von anderen Dichtungen des Eumelos bestanden, am leichtesten zugänglich war. Die Commentare verrathen ihre Benutzung.

Serv. z. Aen. X 565.	Schol. Apoll. Rh. I 1165.
Aegaeon qualis: ipse [est qui] et Briareus dicitur, Coeli et Terrae filius.	τὸν δὲ Αἰγαίωνα Ἡσίοδός φησιν Οὐρανοῦ καὶ Γῆς . Βριάρεως δὲ καὶ Αἰγαίων καὶ Γύης λέγεται συνωνύμως.
alii hunc ex Terra et Ponto natum dicunt | qui habuit Cocum et Gygen fratres [135]. | hic contra Titanas Jovi adfuisse dicitur, vel ut quidam volunt Saturno. VI 287: ut vero alii affirmant contra deos pugnavit.	Εὔμηλος δὲ ἐν τῇ Τιτανομαχίᾳ τὸν Αἰγαίωνα Γῆς καὶ Πόντου φησὶ παῖδα κατοικοῦντα δὲ ἐν τῇ θαλάσσῃ τοῖς Τιτᾶσι συμμαχεῖν.

Man wende nicht ein, jenes Feuerspeien möge erst aus der italischen Version hergeleitet sein; denn in den Versen Aen. III 577 ff. ahmt

---

[132]) Zu Homer (S. 130) war Stat. Ach. I 209 zu erwähnen, zu 120 der bei Dio Chr. 37, 106 R erhaltene Vers (II p. 296 ed. Dindf.).

[133]) S. 122, 160 war auch Tzetz. Theog. 67 γαστέρας τε πεντήκοντα anzuführen.

[134]) Er exemplificirt für die vielen Speere auch auf Geryoneus, aber doch auch im Einklang mit der wirklichen, nur zu natürlichen Tradition.

[135]) Dieser Passus gehört, wie man deutlich sieht, nicht hierher, sondern wahrscheinlich hinter den ersten Satz (ipse — filius), daher auch die Einsetzung des in der griechischen Fassung nicht genannten Cottus für Coeus, so nahe sie liegt, keine unbedingte Sicherheit bietet.

Virgil das artige Motiv des Kallimachos-Hymnos nach [136], aber so,
dass er darin — wohl ebenfalls nach Kallimachos — den Enkelados
einsetzt [137] und den Briareos für die ältere Version frei behält.

b) Enkelados.

Nach der verbreiteteren Version war also Enkelados — eine im
griechischen Mutterlande nirgends recht fassbare Persönlichkeit —
derjenige, der unterm Aetna eingesperrt lag, und nur Typhon macht
ihm hier den Rang streitig.* Hätte Welcker Recht, Ἐγκέλαδος mit
„Innenlärm" zu übersetzen, so könnte man bei einer so wichtigen,
ja der einstigen Hauptperson unter den Giganten (S. 183) wieder
auf den Gedanken kommen, lediglich die vulcanischen Beziehungen
dem Pallenischen Mythus zu Grunde zu legen, zumal dieselbe Quelle
— Claudian — die Siegestrophäen in Sicilien [138] und den Enkelados
als König der Erdgebornen kennt. Aber die Uebersetzung ist falsch.
Enkelados heisst auch ein Pferd des Poseidon (Schol. Hom. N 23.
Eust. p. 918, 14) und es ist keine Frage, dass der Präposition hier
wie in ähnlichen Namen, z. B. Ἐγκόλπιος, Ἐγκώμιος, wenn über-

[136]) Durch Virgil wiederum ist es auf Statius Theb. III 594 und Claudian rapt. Pros. I 154 ff. übergegangen.

[137]) Daher das Missverständniss Myth. Vat. II 53 *quorum etiam Enceladus qui et Briareus sice Aegaeon dicitur ardenti Aetnae suppositus adhuc ar-
dere latusque mutando totam Siciliam tremefacere fumique vapore complere dicitur.*
*) Kallim. Fr. 382 τριγλώχιν ὀλοῷ νῆσος ἐπ' Ἐγκελάδῳ. Orph. Arg. 1257 τριγλώ-
χινά τι νῆσον ἐπίσχομεν Ἐγκελάδοιο. Vorwiegend diese Version hat sich in
den Handbüchern behauptet, so bei Apollodor, Schol. Lucan VII 145,
Schol. Pind. Ol. IV 11 ὁ μὲν Πίνδαρος τῷ Τυφῶνι φησὶν ἐπικεῖσθαι τὴν Αἴτ-
νην, ὁ δὲ Καλλίμαχος τῷ Ἐγκελάδῳ. Vgl. Schol. Kallim. h. Del. 143. Ebenso
ausser den Anm. 136 Genannten Oppian Cyn. I 273, Aetna 71, Philostr.
V. Apoll. V 16 Claudian rapt. Pros. III 123. 183 f. de VI. cons. Hon. praef.
17 = Sidon. C. VI 27. Dem Kallim. gehört noch Ovid Jb. 595, wo kein
bestimmter Name genannt ist. Bei Apollodor ist es Athena, die Sicilien
auf den Riesen wirft, ebenso bei Quint. Smyrn. XIV 582, hier vermuthlich,
nachdem ihn der Blitz des Zeus getroffen (V 641).
Natürlich wird Enkelados auch in Campanien localisirt, so unter der
Insel Inarime: Serv. Aen. IX 715. Sonst finden wir dort (ausser Typhon,
worüber im nächsten Abschnitt) Alkyoneus unter dem Vesuv Philostr.
(oben S. 211, 128) Claud. rapt. Pr. III 184, Mimas unter Prochyte Sil. It.
XII 146, Japetos unter Inarime ib., einen andern unter Frogellae ib. XII
529. — Allgemein *gigantea ora* die Gegend von Neapel Prop. I 20, 9 II.
[138]) Die dort auch bezeugt werden. Anmk. 209.

haupt eine Bedeutung, lediglich die einer Verstärkung zukommt.
Die einfacheren Formen *Κέλαδος* und *Κελάδων*, wogegen die vollere
wie die Eingebung eines epischen Dichters erscheint, sind bekannt,
jene als Lapithen- (Ovid M. XII 250), sogar als Giganten - Name
(Tzetz. Theog. 96) und beide als Namen tosender Gebirgsbäche
(Preller G. M. I 69, 3). Noch lieber würde ich *Ζεφύρου κελαδεινοῦ*
Hom. *Ψ* 208 vergleichen, weil Winde, auch Zephyr nicht ausgenommen, früh als Giganten vorkommen, während sich Aehnliches an
Flüssen nur schwer und vereinzelt nachweisen lässt. Ist Enkelados
einmal eine natursymbolische Figur gewesen, so könnte ich ihn mir
nur oder doch am ehesten als Sturmdämon denken, wie es die folgende Gestalt ist.

c) Typhoeus.

Was sich bei den zwei anderen Gestalten nicht nachweisen
lässt, das liegt hier mit aller Deutlichkeit zu Tage. Der heisse
Wirbelwind, der aus den Tiefen der Erde hervorbricht [139] und dorthin zurückgestossen wird, er ist wirklich zugleich Repräsentant des
italischen Vulcanismus, und zwar seit recht früher Zeit. Schon der
Theogonie 860 zufolge wird er von Zeus in den Aetna [140] gesperrt,
nach Pherekydes [141] warf der Gott auf ihn die Insel oder Inselgruppe
von Cumae. Beides verbindet sich bei Pindar P. I 16

νῦν γε μὰν
ταί δ' ὑπὲρ Κύμας ἀλιερκέες ὄχθαι
Σικελία τ' αὐτοῦ πιέζει στέρνα λαχάεντα [142],

---

[139]) Ovid M. V 321 *emissumque ima de sede Typhoëa terrae* und Oppian
hal. III 19 *Τυφῶνα παρήπαφεν, ἐκ τε βερέθρου | δύμεναι εὐρωπείο* κτλ. hätte
ich schon S. 109 u. 135 anführen können.

[140]) Oder die Insel wird auf ihn gestürzt, Nikand. b. Ant. Lib. 28. Ovid
[Heroïd. XV 11] Fast. IV 491 Met. V 346 Hygin F. 152. Val. Flacc. II 23.
Sil. It. XIV 196. Nonn. II 622.

[141]) Schol. Ap. Rh. II 1210 = Eudokia 407, und ohne Autor Schol.
Pind. Ol. IV 11; ebenso Lykophr. 689. Bald wird Prochyte bald Inarime
genannt, worin Manche das *εἰν Ἀρίμοις* Homers suchten: Virg. A. X 715 Serv.
Strab. 626. Lucan V 101. Sil. VIII 540. Typhon unter Inarime, Enkelados
unter dem Aetna: Seneca Herc. O. 1160, Claudian, Sidon.

[142]) Strab. 248: *Πιθανώτερον δὲ Πίνδαρος εἴρηκεν ἐκ τῶν φαινομένων ὁρμηθείς,
ὅτι πᾶς ὁ πόρος οὗτος ἀπὸ τῆς Κυμαίας ἀρξάμενος μέχρι τῆς Σικελίας διάπυρός
ἐστι* κτλ. vgl. 626. Vgl. Schol. Pind. Pyth. I, 31: *Ἀρτέμων δέ τις ἱστορικός*

wobei die lebhafte Naturanschauung fast die Fesseln der Personification sprengt; auch die Hesiodische Schilderung des feuerspeienden
Berges, von der Aeschylos sich abhängig zeigt (Prom. 367 ff.), hält
sich nur mühsam in den Grenzen der mythischen Form. Dieser
Unhold, der allmählich mit den Giganten gänzlich vermengt wurde,
muss für uns, so lange andere Anhaltspunkte fehlen, das Prototyp
der vulcanischen Giganten sein. Auf dem Boden der typhonischen
Stätten nahmen die Riesen von selbst diesen Charakter an und
drängten sich neben oder vor den Dämon des ὄρεος τυφομένοιο,
der leicht in seinem Elemente aufging. Am deutlichsten tritt der
Einfluss, der von hier aus auf die Giganten ausging, in deren äusserer
Gestalt hervor. Kein Anderer als Typhon, den schon die Kunst des
7. Jahrhunderts mit Schlangenfüssen und Schulterflügeln abbildet,
war es, dem die Giganten diese bei ihnen nicht vor dem 3. Jahrhundert nachweisbare Mischbildung verdanken. Speciell die Beflügelung, bei dem Sturmdämon unentbehrlich, würde bei ihnen gar
keinen Sinn haben [143]. Wirklich tritt, wie zum Beweis, dass beides
der gleichen Ursache entsprang, die Mischgestalt der Giganten ungefähr gleichzeitig auf mit der Idee von der Fesselung der Riesen
unter den italischen Vulcanen. Aber schon vor der hellenistischen
Periode war dieser Verbindung der Weg gebahnt. Wie in der Theogonie und wahrscheinlich auch bei Musaios der Typhoeuskampf sich
der Titanomachie anreihte und bei Pindar P. VIII 15 mit der zeit-
gemässeren Gigantomachie zusammengestellt ist —

> Τυφὼς Κίλιξ ἑκατόγκρανος οὔ μιν ἄλυξεν,
> οὐδὲ μὰν βασιλεὺς Γιγάντων [144] ὁμῶθεν δὲ κεραυνῷ
> τόξοισί τ' Ἀπόλλωνος —

so musste der übergewaltige θεῶν πολέμιος (Pind. P. I 15), πᾶσιν
† ὃς ἀντέστη θεοῖς (s. oben S. 136), der acerrimus gigas et maxime
deorum inimicus (Hyg. Astr. II 28) gleichwie Briareos früher oder
später in der Gigantomachie aufgehen.

πιθανώτερον λογοποιεῖ. καθάπαξ γάρ, φησί, πᾶν ὄρος ἔχον πυρὸς ἀναδόσεις
ἐπὶ Τυφῶνι καίεται. ἔστι δὲ τὸ πιθανὸν ἐξ αὐτῆς τῆς τοῦ ὀνόματος ἱστορίας.
τύφειν γὰρ τὸ καίειν.

[143]) Robert's (z. Preller I 69) Anschauung, dass die Giganten in den
Himmel fliegen, findet weder in der Literatur noch in den Monumenten
einen Anhalt.

[144]) Welcker hat bei seiner Bemerkung Götterl. I 793, 18 den Vers 12
sowie die oben S. 182 angeführten Zeugnisse gänzlich übersehen.

Schon im Euripideischen Herakles 1271, wo der Held sich rühmt

ποίους ποτ' ἢ λέοντας ἢ τρισωμάτους
Τυφῶνας [145] *ἢ Γίγαντας ἢ τετρασκελῆ*
κενταυροπληθῆ πόλεμον οὐκ ἐξήνυσα;

kündigt sich dieser Vermischungsprocess vernehmbar an. Denn
Herakles hat an dem Kampf zwischen Zeus und Typhon oder, wie
der andere Mythus will, an der Flucht der Götter vor Typhon niemals Theil genommen. Als Beistand in jenem Kampfe kommt nur
Kadmos, Hermes oder Pan vor (unten IV 2); das sind aber, wie
man weiss, apokryphe und schnörkelhafte Sagenformen, während die
lebendige Tradition mit richtigem Gefühl für den Naturmythus den
über Länder und Meere dahintobenden Kampf von dem höchsten
Gotte selbst ausfechten liess. Wenn Virgil Aen. VIII 298 unter den
Heraklesthaten anführt *non terruit ipse Typhoeus, arduus* [146] *arma
tenens,* so kann schon der Wortlaut lehren, was sich auch sonst erweisen lässt, dass Typhoeus mit der Zeit zu einem der himmelstürmenden Giganten geworden ist, mit denen er sogar die Attribute
tauschte. In der bei Ps.-Virgil Ciris 32 geschilderten Gigantomachie
erscheint

deiectus — Typhon
qui prius Ossaeis consternens aethera saxis
Emathiis celsum duplicabat vertice Olympum,

und zuweilen (Anm. 174) sind sogar die hundert Arme des Briareos,
wie sonst auf die Giganten (S. 130) [147] auf ihn übertragen; mit diesen
ist er schon bei den Alexandrinern [148] vermengt, dann bei Horaz

---

[145]) Elmsley, dem Kirchhoff folgte, conjicirte *Γηρύνας*, wohl hauptsächlich wegen *τρισωμάτους*, das man damals in dieser Verbindung noch
nicht verstand. Aber schon Plutarch de Alex. M. fort. 10 p. 311 E muss
die Verse in unserer Fassung gelesen haben: — *ὥσπερ πρὸς τὸν 'Ηρακλέα .
ποίοις γὰρ < ἢ?> Τυφῶνας ἢ πιλωρίους Γίγαντας οὐκ ἀντέστησεν* (scil. ἡ τύχη)
ἀνταγωνιστὰς ἐπ' αὐτόν; auf diese schon durch den Rhythmus erkennbare
Reminiscenz lassen sich auch wohl zwei andere Stellen desselben Verfassers
beziehen, de superst. 13 *εἰ δὲ Τυφῶνίς τινι; ἢ Γίγαντις ἄρχων ἡμῶν τοὺς θεοὺς
ἐκβαλόντες* und Pelopid. 21 *οὐ γὰρ τοὺς Τυφῶνας ἐκείνους οὐδὲ τοὺς Γίγαντας
ἄρχειν.* Vgl. de fac. lun. 30; ganz anders de def. orac. 21. — *Τυφῶνες* sonst
noch s. Diels Doxogr. 367. Lucan VII 156. Gellius N. A. XIX 1.

[146]) Vgl. Hor. C. II 19, 21
*cum parentis regna per arduum
cohors Gigantum scanderet impia.*

[147]) Darauf spielt das Räthsel Anth. Pal. XIV 28 doppelsinnig an.

[148]) Wenigstens vergleicht mit ihm Lykophr. 177 den Achill, Apoll.

C. III 4, 53, Virg. G. I 277 f., Lucan IV 595. Sen. Thyest 809. Val.
Flacc. II 24, VI 170, IV 236, III 130, und den Claudianen de III.
cons. Hon. 159, in VI cons. Hon. praef. 17, rapt. Pros. III 183.
Γιγ. 55, wobei er dann nicht mehr immer dem Zeus, sondern z. B.
bei Val. Fl. II 24 und Klaudianos dem Poseidon, bei Sidon. C.
VI 27 dem Apollo oder Herakles gegenüber steht. Dies Verhältniss
ist durchaus verkannt, wenn bei Preller[3] I 56,1 aus der Virgil-
stelle die Theilnahme des Herakles am Typhoeuskampfe gefolgert
wird.[149]; mit gleichem Rechte liesse sich aus Val. Flacc. IV 238 die
Betheiligung des Dionysos und der Pallas[150], und aus Ciris 30, wie
auch geschehen ist, speciell die der letzteren erschliessen, wenn man
nicht eben wüsste, dass immer nur die Gigantomachie gemeint ist,
in der jene beiden als Hauptkämpfer figuriren[151].

Ich will versuchen die Art, wie sich jener Vermischungsprocess
vorbereitete, noch an einigen Beispielen aus klassischer Zeit zu

---

Rh. II 38 (*ἡ καὶ αὐτῆς*) den Amykos, was auf den alten Dämon nicht mehr
passt, sondern nur auf die rein menschlich gestalteten Giganten.

[149] Die Bemerkung ist in der neuesten Auflage stehen geblieben.

[150]   iam regna poli, iam capta Typhoeus
astra ferens Bacchum ante acies primamque deorum
Pallada et oppositos doluit sibi virginis angues.

Vgl. Dionys. Skythobrachion b. Diod. III 70, 6 *τοὺς — γίγαντας —, οὓς
ὕστερον ὑπὸ Διὸς ἀναιρεθῆναι συναγωνιζομένης Ἀθηνᾶς καὶ Διονύσου μετὰ τῶν
ἄλλων θεῶν.* Bei Nikander (Ant. Lib. 28) enthält sich allerdings der Flucht
vor Typhon ausser Zeus auch Athene, aber ohne am Kampfe theilzunehmen.
Dagegen bekämpft sie ihn als Gigantön Claud. r. Pros. II 21 ff.

[151] Sogar der Angriff gegen die Götterkönigin scheint auf Typhon
übertragen worden zu sein; Ptol. Heph. 185, 3 *ἐπεὶ δ' Ἥραν ἔσωσιν* (Herakles) *ἐπερχόμενον αὐτῇ ἀντιλών τὸν † ἀνώνυμον καὶ πυρίπνοον Γίγαντα*, wo
schwerlich Porphyrion (Wieseler Anmk. 8) gemeint sein kann. *Τυφώς — πύρ-
πνοος* Aesch. Prom. 375, Sept. 476, 494. vgl. Val. Flacc. III 130 *Typhon igne
simul ventisque rubens.* Was hinter dem unverständlichen Worte steckt, ob
etwa *παρώνυμον, παράνομον* oder was sonst, weiss ich nicht. — Vgl. auch
S. 136, 188 am Ende, wo zu Zeile 10 Claudian Gig. 32 *rapiat fulmen scep-
trumque Typhoeus* hinzuzufügen. Dagegen ist das *τοὺς περὶ Τυφῶνα* Diod.
V 71 ohne Werth; es erweitert nur den kleinasiatischen Typhoeuskampf,
S. 137, 192. —

Aus dieser Vermischung mit den Giganten oder ,Titanen' erklärt sich
auch wohl, dass Schol. Ap. Rh. IV 264 den Typhon zum Astronomen macht
statt des Atlas (der aber nicht schlangenfüssig vorkommt: Imhoof-Blumer
Ztsch. f. Num. XIII 1885, 136).

illustriren.   Aristophanes charakterisirt in den Fröschen 822 die
elementare Gewalt der Aeschyleischen Diction folgendermassen:

> φρίξας δ'αὐτοκόμου λοφιᾶς λασιαύχενα χαίτην,
> δεινὸν ἐπισκύνιον ξυνάγων, βρυχώμενος ᾖσει
> ῥήματα γομφοπαγῆ πινακηδὸν ἀποσπῶν
> γηγενεῖ φυσήματι [152].

Dem herrschenden Sprachgebrauche nach könnten die letzten Worte
einfach „gigantisches Schnauben" bedeuten. Eigentlich denkt der
Dichter aber an Typhon; das zeigt sich nicht nur 848, wo im Moment, da Aeschylos mit der hier angekündigten leidenschaftlichen
Antwort losbrechen will, gesagt wird: τυφὼς γὰρ ἐκβαίνειν παρασ-
κευάζεται, sondern auch in jenen Versen selbst, die man mit Unrecht
auf den Homerischen Eber (σ 446) bezieht. Wie hier spricht der
Chor in den Wolken 336 von der Mähne und den dunkeln Locken
des Typhon [153], mit welchem Aristophanes sonst auch den polternden
und schnaubenden Kleon zu vergleichen pflegt (Wesp. 1033, Fried.
756, vgl. Ritt. 511). — Ferner begegnet man bei Aeschylos Ag. 669,
da wo des Paris und der Helena Meeresfahrt erzählt wird, dem über-
raschenden Ausdruck Ζεφύρου Γίγαντος αὔρᾳ [154]. Darauf mag die
Hesych-Glosse γίγαντος · μεγάλου, ἰσχυροῦ, ὑπερφυοῦς immerhin
richtig bezogen sein; denn ein solches Beiwort konnte dem Zephyros,
der für einen der heftigsten Winde galt [155], wohl gegeben werden,
auch wenn er an jenem Tage nicht besonders stark wehte, auch
wenn Paris, wie die Kyprien erzählten und Aeschylos wissen konnte,
εὐαεῖ τε πνεύματι χρησάμενος καὶ θαλάσσῃ λείῃ (Herod. II 117)
nach Troja gelangte. Angemessener für den Sprachgebrauch der
Aeschyleischen Zeit scheint es jedenfalls, Γίγας als Gattungsnamen
zu verstehen und ihm einen mythischen Nebensinn beizumischen.
Auch Παγράς oder Παγρεύς, wie in Kilikien und Syrien der Nord-
wind hiess, kommt als Gigant und Gegner des Zeus vor [156], wie uns
im Peloponnes Boreas und die anderen Stürme als Titanen erschienen (108 f.) und Boreas am Kypseloskasten sogar schlangenfüssig vor-

---

[152]) Euripides Jon 987 Kykl. 5 sagt γηγενῆ μάχην. Vgl. Juven. VIII
132 Titanida pugnam.
[153]) Vgl. Nonn. III 32. 46.
[154]) Danach Joh. Lyd. 117, 15.
[155]) Hom. ε 295 μ 288. 407. Ψ 208. Euphorion Fr. 96. Theophr. de
vent. 38 πνεῖ δὲ ἐνιαχῶς μὲν χειμέριος — ἐνιαχοῦ δὲ μετρίως καὶ μαλακῶς κτλ.
[156]) Pausan. Damascen. Fr. 4 (Fr. H. G. IV p. 469).

kam [157]. Es war, wie sich uns der Verlauf der Sache darstellt, ein nachträglicher und anscheinend durch lebhaften Verkehr mit dem Westen erweckter Gedanke, der in den Riesen der Gigantomachie zügellose Naturkräfte, Vulcano und Stürme erkannte, zum Theil kann man sagen wiedererkannte. Die dem Griechischen so leichte Wiederverflüchtigung und Vervielfältigung einer Personification, d. h. die Wandlung von Typhon in τυφῶνες, denen sich dann vielleicht auch Enkelados beizählen liess, kam dem zu Hülfe und konnte in die Gigantomachie auch die Winde hineinziehen, die bei Hesiod 706 noch parteilos, bei den Alexandrinern auf beide Parteien vertheilt den Aufruhr der Elemente beim Götterkampfe verstärken [158]. Auch nur in diesem Sinne habe ich die Mischgestalt der Giganten erklären wollen [159], namentlich insofern sie mit Flügeln verbunden auftritt. Ich würde mich aber nicht dagegen sträuben, was freilich immer erst auf hellenistische Zeit führen würde, wenn Jemand auf diesem Wege weiter gehen und die besonders bei Claudian (29. 14 f. 73) ausgeprägte Idee von der feindlichen Betheiligung aller Elemente [160], auch der Gewässer, zu Grunde legen wollte [161], wobei einerseits der Meeresriese Aigaion wieder zu seinem Rechte käme, andererseits [162] der Einfluss der seit dem vierten Jahrhundert in der Kunst um sich greifenden Tritonenbildung zu erkennen wäre.

[157] s. II. Theil Typhon. Luk. Tim. 54 τιτανῶδες βλέπων, αὐτοφορίας geht nur das Aeussere an.

[158] Pergamon Altar; vgl. Aetna 56. Seneca Thyest 1084 ff. Bei Nonnos ziehen im Typhoeuskampfe die Winde den Wagen des Zeus, II 423. 274.

[159] Diesen Ursprung der Mischgestalt nahm schon Wieseler 164 Jahn Ann. 1863, 244 und Overbeck S. 586, 161 an.

[160] Vgl. Stat. Ach. I 488. Claud. gig. 61. Sidon c. VII 132.

[161] Allerdings durfte Claudian dann nicht die Flussgötter (43) theilnehmen lassen. — Weshalb übrigens — worauf Wieseler p. 144 mit Recht aufmerksam macht — nach Lucrez V 118 ff. Aetna 43. 51 und Nonn. (s. Köhler 5, 1) (auch Val. Flacc. IV 239) die Giganten darauf ausgehen, die Sonne und die Gestirne auszulöschen und herabzureissen, wird auch mir nicht ganz klar und ergiebt sich nicht unmittelbar aus der Auffassung der schlangenbewehrten Giganten als züngelnder Vulcane, deren Ausbruch den Himmel verfinstert. Es sieht das ganz aus wie die Idee eines stoisch angehauchten Dichters. Der Verfasser des Aetna sagt V. 32 für Götter geradezu Gestirne; er weist die populäre Vorstellung von dem schmiedenden Hephaist als eine des Gottes unwürdige zurück: *non est tam sordida divis | cura neque extremas ius est demittere in artes | sidera: subducto regnant sublimia caelo | illa neque artificum curant tractare laborem.*

[162] Dies betont Robert z. Preller I 68.

Welcker, der die Bedeutung des Typhon für die Gigantomachie
erkannte, hat dieselbe doch so weit übertrieben, dass seine Anschauung eigentlich als das Gegentheil der unsrigen gelten kann. Er denkt
sich unter der Gigantomachie einen Kampf der vereinigten Typhone
oder Vulcane gegen die Götter; als ob eine Menge solcher Mächte
überhaupt eine in den altgriechischen Hoimathsverhältnissen irgend
begründete Vorstellung sei und sich hier nicht Alles auf das westliche Nachbarland reducirte, von dem Anfangs auch nur der eine
Aetna bekannt war. Valerius Flaccus, durch den Homerischen
Typhonmythus beirrt, den er nicht mehr von der Gigantomachie zu
trennen vermag, nimmt wenigstens einen wirklichen Naturmythus
an [163]. Aber einen so unmittelbaren Sinn verbindet Welcker damit
gar nicht, so dass die Fiction, welche übrig bleibt, wirklich den
Spott verdienen würde, denen aus alten Dichtern herauszulesen glaubt.
So wenig auch wir uns für ein hohes Alter des Mythus verbürgen
konnten, Welcker's Urtheil, wonach hier Alles baare Erfindung sei
und aus der mythischen Idee erst die Namen Porphyrion, Alkyoneus,
Ephialtes, Enkelados entsprungen wären, wird keiner Widerlegung
mehr bedürfen.

Noch über einen Punkt möchte ich keine Unklarheit aufkommen
lassen. Die Kyklopenschmiede im Aetna, die Wieseler hier hinein-
mengt, hat mit den feuerhauchenden Giganten dort und mit Typhoeus
nichts zu thun. Es sind dies ganz gesonderte Vorstellungen und
ihr historisches Verhältniss ist wahrscheinlich dieses. Wer etwa im
5. Jahrhundert, wie Thukydides oder Euripides, die Kyklopen auf
Sicilien hausen liess, der dachte nur an die Odyssee [164]. Hephaistos,
der an allen Feuerstätten ist, wurde Anfangs ganz unpersönlich neben

---

[163])   *nutat humus, quatit ut sacro cum fulmine Phlegram*
         Juppiter adque imis Typhona recerberat arcis.
Auch Sil. It. VIII 653 scheint, indem er die Vorstellungen der Gigantomachie auf vulcanische Ausbrüche im Allgemeinen anwendet, dem Mythus
einen solchen Sinn unterzulegen,
         Aetnaeos quoque contorquens e cautibus ignes
         Vesbius intonuit, scopulisque in nubila iactis
         Phlegraeus tetigit trepidantia sidera vertex.
[164]) Ich bin nicht gewiss, ob Preller[2] I 148, 2 im Recht ist, wenn er
bei Eur. Kykl. 20 die männermordenden Kyklopen als Schmiede versteht;
mit Aetna ist dort nur allgemein Sicilien bezeichnet. Man wende hiergegen
nicht ein, dass Euripides 618 τὸν μονῶπα παῖδα Γῆς sagt; dieser Ausdruck
lehnt sich nicht an die Theogonie an, sondern an den Sprachgebrauch, der

dem Typhon erwähnt. Pindar P. I 25 sagt, dass Typhon *'Αφαί-
στοιο κρουνούς — δεινοτάτους ἀναπέμπει.* Aeschylos Prom. 369
sagt von demselben Unhold:

> κεῖται
> — — ῥίζαισιν Αἰτναίαις ὔπο,
> κορυφαῖς δ' ἐν ἄκραις ἥμενος μυδροκτυπεῖ
> 'Ηφαιστος [165]

indem er, vielleicht als der Erste, das Bild von der Hephaistos-
schmiede im Aetna gebraucht, an welches noch Euripides mit seinem
'Ηφαιστ' ἄναξ Αἰτναῖε (Kykl. 599) gar nicht gedacht zu haben
braucht. Mir scheint die Verbindung der Hephaistosstätte mit den
Hesiodischen Kyklopen zu einer vollständigen Werkstätte mit Meister
und Gesellen ein verhältnissmässig später Gedanke zu sein. Wenn
die Alexandriner diese Schmiede nicht in den Aetna selbst verlegen,
wie Aeschylos (bei dem das Bild noch nicht zum Mythus gefestigt
ist) mit dem Hephaistos thut, sondern sie auf den Liparischen Inseln
ansetzen — erst die Römer ziehen den Aetna mit hinein —, so
nehmen sie dabei wahrscheinlich Rücksicht auf Typhon oder den bezüglichen Giganten. Die römischen Dichter aber lassen die Idee von
dem glutbbauchenden, unter Sicilien liegenden Riesen ganz unbe-
fangen neben der von der dortigen Kyklopenschmiede einhergehen,
ohne die Collision zu fühlen. Zeus entnimmt dem Aetna die Blitze,
mit denen er die Giganten niederwirft [166], worauf er einen der letzteren unter dem Berge begräbt.

IV. Apollodor; Orphiker.

1. Apollod. bibl. I 6.

Ueberblicken wir nun, nachdem unsere Kenntniss vervollständigt
und unser Urtheil einigermassen gefestigt ist, was uns Apollodors
Gigantomachie bietet.

---

für *γίγαντις* allgemein auch *γηγινεῖς* sagte. Vgl. Schol. Apoll. Rh. I 761 *ὅτι
οἱ ποιηταὶ τοὺς τερατώδεις κατὰ τὸ σῶμα γῆς εἶναί φασιν.* Diod. IV 21 *μυθο-
λογοῦνται δ' οἱ Γίγαντες γηγενεῖς γεγονέναι διὰ τὴν ὑπερβολὴν τοῦ κατὰ τὸ σῶμα
μεγέθους.*

[165]) Vgl. Antimach. fr. 9 Bergk, P. L. G. [4] II 290.

[166]) Lucan VII 150, Schol. 145. Aetna 40. 71. Stat. Ach. I 488 ff. Sil.
It. IX 307.

Zunächst die eigentliche Kampfbeschreibung. Seiner Darstellung, wonach Porphyrion zugleich von Zeus mit dem Blitz und von Herakles mit dem Bogen angegriffen wird, entspricht wie eine genaue Illustration die grosse Melische Vase im Louvre, die wohl der zweiten Hälfte des 4. Jahrhunderts angehören wird. — Poseidon, der die Insel auf den Polybotes wirft, findet sich mit Inschriften von Anfang an und ganz gewöhnlich, aber nur bis Ende des 5. Jahrhunderts, wo eine andere Auffassung in der Kunst Platz greift. Die Verfolgung des Gegners übers Meer lässt sich durch einige Monumente späteren Stils noch illustriren. — Dass Dionysos den Gegner mit dem Thyrsos niedersticht, ist im 5. Jahrhundert das Gewöhnliche, während ihn die schwarzfigurigen Vasen mit Speer und Panzer zeigen. — Die Hadeskappe trägt Hermes wirklich auf der alten jonischen Vase. — Von den Moiren ist eine, Klotho, in Pergamon zum Vorschein gekommen, worauf aber bei so umfangreichem Personal kein sonderliches Gewicht zu legen ist.

All diese Momente finden sich in dem zweiten Theil des Kapitels, demjenigen, der den Kern der Erzählung enthält, wie er dem 5. Jahrhundert geläufig gewesen sein mag. Nur der Zug, dass Athene die Insel Sicilien auf den Gegner wirft, fällt heraus und mag, wenn auch nicht gerade nachträglich eingeschoben, eine Berücksichtigung der alten, westlichen Tradition sein.

Weit ungleicher ist die erste Hälfte, § 1 gehalten. Das Alkyoneus-Abenteuer ist hier eingezwängt. Hier werden auch die Schlangenfüsse erwähnt, die in den nachklassischen Kunstwerken ein viel zu hervorstechendes Moment abgaben, um in einem Compendium der Kaiserzeit übergangen zu werden [167]. Ferner lässt sich die Bemerkung über den Wohnsitz, der „nach Einigen in Phlegra, nach Anderen in Pallene" gewesen sei, in dieser Form nicht mit Wieseler durch den schwankenden Sprachgebrauch beschönigen, und erklärt sich daraus, dass einerseits der Name Phlegra für Pallene frühzeitig abgekommen war und mythischen Klang bekommen hatte, während der Name an einer anderen Gegend, dem bekannten Theile Campaniens, länger haften blieb und dass andererseits in römischer Zeit

---

[167] Varro b. Serv. A. III 578 = Myth. Vat. II 53. Ovid M. I 184, Trist. IV 7, 17. Manil. 1 428. Aetna 46. Stat. Theb. V 569. Schol. Hom. η 59. Schol. Aesch. Sept. 478. Paus. VIII 29, 3. Aristid. II p. 16. Macrob. I 16. Claud. gig. 8. 80, rapt. Pros. III 343. Sidon c. IX 73. Nonn. XLV 213. Cedren 9 D, 34 D.; ferner die bei Koepp de gigantom. p. 31 angef. Stelle.

die italische Localität des Mythus an Popularität die alte thrakische,
in der Dichtung allerdings fortlebende überwog. Apollodors Redeweise findet sich ungefähr bei Diodor V 71 wieder: συστῆναι δὲ καὶ
ἄλλους πολέμους αὐτῷ πρὸς Γίγαντας, τῆς μὲν Μακεδονίας περὶ
τὴν Παλλήνην, τῆς δ' Ἰταλίας κατὰ τὸ πεδίον, ὃ τὸ μὲν παλαιὸν
ἀπὸ τοῦ κατακεκαυμένου τόπου Φλεγραῖον ὠνομάζετο κατὰ δὲ τοὺς
ὕστερον χρόνους Κυμαῖον προσηγορεύθη. — Einen entschieden
posthumen Charakter trägt auch die Geschichte von dem belebenden
Wunderkraute, welches die Erde ihren Söhnen sucht zum Schutze
gegen die Verwundung durch einen sterblichen Mann. Wie schwäch-
lich ist diese ganze Erfindung und vor Allem der Umstand, dass
Zeus das Kraut eigenhändig abschneidet, nachdem er Sonnen- und
Mondschein verboten; ein massloser Aufwand von Mitteln für einen
winzigen Zweck, dabei mit einer Gedankenlosigkeit vorgetragen, bei
der die Erdgöttin Kräuter sucht, statt sie wachsen zu lassen und die
Himmelslichter Laternendienste verrichten, statt das Wachsthum zu
fördern oder durch ihr Erlöschen zu verhindern. Die Idee von dem
Titanen- oder Gigantenkraut ist schwerlich früher als in hellenistischer
Zeit aufgekommen. Ich erinnere an das Zauberkraut des Prometheus,
Apoll. Rh. III 863:

> μυκηθμῷ δ' ὑπένερθεν ἐρεμνὴ σείετο γαῖα
> ῥίζης τεμνομένης Τιτηνίδος,

wo, wie man sieht, die Erde persönlichen Antheil nimmt; ferner an
die schon oben S. 150 berichtete Geschichte aus Dorion und Tryphon,
wo einer jener Titanen aus der Umgebung des jungen Zeus, von
dem Götterkinde verfolgt, sich in den Schooss der Mutter Erde
flüchtet, die nun statt seiner eine Blume entstehen lässt, um das
Kind von seinem Ziele abzulenken. Ebenfalls ein Kraut, das Homerische μῶλυ, lässt Ptolemaios Hephaistion IV p. 190, 17 aus dem
Blut eines Giganten entstehen, den angeblich Kirkes Bruder Helios
tödtete. Endlich muss ich auch der in ein Kraut verwandelten
Minthe, der Feindin Persephonens [166] gedenken, weil davon in des
Aristokles' Buche περὶ γιγάντων erzählt war (S. 171). Man wird
aus all dem nicht viel Vertrauen zu der Apollodor'schen Geschichte
gewinnen können.

Wie soll man sich nun die Literatur vorstellen, woraus Apollodor schöpfte? An eine zusammenhängende Quelle, wie sie der

------

[166]) Strab. 344. Ovid M. X 729. Poll. 88 u. A.

durchaus einheitliche Charakter des Typhoeuskapitels verräth, ist
nicht zu denken [169], schon wegen der nicht hineinpassenden Alkyoneus-
Partie; auch müsste eine solche der soeben entwickelten Gründe
halber bereits der hellenistischen Zeit angehören, die aber den Kampf
bereits ins Ungeheure ausgedehnt und die alterthümliche paarweise
Gegenüberstellung der Kämpfer nicht ertragen hätte. Man erkennt
mindestens zwei Beschreibungen, von denen jede das ihr Eigenartige
lieferte. Der eigentliche Kampf wurde nach älterer Quelle erzählt
— darin kann uns auch die Hereinziehung Siciliens nicht irre
machen —, die Geschichte von dem Wunderkraut einem jüngeren
Gedicht entnommen. Möglich, dass diese jüngere Quelle bereits den
Alkyoneus hereingezogen hatte, obwohl man dann nicht begreift,
warum sich die allgemeinen Sätze von dem Orakel und dem Wunderkraut so ungeschickt dazwischendrängen und die Alkyoneus-Partie
in zwei doch nur durch einander verständliche Stücke zerreissen.
Wahrscheinlicher ist es, dass das wichtige, die Theilnahme des Herakles begründende Orakel mit oder ohne Krautgeschichte sich unmittelbar an die Einleitung Γῇ δὲ — ὁρῇς ἐμμένας anschloss und nur
dem eingeschmuggelten Alkyoneus zu Liebe schon dort gesagt wird,
διέφερον δὲ πάντων Πορφυρίων τε καὶ Ἀλκ., während es ursprünglich wohl erst bei § 2 hiess: Πορφυρίων δὲ ὃς διέφερε πάντων,
ähnlich wie es in einer anderen Version der Gigantomachie von
dem Gegner des Zeus heisst: Ὀφίων δὲ δοκῶν πάντας ὑπερίχειν
(S. 216).

2. Apollod. bibl. I 7.

An die Titanen- oder Gigantenschlacht pflegte sich, wo er sich
nicht damit vermischte, der Typhoeus-Kampf anzuschliessen; und
gerade bei Apollodor stimmt dessen Schilderung im Charakter mit
dem jüngeren Theile des Gigantencapitels allzu gut, um hier von
der Betrachtung ausgeschlossen werden zu können. Selten oder nirgends, wenn man die Argonautika ausnimmt, giebt der Mythograph
eine bestimmte Dichtung so ausführlich und mit so vielen Einzelheiten wieder. Das Ungewöhnliche dieses Falles sowie die bei aller

---

[169]) Die Worte εἶχον δὲ τὰς βάσεις φολίδας δρακόντων für φολιδωτὰς
δράκοντας klingen wie ein aus der Poesie herübergenommener Ausdruck;
sie sind aber nicht zu verwerthen, da sie, wie Hercher Philol. 14, 623 bemerkt, II 4, 2, 7 bei den Gorgonen wiederkehren εἶχον δὲ κεφαλὰς μὲν πε-
ριεσπειραμένας φολίσι δρακόντων.

Bizarrerie ungemeine poetische Kraft dieser Dichtung ist von Hercher (Herm. VII 244) so völlig verkannt worden, dass ich keine Bemerkungen, die auf Beseitigung der nach *ἀνδρόμορχον* folgenden Partie bis *δρακόντων* und des *ὧν ὅλκοι — ἔξεισαν* abzielen, hier hersetzen muss. „Die überreiche Schilderung des Typhon hätte bei der sonstigen Nüchternheit des Apollodor längst auffallen können, und auch die Einzelheiten erregen vielfachen Verdacht. Schwerlich wird ein verständiger Stilist die ausgestreckten Arme des Riesen nach Aufgang und Niedergang und ihn mit seinem Haupt an die Sterne reichen lassen, und in demselben Athem (1) seine Grösse dadurch charakterisiren, dass er ihn über die Berge ragen lässt. Und was heisst 'sein Haupt berührt oft (2) die Sterne'? oder wesshalb erscheinen die durch *ὥστε* eingeführten Consequenzen nur (3) durch den gewaltigen Oberkörper des Typhon veranlasst, während doch die ganze Gestalt zu nennen war? Wozu dienen ferner die Unterschiede der *δράκοντες* und *ἐχίδναι*, der *σπεῖραι* und *ὅλκοι*? (4). Schlecht ist auch das doppelte *ἐκτείνεσθαι* und, wenigstens an dieser Stelle, *κορυφή* für *κεφαλή*. (5)." Hier lässt sich Satz für Satz widerlegen; ich habe deshalb die Nummern gesetzt. Also 1). Das heisst doch den Text verdrehen! in Wirklichkeit sind zuerst die Berge genannt, die der Riesenleib weit überragt, und dann erst in unwillkürlicher Steigerung der Himmel, den das Haupt oft berührte. Und (2) wie prägnant ist gerade dieses 'oft', worin sich das Auf- und Niederschweben des schlangenfüssigen Flügeldämons malt! 3) Die Beschreibung beginnt ganz natürlich mit dem riesigen menschlichen Oberleibe (*ὥστε —*), der Alles überragt, und mit dessen weithin sichtbaren Extremitäten, und sie bringt in guter Ordnung die Schlangenfüsse nach; das *ὥστε* konnte nicht besser an seiner Stelle sein, und den gelehrten Kritiker verlässt hier das sinnliche Anschauungsvermögen, das ihm hätte sagen müssen, dass bei einem Schlangenfüssler die untere Hälfte zur Erhöhung der Gestalt wenig beiträgt. Unter solchen Umständen konnte Hercher weder das völlig correcte *ἐχιδνῶν*, *ὧν ὅλκοι πρὸς αὐτὴν ἐκτεινόμενοι κορυφήν* verstehen (4), noch auch, da ihm der poetische Charakter des Capitels entging (5) [170], bemerken, dass gleich in einem der nächsten Sätze sich ein nahezu vollständiger Hexameter erhalten zu haben scheint: *πολλὴ δ' ἐκ στόμα-*

---

[170] Zu 4 u. 5 vgl. Hes. Theog. 824 *ἐκ δὲ οἱ ὤμων | ἦν ἑκατὸν κεφαλαὶ ὄφιος, δεινοῖο δράκοντος.*

τος πιρὸς ἐξέβρασσε — — [171], eine Erscheinung, wofür es in diesem
Handbuch bekanntlich an Analogien nicht fehlt (Herm. XX 112,1).

Gerade hier, in der ersten Hälfte des Capitels überhaupt, steckt
das Beste, dasjenige, was unsere Dichtung vor anderen hellenistischen,
oder sagen wir der ausführlichere Bericht vor den kürzeren bei Nikander
(Ant. Lib. 28) Ovid, Manilius IV 580 [172] und Nonnos voraus hat. Ich
scheue mich nicht, dahin auch die von dem Dämon geschleuderten
brennenden Steine, die Hercher beanstandet [173], zu rechnen, sowie die
statt der Finger hervorschiessenden Schlangen, ein Zug, der zu den
gen Auf- und Niedergang ausgestreckten Armen vortrefflich passt
und gegen die Conjectur [173], statt ἐκ τούτων (sc. χερῶν) das Hesiodische ἐξ ὤμων einzusetzen, zwiefach geschützt ist: einmal durch
die *vipereas manus*, die Seneca den Giganten giebt (S. 197,1), sodann dadurch, dass hier im Gegensatz zu Hesiod das Ungethüm ein
menschliches Haupt hat und die Halsschlangen, wenn sie überhaupt
damit vereinbar wären, hier mit den ‚gegen das Haupt emporge-
sträubten‘ Schlangenfüssen in Collision gerathen würden. Uebrigens
mögen, da einmal von diesen Aeusserlichkeiten die Rede ist, auch
die vielen Flügel bemerkt werden, die Apollodor im Einklang mit
Nikanders [174] Erzählung hervorhebt, einem Bericht, der aber im Allgemeinen viel einfacher gehalten ist.

Die Kernpuncte der bei Hesiod noch nicht orientalisirten Erzählung, also die Flucht der Götter nach Aegypten und ihre Verwandlung in Thiere kannte schon Pindar (S. 136), ebenso die Mischgestalt des Ungethüms, wenn man an der Hand von Monumenten
des VII. Jahrhunderts den Ausdruck ἑρπετόν P. I 25 wörtlich nehmen
darf. Dazu kommt hier wie auf einer späten Vase die Theilnahme
des Hermes [175], wovon der Kadmos des Musaios, Pseudo - Pisander
und Nonnos eine Parallele sein wird, ferner die korykische, hier in
Kilikien gelegene Höhle, der hütende Drache Δελφύνη (s. Rob. z.

---

[171]) Das Wort ζάλη, das hier folgt, geht in kein episches Gedicht und
wird, falls nicht eine jonische Form wie σαλή von σάλη existirte, (also etwa
⏑ ‒ ⏑ Καὶ ζαλή), aus der viel benutzten Schilderung des Aeschylos Prom. 375
(vgl. Agam. 634) in das Handbuch eingedrungen sein; s. Tzetz. Theog. 288.

[172]) Vgl. zu Manil.: Myth. Vat. III 15, 12, ferner Ov. Fast. II 461,
Hyg. Astr. II 30.

[173]) s. Heyne Observ. p. 33.

[174]) Die vielen Hände des Typhon, von denen N. spricht, kennt auch
Ovid M. III 303 und Claudian bell. Get. 62.

[175]) Bei Oppian beginnt die Geschichte mit der Anrufung des Hermes.

Preller I 239) und der öfter bezeugte Aigipan, der mit Rath und
That (Hyg. f. 196, Oppian hal. III 14. Schol. Soph. Ai. 695) gegen
Typhon mithilft, wie bei Anderen Aigokeros gegen die Titanen
(„Epimenides" b. Eratosth. Kat. 27 p. 148 Rob.)[176]. Alles Momente,
die mit dem böotischen Typhaonion und Delphi, welche Typhon ja
angegriffen haben soll (S. 137, 192), in Zusammenhang stehen; sonst
würde man z. B. die Rolle der Pansgestalten für eine späte Spielerei
halten und darin höchstens eine Rückwirkung der bakchischen Inder-
und Gigantenkämpfe erkennen, in denen Pan sich als Feldherr und
Rathgeber hervorthut. Das Urtheil ist hier im Allgemeinen schwierig und die gewöhnlichen Normen versagen in einer Literaturgattung,
wo apokryphe Grössen wie Musaios, Pseudo - Pisander, Epimenides
und Nonnos-Autoren das Wort führen. Vollends der barocke, bei
Nonnos I 510 wiederkehrende Zug, dass Typhon dem Zeus die
Sehnen ausschneidet, hat im Hellenischen nicht seines Gleichen und
erklärt sich nach Plutarch de Js. 55 p. 373 C als gelehrte Einmischung ägyptischer Elemente, und dasselbe muss für die Bären-
haut, in welche Typhon die Sehnen des Zeus versteckt, gelten, da
die Aegypter das Sternbild des Bären als die Seele des Typhon betrachten (Plut. a. O. 21). Dass wir es aber mit einer späten Ueberarbei-
tung des phantastischen Stoffes zu thun haben, ist klar. Bezeichnend finde ich dafür die Hereinziehung des Κάσιον ὄρος d. h. des
Gebietes von Antiocheia, welches erst in der Diadochenzeit zur Gigantenstätte wurde, sowie des thrakischen Haimosgebirges, mit dessen
Bergen Typhon schleudert, nachdem die thessalischen und chalkidischen Berge von den Giganten verbraucht sind; wie denn auch die

---

[176] Die Zeit des angeblichen Epimenides, speciell des Verfassers der
Κρητικά ist nach Robert's Schätzung (Eratosth. 243) nicht vor dem 5. Jahrhundert anzusetzen. Aber man kann vielleicht noch bedeutend tiefer
heruntergehen. Es missfällt in seiner Erzählung ausser der gekünstelten
Unterscheidung von Aigokeros und Aigipan der Fischleib, in den er dessen
Gestalt ausgehen lässt. Verdacht gegen das Alter der Schrift erregt auch
Cap. V des Ps.-Eratosthenes. Denn während er die Geschichte selbst recht
wohl aus der Theseus-Trilogie des Euripides entlehnen konnte (de Eurip.
mythop. 64), sind indische Edelsteine, noch in der Kaiserzeit eine Rarität
(Ovid ars am. III 129. Friedländer Sitteng. II² 68,3), im 5. Jahrhundert, dünkt
mich, noch etwas Unerhörtes, und sie müssten nicht hier (wie Diod. VI
fr. 4. Luk. dea Syr. 16) gerade ein Geschenk des Bakchos sein, um nicht
auf diejenige Zeit zu deuten, welche den Gott nach Alexanders Vorbild
über Indien und seine Schätze triumphiren liess.

Herleitung des Gebirgsnamens vom Blute des Riesen [177] an Schwäch-
lichkeit nichts zu wünschen lässt. In der Mitwirkung der Moiren
und in der *ἀπάτη* wird man die Einwirkung der Gigantomachien
(S. 186) und in dem Kräuteressen, welches die Flucht der Riesen
verzögert, eine Charakterverwandtschaft mit dem jüngeren Theil des
vorigen Capitels nicht verkennen.

3. Apollod. bibl. I 1 ff. — Orphiker.

Die unumgängliche Frage, ob mit diesen beiden Capiteln auch
die Titanengeschichte Apollodors irgendwie im Zusammenhang stehe,
nöthigt uns, auf diese in Kürze einzugehen. Doch lässt schon eine
flüchtige Uebersicht eine generelle Verschiedenheit erkennen, insofern
dort mit Uranos beginnend ein wohlgeordnetes System auf Hesiod
aufgebaut ist, welches die Lücken, Fugen und Unebenheiten der
alterthümlichen Erzählung auszufüllen sucht und nicht die Hand
eines Dichters, sondern eines prosaischen Bearbeiters verräth. Ich
gebe der Reihe nach die Abweichungen von der Theogonie und zugleich ihre Gründe, soweit sie erkennbar.

Cap. 1. § 1. Die Reihenfolge von Hekatoncheiren und Kyklopen wird nicht ohne Absichtlichkeit (*μετὰ τούτοις*) umgekehrt wie
bei den Orphikern (fr. 39 Abel), vielleicht um die formloseren Ausgeburten den Anfang machen zu lassen (vgl. Empedokles 257 (238) ff.,
Plato Symp. p. 189 D — 190 C). § 2. Die hesiodische Unterscheidung von Tartaros, Hades und Erebos ist sorgfältig aufgehoben und
aus Homer das Tiefmaass des Tartaros eingefügt, aber mit Milderung
der dortigen Hyperbel, indem die Entfernung statt vom Hades von
der Erde aus genommen ist. § 3. Die männlichen sechs Titanen
sind so geordnet, dass die beiden homerischen Japetos und Kronos
zusammenstehen, ebenso Cap. 2, 3 f. Den *Τιτανίδες* — ein dem
Hesiod fremdes, erst aus Akusilaos bezeugtes Wort — ist eine siebente, Dione, hinzugefügt; das ist also dasselbe, mindestens schon
im 5. Jahrhundert bekannte System, welches bei den Orphikern (95)
vorliegt und als entsprechenden siebenten Titanen den Phorkys hinzufügt, der aber hier, mit Rücksicht auf den hesiodischen, Cap. 2, 6
folgenden Phorkos, den Sohn des Pontos, weggelassen ist (S. 55).

---

[177] Ebenso Steph. B. v. *Ἡρώ* .. *πόλις Αἰθιοπίας ἣ Αἶμος ἐκλήθη διὰ τὸ
τὸν Τυφῶνα ἐνταῦθα κεραυνῷ βληθῆναι καὶ αἷμα ῥυῆναι*, nur dass hier die
Etymologie auf eine gleichnamige Ortschaft übertragen ist, die der ägyptischen Heimath des Typhon besonders nahe war.

Eine Variation dieses Systems liegt bei Tzetzes vor. § 4. Entsprechend der obigen Ausdrucksweise, wo Uranos die Ausgeburten in den Tartaros statt in den Schooss der Erde zurückstösst, zürnt hier Ge nicht wegen der ihr bereiteten Qualen, sondern ‚wegen des Untergangs' ihrer Kinder, worin man eine Rückwirkung des Gigantomachie-Motivs erblicken könnte, wenn nicht die Orphiker in dieser Verflachung des alten hesiodischen Kosmogoniemotivs schon vorausgegangen wären (39). Das Fernbleiben des Okeanos von der Action, nach Muster von Hom. Y 7 (vgl. Schol. Φ 195) beseitigt einen der bedenklichsten Puncte in Hesiods System (S. 52); auch dies in Uebereinstimmung mit den Orphikern (fr. 100). Ich darf sogleich hinzufügen, dass auch die Jugendgeschichte des Zeus diese Verwandtschaft verräth, insofern des Melissos oder Melisseus Töchter Ida und Adrasteia ausschliesslich bei den Orphikern wiederkehren (fr. 109), nur dass dort unter Amaltheia die Mutter, hier die Ziege verstanden wird. Von den nach Uranos' Verstümmelung entstandenen Wesen sind nur die Erinyen beibehalten, die hier ihre später übliche Zahl und Benennung erhalten. Die Giganten kann man an dieser Stelle des Buches nicht erwarten, da sie an einer späteren ausführlich behandelt sind, wie es scheint mit einer eigenen Genealogie. Die Melischen Nymphen verwarf der Bearbeiter — wie nachher bei der Okeanosfamilie die Flüsse (Hes. 336—345) —, weil ihm für solche Abstraktionen, die Hesiod besonders liebt, keine bestimmten Persönlichkeiten zur Hand waren, wie er sie für sein System braucht. Endlich der phantastischen Geburt Aphroditens aus dem Meere zog er die Abstammung von Dione vor (Cap. 3, 1), schon — wie mehrfach zu beobachten - - um Fühlung mit Homer zu behalten.

Es folgt die unerlässliche, aber von Hesiod versäumte Befreiung der Riesen und ein formeller Herrschaftsantritt des Kronos. Damit geräth aber der ordnende Verstand des unbekannten Autors an eine Klippe, die Hesiods Unschuld vermieden hatte: er ist nun (§ 5) genöthigt, die Riesen bis zu dem noch sehr fernen Titanenkampfe aufs Neue einsperren zu lassen; eine Ungeschicklichkeit, wie sie sich, meine ich, kein Dichter verziehen haben würde, und wie sie nicht deutlicher den prosaischen, an der Sache selbst unbetheiligten Redacteur verrathen könnte.

Von hier ab, wo auch bedeutende Einschiebungen stattfinden, ist die Reihenfolge gänzlich verändert und sind, um die Erzählung nicht zu unterbrechen, zuerst die Schicksale des jungen

Zeus [178] berichtet, dann erst die Titanengenealogieen, an welche sich die übrigen Göttergeschichten, nach beliebigen Quellen, leicht anschlossen. Um also zunächst diesen zweiten, hesiodischen Theil zu erledigen, so sind auch dort Cap. 2,2—3,2 mancherlei Umstellungen und Vereinfachungen vorgenommen. Dem Range gemäss stehen die sechs Titanenpaare voran, natürlich ohne Dione, mit der sich nachher Cap. 3 Zeus vermählt, und es folgen die Familien des Pontos, dessen eigene Herkunft aber mit Hes. 116—132 weggefallen. Ferner ist die Zahl der Okeaniden auf 6 reducirt, die der Nereiden um 4 vermindert und begegnen unter diesen theils fremde, theils den hesiodischen Okeaniden gehörige Namen. — In § 4 und 3 sind zum ersten Mal kleine Einschiebsel fremden Ursprungs zu bemerken. Zunächst die Erzeugung des Cheiron durch Kronos, die nicht aus der dem Apollodor fremden kyklischen Titanomachie (Schol. Ap. Rh. I 554, oben S. 166), sondern höchstens aus Pherekydes (ib. II 1231) hier hereingekommen sein kann. Sodann ist — entschieden willkürlich — zu dem Sturz des Menoitios hinzugesetzt $\dot{\epsilon}\nu$ $\tau\tilde{\eta}$ $\tau\iota\tau\alpha\nu o\mu\alpha\chi\iota\alpha$, als ob die anderen Japetiden, deren Untergang nur minder geräuschvoll vor sich geht, nicht ebenso nah an' dem Conflict der beiden Götterfamilien betheiligt seien und nicht Atlas seine Last geradezu als Strafe für den Kampf zu tragen habe (S. 90). — Auch die Zeus-Ehen des Cap. 3, 1—2 schliessen sich noch an Hesiod an [179], nur dass Hera den Anfang macht, Dione neu hinzukommt und statt der Demeter Styx die Persephone gebiert, während die Athenageburt für die spätere und ausführlichere Erzählung verspart wird.

Man könnte die ersten Capitel des Buches, soweit wir sie betrachtet, eigentlich nicht besser charakterisiren, als durch den Namen Akusilaos, worüber ich auf Robert de Apollod. bibl. 69 f. verweisen muss. Allein es begegnen doch sovicle offenkundige Widersprüche gegen den Logographen, dass sich jener Gedanke nicht aufrecht erhalten lässt. So war im Gegensatz zu 1, 2 bei Akusilaos der Erebos gesondert vorhanden und bildete mit der Nyx ein Paar (fr. 1. Fr. H. G. 1 p. 100); ganz zu schweigen davon, dass dort dem Uranos noch andere Wesen voraufgingen, die in dem Handbuch absichtlich weggelassen sein könnten. Ferner war dort Phorkys Vater der Hekate (fr. 5), ein Umstand, der sich 2 § 6 unmöglich hätte um-

---

[178] Die Kureten kennt Hesiod noch nicht.
[179] Natürlich sind bereits die 7 Musennamen vorhanden.

gehen lassen, und entsprangen dort aus dem Blute des Uranos die
Phäaken (fr. 29). Und während man bei Apollodor unter der
Okeanos-Familie die Flüsse des Hesiod vermisst, war deren Zahl bei
dem Logographen erheblich gesteigert und Acheloos an ihre Spitze
gestellt. Gerade diese auch in der Weglassung der Melischen Nymphen und des Erebos hervortretende Abneigung gegen blosse Ab-
stractionen, wie sie Hesiod liebt und sein Logograph beibehält, lässt
einen charakteristischen und unterscheidenden Zug unseres unbekannten Autors erkennen.

Sicher haben wir es mit keiner zusammenhängenden Dichtung,
sondern mit einem Mythographen zu thun. Aber wir können von
seinen Quellen nur soviel erkennen, dass er im 1. Cap. statt Hesiods
die Orphiker verarbeitete. —

Ich wende mich hiernach zum zweiten Capitel, welches die
Theogonie Hesiods in ähnlicher Weise, aber nach unbekannten Autoren
variirt. Unterstützt von Metis nöthigt Zeus durch ein Brechmittel
Kronos, den Stein und die verschlungenen Geschwister wieder von
sich zu geben, mit deren Hülfe er den Kampf gegen die Titanen —
schwerlich ganz aus eigenem Antrieb [180] — unternimmt (ἐξήνεγκε).
Auch hier wird 10 Jahre gekämpft und schliesslich nach dem Orakel
der Ge der Sieg durch die befreiten Riesen entschieden. Dabei erfahren wir, dass Zeus τὴν φρουροῦσαν αὐτῶν τὰ δεσμὰ Κάμπην
ἀποκτείνας εἶναι. Dies ist neu und nur darauf gehe ich ein. Das
Ungeheuer Kampe kam schon bei Epicharm vor (Hesych s. v.), ohne
dass wir seine dortige Beziehungen noch zu erkennen vermöchten.
Um so ausführlicher handelte davon die Quelle des Nonnos XVIII 236,
wo dasselbe eine ähnliche Function gehabt haben muss wie hier,
sonst würde nicht seine Besiegung und der Titanenkampf zusammenstehen und die Bezeichnung ταρταρίη 261 gewählt sein. Während
bei Nonnos Bakchos durch dieses Beispiel seines Vaters zu eignen
Heldenthaten angefeuert wird, ist bei Dionysios Skythobrachion (Diod.
III 72) Bakchos selbst Ueberwinder des dort in Libyen nahe den
Titanen hausenden Ungethüms. Anders erzählt nach einer wie es

[180] Vielleicht wegen deren ἐπιβουλίαι (S. 165) wie sie besonders gegen
den jugendlichen Zeus vorkommen (S. 150 und Tzetz. Theog. 218)? In
solchem Fall denkt man, zumal wo der Hesiodische Kampfplatz nicht genannt ist, leicht an Kreta; s. S. 152 Anmk., wo zu Musaios (h. Ps. Erat.
Kat. 13) noch Epimenides (ib. 27), Ant. Lib. 36, Lactant. p. 130 (nach
Euhemeros?) zuzufügen.

scheint Titanen- und Giganlenkampf nicht mehr unterscheidenden Dichtung Ovid, der den Namen Kampe nicht nennt, aber augenscheinlich dieselbe Figur meint, Fast. III 796 ff.:

Saturnus regnis a Jove pulsus erat;
concitat iratus validos Titanas in arma,
quaeque fuit fatis debita, temptat opem.
matre satus Terra [161], monstrum mirabile, taurus
800 parte sui serpens posteriore fuit.
hunc triplici muro lucis incluserat atris
Parcarum monitu Styx violenta trium.
viscera qui tauri flammis adolenda dedisset,
sors erat aeternos vincere posse deos.
805 immolat hunc Briareus facta ex adamante securi
et iamiam flammis exta daturus erat.
Juppiter alitibus rapere imperat: attulit illi etc.

Apollodor sagt nicht, ob das Monstrum einen thierischen Oberleib hatte oder einen menschlichen, wie es Nonnos darstellt. Aber darauf kommt auch wenig an; ῆς σκολιὸν πολύμορφον ὅλον δέμας; (238), das und weiter nichts liegt in dem Namen *Κάμπη*; alles Andere liess sich nach beliebigen Mustern behandeln, wie denn Nonnos' Schilderung ein phantastisches Gemisch aus Echidna-, Skylla- und Typhon-Reminiscenzen ist. Jedenfalls wird sie mit den Riesen, etwa wie Echidna mit Typhon, schon früh in Verbindung gewesen sein. Das scheint sich aus Folgendem zu ergeben. Bei Suidas liest man die Glosse *βρούχος· κάμπη*, während an einer zweiten Stelle nur das Lemma *κάμπη* erhalten ist. Hier steht *βροΐχος* sicher ebenso *κατὰ πλεονασμὸν* τοῦ o wie Et. M. s. v. — *Βρύχος*, sagt Hesych, *ποταμὸς περὶ Πελλήνην* und das Gleiche stand jedenfalls in der Quelle des Etym. M. v. *Γιγωνίς* (unten S. 247), wo jetzt nur ein Fluss *Γίγας* auf Pallene übrig geblieben ist; denn Lykophron 1407 sagt von diesem Fluss, den Dikaiarch Fr. II. G. II 262, 7 an den Pelion verlegt, geradezu:

Παλληνία τ' ἄρουρα, τὴν ὁ βουκέρως
Βρύχων λιπαίνει, γηγενῶν ὑπηρέτης [162].

Dieses zähneknirschende (*βρύχω*) oder brüllende (*βρυχάω*) Ungeheuer,

---

[161]) So auch Diodor.
[162]) Merkwürdigerweise kennt Lykophron an derselben Stelle auch einen Fluss Titon in derselben Gegend (S. 79).

mag es sich nun *Βρύχων* oder *Βρῖχος* nennen, steckt offenbar in der Suidas-Glosse. Auch das Stierhaupt der Ovid'schen Erzählung ist da, und der Schlangenkörper ist wie bei Acheloos schon in der Flussnatur gegeben. Wieder einmal tritt neben die Riesensage die von einem Ungeheuer, das sich gelegentlich auch wohl wie Leon neben Anax und Aster selber zum Giganten wandelte [183]. Mischgestaltige Urwesen dieser Art begegnen im ganzen Gebiet der theogonischen Dichtungen. Typhoeus kennen wir schon. Ein anderes ist Ophioneus, der den Orphikern angehört und zuerst in dem dunkeln System des Pherekydes von Syros begegnet. Mit seiner Gattin der Okeanide Eurynome zur Seite. (Apoll. Rh. I 503. Tzetz. Lykophr. 1191), die zwar dort zufällig nicht erwähnt wird aber in dem genealogischen System nicht gefehlt haben kann [184], bildet er und seine Sippschaft die Gegenpartei zu dem dort von Urbeginn vorhandenen Zeus, jedenfalls, wie Preller Rh. M. IV 384 [185] richtig annimmt, als eine Ausgeburt der gegen des Zeus' weltbildende Thätigkeit reagirenden *Χθών*, einer Person, die dort neben Zeus und *Χρόνος* oder *Κρόνος* [186] als Urprincip figurirt. In dem sich entspinnenden Kampfe, der ordentliche *προκλήσεις, ἀμίλλας* und *συνθήκας* hatte, unterliegt Ophioneus' Partei dadurch, dass sie ins Meer, den Ogenos, stürzt, (was vorher als Entscheidungsmoment vereinbart war). Dies berichtet auch Apollonius, indem er, der schon in den Eingangsversen 496—498 Fremdes einfliessen lässt, der landläufigen Mythologie zu Liebe die Abfolge Ophion Kronos Zeus statuirt und mit einer Hindeutung auf den Titanenkampf den Orpheus, dem er das Ganze in den Mund legt, abbrechen lässt; römische Nachahmer, wie Ovid M. X 145 ff., der übrigens 150 nur seine eigenen Jugendgedichte (Am. II 1,11) im Sinne hat, und Sidonius C. VI lassen deshalb Orpheus von der Gigantomachie singen, was selbst Lobeck Agl. 508 irre gemacht hat [187].

---

[183] Vgl. II. Theil bei den Pergamenischen Reliefs.

[184] zumal auch der Pherekydeische *Ὠγηνος* bei Lykophron 231 wiederkehrt. Wegen Eurynome leitet Schömann Op. II 13 irrig auch Ophioneus aus dem Wasser her. Natürlich hat die Artemis Eurynome in Arkadien, von deren Fisch- oder Schlangenleib Pausanias VIII 41, 3(5) gehört, aber wie gewöhnlich bei solchen Wunderdingen nichts gesehen hat, mit der gegenwärtigen nichts zu thun.

[185] Dort ist die alte Literatur zu finden.

[186] s. Zeller Phil. I⁴ 72.

[187] Es ist kaum nöthig zu sagen, dass die Lob. 132 und 710 erwähnten ‚Gigantenkämpfe‘ sich vielmehr auf den Zagreus-Mythus beziehen.

— Den Ophioneus, oder wie der Name, der nicht in den Vers
ging, bei den Dichtern lautet, Ophion [188], bezeichnet Preller a. a. O.
nicht übel als „eine Zusammenfassung derjenigen Weltkräfte, welche
in der populären Mythologie als Titanen, Giganten und Typhoeus
vorkommen, welchen allen (?) die Schlangenbildung gemein ist".
Schneidewin Ztschr. f. Alt.-W. 1843, 215 verglich die Kychreus-
schlange, den Salaminischen Urkönig Ὄψις (Et. M. Σαλαμίς), den
Erechtheus, Kekrops (während der spätere Gigant Ophion aus dem
orphischen hergeleitet ist und der thebanische Sparto Ἐχίων oder —
Ὀφίων [189]? — allein schon in der Drachensaat seine Erklärung findet).
Keinesfalls würde ich aber damit für bewiesen erachten, dass auch
die Giganten von Anfang an irgendwo in dieser Gestalt vorgestellt
wurden, es sei denn dass man zuvor ihre Flügel erklärte.

Gleichfalls in den orphischen Theogonien begegnet der höchst
phantastisch gestaltete Chronos, eine Person, über dessen Alter
man aber sehr verschiedener Meinung sein kann. Auch dieses Urwesen ist ein δράκων ἑλικτός (fr. 41 Abel) mit menschlichem Oberleib, Schulterflügeln und Thier- (Stier- und Löwen-) köpfen, die ein
menschliches Haupt umgeben, oder wie es ein anderes Mal heisst
ἐπὶ δὲ τῆς κεφαλῆς δράκοντα (ἔχων) πελώριον παντοδαπαῖς μορ-
φαῖς θηρίων ἰνδαλλόμενον (36 u. 48; 39); ausserdem werden noch
Stierhäupter an den Hüften angegeben. Woher dieses Bild stammt,
von dem der ursprünglich ganz einfach gestaltete Phanes des fr. 41
(und erweitert 123) wieder eine Nachahmung ist, lässt sich noch
deutlich erkennen. Es ist nur der Einfluss Hesiods, der sich
wie in dem ganzen System hier geltend macht. Denn mag die
Mischbildung von Mensch und Schlange, mag selbst die Beflügelung
Gemeingut griechischer Phantasie sein, die Schilderung der Kopf-
partie folgt lediglich der des Typhoeus (825). Hesiod selbst spricht
zwar nur von Schlangenköpfen und vergleicht das Heulen, Zischen
und Brüllen des orkanischen Dämons mit der Stimme von Stieren,
Löwen, Hunden; aber Spätere haben dies, wohl durch Vermittelung
irgend eines Dichters, so aufgefasst, als wenn wirklich verschiedene
Thierköpfe da wären (Nonn. I 156—II 62 Tzetz. Theog. 287; wohl
auch Plato Phaedr. 230 A.) [190]. Die Mitte bildet nach Nonnos das

---

[188] so auch Nonnos und Lukian Tragodop. 100.
[189] Theben ophionia Senec. Herc. f. 268, Oed. 485 (ed. Leo).
[190] Plato nennt den T. als non plus ultra grotesker Vielgestaltigkeit
(πολυπλοκώτερον wie πολύμορφον oben S. 233).

menschliche, schlangenumwallte Haupt, eine Vorstellung die, von den
Thierköpfen abgesehen, schon im 5. Jahrhundert und früher für Typhon üblich war, wie bei den Kunstwerken deutlich werden wird.

Das Eigenartigste und Wichtigste aber, was für die Titanen aus
den Orphikern zu entnehmen ist [191], ist der Mythus von der Zerreissung des jugendlichen Zagreus durch die Titanen, eine
Geschichte, die schon oben S. 149 bei den apokryphen hätte behandelt
werden können. Die blutige That wird, soviel die Fragmente erkennen
lassen, durchaus den Titanen zugeschrieben, deren hesiodische Zahl
dort nur durch je eine Person, Phorkys und Dione vermehrt ist.
Wir hören ausdrücklich, dass der Leib des Knaben in sieben Stücke
zertheilt wird (fr. 199. Lob. Agl. 557), — das ist die Zahl der männlichen Titanen —, wenngleich Kronos, Japetos und andere Individuen
ebenso wenig persönlich bei dem Zerfleischungswerke hervortreten,
wie im Götterkampf des Hesiod. Es ist aber der übermächtige Einfluss des hesiodischen Systems, der sich in dieser verwirrenden Weise
geltend macht, und die Orphiker veranlasst, den Titanen üble und
von den Giganten entlehnte Prädicate beizulegen (102 f. 97), ohne
dass sie sich auch nur wie jener auf die Verstümmelung des Uranos
berufen konnten, da bei ihnen Zeus die gleiche Unthat an seinem
Vater Kronos vollzieht. Schon die ausführlichste Darstellung der
Fabel, bei Nonnos VI 155 ff., würde, wenn sie einem ernsthafteren
Autor angehörte, durch v. 178 [192] beweisen können, dass nicht die
Kronos-Sippe, sondern andere Titanen gemeint waren; hier sowohl
wie bei den Alexandrinern (Meineke An. Al. p. 49), mit denen Nonnos
so enge Fühlung hat. Ich ziehe es aber vor, mich auf das Orphische
Argonautengedicht zu berufen, welches, wiewohl spät verfasst, im
Eingang 12 ff. und dann 421 ff. eine in der Hauptsache sehr alte
Theogonie summarisch vorträgt. Dort wird — beide Stellen ergänzen

---

[191]) Es braucht wohl kaum gesagt zu werden, dass die späte Inschrift
von Imbros (Conze. Reise a. d. Ins. S. 91 Taf. XV 9), welche Kadmilos und
Anax, dann Koios, Kreios, Hyperion, Japetos, Kronos anruft, nicht in diesen
Kreis, sondern in den des Kabirenculte gehört. Weil das den Kernpunkt
bildende Götterpaar bald als Dioskuren, bald als Titanen bezeichnet wurde
(Lob. Agl. 1229 ff), sah man sich mit der Zeit genöthigt, auch die hesiodi-
schen, klassisch gewordenen Titanen hereinzuziehen. (Vgl. Welcker Götterl.
III 186). Ueber Anax, woraus Anakes, die Dioskuren, wurden, s. S. 140 ff.

[192]) Bakchos nimmt dort alle möglichen Gestalten an, unter anderen
auch die des ‚greisen Kronos'.

sich gegenseitig — nach Kronos und Zeus die jüngste Göttergeneration durch folgende Punkte kurz markirt, v. 16:

Βριμοῦς τ' εὐδυνάτοιο γονάς, ἠδ' ἔργ' ἀΐδηλα
Γηγενέων, οἱ λυγρὸν ἀπ' Οὐρανοῦ ἐστάξαντο
σπέρμα γονῆς, τὸ πρόσθεν[193], ὅθεν γένος ἐξεγένοντο
Θνητῶν, οἳ κατὰ γαῖαν ἀπείριτον αἰὲν ἴασι·

womit 428 (430 H.) zu vergleichen:

μέλπον θ' ὁπλοτέρων μακάρων γένεσίν τε κρίσιν τε
καὶ Βριμοῦς, Βάκχοιο, Γιγάντων τ' ἔργ' ἀΐδηλα,
ἀνθρώπων τ' ὀλιγοδρανέων πολυέθνεα φῦλην.

Brimo d. i. Hekate[194] hat mit den Giganten nichts zu thun und deutet nur auf das zweite Hauptmoment in dieser Generation, d. h. auf eine ausführliche Verherrlichung der Göttin nach hesiodischem Vorbild. Was aber die heimlichen oder schändlichen Thaten der Giganten angeht, so ist offenbar an nichts weniger als an die Gigantomachie gedacht, wobei die Riesen ja keinerlei Schaden anrichten, sondern lediglich zu Grunde gehen. Es handelt sich oben, wie 428 zeigt, um die Feinde des Zagreus, die sonst als Titanen bezeichnet werden. Der Argonautendichter selber unterscheidet nicht zwischen beiden 516: Τιτᾶσι βριαροῖς τ' ἐναλίγκιοι ἠδὲ Γίγασιν· doch der Sprachgebrauch ist schlüpfrig, daher ich mich auch nicht auf Diodor III 62, Varro b. Serv. G. I 166 (fr. 208) und Myth. Vat. III 12 (fr. 206) berufen möchte. Entscheidend ist die Stelle, die sie in der genealogischen Folge der Argonautica einnehmen und was damit eng zusammenhängt, die Abstammung der Menschen von ihnen, mit denen sie nach uralter Anschauung das γηγενές gemein haben. Die oft missbrauchte Redensart von dem Blut der Titanen, woher man Gutes und Böses, Menschen, Giganten und Unthiere ableitete, je nachdem man an die erdbefruchtenden Blutstropfen oder blosse Blutsverwandtschaft dachte, soll uns hier nicht aufs Neue intriguiren (s. S. 21 f.). Gleichviel ob es das Blut, oder was auch vorzukommen scheint (Lob. 565 f.), die Asche der vom Blitzstrahl verbrannten Mörder ist: auf die Familie des Zeus-Vaters passt beides gleich

---

[193]) Ueber die Lesarten s. Schömann Cap. II 139 ff.
[194]) Es muss dieselbe gemeint sein wie in dem Mysterien-Ruf ἱερὸν τέκε πότνια κοῦρον | Βριμὼ Βριμόν.
Rhea an die Lob. 590 denkt, ist schon der genealogischen Reihenfolge halber unmöglich.

schlecht [195], so schlecht wie die vollkommene Tödtung zu dem herkömmlichen, hier beibehaltenen Sturz in den Tartaros (fr. 97 f. Nonn.
VI 211). Fanden Kronos und dessen Titanen einmal Aufnahme in
das System, so war damit auch der Conflict um die Herrschaft und
der Sturz so unmittelbar gegeben, dass man gar nicht begreift wie
daneben noch ein anderes, gleich starkes Motiv Platz finden konnte. Von
den zahlreichen divergirenden Bearbeitungen, in denen z. B. Kronos
heimlich von Zeus in der Weise wie ehemals Uranos regierungsunfähig
gemacht wird, was sich mit der Rächung des Zagreus ausschliesst,
spreche ich gar nicht. Man betrachte bloss die Erzählung an sich;
wie wenig will sich die Vermummung [196], das heimliche Zerfleischen
des Kindes, das Kochen und Fressen für die ältere Göttergeneration
schicken, deren Schwestern und Frauen Rhea, Themis, Mnemosyne
u. s. w. heissen! Wir sehen hier die Früchte jenes πρῶτον ψεῦδος,
das Homer und Hesiod begingen, indem sie auf die leiblichen Vorfahren des Zeus die düsteren und gewaltsamen Eigenschaften der
Giganten, der Riesen überhaupt übertrugen. Welches die alte und
echte Meinung der Orphiker über Kronos war, lehrt Pindar Ol. II
70 Schol., P. IV 291 [197] im Einklang mit Orph. fr. 245: von ihren
Fesseln durch die Gnade des Zeus erlöst, wohnen sie in den seligen
Gefilden, wohin dem frommen Menschenkind dereinst nachzufolgen
verheissen wird. Wenn es in einem bei Abel noch nicht abgedruckten
Fragmente aus Proklos [198] heisst: ὁ μὲν θεολόγος Ὀρφεὺς τρία γένη
παραδέδωκεν ἀνθρώπων· πρῶτον μὲν τὸ χρυσοῦν, ὅπερ ὑποστῆσαι
τὸν Φάνητά φησιν· δεύτερον τὸ ἀργυροῦν, ᾧ φησιν ἄρξαι τὸν μέ-
γιστον Κρόνον· τρίτον δὲ τιτανικόν, ὃ φησιν ἐκ τῶν τιτανικῶν μελῶν τὸν Δία συστήσασθαι, so zeigt sich hier schon eine der vielen
Variationen des Systems oder vielmehr der Lehre, die in ihrer Blüthe-
zeit, im 6. Jahrhundert, noch kaum ein System war und den Mythus
von Zagreus' Tode durch böse γηγενεῖς unverbunden neben sich
hatte: Kronos, in Hesiods Erga noch der Herrscher des goldenen

---

[194] Vgl. z. B. Anth. Pal. X 53:
    τὸν γὰρ γεννήσαντα μεμισηκὼς καὶ ἐκεῖνος
    κτείνειν ἄν, εἰ [ὁ] Κρόνος θνητὸς ἐτύγχανεν ὤν.
[195] Sie beschmieren ihr Gesicht mit Gyps; (oben S. 151); darauf bezieht sich auch, was Lob. 565 nicht durchschaut hat, die durch einen thö-
richten Zusatz entstellte Etymologie bei Eustath. p. 332.
[197] Vgl. Aeschyl. fr. 181 ff. Preller G. M. ⁴ I 62.
[198] Anecd. gr. et lat. ed. R. Schöll et G. Studemund 1886, vol. II 38.

Zeitalters und in gleichem Sinne Beherrscher des orphischen Para-
dieses, ist hier, durch Phanes verdängt, in das silberne hinabgerückt
(vgl. fr. 244); und an Stelle der *γηγενεῖς* oder *μελιηγενεῖς*, auch
wohl als *τὸ γιγαντικὸν γένος* bezeichnet [199], welches schon durch die
Titanengeneration genügend vertreten schien, folgt nun sofort das
Menschengeschlecht, dessen titanische, sündhafte Natur die Orphiker
(fr. 97. Plat. legg. III 701 C., Plut. de esu carn. 995 C., Aelian h.
Suid. *τιτανῶδες*, vgl. s. v. *ἄθεον*) hervorzukehren lieben: ein reli-
giöser Begriff, der in diesem Kreise gewiss früh aufkam und neben
den erdgebornen Menschen (an die besonders Athen glaubte) sterbliche, erdgeborne Titanen zur Voraussetzung hat. Diese wirklichen
Mörder des Zagreus [200] — Spitzbuben nennt sie Arnobius an der
sogleich folgenden Stelle — scheint noch der Kratin der jüngeren
Komödie zu kennen. Denn wenn wir bei den Kirchenvätern lesen
*quemadmodum Juppiter suavitate odoris inlectus, invocatus advolarit
ad prandium compertaque re gravi grassatores obruerit fulmine* (Orph.
fr. 196), womit die Schilderung des Clemens Alexandrinus (fr. 200)
stimmt *Ζεὺς δὲ ὕστερον ἐπιφανεὶς — τάχα που τῆς κνίσσης τῶν
ὀπτωμένων κρεῶν μεταλαβών, — κεραυνῷ τοὺς Τιτᾶνας αἰκίζεται
κτλ.*, so wird uns ganz klar was der Komiker in seinen ‚Giganten'
(Meineke III 374 [201]), die er im Stücke auch Titanen genannt zu
haben scheint, parodirt:

> *ἐνθυμεῖσθε τῆς γῆς ὡς γλυκύ*
> *ὄζει, καπνός τ' ἐξέρχετ' εὐωδέστερος;*
> *οἰκεῖ τις ὡς ἔοικεν ἐν τῷ χάσματι*
> *λιβανωτοπώλης ἢ μάγειρος Σικελικός.*

Aber nicht Kronos und die Seinigen sind es, die in der Erdschlucht
hausen und irgend etwas Fürchterliches kochen, sondern offenbar

---

[199] s. die S. 15 bezeichneten Stellen des Hesiodcommentators.

[200] Auf dem Relief Albani (Zoega bassir. LV, Gazette arch. 1879, S. 31)
sind es plumpe bärtige Männer, deren untergeordnete Natur durch die
Tracht (Exomis) angedeutet wird.

[201] Hier (Ath. XV 661 E) und Hes. v. *Παμφύλης* wird citirt *Κρατῖνος
ὁ νεώτερος ἐν Γίγασιν*, ein anderes Mal Ath. VI 241 C mit einem nichts-
sagenden Frgm. *Τιτᾶσιν*. Aber beides war paläographisch schwer zu unterscheiden (vgl. Ps.-Eratosth. Cat. XIII Rob.), und die bei der höchst unbedeutenden Anzahl Kratinscher Stücke schon geringe Wahrscheinlichkeit
zweier verschiedenen Komödien wird noch dadurch vermindert, dass die
bekannten priapischen Beziehungen von denen Hes. spricht (Meineke hist.
crit. 411) nur auf die Bezeichnung *τιτᾶνις* passen.

menschenfressende Riesen, wie die auf der komischen Bühne so beliebten Kyklopen, wie die Laistrygonen des Lykophron, die Giganten
des Theon [202] und der von Bakchos besiegte Riese Alpos (Nonn. 25,
238); wie in der volksthümlichen, märchenhaften Auffassung die
Riesen, bald Giganten (S. 36), bald Titanen (S. 150), aus ihren
unterirdischen Behausungen hervorkommen und sich wieder dahin
verkriechen, ist uns bereits bekannt. Solche Unholde meinte der Mythus des Onomakritos, der sie bereits Titanen nannte (Paus. VIII 37,5);
ein Sprachgebrauch, den aber die späteren, um jeden Preis mit Hesiod Fühlung suchenden Ordner des Systems nicht mehr verstanden.

Den Ursprung der Zagreus-Geschichte zu begreifen, bedarf es
nicht erst ägyptischer Mythologie mit ihrem Typhon und Osiris,
(Plut. de Is. 18) so ähnlich — wenn nicht etwa nachträglich angeähnelt
— die Zerreissung des jugendlichen Gottes durch den Dämon erscheint. Von dem orgiastischen und zugleich blutigen Charakter des
Dionysos-Cult, worüber Welcker Götterl. I 443 II 630 so treffliche
Belege und Aufschlüsse giebt, zeugen uns am sichtbarsten noch die
ein Böcklein zerreissenden Mänaden. Und, wie nicht oft genug wiederholt werden kann, fällt die Wirkung einer Gottheit im Mythus manchmal auf sie selbst zurück. Was ist der von den rasenden Weibern
zerrissene Orpheus Anderes, als das Ebenbild des ganz Thrakien,
von Leibethron bis zum Hekategrabe, beherrschenden Dionysos?
Ὀρφης [203], das Correlat zu Ὀρπη d. i. ἁρπυία (Hesych) ist gleich
Zagreus selbst und seinem delphischen Cultgenossen Apoll, gleich
deren Hypostasen Protesilaos, Admetos und anderen [204], halb Licht-,
halb Todesgott; mit jenem theilt er den ekstatischen Charakter und
die thrakische Heimath, mit diesem die Gabe durch sein Saitenspiel
die Thierwelt anzuziehen (Eurip. Alk. 569 ff.) und sich selbst oder
seine Gattin (ib. 445) der Unterwelt zu entreissen. Orpheus fällt
nicht wegen der schmutzigen Vergehen, die ihm Spätere andichten,
sondern durch den Conflict verschiedener Religionen und Stämme,
der auch die Bakchos-Mythologie durchzieht. Wie uns der früheste
und in diesem Kreise glaubwürdigste Autor, der Eleusinier Aeschylos
in seiner grossen Bakchos-Trilogie (Tr. frag. p. 7 Nauck) belehrt,
wird Orpheus getödtet, weil er nicht den Dionysos, sondern nach

---

[202]) Oben S. 3,2 wo das orphische Element nicht genügend berücksichtigt ist.
[203]) Priscian VI 92; s. Bergk P. L. G. 4 III p. 241.
[204]) s. Hermes XX 122 f. 134. Welcker Götterl. II 482.

thrakischer Sitte (z. B. Soph. fr. 520) die Sonne anbetete, die er auch Apollo nannte. Dass er von der Hand der bakchischen Weiber statt der thrakischen fällt, will, da Bakchos und sein Weibergefolge sonst selber von den thrakischen Eingebornen verfolgt wird, wenig besagen; der Mythus verwechselt die Parteien und lässt oft gerade nahe Verwandte, wie hier Bakchos und Orpheus, in ein gegensätzliches Verhältniss gerathen. Die Titanen oder γηγενεῖς nun, welche den orgiastischen διασπασμός an dem Gotte selbst vollstrecken, sind nichts weiter als die mythisch gestempelten, feindlichen Autochthonen, mit denen Bakchos überall zu kämpfen hat, nicht bloss im Lande des Lykurg, wovon die Ilias erzählt. Pentheus, Perseus, ‚Aktaion‘ von dem wir sonst nichts hören, Lykurgos und Andere, (die uns das nächste Capitel vorführen wird), Alles Gegner mit denen Bakchos und sein Gefolge nicht bloss zum Scherz sich herumschlägt, sondern sehr ernsthafte Kämpfe besteht: sie liefern nur die einzelnen Elemente zu der Titanenfabel, ihrem mythischen Niederschlag, und verhalten sich zu diesem gerade so wie die Kämpfe der einzelnen Götter und Heroen zu der grossen Gigantomachie. Dies ist um so genauer zu nehmen, als in dem Mythos von Perseus Dionysos geradezu seinen Tod und sein Grab in Delphi findet (Philochor. fr. 22. 23 und Dinarch; Fr. H. G. I 387, vgl. Lob. Agl. 572): ein Mythos der, wie man sieht, scharf getrennt von dem orphischen einhergeht, aber doch zugleich wie eine Parallele dazu aussieht; denn der argivische Perseus, um den es sich hier handelt, führt die kyklopischen Riesen mit sich und pflegt zudem mit dem Titanen Perses identificirt zu werden [205].

V. Hellenistische Gigantenkämpfe.

Ganz neue Gebiete eröffneten sich unserem Mythus im Orient durch Alexander, in dessen Wunderthaten die Götter- und Heroenzeit selbst wiederaufzuleben schien. Die unterworfenen Völker des Ostens, die den Griechen von vornherein als halbwilde gelten mussten, besonders die in fabelhaften Fernen wohnenden Inder erschienen ent-

---

[205]) Euphorion fr. 16. 67, einer der Wenigen, bei denen der Perseus-Kampf vorkommt (sonst noch Paus. II 20, 3. 22, 1. 23, 8; nicht Ovid M. IV 606), nennt den Helden Perses und mit dem Beinamen Eurymedon, der an den Homerischen Gigantenkönig erinnert.

sprechend der vergötterten Gestalt des Königs und seiner Nachfolger
in gigantischer Projection, zumal wenn der Unterschied zwischen
γηγενεῖς und γίγας unterdrückt und die Elephanten als Maass der
auch sonst gerühmten Körpergrösse der Eingeborenen genommen
wurden. Doch tritt diese Auffassung gegenüber dem Welteroberer
nur in einem vereinzelten und nicht einwandsfreien Fall zu Tage [206]);
— kein Wunder, da der Gedanke, auch wenn er noch bei dessen
Leben Zeit gehabt hätte sich zu entwickeln, kaum aufgetaucht in
den Dienst der lebenden Machthaber treten musste. Und auch bei
diesen wird es nicht deutlich, ob die dichterisch-mythische Gestaltung
der Dinge sich an die sterblichen Persönlichkeiten selbst knüpfte,
etwa wie man ausnahmsweise in den Panathenäenpeplos das Bild
des Antigonus und Demetrius neben die gigantenbesiegenden Götter
aufnahm, oder die Siege über die Gallier — die aber doch ehemals
Delphi angegriffen hatten und von den Göttern selbst vernichtet
waren — als Gigantomachien feierte. Vielmehr scheint es, dass die
historischen Ereignisse des Orients lediglich in den Reflexen zur
Geltung kamen, die sie auf die mythischen Personen zurückwarfen,
also auf Herakles, mit welchem man Alexander, und vor Allem auf
Dionysos, mit welchem man seine Nachfolger zu vergleichen liebte.

Wie die Götterkämpfe nach den Diadochenstätten hingezogen
wurden, zeigt sich am deutlichsten an den Gründungen des Seleukos
Nikator. Ἐκέλευσε δὲ ὁ αὐτός καὶ τούς μῆνας τῆς Συρίας κατά
Μακεδόνας καλεῖσθαι, διότι εὗρεν ἐν τῇ αὐτῇ χώρᾳ γίγαντας οἰκήσαν-
τας· ἀπὸ γὰρ δύο μιλίων τῆς πόλεως Ἀντιοχείας ἐστὶ τόπος, ἔχων
σώματα ἀνθρώπων ἀπολιθωθέντων κατά ἀγανάκτησιν θεοῦ, οὕστινας
ἕως τῆς νῦν καλοῦσι γίγαντας· ὡσαύτως δὲ καὶ Παγράν τινα οὕτω
καλούμενον γίγαντα ἐν τῇ αὐτῇ οἰκοῦντα γῇ κεραυνωθῆναι ὑπὸ πυ-
ρός, ὡς δῆλον ὅτι οἱ Ἀντιοχεῖς τῆς Συρίας ἐν τῇ γῇ οἰκοῦσι τῶν
γιγάντων. Paus. Damasc. (fr. 4. Fr. H. G. IV 469 f.) b. Joh. Malal.
p. 198 ed. Dindf. Die Momente, welche als Anhaltspunkt dienen
mussten, sind theils, wie bei anderen Gigantenmythen, riesige Stein-

———

[206]) Es ist die von Koepp, de gigantomachiae usu 49 angeführte Plu-
tarch-Stelle; s. oben Anm. 145, vgl. B. Graef de Bacchi Indica expeditione,
Berol. 1886, 11. Graef unterscheidet zweierlei Versionen, von denen nur
die eine aus den Indern Giganten macht, und zwar die, welche, wie er
meint, mit Alexanders Person nicht operirt. — Ueber die Verherrlichung
der Diadochen und der römischen Kaiser als Gigantenbesieger handelt
Koepp in der angeführten Schrift.

blöcke, die hier in speciell alexandrinischer Auffassung (S. 195 f.) als die verwandelten Gigantenleiber gelten, theils die Localtradition von dem Nord-Sturm, dem ‚Eis‘-Dämon Pagras (S. 219), dem Eponymen der benachbarten Ortschaft Pagrai (Strab. 751), mit welchem auch in Kilikien heimischen Dämon nunmehr der kilikische Typhon, wie es scheint, identificirt wurde. *Μυθεύουσι δ' ἐνταῦθά που τὰ περὶ τὴν κεραύνωσιν τοῦ Τυφῶνος καὶ τοὺς Ἀρίμους · φασὶ δὲ τυπτό- μενον τοῖς κεραυνοῖς (εἶναι δὲ δράκοντα) φεύγειν κατάδυσιν ζητοῦν- τα · τοῖς μὲν οὖν ὁλκοῖς ἐντεμεῖν τὴν γῆν καὶ ποιῆσαι τὸ ῥεῖθρον τοῦ ποταμοῦ καταδύντα δ' εἰς γῆν ἀναρρῆξαι τὴν πηγήν · ἐκ δὲ τούτου γενέσθαι τοὔνομα τῷ ποτάμῳ* (Strab. 750 f.). Nach Anderen wäre der ältere Name des Orontes nicht Typhon, sondern Drakon oder Ophites gewesen (Paus. Dam. b. Joh. Mal. 38, 2. 200, 12. 234, 21. vgl. Tzetz. Exeg. II. p. 10 Herm.), und hätte erst Tiberius dafür den Namen Orontes eingeführt (Eust. z. Dion. Per. 919), den aber doch schon Polybius V 59 und die augusteischen Dichter kennen. Möglich ist es, ja sogar recht wahrscheinlich, dass es derselbe Kaiser war, bei dessen Anwesenheit, wie Pausanias der Perioget VIII 29, 3 erzählt, in dem Flusse der Sarg und Riesenleichnam des vermeintlichen Orontes zum Vorschein kam, und dass Tiberius dabei jene Faseleien aufs Tapet brachte. Im Schwung waren dieselben aber schon seit der hellenistischen Zeit und fanden, wie wir sahen, ernstliche Berücksichtigung in der grösseren Dichtung bei Apollodor, wo Typhon nach Antiocheia flieht.

Wo die Giganten hausen, da ist Herakles nicht weit. Daher finden wir bei Oppian Cyn. II 113, dem Tzetzes z. Lyk. 697 folgt [808], ansprechend erzählt, wie dem von Geryoneus heimkehrenden Heroen der weit aus seinen Ufern getretene Orontes den Weg versperrt und der Held, der sich rings — bei Pella oder Apamea — von hohen Bergwänden eingeschlossen sieht, durch Felsspitzen, die er abbricht und in die Gewässer wirft, sich trockenen Durchgang erzwingt. Man bemerke, dass das Verstopfen des Flusses mit Felsblöcken in der Heraklessage da wo Gigantenkämpfe spielen, vorzukommen pflegt, in Kyzikos (S. 126) und an der Strymon-Mündung bei der Chalkidike (Apollod. II 5, 10, 12).

Die Consequenzen machen sich auch an anderen Ortschaften

---

[807]) Kalkmann, Pausanias S. 223.
[808]) Er überträgt die Geschichte ungenauer Weise nach Italien.

Syriens bemerkbar, z. B. in Damaskos, dem *Διὸς τρόπαιον κατὰ Γιγάντων* [209], wo Wortspielerei einen Giganten Askos flügirte, den Zeus (Phot. bibl. 348, 13 Bekk.) oder Dionysos besiegte (Et. M. *Δάμασκος*). Dionysos wird von Askos in den Fluss geworfen und — wie Ares in dem vorbildlichen Aloadenmythus (Hom. *E* 390) — von Hermes befreit, worauf der Gott dem Gegner — nach dem Muster des Pallasmythus — das Fell abzieht und sich daraus einen Schlauch macht; womit denn doch das bakchische Attribut einen ebenso ernsthaften Ursprung bekommt wie die Aigis der Pallas Athene.

Damit sind wir bereits mitten im Bereich jener Dichtungen, die den Bakchos zum Eroberer Indiens machten und ihn im buchstäblichen Sinne in die Fusstapfen Alexanders und seiner Generale treten liessen. Aufklärung, die aus den Göttern vergötterte Menschen, und Schmeichelei, die aus den menschlichen Machthabern Götter machte, begegneten sich, um an dem unkriegerischsten aller Götter die seinem Wesen fremdesten Seiten herauszukehren und, gestützt auf die Pentheus-, Lykurgos-, Perseus-Fabeln, um deren Willen er doch niemals *proeliis audax* und *gravi metuende thyrso* gerufen worden, ihn zum Welteroberer, zu einem Seitenstück des Herakles zu stempeln. Man sieht andrerseits, wie gut die Rolle des Dionysos, der von Athen her der geborene Protector alles Theater-, Musen- und Museionwesens war, die Herrscher dieses theils literarisch, theils genusssüchtig angelegten Zeitalters kleidete, und wie sich für das Ziel alexandrinischen Fürsten - Ehrgeizes, die Verbindung von Kriegsruhm und Bildung, nicht gut ein passenderes Vorbild finden liess. Zudem bot gerade Bakchos, der in Delphi als „Heros" begraben lag und mit seiner Mutter gleichsam nachträglich zum Olymp aufstieg, am meisten sterbliche Seiten und Berührungspuncte mit dem ebenfalls in Theben von einer Sterblichen und zu Heras Leid geborenen, weit umhergezogenen Herakles [210]. Es führte dies zwischen beiden zu einem förmlichen Austausch der Rollen, indem bei dem gemeinsamen Feldzug gegen Indien, wie die Monumente zeigen, der thatkräftige Charakter dem Bakchos, die Weinseligkeit dem Herakles zufiel [211], dem sie frei-

[209]) Prokop von Caesarea (bei Tzetz. z. Lyk. 688); er führt fort *ἕτεροι δὲ τὴν Σικελίαν, ὅπου καὶ τὸν Τυφῶνα κεραυνοῖ, ὡς καὶ Ἡσίοδός φησι.* Die Exuvien der Giganten fanden wir in Sicilien aufgehängt (S. 214); ein Tropaion neben Zeus sieht man auf dem Gigantenrelief von Aphrodisias.
[210]) Vgl. Welcker Götterl. II 613. Graef p. 46.
[211]) Bisweilen ist aber auch er an dem Triumph betheiligt; auch seine Spuren glaubte man in Indien zu finden, Graef 45.

lich auch sonst nicht fremd war: wie ja auch eine Theilung der Rollen in der Eroberung der Chalkidike (S. 247) und Italiens (Nonn. s. S. 249) und in der grossen Gigantomachie erkennbar ist (S. 156).

Der seltsamen, fast antiquarischen Entdeckung, dass bei einem der indischen Bergvölker eine mit Noth und Mühe dem Bakchos vergleichbare Gottheit verehrt wurde, hätte es kaum bedurft, um den Weingott in jene Gegenden gelangen zu lassen. Der Weg war ihm längst gebahnt, ehe gerade der Name Indien populär wurde. Bis Baktrien geht sein Triumphzug schon bei Euripides (Bacch. 15). Und wenn schon Herodor das backchische Nysa im südlichen Syrien suchte (Schol. Ap. Rh. II 1211), so folgt daraus leicht, wie bei Antimachos Lykurg ein Araber sein konnte (Diod. III 65. fr. 70 Kink.). Rangirten die Inder von jeher zu den Ost-Aethiopen (Herodot VII 70), so findet jetzt nur eine Umkehrung des Verhältnisses statt, Alles wird auf die Inder zugespitzt, Aethiopisches und alles mögliche Orientalische unter diesen Hauptbegriff gestellt [212]. So werden also die syrischen Giganten Anverwandte und Vorkämpfer der Inder. Vor Allem der Riese Orontes, dessen Kampf mit Bakchos etwas nördlicher nach dem Taurosgebirge rückt, sei es mit Rücksicht auf die Schlacht bei Issos [213], oder weil der indische Paropamisos früher den Namen Tauros geführt haben sollte (Megasthenes fr. 3 Schwanb.) die Stadt Tyros, auch nicht ohne Anspielung auf die schwierige Eroberung durch Alexander, erhält in diesem Sinne eine gigantische Vorzeit (Nonn. XL 534). Die Ueberbrückung des Euphrat, die Alexander, mitsammt der Stadtanlage Zeugma, die Seleukos ausgeführt hatte, wird auf Bakchos übertragen. (Paus. X 29, 4. vgl. Koepp 47).

Uebrigens wird auch der Uebergang über den Hydaspis in der Weise verherrlicht, dass Deriades, der Führer der gigantischen Inder, ähnlich wie es in den wirklichen Gigantomachieen vorkam (S. 208), im Sturz das ganze Gewässer quer überdeckt und so γεγτρώσας

---

[212]) Ausser den im Text vermerkten Stellen s. Lukian des Syr. 16, Philostr. Her. 669; Cedren I p. 225, Jo. Malal. 127 (Memnon ein Inder); wie ferner der kilikische Sandes-Morrheus bei Nonnos als indischer Riese auftritt (Köhler d. Dionysiaka des Nonn. 54), so wird umgekehrt der Gründer der kilikischen Städte Tarsos u. Anchiale, Sandon, ein Aethiope (Ammian. Mark. XIV 8,3), und aus gleichen Gründen ist Sandes oder Sandakos (Apollod. III 14, 3, 1) mit anderen Landsleuten (Steph. B. v. Ἄδανα) und Anchiale (Athenod. b. Steph. s. v.) in die Titanenfamilie gekommen.

[213]) s. Koepp p. 43.

ὅλον ὕδωρ (Nonn. XL 95) den Uebergang ermöglicht; dass Strabo 750
den Orontes als Erbauer der ersten Orontes-Brücke betrachtet, mag
eine missverstandene oder rationalistische [214] Transscription des dich-
terischen und bei Orontes in erster Linie zu erwartenden Kampf-
motivs sein, wie denn bei Nonnos der sterbende Orontes sich in den
Fluss stürzt.

Die Alles dies und wer weiss was sonst enthaltenden Bassariken-
Dichtungen sind bis auf winzige Spuren verschwunden und werden
nur durch das grosse und trübe Reservoir des Nonnos repräsentirt,
in welchem man nur die Spuren des von Stephanos so oft citirten
D i o n y s i o s , vielleicht auch die des E u p h o r i o n (s. Meineke An. Al. 51)
erkennt [214 a]. Als quellenmässig zu betrachten ist das persönliche Erscheinen der Ge, die den Untergang ihrer Söhne hindern möchte
(Nonn. XXII 274 ff.), sowie der Siegesreigen des Bakchos — doch
wohl mit Herakles zusammen, da von Herakleia die Rede ist —
(Dionysios b. Schol. Apoll. Rh. II 904): beides Züge, die dem
grossen Götterkampfe entlehnt sind (s. S. 166 f.). Ferner der auf
zahllosen Sarkophagen dargestellte Triumph bei der Heimkehr, der
nach Serv. Aen. III 125 in Naxos stattfindet: *ubi Bacchus ex Indis,
vel ut quidam volunt post devictos gigantes egit triumphum;* sei es
dass Bacchus Ariadne bereits besass und wie Ovid Fast. III 460 ff.
erzählt, zu deren Leidwesen eine indische Königstochter mitbrachte,
oder dass er sie bei dieser Gelegenheit erst fand; die zweite Form
scheint uns nicht besonders überliefert, wohl aber bei Epimenides
bereits mit der kretischen Version der Ariadne - Fabel combinirt zu
sein, wenn ich die ‚indischen‘ Edelsteine der Krone, die er der
Ariadne schenkt, richtig auffasse (S. 228). [215]

Einen Einfluss dieser Dichtungen erkenne ich z. B. in der Per-

---

[214]) So Koepp p. 42 f., der die Verwandtschaft der Nonnos- und der
Strabo-Stelle entdeckt hat. [Es kann aber auch, da der Ursprung dieser
Fabeleien in so späte Zeit fällt, der selbständige und prosaisch gerathene
Versuch sein, den Eponymen des Flusses einzuführen].

[214 a]) Ueber Duris s. Köhler 71.

[215]) Man sollte gerade diesen Zug in der Ovidischen Erzählung erwarten, aber es drängt sich hier wie immer im Ariadnemythus (Pherekyd.:
Schol. Hom. λ 321. Kallimach. h. Del. 307. Plut. Thes. 20. Vgl. Arch. Ztg.
1884, 279) Aphrodite dazwischen, die, da es sich um eine Goldschmied-,
also Hephaistos-Arbeit handelt (Epimenid. a. O.), den Schmuck von diesem
ihrem Gatten bekommen hat und ihn der Ariadne abtritt; vgl. Ps.-Erato-
sthenes Cat. V p. 66 Rob.

V. Hellenistische Gigantenkämpfe. **247**

seus-Geschichto des Ovid Met. V 1 ff., wo in der Kampfscene die
syrischen Gegner des Helden Gigantennamen wie Halkyoneus, Rhoitos, Keladon, Klytios, Astraeus [316], Phlogyas, Chromis führen und
dabei zum Theil von Baktrien herkommen (135) oder von Indien,
was sie nicht hindert, syrische Namen wie Athis (47) zu tragen;
wie der Dichter ja auch die Localität des Mythus selbst zu Indien
rechnet (Ars am. I 53).

Schwieriger sind die Rückwirkungen zu erkennen, welche der
orientalische Feldzug auf die europäischen und kleinasiatischen Mythen des Bakchos ausübte; schwierig darum, weil sich hier Altes
und Neues so leicht begegnen kann. Ohne mich also hier auf
genauere Unterscheidungen einzulassen, setze ich die bezüglichen
Sagen - Rudimente her. Et. M. *Γιγωνίς · μεταξὺ Μακεδονίας
καὶ Παλλήνης · καὶ Γίγων ἐντεῦθεν ὁ Διόνυσος (?) εἴρηται ἀπὸ
τῶν γιγάντων · ἢ ἀπὸ τοῦ ῥέοντος ποταμοῦ Γίγαντος.* Steph. B.
*Γίγωνος, πόλις Θρᾴκης προςεχὴς τῇ Παλλήνῃ, ὁ πολίτης Γιγώνιος.
ἀπὸ Γίγωνος τοῦ Αἰθιόπων βασιλέως, ὃν ἥττησε Διόνυσος. Ἀρτε-
μίδωρος δὲ ὁ Ἐφέσιος Γιγωνίδα ταύτην φησίν.* Ptolemaeus Heph.
II 186, 23 *περὶ τῆς παρὰ τὸν Ὠκεανὸν Γιγωνίας πέτρας καὶ ὅτι
μόνῳ ἀσφοδελῷ κινεῖται πρὸς πᾶσαν βίαν ἀμετακίνητος οὖσα.* Das
Schwanken zwischen Giganten und Aethiopen, zwischen Thrakien
und Syrien, wobei keineswegs bloss an den zum Araber gewordenen
Lykurg [317] zu denken ist, hat für uns nichts Befremdendes mehr.
Aber *Γίγων* muss eine alte Bildung sein, die sich zu *Γίγα(ν)ς* ver-
hält wie die gleichfalls auf Pallene begegnende Form *Τίτων* (S. 79)
zu *Τίταν* und *Μίμων* — so liest Furtwängler auf der Erginos-Schale —
zu *Μίμα(ν)ς.* An Thrakien hat bekannter Mafsen (s. S. 240)
Dionysos ein uraltes Recht; vielleicht also auch an Theile der Chalkidike, wo der Name Rhoiteia diese Beziehungen enthüllt, wenngleich
die Gewinnung Sithones erst seit alexandrinischer Zeit, scheint es,
einen seiner Ruhmestitel ausmacht. Nur dass er selbst *Γίγων* geheissen haben soll, eine Name, der doch nicht die Berechtigung hat
wie etwa ein Zeus *Πελώριος,* sieht wie eine lockere, versuchsweise
Verbindung örtlich zusammenstossender Momente aus. Einen der
wirklich alten Gegner des Bakchos kennen wir aus der Gigantoma-

---

[316]) Der Vers hat Asträus mit Synizese.
[317]) Antimach. (S. 245); Et. M. *Δάμασος;* Nonn. XX 149. — Was bedeutet Hes. *Αἰθιονία · ἡ Σαμοθρᾴκη?*

chie, den **Rhoitos**, dessen Familie nach alter Tradition sowohl in
der Troas wie in der Chalkidike verwandtschaftliche Beziehungen zu
ihm aufweist. Das gleiche Doppelverhältniss zeigt **Tmolos**, bei
Tzetzes einer der Giganten, ursprünglich nur der heimathliche Ge-
birgsgott und Pfleger des Dionysos. Wenn eine seltsame, schon bei
Euripides anklingende und neben den Giganten selbständig einher-
gehende Sage von den unmenschlichen Söhnen des ägyptischen Pro-
teus weiss, die nach Pallene versetzt, dort von Herakles vernichtet
wurden (de Eurip. mythop. 15 f.), und wenn von deren Namen Toro-
neus nach der Chalkidike, Tmolos nach Lydien weist, so ist der Gigant
Tmolos davon nicht zu trennen, um so weniger als Herakles selbst
die Gattin des lydischen Tmolos übernimmt und angeblich mit ihr
einen Sohn erzeugt, dessen Riesenname Lamos aber nach mythologischen Gesetzen auf den wahren Vater zurückschliessen lässt und
das künstliche jener Genealogie verräth: ein Calcül, wofür der
Tmolos-Sohn Tantalos, der Titan oder Gigant (S. 89) die Probe liefert. Ein entbehrliches aber beachtenswerthes Glied in dieser Schluss-
kette ist jener Lamos, dessen Töchter bei Nonnos Pflegerinnen des
kleinen Bakchos sind, und der dort vielleicht erst durch diese Nymphen (αἳ κατὰ γαῖαν ἄνδρας κοιρίζουσι Hes. Theog. 346) den Charakter eines Flussgottes angenommen hat [218]. Endlich, dass auch
die Proteussöhne ihre Heimath bald in Aegypten, bald in Thrakien
haben, ist ein Moment mehr, uns aufmerksam zu machen, wie seit
einer gewissen Zeit die Dionysos - Dichtung in den Bahnen der Heraklessage wandelt: ein noch nicht recht erforschtes Parallelitätsverhältniss, welches in seinen Anfängen vielleicht nicht immer unberechtigt, in hellenistischer Zeit immer absichtlicher herausgebildet
wurde.

VI. Weiterbildungen.

1. Späte Mythen.

Nachdem die Gigantomachie einmal aufgekommen war und
durch die von Athen ausgehende Kunst die weiteste Verbreitung
erhalten hatte, gab es bald kaum noch eine Gegend, wo man nicht

---

[218]) Man braucht nicht gerade an den böotischen oder den kilikischen
Fluss zu denken.

von Gigantenkämpfen fabelte. Es mag möglich sein, dass dieser Anstoss manche verwandte Sagenerinnerung weckte, aber auch diese
kleidete sich dann leicht in die Formen des landläufigen Mythus;
so z. B. die von Manthyrea in Arkadien, wo man den doch auch
anderwärts nicht ungewöhnlichen Namen der Athena Hippia davon
herleitete, dass die Göttin mit dem Wagen gegen Enkelados losge-
fahren sei (II. Th.), oder die von Bathos, welche der Pallene geradezu
den Mythus von dem Kampf der Götter und Riesen streitig machte:
beides Sagen, deren Ursachen schon oben gewürdigt worden sind.
Aber die meisten derartigen Ueberlieferungen tragen den Stempel
nachträglicher und dabei absichtlicher Erfindung an der Stirn.

So wurde in Sicilien am Peloron, wo doch, wie der Name
zu sagen schien, ein Riese gehaust haben musste, ein Ἄλπος als
Wegelagerer hingesetzt, der Mann und Ross auf einmal zu verschlingen im Stande war (Nonn. 25, 238. 47, 627). Von Italien
gilt im Allgemeinen, was [Aristoteles] Mirab. Auscult. XCVII (100)
gesagt ist: λέγουσι δὲ πολλαχοῦ τῆς Ἰταλίας Ἡρακλέους εἶναι πολλὰ
μνημόσυνα, ἐν ταῖς ὁδοῖς ἃς ἐκεῖνος ἐπορεύθη. Es fehlte daher
auch ausserhalb des campanischen Götterkampfes nicht an Giganten-
stätten verschiedenen Werthes. Ein Beispiel aus Japygien bietet das
erwähnte Capitel des Paradoxographen und Strabo 281. Doch werden die Schwefelquellen daselbst [219] nicht der einzige Grund dafür
gewesen sein; denn Strabo versteht unter den hier besiegten Giganten, die er natürlich als Ueberreste der Phlogräischen ansieht, eine
bestimmte Völkerschaft, die Leuternier (vgl. Lykophr. 978, Schol.
980), die also als eine untergegangene zu betrachten sind und unter
diesem Gesichtspunct in unserm ‚Giganten'-Abschnitt (S. 36) berührt
wurden. Auch die Erwähnung Lucaniens [220] in der grossen Gigantomachie Klaudian 73 will beachtet sein.

Selbst nach der Krim, nach Pantikapaion, wurden solche Fabeln
verlegt (S. 186). Man sucht dies aus den Schlammvulcanen, die sich
dort befinden sollen, zu erklären (Wieseler S. 181); auch wird aus
der Nähe des Maiotischen Sees von Erdbeben berichtet, welche Riesen-
knochen zu Tage förderten (Theopomp v. Sinope b. Phlegon Mir.
19). Doch erweckt gerade hier die Form, in welcher die Sage auftritt, den Gedanken an altionische Ueberlieferung.

[219]) Anderweitige Schwefelquellen in dieser Weise mythologisch verwerthet: Sil. It. VIII 537. Strab. 245.

[220]) s. Koepp de gigantom. Thes. VIII.

Wir wenden uns nach dem entgegengesetzten Ende der antiken Welt, nach Tartessos, und auch dort begegnen wir dem populären Mythus. *Saltus vero Tartesiorum, in quibus Titanas bellum adversus deos gessisse proditur* etc. heisst es bei Justin (Trog. Pomp. hist. Phil. Epit.) XLIV 4, 1. Ausführlicher spricht davon Schol. Hom. Θ 479. Einen Giganten Hispanos führt Stephanus an, bei dem allerdings aus γηγενής leicht γίγας zu werden pflegt (s. v. Almops, Zanklos, Athos), und wo man von Riesen fabelte, da pflegten sich, wenigstens in der Kaiserzeit, auch bald Riesengebeine zu finden, wie man an Pallene (Philostr. her. 669), Campanien (Sueton Aug. 72. Philostr. a. O.), Pantikapaion und dem Orontes sieht; so auch in unserem Falle (Paus. X 4, 4)[221]. — Eine sagengeschichtliche Berechtigung hat dieser Götterkampf natürlich nicht; denn selbst wenn die Vorstellung, welche die homerischen Giganten und Kyklopen im fernen Westen suchte, ihr Augenmerk auf diesen äussersten Punct des Festlandes richtete (Wieseler S. 156) — was aber nie der Fall gewesen zu sein scheint —, so würde die Gigantomachie dort immer nur den Werth einer nachträglich gezogenen Folgerung haben können. Einen noch nichtigeren Anhalt würden die Heraklessäulen bieten, die auch nach Briareos benannt wurden (S. 121). Bedarf es bei einem so weit verbreiteten Mythus überhaupt der Erklärung, so ist sie in unserem Falle von ganz anderer Seite zu entnehmen. Ob ein Vorgebirge Ophionion, welches, wie der Homerscholiast angiebt, Zeus auf den Gegner stürzte, dort existirte, wissen wir nicht; der Gigant Ophion aber, der jedenfalls durch Vermittelung hellenistischer Dichtung aus dem alten orphischen Mythus stammt, ist in der jüngeren Litteratur nichts Unerhörtes. Nun wohnten in Iberien, ich weiss nicht wieso, Bebryker[221a], also wenigstens dem Namen nach Verwandte des mysischen mit den dortigen Riesensagen verknüpften Stammes. Und dessen mythischer Repräsentant Amycus heisst bei Ovid M. XII 245 Sohn des Ophion, *Ophionides.* Zwar ist dort nicht von dem Bebryker selbst die Rede, sondern der Name des Riesen und seines Vaters ist wie Rhoetus (285) und Phlegraeus (378) auf einen Kentauren übertragen; doch auch so ist der Zusammenhang evident.

Einen flüchtigen Blick müssen wir auch auf die klassischen Stätten der Götterkämpfe werfen, wo die Sage noch immer weiter

[221]) Vgl. Kalkmann, Pausan. 221. 24 ff.

[221a]) Skymn. 199. Avien or. marit. 485, Sil. III 420 u. 5. Tzetz. Lyk. 516. 1305 u. A.

wucherte. Die römischen Dichter[222] sind es, die mit ausgesprochener
Vorliebe auf Thessalien zurückgreifen und die Emporthürmung der
Berge, und nicht bloss der drei klassischen, sondern aller in Nord-
griechenland irgend vorhandenen, auf die Gigantomachie übertragen,
derart dass schliesslich Pallene selbst ein Annex Thessaliens wird.
Allein man pflegt um so weniger irre zu gehen, je weniger Initia-
tive man in mythologischen Dingen den römischen Dichtern zutraut,
die nebenbei doch auch etwas auf ihre Gelehrsamkeit und auf das $\dot\alpha\mu\acute\alpha\varrho$-
$\tau\eta\varrho o\nu$ $o\dot v\delta\acute\epsilon\nu$ hielten. Wie in der Restitution des homerischen Gigantenkönigs Eurymedon an Stelle des attischen Porphyrion der
Dichter Euphorion dem Properz voranging (S. 180, 2), so wird auch
die Hereinziehung des prächtigen Aloiden - Motivs dem den Homer
überall wieder zu Ehren bringenden Hellenismus zuzuschreiben sein.
Man begreift sonst auch nicht, wie der Dichter Dionysos, er mag
gelebt haben so spät er will, in seiner $\Gamma\iota\gamma\alpha\nu\tau\iota\acute\alpha\varsigma$ so viel von thessalischen Oertlichkeiten sprechen konnte[223]. Liesse sich die Neapeler
Vase 2883 als Bergthürmung deuten, so würde sich daraus ein noch
weit älteres Zeugniss ergeben (s. II. Th.). — Andererseits war die
Unterscheidung der Giganten und der in Thessalien kämpfenden Titanen aus dem öffentlichen Bewusstsein längst so sehr entschwunden,
dass auch von dieser Seite her die Vermischung der benachbarten
Localitäten sich leicht ergab[224]. Daher vernehmen wir von Euhemeros (Diod. IV fr. 3. Ptolem. Heph. 192, 3) die aus solchem
Munde nicht weiter verwunderliche Mär, Achill's Rosse seien ehemals Titanen oder Giganten gewesen, die den Göttern beistanden
und von diesen dem Peleus geschenkt wurden; wobei man sich unwillkürlich erinnert, dass eines der Poseidonsrosse Enkelados hiess
(Schol. N 23. Eust. 918, 17). Aber weder dies noch die lächer-
liche Titanen- oder Gigantengeschichte, die Ptolemaios 195, 18 von

---

[222]) Hor. C. II 19, 21. III 4, 49. Ovid M. I 151, Fast. V 35. Lucan
b. Myth. Vat. I 63, vgl. II. II 53. Serv. Aen. IV 179. Ciris 31. Aetna
48. Manil. I 426. Senec. Herc. O. 1157. Claudian rapt. Pros. II 257.
Sid. Apoll. C. VI 21. — Vgl. Zingerle, Ztschr. f. österr. Gymn. 1878, 5.
Ovid u. s. Verhältniss etc. I 118, II 62, III 13.

[223]) Wieseler, der diese Erklärung versucht hat, ist sogar darauf verfallen, die anmuthige Kallimachos-Stelle Pall. lav. 9, wo Athena ihre Rosse
im Okeanos von Staub und Schweiss des Kampfes reinigt, auf Tartessos
und einen dort stattgehabten Kampf zu beziehen.

[224]) Daher Phlegra zu Thessalien gerechnet: Serv. A. III 578, Myth.
Vat. II 53; Schol. Lucan VII 150.

Cheiron und Achill in Verbindung mit einem neuen Gigantennamen,
Damysos, auftischt [285], kann uns ernstlich beschäftigen oder gar ver-
leiten, Anknüpfung an das alte Titanen - Epos zu suchen, wo Cheirons Geschichte vorkam.

2. Namen.

1. Die Verlegenheit um Namen für die erdgeborene Schaar, die
nur wenige bekannte Figuren aufwies, bestand von jeher und konnte
nur zunehmen, je mehr Dichtung und Kunst hier ins Detail gingen.
Nicht immer lässt sich entscheiden, was Sage und was Entlehnung
oder Erfindung sei. Am leichtesten tauschen die Giganten naturgemäss ihre Namen mit Kentauren und Satyrn (Anmkg. 98. 108).
Nicht minder begegnen Ἐργνσίχθων (Pergamon) und Namen von
Sparten wie Echion (Claud. Gig. 104), Οὐδαῖος (Perg.), Χθόνιος
(Nonn. 48, 19) und dem Πέλωρ entsprechend ein Πελωρεύς oder
Pelorus (Nonn. 47, 39. Perg., Claud. g. 79. Hyg.). Aber auch ein
Amykos [286] scheint in Pergamon und ein Polyphemus bei Hygin
vorzukommen. Es wäre, auch falls die Lesung nicht das Richtige
trifft, jedenfalls ein falsches Princip, sich gegen die Aufnahme solcher Namen zu sträuben, wie Wieseler thut, bei dem dies mit seiner
ganzen Auffassung des Gegenstandes zusammenhängt. Nicht um die
Person des Polyphem, des homerischen Kyklopen, handelt es sich,
so wenig wie um die Gegner des Kadmos oder den riesigen Tempel-
schänder von Dotion (S. 42); lediglich der Name soll herhalten, um
die an Köpfen so reiche und an individuellen Gestalten so arme
Schaar der Erdgebornen flüchtig zu beleben; es sind Statisten-Namen,
die Niemand liest und deren Träger nicht als Persönlichkeiten, sondern nur als Masse zu wirken haben. Ein Verzeichniss von Giganten, wie es Jahn Ann. 1863, 250 gab, lässt sich daher schlechterdings nicht aufstellen; auch schon das Ineinanderfliessen des Titanen-
und Giganten-Elementes würde den Werth jeder Liste heut illusorisch
machen.

Ich führe noch an Palleneus oder Pallaneus (Claud. g. 109),
Theodamas (Hyg.), Damastor (Claud., Sid. s. Anmkg. 112), Damy-

---

[285]) Cheiron gräbt dessen Leichnam, als eines der schnellfüssigsten,
aus und setzt die Ferse dem Achilles ein.

[286]) AMl von Heydemann VI. Hall. Progr. S. 11 ergänzt. Die pergamenischen Namen, soweit damals bekannt, b. Loewy, Inschr. gr. Bildh. 155.

sos (Ptol. Heph.); ferner aus Pergamon: *Μίμ<ας>, Εὐρυβίας, Ὀχθαῖο<ς*,
Ὄβριμος, Ὀλύκτωρ, Χθονόφυλος, Μολοδρός[227], *Ἀλληκτο..*, *Ἀδρεύς*,
.. *εναρος*[228], ... *φελο ..*[229], *<Πα>λαμνεύς*[230], *Βρο<τέας?>*[231],
<Σηρ>αγγεύς[232], *<Πελ>ωρεύς, Τα....*, ... ΙΟΟΝ, ... *μης*, ... *ις*,
... *υξ..*, ... *ων*, ... *ος*, ... *ς*. Ich habe hierbei *αδρευς*, vor dessen
erstem Buchstaben der Stein gebrochen ist, als vollständigen Namen
genommen, da sich ein längerer Name daraus nicht machen lässt;
Et. M. *Ἀδρεύς · δαίμων τις περὶ τὴν Δημήτραν.* Das würde in
die S. 43 behandelte Klasse gehören. Ferner ist die Form Eurybias
als singulär hervorzuheben; Eurybios ist ein bekannter Kentaur; der
Triton *Εὐρυβίης* bei Tzetzes beruht, wie wir sogleich sehen werden,
auf einem groben Missverständniss. Das *Ἄκρατος (Ἀκραθι)* eines
Etruskischen Spiegels (Gerhard I 68) ist keinesfalls auf den bakchischen Dämon dieses Namens zurückzuführen oder gar in *Ἀκράθως*
(Koepp Arch. Ztg. 1884 S. 33,5) zu ändern; man vergleiche vielmehr
Aesch. Prom. 677 *βουκόλος δὲ γηγενὴς | ἄκρατος ὀργὴν Ἄργος.* —
Grossen Zweifeln unterworfen ist der Name Θούριος bei Pausanias,
worüber im II. Theile, während der Name Ὁπλάδαμας (S. 11) zwar
richtig überliefert ist, aber einen ganz allgemeinen Charakter trägt.

2. Auch das Verzeichniss, welches uns neben dem Apollodorschen erhalten ist, das von Hygin in der praefatio zu den Fabeln
gegebene, will näher angesehen sein. Wie die ganze Fabelsammlung
aus mindestens zwei Büchern — man weiss wie gewaltsam und ungeschickt — zusammengeschweisst ist, so tritt auch in dem Wirr-
warr von Namen und Genealogieen, welche den Inhalt dieser als
Theogonie gedachten Praefatio bilden, vielfach eine zwiespältige Fassung zu Tage, die wenigstens an einer Stelle offen eingestanden
wird (*pro hac ultima Dino alii ponunt*, p. 29, 6 Bunte, p. 11, 1
M. Schmidt). Bei den Giganten, wo eine bestimmte, durch klassische Dichtungen einigermassen geregelte Ueberlieferung nicht bestand und nur wenige ausgeprägte und allgemeiner bekannte Persön-

---

[227]) Verschreibung von *Μόλοβρος?*
[228]) _*ΝΑΡΟΣ*.
[229]) Nicht *φεγο*, wie Conze, Loewy und Heydemann haben.
[230]) Nicht *Δάμνευς*, wie Heydemann hat.
[231]) Nicht so sicher, wie ich S. 61 annahm. Ausser der Nebenform
Βροντίας, wenn dies bei Tzetz. Exeg. Jl. p. 63 richtig überliefert ist, würde
Βρόντης näher liegen als *Βροντίνος*, s. Heydemann a. O.
[232]) Heydemann. Vgl. oben S. 189.

lichkeiten hervortraten, verdoppelt sich die Schwierigkeit, welche in
der grenzenlosen Zerrüttung des Textes im Einzelnen wie in der
Anordnung ohnehin liegt. Dennoch glaube ich der undankbaren
Aufgabe, die von mir als richtig erkannten Gesichtspunkte der
Emendation anzugeben, nicht ausweichen zu müssen.

Vorauszuschicken ist (was auf der Hand liegt und doch niemals
bemerkt zu werden scheint), dass zwei wichtige Namen von dem
Verzeichniss losgerissen und an den Anfang der Praefatio verschlagen sind, wo sie nun keinerlei Anschluss finden und zu den seltsam-
sten Conjecturen Veranlassung gegeben haben. Es sind dies Porphyrion und *Epopeus*; denn so und nur so ist das überlieferte *Epa-
phus* zu verbessern (S. 195); genau dieselbe Verschreibung findet
sich, und zwar constant in Fabel 7 und 8, Myth. Vat. I 97, II 74,
Schol. Pers. Sat. I 77, sowie Schol. Stat. Theb. IV 570.

Die Liste selbst lautet folgendermassen:

Enceladus   coems   elentesmophius   Astraeus   Pelorus
Pallas   Emphitus   † Phorcus   lenios   Agrius   † Alemone
Ephialtes   Eurytus   effracorydon   † Pheomis   Theodamas
Othus   Typhon   Polybotes   menephiarus   abaeus
colophomus   Japetus.

Hier können als sicher folgende Verbesserungen gelten: *coems = Coeus*
(Micyllus), *alemone*, d. i. *alcuone = Alcyoneus* (Bunte), *Erytus = Eurytus*
(Muncker), *Othus = Otus* (Mic.), *Phorcus = Rhoetus*, wo Schmidt bei
Rhoecus nicht stehen bleiben durfte (oben S. 200), *colophomus =
polyphemus* (Mic.) und *effr|aco|rydon* (d. i. *eUry...don* mit über-
geschriebenem und falsch eingereihtem *aco* d. i. *me) = Eurymedon*
(Bursian). Nicht minder deutlich scheint mir, dass in *ophius* der
besonders in der Spätzeit beliebte *Ophion* steckt, und dass eine
schlechterdings unentbehrliche, weil in den verschiedensten Phasen
des Mythus immer im Vordergrund stehende Figur, *Briareus*, in
der zweiten Hälfte von *mene|phiarus* zu suchen ist, mag auch der
Hekatoncheir schon, wie zu erwarten, in der Titanengeneration
genannt sein. An dem sich daran anschliessenden *abaeus* würde ich
weit eher als Ascus (Schmidt) den Alpus oder den ἀἀρεύς suchen,
wenn man nur nicht mit der Möglichkeit zu rechnen hätte, dass
hier wie manchmal bei Hygin sich zwei identische Worte in verschiedener Lesart nebeneinander geschoben [233], dass also auch hierin

---

[233] So z. B. ist S. 29, 9 Bunte, 11, 12 Schm. aphir'ap|c nichts als eine

Briareus stecke. So bin ich auch im Zweifel, ob *Emphytus*, ein an sich nicht anstössiger, obwohl unbezeugter Name mehr als eine blosse Variante von Eurytus repräsentire. Bezüglich des *elentenn* d. i. *elenteš*, glaube ich, dass darin nicht etwa der als Gigant ohnehin unbezeugte Brontes, wie man denken könnte, auch nicht der von Tzetzes genannte Bremes, sondern, nach dem was die Paläographie bei Hygin zu lehren pflegt, lediglich *orontes* (Orontes) zu suchen ist, ein in der Kaiserzeit viel genannter Gigant. Sehr räthselhaft erscheint *pheomis*. Entweder hat man es *pheonus*, *pheon* zu lesen, was auf *thoon* führen würde, den Apollodorschen Genossen des hier wiederkehrenden Agrius; oder, und dies ist das Wahrscheinlichere, es bedeutet *chromis*, einen jener Kentaurennamen bei Ovid M. XII 333, die von Giganten entlehnt sind (S. 250); auch ein Satyr heisst so Virg. Buc. 6,13. Ueber *lenios* lässt sich wenig sagen; Scheffers *Σθένιος* ist nicht bezeugt (nur *Ἀγα-σθένης* S. 32); es bliebe also höchstens *pallenius*, Palleneus, ein Name, den Hygin wie den Pelorus mit Claudian gemeinsam haben würde.

Das *mene* vor phiarus müsste, da die Einsetzung des *mimâ* nicht ohne Gewaltsamkeit möglich wäre, unerledigt bleiben, wenn sich nicht die Vermuthung aufdrängte, dass sich dahinter Menes d. i. Men(o)etius verberge, jener vierte Japetide, der, wie man sieht, in seiner Familie fehlt und ebenso leicht hierher verschlagen sein konnte, wie dor an dieser Stelle zu erwartende Porphyrion an den Anfang der Praefatio gerieth; es könnten sogar beide Verschiebungen mit einander im Zusammenhang stehen, da von dieser Stelle aus sowohl bis Porphyrion als bis zur Japetus-Familie die Entfernungen fast genau (ca. 120 Worte) übereinstimmen.

Den am Schlusse der Gigantenschaar stehenden Japetus mag ich, da er bei den Römern ziemlich gewöhnlich als Gigant vorkommt, nicht unter dem gleichen Gesichtspunkt betrachten; er ist entweder nachträglich angehängt oder er gehörte ursprünglich, da er bei Virgil G. I 278 vorkommt, zu der Gruppe Enceladus Coeus Astraeus [234]; denn was diese anbetrifft, so war für die Zusammenstellung der beiden ersten Aeneis IV 179 massgebend und für die Nennung des Astraeus nicht minder, da zu einer berühmten Stelle des ersten Gesanges V. 132 die Commentare besagten: *Astraeus enim unus de*

schlechtere Lesart von Asterie und Fab. 67 gegen Ende *id iremales senex* nur ein doppelter Ansatz zu *idem ille senex.*

[234]) Man hüte sich, mit Schmidt zu corrigiren.

Titanibus, qui contra deos arma sumpserunt. (Serv., Myth. Vat. I 183).

Legt man diese Beobachtungen zu Grunde, so ergiebt sich ein merkwürdiger Umstand; das nunmehrige Verzeichniss lautet nämlich so:

Enceladus	Coeus		Orontes	Ophion
Astraeus	Pelorus		Pallas	(Emphytus?)
† Phorcus	Palleneus		Agrius	Alcyoneus
Ephialtes	Eurytus		Eurymedon	† Pheomis
Theodomas	Otus		Typhon	Polybotes
Mene Briareus	† Abseus		Polyphemus	[Japetus]

Trennt man hier die Eckgruppe Enceladus, Coeus, Astraeus los und theilt parallel mit der sich bildenden treppenförmigen Abstufung die übrigen Namen ein, wie es hier angedeutet ist, derart als ob Columnen durch schräges Schreiben in einander gerathen seien, so gewinnt es den Anschein als ob eine alphabetische Anordnung versucht worden wäre:

Mene

		Briareus	† Abseus
Orontes	Ophion	Agrius	Alcyoneus
Pelorus	Pallas	Ephialtes	Eurytus
† Phorcus	Palleneus	Eurymedon	
† Pheomis	Polybotes		
Polyphemus			
Theodamas	Otus	Typhon	
Porphyrion		Epopeus	

Doch brauche ich nicht erst zu sagen, wie sehr dieser Schein trügen könne.

3. Sonderbare Namen giebt den Giganten, deren Zahl er auf 100 angiebt, Joh. Tzetzes in der schon mehrfach berührten Dichtung, die noch niemals eine genauere Prüfung erfahren hat. Wenn Tzetzes in dieser Theogonie, die Bekker (Abh. d. Berl. Ak. 1840) aus einem cod. Casanatensis und Matranga (Anecd. gr. II 577) aus einem Vaticanus herausgegeben [235], nichts thäte als die hesiodische Dichtung

---

[235] Cod. C. hat nicht die zahlreichen, leicht zu hebenden Verderbnisse wie V, also 82 (ich citire nach V) ταύταις C τούτοις V 134 Ἰρίδα C Ἑρίδα (aus Εἰρίδα) V 137 Κητοῖ C Ἀητοῖ V 177 ἤδη δὲ C ᾗ δὲ καὶ V 181 Ἀσία C Ἀδία V 186 Κρίῳ C Κοίῳ V 204 Κούρησι C Κούρσισι V 244 Σινυῶνα C σινυ V 328 Εἰληθυίας C Εἰλημένης V; aber dieser Glätte sind auch manche richtigen Lesarten zum Opfer gefallen, so 334 τὸν Κύρυβίην V τὴν Εὐρυβίην C 145 κυκλοτιδεῖς μονόδοντις V (danach ist bei Aesch. Prom. 793 zu verbessern) κυκνοτιδεῖς μονόδοντοι C. Einige Lücken zeigt C 10 und 39, ein Versehen 58 ἐννάτη.

in seine geschwätzigen Klapperverse zu übertragen, so würden wir
der Mühe überhoben sein. Aber er hat diesem Ergusse seiner $\psi v \chi \acute{\eta}$
$\lambda \alpha \mu \pi \varrho \grave{\alpha}$ $\beta \alpha \sigma \acute{\iota} \lambda \iota \sigma \sigma \alpha$, wie er bescheiden sagt, Angaben beigemischt, die
nicht aus dem zweifelhaften Schatz seiner Gelehrsamkeit, sondern theils
aus Lexicis, theils aus einem vor ihm aufgeschlagenen Leitfaden der
Götter- und Heldengeschichte stammen müssen. Schon der Umstand,
dass er das Chaos und die übrigen kosmogonischen Urmächte über-
gehend gleich mit Uranos und Ge anfängt (v. 49), verräth diese halb
unwillkürliche Einwirkung um so deutlicher, als er nachher v. 111,
um dem Hesiod 116—132 und seiner Nyxfamilie folgen zu können,
genöthigt ist, wohl oder übel die Chaos-Gruppe mit der Nyx nachzutragen. Sehr bemerkenswerther Weise begegnet v. 57 ein System
von 13 Titanen, 6 männlichen und 7 weiblichen, also dieselbe ge-
zwungene, jeder Analogie spottende Ordnung wie bei Apollodor; aber
nicht Dione ist hier als siebente aufgenommen, sondern Eurybie,
die Gattin des Kreios, die, um das paarweise Auftreten der Titanen
möglichst durchzuführen [336], an dieser Stelle passender schien, als in
der Pontosfamilie, wo sie entbehrlich war; wobei man die unbequeme
Dione, unter der man sich nichts anderes als Aphroditens Mutter
zu denken wusste, loswurde. Die Aenderung ist nicht durchaus ungeschickt und sicherlich nicht von Tzetzes gemacht, demselben, der
v. 334 aus Hesiods $T\varrho \acute{\iota} \tau \omega \nu$ $\varepsilon \dot{\upsilon} \varrho \beta \acute{\iota} \eta \varsigma$ einen $E \dot{\upsilon} \varrho \beta \acute{\iota} \eta \varsigma$ macht, weil er
Tritonen nur in der Mehrheit, als Gattungsnamen kennt. Eine An-
schauung ferner, die nicht aus Hesiod, aber auch nicht aus Apollodor
zu entnehmen war, sind v. 67 die $\gamma \alpha \sigma \tau \acute{\varepsilon} \varrho \varepsilon \varsigma$ $\pi \varepsilon \nu \tau \acute{\eta} \varkappa o \nu \tau \alpha$ der Hekatoncheiren, die auch Plutarch und Virgil (S. 122, 160) bezeugen.
Ohne dieses Beispiel würde man v. 287 die Schilderung des Typhon
mit vielen Thierköpfen, die ihren Beleg allerdings bei Nonnos (S. 235).
findet, leicht für eine ungenaue Wiedergabe von Hes. 289 ff. halten.
Am deutlichsten tritt die Benutzung compendiarischer Hülfsmittel,
welche im Uebrigen genaue Anlehnung an Hesiod nicht ausschliesst [337],

---

[336]) Vgl. Clem. Rom. recogn. X 7, 316 (der die männlichen Titanen von
Uranos, die weiblichen von Ge stammen lässt): *Oceanus, Coeus, Crios, Hyperion, Japetos, Cronos — Theia, Rhea, Themis, Mnemosyne, Thetis, (d. i. Tethys),
Phoibe. Ex his omnibus qui primum fuerat e Coelo natus primam Terrae filiam
accepit uxorem, secundus secundam, et ceteri similiter per ordinem.* Hier ist
irrthümlicher Weise als Thatsache ausgesprochen, was bei Tzetzes nur
angestrebt wird.

[337]) Kleine Ungenauigkeiten finden sich 112, wo die Reihenfolge nicht
ganz mit Hes. 123 ff. stimmt, und der kosmogonische Eros wohl, um nicht

v. 80 ff. und 117 ff. zu Tage. An der ersten Stelle werden zugleich
mit den Erinyen, die natürlich ihre nachhesiodischen Namen erhalten,
die schädlichen Telchinen [238] geboren und es werden aus Bakchylides
und ,Anderen' abweichende Genealogien beigebracht. Am zweiten
Ort werden die in der Theogonie namenlosen Hesperiden mit denjenigen vier Einzelnamen genannt, wie sie in einem unter Hesiods
Namen gehenden Heldengedicht vorkamen [239] (Serv. Aen. IV 484) und
zwar mit dem in einer Hesiod-Paraphrase verrätherischen Zusatze:
κατὰ (δὲ) τὸν 'Ησίοδον αἱ 'Εσπερίδες αὗται. Weiterhin mag mit
den hundert Giganten und den 34 sehr ungleichwerthigen Namen
sich Jeder abfinden wie er kann; bei den Melischen Nymphen aber,
die Tzetzes mit Namen zu nennen weiss [240], verwechselt er offenbar
Μελίαι und Μέλισσαι. Ganz neu endlich und nur bei Tzetzes zu
finden (vgl. zu Lykophr. 1277) ist der Name Axiothea, den des
Prometheus Gattin führt.

Abgesehen von der Einmischung des Aeschyleischen Prometheus
(145 [Aesch. 793] 230. 237. 253. 288) und der Hesiodischen Erga (255:
E. 84) glaube ich noch eine fremde Spur in der Titanomachie zu erkennen. Tzetzes, der vorgreifend schon bei der Befreiung der Kyklopen
den Titanensturz, den er später nach Hesiod erzählt, kurz berichtet,
leitet den Prometheus-Conflict mit den Worten ein: πάντας τιμήσας
τοιγαροῦν ὁ Ζεὺς τοὺς συνεργοῦντας. Aus der entsprechenden He-
siodpartie, wo schon von der Auseinandersetzung mit den Menschen,
nicht mehr der Götter unter einander die Rede ist, konnte er dies
nicht entnehmen, sondern höchstens aus der Styx-Episode, wie 221
zeigt. Aber die Styx-Geschichte pflegte schon lange vor Tzetzes mit
ähnlichen Worten an den Titanensturz geknüpft zu werden; das zeigt
eine allgemeine Vergleichung der oben beigebrachten Scholien (S. 165),
speciell die unhesiodische ἐπιβουλὴ der Titanen gegen Zeus, die

mit dem unmittelbar vorangehenden Sohn der Aphrodite (nur einer ist genannt) zu collidiren, gänzlich ausgelassen ist; ferner 204, wo, wie zu erwarten, die Kureten eingeschoben sind; 304 ff. ist Homer berücksichtigt u. A.

[238]) V. 84 u. 87 wie in den Chiliaden VII 124., 126, wo für 'Ατλας
richtiger 'Ανταῖος steht.

[239]) Kinkel Ep. fr. 261 setzt das Frgmt. auf eine haltlose Bemerkung
Göttlings hin unter die unechten. Die bei Tzetzes verdorbten Namen
lauten in der hesiodischen Reihenfolge (vgl. Apollod. II 5, 11) Αἴγλη 'Ερύθεια
'Εσπερία 'Αρέθουσα.

[240]) Zwei davon lauten †Βρώμη †Βρισθώ C Κρόμνη Κρηθώ V. Κρηθώ ist
richtig, was in Κρόμνη steckt, weiss ich nicht.

gerade hier (v. 218) wiederkehrt. Die Vertheilung der Herrschaft
unter den Göttern, die bei Tzetzes so nahe mit dem Fest von Mekone
(244) zusammenkommt, dass dieses wie ein Theil oder die Fortsetzung
von jener aussieht, geschah in der späteren Literatur gewiss meist
in dem Sinne wie bei Kallimachos fr. 465, d. h. in der Stadt Sikyon
und nach dem Kampfe.

Soviel über den Charakter dieser Theogonie, in den die Giganten-
liste nur zu gut hineinpasst. Hier ist sie.

> *Ἀλκυονεύς, Ἐγκέλαδος † Βρέμης καὶ Πυρφρίων,*
> 90 *Ὦτος καὶ Μίμας σὺν αὐτοῖς, σὺν τούτοις Ἐφιάλτης,*
> *Τυφῶν ὁμοῦ καὶ † Παλαντεύς, Αἰγεύς σὺν Ἱππολύτῳ*
> *Εὐρύβατος καὶ Ἄσωλος, Νηρεύς ὁμοῦ καὶ Τρίτων,*
> *Ἀργεῖος, Τυῶλος, Μηκιστεύς, † Ἀντέας καὶ Πανόπτης,*
> *Ἄντλας Καινεύς τε † Καπηλεύς, Ἀγχίαλος, Μουσαῖος,*
> 95 *Αἰγαίων, Γλαῦκος καὶ Ἀλκεύς, Ἐλυτίος † καὶ Βοώτης,*
> *Ἀλάστωρ Ὑπερίδης τε, Κελάδων, Ἀγαμήστωρ.*

cod. V: 89 *Βρέμης* 91 *Παλλαντεύς* 92 *Ἄσβολος* 93 *Μῶλος* . *Ἀνταῖος;*
94 *Εὐτλης Καινεύς τε καὶ Πηλεύς, Ἀγχίλαος* 95 *τε καὶ Βώτης*
96 *Ὑπερίδης τε καὶ Λάδωρ.*

Da wir es mit dem Hesiod-Commentator zu thun haben, so
sind die ersten sechs Namen unbedingt an dem entsprechenden Scho-
lion zu Hes. Theog. 185 zu messen, welches den *Alkyoneus, Enkelados,
Porphyrion, Mimas, Obrimos* und *Φοῖτος* oder *Φροῦτος* (d. i. *Ῥοῖτος*
S. 200, 98) als die bekanntesten Giganten aufführt; danach fällt
Brimes und Bremes ohne Weiteres als Corruptel von *Obrimos* fort.
Die weitere Forderung, welche sich ergiebt ist die, von dem ange-
hängten Ephialtes abzusehen und den nunmehr isolirten *Ὦτος* mit
Φοῖτος in Ausgleich zu bringen, wobei sich denn die Wage natürlich dem zweiten zuneigt. — Das folgende *Παλλαντεύς* als Neben-
form von *Pallas* ist mir nicht so wahrscheinlich wie *Παλλαντεύς*
(S. 252) sein würde. Den Aigeus brachte Tzetzes durch Missverständniss von Lykophr. 495 herein, wie schon aus dem Commentar
zu ersehen; der Name Hippolytos, den er bei Apollodor las (S. 202)
konnte ihn darin nur bestärken. Eurybatos und *Ὦλος,* wenn so
dastände, würden die Kerkopen sein, die Lykophron 691 auf den
Gigantoninseln hausen lässt, und deren Mutter Theia (Zenob. V 10,
Paroemiogr. I 119 L.) an die Titanin erinnern musste; so acceptabel
die Variante *Asbolos* als Name von Kentauren (Hes. scut. 185 François-

17*

Vase Mon. d. J. IV 56) aussieht, das paarweiso Auftreten der Namen,
welches gerade in diesen zwei Versen herrscht, lässt uns um die
beiden Zwerge nicht herumkommen und nöthigt, entweder ein Variante resp. schlechte Lesart *Asolos* anzunehmen, die Tzetzes vorfand,
oder die Umstellung *E. Ὠλός τε καὶ* vorzunehmen. — Nereus und
Triton sind für uns Nonsens; und damit müssen wir uns begnügen.
Argeios ist wieder ein Kentaurenname (Diod. IV 12), Tmolos sogar
mythologisch werthvoll (S. 248), wie nachher Musaios (S. 45). Me-
kisteus der ,Grösste‘ kann bedeutungslos sein, aber auch mit dem
als Gigant vorkommenden Euryalos in Zusammenhang stehen; die
beiden [241] begegnen bekanntlich in ganz anderem Kreise als Vater
und Sohn. — Die Form Antaios hatte schon Wieseler erwartet; auch
Panoptes, vom Argos hergenommen, überrascht nicht, wenn einmal
nach Riesennamen gesucht wird; nur soll man die Mythen nicht
durcheinandermengen. Im Folgenden zeigt sich recht, wie sehr in
der Behandlung dieses Textes das gemischte Verfahren geboten ist,
auf welches uns die Vergleichung der beiden Codices hinführte.
Antlas (l. Atlas) ist beizubehalten, dagegen aus V Peleus aufzunehmen;
Ἀγχίαλος (aus der Pallenischen Localität wie der Pergamener *Ὀχ-
θαῖος* hergeleitet) ist in C, Botes (l. Butes S. 185) in V besser erhalten, während mit Keladon (S. 215) sich wieder C behauptet.
Glaukos gehört zu den hier räthselhaften Meergöttern, die nur grober
Missverstand mit Aigaion verbinden konnte; die übrigen verlieren
sich ins Allgemeine.

---

[241]) s. S. 28; über den Lapithen Kaineus 16.

II. BILDWERKE.

Wie bereits im Eingang angedeutet wurde, strebt die ganze Entwickelung der Titanenmythen auf die Gigantomachie hin, die auch allein, ausser dem Typhon-Kampf, zu bildlicher Darstellung kam. Nur um diese kann es sich im Folgenden handeln; die Kronos-, Prometheus-, Atlas-Monumente wird man ohnehin darin nicht suchen; wir würden sonst schliesslich auch auf Pandora, auf Rhea, Mnemosyne und Themis gerathen, die mit demjenigen Titanen-Element, welches den Stoff zu den Götterkämpfen lieferte, nichts zu thun haben.

A. Untergegangene Bildwerke.

1. Das eine Giebelfeld an dem Ol. 93 zerstörten Zeus-Tempel von Agrigent[1]. Das andere enthielt die Ilupersis. Diod. XIII 82. Dass die Darstellung sich, trotzdem das Dach niemals fertig geworden, am Giebel befand und nicht an den Metopen, beweisen zur Evidenz die kolossalen Verhältnisse der gefundenen Reste, von denen uns ausser einem weiblichen Untergesicht hauptsächlich ein Blitz interessirt. Dass das Werk aus der Zeit vor der Zerstörung, also aus dem 5. Jahrhundert stammte, ist eigentlich kaum zu bezweifeln, auch wenn Hittorfs Annahme einer constructiven Verbindung mit der Architectur nicht erweisbar sein sollte (s. Overb. K.-M. Zeus S. 359).

2. Heraion in Argos: ob Giebel oder Metopen, lässt sich nicht entscheiden. Paus. II, 17: ὁπόσα δὲ ὑπὲρ τοὺς κίονάς ἐστιν εἰργασ-

---

[1] Welcker A. D. 1, 195.

μένα, τὰ μὲν ἐς τὴν Διὸς γένεσιν καὶ θεῶν καὶ Γιγάντων μάχην ἔχει, τὰ δὲ ἐς τὸν πρὸς Τροίαν πόλεμον καὶ Ἰλίου τὴν ἅλωσιν. Hier kann der erste Satz (τὰ μὲν) auf die beiden Giebel gehen, der zweite (τὰ δὲ) auf die Metopen; ebenso möglich ist es aber auch, dass jeder Satz eine Frontseite bezeichnet, die Giebel mit den Metopen darunter. Da nun die auf die Zeusgeburt bezüglichen Darstellungen wie z. B. Rhea mit dem Stein von Kronos die das Kind pflegenden Nymphen (mit Ziege), die unmöglich fehlende von den das Kind umtanzenden Korybanten (in der Regel zwei oder drei) ungleich besser Metopen als Giebel füllen[2], so würde auch der zweite der angenommenen Fälle uns auf eine Gigantomachie im Giebelfeld führen.

3. Euripides im Ion 205 lässt den Chor an dem Apollotempel in Delphi die Gigantendarstellungen bewundern; Athena im Kampf mit Enkelados, Zeus mit Mimas, Dionysos mit anderen. Der Ausdruck σκέψαι κλόνον ἐν τείχεσι λαΐνοισι Γιγάντων, sowie die Zusammenstellung mit Bellerophon- und Heraklesthaten scheint auf Metopen zu deuten: die Giebel enthielten ohnehin andere Gegenstände. Klinkenberg (Euripidea, Aachen 1884 p. 8) will vielmehr den Cella-Fries erkennen, wozu aber das stoffliche und künstlerische Material der Gigantomachie damals noch nicht ausreichte, wenn es sich nicht etwa nur um eine Vorderwand handelte.

4. Eine Gruppe zu Athen im Kerameikos (Paus. I 2, 4). Poseidon zu Pferde gegen einen Giganten kämpfend; ein Gegenstand, der uns in zwei verschiedenen Compositionen vorliegt.

5. Das Attalische Weihgeschenk in Athen, von dessen Gigantomachie[3] noch ein todter Gigant[4] übrig zu sein scheint.

6. Ein Kolossalrelief in Tarent, welches Fabius Maximus i. J. 209 v. Chr. dort sah, aber unberührt liess. Liv. XXVII 76: *tum a caede ad diripiendam urbem discursum. milia triginta servilium capitum dicuntur capti, argenti vis ingens facti signatique, auri octoginta tria milia pondo, signa et tabulae, prope ut Syracusarum or-*

---

[1] Denselben Grund macht Overbeck K.-M. Zeus S. 324 geltend. Vgl. Plast. I² 403.

[2] In dem von Bücheler Rh. Mus. XXVII 476 behandelten Zeugniss finde ich keine specielle Beziehung auf diesen Theil des Weihgeschenks, wenn man nicht die bestechende Conjectur von Michaelis Paus. arc. descr.² p. 20, 10 gelten lassen will; s. Koepp de gigantom. 53, 1.

[3] Friederichs-Wolters 1407.

namenta aequaverint. Sed maiore animo generis eius praeda abstinuit Fabius quam Marcellus; qui interroganti scribae, quid fieri signis vellet ingentis magnitudinis — di sunt, suo quisque habitu in modum pugnantium formati — deos iratos Tarentinis relinqui iussit. Aus dem beschreibenden Präsens, welches der Autor der Autopsie oder seiner literarischen Quelle verdanken kann, wird man nicht mit Urlichs (Griech. Statuen in Rom. Würzbg. 1880 S. 4) folgern, es sei auch nur ein Theil des Werkes früher oder später nach Rom gekommen. Dahingegen scheint sich deutlich zu ergeben, dass die Reliefs von Bronze waren; nur auf Metall war es abgesehen. Wie hätte auch der scriba an den Transport riesiger Steinplatten denken können! Vielleicht hingen sogar, was die Loslösung und Beförderung noch leichter erscheinen liess, die Figuren nicht einmal mit einem bronzenen Grunde zusammen, sondern waren auf einen farbigen Marmorgrund aufgesetzt, was die Wirkung nur heben, Guss und Kosten erleichtern konnte. Man kann sich diese Technik an der Theseusgruppe des Berliner Antiquariums [5] leicht vergegenwärtigen. Die nachfolgende Nummer 8 giebt allem Anschein nach ein weiteres Beispiel dafür. Es empfiehlt sich noch der Hinweis, dass wir uns hier ungefähr im Vaterlande des Naevius, im Gebiete des Typhon-Mythus und der frühesten Monumente mit mischgestaltigen Giganten befinden, und dass das herbe Witzwort des Fabius minder gezwungen klingen, das Hervortreten der Götter vor der Gegenpartei einleuchtender sein würde, wenn diese aus Schlangenfüsslern, nicht menschlichen Kämpfern bestand; eines der ältesten griechischen Monumente unseres Vorraths, wo die Giganten diese Gestalt zeigen, ist selber tarentinisch; es ist die Vase mit den Henkelmedaillons.

7. Das Bildwerk beim oder am Tempel des Jupiter Tonans in Rom; s. Stark Gigantomachie auf ant. Reliefs. Overbeck K.-M. Zeus S. 380.

Claudian De VI. consulatu Honorii Aug. 44:

iuvat infra tecta Tonantis
cernere Tarpeia pendentes rupe Gigantes.

Der von Jeep Rh. Mus. 27, 269 textkritisch wie sachlich stark misshandelte Ausdruck lässt verschiedene Auffassungen zu; am ansprechendsten ist die von Koepp; s. Münzen No. 6.

8. Ein Relief in Konstantinopel, an welchem Themistios or. XIII

---

[5]) Conze 38, Berlin. Winckelm.-Progr.

p. 217 (Dindf.) ausser der verschiedenartigen, bald menschlichen bald halbthierischen Erscheinung und ihren dementsprechend verschiedenen Waffen nur die Theilnahme von Eros und Aphrodite hervorhebt, wie es das Thema seiner Rede mit sich bringt. Die nähere Bezeichnung des Sculpturwerkes lautet: εἰκών ἐν χαλκῷ πεποιημένη ἀντὶ κρηπίδος τοῦ βουλευτηρίου. Wieseler S. 158, 84 lässt zwar die Beziehung auf Reliefs gelten, glaubt aber, dass sie sich nicht an dem Bau selbst befanden, sondern gegenüber aufgestellt waren. Diesen Sinn erzielt er durch Veränderung des ἀντὶ in ἀντικρύς und Beseitigung von κρηπίδος, die danach allerdings nöthig würde. Aber schon die sprechende Analogie des Pergamenischen Altarbaus müsste uns heute abhalten, an dem letzteren Wort zu rütteln. Die Frage ist nur, ob ἐν τῇ κρηπίδι dastand, oder ob der sinnlich ansprechende und technisch treffende Begriff des Gegenlehnens, der sich auch durch πρὸς τὴν κρ. hätte geben lassen, in dem Ueberlieferten einen correcten Ausdruck findet. Mit der flachen Uebersetzung ,anstatt' möchte ich mich nicht zufrieden geben.

9. a) Nur sehr zweifelnd kann man die Scene des Amykläischen Thrones hierherziehen, die nach Paus. III 18, 7 (11) Herakles' Kampf gegen den Giganten Thurios vorstellte. Thurios ist sonst nicht bekannt und könnte höchstens einer jener frei erfundenen Gigantennamen sein (S. 252). Aeschylos Prom. 358 (Kirchh.) sagt Τυφῶνα θοῦρον, aber er gebraucht dies Adjectiv auch sonst nicht eben selten. Im Uebrigen setzen wir voraus, dass in der fehlerhaften Ueberlieferung des Pausanias Ἡρακλέους μάχη πρὸς Θούριον † τῶν γιγάντων (l.: ἵνα τῶν γιγ.) nicht etwa der Name selbst einen Fehler enthält, und etwa ΠΡΟΣ ΠΟΡΦΥΡΙΩΝΑΕΝΑ dastand, wobei Anfang und Ende des Namens von den Nachbarworten verschlungen wären. Allein Herakles im Einzelkampfe mit einem der Giganten ist überhaupt nie dargestellt worden; es sind wohl Riesen, die er bezwingt, Geryoneus, Alkyoneus, Antaios, aber sie gehören nicht zu unserer Schaar. Entweder war also der Gegner riesenhaft gebildet, dann ist am ehesten an Alkyoneus zu denken; oder er war schlangenfüssig und deshalb nannten ihn Pausanias' Gewährsmänner, denen diese Gestalt für Giganten charakteristisch war, einen Giganten; in diesem Falle würde aber die wahre Bedeutung sich sofort ergeben: in der Zeit des Amykläischen Throns kann mit einem schlangenfüssigen Gegner des Herakles nur Triton gemeint sein, ein beliebter Gegenstand der archaischen Kunst.

b) Umgekehrt stellt sich die Frage bei einer Scene des Kypseloskastens, die man dem Bericht des Pausanias entgegen, für den Kampf
von Zeus und Typhon in Anspruch nehmen will. Indem ich hierfür
auf das nächste Capitel verweise, wende ich mich zu den beiden
wichtigsten Darstellungen, den eigentlichen Repräsentanten unseres
Sujets in der klassischen Zeit.

10. Die Innenseite des Parthenosschildes (Plin. N. H. 36, 18).
Die Frage ist, ob die ganze Innenfläche von Figuren bedeckt war,
wie die Vorderseite vom Amazonenkampf, oder ob sich die Darstellung
nur um den Rand herumzog, wofür Overbeck (Zeus 357) den Ausdruck
deorum et Gigantum dimicationes als auf eine Reihe Einzelkämpfe
deutend ins Feld führt. Ich möchte zunächst die Nachahmung bei
Sidonius c. XV 17 constatiren, wo der Schild der Athena mit der
Gigantomachie verziert ist. Die Darstellung, welche die Giganten
gegen die Höhe anstürmen lässt, bewegt sich allerdings in den der
Spätzeit gewohnten Formen, wie sie in diesem Falle Claudian an die
Hand gab (S. 205), doch geht Purgold [6] wohl zu weit in der Vorsicht, wenn er die Reminiscenz an ein so berühmtes Werk wie die
Parthenos abweist, bloss weil Sidon die Gigantomachie noch einmal
bei Athena c. VI 15 und ausserdem noch in c. IX 73 anführt. Ein
Gegenbeweis liegt schon darin, dass Athenas Kampf mit einem
schlangenfüssigen Giganten, wie ihn Claudian [7] als am Helm der Göttin
befindlich beschreibt, worin Purgold wieder nur einen naheliegenden
Gedanken sieht, als Relief am Helm sowohl in anderen Beschreibungen (Quint. Smyrn. V 102) als auch an erhaltenen Exemplaren
thatsächlich vorkommt [8]. Schon die voraugusteischen Dichter haben,
natürlich nach griechischem Vorbild, diese Art von Waffenverzierungen
aufgebracht. Was für ein Geräth es bei Accius ist, worauf *Pallas
bicorpor anguium spiras trahit* (Ribb. scen. poes. I² 176 v. 307),
ist nicht mehr zu erkennen. In dem Punierkrieg des Naevius aber,
wo die Worte vorkommen:

> inerant signa expressa quomodo Titani
> bicorpores Gigantes magnique Atlantes
> Purpureus atque † Rhuncus [9] filii Terras,

wird man zunächst immer an einen Schild denken müssen, wie man

---

[6]) Arch. Bemerkungen zu Claudian u. Sidonius S. 105.
[7]) Es ist die schwierige Stelle rapt. Pros. II 21.
[8]) Bronzehelm in Neapel. Mus. Borb. X 31.
[9]) So Fleckeisen für *Rhuncus atque Purpureus*. Vgl. S. 200, 98.

sich denn auch sogleich an das *ἐν δ' ἴσαν* der herkömmlichen Schild-
beschreibungen erinnert sieht. Des Silius Punica beschreiben ausführlich den Schild des Hannibal, allerdings nach dem Muster des
Aeneas-Schildes. Interessant ist dabei aber, dass auch die Innenseite (II 432) zu ihrem Rechte kommt. Das entsprach nur der griechischen Sitte. Denn selbst in dem beschränkten Bilderkreise, den
unser Thema vorführt, begegnen auf den Vasen des vierten Jahrhunderts wiederholt Schilde, die innen mit Kampfbildern geziert
sind. Wo dieselben am deutlichsten ausgeführt sind, glaubt man
sogar die Gigantomachie selber zu erkennen, wie dies auf der grossen
Neapeler Vase 2883 (vgl. Overb. Z. 370 b) der Fall ist.

Ich dächte diese Beispiele sprechen deutlich genug. Die Innenfläche des grossen Parthenos-Schildes wurde durch die Burgschlange,
die unterwärts zusammengeringelt sich schlank emporreckte [10], nur
wenig bedeckt, vielleicht gar nicht, wenn sich das Thier mehr der
Lanze anschmiegte. Kein Theil der Statue war den Tausenden von
Besuchern so nahe vor Augen. Und eine so grosse Fläche sollte der
Künstler, der sogar die Schuhsohlen der Göttin mit seinem ver-
schwenderischen Figurenreichthum ausstattete, kahl gelassen haben,
um dieselbe mit einer Reihe kleiner, grossentheils auf dem Kopf
stehender Scenen zu umziehen? Eine Persönlichkeit von diesem
revolutionären Beruf, mit deren Auftreten, wie auch in den Formen
der Götterkämpfe zu beobachten, die jahrhundertalten Traditionen
wie abgeschnitten erscheinen, sie hätte sich eine solche Gelegenheit
entgehen lassen sollen, an Stelle der einförmigen Monomachien auf
ebener Erde, wo sich das titanische Unternehmen von gewöhnlichen
Heroenkämpfen kaum unterschied, den Ansturm der Erdgeburten'
gegen den Himmel zum sichtbaren Ausdruck zu bringen? Wir können
aber noch weiter gehen und sogar eine directe Nachbilduug auf einer
Vase des vierten Jahrhunderts erkennen. Denn wenn wir auf dem
erwähnten Gefäss, das zu einem stufenweisen Herabkommen
der kämpfenden Götter (nach Art der Melischen Amphora) eine so
geeignete Fläche bot, statt dessen — ein völlig beispielloses Schau-
spiel — die anstürmenden Giganten von einem regelrechten Halbkreis, dem Himmelsbogen umzogen sehen, auf welchem sich die jetzt
grösstentheils weggebrochenen Götter befanden, flankirt rechterseits

---

[10] S. die von Michaelis Paus. arc. descr. p. 17 b verglichene Servius-
Stelle und Ath. Mitth. VI S. 63.

von dem mit seinem Viergespann auftauchenden Sonnengotte, links
von der abwärts reitenden Selene, so muss man sich wundern, in
alldem die Spuren des Pheidias so lange verkannt zu sehen[11]. Natürlich hat man sich am Original, welches schon in klassischer Zeit
zuweilen copirt wurde (Paus. X 34, 8), die Zahl der Olympier den
Raumverhältnissen gemäss grösser und die Lichtgottheiten an tieferer
Stelle zu denken, wo sie dem das Rund vollendenden Meer entstiegen,
das mit seinen göttlichen und animalischen Bewohnern von jeher
einen beliebten Schmuck des Schildrandes bildete.

11. In den Peplos, welcher an den grossen Panathenäen der
Athena in Procession dargebracht wurde, pflegte bekanntlich die
Gigantomachie eingestickt oder -gewoben zu werden. Leider sind
wir über die Details dieser nach so vielen Richtungen wichtigen
Schaustellung höchst ungenügend unterrichtet. (Vergl. Michaelis
Parthen. Zeugn. 151 ff.) Wir hören von dem Rollschiff, welches
mindestens in der Kaiserzeit das als Segel aufgespannte Pracht-
gewand der Burg zuführte. Wir ersehen aus der lateinischen Nachdichtung eines Philemon'schen Stückes, wie im 4. Jahrhundert aus
Stadt und Land Alles zusammenströmte, um wenigstens diesen Höhepunct des Nationalfestes mitanzusehen. (Vgl. a. Plato, Z. 148.) Am
häufigsten sind die Erwähnungen im letzten Viertel des 5. Jahrhunderts
bei Euripides Hek. 471, Aristophanes Ritt. 566 Vög. 827, Strattis
fr. 30. 69 (Kock). Dies sind aber auch zugleich die Frühesten, die
von der Sache aus eigner Anschauung sprechen. Alle andern Daten
sind nur auf Umwegen zu erreichen. Steht es doch nicht einmal
fest, ob das Weihgewand der Polias oder der Parthenos galt! Die
Zeugnisse sprechen immer nur von der Polias, woran denn auch
die meisten Neueren festhalten. Allein seit der Errichtung der Parthenos führt in den Inschriften diese den Titel Polias und tritt
‚das alte Bild‘ im Erechtheion in den Schatten. Dieser Sprachgebrauch, der schon für Aristophanes vorauszusetzen ist, kann und
muss auch auf die historische Literatur zurückgewirkt haben, wie
dies z. B. Clemens Al. protr. IV 41 P.[12] unwidersprechlich beweist.
Auch ist es undenkbar, dass das umständliche, mühsame, viele
Hände beschäftigende Hinaufziehen am Gestell, wovon Strattis spricht,

[11]) Ich habe Prof. Robert gegenüber, der auf die Schilde der Melischen
Vase verwies, wiederholt auf diese nähere Quelle hingewiesen, und freue
mich, darin mit Kuhnert (Roscher's Myth. Lex. 1659) zusammenzutreffen.

[12]) Overbecks Schriftquellen No. 652.

und der Vergleich mit einem Segel dem Gewand des alten, höchstens menschengrossen Xoanon galt, welches mit Leichtigkeit ein
Einzelner wie heut eine Processionsfahne getragen hätte. Um solchen
Röckchens willen wären die Völker Griechenlands nicht zusammen-
geströmt, es hätte sich auch nicht in ambulando in Augenschein
nehmen lassen. Die Gewandmasse war auch nicht etwa in doppelter
Länge mit Vorder- und Rückenseite ausgespannt, sondern, wie ausdrücklich gesagt wird, über ein T-förmiges Gestell gehängt, dessen
Querbalken also den Schultern entsprach. Zum Ueberfluss sagt der
Dichter der Ciris v. 30 geradezu *magna Giganteis ornantur pepla
tropaeis*. Man würde sich in der That schwer zu der Annahme
verstehen, dass die Procession am Parthenonfriese einem andern
Tempel gelte, so wenig wie die schwere Gewandmasse, die man
dort in der Hand des Priesters sieht [13], dem alten Xoanon gehören
kann. — Aber dies Alles gilt nur für die Zeit seit dem letzten
Drittel des 5. Jahrhunderts. Wie war es vorher? Ich bin der An-
sicht begegnet [14], dass von dem Perikleischen Bau die Peplossitte
überhaupt datire, weil sich in die Zeit nach dessen Eröffnung die
Zeugnisse zusammendrängen, die den Peplos als Stolz Athens feiern.
Mir scheint es von vornherein unglaublich, dass sich die Perikleische
Zeit einen solchen Eingriff in das Sacralwesen gestattet haben sollte.
Anscheinend besitzen wir ja für diese Sitte ein Anfangsdatum in der
Notiz der Paroemiographen I p. 22. 197 L., wonach Helikon und
Akesas πρῶτοι τὸν τῆς Πολιάδος Ἀθηνᾶς πέπλον ἐδημιούργησαν.
Wenn Alexander der Grosse noch einen Ueberwurf von der Hand
eines dieser Webekünstler bei festlichen Gelegenheiten trug (ἔργον
Ἑλικῶνος τοῦ παλαιοῦ [15] Plut. Alex. 32), so würde sich das Alter
so gediegener, kostbarer Textilwerke, wenn man wollte, mit Leichtigkeit auf anderthalb Jahrhunderte und mehr taxiren lassen. Indessen
ist auf die antiken Angaben über technische Erfindungen niemals
viel Gewicht zu legen, und die Frage *quis quid primus fecerit* hat
die Peripatetiker zwar viel beschäftigt, aber wenig ernsthafte Resultate herbeigefördert. Man ersieht nur, was man auch sonst weiss
(Athen. II 48 B), dass diese Künstler durch Einweben ihrer Namen

---

[13]) Ich verstehe die Scene so, dass hier der Peplos der letzt vorangehenden Panathenäen bei Seite gelegt wird.

[14]) bei Prof. Robert.

[15]) Das Gewicht dieses Beiwortes ist nicht zu überschätzen; vgl. z. B.
παρὰ τὸν παλαιὸν Ἡρόδοτον.

sich derjenigen Vergessenheit entzogen, der die Meisten, welche sonst an dem Peplos arbeiteten, anheimgefallen sein werden. Ihren Ausgang nahm die Peplossitte jedenfalls bei dem alten hässlichen Xoanon, dessen kahler Klotz dieser Bekleidung bedurfte [16] und in den Tagen, wo ‚die Göttin‘ gewaschen wurde, bekanntlich den Augen der Gläubigen streng entzogen blieb. Auf diesen älteren, kleineren Peplos, der eines künstlerischen, Aufsehen erregenden Bilderschmucks kaum fähig war, beziehen sich die altheiligen Ritualvorschriften, über den Tag, wo man zu weben beginnt, über die Reinhaltung, über das priesterliche Geschlecht der Praxiergiden u. dergl. Solche Bekleidung erhielten regelmässig z. B. die Eumenidenbilder [17] und gewiss auch — man sehe die Vasenbilder — die alten στῆλοι des Dionysos, wie der ἐν Λίμναις, um nur von athenischen Heiligthümern zu sprechen [18]. Wenn sich nun neben den kleinen Peplos, dessen spätere Spuren ich hier nicht zu verfolgen vermag, der der Parthenos stellt, auf den sich aller Glanz der Ausstattung und Darbringung concentrirte, so ist das kein Widerspruch. Nur war es nicht die Perikleische Zeit, welche diese Einrichtungen schuf. Heut, wo der ältere, von den Persern zerstörte Parthenon in seinem ganzen Umfang und mit seinen Giebelfeldern wieder entdeckt ist [19], erkennen wir in jener Sitte nur die Fortsetzung dessen, was das 6. Jahrhundert begonnen. Vielleicht dass Pisistratos, der Stifter der grossen Panathenäen, dem man auch diesen Bau zuzuschreiben versucht [20], es selber gewesen, der für das dort vorauszusetzende grössere, kunstvollere Götterbild die würdigere und feierlichere Schmückung einrichtete, und was ehemals der Nothdurft gedient, zur Quelle künstlerischer und festlicher Thätigkeit machte.

Eine der nächsten Consequenzen, welche das Bestehen eines grossen Athenatempels im 6. Jahrhundert mit sich bringt, betrifft das Aussehen des Cultbildes selbst. Die Panathenäenvasen wesentlich im Einklang mit archaischen Statuen, wiederholen beständig einen bestimmten Typus der schreitenden, speerschwingenden Athene, der auf sf. attischen Vasen auch sonst oft zu finden ist. Zu wie gezwungenen Erklärungen hat man gegriffen, nur um diesen trivialen

---

[16]) s. Tertullian b. Jahn-Michaelis Paus. arc. descr.¹ p. 25, 35.
[17]) Aesch. Eum. 1005 K. — Loescheke, Enneakrunos-Episode 26.
[18]) Auswärtige s. b. Helbig Kunst des Epos 335.
[19]) s. unten Aelteste Gigantomachien 8.
[20]) Studniczka unten a. a. O.

Typus, so zu sagen das Stadtwappen, nicht aus der Wirklichkeit
herleiten zu müssen, wo es an etwas Entsprechendem fehlte; denn
das alte Xoanon konnte nicht so ausschreiten. Diese Schwierigkeiten
fallen jetzt fort, und es hiesse, das Natürliche und Nächste über-
springen, wollte man etwa das Bild des Haupttempels, welches berufen war die kriegerische Landesgöttin weithin zu repräsentiren,
sich schon in der Haltung jener Friedensfürstin denken, welche der
in sicherer Macht ruhende Staat des Perikles zur Erscheinung brachte.
Wenn nun die Dresdener Pallasstatue[31] diesen Typus in getreuem
Archaismus wiedergiebt, zugleich aber auf dem Uebergewand einen
vorn hinabgehenden Bildstreifen mit kleinen Gigantenkämpfen zeigt,
die übrigens den eigenen, vorgeschrittenen Stil des Copisten zeigen,
so liegt kein Grund vor, diesem monumentalen Zeugniss zu misstrauen. Man hat statt der Polias, die man früher hier erkannte,
einfach die Parthenos des 6. Jahrhunderts einzusetzen. Freilich
würde das archaische Original, wenn es die kleinen Bildfelder wiederholte, sich eher der Malerei bedient haben. Auch konnte an dem
Cultbilde die Aegis nicht über dem umgehängten Peplos liegen,
wenn sie nicht etwa wie gewisse Stücke auf den späteren Goldelfen-
beinwerken abnehmbar war. Endlich war die Mittelfalte des hinauf-
gezogenen Gewandes zwar in diesem Sculpturstil traditionell, der
Peplos aber konnte, zumal wenn er in der Mitte einen Bildstreifen
trug, nicht so arrangirt werden, sondern wird lang hinabreichend
durch Muster- und Farbenreichthum das ersetzt haben, was die Sculptur im Faltenwurfe sucht. Mit solchen

geringen Einschränkungen kann uns die
Statue recht wohl eine Vorstellung von
dem festlich geschmückten Götterbilde
geben, welches in Nachbildungen auch
noch nach der Zerstörung fortgelebt haben
wird.

Ein anderes Bildwerk, welches ich für
diese Fragen lehrreich finde, ist der hier
nach Ἐφημ. ἀρχ. 1885 V, 3 wiederholte
Vasenscherben streng rf. Stils, welcher in
dem Schutt östlich vom Parthenon gefunden wurde. Das Athena-Idol, welches

---

[31]) Friederichs-Wolters, Gipsabgüsse 414. Vgl. im Allgemeinen Jahn
de antiquiss. Min. simulacr. Bonn 1866.

Kassandra hier umklammert, ist bemerkenswerther Weise mit einem Peplos von reichem, figürlichem Schmucke angethan. Solche Vorstellungen brauchte der Topfmaler nicht erst aus seiner Phantasie zu schöpfen, er nahm sie aus dem Cultuskreise seiner heimathlichen Burggöttin. Es sind keine bestimmten Scenen dargestellt; aber wieviel fehlt dem unteren Streifen mit seinen laufenden Weibsbildern zu einer Perseusverfolgung, wieviel dem oberen zu einem στά-διον ἀνδρῶν? Zu mythischen Scenen, z. B. Kampfbildern, wie sie der Dichter bereits Helena in ein Gewand weben lässt (*Γ* 126), war von hier aus nur ein Schritt, den die grössere Textilkunst in dieser Zeit jedenfalls schon gethan. Ihr Stil mit den abwechselnden Ornamentstreifen und ζώδια konnte nur derselbe sein, den wir aus den korinthischen und chalkidischen Vasen kennen. Am reichsten entwickelt ist derselbe auf den Gewändern, die der Vasenmaler Hieron (nicht gar zuviel später als der Maler der Kassandravase) seinen Göttern giebt[32]. Diesen horizontal gestreiften Mustern gegenüber scheinen die verticalen eine ältere Mode zu repräsentiren; man begegnet solchen in der Mitte herabgehenden Figurenstreifen auf dem alten Teller von der Akropolis, Ἐφημ. 1883 III[33], und mit andern parallelen Streifen wechselnd z. B. auf der François-Vase[34]. An den jüngeren Vasen herrscht durchaus die Horizontale mit fortlaufender statt in Felder vertheilter Darstellung, und zwar ist der Streifen nun auf den Saum des ganz anders und freier gemusterten Gewandes beschränkt. Beispiele, darunter auch eine Panathenäenamphora, giebt Stephani C. R. 1878/79, 109 (s. besond. Wien. Vorl.-Bl. IV 5. 6). Merkwürdigerweise hat sich diese bescheidene, streifenförmige Darstellung der Gigantomachie an dem Peplos bis in die spätesten, verwöhntesten Zeiten, wie es scheint als die ausschliessliche, erhalten, sei es aus ritueller Observanz oder weil eine malerische, gobelinartige Behandlung für ein Kleidungsstück der Zweckmässigkeit und dem Stilgefühl widersprach. Die Bezeichnung des Aristotelischen ‚Peplos‘ (Bergk P. L. G.[4] II 338) mit seinen aufgereihten Heroen-Epigrammen ist davon entlehnt, und das in einem Grab der Krim aufgefundene Gewand- oder Deckenstück, wo auch die kämpfende Athena nicht zu fehlen scheint, zeigt die gleiche Anordnung (C. R. a. a. O. Taf. IV).

---

[32]) Wiener Vorl.-Bl. A VII. IV.

[33]) Eigentlich ist es hier ein eingesetzter Latz.

[34]) Mon. d. J. IV 55, an einer Moire und einer Hore.

Noch der Dichter der Ciris sagt von dem Peplos: *ergo Palladiae texuntur in ordine pugnae.*

Dies führt auf eine andre und letzte Frage, die in verschiedenem Sinne beantwortet zu werden pflegt: ob nämlich nur der Gigantenkampf oder auch andre Gegenstände das Festgewand zierten. Aus Aristophanes Ritt. 565 ist das Letztere ganz gewiss nicht zu entnehmen; denn er preist nicht die Heroenzeit, sondern die älteren Generationen, namentlich die der Perserkriege, als würdig dieser Stadt und (ihres Stolzes:) des Peplos; dass aber die besten Männer damals neben den Göttern miteingewebt worden seien, ist ein doppelt haarsträubender Gedanke, da „diese Ehrenbezeugung noch unter den entarteten Urenkeln als Gräuel empfunden wurde"[25] (vgl. Plut. Demetr. 12). Aber principiell ist die Möglichkeit nicht gerade abzuweisen, dass andere, kleinere Bildstreifen andre Mythen enthielten. Ich erwähnte schon den Aristotelischen Peplos und das antike Gewebe aus der Krim. Und die Anschauung des Nonnos (XXXIX 188 Michaelis Zeugn. 161) oder seines Vorbildes, wonach der Raub der Oreithyia vorgekommen wäre, lässt sich nicht aus der Welt schaffen; dass Boreas, wie es dort heisst, der Pallas zu Liebe irgend etwas thun sollte, hätte keinen rechten Sinn, wenn die bezüglichen Webereien, auf die sich der Bittende beruft, nur privater Art und nicht die des Peplos wären.

B. Typhoeus; Schlangenfüssler.

Die Hesiodische Charakteristik des schlangenköpfigen Typhoeus erhielt frühzeitig die Variation oder die Umdeutung zu Gunsten bildlicher Darstellung, dass ein menschliches Haupt angenommen wurde, dessen nach Art der späteren Windgötter aufgeblasenes Antlitz statt der Haare von Schlangen umwallt ist. Mit Vorliebe scheint dieses Pendant des Medusenhauptes als Schildzeichen ver-

---

[25] Studniczka Beitr. z. Gesch. d. altgr. Tracht 137, 17. Derselbe geht nur fehl, wenn er nach Klein's Vorgang den Scholientext zu corrigiren sucht; das schlechte Scholion ἄλλως· κτλ. begeht den gleichen, naheliegenden Irrthum wie die modernen Commentare, und das νικήσαντες allein schon hindert, die ἀριστεῖαι der Götter einzusetzen.

wendet worden zu sein. So ist an der sf. Gigantenvase im Vatican
Mus. Greg. II 50, was die Abbildung nicht gut erkennen lässt, auf
dem Schilde des Ares ein riesiges bärtiges Haupt mit furchtbaren
Augen, breiter Nase und fletschendem Maul, umwallt von Schlangen-
haaren; wie manches solcher *δείματα* mag den Typhon darstellen,
wo wir heut von ‚bärtigem Gorgoneion' sprechen. Einer der Sieben
gegen Theben, Hippomedon, führt bei Aeschylos 472 einen Schild
dieser Art:

> ἄλω[26] δὲ πολλὴν ἀσπίδος κύκλον λέγω,
> ἔφριξα δινήσαντος. —
> Τυφῶν' ἱέντα πύρπνοον διὰ στόμα
> λιγνὺν μέλαιναν, αἰόλην πυρὸς κάσιν·
> ὄφεων δὲ πλεκτάναισι περίδρομον κύτος
> προσηδάφισται κοιλογάστορος κύκλου.

Der Scholiast fabelt natürlich von Schlangenfüssen; aber auch sonst
scheint diese Vorstellung des 5. Jahrhunderts, die bei Aristophanes
Wesp. 1033, Fried. 756 (vgl. S. 219 und Nonn. 2, 32. 46; 48, 49)
ziemlich deutlich vorliegt, wenig bekannt zu sein[27]. — Daneben
machten sich aber frühzeitig die Schlangenfüsse geltend, die ja auch
dort nicht ausgeschlossen waren, bei Pindar freilich, der sich hier
stark von Hesiod abhängig zeigt, noch nicht mit der Bestimmtheit,
wie bei Euripides (S. 217), obwohl er das Ungeheuer ein ἑρπετόν
nennt, Pyth. I 25; ebensowenig bei Plato (S. 235). Dafür treten
die Monumente ein:

1. der Amykläische Thron, an dessen Armlehnen Typhon und
Echidna die Pendants zu Tritonen bildeten. Paus. III 18, 7 (10).

2. eine Reihe korinthischer Gefässe (Elite III 32, Micali Mon. in.
43, 1. Bull. d. Inst. 1867 p. 225, 1, Heydemann 1. Hall. Progr.
1876 S. 14 No. 2—6 u. 8, dazu jetzt Salzmann Necrop. d. Cami-
ros 31), wo die phantastische Gestalt überall untermischt ist mit Vögeln
und stilisirten Blumen und oft einen grossen Theil des Gefässes
überdeckt.

3. eine chalkidische Hydria, München 125, Overb. S. 394, abg.
Gerhard AVB III 237, welche den Kampf mit Zeus vorführt. Leider

---

[26] Vgl. Clem. Alex. Protr. X § 102: Τί γὰρ ἡγεῖσθι, ὠ ἄνϑρωποι, τὸν Τυφῶνα
Ἑρμῆν καὶ τὸν Ἀνδοκίδην καὶ τὸν Ἀμύητον; ἢ παντί τῳ δῆλον ὅτι λίϑους, ὥσπερ
καὶ τὸν Ἑρμῆν; ὡς δὲ οὐκ ἔστι ϑεὸς ἡ ἅλως καὶ ὡς οὐκ ἔστι ϑεὸς ἡ ἶρις, ἀλλὰ
πάϑη ἀέρων καὶ νεφῶν κτλ. — Telesilla (fr. 7) καὶ τὴν ἅλω καλεῖ δῖνεν.

[27] Man sehe z. B. Overbeck K.-M. Zeus 393 f.

18*

bezeichnet die Inschrift nur den Zeus, der ihrer am wenigstens
bedarf; nackt bis auf die von vorn nach rückwärts fallende Chlamys
schwingt er den geflügelten Blitz in archaischer Laufbewegung, d. h.
mit dem einen Knie fast den Boden berührend. Aber auch den
Gegner hat man, glaube ich, von jeher richtig erkannt. An das
riesige, spitzohrige Haupt mit langem Haar und Bart und geöffnetem
Mund schliesst sich, durch ein ärmelloses Gewandstück bedeckt, der
Oberleib, der schon am Gürtel in zwei grosse symmetrisch vertheilte
Schlangenschwänze auseinandergeht, derart dass das Gewand den
Uebergang halbwegs maskirt; grosse, reich detaillirte Schulterflügel
vollenden die sehr sorgfältige Charakteristik. Hiermit stimmen die
korinthischen Vasen in dem gefleckten oder gestreiften (bald einfachen, bald doppelten) Schlangenleib, der keinen Gedanken an
Meerwesen aufkommen lässt, in der naiven Bekleidung des grösstentheils thierischen Körpers und den Genaueren in der Art des Ueber-
gangs, endlich in der für die Wurmsgestalt so wenig passenden
Beflügelung, d. h. sie stimmen in so wesentlichen und prägnanten
Zügen, dass die Benennung des Einen auch die Uebrigen trifft; um
so mehr als die chalkidische Vase, wie Loeschcke (Arch. Ztg. 1876,
111) an dem Revers nachweist, höchst wahrscheinlich nach korinthischem Original copirt ist. Wenn andererseits ein Exemplar dieselbe Figur bartlos und anscheinend weiblich zeigt, so würde sich
für dieses Paar, das Robert z. Preller I 65, 2 mit dem des Amykläischen Thrones gleichsetzt, unsere Benennung mit der bei Pausanias überlieferten begegnen. Kuhnert (Roscher's Myth. Lex. 1671)
greift freilich unseren Ausgangspunct, die chalkidische Vase an.
Aber wenn ihm das Ungethüm für Typhon nicht schrecklich genug
scheint, so kann ich dagegen mittheilen, dass es bei Weitem die
schrecklichste Gestalt ist, welche in diesem ganzen Bilderkreise begegnet, wie schon die in Kopf und Oberleib ausgeprägte, des Gottes
Proportionen soviel überragende Riesengrösse ohne Beispiel bei gewöhnlichen Giganten ist. Ausserdem, heisst es in jenem Artikel,
sei er vollständig wehrlos und greife erschreckt nach dem Herzen,
ohne dem Blitz seinen Widerstand entgegenzusetzen. Also sobald
man nur von dem Namen Typhoeus abstrahirt und Porphyrion
oder Ophion oder irgend einen jener Giganten einsetzt, die doch alle
das Reich der Olympier aus den Fugen zu reissen drohten, dann
soll das Herzklopfen und die Wehrlosigkeit gestattet sein? Als ob
nicht die Giganten, besonders die Gegner des Zeus, auch wo sie

Steine oder Waffen führen, vielmehr unterliegend und zuweilen sogar um Gnade flehend dargestellt zu werden pflegten, während dieser noch unberührt von den Blitzen und fast wie der Apollodorsche Typhon erscheint, ‚auf- und niederschwebend, die Hände ausstreckend gen Ost und West‘. Genauer erklärt sich die von Kuhnert wohl nur scherzweis gedeutete Bewegung der Hände, soweit sie nicht technisch durch die schwarzen Flügel auf den Mittelkörper beschränkt war, erklären sich speciell die ausgestreckten, mehr gezeigten als gebrauchten Hände als ein auf den korinthischen Vasen nur etwas anders gewendeter Ausdruck für die enorme Kraft, die diesen keiner Waffen bedürftigen Händen innewohnt; so spricht ausser Hesiod Th. 823, Nonn. II 258 und Const. Manass. 8, 16 (Erot. script. II 573 Herch.) besonders Apollonius II 1211:

ἔνϑα Τυφάονα φασὶ Διὸς Κρονίδαο κεραυνῷ
βλήμενον, ὁππότε οἱ στιβαρὰς ἐπορέξατο χείρας·

und in solchen anscheinend zwecklosen Gesten bewegt die grossen geöffneten Hände ein Schlangenfüssler auf einer Gemme [26] und besonders der Meerdämon auf der Valerius-Münze (S. 162, 14); man wird unwillkürlich an das erinnert, was Apollonios I 1171 von Aigaion sagt, χεῖρες γὰρ ἀήσεον ἠρεμέουσαι. — Es hat also keinen Zweck, an der Erscheinung des Typhon zu mäkeln. Die Consequenz, zu der Kuhnert drängt, hiernach nun auch den schlangenfüssigen, beflügelten Boreas des Kypseloskastens auf Typhon umzudeuten, das hiesse also den den Oreithyia-Raub auf Ringkampf mit Zeus, ist von Robert längst gezogen, und ich würde dieselbe unverzagt mitmachen, um dem altkorinthischen Monument ein attisches Märchen [29] zu nehmen, wenn nicht eben gerade die Sturmdämonen nach altgriechischen Begriffen aus den Tiefen der Erde hervorbrächen (S. 109, 132) und den Typhonen, wie ich darlegte (S. 220), gerne unterschiedslos die Mischgestalt einzuräumen wäre, die den Giganten Pallenes nicht zukommt.

Der Streit wird sich naturgemäss bei jedem einzelnen Schlangenfüssler mit Flügeln wiederholen; und anders als vereinzelt und mit Flügeln kommen solche Kämpfer in der archaischen Kunst nicht vor, während, wo der Kampfgruppen mehrere sind, die menschliche Ge-

---

[26]) Cades. I A 100.

[29]) Uebrigens kann man nicht wissen, ob der Geraubten ein Name beigeschrieben war und welcher.

staltung herrscht: ein schon an sich merkwürdiger und Typhons Stellung in der Literatur entsprechender Umstand, wiewohl er vorwiegend etruskische Monumente betrifft. Es handelt sich um
4. die sf. Hydria, London 443 abg. Micali Mon. in. 37, 2. (Overb. 395, 8), wo zwei nicht näher bestimmte Götter gegen einen riesigen bärtigen Unhold kämpfen, der mit den Händen einen grossen Felsblock über dem Haupte erhebt, den ganzen Körper (Rücken, Hüften und Beine) mit Flügeln besetzt hat und in vier emporzüngelnde Schlangen ausgeht: er könnte nicht genauer dem Bilde entsprechen, das Nikander und Apollodor von Typhon entwerfen. Ganz ähnliche Gestalten kehren in der etruskischen Kunst bekanntlich oftmals wieder; ich erwähne beispielsweise:

a) Spiegel, Gerhd. I 30; s. Overb. Z. 396, 9.

b) Goldring, Berlin, abg. Arch. Ztg. 1881 S. 16.

c) Bronze-Agraffe aus Dodona, abg. Carapanos XIII 2.

d) Henkelornament eines Bronze-Eimers in Karlsruhe, Notizie d. scavi 1886 p. 41, Taf. 1.

o) Henkelpaar, De Witte cat. Beugnot 312, vgl. cab. étr. 217.

f) Kandelaber-Bekrönungen, z. B. Friederichs Bausteine II 715 a, Bull. d. J. 1862, 70, Müller-Wieseler I 295 u. v. a.

g) Grabrelief, Zannoni, Scavi di Bologna tav. 46, 2. Vgl. Friederichs-Wolters 171.

h) Scarabäus, Inghirami Mus. Chius. 143, 3.

i) Grabfaçade von Tarquinii, Mon. d. J. II 3. 4. Overb. 396. 10. etc. etc.

Den Grundtypus bildet ein bärtiger Mann [30] — aus dem mit der Zeit ein Jüngling, auch wohl eine Frau wird — mit Flügeln an den Hüften, schraubenförmig beginnenden Schlangenbeinen, die Hände zum Tragen eines Steinblockes oder sonst einer Last über dem Haupt erhoben, wenn sie nicht Schlangen oder die Enden der eigenen Beine gepackt halten.

So wenig diese decorativen Gestalten eine Benennung vertragen und überhaupt in der Mythologie angeführt werden sollten [31], so klar

---

[30] a hat nur emporgesträubtes Haar, keinen Strahlenkranz, wie O. meint; auch die Hüftflügel sind nur durch zwei Linien eingeritzt.

[31] Dies würde auch von dem bei Overb. 397 f. besprochenen Cippus des Museo Chiaramonti No. 546 gelten, wenn die fraglichen Kindergestalten Schlangenfüsse hätten; dies ist aber, wie ich mich überzeugt habe, ein Irrthum.

liegt der mythologische Sinn einer gleichartigen Gestalt auf unserer Vase vor Augen, einem Monument, welches Jahrhunderte vor den Pergamenern entstand. Die Frage, woher dieselben stammen, berührt uns hier kaum; denn der Einfluss phönizischer Gestalten, wie z. B. Dagon (LXX Samuel I 5, 4) und Derketo (Diod. II 4), an die ich früher dachte, liesse sich auch auf die Tritonen oder Erechtheus (Kekrops) ausdehnen und würde als ein vorhistorischer die Basis unserer Frage nur verschieben. Auf der Stufe, wo uns der Schlangenfüssler, gleichviel ob mit oder ohne Flügeln, entgegentritt, ist er als griechisch in Anspruch zu nehmen so gut wie die Skyllen, Tritonen, Kentauren und sonstigen Dämonen, die in der verschwommenen italischen Auffassung decorativ und schliesslich von Virgil (A. VI 285) ernsthaft als Staffage der Unterwelt behandelt werden. Wie Nikander und der Autor Apollodors ihre Vorstellungen von Typhon nicht den Etruskern oder orientalischen Vorbildern entlehnt haben, so erweisen sich auch die damit verbunden erscheinenden Züge als griechische Tradition. Von den Schlangen, die die Giganten in Händen halten oder die aus den Händen des Typhon hervorwachsen, haben wir dies S. 212 Anm. u. 227 gesehen. Und der die Last über seinem Haupt tragende Riese war zwar eine naheliegende tektonische Form, trat aber leicht in den Dienst des mythologischen, früh ausgeprägten Gedankens [32]. Dies spiegelt sich sogar in der Literatur z. B. bei Euripides Phoen. 1130 wieder, einer Stelle, die daneben doch von dem Typhon oder der gigantenähnlichen Figur der Aeschyleischen Tragödie (Sept. 476 oder 415) direct beeinflusst ist. — Nach all dem wird das Bild mit dem Typhonkampfe nicht minder einem griechischen nachgebildet sein, wie die Form des Gefässes und das zweite Bild darauf, ein Paar von Flügelpferden mit einem Lenker dazwischen, ein aus der früh rothfigurigen Topfmalerei uns geläufiger Typus, den z. B. auch die etruskische Vase bei Micali Storia tav. 99, 11 imitirt. Die Charakteristik der griechischen Götter, die in der gewappneten Erscheinung auf den älteren Vasen in der That kaum zu unterscheiden sind, ist hier, wie auf andern etruskischen Vasen mit Gigantomachie, stark vernachlässigt; man sieht nur zwei bartlose Kämpfer mit Schild und Speer. Doch bilden zwei Götter [33], Zeus und ein Begleiter, gerade das ständige Personal dieses Mythus; und

---

[32]) S. 88. E. Curtius Arch. Ztg. 1881 S. 14.
[33]) Overb. 396 giebt hierüber eine sehr unrichtige Darstellung.

wie oft wird nicht der Bart des Zeus auf etruskischen Bildwerken
ignorirt.

Wenn man zwei Vasen gleicher Technik, eine schlauchförmige
Amphora (Gerhard AVB I S. 24, 19. Overb. 395, 7), wo ein Jüngling
einen flügellosen Schlangenfüssler mit dem Schwert bekämpft, und
die Amphora Neapel 2735, die mit einer gleichen Dämonsfigur geziert ist, scharf von der vorigen sondert und dort mit aller Bestimmtheit Typhoeus, hier aber wegen mangelnder Flügeln einen gewöhnlichen Giganten erkennt[34]: so scheint mir das, wie ich gegen Kuhnert bemerken muss, eine Vorsicht von zweifelhaftem Werthe, denn
sie ignorirt die generelle Verwandtschaft dieser Fabricate, welche
nur ein mehr oder minder von Charakteristik, aber keine mythologischen Distinctionen aufkommen lässt; sie übersieht die vielen
leichten Variationen und Uebergänge, die von der grossen Flügelgestalt zur gänzlich flügellosen überführen und doch alle denselben
Grundtypus behandeln; sie legt endlich diesem selbst, der Mischgestalt, die noch bei keinem Giganten vor der Alexandrinischen Zeit
nachgewiesen ist, nicht das nöthige Gewicht bei.

Die Schlangenfüssler, welche auf etruskischen Urnen in verschiedenen Scenen, auch Kampfbildern, begegnen — eine davon erwähnt Overbeck S. 397, 11 — haben, wie die Kenner etruskischer
Monumente versichern, mit unserer Mythologie nichts mehr zu thun.

Trotz alledem bleibt an der Frage, wie ich bekennen muss, ein
dunkeler Punct, über den man nicht hinwegkommt; ein Problem,
welches aber nicht in dem Kuhnertschen Artikel zu suchen ist.
Apollonios sagt an der zuvor berührten Stelle von dem auftauchenden Meeresriesen Aigaion, der anderwärts mit den Giganten vermischt wurde:

$$\delta\dot\eta \; \tau\acute{o}\tau' \; \dot{\alpha}\nu o\chi\lambda\acute{\iota}\zeta\omega\nu \; \tau\epsilon\tau\rho\eta\chi\acute{o}\tau o\varsigma \; o\ddot{\iota}\delta\mu\alpha\tau o\varsigma \; \dot{o}\lambda\kappa o\acute{\upsilon}\varsigma.$$

Gewöhnlich wird dies [35] verstanden: emporhebend die Wellen des
brandenden Meeres. Aber könnte ὁλκοί nicht den in alexandrinischer
Zeit gewöhnlichen Sinn von Schlangenwindungen haben und nach
dem beliebten Verfahren des Apollonios allein die Präposition des
Compositums mit dem Nomen construirt werden, mit der Freiheit wie
ἀνερχόμενος ὠκεανοῖο? das hiesse: die Schwänze aus dem Meeres-

---

[34]) Heydemann I. Progr. 13, 37.
[35]) nach dem Scholiasten.

schwall emporbewegend; zu einer solchen auf dem Wasser schwim-
menden Gestalt würde die ganze Schilderung, wie er das Ruder der
Argo mit den Händen zerbricht und von dem Rucke zurückfällt
(πέσε δόχμιος), besser passen als zu einer reinmenschlichen Riesengestalt. Ich möchte diese Interpretation zur Erwägung geben, ohne
eine Spur von Gewissheit dafür zu beanspruchen. Es kommen aber
einige Bildwerke hinzu, unsere Vorlegenheit zu vermehren. Die
(nächst Euböa) älteste Stätte des Briareos-Aigaion, wo auch die
Argonautenscene spielt, ist bekanntlich die Rhyndakos-Mündung bei
Kyzikos, dessen Riesensagen damit im engsten Zusammenhang stehen.
Nun zeigen aber kyzikenische Stateren etwa des 4. Jahrhunderts
einen bärtigen, von der Mitte des Leibes in Fischschwanz oder
Schlange verlaufenden Mann, der die L. in die Seite stemmt und
in der R. einen Baum hält; offenbar einen Giganten wie Head (Num.
Chron. 1876 p. 281 No. 10, 11 Pl. VIII 14. 15) richtig erkannt
hat. Noch mehr; unter der Figur findet sich ein Thunfisch, eine
Hindeutung auf das Meer, die auf anderen Münzen der Stadt in noch
schwierigerer Verbindung begegnet. Dort findet sich ein geflügelter,
linkerseits knieender Mann mit Löwen-Kopf und -Schweif, der den
Thunfisch in der R. hält, während er die L. in die Hüfte stemmt [36].
Beiderlei Formen meinen also keine Giganten von dem gewöhnlichen
Schlage, sondern Meeresriesen, nur dass die zweite Gestalt, wie
Drexler (Roscher's Encycl. 1607) mit vollkommenem Rechte andeutet,
sich auf die Herkunft der kyzikenischen Riesen vom Nemeischen
Löwen bezieht, der seinerseits wieder vom Monde gekommen war
(oben S. 81) [37].

Wenn wir andrerseits sehen, wie auf dem offenbar griechischen
Eimer d der obigen Reihe ein halbarchaischer Schlangenfüssler Fische
in der Hand hält: scheint nicht mit alle dem die Frage aufs Neue
verwirrt und das Meer mit seinen Gestalten zu einem ebenso wichtigen Element zu werden, wie das entgegengesetzte, welchem die
Typhonsgestalt entsprang? Ich könnte einfach erwidern, dass z. B.
die ähnliche Gestalt aus Dodona, also wohl auch kein etruskisches
Product, wieder Schlangen in den Händen hält. Mit diesen orna-
mentalen Figuren ist eben nichts Rechtes anzufangen. Da die ur-

---

[36]) Imhoof-Blumer, Choix de monn. gr. III 102, monn. gr. p. 242, 71.
[37]) Die Pergamener haben diese Gestalt für einen andern Giganten,
wahrscheinlich den Milesischen Leon verwerthet.

alte Mischgestalt sowohl den Meerwesen wie den Erdgebornen zukommt und von beiden Seiten her sich Giganten entwickelten, so
liegt die Entscheidung schliesslich doch nur bei der Sagengeschichte
und ihren Bildwerken. Und diese urtheilt: 1) dass die Begriffe
Erdgeborne und Giganten sich nicht decken; 2) dass ‚die Giganten‘
in dem landesüblichen, ausserhalb jedes Wortstreits stehenden Sinne
auch in der Kunst nur als eine Mehrheit menschlich gestalteter
Wesen eintreten, in einer Reihe von Einzelkämpfen mit den Göttern,
3) dass als wirklicher Einzelkampf des Zeus (mit oder ohne fremde
Unterstützung) nur der gegen Typhon bekannt ist, solang er nämlich
nicht mit den Giganten vermengt wird; 4) dass diese Vermengung
mit der Mischgestalt der Giganten in innerem Connex stehen muss.

Hiernach würde ich die Meeresgewalten, speciell die Person des
Aigaion nur allenfalls als mitwirkendes, vielleicht sogar nachträg-
liches Moment gelten lassen, um so mehr als die kyzikenische, triton-
ähnliche Mischgestalt nur in unentwickelter, rudimentärer Form vorliegt, während der Westen von Anfang an die Füsse als Schlangen
charakterisirt.

I. Aelteste Gigantomachien.

Der grossen Masse attischer Vasen und den Sculpturen der klassischen Zeit schicke ich eine kleine Reihe archaischer Bildwerke
voraus, die unter sich gar nicht, mit der attischen Kunst grösstentheils nur lose zusammenhängen:

?1. Korinthischer Thonpinax frgmt. Berlin 768 (Furtw.).

2. Etruskisches Bronzeplättchen aus Perugia; abg. Inghirami Mus.
Chius. III tav. 36. Micali Storia tav. 30, 3.

3. Frgmt. Pinax aus Eleusis; Athen; abg. Ἐφημ. ἀρχ. 1885 IX
12. 12a. Vgl. Studniczka Jahrb. d. Inst. I S. 92 Anmk.

4. Ionische Amphora aus Caere; Louvre; abg. Mon. d. J. VI. VII
78. Overb. Kunstmyth. Atlas Taf. IV 8.

5. Giebelfeld vom Schatzhaus der Megarer in Olympia. Ausgra-

bungs-Bericht IV Taf. 18. S. 14. Ad. Bötticher Olympia² Taf.
VI. Friederichs-Wolters 294 f.
6. Metopen von Selinunt. Benndorf V. VI. X.
7. Frgmt. Koloss aus d. Apollo - Tempel von Selinunt; abg. Bull.
sicil. IV tav. 4. Benndorf S. 14.
8. Archaisches Giebelfeld auf der Akropolis zu Athen. Studniczka
Ath. Mitth. 1886, 185.
1. ,L. ein bärtiger Bogenschütze nach r. nackt, den Köcher auf
dem Rücken, den Bogen spannend, weit ausschreitend oder halb
knieend (Unterbeine fehlen); unmittelbar r. davon der Rest eines
weit ausschreitenden nackten Mannes nach r. von grösseren Proportionen; erh. ist vom Oberkörper nur ein Stück des erhobenen r.
Unterarmes und das Ende eines flammenden Blitzes, den er in der
R. schwang.' So Furtwängler, der darin sofort eine Gigantomachie
vermuthet hat. Zwar kommt Herakles neben Zeus nur zu Wagen
vor³⁸, in welchem Sinne sich dieses Bild schwerlich wird ergänzen
lassen; doch mag man, bis sich directere Analogien finden, etwa die
Gemme bei Müller-Wieseler II 844 vergleichen, wo Herakles in ähnlicher Weise zur Seite der grösser gebildeten Athena gegen Giganten
kämpft. Der Pinax würde uns, wenn er richtig gedeutet ist, eine
Gigantomachie des 7. Jahrhunderts geben und aufs Neue den nicht
attischen Ursprung des Mythus documentiren, dagegen die Bedeutung
der korinthischen Ansiedelung von Pallene und der Titanomachie
des ,Korinthers' Eumelos in hellerem Lichte erscheinen lassen.
2. Nach r. hin schreitet Zeus auf den Gegner zu, der sich in
den Gesichtszügen, wie dem langen Haar und Bart fast gar nicht
von ihm unterscheidet, und packt ihn mit der L. an dem (nicht
dargestellten) Schopf, während jener mit der R. den Arm des Gottes
zu entfernen sucht. In der kaum über Gürtelhöhe gehobenen R. hält
dieser den Blitz, der wie es auch griechische Monumente (z. B. die
Vase von Altamura) zeigen, nur aus einer Hälfte mit Keil besteht,
an dieser Hälfte aber als Lotosblume behandelt ist, was eine Eigenthümlichkeit italischer Monnmente (z. B. Micali Mon. in. 37, 3,
Inghirami Spiegel II 82) ist. Der Gigant, dessen Körper unterhalb

---

³⁸) Die einzige Ausnahme, Herakles neben dem Wagen, auf der Berliner sf. Schale 1002, ist aus diesem Typus entwickelt. Nur die Kyknos-
kämpfe, deren viele fälschlich hierhergezogen werden, zeigen Zeus neben
Herakles zu Fuss.

der Brust fortgebrochen ist, war aller Wahrscheinlichkeit nach menschlich gebildet, denn für einen Schlangenleib wäre die Entfernung vom Boden zu gross, wie man sich überzeugen kann durch Vervollständigung der Zeus-Figur, wozu mehr als 2 cm nöthig wären. Vermuthlich war der Gigant vor Zeus ins Knie gesunken [39].

Da das Material dem Verfertiger möglichst wenige Unterbrechung der Conturen vorschrieb, so würde sich daraus die nach Art einer Badehose anliegende Schoossbedeckung allenfalls als kurzer Chiton erklären, wenn nicht die Gürtellinien mehr auf eine Rüstung zu deuten schienen; allerdings vermisst man da, wo die Aermel aus dem Panzer heraustreten würden, jede Andeutung einer Grenze. Der Stil, durch dieselbe Leblosigkeit auffallend wie alle Bronze-Incrustationen dieses Ursprungs, ist recht alterthümlich, obwohl die Schätzung in dieser Richtung nicht zu weit gehen darf, solange wir die Kunstentwickelung auf italischem Boden chronologisch nicht genauer bestimmen können. Das Haar erinnert sehr an die Typhoeusköpfe der chalkidischen und korinthischen Vasen.

Das oben abgerundete Plättchen bildet jedenfalls nur ein Glied in einer ganzen Reihe, wie sie zum Schmuck hölzerner Geräthe verwendet wurden. Aehnlich, aber nicht zugehörig sind die bei Inghirami Mus. Chius. Vol. III 38, wo sich Zeus mit Herakles bei der erhobenen Hand fassen d. h. begrüssen, und wo auf dem links anstossenden Felde eine langbekleidete Gottheit mit einem aufrecht gehenden Thier (Panther?) an der Hand einherschritt.

3. Ein beträchtlich älteres Aussehen zeigen die Scherben des Eleusinischen Pinax, der dem Stil nach keinesfalls in Attika fabricirt ist und wegen des dort nicht vorkommenden vierstrichigen Ƒ von Studniczka vorschlagsweise nach Böotien verwiesen wird. Noch nicht einmal die gewöhnlichsten Formen des Unterliegens sind für die Giganten verwendet, sondern es wird mit dem uralten Schema zweier bei einer Leiche sich gegenüberstehenden Krieger operirt, eine recht unpassende Verwerthung heroischer Motive. Das wiederholt sich in den drei Gruppen, wovon wir theils durch Publication theils durch Beschreibung wissen. Nur in der einen bemerkt man über den Unterbeinen des Todten noch zwei Füsse eines Knienden, der also über die Leiche placirt ist. Diese beiden Giganten sind nach

---

[39]) Man vergleiche beispielsweise die in den Raumverhältnissen sehr ähnliche Gemme bei Overbeck K.-M. Zeus, Text Gemmentaf. V, 1.

l. hin gefallen, wohin noch ein dritter, als Ephialtes bezeichnet, stürmt. Wir werden unter diesen Umständen nicht fehlgehen, wenn wir hier die Gruppe des Zeus erkennen, zumal wenn Studniczka Recht hat, diese durch hineinragende Palmetten-Ornamente gezierte Seite als Hauptseite der Platte in Anspruch zu nehmen, welche bei der nichts weniger als gedrängten Composition, bei der beträchtlichen Grösse der Figuren, besonders der liegenden Giganten, jederseits gewiss nicht mehr als 3 Gruppen enthielt. Nur der r. Nachbar der Hauptgruppe, Ares [40], ist noch durch Inschrift gekennzeichnet, die hier wie dort zwischen den Beinen ihren Platz hat. Der noch übrige Gruppenrest bot solchen freien Raum unterwärts nicht. Dort schreitet über einen nach r. hin aufs Gesicht gestürzten Riesenleib mit Schuppenpanzer und gewaltigen Haarsträhnen ein Gott (so lässt die Richtung nach r. annehmen), von dem auch noch der untere Rand des Schildes und Waffenrocks erhalten ist, während die zwei anderen (der abgebildeten) Kämpfer bald über den bepanzerten Unterbeinen gebrochen sind. Mit den Oberkörpern worden uns sonderliche Unterschiede in der Charakteristik der Personen und der Parteien kaum verloren sein. Langbeinige Menschen-Incunabeln mit Kriegswaffen, das ist Alles.

4. Die merkwürdige Vase aus Caere ist öfter beschrieben worden (Jahn Ann. 1863, 243. Overb. K.-M. Zeus 349); ich kann mich daher auf die Hauptsachen beschränken. Zu ihrer Charakteristik dient am besten, dass man dieselbe früher für eine humoristische Nachahmung hielt. Heut kann man ihren Stil an vielen anderen messen, namentlich an den chalkidischen, denen sie am nächsten steht. Doch verbietet der jonische Dialect ihrer Inschriften, sie Chalkis oder Eretria (Klein Euphronios [1] 35. [2] 72) zuzuweisen; die Unsicherheit im Gebrauch von E und H, welche unmögliche Formen wie ΖΗΥΣ, ΥΓΗΡΒΙΟΣ, ΗΕΡΜΕΗΣ, ΗΕΚΗΕΛΛΟΣ zu Wege gebracht hat, deutet auf eine Gegend, wo das alte Aspirationszeichen noch nicht lange für η in Gebrauch war; andererseits hat die Aspiration an der falschen Stelle und ihre Unterlassung an der richtigen nichts mit dem Dialect zu thun.

Von l. her greifen Hyperbios und Hipialtes (s. S. 196) deren Genosse Agasthenes bereits todt liegt, den Zeus an, der mit Panzer und Helm angethan, ein Schwert schwingt und l. einen mit Schlangen

---

[40] Sein Gegner hat als Schildzeichen einen alten, bärtigen, krummnasigen Kopf im Profil.

umsäumten Schild führt, dessen Aussenfläche kurbelförmige, in der
Farbe abwechselnde Streifen zieren. Genau so gestreift und daher
ohne Gorgoneion, ist Athenas Schild z. B. auf der Vase bei Jahn d.
antiqu. Min. sim. II 1, genau so mit Schlangen besetzt, d. h. mit
der Aegis überspannt, auf Melischen, Makedonischen und Kilikischen
Münzen, wo sie theilweise zugleich den Blitz schwingt [41]. Beides vereinigt das Athenabild des sf. Tellers von der Akropolis Ἐφημ. 1886
VIII 2. Ohne Frage und Bedenken ist also in unserem Falle die
Aegis zu erkennen; wird doch auch aus Musaios berichtet: *capellae*
(sc. Amaltheae) corio [42] (d. h. das Aegisfell) *usum esse pro scuto*
Jovem contra Titanas dimicantem (Robert, Eratosth. cat. XIII p. 240).
Danach könnte auch das in Zeus' Hand so ungewöhnliche Schwert,
dessen an der Wurzel zu breite und dann zu spitz verlaufende Form
ohnedies auffällt, als eine, ich weiss nicht recht wie zu deutende,
Transformation des Blitzes erscheinen. — Rücken an Rücken mit
Zeus, dem hier ausnahmsweise behelmten, kämpft Hera nach r.,
auch sie trägt einen Helm und sticht mit dem Schwerte, dessen
Scheide sie l. umgehängt trägt, nach dem aufs Knie gesunkenen
Harpolaos oder Harpollykos [43]. Es folgt Hermes, mit Stiefeln, Fell
überm Chiton und Mütze [44], doch wohl der Ἀιδὸς κυνέη Apollodors,
angethan, den P(oly)bios mit der Lanze niederstechend. Weiter r.
Athena, die mit der L. den Enkelados am Helmbusch erfasst, im
Begriff ihn mit dem Schwert zu erstechen oder ihm den Kopf abzu-
schlagen. Schliesslich Poseidon mit Schuppenpanzer nach r. gegen
Polybotes; der schildartige Gegenstand hinter seinem Kopf und l.
Arm kann nur die Insel bedeuten sollen, die er wie gewöhnlich auf
den Gegner wirft [45]. Dies ist die einzige der später üblichen Gruppen,
welche im Wesentlichen schon hier ausgeprägt vorliegt. —

5. Der Ausgrabungsbericht und Ad. Bötticher S. 219 [46] setzen
diesen Bau nach den Architekturresten in die zweite Hälfte des

---

[41]) Jahn III 8. Müller-Wieseler II 215. Auch Athena ist dort wahrscheinlich im Gigantenkampf gedacht, zumal wo sie wie auf kilikischen
Münzen (Müller-Wieseler *II 215a) zu Wagen erscheint.

[42]) Vgl. Aristoteles b. Schol. Rhea. 307 ἦν δὲ ἡ πάλτη ἀσπὶς — αἰγὸς
διφμασι περιτταμένη.

[43]) Vgl. aber S. 203.

[44]) Nicht Petasos wie Overbeck angiebt.

[45]) Die Vase ist dort auch ein wenig restaurirt, Overb. Poseidon 329 f.

[46]) Der nur die im Innenraum einst aufgestellte Gruppe des ‚Dontas‘
nicht hätte in die Frage hereinziehen sollen.

6. Jahrhunderts, Treu (Arch. Ztg. 1882, 178) dem Sculpturenstil
nach in die Mitte desselben. Die Stiftung, deren Chronologie dem
Periegeten zu allerhand Faseleien Anlass giebt, erfolgte wegen eines
Sieges über Korinth, wie auf einem Schild über dem Giebel zu lesen
war: Paus. VI 19, 9 (12 ff.); das Μεγ(α)ρέων auf dem Architrav
(Arch. Ztg. 1880, 48) ist aus viel späterer Zeit.

Der 0,73 m hohe und 5,84 m breite Giebel, der nur für Figuren
von kaum halber Lebensgrösse Raum hat, zeigte nicht genau in der
Mitte Zeus fest auf dem r. en face gestellten Bein stehend, den l.
Fuss vorgesetzt. Nach dem festen Stand des ganz en face gestellten
Körpers, von dessen Rumpf ein Stück erhalten ist, sollte man erwarten, dass er den Blitz schleudert. Aber der Rest einer Waffe,
welcher in der Seite des Giganten steckt, deutet auf eine Lanze.
Dieser ist aufs Knie gefallen; er ist gewappnet, mit grossem Helm
und riesigem in die Augen fallendem Schild versehen, von dem das
bronzene Schildzeichen herausgebrochen ist. Mit dem grösstentheils
abgebrochenen r. Arm scheint er eine ähnliche abwehrende Bewegung
gemacht zu haben, wie der Gigant auf dem Metallplättchen, der vermuthlich auch kniete. Wie jener öffnet auch dieser die Lippen, aber
in anderer Weise; er fletscht die Zähne und verzerrt das von einem
riesigen Bart umrahmte Gesicht zu einem Grinsen, gegen welches
das äginetische Lächeln verschwindet. Der Bart, in einer Grösse wie
ihn auf Vasen manchmal Riesen tragen, ist nicht seiner ganzen Masse
nach frei herausgearbeitet, sondern, da der Kopf auf die Brust gesenkt ist, durch geringe Aufhöhung auf der Brust mehr gezeichnet
als plastisch ausgeführt. Bemerkenswerth sind auch die langen Locken,
die seitwärts auf die Brust herniederfallen. — Jederseits schlossen
sich zwei Gruppen an. Von der nächsten links ist der Gigant nach
der Publication zum Vorschein gekommen; die auch über dem Schooss
gepanzerte Figur ist lang hingesunken mit ins Knie gestelltem l.
Bein und fast gestrecktem rechten, welches auswärts gekehrt, Knie
und Fuss dem Beschauer zuwendet. Wahrscheinlich gehört zu ihr
der vortrefflich gearbeitete Unterarm mit geballter, ehemals bewaff-
neter Faust. Wie dieser Gigant wird auch der der Eckgruppe nach
l. niedergestreckt, dem vorigen ähnlich in der Haltung des r. Beines,
während das l. im Fallen oder zum Widerstand ausschlägt. Der
noch nicht ganz niedergesunkene Oberleib wird, ohne dass der Unterarm ausgearbeitet wäre, durch den Schild gedeckt gegen den Angriff
eines Gottes, der sich in weitem Schritte tief herniederbeugt, den l.

Arm zurückgezogen, als führte er eine Stosswaffe. Unter seiner be-
stossenen und doch unförmlichen Brust befindet sich die seltsame
Untercontur eines nach l. hin fortzusetzenden Gegenstandes. Treu
erkennt hier Poseidon mit der Insel. Aber könnte der aufwärts ge-
bogene Streif an der Brust nicht ebenso gut dem Löwen oder Panther
des Dionysos gehören? In keinem Fall würde ich das grosse delphin-
artige Seethier, das an der r. Giebelecke als Füllung wiederkehrt,
verwerthen. Beide Götter gehören zu den ältesten und den ständigen
Mitkämpfern. Und wenn man nach den schwachen Kennzeichen
urtheilen soll, welche das Aeussere der stark verstümmelten Figur
bietet, so würden die Tänie und die doppelte Reihe Ringellöckchen
über der Stirn, würde der weiche weitärmlige Chiton, der vielleicht
bis zur Bruchstelle unter den Waden reichte, verglichen mit der
Selinuntischen Metope VI (Benndf.) weit eher für Dionysos sprechen.
— Auf der anderen Seite von Zeus stürmt in Riesenschritten ein
nackter männlicher Kämpfer hinweg gegen einen nackten Riesen, der
mit gekreuzten Unterschenkeln daliegend, sich vergebens hinterseits
mit der flach ausgestreckten Hand aufrecht zu halten sucht. Der
Gigant hat wie in den zwei vorangehenden Fällen seinen Kopf eingebüsst. Aber noch ärger ist die Verstümmelung der Götter. Von
dem in Rede stehenden ist nur der untere Theil des Rumpfes mit
dem Ansatz des l. Oberschenkels erhalten. Die Person der vierten
und letzten ist leicht zu erkennen; ein bärtiger behelmter Krieger,
in Folge der starken Giebelneigung kniend oder fast kriechend nach
einem aufs Gesicht gefallenen, bis auf die Unterbeine verschwundenen
Giganten: natürlich Ares. Ebenso ist in der Lücke zur L. von Zeus
zweifelsohne Athena vorauszusetzen, die in der Weise wie es hier
der Fall sein würde, noch auf der kleineren Pergamenischen Gigantomachie l. vom Göttervater dahinstürmt. Aber wer ist die nackte,
elastische Figur gegenüber? Apollo kommt in den älteren Darstellungen gar nicht vor und pflegt auch später noch in zweiter Linie
zu stehen. Es bleibt uns also, scheint es, keine andere Wahl als
der bogenschiessende Herakles, da die Bewegung für Poseidon doch
zu stark wäre.

Eine wirkliche Kampfscene zu schildern ist unserem Künstler
noch nicht gelungen. Keiner der Giganten setzt sich ernstlich zur
Wehr, die meisten liegen der Länge nach am Boden. Es soll das
vielleicht wie auf etruskischen Werken die überlegene Macht der Götter ausdrücken, thut aber im Grunde die entgegengesetzte Wirkung.

Zum Theil lag die Ursache freilich in der ungewohnten Schwierigkeit, die das sich neigende Giebelfeld bot, einem Moment, das auch
sonst die freie Bewegung dieser Figuren hindert und z. B. veranlasst,
dass sie sich gegenseitig auf die Füsse treten. Wie sogleich beim
Bekanntwerden der Gipsabgüsse bemerkt werden musste, steht der
Stil keiner Sculpturgattung näher als den jüngeren Metopen von
Selinunt. Das gilt namentlich von dem mittelsten Giganten, der
weniger an die eine oder andere Metope erinnert als an das, was
ihnen allen gemein ist. Dort findet sich auch das Todesgrinsen, welches
die Zähne sichtbar werden lässt, freilich in geschickterer Ausführung.
Was die Megarischen Sculpturen — die gewiss ebenfalls von Sicili-
schen Künstlern herrühren [47] — von denen der Tochterstadt noch am
meisten unterscheidet, ist die grössere Lebhaftigkeit, die aber auf so
breitem Bildfelde viel wohlfeiler zu erlangen war, als in dem engen
Rahmen der Metope, deren Zwang erst Pheidias völlig überwand. Auf
Schönheit der Linien und Formen machen beide keinen Anspruch.
Sie zeigen sogar eine gewisse Virtuosität, der Natur ihre hässlichen
Seiten abzusehen, und diese bäuerische Art der Einzelbeobachtung
lässt sie das Ganze des Menschen und seiner Erscheinung gänzlich
aus den Augen verlieren. Naturgemäss tritt die Mangelhaftigkeit
der Proportionen und die Plumpheit der Bewegung in Selinunt mehr
hervor, wo es sich um Werke grösseren Stiles handelt.

(6). Es sind bekanntlich drei Metopen, die in Betracht kommen,
zwei von dem gewöhnlich mit F bezeichneten Tempel (Taf. V und VI)
und eine vom Heraion (X). Die letztgenannte zeigt Athena mit langer
Aegis, ausserdem mit Schild ausgestattet, die auf den steif umfallen-
den Gegner in einer selbst für ‚Megarischen Geschmack‘ (um mit
den Athenern zu reden) höchst ungraziösen Weise zueilt. Nur durch
Zufälligkeiten der Zerstörung haben sich an der Göttin der IV. Par-
thenon-Ostmetope ähnliche Umrisse herausgebildet. Die nur zur
unteren Hälfte erhaltene Göttin des anderen Tempels (Taf. V) müsste,
um wieder Athena darzustellen, geradezu nach attischer Weise die
Aegis über dem ausgestreckten Arm gehalten haben, sonst würde
über dem Gefallenen, wo keine Spur eines Schildes zu bemerken,
ein gar zu grosser Raum frei bleiben. Die Göttin tritt dem Gegner
mit dem einen Fuss in die Weiche, während sie ihn mit der Lanze

---

[47]) Vgl. Kekulé Arch. Ztg. 1883, 241.

in die Achsolhöhlo trifft; genau an denselben Theilen, den empfind-
lichsten, brennt auf der Aristophancs-Schale Artemis ihren Feind.
Vielleicht dass diese hier gemeint ist, die ihren Bogen wie auf den
Vasen vorstrecken konnte, nicht ohne zugleich eine Stosswaffe zu
führen. Die Metope der Taf. VI erinnert wieder stark an die
Giebelfiguren, das steife Aufstützen des Armes an den dortigen
Ares, das regungslose Knien, welches in den zahllosen Fall- und
Kniebewegungen der attischen Giganten keine Analogie findet, an
die dortige Mittelfigur. Auch der Gott, vermuthlich Dionysos,
lässt eine Stilverwandtschaft mit dem der dortigen l. Eckgruppe erkennen; dieselbe untersetzte Gestalt, dieselbe weichliche Behandlung
des Gewandes, welches zudem die Körperformen alterirt und dort
dem Arm, hier dem l. Bein etwas Geschwollenes giebt.

7. Das angeblich im Apollotempel von Selinunt gefundene Ko-
lossalfragment eines gefallenen Giganten wird bei dieser Gelegenheit
seine passendste Erwähnung finden, wiewohl der Stil nichts Archaisches mehr zu haben scheint. Die Figur war nackt vielleicht bis
auf den Helm, der mit der oberen Kopfhälfte abgebrochen sein mag.
Sie zeigt vorgeschrittene Formengestaltung an Hals und Brust, einen
vortrefflichen Wurf des schmerzhaft zusammengekrümmten oder im
Fall sich wehrenden Körpers, vor Allem völlige Beherrschung des
Gesichtsausdrucks. Der Mund ist nämlich auch hier geöffnet und
zwar zum Schreien, aber die naive Neigung, die Zähne sehen zu
lassen, ist verschwunden und statt dessen der schmerzhafte Ausdruck
im ganzen Gesicht gleichmässig vertheilt.

8. Studniczka ist es gelungen, aus Bruchstücken von der Akropolis mehrere Figuren wenigstens soweit zusammenzusetzen, dass
man mit Deutlichkeit die Reste einer Gigantomachie erkennt. Und
wenn Dörpfeld (Ath. Mitth. 1885, 275) darin richtig gesehen hat,
dass die Anlagen unterhalb des Parthenon nicht dem vorpersischen
Tempel angehören, und dessen Spuren wirklich zwischen Parthenon
und Erechtheion zu finden, seine Form und Grössenverhältnisse danach zu bestimmen sind [47a]: so leidet es auch keinen Zweifel, dass die
zu seinen Proportionen passenden archaischen Sculpturen, deren Rücken-
beschaffenheit längst auf ihre architektonische Bestimmung deutete,
die Giebel jenes Tempels gefüllt haben müssen, des einzigen Gebäudes,
wo man lebensgrosse Sculpturen dieses Inhalts erwarten kann. Die

---

[47a]) Vgl. jetzt Denkm. d. Inst. I Taf. 1.

Rückseite bildete dann jedenfalls wie auf etlichen sf. Gigantenvasen
die Athenageburt, die auch später von Pheidias beibehalten wurde,
während an Stelle des andern durch den Peplos immer glänzender
vertretenen Mythus ein friedlicherer Götterstreit eintrat.

Sehen wir die reconstruirten Theile an, so ist die erste verständliche Gruppe auch zugleich die entscheidende. Athena mit der
Aegis auf dem l. Arm blickt und greift nach r. unten; ihre Hand fasst
ein dünnes Stück Stab oder Röhre, sicherlich nicht die Lanze, wie
Studniczka für möglich hält, und die vielmehr der r. verlorene Arm
schwang, sondern die Helmbuschröhre des fallenden Giganten [48].
Dieser, dessen Reste und Zugehörigkeit Studniczka scharfsinnig bestimmt hat, war ziemlich nah vor ihr niedergesunken in einer ganz
ähnlichen Stellung wie auf dem Megaror-Giebel der nur andersherum
gewendete l. Nachbar des Zeus, welcher, wie uns schien, ebenfalls Athena
zur Gegnerin hatte. Schwerlich nahm diese lebhaft bewegte Gruppe,
wie der Entdecker annimmt, die Mitte des Giebels ein, dessen Höhe
sie auch nicht erreicht. Auch hier muss Zeus den festen Mittelpunct gebildet haben, von wo die Kämpfer auseinander stürmten.
Wie Athena nach r. hin, so bewegte sich ein mächtig ausschreitender nackter Gott [49] nach links. Die uns zugekehrte Seite der Brust
und Schulter, in welcher ein Metallzapfen stak, ist stark abgesplittert, die Schulter der rechten vorstrebenden Seite in einer Weise
gehoben, welche sich nicht mit regelrechter Führung einer Waffe,
gleichviel welcher, verträgt. Die Bewegung erklärt sich nur durch
Niederstossen der Lanze von oben nach unten und steht jedenfalls
mit der Senkung und sonstigen Beschaffenheit der l. Schulter in
Zusammenhang. Alle Merkmale würden sich auf Poseidon vereinigen,
der die Insel, wie es Regel ist, auf der l. Schulter trug. Schon die
Neigung des Giebelfeldes, welches für höchstens drei Gruppen jederseits Platz bot, nöthigt dazu, die hoch aufgerichtete Figur der Mitte
möglichst nah zu rücken und der Athena als Pendant gegenüberzustellen. Und wie ein Blick auf das Personal der sf. Vasen zeigt,
sind wir in der Wahl eines männlichen nackten Gottes hier äusserst
beschränkt, noch weit mehr als in Megara, wo nicht mit einer entwickelten Charakteristik und Formengebung zu rechnen war.

[48]) So schon auf der jon. Vase.
[49]) Der Gedanke an einen Giganten bedarf wohl keines ausdrücklichen Widerspruchs.

II. Die Attischen Vasen.

(Aeltere Epoche; bis Ende des 5. Jahrh.)

Die Vasen sind es auch in diesem Mythus, welche uns die intimste Kenntniss von der antiken Anschauung vermitteln, welche die Tradition am treusten bewahren, am ausgiebigsten wiederholen und am folgerichtigsten entwickeln. Gemälde von objectiv künstlerischem Werthe, wie sie nach Pheidias fast jedes einzelne Stück darbietet, begegnen hier, d. h. diesseits der Erginos-Schale, noch nicht. Die grosse Masse der älteren Gefässe, in der sich schwarz- und rothfigurige kaum unterscheiden und im Folgenden auch nicht getrennt sind, besteht, von zwei Wagengruppen (1 und 3) abgesehen, aus ziemlich einförmigen Monomachien, Gruppen eines Gottes und eines Unterliegenden, welche nach Laune und Bedürfniss ausgewählt, einzeln oder reihenweis gegeben werden. Niemals, wo die Götter zu Foss sind, kämpfen mehrere gegen einen Giganten oder umgekehrt mehrere Giganten gegen einen Gott, wie dies ausnahmsweise bei Zeus auf den zwei nichtattischen Vasen, No. 3 und 4 des vorigen Abschnittes, vorkommt. Nur wenn der Maler eine einzelne Scene aufs Gefäss setzt, ist dies anders und ladet der disponible Raum von selbst dazu ein, dieselbe um einen oder zwei Giganten zu verbreitern. Ein Durcheinander der Parteien aber, ein Kampfgetömmel, wie es die Heroenbilder zeigen, konnte natürlich nicht aufkommen, wo sich die Götter durchweg nach derselben Richtung bewegten und die Stellung des Gegners keinen Augenblick darüber im Zweifel lassen durfte, auf welcher Seite der Sieg sei. Die dominirende Richtung, welche ihre Spuren noch weit über diese Epoche hinaus hinterlässt, geht von links nach rechts, das ist diejenige, welche man der Hauptperson, dem Agirenden überhaupt zu geben liebte nach einem das ganze Alterthum durchziehenden, noch nicht recht aufgeklärten Princip, welches zu den graphischen Gewohnheiten, wie man sie heutzutage an Kindern und Anfängern beobachtet, in directem Gegensatze steht. Diesen Umständen entspricht die Bewegung der Giganten, die, mag sie eine kniende, fallende oder ausweichende

sein, hier bei aller Lebhaftigkeit der Gegenwehr nicht zu derjenigen
Freiheit und Mannichfaltigkeit kommen kann wie diejenigen Typen,
die in der Geburtsstunde ähnlicher Beengung nicht unterworfen
waren. Erst die Epoche des Pheidias scheint auch diesen Bann gebrochen zu haben.

Hatte also jedes dieser vielleicht schon mythologisch zusammengehaltenen Kämpferpaare, zu denen wie gesagt ein oder zwei Wagengruppen kommen, ihre eigene Existenz und Entwickelung, so müssen
sie auch einzeln betrachtet werden, zunächst ohne Rücksicht auf die
äussere Verbindung, in der sie etwa erscheinen. Ich habe der
Uebersicht halber alle die Vasen, welche mehrere Götter enthalten,
da wo sie zum zweiten oder öfteren Male vorkommen, durch einen
Stern markirt. Die grossen Buchstaben bezeichnen schwarzfigurige,
die kleinen rothfigurige Gefässe.

Die aufgeführten Gefässe sind durchweg attisch ausser 1 B und
der Pariser (jonischen) Amphora, die sich nicht von der Vergleichung
ausschliessen liess. Nur wenige greifen über die bezeichnete Epoche
hinaus.

- - - ———

[Mit *Amph(ora)* ist die Form 41 Jahn's, 30 Furtwängler's, mit *sl. Amph.* die
schulterlose 41 J. 28 F. gemeint.]

———

1. Zeus mit Herakles zu Wagen, Athena (und Ares) daneben.

A. Athen. Schale frgmt. Collignon, catal. des vases 232 und
vollständiger 'Εφημ. ἀρχ. 1886 S. 83, abg. daselbst Taf.
VII 1, danach auf unserer Tafel I 1.

B. Berlin 3988 Dreifussvase aus Tanagra, abg. Furtwängler
Sammlung Saburoff Taf. 49.   RR. Amazonon. Priamos.

C. London 557 Amph. abg. Overbeck Kunst-Myth. Atlas Taf.
IV 3.   R. Bakchos, Thiasoten.

D. Florenz. sl. Amph. abg. Gerhard AVB I 5. Elite I 1. Inghirami Vas. fitt. 75. Overb. IV 9.   R. Athenageburt.

E. München 719 Amph. abg. Overb. IV 6 (vgl. Poseidon
No. 1).

F. Vatican. Hydria, abg. Mus. Greg. II 7, 1; jedenfalls identisch mit Gerhard AVB I S. 25, 23 f = Overb. Text S. 346,
7; vgl. Heydemann VI. Hall. Progr. S. 15, 62[50].

———

[50]) Vgl. unten S. 297, 61.

G. ebend. al. Amph. abg. Mus. Greg. II 50, 1; jedenfalls identisch mit Gerhard b = Overb. S. 345 No. 4; vgl. Hoyde-
mann a. a. O.   lt. 6 Krieger (Kampf um
                                                           eine Leiche).
H. früher bei Canino, Amph. Gerhard d = Overb. No. 5.
J. früher bei Depoletti, al. Amph. Gerh. e = Overb. No. 6 [1].

Von links her kommen auf einem Wagen, unter dessen spren-
genden Pferden bereits ein Gegner liegt, Zeus und Herakles, während
im Hintergrund Athena mit gezückter Lanze einherschreitet gegen
einen oder zwei herankommende Giganten.   Herakles in lebhafter
Bewegung tritt, um einen festeren Stand für den Schuss zu gewinnen [52], mit dem einen Fuss über die Brüstung des Wagens hinweg
auf die Deichsel und hält den Bogen [53] gespannt gegen die Feinde,
wie es Amphitryon bei Euripides Herc. 177 ausspricht:

Διὸς κεραυνὸν ἠρόμην τίθριππά τε
Ἐν οἷς βεβηκὼς τοῖσι γῆς βλαστήμασι
Γίγασι πλευροῖς πτήν' ἐναρμόσας βέλη.

Zeus zuweilen bekränzt (DE), im Panzer und kurzen Chiton darunter,
ist nach beliebter Manier im Moment des Wagenbesteigens dargestellt, mit der L. die Zügel erfassend, mit der R. den Blitz [54] über
seinem Haupte schwingend.   Neben dem Wagen sieht man stets

τὴν παρασπίζουσαν ἅρμασίν ποτε
Νίκην Ἀθάναν Ζηνὶ γηγενεῖς ἔπι (Eur. Jon 1528) [55].

DG (und H?) fügen neben Athena noch Ares hinzu, dem wir schon
am Megarischen Schatzhaus begegneten; doch tritt er neben der
Göttin gar zu sehr zurück und findet, zumal wenn jene nach typischer Weise ihre Aegis vorhält, zu wenig Platz, um für einen festen

---

[51]) Ueber Gerhard g und h ist unter 3 nachzusehen.   Vielleicht gehört hierher das von Jahn Bull. 1839, 73 erwähnte Amphoren-Frgmt. von
Toscanella.

[52]) Vgl. Overb. S. 344.

[53]) Derselbe fehlt in der Publication von F, aber nicht am Original,
wo er nur mit Athenens Kopf in Collision geräth und hinter denselben
zu stehen gekommen ist.

[54]) In der Abbildung von D missverstanden; vgl. Heydemann III.
Hall. Progr. 88, 23.

[55]) Wieseler S. 140 versteht den einfachen Wortlaut dieser Stelle
nicht, die er auf die zu Wagen kämpfende Athena bezieht.

Bestandtheil des alten Schemas gelten zu können. Nach dieser Weise
wird denn auch A zu ergänzen sein.

Während dem Zeus die vordere, dem Herakles die hintere Stelle
zukommt, hat B dies Verhältniss vertauscht und ist auch darin un-
günstig von der Regel abgewichen, dass sie den Bogenschützen in
genau paralleler Beinstellung mit dem Lenker eben erst auf den
Wagen treten lässt. D lässt den Herakles sogar zu Fuss nebonher-
gehen; aber die sonstige, mit den correcteren Exemplaren übereinstimmende Körperhaltung verräth deutlich, dass der breite Bogen-
köcher, der hier vor der Wagenlehne heraustritt, eigentlich nur in
missverstandener Weise den Oberschenkel des auf der Vorlage heraustretenden oder, wie es zuweilen vorkommt (unt. NO), knienden Beines
wiedergiebt; wie ja auch die Rückseite dieser Vase grobe Irrthümer
zeigt [56]. Auf F trägt Zeus nichts als einen Schurz um die Lenden;
doch würde ich dies, so vortrefflich und lebendig die Vase sonst
gemalt ist, nicht für die bestimmte Absicht des Malers halten, sondern einfach daraus herleiten, dass die Muskelzeichnung des Panzers,
wie sie das Original zeigte, mit dem nackten Körper verwechselt
wurde und in Folge dessen nur der Rockschooss übrig blieb; wo
Zeus in diesem Typus nackt vorkommt, pflegt wenigstens eine schmale
Chlamys schalartig über der Brust zu liegen und über die Schultern
zurückzufallen (EK). Besonderen Glanz entfaltet in der Erscheinung
des Göttervaters A, wo zwar der Panzer fehlt, doch über dem von
weichem Stoff gedachten kurzen Chiton eine reich bordirte Chlamys
den Vorderleib bedeckt [57]. Die Giganten, natürlich bis an die Zähne
gewappnet und, soweit erkennbar, bärtig bis auf C, haben bereits
einen Mann verloren, der, oft in der geballten Faust noch einen
Stein haltend, auf der Flucht getroffen oder vom Ansturm des Wagens in der Richtung der Pferde niedergestürzt ist; die umgekehrte
Lage des Körpers (d. h. nach den Göttern zu), die sich auch wohl
findet, würde den Sinn und die Lebhaftigkeit dieses — wie alle
raumfüllenden Züge der alten Kunst — vortrefflichen Motivs beein-

---

[56]) Eine Athenageburt ohne Athena, den Zeus ohne Bart.

[57]) Sie ist in der üblichen Weise shawlartig umgenommen; aber der
Mangel der Falten sowie die Eigenthümlichkeit des Schnitts erwecken den
täuschenden Eindruck, dem auch der griechische Herausgeber nicht entgangen ist, als ob ein zusammenhängendes Stück den ganzen Vorderleib
bedecke; aber ganz ebenso, auch im Stil, Journ. of hell. st. 1886 pl. LXX.

trächtigen. Platz hatten die alten Bilder in ihren kurz rechteckigen, fast quadratischen Rahmen nicht viel; so ist man über einen oder zwei Angreifer, die unmittelbar vor den Pferden erscheinen, nicht hinausgekommen. — Dies das alte, abgeschlossene Schema, welches durch Hinzufügung anderer Kämpfergruppen, wie des Poseidon (E) und der Hera (C), wohl erweitert aber nicht alterirt wird. Eine gewaltsame Verdrehung hat dasselbe nur auf E insofern erlitten, als Athena dort nicht in der Richtung des Wagens, sondern umgekehrt schreitet und, da sie dort keinen traditionellen Gegner findet, nun mit einem neuerfundenen, höchst unglücklich eingezwängten Giganten versehen worden ist.

Auf C greift die bakchische Rückseite durch Unachtsamkeit des Malers in unsere Scene stark hinein, so dass der eine Satyr unmittelbar dem Wagenkampfe, der andere der Hera voranzutänzeln scheint. Dergleichen konnte bei der Häufigkeit ähnlicher Reverse, z. B. auf Q, leicht begegnen, sobald die bakchische Scene oder, wie in unserem Fall, die Kampfscene eine geringe Personalerweiterung erfuhr. Dies verdient bemerkt zu werden, weil sich doch wohl auf diese höchst einfache Weise Gerhards räthselhafte Beschreibung von J erklärt: „Zeus, Athena, Herakles und ein Silen gegen Giganten ausziehend". Man hüte sich also dies wörtlich zu nehmen [56] und nach Eurip. Kykl. 7 und Ps.-Eratosth. Catast. XI an die Betheiligung des Thiasos am Kampfe zu denken. Ueberdies müsste zuvor Dionysos selber dabei sein, ehe an sein Gefolge zu denken wäre, und die Ausrede, zu der Jemand greifen könnte, der Satyr sei aus einer vollständigeren Kampfscene herausgenommen, wäre um vieles künstlicher als die Auffassung, die durch verschiedene Beispiele gestützt wird, dass in die Gigantomachie Figuren der Rückseite irrig hereingezogen sind [57].

Ist schon in dieser Vasenreihe die Persönlichkeit des Zeus einmal (G) ein wenig verdunkelt, wo auch die R. statt des Blitzes die Zügel fasst, so sinkt er allmählich zum blossen Wagenlenker herab, der, mit langem Gewand angethan, mit beiden Füssen auf seinem Wagen steht. Zugleich erscheint das Verständniss dadurch getrübt,

---

[56]) Wie zuletzt Kuhnert in Roscher's Lex. 1657 gethan hat. Overb. S. 354 hat wenigstens den Vorbehalt ausgesprochen: „wenn die Vase richtig beschrieben ist".

[57]) Vgl. 1 S und 3 F G II.

dass Herakles fehlt und also der Kriegswagen keinen Kämpfer hat [60]. Von dieser Art sind [61]:

K. München 418 Schale.
L. Neapel 2473 Amph.   R. 2 Kämpfer um 1 Gefallenen.
m. ebd. R. C. 132 rothf. Stamnos. R. Satyr eine Bakchantin umschlingend.

Ihre Zugehörigkeit wird besonders durch K vermittelt, einen sehr figurenreichen, durch Wiederholungen und willkürliche Variationen zu Stande gebrachten Bildstreifen, der trotz der dadurch entstandenen Unklarheit keinen allgemeinen Kampf darstellt, wie Jahn schon wegen der hervorragenden Theilnahme der Frauen nicht hätte annehmen sollen [62]. Die am meisten charakteristische Gruppe zeigt in dem gewohnten Schema Athena und Ares, auf dem Wagen Zeus mit Kentron oder Lanze, gekleidet wie auf E, während ihn die zwei anderen Vasen in der angedeuteten Weise entstellen und ausserdem den Ares weglassen. Nach der in diesem Capitel gegebenen Ueber-

---

[60]) Diese Rolle ist nicht etwa der übrig gebliebenen Athena zuzutheilen. Uebrigens ist auch auf friedlichen Scenen, wo Athena und andere Götter den Wagen des Zeus geleiten, der Göttervater unkenntlich: s. B. Inghirami pitt. III 206.

[61]) Auch die von Gerhard AVB I S. 25, 23 f erwähnte Vaticanische „Hydria aus der Candelorischen Sammlung: Zeus und Athene zu Wagen gegen 3 Giganten kämpfend" würde, da Athena nicht zu Wagen neben Zeus vorkommt, hierhergehören, wenn die kurze Beschreibung halbwegs auf Genauigkeit Anspruch machte. Aber offenbar ist nicht nur die scheinbare Beziehung von Athena auf den Wagen zu unterdrücken, sondern es ist wohl geradezu F gemeint, wo noch Herakles dabei ist. Eine andere Gigantenhydria findet sich im Vatican nicht.

[62]) Dass die Gespanne alle den Göttern gehören und keines den Giganten, ergiebt sich daher, dass eines von weiblicher Hand gelenkt wird und zugleich, wie sich genau beobachten lässt, keine der Frauen gegen einen Wagen kämpft. (Ausser unserer Gruppe bestimmte Gottheiten zu unterscheiden, ist natürlich unmöglich und unstatthaft.) — Es giebt demnach kein einziges Beispiel dafür, dass die Giganten mit Pferden und Wagen zu Felde ziehen; denn die beiden sf. Schalen, welche früher in diesem Sinne gedeutet wurden, stellen, wie richtig erkannt worden, vielmehr den Kyknos-Kampf dar; es sind dies

1) London 560 Nikosthenes-Schale abg. Overb. K.-M. Atlas IV 7; s. dagegen Robert bei Bolte de monumentis ad Odyssoeam pertin. Berol. 1882 p. 53 n. 29 u. Furtwängler zu Sammlg. Saburoff XLIX.

2) Berlin 1799. abg. Gerhd. AVB I 61. s. Furtwängler Vas.-Katal. a. a. O. nur ist hier das Motiv des auf dem Wagen schiessenden Herakles der Gigantomachie entlehnt.

sicht wird Heydemann auf L den gegen den Wagen anstürmenden
Krieger wohl nicht mehr für Ares halten wollen [63], der an dieser
Stelle nichts zu thun hat, sondern den stereotypen Genossen des
fallenden oder fliehenden Giganten erkennen. Noch eine weitere
Variation ist in Betracht zu ziehen.

N. London 511 Amph. Overb. 346,9
O. ebd.   500 Amph. Overb. 346, 8.   R. Athena zwischen Hahnsäulen.
P. früher in Neapel. Amph. abg. Elite IV 100, s. p. 426.
Q. Vatican, Amph. abg. Mus. Greg. II 33,1. R. Dionysos mit Gefolge.
R. München 718 Amph.   R. Rüstungsscene.
S. ebd.   726 Amph.   R. Athena u. Enkelados zwischen
                                               2 Kämpfergruppen.
T. ebd.   1257 Hydria   R. Stehender Wagen und Krieger
                                               dabei.
U. früher Castellani (Catal. 1868, 19). Amphora.
                                            R. Athenageburt.

In dieser Reihe, die sich leicht vermehren lassen wird, fehlt
nicht nur Herakles, sondern, was schlimmer ist, sein Platz auf dem
Wagen ist durch einen Hopliten besetzt; und da auch Zeus sich von
einem sterblichen Wagenlenker in nichts mehr unterscheidet, so müsste
man ohne die Anwesenheit der an ihrem gewohnten Platze schreitenden und die Lanze schleudernden Athena Bedenken tragen, dieselben
überhaupt hierherzuziehen. Dass wir es aber auch hier lediglich mit
unverstandenen Gigantomachieen zu thun haben, folgt für mich, abgesehen von der Göttin, die sich an dieser Stelle placirt anderwärts
nicht nachweisen lässt, theils aus S, wo eine unbestreitbare Gigantomachie mit allgemeinen Kriegergruppen verständnisslos verbunden
ist [64], wie auch die Rückseite von U (wegen D) eine gewisse Beachtung verdient, theils daraus, dass auf N der Gefallene eine Fackel
hält (S. 157, 6), endlich aus der Stellung des Kriegers auf dem
Wagen, die genau mit der des schiessenden Herakles übereinstimmt [65].
Diese stark vornübergeneigte Körperhaltung und die Stellung mit
dem einen Fuss im Wagen, mit dem andern auf der Deichsel passt

---

[63]) Derselbe Irrthum III. Hall. Progr. 68, 26.
[64]) Daher es auch gar nichts auf sich hätte, wenn aus dem langbekleideten Lenker hier einmal eine Frau geworden sein sollte, wie Jahn
angiebt.
[65]) In den Beschreibungen wird dies manchmal durch „im Begriff ab-
zuspringen" bezeichnet, als ob der Apobates über die Pferde zu springen
hätte.

nur für den Bogenschützen, während der Schleuderer und Speerwerfer,
der seinen Schwerpunkt in dem zurückgesetzten Fuss hat und den
Oberleib zurückbeugen muss, bei jener künstlichen Attitude fehltreten
oder das Gleichgewicht verlieren muss. Diese Rücksichten gelten
natürlich in erhöhtem Maasse da, wo der Krieger mit dem einen
Fuss auf der Lehne kniet (NO), eine Variation, die ich indirect
auch bei Herakles (D) nachweisen zu können glaubte: worin ich mich
hier nur bestärkt finde; denn das Knieen kommt dem Schützen ebenso zu Statten, wie es dem Hopliten hinderlich sein würde. — Es
hiesse diesen Dutzendarbeiten zu viel Ehre anthun, wollte man mit
Overbeck S. 346 (vgl. 352. 354) den Krieger Ares benennen [66]. Der
nicht immer leicht aufzufindende Punkt, wo das Interesse oder das
Verständniss des Malers für den copirten Gegenstand endet, ist bereits überschritten. Freilich sobald wir noch einen Schritt weiter
thun und die zahlreichen Vasen gleichen Stils ansehen, wo auch
Athena fehlt und durch Krieger ersetzt ist [67], sonst aber nur noch der
vorspringende Hoplit und etwa der Todte unter dem Pferde vorhanden ist, müssen wir die umgekehrte Fragestellung gewärtigen:
ob nicht das allgemeine Wagenkampf-Schema für den anscheinend
jungen Mythus verwendet worden sei. Ich vermag aber den formalen
Gründen, die ich anführte, nichts hinzuzufügen. Der in lebhafter
Bewegung aufsteigende Zeus, neben seinem zum Schleudern zurück-
gebogenen Oberleib der vorgeneigte, etwas geduckte Herakles, dann
die Göttin mit der ausgestreckten Aegis, die den Platz über den
Pferden geeigneter füllt als ein Hoplit, der obenein dem vermeintlichen Hoplit auf dem Wagen beim Abspringen doch nur im Wege
sein würde: dies Alles greift so trefflich ineinander und giebt ein so
herzerfreuendes Beispiel von der Kunst des archaischen Stils, aus der
Raumnoth die höchste Tugend zu machen, dass man nur wünschen
kann, die monumentalen Vorbilder, nach denen die Topfmaler

---

[66]) In dem Castellanischen Catalog (U) wird er Zeus genannt; wen
sich dabei der Beschreiber wohl unter dem bärtigen Wagenlenker gedacht
haben mag? — Kuhnert in Roschers Mythol. Lex. 1657 begnügt sich hier
nicht, Overbeck's Angaben zu wiederholen, sondern fügt hinzu, es müsse
bei der Substituirung des Ares eine bestimmte Absicht zu Grunde gelegen
haben.

[67]) z. B. München 680, 690 B, 1338, 587, 723. Mus. Greg. II 48, 1 b.
Berlin 1716. Kopenhagen Ant.-Cab. Katalog No. 109; andere in Corneto
u. s. w.

diesen scharf, fest und tüchtig geprägten Typus wiederholten, nachweisen zu können.

Bei weitem die meiste Bedeutung von allen Vasen, welche diese Gruppe aufweist, beansprucht A sowohl durch ihren Fundort — sie stammt aus dem Schutt östlich vom Parthenon — als durch den hocharchaischen Stil und die Inschriften, vor Allem auch insofern sie das hier leider fragmentirte Wagenschema mit den Fusskämpfen anderer Götter verbindet, während die einzige Schale, welche sonst noch in diesem Kreis begegnete (K), ihren langen Streifen nur durch sinnlose und entstellte Wiederholungen derselben Wagengruppe auszufüllen wusste. Was ihr Interesse noch erhöht, ist eine im Hintergrund in halber Höhe auftauchende Frauenfigur (ehemals durch weisse Farbe kenntlicher), die ihren Blick und ihre Hand zu dem Göttervater erhebt, offenbar Ge, die sonst in den archaischen Bildwerken vermisst wird und für die wir bisher auf die Aristophanes-Schale, also bis hinter Pheidias verwiesen waren. Wir wollen aber kein Hehl daraus machen, dass es einigermassen überrascht, eine so wohlabgeschlossene und oft wiederholte Scene, die ihrer Form und Grösse nach wie ein alt überkommenes Erbstück archaischer Kunst erscheint, ihres Rahmens in dieser Weise entkleidet zu sehen; denn mit der Erweiterung sind alle Bedingungen zugleich verändert; jetzt war Athena nicht mehr an den Platz neben dem Wagen gebunden, und mit der Vorkämpferschaft der drei Götter war es vorbei, wenn vorn für andere Götter Platz war; wie auch der Ansturm der Rosse und die Wucht des Donnerkeils, die vorher beide in eine unbestimmte, grösstentheils unsichtbare Feindesmasse hineinfuhren, durch das im Streifenbild unvermeidliche Vorangehen anderer Göttergruppen eine gewisse Lähmung erleidet. Weit eher würde man eine gleichmässig fortlaufende, auch den Zeus zu Fuss zeigende Gruppenreihe erwarten, wie sie die altjonische Vase vorführt, die nur die archaische Gleichheit in der Richtung der Hauptfiguren bereits aufgegeben hat. Auf solche Vorbilder führt auch ein anderer Umstand. Die Ge, eine in diesem Kreis besonders wichtige und gewiss früh eingeführte Figur, kann nicht an den Platz gehören, wo sie unser Maler eingezwängt hat, nämlich zwischen Zeus und Herakles hinter den Wagen, wo dann natürlich kaum Kopf und Hand sichtbar werden; das Wagenschema hat, da eine Composition wie auf dem Relief Albani (Zoega LXXXI) in diesem Stil noch nicht anzunehmen, für sie keinen Platz; sie gehörte neben eine zu Fuss kämpfende Gottheit. Ziemlich

deutlich erkennt man, wie hier verschiedene Darstellungsformen zur
Verfügung standen und nach Belieben verwerthet und combinirt
wurden. Möglich, dass diese Doppelheit einer zwiespältigen Anschauung der Sage entsprang, d. h. dass in der einfachen Reihe der
Fusskämpfer, wo ein Sterblicher nicht mit Anstand erscheinen kann,
die jonische Auffassung zu Tage tritt, während das Schema des
Wagens, welches einer zweiten, untergeordneten Person Platz bietet,
der Einführung der dorischen Helden diente und im Peloponnes seinen
Ursprung hätte [68]. Uebrigens kehrt die jedenfalls beliebt gewordene
Verbindung des Zeuswagens mit den Monomachien noch auf dem Fries
von Sunion und der dem Brygos zugeschriebenen Schale wieder, um
aber sehr bald danach zu verschwinden. Man scheint dabei dem
Hermes, der in der Gigantomachie selbständig kaum hervortritt, die
dienerartige Rolle, als welche seine Theilnahme am Typhoeuskampfe
aufzufassen ist, hier in der Weise zuertheilt zu haben, dass man
ihn hinter dem Wagen des Zeus placirte, wo ihn unsere Schale und
die des Brygos zeigt; wie auch die nahe Verbindung von Hermes,
Dionysos und Poseidon durch jene Schale und eine ganz verwandte,
sowie durch etruskische Bronze-Nachahmungen über den Charakter
einer Zufälligkeit erhoben wird. Deutlich ist $Z\epsilon\acute{v}\varsigma$, $\text{'}E\varrho]\mu\tilde{\eta}\varsigma$ und der
seinem Gegner unter die Achsel geschriebene Name $E\upsilon\varrho\acute{\omega}\pi\epsilon[\nu\varsigma$ oder
$E\upsilon\varrho\acute{\omega}\pi\eta[\varsigma$ (s. S. 185), nicht $E\upsilon\varrho\acute{o}\pi\eta\varsigma$ wie der Herausgeber meint;
ferner $\Pi o\lambda[\upsilon\beta\acute{\omega}\tau\eta\varsigma$ und AHEON, letzteres, wie der Herausgeber
richtig bemerkt, zur Bezeichnung des Thieres, nicht eines gleich-
namigen Giganten (S. 188). Unbestimmt bleiben die vier Buch-
staben der linken Bruchseite, vielleicht $\mathit{I\nu\chi o[\varsigma}$ ($\mathit{\ddot{o}\gamma\chi o\varsigma}$) falls das o
sicher ist, sonst eher $\text{'}E\nu\chi\acute{\epsilon}\lambda a\delta o\varsigma$ [69]; dahingegen, meine ich, hat das
Wort, welches zwischen Hermes und seinem Giganten steht, unnützes
Kopfzerbrechen veranlasst. Da der Schreiber am Rande begann, wo
aber noch für einen Buchstaben Platz ist, und er hier wie bei den
übrigen Namen, die hart am Rande stehen, linksläufig schrieb (derart dass er mit der Linken den Fuss der Schale fasste), so war der
letzte Buchstabe ein Sigma (z), nicht Kappa, wie bisher angenommen

---

[68]) Vgl. Robert z. Prell. I 74, 1. Kuhnert in Roscher's Lex. 1657.

[69]) Doch scheinen gerade der ältesten attischen Kunst diese naiven
Verdeutlichungen alltäglicher Gegenstände eigen zu sein; man denke an
die der unseren doch noch nicht so fern stehende François-Vase mit
ihrem $\beta\omega\mu\acute{o}\varsigma$, $\ddot{v}\delta\varrho\iota a$, $\varkappa\varrho\acute{\eta}\nu\eta$. Möglich wäre noch eine Verschreibung für
$\mathsf{NE4O[4}$, $\nu\tilde{\eta}\sigma o\varsigma$.

wurde, und ergiebt sich die Endung ευς um so deutlicher als bei
dem vorletzten Zeichen zweimal angesetzt ist (ν und ι), das eine
Mal ersichtlich fehlerhaft. Corrigirt hat der Schreiber auch in ευροπε,
wo er zuerst ευο zu schreiben im Begriff war, dann aber aus dem
o ein ρ machte. Genau denselben Fehler, die Auslassung des ρ, wie
sie eine schlechte Aussprache leicht zu Wege brachte, finde ich in
dem fraglichen Worte und lese zuversichtlich zνα;ϙ ονϱ[n πελωϱεἱς,
das ist ein natürlicher und üblicher Gigantenname (S. 252). — Wie aber
dieser Name zwischen die zwei schon benannten Kämpfer fehlerhaft eingeschoben ist und schon in der Richtung wo er steht keine Beziehung
findet, so ist auch in der nächsten Gruppe der Bezeichnung des Bak-
chos-Gegners als Πολυβώτης kein Gewicht beizulegen, wie man es aus
dem Schwanken der Gegnerschaften z. B. der gelegentlichen Zusammenstellung von Poseidon und Ephialtes etwa herleiten könnte; es
müsste nicht die Poseidongruppe unmittelbar folgen, um noch Zweifel
zu lassen, dass eine allgemeine Verschiebung der Beischriften stattgefunden. Danach würde zu Hermes Εὐρώπευς, zu Dionysos Πελωρεἱς,
zu Poseidon wie selbstverständlich Πολυβώτης gehören. Das ist um
so deutlicher, als bei Nonn. 48, 35 unter den Giganten Peloreus der
erste Gegner des Bakchos ist, um gar nicht zu berücksichtigen, dass
auch der Riese des Sicilischen Pelorum, mit einem jüngeren Namen
Alpos genannt, demselben Gotte unterliegt.

2. Zeus zu Fuss.

A*. Die jonische Vase.
  b. London rf. Krater aus Altamura. Bull. d. J. 1869, 245; abg. Heyde-
      mann VI. Hall. Progr.
  c. Athen, rf. Schale frgmt. von d. Akropolis; abg. Ἐφημ. 1885 V 2.
  d. Triest, Sammlg. Fontana rf. Krater ,a campana'. Arch. epigr. Mitth.
      a. Oesterreich 1878 S. 121.
  e. Petersburg 1610, rf. Amph. Jahn Ann. 1869, 181. abg. Overbeck Atlas
      Taf. IV 10, vgl. Text S. 364, 17.
  f.   rf. Amph. Jahn a. a. O. Overb. 365, 18. abg. Dubois cat.
      Pourtalès¹ p. 27 (No. 123).
  g. London 758, rf. Hydria cat. Durand. 2. Overb. 365, 20. abg. Elite I 3.

Eine wie man sieht sehr spärliche Anzahl und darunter keine
einzige sf. attische Vase; denn die sf. Neapeler R.C. 216 die der
Beschreibung nach wie eine Gigantomachie aussieht, gehört einer
anderen Vasenreihe an. Andererseits besteht auch mit der alten
Vase A kein Zusammenhang. Die Ursache von all dem liegt in dem

ganz bedeutenden Vorherrschen des Wagenschemas, welches den
höchsten Gott so wirksam aus der Reihe der Kampfgenossen hervor-
hob. So hat denn der Fusskampf gerade bei Zeus nicht die gleiche
Ausbildung erfahren, wie bei den kleineren Göttern und erst durch
Pheidias denjenigen Schwung bekommen, der uns an der Aristophanes-
Schale in Bewunderung setzt. Es ist nur alterthümliche Lebhaftigkeit, wenn der in vorparthenonischem Schutt gefundene Scherben *c* den
höchsten Gott in einem seiner höchst unwürdigen, fast komischen
Riesensprung auf den Gegner losstürzen lässt. Seine Erscheinung ist
fast überall verschieden, wie seine Körperhaltung; bald trägt er
einen fast bis zu den Füssen reichenden Chiton (*f*) mit lang über
die vorstrebende l. Seite fallender Chlamys (*b*), bald einen kürzeren (*g*), oder er ist ganz nackt bis auf den Gewandstreif über
den Schultern (*e*). Auch seine Attribute schwanken, natürlich abgesehen von dem nie fehlenden Blitz. Auf *e* führt die L. das
Scepter, in *bf* sitzt auf derselben — auf Monumenten des 5. Jahrhunderts gewiss eine Seltenheit — ein Adler, der aber wie eine
Taube aussieht und wenig Ernst macht mit der ihm zuertheilten
Aufgabe, sich an dem Kampf zu betheiligen. Wie leicht wäre es
gewesen, den mit ausgebreiteten Schwingen fliegenden Raubvogel des
älteren Stils gegen den Giganten zu verwerthen; aber daran dachte
Niemand; mit dem neuen Gedanken musste man auch die Bildung
des Raubvogels von Neuem anfangen, und hatte sich um so mehr
damit zu quälen, als die geringe Distance keine rechte Flugbewegung
aufkommen liess und man das ungewohnte Attribut auch noch nicht
recht von der Person, der es gehörte, zu trennen wagte. Nur dass
die Hand mit dem einen oder anderen Attribut ausgestreckt ist, ohne
den Giganten zu berühren, scheint Tradition zu sein und hängt damit zusammen, dass der Gegner des Zeus — wohl als der gewaltigste
— in der attischen Kunst nicht fallend, sondern mehr oder wenig
aufrecht, dargestellt zu werden pflegte (*bdef*) [70]; das führte zu jener
bekannten Stellung, wo der Gigant vom Rücken gesehen wird, nach
r. hin heftig ausweichend, nach l. hin, wo ein Viertel seines Gesichts
sichtbar wird, ebenso heftig kämpfend oder sich wehrend: ein Motiv,
welches, wie *b* (vgl. *e*) lehrt, schon vor Pheidias geschaffen war, der es
nur unter Weglassung der Waffen am nackten Körper durchbildete
und ihm die Richtung mehr nach oben gab.

---

[70]) Auf *g* blutet er bereits an der r. Schulter. Auf *f* greift er mit
gesenktem Speer an, aber die Scene ist hier auf 2 Seiten vertheilt.

Einige Merkwürdigkeiten bietet *d*, dessen Schönheit der Beschreiber rühmt, insofern dort die blitzschleudernde Hand — nach der Beschreibung die linke (?) — nicht wie sonst ausholt, sondern vorgestreckt ist, und vielmehr die andere mit dem Scepter zurückgeht; und insofern die grösstentheils weggebrochene Figur des Giganten, der wie immer nach r. entweicht und den r. (?) Arm zurückstreckt, ein bärtiges, bekränztes aber greisenhaftes Haupt zu haben scheint. Freilich erweckt die nähere Angabe, dass das spärliche Haar nur über Stirn und Schläfe falle, ebensoviel Misstrauen gegen die Beschreibung, wie manche andere Punkte derselben; denn in dieser Weise pflegt die Kahlköpfigkeit nicht dargestellt zu werden. Man müsste zuvor Genaueres wissen, bevor man die sf. Eleusinische Vase mit dem Greisenkopf, den ein Gigant als Schildzeichen führt, zur Vergleichung heranzieht und sich in irgend welchen Erklärungsversuchen ergeht. Uebrigens muss der Eindruck, den die Bewegung des Zeus macht, ähnlich sein wie auf der Gemme, bei Raspe 971 II pl. 187.

3. Athena zu Wagen.

A.　　　sl. Amph. Aus Mus. Blacas'. Elite I 11. R. Abschiedsscene.

B. München 473 Amph. Ueber dem Fallen-
den ΓΕϟΟΜΑ [1].　　　　　　　　R. 2 Reiter gegen einand. dazwisch. 1 Fallender.

C. Vatican 192 sl. Amph. abg. Mus. Greg. II 52, 1. R. Palästriten.

D. Vatican Amph. abg. Mus. Greg. II 41, 1.
NIKOϟTPATOϟ KAϟOϟ.　　　　R. Athena zwischen zwei Kämpfer tretend.

E.　　　„Amphora'. Cat. Campana IX. X G 370. R. Kriegers Abschied.

F.　　　„Amphora'. Bröndstedt, a brief description of 32 gr. vases of the coll. Campanari, No. 23 ,vgl. Gerhard AVB I S. 29, 43.　　　R. Herakles mit jungem Rind vor Athena, hinter der Bakchos m. Trinkgefäss.

G. Vatican [2]? Amph. abg. Mus. Greg. II 37, 1. R. wie die vorige; dazu hinter Herakl. Hermes sitzend.

H.　　　sl. Amph. Candelori Gerh. S. 26, 23 i. R. Gigantomachie.

? I.　　　„Amphora'. Guida della mostra Campana in Caserta. Napoli 1879. No. 459.　　　R. 2 Kämpfer um 1 Gefallenen, seitlich 1 Bogenschütz — 1 Krieger.

---

[1]) soll heissen πίσημα?

[2]) gegenwärtig nicht aufzufinden; auch nicht in der Bibliothek.

K.   „Amphora'. abg. Gerhard AVB III 193.
R. Dreifusskampf.

L. Vatican, Amph. abg. Mus. Greg. II 37, 2. R. Athena zwisch. 2 Göttinnen.

M. Vatican, Amph. abg. Mus. Greg. II 35, 1. R. Bakchos zwischen 2 leierspielend. Satyrn.

? N. München 88, Amph.   R. Amazonenkampf.

? O.   „Amphora'. abg. Moses Vases Englefield 25.

? P.   „Amphora' Bröndstedt No. 29. abg. Elite III 15.

Overbeck, Kunst.-Myth. Atlas XI 25. ΑΦΡΟ. ΙΤΕϞ. ΓΟϞΕΙ-
ΔΟΝΟϞ. — ΓΥΘΟΚΙΕϞ ΚΑΙΟϞ.   R. 2 Krieger auf Viergesp.

Auch diese Reihe zeigt eine ziemlich gleichartige, aber bei
weitem nicht so lebhafte und fest ausgeprägte Darstellung wie die
vorige oder gar die des Zeus-Wagens. Das Wesentliche ist ein-
galoppirendes Viergespann von jener auf schwarzfigurigen attischen
Vasen gewöhnlichen Art, wo die Pferde so weit ins Halbprofil gestellt werden, dass möglichst viel von allen vieren sichtbar wird,
der Wagen aber, dessen Axe in der Breitstellung viel zu lang geräth, mitsammt den zwei Kriegern gänzlich zurücktritt, von letzteren
bei vorgehaltenem Schilde sogar nur die Kopfspitzen zu sehen sind.
Die Göttin, die hier wie begreiflich von der ihre Brust bedeckenden
Aegis keinen Gebrauch macht, lenkt und führt zugleich die Lanze,
dies aber in eigenthümlicher Manier: die Lanze ist nicht hoch geschwungen, sondern nur eingelegt, d. h. parallel mit dem Unterarm
oder mit den Zügeln und würde, da ihr Ende (technischer Hinder-
nisse halber) gewöhnlich zwischen den Pferderücken verschwindet,
den Eindruck eines Kentron machen, wie auch in manchen Beschreibungen ungenau gesagt wird, wenn dieser Stäbe nicht zuweilen zwei
wären. Manchmal (D) ist die Waffe sogar statt auf den Giganten,
ruhig in die Höhe gerichtet, während sie auf anderen durch Stil
und Rückseiten verwandten Fabrikaten abwärts sticht, nach einem
Gegner, der gar nicht mitcopirt ist (L). Die mechanische Produc-
tionsweise gerade in dieser Vasenreihe kennzeichnet sich noch besser
dadurch, dass auf manchen Exemplaren hinter Athena der Kopf einer
zweiten Figur zum Vorschein kommt, über deren Persönlichkeit zwar
die Kappe und geschulterte Keule keinen Zweifel lässt, die aber gerade durch letzteres, in der Gigantomachie erst sehr spät zur Anwendung kommende Attribut zu einer sinnwidrigen Unthätigkeit
verurtheilt ist. Nur in E schwingt der Mann eine Lanze. Dieser
Nachbar hat seinen Ursprung offenbar in den Bildern, wo, meist in

Gegenwart anderer Götter, Athena mit dem Helden ruhig, etwa zum
Olymp, dahinführt [73]. Auf solche Umdeutung einer friedlicheren
Gruppe, welche, wie man deutlich erkennt, für einen fallenden Krieger
weder unter den Pferden (der acht Hinterbeine halber) noch vor
denselben geeigneten Raum bot, weist schon die Unsicherheit in der
Führung der Lanze und die ganze, überaus schwächliche Haltung
der angeblichen Kämpferin [74], wie andererseits der korinthische übers
Gesicht gezogene Helm (CG) und der vorgehaltene Schild (G) mehr
auf einen allgemeinen Kriegerwagen zurückdeutet. Dennoch wird
die gegen den Giganten losfahrende Athena so häufig und mit directer
Beziehung auf den Panathäen-Peplos erwähnt [75], dass wir schlechterdings mit diesem Typus rechnen müssen, mag er speciell für Athena
oder für einen beliebigen Kriegswagen erfunden sein. Jedenfalls ist
das im Halbprofil galoppirende Viergespann in Athen geschaffen
worden und gehört nicht zu den überkommenen Formen wie das
im Profil dahinjagende Gespann und die archaische, ganz en face
stehende Quadriga, deren Aussenpferde die Köpfe seitwärts strecken [76].

Die Unklarheit, welche in dieser Vasenreihe fast überall und
besonders da herrscht, wo auf dem Wagen zwei Personen erscheinen,

---

[73] z. B. München 69. 484. 545. Mus. Greg. II 9, 1. 45. Catal. Bougnot 36.
Auch da ist Herakles schon zuweilen unkenntlich. Inghirami pitt. d. v.
III 217.

[74] Für C kann ich das lange, bis zur Wagenaxe reichende Frauen-
gewand bezeugen. Ebenso kann N keine Amazone sein.

[75] Eurip. Hek. 446 ἢ Παλλάδος ἐν πόλει | τᾶς καλλιδίφρου Ἀθαναίας
ἐν κροκέῳ πέπλῳ | ζεύξομαι ἆρα πώλους; ἐν | δαιδαλέαισι ποικίλλουσ' | ἀνθοκρό-
κοισι πήναις | ἢ Τιτάνων γενεὰν | τὰν Ζεὺς ἀμφιπύρῳ | κοιμίζει φλογμῷ Κρο-
νίδας;

Schol. Aristid. p. 343 Dindf. ἐν τοῖς Παναθηναίοις ὕφαινον αἱ παρθένοι
Ἀθήνησι πέπλον, ἐν ᾧ ἅρμα ἦν ἐντετυπωμένον καὶ ἃ κατὰ τῶν Γιγάντων ἡ θεὸς
ἔπραξεν.

Paus. VIII 47, 1 — ἐπήλασεν Ἐγκελάδῳ ἵππων τὸ ἅρμα.

Kallim. lav. Pall. 5
    εὖ ποχ' Ἀθαναία μεγάλας ἀπενίψατο πάχεις,
        πρὶν κόνιν ἱππειᾶν ἐξελάσαι λαγόνων·
    οὐδ' ὅκα δὴ λύθρῳ πεπαλαγμένα πάντα φέροισα
        τεύχεα τῶν ἀδίκων ἦνθ' ἀπὸ γαγενέων. Κτλ.

Orph. hymn. XXXII 12
        Φλεγραίων ὀλέτειρα Γιγάντων, ἱππελάτειρα.

Wieseler S. 149 wirft die Hekabe-Stelle mit der aus dem Ion (oben S. 264)
zusammen. Overbeck S. 353 d vermindert die Verwirrung nicht.

[76] Vgl. die Metope von Selinunt III Benndf.

hindert uns nicht, einzelne an sich ganz unbestimmte Darstellungen durch Vergleichung als zugehörig zu erkennen. So vor Allem G, welches den vor den Pferden unterliegenden Gegner und die Unthätigkeit der hier mehr männlich aussehenden Hauptfigur mit den andern gemein hat, zugleich aber durch die widerspruchsvolle Erscheinung der hinteren, baarhäuptigen, trotzdem aber mit Lanzen und Schild versehenen Figur verräth, dass hier unter falscher Flagge gesegelt wird. Andererseits hat in F eine unzweifelhafte Athena mit ihrem Wagen einen Gegner niedergeworfen, der aber nicht den üblichen Waffenschmuck, sondern das Costüm eines Bogenschützen trägt: ein Umstand, dem wohl nicht die völlig beispiellose Auffassung der Pallenischen Giganten als Thraker, sondern lediglich die gerade in diesem Stil so gewöhnliche Vermengung verschiedenartiger Kampfscenen zu Grunde liegt [77]. Beide Nummern, G und F, werden nun noch durch ihre ungewöhnlichen Reverse zusammengehalten; denn der junge Opferstier an der Seite des Herakles gehört doch zu den Seltenheiten. Da die bedeutendste Darstellung dieser Art ebenfalls die Rückseite einer sf. Gigantomachie und zwar auch der kämpfenden Athena bildet (unten 4 CC), so stehen, was bei sf. Vasen selten, beide Seiten in einem inneren Zusammenhang, den wir erst bei dieser Gelegenheit kennen lernen. Nicht Herakles und Dionysos als die beiden mitkämpfenden Heroen, wie Bröndstedt auf Grund falscher mythologischer Voraussetzungen (vgl. S. 156) meinte, werden hier von der Göttin begrüsst, sondern umgekehrt Athena, die hier sehr wohl auch als Götterbild gedacht sein kann und deren Tempel und Altar auf der Berliner Vase gemeint sein mag, wird nach dem Sieg von Herakles begrüsst und durch das erste Stieropfer der Menschheit geehrt. Das knüpft an die alte Tradition von dem Sikyonischen Götterschmaus nach dem Titanenkampfe und an das Stieropfer des Prometheus an.

Ferner erklärt sich K leicht als ein weiterer Schritt auf dem Wege unverständigster Reproduction. Dort kniet in der gewöhnlichsten Weise ein Unterliegender vor dem Wagen, worauf eine unter dem Schild und korinthischen Helm versteckte Figur nebst einem weiblichen Kopfe sichtbar wird; aber die Pferde stehen ganz

---

[77] Eine Amphora unserer Gattung Gerhd. AVB I 63 zeigt als Rückzu Athena's Kampf 2 Bogenschützen und andre Krieger zielend ohne Gegner; wie leicht konnten solche Beispiele verwirrend wirken.

ruhig, und zwischen sie und den Gegner ist in ungeschicktester
Weise die mit der Aegis bewehrte Gestalt der zu Fuss kämpfenden
Athena eingeschlossen: also eine willkürliche Combination zweier
Typen, deren jeder auf die Gigantomachie zurückführt. Uebrigens
scheinen wir es hier dem unsichern, schwankenden Stil nach mit
einem ungriechischen Imitationsproduct zu thun zu haben. — H
wird von Gerhard folgendermassen beschrieben: „Athena und Ares
im Wagen, Iris lenkend gegen drei Giganten, dazu noch ein Zwei-
kampf; Rvs. Poseidon, Athena abermals, Ares desgleichen im Zwei-
kampf, noch eine Kämpfergruppe und noch ein Gigant." Ohne den
Rvs., der aber in den zwei letzten Gruppen auch bereits unklar
wird, würde man die Hauptscene kaum verstehen, da die Gruppe so
sehr an Inghirami pitt. d. v. III 219 = Müller-Wieseler I 93 und
Inghirami III 220 erinnert und die Frau, die sonst wohl Nike genannt worden wäre, am Ende gar keine Flügel hatte. [76]

Die von Gerhard nicht gesehene und am gleichen Ort (h) erwähnte ‚bakchische Amphora' (d. i. Form 41 J.), wo Athena und Herakles (zu Wagen?) gegen zwei Giganten kämpfen sollen, möchte
ich lieber ausschliessen, solange die von Gerhard selber eingeschal-
tete Frage nicht beantwortet ist; denn im Verneinungsfalle würde
die Vase nicht nur nicht in diese Reihe, sondern überhaupt nicht
in die Gigantomachie gehören [79].

Wenn ich dahingegen J, freilich mit Vorbehalt, aufgenommen
habe, so mag mich die Beschreibung selbst rechtfertigen. *Ercole con
pelle di leone in una quadriga galoppante a destra, Minerva gli fa da
auriga. Varii guerrieri sono intesi alla pugna, uno è caduto al suolo;
sotto i manichi da un lato è un guerriero in atto di ferire un vecchio
sedente sopra un ocladias, sotto l'altro una donna fuggente a sinistra.*
Augenscheinlich handelt es sich zunächst um eine Erweiterung
zu einer allgemeinen Kampfscene, wie wir es noch öfter erleben
werden; ein Unternehmen, das in diesem, auf je zwei etwa quadra-
tische Bilder berechneten Amphorenstil sich sofort als Willkür kennzeichnet. Ausserdem aber hat zu dem hier noch ganz missglückten,
erst dem rothfigurigen Stil gelingenden Versuch, den Vasenbauch

---

[75]) Oder dachte Gerhard an Claudian Gig. 42 *interea superos praenuntia
convocat Iris!*

[76]) Gerhard's Hydria g, jetzt München 48, ist schon von Overbeck
S. 585, 156, wenn auch zweifelnd, ausgeschieden und richtig als Kyknos-
Kampf erkannt worden: vgl. Braun Bull. d. J. 1839, 6.

ringsherum zu füllen, noch eine ganz fremde Scene herhalten müssen: denn die beiden Figuren unter den Henkeln, die eilende Frau und der Alte auf dem Klappstuhl dürfen bei Leibe nicht in die Erklärung hereingezogen werden. Woher sie stammmen, können etwa Beispiele wie die Kopenhagener Vase Mus. Thorw. III 1 p. 62, 51 verdeutlichen, wo auf der einen Seite gekämpft wird und andrerseits zu einem auf dem Klappstuhl sitzenden Alten bestürzt eine Frau hineilt. Auf der Casertaner Vase ist die Zahl der Irrthümer nur dadurch vermehrt, dass einer der Krieger gegen den Alten gewendet ist.

Endlich bin ich über P Rechenschaft schuldig. Dort stehen in deutlicher Schrift die Namen des Poseidon und der Aphrodite, zweier an so vielen Orten zusammen verehrten Götter [80], dass es nicht einmal nöthig ist, mit Bröndstedt eine Verschreibung für Ἀγιτρίτης anzunehmen. Aber diese Beischriften stehen bei einem Paar, welches sich deutlicher als in manchen der übrigen Nummern als Athena und Herakles zu erkennen giebt. Wer will uns zumuthen, eine Frau in schlangenumsäumter Aegis für Aphrodite oder Amphitrite zu halten und einen Mann ohne Dreizack oder Fisch für Poseidon [81]? Ich finde es überflüssig die verschiedenen Möglichkeiten, wie der Copist zu seinem Versehen kam, zu erörtern, und auch nur eine grössere Gigantomachie, die auch diese beiden Götter enthielt, als Original anzunehmen.

4. Athena und Enkelados.

Schwarzfigurig.

A. Rouen, cat. p. 74, 19. sl. Amphora; cat. Durand 28, cat. Beugnot 2; abg. Gerhard AVB I 6. Elite I 8. Müller-Wieseler II 229. ΑΘΕΝΑΙΑ ΕΝΚΕΛΑΔΟ⁴.   R. Apoll musicirend, Hindin, Frau.

B. Berlin 1860 Amph. Mus. Barthold. p. 72 abg. Micali Storia tav. 93. Elite I 10. Gerhard, Probedruck d. Ant. Bildw. CXI (im Institut, Rom [82]).   R. ähnl. d. vor.; 3 Frauen.

C. London 670 Schale, cat. Durand 27.   R. Herakles u. der Löwe.

---

[80]) z. B. Paus. II 88, 1. IV 31, 5. VII 21, 4 (24, 1), VIII 13, 2.

[81]) Von den bei Overb. III S. 213 (vgl. 214. 319) aufgeführten Analogieen fallen Z—DD nebst GG ohne Weiteres fort; EE ist auch sonst sonderbar und kaum noch ein griechisches Fabricat zu nennen; es bleibt höchstens FF, wiewohl auch dies nicht sicher.

[82]) Das Blatt ist in die Publication nicht aufgenommen.

D. Petersburg 96 sl. Amph.   R. Satyr u. sitzend. Frau.
E. ebend. 61 sl. A.   R. Dreifussraub.
F. Berlin 1836 Amph.   R. wie die vorige.
G.   „Aphorisque'. De Witte cat. Paravey 12.
H.* München 726 Amph.   R. (s. Zeus 1 S).
I. London 670* Schale.   R. dasselbe wie vorn.
K. ebend. 613 Lekyth. vgl. Poseidon 5.
L. ebend. 531 Amph.   R. Dionysos, 2 Frauen.
M. Berlin 1865 Amph. abg. Gerhard AVB I 63 Müller-Wieseler²
   II 433; vgl. Dionysos B.   R. 2 Paar Krieger, je 1
                                           Hoplit u. 1 Bogensch.
N. München 623 Amph.   R. Kampfscene mit Bo-
                                           genschützen.
O. ebend. 70 Amph.   R. Dionysos.
P. ebend. 108 Amph. etruskisch.   R. 2 tanzende Satyrn.
Q. ebend. 311 Amph.   R. Dionysos, 2 tanz. Sat.
R. ebend. 1200 Amph.   R. Dion., 2 Frauen.
S. ebend. 598 Schale.   R. dasselbe; innen Satyr.
T. Rom bei Aug. Castellani, Kanne aus Cervetri. AΘENAIA↑
   ENKEⱵAΔO↑.
U. Kopenhagen Amph. Mus. Thorwaldsen 1847 III 1 p. 55, 36.
                                        R. Zweikampf.
V. ebend. Schüssel. Ant.-Cabinet, 837 des Katal. von Smith,
   de malede vaser etc. 1862. (auf jeder Seite eine Figur).
W.   Amph. mostra Camp. in Caserta 1521. R. Dionysos auf einem
                                           Klappstuhl.
X.   „vaso a versare', cat. Campana IV C 981.
Y.   Kanne cat. Durand 29. AΘENAIA, ENKEⱵAΔO↑.
Z.   Amph. cat. Dur. 30.   R. Greis und 2 Krieger.
AA. Berlin 2127 Amph. Mus. Barthold. p. 87, 13. R. Dionysos sitzend vor
                                           einem Altar.
BB. London 643 Kanne, cat. Durand 32.   R. dasselbe wiederholt u.
                                           erweitert (Hermes).
CC. Berlin 1856 Schale abg. Gerh. Trinksch. XXX 11.
                                        R. Herakles stieropfernd
                                           (abg. XV 1. 2).
DD.   „Judica Antiqu. di Acre tav. XXII'; erwähnt in
      Elite I p. 13, 8.   R. 3 Krieger im Kampf.
EE.   sl. Amph. De Witte Cab. étr. 8. R. Dionys. und 2 Frauen.
FF.   Lekyth. cat. Campana IX X G 458.
GG.   „Amphora Campanari'. Gerhard AVB. I S. 28, 39.
                                        R. Bakchisch.
HH.   „Amphora Depoletti'. Gerh. S. 28, 40.
JJ.   Hydria, Schulterbild; abg. Gerh. II 94.
KK. Neapel S. A. 133 Lek.

LL. ebend. R. C. 189 Lek.

MM. ebend. 2427 Lek.

NN.   Lek. abg. Stackelberg Gr. d. Hell. XIII 6.

OO.   Lek. ebend. XIV 1.

PP. Kopenhagen Lek. Ant.-Cab. 947 Katalog No. 95.

QQ.   Lek. mostra Camp. in Caserta 259.

RR. Athen Lek. Collignon 280.

SS. ebend. Lek.   „   281.

TT. ebend. Lek.   „   282.

UU. ebend. Lek.   „   283.

VV. Centorbi Lek. abg. Benndorf Griech.-Sic. Vas. LI 3;
vgl. Arch. Anz. 1867 p. 119*.

WW. Leyden 1696. Lek. Janssen de grieksche etc. Monum. 1848.

XX.   Lek. cat. Durand 31.

YY. Berlin 2028 Lek.

ZZ. ebend. 1943 Lek.

A'. ‚Paris'. Lek.? abg. Tischbein Vas. Hamilt. IV 7. s. Elite I
p. 16.

B'. ‚Florenz' Lek.? ‚Tischbein IV 2' (?) s. Elite I p. 16.

C'.   Schale des Nikosthenes früher bei Canino 1516,
Gerh. AVB.S. 28, 39. Klein Meistersignat.²68. R. Theseus und Minotaur.

D'.   Kanne früher ebend. 1606, Gerhard a. a. O.

E'.   Kanne früher ebend. 1775, Gerhard a. a. O.

F'. Vatican Hydria (Schulterbild) abgeb. Mus. Greg. II 7.

G'. London 482 Hydria. Vgl. Hera, Artemis. R. Frauen am Brunnen.

H'.   Hydria abg. Elite I 90. Vgl. Hera (im Text).

I'. Terranuova Lek. Gerhard AVB I S. 27, 32.

K'. Berlin 1925 Kanne, Gerhard AVB I S. 27, 32.

L'. Neapel 3174 Panathenäische Preis-Amph. abg. Panofka
Vasi d. premio VI. Dubois Introduction XCIII. Elite
I 9. Vgl. Jahn Vasens. K. Ludwigs p. CXIV 829.

(M'.* Die jonische Amphora.)

Rothfigurig [83].

a.* Vase von Altamura; s. Zeus 2 b.

b. Florenz. Krater, stark restaurirt. Heydemann Bull. d.
J. 1870 p. 184, 13.   R. Poseidon im Kampfe.

c.   fusslose Amph. Noel d. Vergers 36; s. Poseidon 18.

d.* London 758; s. Zeus 2 g.

e. ‚Brygos'-Schale; s. unter Hephaist.

f. Schale Luynes; s. ebend.

(g. Erginos-Schale.)

---

[83]) Der Pariser Skyphos cat. Campana XI K 72, den Jahn Ann. 1869
p. 180 aufführt, gehört nach Heydemanns Beschreibung VI. Progr. S. 11
nicht hierher.

Der festgeprägte Typus der kämpfenden Göttin mit der über
dem l. ausgestreckten Arm liegenden Aegis, welcher in dieser, wie
man sieht, äusserst beliebten Scene herrscht und der in der Sculptur
ungefähr durch die bekannte Herculanenser Statue [84] vertreten wird,
scheint nicht vor dem 6. Jahrhundert aufgekommen zu sein. Er stand
vielleicht von Anfang an in Verbindung mit dem Gigantenmythus,
speciell mit der attischen Tradition von Pallas, dem Athena das Fell
abzog, um sich alsdann damit zu decken. Wenigstens liegt bisjetzt
kein Bildwerk vor, welches nicht bereits von der in Schwang ge-
kommenen Kampfscene abhängig sein könnte. Doch wäre es überflüssig, darüber bestimmte Hypothesen aufzustellen. Den attischen
Vasenmalern bot wohl das Giebelfeld auf der Akropolis, für uns jetzt
das älteste monumentale Beispiel, eine Zeit lang die natürliche Anlehnung, wiewohl — was uns wegen der dort vorgeschlagenen Ergänzung bedenklich machen könnte — mit Ausnahme der nichtattischen
M [1]. [85] keine einzige Vase (unter den publicirten) den sonst so gewöhnlichen Griff nach der Helmröhre bietet. In der Hauptsache erhielt sich diese Erscheinung der Kämpferin bis über das 5. Jahrhundert hinaus. Die mancherlei Variationen, die sich in einer so
langen Reihe von Exemplaren verschiedenster Qualität vorfinden,
verlohnt sich nicht alle zu verzeichnen; als z. B. die der Kleidung,
welche denselben Schwankungen wie in jedem anderen Bilderkreis
unterworfen und nur in a bemerkenswerth ist; oder der Aegis, deren
Ende die Hand bald mit bedeckt, bald freilässt; der Haltung des
Speeres, der bald geschwungen, bald eingelegt ist. Der Schild kommt
fast nur auf geringeren Gefässen vor, am ehesten da, wo auch die
Richtung der Gruppe umgekehrt und die eigentliche Basis der Ueberlieferung verlassen ist. In solchem Fall stellt sich auch leicht eine
willkürliche und ungeschickte Behandlung der fallenden Figur ein;
an dem Giganten von T und dem der umgedrehten Athenagruppe
von 1 E (S. 296) ist am deutlichsten wahrzunehmen, wie die gleiche
Ursache die gleichen Wirkungen hervorgebracht hat. Eine worth-

---

[84]) Clarac 459, 848; vgl. 473, 899 D. Furtwängler in Roscher's Lex. 693.
Denselben Typus meint Aeschylos Eum. 400, wo er die Göttin vom Kampfgetümmel herkommen lässt. Aehnlich war jedenfalls die aus gleicher Epoche
stammende Statue der Gigantenbesiegerin, deren Weihinschrift in Julis
auf Keos gefunden. Kochl, Inscr. ant. 393; oben S. 75.

[85]) die aber gänzlich ausserhalb des hier besprochenen Typus steht;
Athena kämpft dort mit dem Schwert und ohne Aegis und Schild.

lose, vielleicht gar auf Unverständniss beruhende Veränderung des Ueberlieferten ist es auch, wenn auf einigen Bildern Athena den nackten l. Arm ohne Fell ausstreckt (B, F, TT)[66a]. Dagegen bemerke man, wie sie auf B, F und CC mit dem einen Fuss anspringt, als wolle sie dem Gegner auf das Bein treten, wie dies in Selinunt vorkommt und auf den Vasen bei verschiedenen Gottheiten wiederkehrt; speciell bei Athena bemerkt man es noch auf etruskischen Arbeiten. Auf A fliegt die Eule über dem ausgestreckten Arm, wie sie auf gleichzeitigen Bronzen sitzend vorkommt[86]; ihr gegenüber fliegt ein Raubvogel des herkömmlichen Stils, dem man keine Beziehung auf den Giganten beimessen darf. — Hierzu noch eine allgemeine Bemerkung. Overbeck's Beobachtung (Zeus 354), dass Athena in diesem Typus niemals das Gorgoneion habe, kann — wie es mit solchen Attribut-Statistiken eben geht — nur dann Geltung haben und nicht durch die erste beste Ausnahme (wie z. B. *a*, *d*, *g*) umgeworfen werden, wenn der innere Grund der Erscheinung angegeben wird: die Aegis fällt über den Arm mit je einer Hälfte, die von weitem oft nur das Aussehen eines weiten Aermels hat; hier ist also für das Gorgoneion kein Platz, wenn nicht etwa oberhalb des Armes, wo die Andeutung schwierig, oder an ganz willkürlich gewählter Stelle, wo sie einen höchst unorganischen Eindruck macht.

Sehr gewöhnlich erscheint hinter dem Fallenden, mit dem die Göttin ausschliesslich beschäftigt ist[87], ein zweiter Gegner, ganz wie in den Kyknos- und Amazonenkämpfen. Es würde aber sehr verfehlt sein, dieser lediglich aus formalen Absichten und Gewohnheiten entsprungenen Figur den Namen des zweiten Athenagegners, des Pallas beilegen zu wollen. Mit gleichem Rechte könnte man bei Poseidon, Dionysos, Apollon, wo in Einzelscenen solche Lückenbüsser auftreten, nach Namen suchen. Sogar einen dritten Giganten im Rücken der Gottheit lieben die Lekythen, denen es auf ein paar Pinselstriche nicht ankommen konnte, hinzuzufügen. Auch ziehen sie, wie es die Gefässform leicht begreifen lässt, der horizontalen Stellung des Fallenden gewöhnlich eine aufrechte, zurückweichende Enkelados-Figur vor. Alles Umstände, die in früheren Zeiten die Erklärer des jeweilig vorliegenden Bildes in die Irre führten. — Die typische Gruppe der

---

[66]) Furtwängler in Roscher's M. Lex. 695.
[66a]) Auf TT soll es der rechte Arm sein (?).
[87]) Auch auf CC ist diese Absicht deutlich, obwohl der Gefallene etwas zu nahe an sie herangerückt ist.

zwei Personen erhält aber auch Einfassungen beliebiger Art, bald
durch zwei Mantelfiguren (GG, ZZ) oder abgekehrte Krieger (HII),
bald durch heransprengende Reiter mit Lanze und Amazonenschild
(YY) oder gar ganze Wagen mit abgesprungenen Kriegern (JJ) [88]:
dies Alles nur auf den allernachlässigsten Bildern. Eine Absonder-
lichkeit für sich ist die Panathenäenvase L¹, die der beschildeten,
schleudernden Stadtgöttin — die hier doch eigentlich nur ein Wappen
oder Idol bedeutet — auf der anderen Seite einen Krieger gegenüberstellt, der doch wohl als Gigant gedacht ist. Dies führt mich
auf eine Bildergattung, welche noch von Jahn fälschlich hierhergezogen wurde und die heute, wenn auch stillschweigend, längst ausgeschieden zu sein scheint. Die Münchener Schale 709 zeigt
neben den beiden Kämpfern einen ‚kauernden Knaben‘, die Jenaer
Amphora 194 (nach Göttling) zwischen ihnen einen in die Chlamys gehüllten Jüngling, der sich unter den Schild der ‚kämpfenden‘ Göttin rettet. Schon dass im zweiten Falle der vermeinte Gigant aufrecht und ohne eine Spur von Inferiorität auf Athena zu-
schreitet, hätte stutzig machen müssen. Und ein Vergleich mit den
allernächsten Wiederholungen, wie Berlin 1863 [89], hätte es evident
gemacht, dass das Knäbchen, worin Gerhard AVB. I S. 28, 39 ‚den
Todtengenius wie bei Alkyoneus‘ [90] sah, nichts weiter als die vor
Aias flüchtende Kassandra darstellt. Das Missverständniss ist aber
schon von dem Maler der Münchener Schale begangen. — Weit be-
denklicher für die Interpretation erweist sich die Berührung mit einer
anderen Bilderklasse, den Kyknos-Kämpfen, die schon der Wagengruppe des Zeus verhängnissvoll geworden.

Von Vasen dieser Gattung — wo nichts besonderes bemerkt
ist, durchweg sf. — sind mir als Gigantomachien fälschlich bezeichnet folgende begegnet, ungerechnet derer, welche Overbeck Zeus S.
352. 353. 367, 23 in Aussicht stellt.

---

[88]) Die zwei umgebenden Kämpfergruppen in H mögen aus Gigantomachien verflacht sein. Der Maler wusste aber nicht einmal, dass er auf
der Rückseite, wo Athena schon vorhanden ist, denselben Mythus wieder-
gab. Wie diese sich sachlich ausschliessenden Typen den Malern immerfort durch die Hände liefen, kann auch etwa C zeigen; dort liest man
NK4TETA4Θ4 KANOTE, das ist offenbar entstellt aus demselben NIKO4TPATO4
KAλO4, welches bei der fahrenden Athena 3 D steht.

[89]) Aehnlich Journ. of hell. st. 1884 XL.

[90]) Er meint den Hypnos.

A.   Hydria Elite I 2, De Witte cab. étr. 133, früher richtig erklärt Bull. d. J. 1835, 164.
B. London 601. al. Amph.
C. London 603. al. Amph.
D. London 586 Amph., cab. étr. 90.
E. London 481. Hydria.
F.   Lekyth. De Witte cat. Paravey 5.
G.   Kleine Amph. ebend. 12, cat. Castellani 27.
H.   Amph. De Witte, Notice d. vas. Canino 15.
I.   Lekyth. cat. Campana IX G. 360.
K.   Amph. ebend. IV B 497.
L.   Hydria ebend. IV 71.
M. Florenz Hydria, Heydemann III. Progr. 88, 26.
N. Neapel R. C. 216. Amph. a colonnette.
O. ebend. 2777 Hydria, bei Heydemann im Index als Giganten, im Text als Kyknos bezeichnet.
P. Athen Lek. Collignon 266; Arch. Ztg. 1855 S. 54 *.
q.   Schale Gerhd. A V B II 84, von Jahn Ann. 1869 p. 182, 4 richtig erklärt.

Es sind zu richtiger Beurtheilung dieser und ähnlicher Vasen verschiedene Irrthümer zu beseitigen:

> erstens, dass Herakles jemals allein mit Giganten kämpfe, wovon auch Alkyoneus keine Ausnahme bildet (S. 172 ff.);
>
> zweitens, dass Herakles im Gigantenkampfe Keule, Schwert oder Lanze führe, von denen erst in der jüngeren Periode die Keule vorkommt;
>
> drittens, dass Herakles in diesem Kampf mit Athena allein verbunden werde, oder ihr gar voranschreite;
>
> viertens, dass Herakles auf attischen Vasen dieser Periode überhaupt anders mitkämpfe, als auf dem Wagen oder in dessen unmittelbarer Nähe;
>
> fünftens, dass dem zu Fuss kämpfenden Zeus andre Götter zu Hülfe kommen.

Fast alle hier berührten Züge, welche der Gigantenkampf ausschliesst, kennzeichnen dagegen das Kyknos-Schema, wie es durch Beischriften und Analogien gesichert ist. Der fünfte Punct natürlich mit der Modification, dass Zeus hier überhaupt nicht gegen die eine Partei ankämpft, sondern im Gegensatze zu dem Götterkampfe en face stehend mit oder ohne Blitz einschreitet, um die Kämpfer zu trennen, und in der Regel sogar den Kopf nach links gegen Herakles und Athena wendet; ganz abgesehen davon, dass er die linke

Hand hier oft erhebt statt sie auszustrecken, und dass er das lange,
seine Würde ins Licht setzende Gewand trägt, das er in seinen
Kämpfen begreiflicher Weise ablegt. Dieses Schema liegt auch der
Vase N zu Grunde und ist durch die Gedankenlosigkeit, welche an
Stelle des Herakles einen Krieger setzte, nur wenig verdunkelt. Der
Maler von *q* hat die eigentliche, durch Zeus unterbrochene Kampf-
scene nach einer alten Manier durch je eine klagende Frau erweitert,
dann aber — indem er sich wohl eines Bessern besann — links doch
noch Athena hinzugefügt, die nun von ihrem Schützling durch eine
ganz fremde Frau getrennt ist; die Frau rechts, welche in ganzer
Figur wie jede andre daherschreitet, nannte Gerhard, in der falschen
Auffassung des Uebrigen befangen, anstandslos ‚Gaia‘. Man wende
nicht ein, dass ja die Rückseite der Schale in evidenter Weise den
Dionysos im Gigantenkampfe zeige (6 n). Denn dieses Bild kehrt auf
einer jedenfalls stilverwandten Schale (6 m) wieder, ganz wie hier
durch zwei Pferde mit Lenker eingefasst; und auch dort finden wir
als Kehrseite ein Herakles - Athlon: mehr ist auch hier nicht gemeint. — Der erste Punct, den ich als unterscheidendes Merkmal
gebrauchte, betrifft auch die Amazonenkämpfe. In der That werden auch diese, wenn die weisse Farbe der weiblichen Figuren abgegangen, bisweilen als Gigantenkämpfe missverstanden; so Neapel
R. C. 206 und 211.

5. Poseidon.

Es ist hier von dem sonstigen Princip der Anordnung und Bezeichnung (bis auf die Sterne) abgegangen zu Gunsten der Liste von
Overbeck Pos. 328 ff., welche hier vereinfacht, in Kleinigkeiten be-
richtigt und um wenige Nummern (A, B, c) vermehrt wiedergegeben wird.

Schwarzfigurig.

A.* Athen, Schale, s. Zeus 1 A; unsere Taf. I 1.
B.   Amph. cat. Campana IV A 161   R. 2 asiatische Reiter ein-
                                                ander gegenüber.
1.* München 719; s. Zeus 1 E.
2.*   sl. Amph. s. Athena 8 11.
(3.   *fällt fort; s. unten Etrusk. Nachahmungen 1, 3.*)
4.* Die jonische Amphora: Πολυβώτη[ς.
5.* London 613 Lek., s. Athena 4 K.
6.   Würzburg 254. Amph. Campanari Vasi Feoli 7.
7.   London 645 Kanne, cab. étr. 128.

8. Petersburg 221 al. Amph.   R. Dasselbe.
9. Wien ‚Amph.‘, Sacken u. Kenner S. 193 B 46. abg. La-
    borde Vas. Lamberg I 43. Millingen Anc. mon. I 9.
    Elite I 6.   R. Artemis und Gigant.
10. München 1263 Amph.   R. Dasselbe wie vorn.
11. Würzburg 110. Amph. Campanari 8.   R. Herakles u. d. Löwe.
12. Paris al. Amph. (s. Elite I p. 11). cab. étr. 65. R. Leto mit den Kindern.
13. ‚Sammlg. Arduinis‘ al. Amph. abg. Stephani Theseus
     u. Minotaur X.
14. London Sammlg. Leake, Hydria Arch. Ztg. 1846, 208
    abg. Elite III 12.   R. Athena, Herakles und
                                                Hindin.

Rothfigurig.

c.* Athen, frgmt. Schale, abg. ᾽Εφημ. 1886 VII 2. ΠΟ]ᴸVΒΟΤ[ᵉᶜ.
    Scherben desselben Gefässes wie Zeus 2 c.
15.* ‚Brygos‘-Schale, s. unter Hephaist.
16.* Schale Luynes, s. unter Hephaist; dasselbe als Innenbild.
17. Wien, Amph. a colonnette, Sacken u. Kenn. S. 195, 67.
    abg. Laborde Vas. Lamberg I 41. Dubois Introd. 84. Mil-
    lingen Anc. Mon. I 7. Elite I 5. Müller-Wieseler² I 208.
    Overb. Atlas XIII 1. ΠΟᐦΕΙΔΟΝ ΕΦΙΑᴸΤΕᖴ.
18.*   Noel des Vergers 36. s. Athena 4 c.
19.* Florenz, Krater abg. Overb. XII 26.   R. Athena u. Enkelad. 4 b.
20. früher bei Castellani, Amph. a colonnette, Brunn Bull.
    d. J. 1865, 216. abg. Overb. XII 27.
21. Palermo Schale, abg. Inghirami Mus. Chius. II 171.
    Elite I 4.
22. Vatican al. Amph., abg. Mus. Greg. II 56, 1. Overb.
    XII 25.   R. 3 Krieger.

Das Bild des Erderschütterers, wie er ein Stück Land aus seinen
Wurzeln gehoben hat und auf den Gegner stürzt, entschädigt den
von den endlosen Kriegsbildern der Dichtung und Kunst ermüdeten
Sinn einigermassen für die einförmige Reihe waffenstarrender Kämpferpaare und giebt wenigstens einen Geschmack von den Kämpfen, die
um den Olymp tobten. Das urkräftige Motiv mit der Insel liess
sich in verschiedenen Momenten erfassen, welche die Kunst auch
alle durchlief, vom blossen Tragen mit aufgerichtetem Körper bis
zu dem Punct, wo die Masse — wenn auch wie von der Hand los-
gelassen — fast schon auf dem Körper des Besiegten ruht; vom
gravitätischen Schreiten des Gottes bis zum heftigsten Niederschleu-
dern in tief gebeugter, weit ausschreitender Stellung. Nicht immer
ganz im Einklang damit steht die Handhabung des Dreizacks, der

einmal durch die blosse Lanze ersetzt ist (8): während die Thätigkeit und das Vorstreben der l. tragenden Schulter ein unwillkür-
liches Zurückgehen des r. Arms mit gesenkter Waffe involvirt, findet
sich häufig (1, 4, 14) und selbst gerade bei starker Vorbeugung
(A, c?) ein gleichzeitiges Vorstrecken dieses Armes und ein Stossen
von oben nach unten; sogar auf dem alten Monumentalwerk der
Akropolis glaubten wir dies zu 'finden (S. 291). Seltsam berührt
auch der Panzer — auf der jonischen Amphora ein Schuppenpanzer,
wie ihn der Eleusinische Gigant trägt — den die sf. Vasen dem
Meergotte geben (4, 13, 14, A?), nicht zu vergessen das Schwert,
das ihm auf 4, 6, 8 *Rev.*, 10, 13, 14 umhängt. Nur den Helm dazu-
zumalen, hinderte von vornherein die den Hintergrund deckende
Insel, so dass der Kopf durchweg unbedeckt und höchstens einmal
mit einer anliegenden Kappe versehen ist (14); eine Ausnahme macht
nur A, welches die Insel bereits so weit vorgeschoben hat, dass der
Kopf frei wird und Platz für einen Helm entsteht.

Wie schon angedeutet, nehmen die rf. Vasen strengen Stils insofern eine Veränderung vor, als sie dem Meerbeherrscher durch
einen längeren (17, 18, c), aufgeschürzten (18, 20) oder auch kürzeren
(15, 16, 18—21) Chiton [91], wie er dort nur ausnahmsweis (9) vorkam, seinen natürlichen Charakter — soweit nicht in beiden Klas-
sen einfach Nacktheit herrscht — wiedergeben. Auch mit der Insel
vollzieht sich eine Reform. War es vorher eine leblose, oft kugel-
runde Masse, die höchstens (wie man dies am Stein des Sisyphos
ähnlich sieht) durch zwei sich kreuzende Linien belebt war (sf. 9,
10), so wird sie nun eingehender gegliedert oder direct als Insel
charakterisirt durch Vegetation, See- und Landthiere (15, 16, 17),
wie es Klaudianos v. 65 beschreibt;

$$\text{ἐν δέ τε νήσῳ}$$
$$\text{δένδρεα καὶ ποταμοὶ Θῆρές τ' ἔσαν ὀρνιθές τε.}$$

Gegenüber der unendlichen Mannichfaltigkeit in den Bewegungs-
motiven der unterliegenden Giganten, die jeder Registrirung spotten,
ist es bemerkenswerth, wenn in einem ziemlich eigenartigen Motiv
mehrere Vasen so übereinstimmen wie 19 und 22 und andrerseits
18 und 21. Ein Bronzeplättchen aus Dodona [92], welches den gleichen

---

[91]) Einmal (19) ist der Rock von einem faltenlosen Stoff, wie es
scheint dem Fell eines Seethiers. Ein solches Fell trägt er auf 8 (Overb.).
[92]) Carapanos, XVI 2.

Gegenstand darzustellen scheint, schliesst sich ihnen aufs Nächste
an. Nur scheinbar, in Folge schlechter Publication fehlt auf 18 die
Insel, die durch die Armhaltung doutlich indicirt ist[93]. Erst der
jüngere Stil von der Erginos - Schale ab beseitigt dies Attribut.

6. Dionysos.

Die Erscheinung dieses Gottes erfährt in den Kampfbildern eine
ähnliche Entwickelung wie die des Poseidon. Auch ihm giebt die
ältere, auf ABCD[94] ziemlich gleichartig vorliegende Manier Waffen: das
Schwert an die Seite, einen Schild, der eng an den Körper gehalten die l. Schulter bedeckt, die Lanze[95], die auch später noch zuweilen auftritt (h, i, m, n?, o). Ein um den Hals geknüpftes, eng anlie-
gendes und gegürtetes Pantherfell vertritt oder verdeckt den Panzer,
womit sich Dionysos auf rf. Vasen wappnet. Das Haupt ist von
einer thrakischen Fellkappe mit langen Seitenlaschen bedeckt, über
welcher er den Kranz trägt, wie auf E über dem Helm. Allmählich
schwinden diese die Persönlichkeit des Gottes verdunkelnden Zuthaten, welche das lebhafte Interesse am Mythus, wohl auch das
directe epische Vorbild (S. 166) eingegeben hatte. Nicht mehr
äussere Schutzwaffen, sondern die eigenste Macht der Gottheit sichern
den Sieg; καὶ τήν γε ῥαστώνην τοῦ κράτους νάρθηκές τε ἀντὶ δό-
ρατος καὶ νεβρὶς ἀντὶ λεοντῆς αὐτῷ πεπορισμένα, καὶ κύλιξ ἀντὶ
ἀσπίδος κοιλῆς, ὡς τὸ αὐτὸ ποιούντων Διονύσῳ μάχεσθαι καὶ πί-
νειν (Aristid. IV p. 50). Anfangs ein langes Untergewand mit Nebris
(g) oder Ueberwurf (h E[96]), dann Stiefeln[97] und kurzer Chiton[98]
mit umgehängtem Mantel oder Fell bilden das Costüm, Thyrsos oder
Thyrsolonche in der Rechten, Weinrebe und Becher (i p) in der ausgestreckten Linken[99] die Bewaffnung des stets bekränzten Gottes.

---

[93]) Danach ist Jahn Ann. 1869, 180 zu berichtigen.

[94]) der unten folgenden Aufzählung.

[95]) In A ist nur die Spitze erhalten; aber diese pflegt bei der Thyrsolonche ganz anders hergestellt zu werden. Vgl. f g.

[96]) E, eine schlechte ungriechische Nachahmung, verbindet vielleicht
durch Vermischung zweier Vorbilder die lange Gewandung mit Helm und
Waffen.

[97]) Diese sieht man aber auch unter dem langen Gewand von g.

[98]) Auf m wird Panzer angegeben; aber so sieht das Bruststück des
Rocks auch auf n aus, die mit jener in allen Stücken übereinstimmt.

Die Weinrebe ist dabei mehr als ein blosses Attribut; z. B. auf dem
sehr strengen und grossartigen Fragment *f* ist der ganze Kopf des
Giganten von dem vorgehaltenen Busch umwirbelt; ähnlich auf der
Schale Luynes; man sieht deutlich, diesem Maler waren die Formen des Mythus noch nicht leere, mechanisch reproducirte Hiero-
glyphen. In nur andrer Weise ist die Wirkung des Weines da geschildert, wo sich der Gegner in eine aufschiessende Rebe verstrickt
und so zu Falle kommt, wie es die Telephos-Sage kennt; so ist es
auf *s* gemeint und auf einer etruskischen Nachahmung.

In den jüngeren, hier noch nicht berücksichtigten Compositionen
kommt statt des Thyrsos die Fackel auf, und ich kann mich nicht
überzeugen, dass diese schon auf der strengen Vase von Altamura,
wie Heydemann jetzt annimmt, gemeint sei. In den sicheren Darstellungen brennt die Fackel und verwundet den Giganten, bei Bakchos sowohl wie bei den andern Gottheiten, die sie als Waffe führen.
Ueber den Mangel eines so nahe liegenden Motivs setzt man sich
schwer bei einem Bild von solcher Sorgfalt der Detailangaben hinweg. Sollten nicht einfache Reb- oder Epheustäbe gemeint sein,
und könnte nicht etwa bei Eurip. Ion 216 καὶ Βρόμιος ἄλλον ἀπο-
λέμοισι κισσίνοισι βάκτροις [100] ἐναίρει, wo man sonst an den Thyrsos
zu denken hätte, der Plural wörtlich zu nehmen sein? Die zu-
sammenhaltenden Bänder vermisst man im einen Fall wie im andern.

Das Merkwürdigste, was die Erscheinung des kämpfenden Bakchos
von Anfang an begleitet, ist aber noch gar nicht erwähnt; das sind
die Thiere, Löwe, Panther und Schlange, welche gleichzeitig den Giganten anfallen. Man wird unwillkürlich an die Verwandlungen der
Thetis erinnert und fragt sich, ob es die Sage oder bloss die Kunst
gewesen sei, welche sich diese Wiederholung zu Schulden kommen
liess. Genauer betrachtet trifft diese Aehnlichkeit nur die rothfigurigen Vasen. Dahingegen in A B C geben sich die Thiere schon
durch ihre Grösse und Anzahl als einen ernsthaften Bestandtheil des
Mythus zu erkennen. Der Panther, der als das behendeste der drei
Thiere auf A, der Löwe, welcher auf B dem Feinde im Nacken
sitzt, gemahnt weit eher an die Aktäongruppe als an die der Thetis.
Zwei Löwen, zwischen denen ein dritter auf dem Rücken liegt —

---

[99] In l packt er statt dessen den Gegner am Helm, in *q* am Arm.

[100] Heydemann S. 18 bezieht dies unbegreiflicher Weise auf die Um-
strickung mit dem Weinstrauch!

auch dies ein von Jagdhunden entnommenes Motiv — springen in A
symmetrisch den Gegner an, während die grosse, bärtige Schlange
hochaufgerichtet sein Gesicht bedroht; ähnlich ist die Gruppe in
B entwickelt; die unpublicirte C hat mindestens drei Raubthiere.
An all dem ist wenig Traditionelles, wie auch bei einem verhältnissmässig jungen Mythus zu erwarten. Allerdings sind es dieselben
Thiere wie die der Thetis. Aber sie gehören nun einmal der Sage
an. Nach Horaz c. II 19, 23 bekämpfte Bakchos selber in Löwen-
gestalt die Giganten, wie dieses Thier denn zu seinen gewöhnlichen
Metamorphosen gehört, ihn auf einer sf. attischen Vase (Gerhard AVB
I 38) und noch auf dem Lysikrates-Monument begleitet [101], und ja auf
der Phineus-Vase (Mon. d. J. X 23) mit anderen Thieren seinen Wagen
zieht. Die Schlange nennt in diesem Sinne Euripides Bakch. 1018,
während mir für den Panther nur das Beispiel des Nonnos VI 197 zur
Hand ist, wo Bakchos sich gegen die Titanen in Löwen-, Schlangen-,
Tiger- und Stiergestalt vertheidigt. Man sieht, die Volksphantasie bewegte sich bei der einen wie bei der anderen Sage ungefähr in gleichen
Formen und beide glichen sich allmählich in der Kunst, die nur auf
bestimmte Thiere eingeübt war, um so mehr aus, als diese von vornherein Metamorphosen wie den Baum bei Thetis (Ovid M. XI 244) [102] oder
den Stier bei Bakchos nicht gebrauchen konnte. — Uebrigens macht
sich das Zurücktreten des Löwen aus dem bakchischen Kreise, welches
im 5. Jahrhundert in Athen zu beobachten, auch auf den vorliegenden
Vasen fühlbar; wahrscheinlich hing dies mit dem Eindringen der
Kybele in Athen und ihrer Löwen zusammen, die, da sie die einzigen Thiere der Göttin waren, damit aufhörten für Bakchos charakteristisch zu sein.

Es ist ein guter und naheliegender Gedanke, den De Witte cat.
Paravey 73 und Robert Bild und Lied 22, 20 aussprechen, dass die
Thiere nicht blosse Attribute des Bakchos, sondern eigentlich seine
Metamorphosen darstellen. Die Auffassung ist nicht unbedingt ge-
sichert, aber jedenfalls besser fundirt, als der einfache Widerspruch

---

[101]) In dieser Gestalt erscheint er den tyrrhenischen Piraten schon
Hom. hymn. 44, ebenso den Bakchen: Eur. 1017 (vgl. Pentheus ebend. 1215
Philostr. Im. I 18. Nonn. XLVI 177. 219) und den Minyaden: Ant. Lib. 10
nach ,Korinna und Nikander'. Vgl. Paus. X 18, 5. Aelian N. A. VII 48.
Plin. N. H. VIII 58.

[102]) Feuer und Baum, die sonst bei Thetis vorkommen, finden sich
Orph. hymn. 44, 5 bei Bakchos, vielleicht durch einfache Entlehnung von da.

Heydemanns (VI. Progr. 20). Die Thiere, welche anderen Göttern in diesem Kampfe beistehen, der Adler des Zeus, die Eule und Schlange der Athena, die Wasserschlangen Poseidons, die Löwen der Kybele und Hunde der Hekate können alle nichts dagegen beweisen, weil sie gar nicht in den Verdacht kommen können, Gestalten ihrer Götter zu sein.

In den Einzelheiten der Kunstform erlauben die jüngeren Vasen noch gewisse künstlerisch durchgebildete Züge zu unterscheiden. Dahin rechne ich vor Allem, wie der Mantel auf der r. Schulter befestigt dort in grossartige Randfalten sich theilt und seiner Masse nach über den Leib und die vorstrebende Körperseite (l. Arm und Schultern) fällt (f l q); eine minder bedeutende und bei geringeren Gelegenheiten abgenutzte Manier ist es, dem Kämpfer ein Fell um die Schultern zu geben, um dies vom gestreckten Arme herabfallen zu lassen (k m n). Was den Giganten betrifft, der auf den sf. Gefässen, um von den Thieren besser angesprungen und gepackt werden zu können, aufrecht fliehend gezeigt wurde, so fällt unter den späteren alsbald die originelle Erscheinung von q auf, eine lang ausgestreckte, mehrfach von der Schlange umwundene Riesengestalt, die ihr bärtiges Haupt dem Beschauer zuwendet; aber auch der zweite Gigant und Bakchos selbst, der nur hier nackt vorkommt, sind so selbständig behandelt. Den herrschenden Typus lernen wir vielmehr aus l p q kennen. Auf das l. Knie gestützt, das r. Bein in der auch sonst üblichen Weise zurücksetzend, hält er l. den Schild, der den Boden berührt und schwingt quer über seinen Kopf weg das Schwert; die entblösste Seite wird von den Bissen der Schlange (auf der minder getreuen q vom Panther) und zugleich von der Waffe des Gottes getroffen. Das Motiv mag auch in anderen Kampfbildern vorkommen; in diesem Kreise finde ich es nur für den Bakchos-Gegner typisch. Und die Thatsachen, dass dasselbe in f, wo des Bakchos Gegner durch Raummangel zu kurz gekommen, in die Nachbargruppe gesetzt ist, und dass es sich am allergetreuesten in der Eginosschale mit der Beischrift Φοῖτος d. i. Ποῖτος wiederholt, liefern einen artigen Beleg für die mythologische Tradition (S. 200) wie zugleich für die Freiheit, mit welcher die Vasenmaler gegebene Figuren und Motive vertauschten.

A.* Athen, s. Zeus 1 A; unsere Taf. I 1.
B. Berlin 1865, Amph. vgl. Athena 4 M.

C.   Amph. Bull. d. J. 1847, 102.   R. 2 nackte Männer, viell.
                                               Athleten.
D.   Amph. Dubois cat. Panckouke 15. Stephani C. R.
     1867 S. 172.   R. 1 Mänade, 2 Satyrn,
                                             der eine mit Weinkrug.
E.   Paris, Sammlg. Oppermann. Amph. abg. Fröhner, Mus.
     de France 7.   R. Wagen, Krieger dabei.
f.   Athen, Frgmt. eines grossen Gefässes, auf der Akropolis
     gef.; abg. 'Εφημ. 1886 VII 3.
g.* der Krater von Altamura.
h.* Schale Luynes.
i.   London 788*, Stamnos cab. Durand 121; abg. Gerhd.
     AVB I 64. Overb. Zeus 367, 23 — 351 E, wo Athena
     zu beseitigen.   R. Apoll und Giganten.
k.   Petersburg 1274, Krater, abg. Hirt, Bilderbuch S. 83.
     Millin gal. myth. 88, 236*. Inghirami vas. fitt. 117, pitt.
     d. v. II 97. Nonnus ed. Graefe, Titelbild. Creuzer, Symb.
     I 3 Taf. 9, 33 Guigniaut; Stephani C. R. 1868 VI. Wie-
     derholt auf einer modernen Gemme in Wien, Sacken u.
     Kenner S. 417 No. 51, abg. Arneth Cameen Wiens XVII 5.
                                           R. bakch. Rüstungsscene,
                                             abg. (Jahn) Philolog.
                                             XXVII Taf. 4, 5.
l.   England, Pelike, abg. Millingen anc. mon. II 25.
                                           R. Mantelfigur.
m.   Schale. Bull. d. J. 1866, 184; zu jeder Seite
     ein Pegasus.   R. Herakles und Hydra.
n.   früher S. Canino. Schale. abg. Gerhd. AVB II 84; zu
     jeder Seite Pferd mit Lenker.   R. Herakles und Kyknos.
o.   Berlin 2321, Napf. AVB I 50, 4. Mon. d. J. I 27, 35. Pa-
     nofka, Eigennamen mit καλός III 12. Klein Euphr.* 282.
p.   Kleine Schüssel. De Witte coll. Paravey 73.
     abg. Fröhner, choix de v. 5. Mus. de France 6; vgl. cat.
     d. pr. Napoleon 76.   R. Thiasos kriegerisch.
q.   Orvieto, S. Faina, Stamnos, s. unsere Tafel II; Bakchos
     mit Thiasos.
r.   Rückseite der grossen Neapeler Gigantomachie (2883).

Der Thiasos allein:

S.   Berlin 1909, Schulterfrgmt. einer sf. Hydria.
t.   Neapel S. A. 265. Napf.
u.   Paris, Amphora. De Witte, Notice d. v. Canino 17. Cha-
     bouillet cat. d. cam. 3389. abg. Fröhner, Mus. d. Fr. 8.
                                           R. ähnlicher Gegenstand.
v.   Nol. Amph. abg. Panofka cab. Pourtalès
     Taf. 9, catal.¹ No. 158. Müller-Wiescler² II 516. Philol.
     XXVII Taf. 4, 4.

                                                          21*

w.   Schale, Innenbild, abg. Gerhd. AVB I 50, 5.
x.   Schale, Innenbild, ebend. S. 179, 32.
y. Petersburg 1600 Krater, abg. Stephani C. R. 1867 IV.

Schon früher besass man eine Reihe von Bildern — bis auf das jüngere y aus dem 5. Jahrhundert — welche die Bakchische Gesellschaft in kriegerischer Verfassung vorführte. Einen sich rüstenden Satyr, dem eine Mänade statt Schild und Speer Fell und Thyrsos reicht (v) oder den Abschiedstrunk spendet (k), den sich wappnenden Dionysos selbst, dem ein Satyr Helm und Thyrsos darreicht (u¹), eine Mänade einschenkt (u²) oder Schild und Schwert bereit hält (y); mehrmals auch einen trompetenden Satyr in der von Amazonen und anderen Figuren her bekannten gebückten Stellung, die sie zum Rundbild geeignet machte [103]. Man verstand sie als Vorbereitungen zum Gigantenkampf, schon darum mit gutem Grund, weil einige dieser Scenen die Rückseite zu der bekannten Kampfgruppe des Bakchos bildeten; es war dies k und das von prächtigem Humor übersprudelnde Bild reifsten Stiles p, wo ein von Satyrn gezogener Wagen mit gleichartigem Lenker in höchst komischer Eile dem Gotte zu Hülfe kommen will [104]. — Aber es waren doch immer nur Rückseiten, und sie liessen im Zweifel darüber, wie weit man es wagte, diese Gesellschaft in den blutigen Kampf, in den Mythus selbst hineinzuziehen. Diese Ungewissheit beseitigt bis zu einem gewissen Grade der rf. Stamnos, den ich in Orvieto sah und nach einer früher angefertigten Zeichnung [105] des Instituts publicire. Es sind zwei bärtige, behelmte Gesellen, die in weiten Schritten von l. unmittelbar hinter Bakchos herankommen; der linke mit Schild und eingelegter Lanze, der andere mit dem umgeknüpften Pantherfell beschildet, in der R. wie es scheint einen Stein schleudernd. Dann folgt der kämpfende Bakchos in der üblichen Erscheinung, nur ohne Stiefel (wie auf l) und ohne Reben-

---

[103]) z. B. Gerhd. AVB II 103. Mus. Greg. II 69. Tiefen mythologischen Sinn findet in dieser Stellung des Satyrn Gerhard AVB I S. 179.

[104]) s. Conze Gött. gel. Anz. 1868, 1490, der merkwürdigerweise die von Fröhner und Jahn Ann. 1869 p. 190, 1 richtig gedeutete Waffe des Lenkers nicht erkennt. Der Letztere führt ausserdem wie die Trompeter von w.x eine Pelta, keinen Schlauch, wie Koepp p. 64, 6 meint. Schildzeichen sind bei diesen dreien Hühner, bei dem Trompeter q ein Esel.

[105]) Der italienische Zeichner hat besonders in den Gesichtern den Stil nur mangelhaft wiedergegeben. Auch sonst lässt die Zeichnung zu wünschen, wiewohl mancherlei Unebenheiten im Thon vorhanden sein müssen.

zweige in der Linken, mit welcher er vielmehr ähnlich der Vase *l* den
Gegner — eine bereits besprochene Figur — am Arme packt, um den
Schwerthieb zu hindern. Dieser Gruppe kommt auch hier ein Vierge-
spann entgegen. Die Bewegungen der an den Händen Angeschirrten,
deren zweiter sich umsieht, sind ähnlich grotesk wie auf *p*, aber die
Komik ist gegen dort gezwungen und versagt gänzlich bei dem
Lenker, der regungslos dasteht und statt jener übermüthigen Attribute
gemeine Kriegswaffen führt. Den Schluss macht der Trompeter.

Unbedenklich sind also Kämpfe oder Rüstungen des Thiasos,
zumal wo sie die Rückseiten zur Gigantomachie bilden, auf diesen
Mythus zu beziehen. Nur für *r* will man dies nicht gelten lassen.
Dort wo die Giganten von unten gegen die über dem Himmelsbogen
erscheinenden Götter ankämpfen, zeigt die andere Seite nach *r*. hin
vordringend einen bärtigen, behelmten Satyr (*EY* —) mit schild-
artig vorgestrecktem Fell und langer, eingelegter Lanze, sowie eine
Bakchantin (*Παιδία*), die l. den Thyrsos schwingt, r. einen Stein
zu schleudern im Begriff ist. Der Feind, den aber des Satyrs Linke
nicht erreicht und die weit darüber hinausgehende Lanze nicht getroffen haben kann, wird durch eine starke, in weiter Verzweigung
dem Boden entwachsende Weinrebe aufgehalten. Der l. Fuss ist weit
zurückgesetzt, auf das r. Knie war er wohl gestürzt oder im Begriff
zu stürzen; wahrscheinlich gehört zu seinem in der heftigen Bewegung hochgestreckten l. Arm, der oberwärts isolirt sichtbare Schild [106].
Ueber der Bakchantin finden sich Spuren eines zweiten Satyrs und
l. oben die Unterbeine eines sitzenden Mannes, die ihrem nicht sehr
heroischen Aussehen nach gerade etwa für Silen gut genug sind,
für den grossen Maulhelden dieses Kampfes (Eur. Kykl. 5), welcher
auf einer etruskischen Nachahmung neben dem Kampfgetümmel hockt,
wie er auf der Ficoronischen Cista seinen Muth sitzend bethätigt.
Rechterseits von dem Fallenden sieht man den Rest eines heran-
kommenden Panthers, den Heydemann treffend auf den Wagen des
Bakchos bezieht, wie er in der Vasenklasse zu finden, welche den
Kampf von unten nach oben ausdehnt. Die Erklärung würde noch
vollkommener befriedigen, wenn man den links schwebenden Rest
einer Nebris damit vereinigen könnte; vielleicht kämpfte hier Dionysos und wurde sein Wagen von einem Satyr gelenkt.

---

[106] Vgl. zu dem Motiv etwa den Niobiden auf dem Rel. Campana.
Stark, Niobe X.

Hier soll nun nach Jahn [107], dem Overbeck (Zeus 371) und Koepp (de gigantom. 45) beistimmen, keine Gigantomachie, sondern einer der anderen Bakchoskämpfe gemeint sein. Und welches sind die Gründe? Dionysos, meint Jahn, pflegte ohne Gefolge in dem Kampfe zu erscheinen, weil er nicht ganz Gottheit und seine Rolle der des Herakles ähnlich sei. Darauf ist zu erwidern, dass die mythologische Voraussetzung falsch ist (S. 156) und dass Bakchos allein erscheint eben wie alle anderen Götter, in deren Reihe er kämpft. Den weiteren Grund, dass der Thiasos überhaupt erst spät hier auftrete, wird hoffentlich eine sf. Vase beseitigen. Das *argumentum gravissimum* aber, welches Koepp hinzufügt und Kuhnert mit lebhaftem Beifall aufnimmt (Roscher's Myth. Lex. 1660), lautet, auf der Hauptseite seien die Giganten unten, die Götter oben, der Revers ignorire diesen Unterschied und zeige sogar die Satyrn in aufsteigender Richtung. In Wirklichkeit sind die Satyrn nur auf mehrere Pläne vertheilt, wie es die Bildfläche mit sich brachte. Und das Material, mit welchem hier gearbeitet wird, ist wie besonders eine Vergleichung der Satyrfigur mit *q* lehrt, genau dasselbe wie dort. Koepp selbst giebt zu, dass jene anderen Conflicte des Bakchos für die Vasen bis jetzt gar nicht vorhanden sind; die Pentheus- und Lykurgmythen kommen nicht als Kämpfe vor, Perseus ebenso wie die Inder überhaupt nicht — abgesehen davon, dass die Chronologie von vornherein die Inder für unsere Vase auszuschliessen scheint. Ich sollte nun meinen, ein Blick genügt uns zu belehren, dass dem grossartig angelegten Hauptbild, dessen monumentales Vorbild wir zu kennen glauben, keine Vorlage von ähnlicher Bestimmtheit der Anlage oder auch nur ähnlichem Umfang entsprach. Schon die Proportionen der Figuren sind grösser gewählt und die Vertheilung auf die grosse Fläche war, wie der Rest erkennen lässt, äusserst spärlich. Aber wenn sich der Maler hier frei bewegt und ohne jede Rücksicht auf die Vorderseite, was beweist das? Er konnte ja gar nicht, auch wenn er wollte, Anknüpfung an das festumschlossene Hauptbild suchen. Und müssen es immer wieder nur mythologische Gründe sein, welche die Hand des Gefässmalers leiten? Kriegführende oder rüstende Thiasoten waren früher als Reverse zur Gigantomachie gemalt, hier ist dasselbe geschehen. Der Unterschied liegt nur darin, dass, bei dieser Grösse der Gefässe und der veränderten Anlage des Hauptbildes, mit den bakchischen Lückenbüssern, dem alten Erb-

---

[107]) Ann. d. J. 1869, 190.

theil der attischen Vasen, nicht so leicht zu operiren war wie gegenüber der Monomachie des Bakchos, auch dann nicht, wenn man zu dem Pantherwagen Zuflucht nahm. Die Gigantomachie des Bakchos, die einzige, welche eben um des Gefolges willen Stoff zu einem grösseren Bilde bot, trat hier um so leichter ein, wenn dieser beliebte Gott auf dem Himmelsbogen, der hier nicht so gross wie auf dem Original werden konnte, keinen Platz mehr fand.

Es bleibt also dabei, dass die Vasen keinen anderen Kampf des Bakchos kennen, als den althergebrachten der Götter überhaupt. Woher aber die Betheiligung des Thiasos stammt? — Ich denke mit dem Wort Satyrspiel ist hier nichts gethan, noch weniger als bei all den anderen Mythen, wo bei sonst ganz ernsthafter Behandlung die jüngere rf. Vasenmalerei nicht bloss Pane zuschauen, sondern auch Satyrn hineintanzen lässt (s. Stephani, Parerga arch. 523 ff.). Auch liess sich die nackte Thatsache des Todtschlags der einen Partei durch die andere auf der Bühne nicht wie ein Tragödienstoff parodiren, sondern höchstens parodistisch erwähnen, wie dies Euripides mit mässigem Witz versucht und die oben erwähnte Komödie [108], sowie die jüngere Dichtung bei Ps.-Eratosth. Cat. XI p. 92 R. gethan. Allein es ist gar nicht ausgemacht, dass die Betheiligung des Gefolges durchaus und ursprünglich den komischen Charakter trug, den einige Maler ihm beilegen und der sich allerdings ungemein leicht einstellte. Auf einem Gefäss der besten Zeit mit kleinen rothen Figuren, (Neapel S. A. 265) kämpft eine Bakchantin in Haube und kurzem Chiton mit Schwert und dem üblichen Fell gegen einen fallenden Giganten, wie auf dem Gegenbildchen ein jugendlicher, ganz gewappneter Gott, der wohl Ares sein muss, gegen einen ganz ähnlichen Feind. Auf dem Schulterbild eines schwarzfigurigen Hydrien-Fragments (S) sieht man noch die Reste zweier mit Fellen behängten kämpfenden Frauen, deren Gegner, je ein gerüsteter Krieger, am Boden liegend sich mit Schwert und Lanze vergeblich wehren. Diese Thiasoten laufen also nicht bloss hinter dem kämpfenden Gotte her oder ihm entgegen; sie tödten und damit hört der Scherz auf. Sieht man recht zu, so findet sich, dass auch auf den zuvor besprochenen Vasen eigentlich nur die Satyrgespanne über den humoristischen Sinn keinen Zweifel lassen. Sie kommen auch — wie der Trompeter —

---

[108] S. 170. Die Maske, die Koepp p. 64, 6 aus Pollux anführt, gehört nicht hierher; s. S. 151.

immer von rechts, ein deutliches, fast überflüssiges Zeichen, dass diese burlesken Typen nicht zur Tradition gehörten. An den dem Gott wirklich beistehenden Figuren dagegen finde ich nichts Komisches; und sollten die zwei Satyrn, die noch in Pergamon wie in *q* — dort nur verjüngt — zur Seite ihres Herrn schreiten, wirklich der Posse ihr Dasein verdanken? Bedurfte es hier überhaupt eines literarischen Anstosses?

7. Hera.

A.* Von Gerh. mehrf. erwähnte Lekythos in Terranuova; s. Athena 4 I'.
B.* Berlin 1925 Kanne; s. 4 K'.
C.* London 482 Hydria; s. 4 G'.
D.* Die jonische Vase.
E.* London 557, s. Zeus 1 C.
f.* Krater von Altamura.

Neben Athena sieht man auf einigen sf. Gefässen noch eine Göttin, die im Kostüm jener sehr ähnlich und kaum zu unterscheiden ist. Schon vor Gerhard [109] legte man in diese wie in jene Bildwerke, die eine einzelne Götterfigur gewissermafsen ornamental wiederholen, den tiefdunkeln Sinn einer Doppelgestalt derselben Gottheit; eine Idee, wofür man eine erschreckend grosse Literatur im catalogue de l. coll. des Vergers 1867 p. 31 vorfindet. Heut ist man des Nachweises überhoben, dass das griechische Alterthum bei aller Vielgestaltigkeit seiner Götter eine Coexistenz mehrerer verschiedenen Formen oder Personen für dieselbe Gottheit — etwa Hekate ausgenommen — nicht gekannt hat. Wir können uns aber auch nicht mit Welckers Auffassung (A. D. V 323) begnügen, der die Göttin in zwei verschiedenen Scenen, ihren beiden überlieferten Giganten entsprechend, erkennt. Das könnte höchstens für die Paare von Thonmedaillons gelten, welche den Giganten und die Haltung der Göttin beidemal verschieden charakterisiren. Hier handelt sich's zunächst um 1) Elite 1 90 2) Mus. Greg. II 7, Bilder untergeordnetster Art, auf der Schulter sf. Hydrien befindlich, einem Ort wohin nur der Abfall von dem Typenvorrath der Maler zu kommen pflegt. Auf 2 ist fast genau dieselbe Gruppe Athenas und zweier Giganten einmal nach r., einmal nach l. gewandt und zwischen beide ein Paar eilender Krieger gestellt; die winzigen Unterschiede in dem Kleidmuster sind nicht zu

---

[109] Zwei Minerven, Berl. Winckelm.-Pr. 1848.

notiren, wo die Aegis beidemal fehlt [110] und der zweite Gigant einmal
richtig wiedergegeben ist, das andere Mal auf den gefallenen Genossen
mit lossticht. Auf 1, wo die Giganten verschieden sind, eilen die
beiden Göttinnen, die sich nur in der Helmform unterscheiden und
übrigens ohne Aegis und Schild sind, nach der gleichen Seite hin.
Offenbar ist in diesen gedankenlosen Wiederholungen abgenutzter
Typen nicht mehr zu suchen als da, „wo Vorderseite und Rückseite
eines Gefässes dieselbe oder nur leise verschiedene Darstellung enthalten".

Friederichs, der diesen Vergleich ausspricht (Philostr. Bild. 103),
hätte ihn besser hier als bei einem dritten Bilde (A) angewendet,
wo er sich doch nur an das äusserliche Herumgreifen des Bildes um
das Gefäss hält. Dort sieht man drei Götter kämpfen, in der Mitte
einen männlichen, den Gerhard als Ares bezeichnet; auch scheint
die Doppelgängerin der hier durch Aegis charakterisirten Athena
trotz des *costume simile* dies Attribut nicht zu haben; sonst hätte
Gerhard, der dieses Beispiel unter den zwei Minerven anführt, nicht
ein anderes Mal von Artemis oder Demeter gesprochen (Ann. 1835
p. 38, AVB I S. 27, 32 m). Dieses Gefäss steht vielmehr auf einer
Linie mit B, das gleichfalls linkerseits Athena in deutlichster Charakteristik, in der Mitte Ares und rechts eine Göttin zeigt, die sich
nicht nur durch den Mangel der Aegis, sondern auch durch die abweichende, ausgeschnittene Schildform von jener unterscheidet. Mit
dieser Göttin, die auch in C rechts vor Athena kämpft — wie linkerseits Artemis — und in allen drei Fällen die Lanze führt, kann nur
Hera gemeint sein. Andere Götterfrauen kommen gar nicht in Betracht, während gerade die mehrfache Verbindung der Hera mit Ares,
ihrem einzigen Sohne, einen guten Sinn ergiebt; diese Verbindung
begegnet ja noch auf der Erginos-Schale, wo sich über Kreuz Apoll
und Artemis, Hera und Ares entsprechen. — Diese drei Vasen sind
also von denen mit der doppelten Athena zu trennen, und ihre
Gattung braucht zu der sinnlosen Doppelung nicht einmal den Anstoss gegeben haben, wiewohl der den Giganten so ähnliche Krieger
in der Mitte leicht dazu beitragen konnte, die Mehrheit und Verschiedenheit der vorgeführten Gottheiten zu verwischen.

Die vollständige Kriegsrüstung der Götterkönigin, einer Person,
zu deren Charakteristik ohnehin nicht viel Mittel zu Gebote standen,

---

[110] Der Schild fehlt das eine Mal wegen Platzmangel.

und die darum auch immer nur in Gesellschaft anderer Götter
kämpft, bezeichnet wohl ihre älteste Erscheinungsform in der Gigantomachie. Noch der Maler von D gab ihr den Helm, der von E war
hierin schon bedächtiger und f, der sie wie der erste neben Zeus stellt,
verräth, wenn nicht Alles trügt, bereits das Bemühen, dem Mythus
von der Liebe des Gigantenkönigs Ausdruck zu verleihen. Alle Giganten sind dort bärtig, behelmt, Manche von finsterem Gesichtsaus-
druck. Nur Heras Gegner ist jugendlich und, was für einen Giganten sehr merkwürdig, mit einer Tänie geschmückt. Alle andern
wehren sich bis aufs Aeusserste; nur er lässt — ohne dass man eine
Spur von Verwundung entdeckte — das Schwert unthätig .sinken
und blickt unverwandt die Gegnerin an mit einer nach den Kräften
des Malers wohlgetroffenen Schwermuth im Antlitz, die sich besonders in der schweren Unterlippe malt. Gegen diese Thatsachen
haben die von Heydemann VI. Progr. angeführten Vasen, wo bartlose Giganten bald männlichen, bald weiblichen Göttern gegenüberstehen, wenig Beweiskraft; hundert Sudeleien der Topfmaler bedeuten
nichts gegen eine Arbeit von dieser Berechnung und Sorgfalt der
Ausführung, und jede Statistik, die nicht die umgebenden Umstände
und das Individuelle des einzelnen Falles in Rechnung zieht, kann
nur falsche und, falls die Nachprüfung ausbleibt, verhängnissvolle
Resultate ergeben. Das hat Trendelenburg in seinem gehaltreichen
Artikel über Pergamon (in Baumeisters Denkmälern [111], vgl. Philol.
Wochenschr. 1882, 1153 ff.), recht wohl eingesehen. Aber auch seine
Interpretation geht in die Irre. Zunächst benennt er die Göttin Artemis.
Und doch lehrt selbst eine flüchtige Uebersicht über die Masse der
Bildwerke, dass die Tradition, innerhalb deren sich diese kostbare
Zeichnung noch hält, der Artemis, den Letoiden überhaupt erst die
zweite Rolle einräumte und dass die nächste Nachbarin des Zeus
auf einer so figurenreichen Vase — fast ein Drittel ist verloren —
nur Hera sein kann, während Artemis hinter den Bruder gehört,
mögen die undeutlichen Spuren an der dortigen Lücke von Heydemann richtig gedeutet sein oder nicht. Man sollte meinen, dass —
bei der Undeutlichkeit ihrer Waffen — die blosse Erscheinung, insbesondere das Diadem, die Götterkönigin hier ebenso deutlich an-
zeige, wie auf der Schale des Erginos. Aber gerade über diesen
Punkt scheint eine Verständigung unmöglich; denn wenn der reiche

---

[111] S. 59 des Separatabdrucks.

Chiton und das lange Uebergewand mit Ueberschlag nicht matronal genug ist: was ist eigentlich matronal in diesem Stil? Wenn
ferner gesagt wird, der Gigant unterliege dem blossen Anblick der
Göttin, so schiesst das über's Ziel hinaus. Athenas Gegner mag vor
dem Gorgoneion erstarren (S. 196, 86), die Schönheitsgöttin mit
ihren Reizen den Erdgebornen wehrlos machen, wiewohl von diesem
Beispiel des Themistios, worauf sich Trendelenburg beruft, ein wenig
Rhetorik oder poetische Tradition (Klaudian. Gig. 52) in Abzug zu
bringen ist. Aber weiter kann man eigenmächtig nicht gehen, ohne
der Ueberlieferung Gewalt anzuthun. Die einfache Anschauung des
5. Jahrhunderts, wie sie bei Aristoph. Vög. 1633 (s. S. 168) und
doch wohl bei Apollodor vorliegt, ist die, dass der Gigantenhäupt-
ling der Herrin des Olymps seine bald zartere, bald gigantenmässigere
Neigung entgegenbringt. — Wenn diese Rolle dem Porphyrion zufällt, so darf man freilich nicht fragen, wie nun der Gegner des
Zeus zu benennen sei. So consequent denkt ein Vasenmaler nicht,
und er würde sich mit diesem Dilemma selbst dann leicht abgefun-
den haben, wenn es ihm beliebt hätte, Namen beizuschreiben. Uebrigens wird nach einer anderen Sage, die dem Maler Aristophanes vor-
schwebte, auch Artemis von den Erdgebornen begehrt; aber die
Beischrift ist vielleicht ganz willkürlich gewählt. (Vgl. S. 352).

Heras Waffe ist hier wie auf den zwei anderen Gefässen das
S c h w e r t, dessen Scheide sie in der Linken hält, während die
Klinge, mit der sie den Hieb — keine andere Bewegung — aus-
führen will, gleich anderen Extremitäten am oberen Rand des Bildes verschwunden ist bis auf den Griff, der die auf den Vasen so
gewöhnliche Form hat. Freilich ist dieser gegen die Klinge ohnehin
stets sehr schmale Theil ebenso wie die Scheide in dem Streben
nach Zierlichkeit etwas dünn gerathen, aber nicht gar so verschieden
von der Schwertscheide, die Apollo hält. Der Gedanke an ein Plek-
tron ist viel zu tändelnd für diese Kunststufe und wird auch von
Trendelenburg, der ihn vorbringt, nicht für Hera, sondern nur für
die vermeinte Artemis in Anspruch genommen: freilich ist auch sie
nicht musicalisch — aber ihr Bruder spielt die Leier.

Uebrigens bemerkt man auch auf der in vier Scherben vorliegenden früh rf. Vase von der Akropolis den Untertheil einer langbekleideten, nach links eilenden Göttin. Es kann die Gattin des
Zeus sein, aber auch die Schwester Apolls, mit dem sie die Richtung gemein haben würde. Keinesfalls entscheidet die Lebhaftigkeit

des Schrittes, denn in Folge der Schmalheit des Bildstreifens erhielten die Götter hier alle eine starke, ihrer nicht ganz würdige Horizontalbewegung.

8. Ares.

A.* Florenz, Amph. s. Zeus 1 D.
B.* Vatican, Hydria, s. 1 G.
C.* s. Hera A.
D.* s. Hera B.
E.   Kanne, abg. Inghirami pitt. d. v. I 41. Elite I 7; vgl. cab. étr. 185.
f. London, catal. II p. 258, 10. Kyrenäische Hydria.
g.* Neapel, S A 265. R. kämpfende Bakchantin; s. Dionysos t.
(h.* Erginos-Schale.)

Wie Hera eignete sich auch Ares nicht sonderlich zur Einzeldarstellung. Der gerüstete Kriegsgott liess sich von seinen gleichartigen Gegnern und die ganze Scene von einem Heroenkampf kaum unterscheiden. Er ist daher entweder in die Wagengruppe vor Athena eingeschoben (AB) oder mit Göttinnen verbunden (CDfgh). Wo er allein auftrat, ist anzunehmen, dass dem Verständniss durch Beischriften nachgeholfen wurde, wie sie das einzige sf. Beispiel E erkennen lässt, wenn auch in einer durch Copistenhand (oder durch die Publication?) stark entstellten Weise [112].

Bemerkenswerth finde ich den etruskischen Spiegel Gerhard IV 286, 3, der einer rf. Vase nachgezeichnet sein muss. Der hier jugendliche und bis auf das umgeknüpfte Fell nackte Gigant ist mit vorgesetztem rechten Bein auf das linke Knie gesunken und lässt mit der gesenkten Linken zugleich einen Felsblock auf dem Boden ruhen, während die Rechte eine abwehrende oder vielmehr bittende Bewegung macht. Ares wie auf g ohne Bart, auch nicht mit Speer und Schild bewehrt, trägt Helm, Panzer und Mantel darüber und ist im Begriff, dem Gegner, den er am Schopf fasst, mit dem Schwert den Todesstreich zu geben. Das Bild mit der imponirenden Erscheinung der Ares wäre recht schön und seiner Vorbilder würdig, wenn es nicht durch mangelhafte Gegenwehr des Giganten, den Feh-

---

[112]) Die vier Buchstaben links würden, um, wie die Herausgeber meinen, Ares zu bedeuten, nichts Geringeres voraussetzen als ein gegeschwänztes Rho und dreistrichiges Sigma für eine sf. Vase. In dem Uebrigen kann ich nichts von Otos, sondern höchstens ΟΓΑΙΨΚΑΙΟΨ erkennen.

ler aller etruskischen Werke, mehr an die Schlachtbank als an die
Wahlstatt gemahnte.

Die unter Poseidon No. 21 aufgeführte Vase in Palermo, eine
schlechte ungriechische Arbeit, lässt sich unmöglich mit Overbeck
Z. 366, 21 hierberziehen; denn nur die Poseidongruppe ist deutlich;
die Nachbarschaft und Rückseite verliert sich ganz in allgemeine
Kämpfe.

9. Artemis.

A. Wien; kl. Amph. Sacken u. Kenner S. 193 B 46. abg. Laborde Vas.
   Lamberg I Introduct. p. XIV. Millingen anc. mon. uned. I 9. Elite
   I 6; s. Poseidon 9.
B. ebenda, Dublette.
C.* London 482 Hydria, s. Hera C.
d.* London, Catal. II p. 258, 10; s. Ares f.
c.* Vase v. Altamura.
(f.* Erginos-Schale.)

Kenntlich durch den links vorgestreckten Bogen, der wohl bereits abgeschossen zu denken ist, läuft sie in A B von l. her, um
einem zusammengebrochenen Giganten, der sich halb hinter den
aufgestützten Schild duckt, mit der Lanze den Garaus zu machen;
sie trägt hier langen ärmellosen Chiton und ein schräg über die
Brust geschlungenes Uebergewand; das Haar ist mehrfach umwunden.
In C unterscheidet sie sich von den zwei anderen behelmten Göttinnen fast nur durch den freien Kopf. Da diese zwei mehrmals
von Ares begleitet vorkommen, so ist es nicht ganz ohne Interesse,
dass Artemis und Ares in d verbunden sind. Sie trägt dort kurzen
Chiton und soll „die Arme ausstrecken, als wenn sie den Bogen
spannte, der wahrscheinlich weiss gemalt war". Eine Seltenheit,
die der degenerirte Stil von d wie die Nachlässigkeit der Berliner
sf. Kanne mit sich bringt, besteht darin, dass mehrere Gottheiten
neben einander schreiten, während sonst jede ihren besonderen
Gegner hat.

10. Apollo.

a.* Frgmt. Schale auf der Akropolis, abg. Ἐφημ. 1885 V 2; s. Zeus 2 c.
b.* Krater von Altamura.
c.* London 768* Stamnos, abg. Gerhd. AVB I 64. R. Dionysos (6 i).
?d.* Luynes-Schale.
(e.* Erginos-Schale.)

Die Rolle und Erscheinung dieses Gottes lässt sich nicht über die Zeit der grossen attischen Vasenmaler hinaus verfolgen. Typisch für ihn ist es, dass er in mässigem Laufschritt vordringend über dem lorbeerbekränzten Haupte die Klinge horizontal zum Streich erhoben hält, während die zurückgehende Linke die Scheide fasst. Dazu passt, dass er mit einer Ausnahme (b) immer von rechts kommt, statt der archaischen Richtung zu folgen; denn da würde solche Armbewegung ohne Verkürzung und ohne Deckung des Gesichts nicht möglich sein oder aber die empfindliche Vorflachung erleiden müssen, die auf b zu Tage liegt; das Motiv scheint auf Vasen auch sonst nur in der Linksrichtung vorzukommen. Nimmt man hinzu, wie sehr das Costüm dieses Gottes wechselt, das auf b d in kurzem Chiton (auf b mit Mantelstreif darüber) besteht, auf c durch den grossen umgeschlungenen Mantel erweitert ist, der in den betsen Zeiten der rf. Vasenmalerei diesen Gott auszeichnet, während e natürlich auch hier die allgemeine Nacktheit anwendet[118]: so wird man zugeben, dass wir diese Kämpfergestalt erst in einem Stadium kennen lernen, wo sie bereits in den Alles umformenden Strom des 5. Jahrhunderts gerathen ist.

Hiermit hängt aufs Engste die Erscheinung seiner Gegner zusammen, wie sie auf c zu beobachten. Während das Gegenbild, die Bakchosgruppe, noch die üblichen Kriegergestalten aufweist, die nur zeitgemäss ihres Panzers und Chiton entkleidet sind, tragen hier die Giganten Felle umgeschlungen, Felsblöcke als Waffe und als Kopfbedeckung Helme, die in der Form wie in der Art ihres Aufsitzens gleich seltsam, ungeschickt und aller Kunst - Tradition zuwider sind. — Am frühsten kommen die Felle in der Zeusgruppe von a vor, dort noch mit der Rüstung verbunden.

11. Hermes.

A.* Die jonische Amphora.
B.* Die frgmt. Schale von der Akropolis; s. Zeus 1 A; unsere Taf. I 1.
c.* Berliner Schale (des Brygos?).
d.* Schale Luynes.
E.* London 643 s. Athena 4 BH.

Hermes tritt in diesem Kreise nicht sonderlich hervor und erscheint in Einzelscenen bisjetzt auf keiner Vase. Ihm fällt auch

---

[118]) Der Scherben a erlaubt kein Urtheil über die einst vorhandene Kleidung.

hier mehr die Rolle des Dieners zu, der sich entweder dem Zeus oder, wie es die sf. attischen Vasen auch sonst lieben, der Athena anschliesst. So kämpft er auf B unmitelbar hinter dem Zeuswagen und behauptet dieselbe Stelle noch auf c, wo er noch bärtig ist. Das erste Mal trägt er Schnabelschuhe, Hut, kurzen Chiton und Panzer und kämpft mit dem Schwerte; in dem sehr entwickelten Stil der Berliner Schale ist er nackt bis auf die Chlamys und den zurückfallenden Hut, während seine Waffen unsichtbar bleiben. Die etruskischen Imitationen [114] (d = 12 b) pflegen ihm die Lanze zu geben. Diese Waffe führt er auf A, wo er mit Mütze, Nebris und Schwert angethan ist; er kämpft dort neben Athena, der er in gleichem Costüm auf der Rückseite von E, einer Wiederholung der Vorderseite, lediglich der Abwechselung halber attachirt ist. Die von Overbeck Zeus S. 354, 10 und 11 aufgeführten Gefässe sind schon durch die obigen Bemerkungen S. 257, 62 in Wegfall gekommen. Dahingegen bemerke man die auf einer etruskischen und mehreren spätgriechischen Vasen auftretende Darstellung des Hermes als Wagenlenker des Zeus.

12. Hephaest

tritt uns nur auf zwei intact erhaltenen streng rf. Schalen entgegen, die schon bei anderen Göttern mehrfach erwähnt wurden.

a.* Berlin 2293, nach Furtw. Arbeit des Brygos, abg. Gerhd. Trinksch. X. XI. Overb. Atlas Taf. IV 12.

b.* Paris Nationalbibliothek, abg. Luynes Descript. d. qu. vas. 19. 20. Gerhd. Trinksch. A. B. Overb. Atlas V 1 abc.

a. Aus dem Thor des Olymps, zu dessen Andeutung eine dorische Säule dient, fährt nach rechts hin auf einem Maulthiergespann Zeus in kurzem Chiton, zugleich aufsteigend und lenkend, in der Rechten den weithinflammenden Blitz, auf dem bereits — was an späteren Bildwerken wie am Pergamon-Altar besonders deutlich wird — der massive zackige Griff [115] von dem beiderseits herauslodernden Feuer zu unterscheiden ist. Neben dem Zeuswagen, dem wir seit den ersten sf. Vasen nicht begegnet sind, sieht man den bogen-

---

[114]) s. daselbst. Ueber das Innenbild s. S. 36, 48. Auch Heydemann VI. Progr. 17 verbindet es mit dem Aussenbild, indem er annimmt, dass der Selene am Original (?) Helios entsprach.

[115]) Κεραυνὸς αἰχματὰς Pindar, εἰ δὲ μὴ βαρύτερος ὁ κεραυνὸς ἦν καὶ πολὺ τὸ πῦρ εἶχε Lukian Deor. dial. 7.

schiessenden Herakles und an dritter Stelle Athena, also dieselbe
Vereinigung wie dort, nur dass hier entsprechend den Raumverhältnissen die Scene mehr auseinander gezogen ist. Herakles ausserdem
zu Fuss, wofür ebenfalls oben ein (wenn auch vielleicht auf Missverständniss beruhendes) Beispiel sich fand. Herakles trägt das in
diesem Stil öfter begegnende, halb im Scherz gewählte Costüm
der scythischen Bogenschützen[118]. — Zeus hat keinen bestimmten
Gegner, sein Ziel wie der Pfeil des Herakles geht ins Weite,
während auf der andern Seite Athena, im alten Typus gehalten,
die eine Hälfte der Vase abschliesst. Athenas Gegner, lang hin-
gestürzt, ist von dem Maler mit grosser Unbefangenheit in den
freien Raum, der unter den Henkelansätzen blieb, placirt worden,
eine Freiheit, die sich auf der Gegenseite in noch originellerer Weise
wiederholt. Dort ist der Gigant, der von Hermes niedergeworfen
ist, so gestürzt, dass er mit dem Kopf und Oberkörper ins Innere
des Henkels zu liegen kommt, wobei der Eindruck des Steifen oder
künstlich Hineincomponirten sehr glücklich dadurch vermieden ist,
dass das eine Bein des Gestürzten sich hebt und eine mit dem Ge-
sammtmotiv harmonirende Bewegung macht. Sein Gegner Hermes
mit umgeknüpfter Chlamys und dem Petasos im Nacken, eine höchst
interessante Figur mit einem grossen Bart, der zu dem vorgeschrittenen Stil nicht mehr recht stimmen will, stürmt hastig von l. her,
hinterwärts weit zum Streiche ausholend und den linken Arm vorstreckend: beide Hände werden durch andere Gegenstände verdeckt,
können aber nur mit Schwert und Scheide ausgestattet sein, da die
Lanze überall zu sehen sein würde. Die l. folgende Poseidongruppe ist uns wohlbekannt und oben besprochen (S. 318). Die
letzte Kämpfergruppe, mit Athena sich begegnend und durch den
Henkel von ihr getrennt, bildet Hephaest mit dem vor ihm
zurückweichenden Gegner, kenntlich durch die Feuerklumpen, die er
mit Zangen gefasst hat und zu schleudern im Begiff ist. Er, der
für so viele andere Helden und Götter kunstreiche Rüstungen liefert,
hat diesmal selbst eine solche angelegt, so dass man seinen wahren
Stand gar nicht erkennen würde ohne jene Zeichen seiner täglichen
Handtierung. Der Schmiedegott dreht uns im Lauf den Rücken zu,
eine Eigenthümlichkeit, die sich auf

---

[118] s. Heydemann V. Progr. S. 15, GI.

b) wiederholt, wo der Gott ausserdem in dem gleichen Kostüm (Helm und Panzer) erscheint und an der nämlichen Stelle, d. h. als linker Nachbar des Poseidon; beidemal sind die Gruppen nach verschiedenen Seiten gewandt, Hephaest nach links, Poseidon nach alter Observanz rechts hin, wie alle Götter der älteren Tradition. Diese zweite Schale, nicht entfernt mit der ersten vergleichbar, lässt von den sechs Göttern, die sie uns im Einzelkampfe vorführt, nur etwa drei deutlich erkennen, denn sie wimmelt von Missverständnissen und verräth dabei eine rohe, wenig geübte Hand. Ausser Hephaest und Poseidon, der auch hier die Mitte der einen Seite bildet, ist nur das Gegenstück des letzteren halbwegs klar; Dionysos, den Gegner in die Weinrebe verstrickend; welches Motiv aber so wenig verstanden ist, dass der Wein oder vielmehr Epheu wie Musterung des Gewandes aussieht und dass Gerhard den Gott für Zeus halten konnte. Von den drei anderen Göttern lassen sich nur noch zwei mit annähernder Sicherheit bestimmen; die, welche l. von Dionysos und r. von Poseidon sich nach derselben Henkelseite zu begegnen. Der von r. her eilende Jüngling mit aufgebundenem Haar, der das Schwert über dem Kopf schwingt und mit der zurückgehenden L. die Scheide hält, giebt die bekannte Erscheinung des Apollo. Der andere mit Tänie aber ohne Haarschopf wird durch die Stiefeln als Hermes [117] kenntlich und deutet durch den unter den Henkel fallenden Gegner und die Reihenfolge Hephaest, Poseidon, Hermes auf eine ähnliche Composition, wie sie die vorige Schale bietet; auch die beiden Arme sind in gleicher Weise bewegt, zugleich aber mit so unmöglichen Waffen ausgestattet, links mit einem Mittelding von Schwertscheide, Bogen und Leier, rechts mit der Lanze, der kein Schild entspricht, als ob das Original den Copisten hier im Stich gelassen hätte. Die Bezeichnung als Artemis ist auf keinen Fall zulässig und schon von Jahn Ann. d. J. 1863 p. 247, 6 zurückgewiesen; den übermässig kurzen Chiton, der gleichwohl keine Geschlechtstheile sehen lässt, hat die Figur mit den meisten anderen gemein und würde bei Artemis auch kein Vorbild in Vasen des 5. Jahrhunderts finden. Am meisten Schwierigkeit macht die r. Nachbarfigur des Poseidon. Auch sie, deren Unterkörper nicht sichtbar ist, trägt den kurzen Chiton mit den zwei Reihen treppenförmiger Untercon-

---

[117] Ebenso Luynes, Welcker in Müllers Handb. S. 369; Overb. Z. 362, Heydem. VI 10, 43 nennen den Hermes Apollo.

turen, deren obere vielleicht die Gürtung wiedergeben soll; auch sie
wie Apoll einen Schwertriemen quer über den Leib; dazu Helm
und Schild und in der zurückgehenden verdeckten Hand eine Waffe,
die nur ein Schwert sein könnte. Soll dies Athena sein, wie in der
vorigen Schale sich mit Hephaest begegnend, so stören die Haar-
locken, die Spuren von Bartpflaum, die man zu bemerken glaubt,
und der Mangel des Speers; ist Ares gemeint, so vermisst man den
Panzer. Es ist eben unmöglich, allen Irrthümern und Missgriffen
der Barbaren-Hand auf den Grund zu gehen. Gesichts- und Körperformen verrathen durchweg ungriechicho, die Art der Gewandbehand-
lung [118] direkt etruskische Nachahmung.

Diese zwei Schalen bewahren noch recht viel von den alten
Ueberlieferungen und überraschen uns nur durch die gänzlich neue
Person Hephaests, die obenein sofort wieder verschwindet und erst
in Pergamon wieder nachzuweisen sein wird. Sie kann aber nicht
so ganz selten gewesen sein; denn Horaz, bei dem wir sehr alte
Züge vorfanden, sagt c. III 4, 57, nachdem er Zeus, Bakchos, Athena
kämpfend an seinem Geiste hat vorüberziehen lassen: *hinc avidus
stetit Volcanus* | *hinc matrona Juno,* worauf in einer eigenen Strophe
Apollo folgt [119]. Nach Apollonios III 233 machte Hephaest die
ehernen Stiere und Wagen des Aietes aus Dank gegen Helios, ὅς ῥά
μιν ἵπποις | δέξατο Φλεγραίῃ κεκμηότα δηιοτῆτι, was wie so manches
andere in diesem Gedicht recht wohl aus Eumelos genommen sein kann.

Anhang.   Etruskische Nachahmungen.

Von den Erzeugnissen des 5. und 6. Jahrhunderts können wir
nicht Abschied nehmen, ohne noch einen Blick auf die rohen Versuche der westlichen Barbaren zu werfen, die von ihren nächsten
Vorbildern, den importirten griechischen Vasen freilich durch eine
ganz andere Kluft getrennt sind als diese von den ihrigen. Die

---

[118]) Die sinnlose Kürze des Chiton und die schräge Befestigung des
Mantels (bei Poseidon) mit Freilassung einer Schulter. Vgl. S. 344 f. und
die Anm. 125 erwähnten Reliefs.

[119]) Vgl. Reifferscheid Anal. Hor. 7 ff. Koopp de gig. p. 28.

Nachbildung ist keine so directe und absichtliche, wie z. B. in der Schale Luynes, welche jedenfalls als griechisch verkauft werden sollte, und unterliegt zudem in einigen Fällen den ganz verschiedenen Bedingungen der Bronzetechnik. Doch auch so verleugnet sich der griechische Einfluss nicht und giebt uns — vielleicht — sogar Gelegenheit, auf diesem Umwege einiges Neue zu erfahren.

A. Reihenkämpfe.

1. Bronze-Incrustation aus Bomarzo, im Vatican; abg. Mus. Greg. I 39.
2. Sechs gleichartige Bronze-Incrustationen aus Monte Romano, früher bei Aug. Castellani in Rom; abg. auf unserer Tafel I, 2 nach einer Zeichnung des Instituts.
3. sf. Hydria, ehemals bei Depoletti, abg. Micali mon. ined. I 37, 1.

1. Ich beginne etwas rechts von der Mitte mit Zeus, der durch den erhobenen Blitz kenntlich ist. Er schreitet wie alle Götter mit einer Ausnahme nach r. hin, während der Gegner nur erst wenig eingesunken die Hände erschreckt oder bittend bewegt. Wenn man (nach r. hin) zwei minder klare Gruppen zunächst überspringt, findet man an vorderster Stelle Herakles mit l. emporgehaltenem Bogen und umgeknüpftem Fell, in der R. eine dem Gegner abgerissene Hand erhebend. Dieses gräuliche Motiv, ganz in dem blutigen Geschmacke der Etrusker, pflegt in deren Gigantomachien, wo allein es sich findet, besonders für Athena verwendet zu werden. Sie würden wir in der nächsten, durch Gesichtsform, Haube und reiches, langes Gewand [120] als Frau gekennzeichneten Figur, die mit der L. den Gegner an der Schulter packt, rechts einen ausgerissenen Arm hochhält, höchst wahrscheinlich auch dann erkennen, wenn sie nicht wie hier zwischen Herakles und Zeus marschirte. Allerdings ist zwischen ihr und Zeus eine Göttin eingeschoben; aber das kann nur Hera sein, die einzige, die der Athena auch auf den Vasen die nächste Nachbarschaft des Göttervaters streitig macht. — Zu so be-

---

[120] Natürlich treten bei dieser Metalltechnik die Gliedmassen so stark heraus und folgen zugleich bei dem unentwickelten Stil die Gewänder so mechanisch den Körperformen, dass auf den ersten Anblick Alle wie Männer aussehen. Die Giganten sind, soweit man erkennt, durchweg in kurzem Chiton, dessen Schösse nach altgriechischer Weise symmetrisch abgestuft sind.

stimmten Benennungen giebt uns die linke Seite ein Recht. Dort
sitzt an der Ecke en face, breitbeinig unanständig, die Hände auf
den Boden gestützt, eine männliche Figur, die auch ohne Kopf sich
ohne Weiteres als Satyr zu erkennen giebt [121]; die Stellung ist für
dies Geschlecht auf den etruskischen Monumenten ebenso üblich wie
auf den archaisch-griechischen [122], von wo sie ja im Grunde auch
stammt. Die nächste Gruppe besteht ausnahmsweise aus drei Figuren, wovon zwei nach gleicher Richtung gewandt sind zu einem
nicht näher charakterisirten, obenein verstümmelten Gotte. Beider
Beine werden von einer der Erde entwachsenden Doppel-Winde oder
-Ranke umstrickt, deren Sinn und Wirkung an dem Vorderen dadurch deutlich wird, dass er mit dem umwundenen Bein bereits
zusammenknickt. Wir sind hier also im Kreis des Dionysos. Weiter
folgt der lockige Hermes mit Hut — einem Mittelding zwischen
Pileus und dem Petasos der archaischen Form —, bekleidet mit
einem um Brust und Schenkel liegenden Gewandstreif, rechts die
Lanze schwingend, l. den Gegner an der Gurgel packend, der niedergesunken beide Arme flehentlich erhebt. Die Beine des Giganten
sind arg verzeichnet, weil darunter und daneben noch ein Todter
Platz finden musste, der lang hingestreckt auf dem Gesicht liegt.
Zwischen seinem Körper und dem vorigen befindet sich ein grosser
Felsblock, der nicht wohl dem Andern entfallen sein kann, da auf
diesem Relief die Giganten ohne irgend welche Bewehrung auftreten;
er ist also wohl als auf dem Todten lastend zu denken, mag auch
die Zwischenlinie, wie es die Technik bei diesen gepressten Arbeiten
nur zu leicht mit sich brachte, etwas breit gerathen sein: mir
scheint, der Gigant ist unter diesem Felsen begraben. Das nächste
über ihn wegschreitende Götterpaar hat damit allerdings nichts zu
thun gehabt: es sind zwei jugendliche, eng zusammengehörige Erscheinungen verschiedenen Geschlechts, beide in parallelen Bewegungen r. das Schwert erhebend, das natürlich nur bei der vorderen
weiblichen sichtbar ist, die L. ausstreckend nach einem Feind, der
zwar da ist, aber bereits von einem bärtigen, durch lange Haarsträhnen ausgezeichneten, mächtig ausschreitenden Gotte niedergestossen wird. Sollte dies nicht der eigentliche Gegner jenes Todten
gewesen sein, da sich Poseidon in den Vasenbildern manchmal so

---

[121] Ich glaubte vor dem Original noch den langen Bart zu erkennen.
[122] Besonders Münzen und Vasen.

tief niederbeugt, dass der Stein fast schon auf dem Giganten lastet,
und sollte in dem müssig vorgestreckten Arm der sonst ganz in dem
hellenischen Typus gehaltenen Letoiden — ihre Identität ist ausser
Zweifel — nicht einfach der Bogen übersehen sein? Dazu kommt
Folgendes: während die übrigen Giganten durchweg ungeschickt und,
wie schon die Wehrlosigkeit zeigt, ohne die gleiche Anlehnung an
Griechisches wie die Götter gebildet sind, sinkt derjenige, welcher
hier vor Poseidon mit einem Bein kniet, in der regelrechten Stellung
nieder, wie wir sie an der alten Bronze (Cap. I 2), dem Megarer-
giebel und öfter an dem Gegner des Zeus beobachten. Dies Alles
deutet auf eine Verschiebung der unterliegenden Figuren nach links,
wie sich auf der sf. attischen Schale eine Verschiebung der Gigantennamen bemerken liess (S. 302).

Es sind aber noch weitere Verwirrungen zu constatiren. Zunächst sind an dem Bruch rechts vor Herakles die Reste eines männlichen Gottes erhalten, der einen Thyrsos, d. h. in unserm Fall eine
Thyrsoslonche [123], in der Rechten schwang, — dies Attribut ist sogar
noch in der mir vorliegenden Photographie deutlich zu erkennen. —
Das würde sich also mit der linken Eckgruppe verbinden und auf
ein rund zusammenlaufendes Originalbild, natürlich eine Vase
schliessen lassen. Aber wohin ist nun die Weinrebe gerathen! Derjenige Gott, vor dem sie emporschiesst, allerdings der Nachbar des
Silen, ist nach der Chlamys und seiner ganzen Erscheinung zu urtheilen gewiss kein Satyr, ein solcher würde auch nicht durch zwei
Giganten ausgezeichnet sein. Wer damit in der Vorlage gemeint
war, können wir höchstens noch errathen oder annäherungsweise
bestimmen. In der Reihe Zeus Hera (?) Athena Herakles Dionysos (?),
Hermes Apoll Artemis Poseidon hat noch Hephaist und Ares
Platz. Die schwache Bewegung und der Umstand, dass die fragliche Gestalt ihre Waffe, wenn sie eine führte, nicht erhob, sondern
vor des Gegners Brust stiess, endlich die Stelle zwischen Hermes
und der bakchischen Gesellschaft scheinen mehr für den Schmiedegott
zu sprechen [124].

---

[123]) Gegen Ende befindet sich wie an der Lanze des Hermes eine Schleife,
die ἀγκύλη.

[124]) Wenn, wie anzunehmen, das Relief dieselbe Länge und Bestimmung hatte wie die übrigen vier, so würde eigentlich noch für eine zweite
Gruppe Platz sein, die dann nur rechts angeschlossen haben könnte, da
linkerseits der Abschluss deutlich gegeben zu sein scheint. Allein bei dem

Sehr beachtenswerth scheinen mir zwei der dazu gehörigen Incrustationen [125], die in identischer, je 3 Mal wiederholter Composition darstellen, wie ein links am Ende auf einem Klappstuhl sitzender bärtiger Mann mit Keule von dem herantretenden Hermes (mit Flügelhut und Stab) durch Händedruck begrüsst wird und auf den Sitzenden zu, vor dem ein Altar mit drei kleinen Kegeln steht, ein Zug Satyrn Böcke, Wein und Gefässe unter Flötenspiel hinführt [126], bereits erwartet von dem gleichgestalteten, d. h. nackten, bocksfüssigen Opferpriester, der mit Schale und grossem Schlachtmesser in den Händen am Altar steht, und übrigens, wie es scheint, nur aus Versehen seinen Rossschweif an Hermes, mit dem er dos à dos steht, abgegeben zu haben scheint. Zweifellos handelt sich's um die Vergötterung des (absichtlich seines Löwenfells entkleideten) Herakles, in einer echt attischen Auffassung, derselben, die das bakchische Gefolge in die Gigantomachie hineinzog.

2. Die grosse Merkwürdigkeit dieser Darstellung, die bereits früher gewürdigt wurde (S. 210) liegt darin, dass die Giganten nicht bloss Steinklumpen werfen, sondern zugleich Feuer speien [127]. Ueberhaupt sind die Giganten auf den etruskischen Monumenten nicht wie die sie bekämpfenden Göttergestalten durch griechische Muster beeinflusst, sondern mit einer consequenten, wenn auch ungeschickten Selbständigkeit behandelt, die wohl darauf zurückzuführen ist, dass man, vollkommen vertraut mit diesem Mythus wie mit kaum einem zweiten, in den gewappneten Kriegern der griechischen

---

ausgesprochen decorativen Charakter dieser Reliefs ist es nicht minder wahrscheinlich, dass an der rechten Ecke der hockende Satyr wiederholt war. Dieser Bildstreifen ist in grösserem Massstab gehalten als die anderen.

[126]) Abg. an derselben Stelle. Die zwei andern schildern Züge von Männern und Frauen, die sich begegnen.

[126]) Auch die letzte Figur, an der besonders was sie rechts trägt schwer zu erkennen, scheint in der L. einige Flöten zu halten.

[127]) Die ersteren werden durch je drei zusammenhängende runde Stücke gebildet. Die aus dem Munde gehenden Strahlen können in Verbindung mit den Steinblöcken, auch schon der ganzen Erscheinung der Giganten nach, nicht etwa auf blasende Winde, sondern nur auf πυρπνοοι γιγαντες bezogen werden. Winde pflegen als blosse Köpfe oder fliegende Gestalten aufzutreten; und würde man z. B. das Feuerschnauben der Kolchischen Stiere anders haben darstellen können, als durch Strahlen, die aus den Nüstern dringen?

Vasen — denn nur die älteren sind hier nachgebildet — unmöglich
die Elementargewalten des heimatlichen Bodens wiederzuerkennen
vermochte. Lieber liess man sie völlig wehrlos, wie wir öfter zu
sehen Gelegenheit haben, und quälte sich in allen möglichen Ver-
zeichnungen, ehe man sich entschloss, die mit Helmen, Schildern,
Schwertern und Lanzen gerüsteten Gestalten herüberzunehmen. Gerade
unser Fabricant hat sich bei seiner Neugestaltung allerdings nicht
ganz von den griechischen Vorbildern emancipiren können und
zweien seiner Vulcandämonen, wie es scheint, über das Thierfell
den Panzer und ausserdem Beinschienen, zweien sogar, was ganz
sinnlos, nur Löwenfell und Beinschienen gegeben, da ihm die schönen
Spirallinien des Panzers und die unverstandene Bekleidung des Schien-
beins so sehr gefielen, dass er jene sogar dem Herakles, diese sogar
weiblichen Figuren verlieh; von irgend welcher Bewaffnung ist
aber auch hier keine Rede. — Das von links her sprengende Viergespann setzt uns sofort in Fühlung mit den älteren Vasen. Man erblickt darauf vorn einen kurz gekleideten, anscheinend unbärtigen
Lenker, dahinter einen stark vorgebeugten Krieger, der die Lanze
schwingt und den l. Arm, worüber ein schlecht vertheilter Gewandstreif liegt, zwecklos vorstreckt. Im Vordergrund der Pferde flieht
ein Gigant [128], das wie bei allen bärtige, langhaarige Haupt zurückwendend, indem er einen Fels schleudert und zugleich wie getroffen
die L. flach auf den Rücken legt. Ein Löwe, der von r. her gegen
ihn anspringt, ist als Rest einer Dionysosgruppe aufzufassen. Dem
Wagen voran stürmt in langem Gewand und flackerndem Ueberwurf,
den wie auf der jonischen Vase schlangenumsäumten Schild [129] links
vorstreckend, in der R. statt des Speers einen ausgerissenen Arm
hochhaltend, eine Gottheit, die nur darum nicht sofort als Athena
kenntlich ist, weil ihr Untergesicht von den herabgelassenen Backen-
klappen des Helms bedeckt wird, die aber kürzer zu sein scheinen
als bei dem vermuthlich bärtigen Wagenkämpfer. Der Gegner, wie
alle andern durch und durch ungriechisch in der Bewegung, stützt
im Sinken die l. Hand auf den Schenkel und haucht einige Feuer-
strahlen in die Höhe. Es folgt wie in der vorigen Nummer Herakles als der Vorderste, auch hier mit ausgerissener Hand in der

---

[128] Die Streifen vor seinem r. Unterschenkel gehören zu den Pferde-
beinen.

[129] Dort trug ihn Zeus.

erhobenen R., zugleich aber mit der L., die den Bogen hält, unter
der l. Achsel des Gegners hindurchfassend, ein rechtes Raufmotiv,
worauf kein griechischer Künstler gekommen zu sein scheint; der
hier bartlose Held trotzt den Gluthstrahlen, die ihm der Unhold
entgegenbaucht. Ein zweiter Gigant entflieht steinschleudernd. Die
an diesen angeschmiegte Schlussfigur, deren in halber Höhe sicht-
barer Oberkörper nackt und entschieden weiblich ist, unterwärts aber
fallend oder sitzend in (wie bei Athena) bepanzerte Beine ausgeht,
muss räthselhaft bleiben, wenn sie nicht etwa aus einer Ge entstanden ist. — Der Vogel, der zwischen den Beinen eines der Giganten schreitet, findet seine Analogieen namentlich auf korinthischen
und chalkidischen Vasen, z. B. Gerhard AVB II 185.

3. Dieses Monument giebt schon durch seine Form, es ist eine
rein attische Hydria, die Richtung an, wo wir die Originale zu suchen
haben. Von einem Versuch die Ornamentirung wiederzugeben, ist
wie gewöhnlich bei diesen etruskischen Nachahmungen abgesehen
und nur das Gegenständliche, Figürliche verwerthet, welches, wie
man schon an Kindern sehen kann, für die ungeübte Hand das
Leichtere und für den ungebildeten Geschmack das Anziehendere zu
sein pflegt. Auch darin ist freilich die Anlehnung eine so lose und
der ganze Eindruck der rohen Zeichnung bei aller Lebhaftigkeit ein
so fremdartiger, dass es schon einiger Anstrengung der Phantasie
bedarf, um die hellenischen Traditionen herauszufinden.

In die Augen fällt ein Gespann mit vier Flügelrossen, welches
nach l. über einen in gleicher Richtung Gestürzten dahinfährt, gelenkt von einem langhaarigen Jüngling in Hut und kurzem Kleid,
der rechts Zügel und Kentron hält, und ausserdem mit dem zurückgezogenen L Arm, der sonst ganz für einen Wagenlenker passen
würde, eine lange Lanze gegen den Gefallenen richtet. Voran schreitet unbetheiligt an dem dortigen Kampfgewühl, die r. Hand oder
Faust erhebend, in der L. Stab oder Lanze, ein Mann in Panzer
und kurzem Chiton: vermuthlich der Herr des Flügelwagens. Hinter
dem Gespann sieht man eine Gruppe von drei Figuren. Ganz von rechts
herstürmend eine langhaarige, bepanzerte Gottheit, in der L. einen
ausgerissenen Arm, in der vorgestreckten R. den grossen, wie auf dem
vorigen Monument von innen gezeigten Schild, während die übrigen,
minder genau charakterisirten Schildträger dieses Waffenstück im Profil
vor den Leib halten: schon durch dieses Alles, noch mehr aber durch
das bis zu den Knien reichende Kleid, während bei allen anderen

Göttern der kurze, lose Chiton kaum die Lenden bedeckt, wird die
Persönlichkeit der Athena ausser Zweifel gestellt. Ausser ihrem verstümmelten, sehr ungeschickt und en face zusammenbrechenden
Gegner, der mit der R. noch einen Steinblock zu werfen versucht,
scheint gegen sie nun noch ein zweiter Gigant zu kämpfen. Wenigstens kommt von dem Wagen her ein Mann gelaufen, der ausser
ihr keinen Gegner findet; auch streckt er die L. entgegen und trägt,
scheint es, unter dem r. Arm einen Stein. Allein dieser längliche
Stein, der einzige unter den sechs oder sieben, die ich zähle, hat
eine merkwürdige schuppenartige Innenzeichnung; und das Fell, das
er trägt, ist nicht wie bei seinem Nachbar und einem zweiten Giganten
— die anderen scheinen nackt zu sein — einfach um den Hals ge-
schlungen, sondern gegürtet, so dass der Kopf des Thieres vor dem
Unterleib liegt, wie wir es sonst an Herakles oder Dionysos sehen.
Erwägt man noch, was die pathetische, in diesem Stil unmögliche
Handbewegung betrifft, dass auch der Gestus jenes Apobaten sich
erklärt, sobald man den Blitz dazu ergänzt, so kommt man ohne
grosse Kühnheit dazu, hier Herakles mit vorgestrecktem Bogen zu
erkennen (wovon sogar noch eine geschwungene Linie vor der Hand
zu zeugen scheint) und an der Seite des Mannes den Köcher zu
finden, der auch in 2 nicht fehlt. Ich bemerke noch, dass Bart
bei keinem der Götter angegeben ist ausser in einem Falle, wo er
obendrein nicht hingehört. Man erkennt nämlich, dass auf der l. Seite,
wohin wir uns nun wenden, das Kämpferpaar vor ,Zeus', welches
in gleichem Schritt und Tritt, überhaupt in vollkommen gleichartiger
Erscheinung, gemeinsam nach einem aufs Gesicht gefallenen Giganten
sticht, dasselbe sein muss, wie das Geschwisterpaar, das wir auf 1
an dieser Stelle fanden. Die Neigung unseres Malers, die Gruppen
in der Richtung wechseln zu lassen, sowie seine Vorliebe für lange
Stosswaffen können uns auch hier nicht täuschen. Der Bart, den
der eine der beiden Genossen trägt, kann daher wohl nur seinem
nächsten Nachbar, dem Zeus, gehören; eine Verwechselung wie sie
bei so geringem Eingehen auf die einzelnen Figuren und ihre
Charakteristik nicht zu verwundern wäre; ähnliche Verschiebungen
glaubten wir auf mehreren Monumenten zu bemerken. — Nur die
zwei letzten Scenen entziehen sich genauerer Bestimmung. Der erste
Gigant, der uns sein grosses bärtiges Antlitz zeigt, erinnert stark
an den Gegner des Bakchos auf der Vase G o; er hält wie der vorige
noch im Fall einen grossen Felsblock fest; sein herabgebeugter Gegner

scheint ihn am Hinterkopf zu fassen, wenn er nicht vielmehr ursprünglich die Insel trug. Die letzte Gruppe, wo ein langhaariger Gott mit
Schild und eingelegter Lanze und ein in jeder Hand mit einem Block
bewehrter Gigant sich gegenüberstehen, bietet wieder Analogien zu
Bronze 1, insofern auch dort der entsprechende Gigant aufrecht steht
und sich hier an Stelle der Weinranken zwei unverstanden in den
Raum gemalte Schlangen finden, meines Erachtens ebenso wahr-
scheinliche Reste einer Bakchosgruppe, wie der Löwe auf dem vorigen
Relief.

B. Einzelne Scenen.

Von den etruskischen Spiegeln, die alle einer jüngeren Periode
angehören, lässt griechischen Einfluss namentlich der oben erwähnte
mit dem Kampf des Ares wahrnehmen:

1. früher in Grosseto. Gerhard IV 286, 3 (S. 17 der ,vermischten
Götterbilder'), nach Inghirami Mon. etr. II 82;

nur macht sich in der schwachen Bewegung des Giganten wieder
die speciell etruskische Auffassung geltend, welche statt heftiger Gegenwehr ein ohnmächtiges Unterliegen schildert und, indem sie die
augenscheinlich Schwächeren durch die Stärkeren einfach abschlachten
lässt, den Rest von ethischem Gleichgewicht aufhebt, der noch in
dem Ringen der himmlischen Mächte mit ruchlosen Widersachern
lag. Dieser die verschiedensten Kunstdarstellungen der Etrusker kenn-
zeichnende Sinn für das Grausame, Blutige, den wir noch in den
vorgeschrittensten Phasen italischer Cultur spüren und hassen, spricht
sich im vorliegenden Bilderkreise nirgends deutlicher aus als in dem
beliebten Motiv des Armausreissens. Wir fanden es in allen drei
Fällen bei Athena und zweimal bei Herakles. Letzteres wohl durch
Uebertragung, da der männliche Streiter über andere Waffen verfügt
und das Motiv in den Einzelkämpfen der Athena wiederkehrt. Es
sind dies:

2. Spiegel in Paris aus S. Campana. Gerhd. IV 286, 2.

Die mit Aegis und Helm, ausserdem aber mit Flügeln ausgestattete
Göttin ergreift mit beiden Händen den r. Arm des Gegners, der,
nach hellenischer Weise nackt bis auf Helm und Schild, aufs linke
Knie gesunken ist und den beschildeten l. Arm abwärts haltend, die
Operation willig an sich vollziehen lässt. Athena, der scheinbar ein

Bein fehlt, wollte oder sollte den erhobenen r. Fuss auf das hervortretende Knie des Giganten setzen. Besser herausgekommen ist dieses Motiv auf einer rohen sf. Vase:

a) Stamnos, Berlin 2957, abg. Elite I 88.

Dort hat die behelmte und beschildete Göttin den Arm bereits ausgerissen, hülflos sinkt der bartlose, bepanzerte Gegner nach l. hinüber, indem er mit der matten Rechten einen grossen, am Boden liegenden Steinblock noch halb berührt [120]. Auch in dem letzten Fall:

3. Spiegel, Gerhd. I 68

hält Athena den Arm bereits in der r. Hand, während sie den Speer in der Linken gegen den jugendlichen Giganten eingelegt hat, der behelmt und bepanzert dem von 2 in der Bewegung ähnelt, nur dass die Arme vertauscht sind: der vordere mit einem Stein in der Hand ist gesenkt, die hintere Schulter ist verstümmelt und lässt das Blut entströmen. Zugleich kommt — zum ersten Mal in der Gigantomachie — die Schlange, die Athena links neben dem Giganten zum Vorschein, die im Begriff ist, ihn unter der verwundeten Achsel zu beissen.

Wie diese drei Bilder bei aller Rohheit eine unleugbare Verwandtschaft haben, die sich schon in der Umkehrung der hergebrachten Richtung von l. nach r. ankündigt, so gehören auch zwei andere Stücke, wesentlich einem Typus an:

4. Spiegel, Gerhd. I 67,

5. Spiegel, Gerhd. I 70, vgl. III S. 70.

Beide Scenen folgen der conventionellen Richtung und nähern sich in mehrerlei Hinsicht der griechischen Kampfesweise. Beidemal flieht der nackte, bärtige auf 4 mit Fell umhängte Gigant (nach r. hin), beidemal wehrt er sich und scheint von der l. Hand der Gegnerin am Schopf ergriffen zu werden; in 4 ist dies deutlich, in 5 ziemlich klar indicirt. Jener sucht den Arm der Feindin zu entfernen, dieser begegnet ihr mit einem wuchtigen Schlag der über dem Kopf erhobenen Faust, die aber nach consequenter Gepflogenheit der etruskischen Bildwerke keine Waffe hält; nicht einmal der kleine Stein in der geöffneten Linken ist sicher. Gerhard neigte sich in der Erklärung des letzteren Bildes mehr der Deutung auf Marsyas zu, weil

---

[120]) Auf der Rückseite eine laufende Nike, die mit Athena zu verbinden ist.

ihm die Spitzohren, die hier auffallen, an Giganten unbekannt waren. Aber die von Gerhard nicht bemerkte Schlange, die sich hinter den Beinen des Giganten ringelt, lässt keinen Zweifel aufkommen, wenn auch Athena hier ohne Helm und die Waffe in ihrer Rechten vernachlässigt oder nicht mehr erkennbar ist. Uebrigens bemerkt man in 4, wo Athena mit (hier gänzlich missverstandenen) Flügeln ausgestattet, den am Haupt gepackten Gegner von hinten auf's Bein tritt und mit dem Schwert bedroht, bereits den starken Einfluss jüngerer Sculpturen (vgl. V, A 3, 2). — Nichts Erhebliches bietet

6. Spiegel, Berlin Gerhd. IV 286, 1, eine wie es scheint späte Zeichnung, deren Typus — Athena und ein geflügelter Schlangenfüssler [130] (der hier nur seltsamer Weise ein Schwert führt) — sich am meisten an die unten Cap. V, A 3, 3 behandelten anlehnt.

Abschluss. Erginos-Schale.

Wir sind am Ende aller derjenigen Vasendarstellungen, welche die Kämpfe zu ebener Erde in einer Reihe schildern, zugleich am Ende derjenigen Periode, welche durch die Schöpfungen des Phcidias ihren Abschluss findet. Der theilnehmenden Götter sind auch hier zehn, wie bei Apollodor, der nur die Moiren hinzufügt: Zeus, Athena, Poseidon, Dionysos, Hera, Ares, Artemis, Apoll, Hermes, Hephaist. Also bis auf Ares, statt dessen dort Hekate eintritt, der gleiche Götterkreis. Die Zwölfzahl, der wir in Athen zuerst unter Solon begegnen, wird hier so wenig angestrebt, wie auf den Götterversammlungen der Sosias- und der Oltos-Schale. Allerdings hatten die Vasenbilder mit Ausnahme der sf. Schale von Athen, von der kaum die Hälfte erhalten scheint, nicht Platz für zwölf Gruppen und waren meist auf eine Auswahl angewiesen. Bevorzugt wird dabei Athena, Zeus zu Wagen, dann Poseidon und Dionysos. Um eine Uebersicht zu geben, so finden wir auf der jonischen Amphora (A), dem Fragment von der Akropolis (B), der frgmt. rf. Schale von ebendaher (c), dem Krater von Altamura (d), der Brygos-Schale (e) und der Luynes'schen (f), denen ich noch die etruskischen Monumente A 1 und 3 (G, H) anschliesse, die Götter in folgender Weise vereinigt:

---

[130] Dass die Schlangenbeine in Fischschwänze endigen, ist auf einem etruskischen Bildwerk ohne Belang.

	5	1	2	3	4			
A.	Poseidon	Zeus	Hera	Hermes	Athena			
B.	> Poseidon Dionysos Hermes	Zeus zu Wagen m. Herakles		< *Athena?*				
c.		|Zeus|				|Apoll	||Artemis od. Hera	
d.	> Dionysos Athena	Zeus	Hera			Apoll < *Artemis!*		
e.	Hephaist	Poseidon Hermes Zeus zu Wagen		Herakles	Athena			
f.	Hephaist Poseidon	Hermes?				Apoll		Dionys. Ares? Athena?
G.	Satyr Hephaist?? Hermes Letoiden	Poseidon Zeus	Hera	Athena	Herakles			Dionys.
H.	? Letoiden	Zeus? zwia Wagen m. Hermes		Herakles	Athena			Dionys.?

Es wurde gleich zu Anfang bemerkt, dass in formeller Hinsicht
die stereotype Gegenüberstellung eines Siegers und eines Unterliegenden, zumal bei je gleicher Richtung der einzelnen Parteien, von vornherein Beschränkungen auferlegte, die sich auch in den vollkommen-
sten Schöpfungen dieser ersten Epoche nicht verleugnen können. Es
bildete sich auf Seiten der Götter eine gewisse Manier, ein mecha-
nisches Vorstrecken des l. Armes und Ausholen des rechten heraus,
die auf der mit Recht bewunderten Vase d geradezu störend wird.
So ungefähr werden sich die Peplosbilder ausgenommen haben, die
mehr in bunten, reichen Details — gerade wie d — als in der
Freiheit der Bewegung ihre Stärke suchen mussten. Selbst das Ab-
wechseln in der Richtung der Gruppen konnte nur wenig helfen, da
die einzelnen sich trotzdem nicht vermischten. An dem Princip der
Monomachien [131] hält sogar noch diejenige Vase fest, welche zwar
schon öfter in unsere Vergleichung hineingezogen wurde, aber doch
einer gänzlich anderen Epoche angehört. Es ist dies die

Schale des Erginos, von Aristophanes gemalt, Berlin 2531.
abg. Gerhd. Trinksch. II III, Overb. Atl. V 3 Wiener Vorl.-Bl. I 5.

Man erstaunt was hier aus den alten Typen geworden. Vollkommene
Nacktheit aller männlichen Kämpfer (bis auf das Innenbild) vollendet
denjenigen Process, der damit begonnen, dass Götter wie Giganten
ihrer schweren Rüstungen entkleidet und die letzteren mit Fellen
angethan wurden. Und welch eine Welt neu entdeckter Körperformen
und Linien ist in die zum Theil unveränderten Stellungen hinein-
getragen! Dazu eine harmonische Entfaltung und Vertheilung der
Kräfte, stärkerer Gliederbau und Ungestüm auf Seiten der Giganten,
erhabene Sicherheit in dem Einschreiten der Götter. Ueberall spürt
man die neue Zeit, die mit Pheidias angebrochen, aber mehr als
ihren Anbruch. Der Moment des Erkennens und der Aneignung des
Besten ist in dieser Kunstweise bereits überschritten und die Zunge ihr
so völlig gelöst, dass man für ihre Weiterentwickelung fast nur noch
Besorgnisse übrig hat. Wer dieses üppige Schwelgen in nicht mehr
mühsam, sondern virtuos gehandhabten Schönheitsformen mit an-

---

[131] Kuhnert in Roscher's Lex. 1664 scheint dieselben als eine Besonderheit der Erginos-Schale anzusehen! Uebrigens erblickt er hier Copien
nach den Parthenon-Metopen, ein Gedanke, der vor etlichen hundert Jahren,
vor Wiederentdeckung Athens seinem Urheber nur hätte Ehre machen
können.

sicht, wer namentlich die Behandlung der Hand- und Fussgelenke und der Gesichtszüge z. B. bei Gaia und Ephialtes beobachtet, wird wissen was ich meine und zugestehen, dass dieser fast überreife Stil, den Manche (Robert z. Preller I 71, 5) ins 5. Jahrhundert setzen, nicht mit den von F. Winter zusammengestellten Vasen von 440—400 v. Chr. in eine Epoche gehören kann, dass also entweder diese Klasse zu spät oder die Schale zu früh datirt ist.

Von den sieben Gruppen knüpfen vier oder fünf an das Herkömmliche an, mit welchem sie schon die rechtsläufige Richtung theilen. Aber welch ein Abstand zwischen jetzt und früher! Zeus, dem vom Rücken gesehenen Porphyrion gegenüber, hatte stets zum Schleudern des Blitzes mit dem Arm weit ausgeholt; aber wer hatte je daran gedacht, den Körper, statt nach der Richtung des ausweichenden Giganten, entgegengesetzt zu bewegen und so beide Gegner auseinanderprallen zu lassen. Wie viel königlicher erscheint Hera, die hier zu dem reicheren Diadem auch den Schleier, statt des Schwertes das Scepter zur Waffe erhalten. Athena in der Haltung unverändert, ist durch kurzes Haar, wie es unvermählte oder trauernde Frauen tragen, charakterisirt. Am genauesten stimmt mit dem schon Dagewesenen die Figur des Apollo, sehr begreiflicher Weise, da wir die nach l. gewandte Figur nur aus der rf. Malerei kennen. So ist es auch nicht Zufall, dass die beiden Götter, deren Erscheinung uns hier so gut wie neu ist, Artemis und Ares, ihre Richtung nach l. hin haben. Diesen früher sehr vernachlässigten Personen kommen die Errungenschaften des neuen Stils am meisten zu statten, oder es erscheint uns wenigstens so. Namentlich gilt dies von der jungfräulichen Göttin, einer Gestalt von wunderbarem Liebreiz, das Haar hoch aufgeknotet, die Arme und Achseln frei, nur in der Gewandung etwas unruhig, wie die übrigen Frauengestalten dieses Malers, dessen Stärke im Nackten liegt. Ihr jugendlicher Gegner, der einzige von allen Sieben, der keinen Helm und Schild führt, sondern das wilde Haar frei wallen lässt und den l. Arm nur mit einem Fell umwunden hat, scheint sich kaum recht zu wehren. Aber sei es auch; immer erhält man von dieser Gruppe den Eindruck, dass es nicht bloss die Göttin, sondern auch die Jungfrau sei, der der Angriff gelte. Ein deutlicher Reflex solchen Verhältnisses liegt in der Grausamkeit, mit der sie den Angreifer straft; sie brennt ihn mit Fackeln gleichzeitig an den empfindlichsten Theilen, an den Weichen und Achselhöhlen, wie auf der Selinuntischen Metope eine Göttin dem

Gefallenen in die entblösste Weiche trat. Auf den Namen ihres
Gegners *Αἰγαίων* (bei Apollodor † *Γρατίων*) würde man ohne die
mit Apollodor stimmende Gegenüberstellung ihres Bruders mit Ephialtes wenig Gewicht legen. Gewöhnlich werden ausser Porphyrion
Otos und Ephialtes als Freier der Hera und Artemis genannt. Aber
immer kommen nur diese beide Göttinnen in Betracht, auch in der
Kunst, wo die Altamura-Vase Hera, der Pergamenische Fries wieder
Artemis in solcher erotischen Beziehung zeigt. Andererseits ist das
überwiegend jugendliche Alter der Giganten auf dieser Schale von
den beiden homerischen Brüdern (λ 319) hergenommen, welche zu
Grunde gingen

$$\pi\varrho\acute{\iota}\nu \; \sigma\varphi\omega\iota\nu \; \acute{\upsilon}\pi\grave{o} \; \varkappa\varrho\sigma\tau\acute{a}\varphi\sigma\iota\sigma\iota\nu \; \acute{\iota}\sigma\acute{\upsilon}\lambda\sigma\upsilon\varsigma$$
$$\acute{a}\nu\vartheta\tilde{\eta}\sigma\alpha\iota \; \pi\upsilon\varkappa\acute{a}\sigma\alpha\iota \; \tau\varepsilon \; \gamma\acute{\varepsilon}\nu\upsilon\varsigma \; \epsilon\mathring{\upsilon}\alpha\nu\vartheta\acute{\varepsilon}\iota \; \lambda\acute{a}\chi\nu\eta.$$

Das Mittelbild, auf den ersten Anblick einigermafsen imponirend,
zeigt die Poseidongruppe mit sehr gewöhnlichem Motiv des (hier zur
Abwechselung gepanzerten) Giganten, den Poseidon ohne die Insel,
wie von nun an immer, d. h. eines kräftigen Motivs beraubt, wofür er in dem ausgestreckten l. Arm eine Trivialität eingetauscht
hat. Nur die klagende Ge daneben, bis zum Bekanntwerden der
sf. attischen Schale das älteste Beispiel, erweckt wirkliches Interesse.
Aber es ist ein ebenso oft aufgetauchter wie abgewiesener Irrthum,
hieraus Capital zu schlagen für ein Philostratisches Gemälde II 17,
welches in Wirklichkeit nur den Begriff *ἐννοσίγαιος* paraphrasirt und
sich auch in dem Zeus, der über dem Vulcan seine Blitze schleudert,
lediglich an die Literatur anlehnt, wo Zeus im Kampfe dem Aetna
stets neue Blitze entnimmt (S. 222). Die apodiktisch hingestellte
Behauptung [182]: hier, zum Poseidon gehöre die Ge ursprünglich hin,
nicht zur Athena, wo sie die Pergamener zeigen, war ein wenig
leichtfertig. Die Ge, welche auf einem etruskischen Relief (Cap. III 4)
aus gleichem Grunde l. neben Athena placirt ist wie hier neben
Poseidon, nämlich um ein Pendant zu dem Fallenden abzugeben, gehört
weder zur einen noch zur andern Gottheit, sondern zu Zeus, zu dem
sie nach einer tiefliegenden Vorstellung im Mythus (S. 34. 129) sowohl wie in der Kunst (Paus. 1 24, 3 vgl. Heydemann, Herm. IV
S. 381) ihre Hände erhebt, bald um Regen flehend, bald um Scho-
nung, wenn Zeus seine Blitze auf sie niederhageln lässt.

---

[182]) Kuhnert in Roscher's Lex. 1664.

III. Kampf der Götter aus der Höhe.

1. Neapel 2883, frgmt. eimerförmige Vase aus Ruvo; abg. Mon. d. J. IX 6. Overb. Atlas Taf. V 3 (vgl. Zeus S. 369, 25). *Rev. s.* oben Dionys. *r.*

2a. Louvre, schlanke Amphora aus Melos; abg. Monuments grecs 4 (Ravaisson). Wiener Vorl.-Bl. VIII 7. Journ. of hell. stud. III S. 316.

2b. Athen. Peliko aus Tanagra abg. 'Εφημ. ἀρχ. 1883 VII. Journ. of hell. st. VI S. 138.

3. Petersburg 523, Prachtamphora aus Ruvo; abg. Bull. Napol. II 6. Müller-Wieseler II 843. Overb. Atl. V 4, (vgl. S. 367, 21).

(3a. Innenbild einer Schale aus Canosa, früher bei Jatta; erwähnt Heydemann VI. Progr. 14.)

4. Aschenkiste aus Perugia, abg. Conestabile tav. LXX 2 (XLIV—LXX) vgl. Text IV p. 403.

Die alte Manier, die einzelnen Götter in Monomachien den Giganten gegenüberzustellen, hatte sich noch nicht ganz ausgelebt und fuhr noch lange fort die Vasenmaler in Einzelkämpfen, die Peploskünstler auch wohl in der hergebrachten Aufreihung zu beschäftigen, als sich bereits die Idee von dem Ansturm der Erdgebornen gegen den Göttersitz auch in der Kunst Bahn zu brechen begann. Wie sich die Sagenanschauung auch gestalten mochte, ob sie an die Aloiden anknüpfte oder den Empörern von Phlegra das Unternehmen zuschrieb, den Himmel zu erstürmen: sobald sich die Malerei von den Banden des Reliefstils frei machte und in der Mehrheit der Pläne, in Terrain und Höhenverschiedenheiten der Composition neue und reichere Bahnen eröffnete, musste die Gigantomachie ihr Aussehen ändern und mehr als irgend ein anderer Gegenstand von den neuen Errungenschaften profitiren. Das Auftreten dieser Form ist also nicht danach zu datiren, wann sie in die Vasenmalerei gelangte, wo entsprechend grosse und figurenreiche Gefässe erst im 4. Jahrhundert üblich wurden. Wir haben gesehen, dass bereits der Schild der Parthenos eine kaum zu umgehende Gelegenheit dazu bot und dass wir davon in 1 höchst wahrscheinlich eine keramographische Nachbildung besitzen.

1. In einer der Gefässform wenig adäquaten und nur durch gegebenes Vorbild erklärbaren Weise ist dort das Ganze durch den Himmelsbogen zu einem Halbkreis gestaltet, den die empordringenden Giganten füllen und den die Götter rings umgeben. Man sieht

nur noch rechts den mit seinem Wagen aufsteigenden Helios in
Panzer und flatternder Chlamys, mit strahlender Sonne über dem
Haupt, linkerseits die hinabeilende Selene. Rechts über dem Sonnengotte hält nach aussen gekehrt ein Viergespann, dessen mittlere
Pferde mit je einem Bein ausstampfen [132]. Zeus stand mehr links, wie
sich aus der Vergleichung von 2 ergiebt, nämlich da, wohin sich
der Angriff des Hauptgiganten richtet. Es ist die von hier ab stereotyp
wiederkehrende Figur, welche in heftigem Ausfall nach rechts den
linken in ein Fell gewickelten Arm halb in Wuth, halb zur Abwehr
nach links hin in die Höhe streckt und mit dem gestreckten rechten
eine Fackel (2 a) oder Lanze (2 b), hier einen undeutlichen Gegenstand
schleudert. Diese von hinten gesehene Gestalt, die Horaz mit seinem
minaci Porphyrion statu meint, haben wir ähnlich schon auf Werken
der vorpheidiasschen Zeit gefunden [133], wo sie wie noch auf der Erginos-
schale behelmt und beschildet war und von dem damals bärtigen
Gesicht noch ziemlich das Profil sehen liess. Erst durch die grossartige Schöpfung, die dem Ruvoser Gemälde zu Grunde liegt, erhielt
sie die entscheidende Richtung nach oben und damit zugleich denjenigen Schwung, der sie nicht wieder aus der Kunst verschwinden
liess. Zugleich verlor sie ihr Profil bis auf Auge und Nasenspitze
und gewann mit einem so zur Nachahmung reizenden Kopf nur an
Popularität. Es wäre wissenswerth, wie der Maler diese Persönlichkeit benannte. Der Namensrest ιΩΝ, der immer an Porphyrion
denken lässt, kann seine Fortsetzung d. i. seinen Anfang nur links
von dem ausgestreckten Arm gehabt haben, da wo ein schmaler
Streif von der Vase abgesplittert ist, und es ist vollkommen räthselhaft, an welcher Stelle Heydemann sein ε gelesen haben will. —
Vier Giganten, von der r. erscheinenden Gaia weniger beklagt als
angefeuert, sind beschäftigt Felsstücke, theils mit Hämmern und
Brecheisen (dergleichen Instrumente noch mehrere herumliegen) los-
zubrechen, theils in die Höhe zu heben. Ob dies aber ein Aufthürmen
der Berge bedeuten soll und nicht den blossen Versuch λεπάδας
πετρῶν ἀποκόπτοντες (S. 170, 30) nach oben zu schleudern —
ist sehr die Frage. Nur einer ausser dem Häuptling (der seinen

---

[132] Was die links davon befindlichen Gegenstände bedeuten, die wie
das Segment (Speiche und Randstück) eines Rades aussehen, ist nicht mehr
zu erkennen.

[133] s. bei den Vasen Zeus 2 b.

Schild neben sich stehen hat), zugleich der Einzige, der noch eine Beischrift hat, Ἐνπελαδως (sic?),[154] führt kriegerische Waffen. Behelmt,
das Schwert umgegürtet, den reichverzierten Schild vor sich haltend,
schleicht oder klimmt er von links herauf und scheint in der halb
versteckten Rechten, da das Schwert in der Scheide steckt, einen
Stein oder einen ähnlichen kurzen Gegenstand wie der Hauptmann
schleudern zu wollen. Wahrscheinlich galt der Angriff derjenigen
Gottheit, die rechts neben Zeus die Höhe des Bogens am passendsten
einnahm, der althergebrachten Gegnerin Athena [155].

2 a. Nicht in so enge Grenzen gebannt, in freierem malerischem
Gewoge tobt auf der Melischen Vase der Kampf hinauf und herab.
Man unterscheidet wesentlich drei Pläne, auf deren oberstem die
Göttergespanne und zwei der reitenden Götter — ein dritter ist her-
untergesprengt — placirt sind; die zu Fuss kämpfenden haben es
zwar — von diesem Herkommen ist nicht abgewichen — immer nur
mit einem Gegner zu thun, aber im Einzelnen wie in der Composition haben diese auf sehr verschiedenem Niveau sich bewegenden
Gruppen nichts mehr mit der älteren Weise gemein. — Von seinem
Viergespann abgesprungen, dessen nach l. hin sprengende Rosse durch
Nike [156] gezügelt werden, schleudert der bis auf die Chlamys nackte,
lorbeerbekränzte Zeus in gewaltiger Bewegung, wobei die Linke
das Scepter quer vorhält, seinen Blitz auf den r. unten stehenden
Gegner, der sich in der Erscheinung von dem der vorigen Vase eigentlich nur durch seine Waffe, eine Fackel, unterscheidet. Der Gigant
wird zugleich, wie es Apollodor beschreibt, durch die Pfeile des
Herakles getroffen, der hier bartlos, das Löwenfell über dem Kopf,
links unterhalb des Göttervaters kniet und seine Keule vor sich zu
liegen hat. Links daneben, nach der anderen Seite gewandt, sticht
die beschildete Athena mit steil erhobener Lanze nach einem sich
duckenden, mit einem Stein bewehrten Giganten, dessen auf ein
Knie der Länge nach niedergeworfene Gestalt Alles was hergebrachter
Mafsen an ähnlichen Flucht- und Fallbewegungen geleistet worden,
an Excentricität weit überbietet. Linkerseits übereinander, nur nach
verschiedenen Richtungen gestellt, folgen die Letoiden. Artemis

---

[154]) Der Buchstabe sieht weit mehr wie ein verschlungenes o aus.
[155]) Das in den Monumenti dazu abgebildete Athena-Fragment gehört
nicht zu der Vase.
[156]) Vgl. Serv. A. VI 134, Myth. Vat. I 176 II 54 mit Hes. Theog. 397.

gestiefelt, in kurzem Aermelchiton und Mantel, führt gleich der der
Aristophanes-Schale zwei Fackeln, die sie fast so raffinirt handhabt
wie ihre schöne Vorgängerin; mit der linken Hand, die gleicherzeit
den Bogen hält, brennt sie den Feind am Hinterkopf, um im nächsten
Augenblick, da jener nach der schmerzhaften Stelle greift, seine entblösste r. Seite mit dem anderen Feuerbrand zu treffen. Apoll nach
l. hoch auftretend, in der gewandumflatterten Linken den Bogen
unthätig haltend, schwingt — ein sonst an ihm nicht gewohntes
Attribut — eine Fackel gegen einen tiefer stehenden, flüchtenden
Gegner mit Fell, Fackel und Stein. Wendet man sich zur anderen
Seite des Zeus, so erblickt man dort auf einem Pantherwagen Bakchos, das jugendliche, fast knabenhafte Haupt mit Tänie und Epheu
geschmückt. Ein stumpf endender Stab, der oben mit dem Bild abschneidet und sonst wahrscheinlich einen Thyrsoskolben zeigen würde.
dient ihm zugleich mit einer Fackel, die er in der L. bereit hält,
als Wehr gegen einen mit Baumstamm und Fell andringenden Giganten,
der wie alle Gegner der jugendlichen Götter (Apoll's, Hermes',
der Dioskuren) struppig bärtig gehalten ist, während in den Gruppen
der vier weiblichen, allein kämpfenden Götter jugendliche Giganten
dem gleichen Contraste dienen. Unterwärts unterstützt den Angriff
gegen Bakchos durch einen Steinwurf ein zweiter, der in der Bewegung dem Porphyrion nachgebildet, diesen Typus nur durch Helm
und Schild, die sein Antlitz fast ganz bedecken, variirt und um so
weniger zu bedeuten hat, als keiner von den zwei Göttern, die dem
Dionysos zu Hülfe kommen, sich gegen ihn richtet. Vielmehr
wendet sich der nach r. reitende Poseidon mit seinem Dreizack
gegen den ersten Angreifer zurück, und auf denselben zielt eine von
r. her kommende Gottheit, die vor der Hand noch unbenannt bleiben
muss. Unterhalb reisst Hermes, der das gezückte Schwert zum
Streich bereit hält, mit der L. einen schwertumgürteten, fellbekleideten Giganten am Haar zu Boden, und indem der aufs Knie Gefallene
ein Bein und beide Arme — einen über dem Haupt — zurückstreckt,
entsteht ein Motiv, welches in der Kunst nach Pheidias jedenfalls
eine grosse Rolle spielte und am Pergamenischen Altar an zwei
Stellen, einmal an der l. Treppenwange, ein anderes Mal, aber minder
genau, in der Athenagruppe wiederkehrt, nur dass sich die r. Hand
dort nach dem Bein, auf der Vase nach der Brust des Gegners ausstreckt. Die ganze Gruppe wiederholt sich fast genau, wenn man
mit Ueberspringung zweier Figuren nach r. geht, wo die Angreiferin

eine Göttin ist. Was deren Persönlichkeit anlangt, so gehört sie nach der Kleidung, dem Collier, dem Haarnetz und dem mit Epheu besteckten Diadem ganz eng zusammen mit einer über der Hermesgruppe herabstürmenden Göttin, die mit Fackel und Scepter ausgestattet ist und diese Waffen genau in der Art wie Artemis gebraucht. Dass diese, die sich nur durch die Attribute und einen über der l. Schulter flatternden Schleier unterscheidet, die Mutter der vorigen sein muss, ist keinen Augenblick zweifelhaft. Wir haben nicht viel Wahl und können uns nur für Demeter und Persephone entscheiden, die Eleusinischen Gottheiten, die für die Epoche der archaischen Kunst noch keine Bedeutung hatten. Nebenher bemerke man die überall herumliegenden und fliegenden Steine, sowie die Fackeln, die einzelnen Giganten entfallen sind. Zwischen den Gruppen der beiden Göttinnen duckt sich ein Gigant, der mit seinem Helm und Schild ebenso behandelt ist, wie der zweite Gegner des Bakchos, nur dass der Maler ihm der Abwechselung halber einen jener geschmacklos gestreiften Röcke, die er so sehr liebt, angezogen und eine glatte Stange in die Hand gegeben hat. Seine Richtung geht gegen das stolze Viergespann, auf dem oben Ares und Aphrodite daherfahren. Sie lenkt, er, in Helm und Chiton wie sein Gegner unten, sticht mit der Lanze nach diesem, indem er sich am Wagen festhält. Aber er kann seine Augen nicht überall haben. Oben fallen zwei gefährliche Gesellen, denen es um seine Gattin zu thun scheint, den Pferden in die Zügel; ein bärtiger, vom Hintergrunde kommend [187], der mit vorgehaltener Lanze die Thiere scheucht, ein jüngerer von unten, der nach den Zügeln greifen will und in der R. das Schwert zückt. Allzuviel darf man in dieser Gruppe, in die ein Künstler höherer Art allerdings viel hineinlegen konnte, nicht suchen [188] und der kleine Eros, der auf dem vordersten Pferd hockend seine Pfeile entsendet, hat kaum mehr Bedeutung als die eines herkömmlichen Attributs. Es erübrigen noch die beiden übereinander und in abwechselnder Richtung placirten Dioskuren, der eine dem Ares-Wagen zu Hülfe kommend, der andere unten eine ziemlich verunglückte Figur niederreitend: beides Reiter-

---

[187] Der Unterkörper ist um alle Collisionen zu vermeiden, glatt weggeschnitten, als ragte er hinter einer Terrainwelle hervor.

[188] Crusius Jahrb. f. Phil. 1881 S. 291, 5 ist gewiss nicht der Einzige, der sich hier hat irre führen lassen. Er versteht den über das Gesicht zurückgezogenen Arm als ein Zeichen des Zurückbebens vor der Liebesgöttin, aber sicherlich mit Unrecht.

figuren, an denen sich auch das verwöhnteste Auge weiden kann. —
Aber wer war die kurzgekleidete bogenschiessende Gottheit, die hinter
dem Ares-Wagen hochauftretend sich an der Vertheidigung des
Bakchos betheiligte? Sie trägt einen bis zur Kniegegend reichenden
Chiton [139], einen ihren ganzen Oberkörper umwallenden Mantel und
in dem langen, in freien Strähnen nach hinten flatternden Haar eine
Kappe, die alle Erklärer irre geführt und eine ganze Reihe von Benennungen, eine lustiger als die andere, hervorgerufen hat: da ist
ein Perser (1), eine Amazone (2), Paris (3), Adonis (4), Pelops (5),
Ganymedes (6), Kybele (7) [140]. Ein wenig genaueres Hinsehen hätte
freilich lehren können, dass die gefleckte, hinten in zwei Enden ge-
theilte Kopfbedeckung mit stacheligem Kamme und steif hochstehen-
den Seitenlaschen keine phrygische Mütze ist [141], sondern eine Fischhaut, wie sie einzelne der Pergamenischen Seegötter tragen. Aehnlich
geschnittene, natürlich stachellose, weiche Kappen von Katzen- oder
Pantherfell fanden wir bei dem Bakchos und den Satyrn der Gigantomachie; andererseits kommt die Fischhaut als Kleidungsstück bei dem
kämpfenden Poseidon zur Anwendung [142]. Zu Poseidon muss diese
Persönlichkeit, die ihm zugewandt den gleichen Gegner bekämpft,
schon darum gehören, weil die örtliche Verbindung der verwandten
Götter überall gewahrt ist. Zudem scheint die Behandlung des Haares
auf das feuchte Element hinzudeuten. Doch mag ich mich hierüber
täuschen —, die Gesichtszüge, das lange Haar und die in den Gewandfalten nachdrücklich betonte Taillen- und Hüftlinie des Rückens lassen
keinen Zweifel darüber, dass die Figur weiblich ist und Amphitrite
darstellt, für welche es, zumal wo sie kämpfen sollte, eine Kunst-
tradition kaum gab. Mit dem kurzen, die Beine nackt lassenden
Gewand einer im Wasser lebenden Gottheit mag man sich abfinden
wie man will. Ich finde diesen Zug nicht unpassender, als wenn
die Göttin bei Apollonios IV 1323 dem Gatten die Rosse ausschirrt.

Von einer Figur habe ich bisher gänzlich geschwiegen. Auf
Seiten der Giganten erscheint unmittelbar zur Seite des Häuptlings

[139] An dem stark emporgesetzten Bein hat er sich natürlich etwas
hinaufgeschoben.
[140] 1. Klügmann Jen. Lit. Ztg. 1876 S. 431. 2. Heydemann I Progr.
8, 14, Kuhnert (Roschers Lex. 1660). 3., 4. Ravaisson — 5., 6. Heydemann
VI. Progr. 16 — 7. Stai de gig. formis, Halle 1884 p. 6.
[141] Vgl. z. B. die Tafel bei C. F. Hermann, Hadeskappe.
[142] S. 318, 91. Vgl. Cap. V A 1 und S. 371.

eine weibliche Gestalt, gleich jenen von wildem Haar, aber angethan mit Stiefeln, einer Art dünnen, kurzen Chiton und umgeknüpftem Mantel; ihrer l. mit Armband geschmückten Hand entfällt ein sichelförmiger Schild, mit der R. schleudert sie einen Speer gegen Zeus. Fast noch merkwürdiger als die Erscheinung selbst finde ich auf einer Vase von dieser Kühnheit und Routine der Zeichnung den Umstand, dass an dieser unglücklich hinten überfallenden Figur, die weder geht, noch steht, noch fällt, auch nicht eine einzige Linie richtig ist, dass sie in der Gesammthaltung wie in den Details eine Missgeburt repräsentirt, dergleichen selbst auf mittelmässigen Producten dieser Kunststufe sonst nicht zu Tage gefördert werden. Mit andern Worten: in dem unerschöpflichen, täglich neu combinirten und variirten Vorrath von Motiven, mit welchem der antike Künstler vom grössten bis zum kleinsten arbeitete, war eine von unten nach der Höhe schleudernde Frau nicht vorhanden; auch nicht unter den Amazonen, wo sie am ehesten zu suchen war. Diese Figur schuf der Vasenmaler selbst — nach Anreguugen, an denen es wenigstens in der Litteratur nicht fehlte (S. 190). Dass eine solche Kämpferin unwillkürlich etwas von den Amazonen bekommen musste und dass sie von dieser doch wieder ganz verschieden ist, habe ich schon oben (a. a. O.) kurz auseinandergesetzt. Wenn man sich aber einmal irre führen liess und eine wirkliche Amazone auf Seiten der Giganten annahm, so hätte man sich dies wenigstens nicht mythologisch zurechtlegen, sondern hätte einfach sagen sollen, dass der Gefässmaler zwar in seinem Fach virtuos, aber zugleich schwachsinnig war. Ob und wieweit sie bereits kampfunfähig gemacht sei, erlaubt die grosse Verschwommenheit und Unsicherheit der ganzen Figur nicht recht zu entscheiden. Geben wir aber Heydemann zu, sie sei vom Blitz getroffen, so begreift man nicht, wie er zu der Benennung Eris kommen und wie diese Göttin gegen die Götter kämpfen könne!

2b. Das Tanagräische Gefässbild von dem griechischen Herausgeber auf einen Heroenkampf bezogen, von Robert (z. Prell. I 74, 4) und Farnell richtig erkannt, zeigt den in diesem entwickelten, ganz malerischen Stil gewiss seltenen Fall, dass die einzelnen Figuren mit einer andern Vase, der soeben besprochenen, in einer Weise übereinstimmen, welche schlechterdings auf bestimmte, gemeinsame Vorbilder, wenn nicht gar auf die gleiche Fabrik hindeutet. Es sind

drei Gruppen übereinander gestellter Kämpfer: Ares zwischen den
beiden Dioskuren, deren einer zu Pferd erscheint und des Raumes
halber einen langhin fallenden Gegner hat, während unter seinem
Bruder zwei Giganten heraufstürmen. Der reitende Dioskur ist
bis auf die Zäumung des Pferdes derselbe wie der untere der Melischen Amphora. Der Gegner des Ares ist die typische Porphyrion-
figur, nur bärtig, mit einem Schwert umhängt und statt des Fells
einer Chlamys über dem l. Arm, bewehrt mit Schild und Lanze;
und zum deutlichen Beweis, dass hier nur eine freie Umstellung
stattgefunden, dringen von r. her, ohne sich um den zweiten Dioskuren zu kümmern, dieselben zwei Giganten auf Ares ein, die dort
seinen Pferden in die Zügel fielen; der jüngere ist unverändert und
hat nur den Mantel mit einem Fell vertauscht, das den l. Arm und
die Hand verhüllt, so dass er etwas an den dortigen Gegner des
Bakchos erinnert; der bärtige, gerüstete, der hier von unten kommt,
hat seine Stelle gänzlich ändern müssen, verräth aber noch in dem
cannellirten Lanzenkolben die tiefliegende Verwandtschaft. Neue
Figuren sind uns der zu Fuss kämpfende Dioskur mit Pileus, Schwert,
Schild und Speer und, wenn auch nicht in gleichem Mafse, der
Gegner seines Bruders, ein bärtiger mit Fell bekleideter Mann, der
etwa das Motiv des dortigen Athenagegners von hinten darbietet. —
Es kann keine Rede davon sein, dass etwa ein und dieselbe Hand beide
Gefässe gemalt habe, wiewohl die Aehnlichkeit frappant ist und sich
sogar auf die Innenbemaluug der Schilde erstreckt [143]. Die Ver-
schiedenheiten, die ich erkenne, liegen nicht darin, dass der Reiter
nicht den dort beliebten gestreiften Chiton, auch keine Stiefeln, wohl
aber zwei dort fehlende Reservelanzen trägt; auch nicht etwa darin,
dass zweien der Giganten sehr ungewöhnlicher Weise Hüte gegeben
sind, die ihnen hinten im Nacken hängen. Es ist der Stil, der entscheidet. Der Hauptgigant ist am l. Arm und dem ganzen Hinter-
körper (besonders an den Glutäen) höchst unsicher und fehlerhaft
gezeichnet. Das Pferd könnte, mit denen der Melischen Vase verglichen, nicht verschiedener und nicht schlechter sein, während der
schöne, an Praxiteles erinnernde Kopf seines Reiters in der dortigen
Gesichtsauffassung keine Analogieen findet. Endlich sind die Bärte
hier mit kurzen, geraden Strichen, dort durchgehends in der üblichen

---

[143]) Dort sieht man Flügelpferde, hier Hippokampen und fischleibige
Frauen; Einfassung immer der laufende Hund.

Weise behandelt. Für uns bleibt es sich gleich, ob diese verschiedenen Hände in ein und derselben Werkstatt beschäftigt waren oder nicht. Die Vorlagen, aus denen hier nach Belieben gewählt wurde, hat der eine Meister so wenig erfunden wie der andere. Ganz besonders die so stark an die Aristophanes - Schale erinnernde Figur des Ares, hinter welcher der fahrende Ares der grösseren Vase verschwindet, lenkt unsere Gedanken auf grössere, öffentliche Monumente zurück. Nimmt man hinzu, dass hier kein einziger Stein und keine Fackel zu sehen ist und dass statt ihrer in den Zwischenräumen vielmehr Gewächse angebracht sind, die in Verbindung mit den grossen Gefässranken die Illusion stören: so gewinnt man aus all dem den Eindruck einer minder vorgeschrittenen, den klassischen Vorbildern etwas näher stehenden Manier, in welcher der bärtige, hier noch mit Kriegswaffen kämpfende Porphyrion ein nicht zu übersehendes Moment abgiebt.

3. Aus der reinen Athmosphäre attischer Kunst führt uns die Petersburger Vase in das trübe Element des unteritalischen Vasenstils. Overbeck, der hier mannichfache Feinheiten herausfindet, scheint mir den Stil nicht so richtig beurtheilt zu haben wie Jahn, gegen den er polemisirt. Unterhalb einer ziemlich flachen, gelb gemalten Andeutung des Himmelsbogens, wie sie auf Vasen dieser Stilgattung bisweilen vorkommt, erscheint wieder wie in alten Zeiten auf dem Wagen Zeus, der aber jetzt Nike als Lenkerin neben sich hat. Ihm zugewandt erscheinen noch zwei Gottheiten auf dem Plan, links Athena, wieder wie auf 1 mit Schild, aber ohne Aegis nach unten stechend, rechts — eine werthlose Abwechselung — Artemis, die, auf einem Knie ruhend, hier zum ersten Mal von ihrem Bogen Gebrauch macht. Der sterbliche Herakles, hier noch tiefer gestellt als auf der Melischen Vase, wo dieses Rangverhältniss nur durch die Mehrheit der Pläne verdunkelt wird, hat einen Giganten rückwärts am Haar gepackt[111] und gebraucht, da hier der Bogen sich von selbst verbietet, zum ersten Mal die Keule, die schon auf 1 vor ihm lag; auch das Löwenfell bedeckt nicht mehr sein Haupt, sondern hängt nach dem Geschmack der nachklassischen Zeit über seinem l. Arm, nur noch halb die l. Schulter bedeckend. Solche Einzelkämpfe des

---

[111]) Nur mit der Rechten wehrt der Gigant den Gegner ab; die Linke hält unthätig den Schild, hinter welchem der Speer lehnt, so dass das zu erwartende Motiv (S. 356) nicht zu Stande kommt.

Herakles mit Giganten werden von nun an häufig [145]. In der Mitte
sieht man einen bärtigen, struppigen, fellbekleideten Giganten von
dem Blitzstrahl des Zeus getroffen, der ihm die ganze Brust ver-
sengt oder zerrissen hat[146]; ohnmächtig lässt er das Schwert sinken
und die l. Hand am Boden ruhen; was die von ihm aufsteigende
Lohe bedeutet, kennen wir aus der Literatur: der Gigant brennt von
den Blitzen (S. 209, 121). Man meint eine Illustration von Hygin
f. 152 vor sich zu sehen: *Jovis fulmine ardenti pectus eius percus-*
sit. qui cum flagraret etc. Sogar an die Person des Typhon, von der
dort die Rede ist, wäre ich geneigt zu denken. — Auf einen unbedeutenden Giganten, der mit kriegerischen Waffen emporsteigt, folgt
als letzter ein bis auf die Chlamys nackter, der mit breit gestellten
Beinen von der den Göttern entgegengesetzten Seite einen Felsblock
aufrafft, zugleich nach dem Ziel seines Angriffs den Kopf zurück-
wendet: eine Figur, die auf römischen Reliefs wiederkehrt wie die
hockende, schiessende Artemis auf dem gleich folgenden etruskischen
Relief. — Das Aufsteigen der Giganten aus der Tiefe bringt diese
Vase eigenthümlicher Weise so zum Ausdruck, dass sie das Bild
unten kurz vor den Knien abschneidet [146a], wobei nur schwer zu sagen
ist, auf welcher Fläche der ganz en face gezeigte Hauptgigant ruht;
die Figur stammt eben aus einer Darstellung, welche das Aufsteigen
in die Höhe auf einer idealen oder durch Felsblöcke gebildeten Basis besser auszudrücken wusste.

Die Rückkehr zu dem vom Wagen aus kämpfenden Zeus, die
in diesem Verfallstil noch einmal, auf 3a) vorkommt, bedeutet mit
Nike verbunden entschieden eine Verschlechterung. Denn der Wagen, der jetzt im Halbprofil steht, hat nicht mehr Platz für die Bewegung zweier Personen. Er eignete sich nur noch für die lenkende,
ihre Flügel entfaltende Nike, für die der Typus auch berechnet war,
während Zeus abgestiegen seine Blitze hinabsenden sollte. Man
kann sich daher keine elendere Rückwärtsbildung denken, als wenn
wie in dem Jattaschen Rundbilde unter diesen Wagen auch noch
der Gefallene des archaischen Stils gelegt wird.

4. Das etruskische Relief, das mehr hoch als breit mit seinen
eng zusammengedrängten Figuren wie eine Posse wirkt, hat gleich-

---

[145] S. die Gemmen.
[146] Overbeck spricht nur von einer rauhbehaarten Brust.
[146a] Vgl. die Sparten S. 9, 13.

wohl recht viel Griechisches entlehnt. Ja, wenn man von der obersten Götterreihe absieht, kann man sogar sagen, dass es fast nur die der etruskischen Symmetrie zu Liebe eingesetzten Füllfiguren sind, welche einen Versuch selbständiger Erfindung verrathen. Die nicht zu übersehende Gliederung ist diese. Zuunterst in der Mitte Athena zwischen niedrigeren Figuren mit je einer stehenden an der Ecke. Ueber den beiden Einsenkungen Herakles und ein Lückenbüsser mit einer zusammengekauerten Figur in der Mitte, darüber bogenförmig eine Reihe Götter; ausserdem zwei Schlangenfüssler zur Raumfüllung im 2. und 3. Plan. Sind diese Bedingungen erkannt und in Abzug gebracht, so lässt der Rest die griechische Vorlage noch deutlich wahrnehmen. Rechts unterhalb des gewappneten, das Schwert schwingenden Zeus kämpft Herakles mit der Keule, eine ganz griechische Figur, gegen den r. unten stehenden Häuptling, in dem wir einen alten Bekannten wiederfinden; die vom Rücken gesehene Gestalt, durch eine seltsame Kappe nur wenig entstellt, schleudert hier mit beiden Händen einen Steinblock hinauf. Links unterhalb von Herakles, also wie auf der Melischen Vase, sticht Athena nach einem aufs Knie Gefallenen, in ausweichender Bewegung Begriffenen, der sein Schwert um den Kopf schwingt. Das Pendant hierzu bildet die verschleierte Ge, die die l. Hand erhebt und mit der R. einen sterbenden Sohn unterstützt: ein schöner, eines besseren Monumentes würdiger Gedanke. Die Gigantenfigur links ist schlecht und nur des gegenüberstehenden Porphyrion wegen da. Noch eleuder ist das Pendant des Herakles, ein Steinschleuderer mit ähnlicher Zipfelmütze wie Porphyrion und auch im Uebrigen bäurisch gekleidet. Aber dazwischen schleicht mit übergehaltenem Schild und hinterwärts halb verstecktem Schwert eine ganz ähnliche Figur hinauf wie der Enkelados von 1, nur das r. Bein ist aus Mangel an Platz an eine falsche Stelle gerathen. Von den Göttern oben bietet die an der l. Ecke postirte Artemis, die auf einem Knie ruhend ihre Pfeile herabsendet, die einzige, aber um so deutlichere Reminiscenz (vgl. 3). Die andern müssen wir uns begnügen, so gut es geht, zu identificiren. Man erkennt zunächst neben Artemis Apollo und r. von Zeus Hera. Deren anscheinend langbekleidete Nachbargottheit, die senkrecht heruntersticht, bleibt unklar. Dagegen scheint der l. Nachbar des Zeus, der mit beiden Händen einen Steinblock hinabschleudert, sich am besten als Hephaist zu charakterisiren. Ist dies richtig, so würde die Horazische (c. III 4, 57) Grup-

pirung um Zeus und Pallas: *hinc avidus stetit Volcanus, hinc ma-
trona Juno et numquam humeris positurus arcum* hier eine Illustration finden.

IV. Sculpturen.

1. Tempelfries von Sunion. Fabricius Ath. Mitth. 1884 Taf. XVIII f.
   7—10. S. 343.
2. Ostmetopen des Parthenon. Michaelis Taf. 5, S. 142.
3. Metopen vom Athenatempel Neu-Ilions; im Gewerbemuseum zu
   Berlin bis auf die bei Schliemann Troja S. 221 abgebildete;
   die anderen ebenda 222 ff. Arch. Ztg. 1872 Taf. 64 S. 57
   (E. Curtius); 1884 Taf. 14 S. 225 (O. Rossbach).
4. Altarfries von Pergamon. Berlin. Proben abgeb. bei Conze,
   Vorl. Bericht im Jahrb. d. Preuss. Kunstsamml. I 166 Taf. 3—5,
   vgl. III 78; Overbeck Plast.³ II 230; Baumeisters Denkmäler
   s. v. Pergamon (Trendelenburg), wo auch die Literatur, S. 71
   des Separatabdr.; Journ. of hell. st. VII 263.
5. Fries oder Balustrade von Priene, jetzt in London. Rayet, Milet
   pl. 15, Jonian Antiquities IV pl. 19, Overbeck Plast.³ II 102.
   Vgl. Furtwängler Arch. Ztg. 1881, 308. Wolters Jahrb. d. Inst.
   I 57.
6. Kleiner Fries von Pergamon. Berlin; nicht abgeb. Vgl. Conze
   a. a. O. III 90.
7. Marmorgruppe in Wiltonhouse. Clarac 790 A 1994 A. Arch.
   Ztg. 1881 S. 161 (Furtwängler).
8. Fries im Vatican (cortile del Belvedere), Monum. Matthaei. III
   19. Müller - Wieseler II 848. Stark Gigantomachie auf ant.
   Reliefs No. I der Tafel. Overbeck Kunstmyth. Atlas Taf. V 2a.
   Vgl. Friederichs-Wolters Gipsabgüsse 1859.
9. Relieffragment im Lateran; Overbeck Kunstmyth. Atlas V 2b.
   Stark I a. Benndorf u. Schoene 450 Taf. VIII 2.
10. Sarkophag im Vatican (jetzt Postament der Ariadne), Visconti
    Mus. P.-Cl. IV 10. Piranesi Vasi I 19. Stark II a b c. Overbeck
    K.-M. V 9.
11. Relieffragment vom Palatin, Friederichs-Wolters 1860.
12. Sarkophagfragment in Smyrna, Friederichs-Wolters 1832.

13. Fries von Aphrodisias; Texier l'Asie mineure III 158. Müller-
Wieseler II 845 a. Stark III abc.
14. Friesstücke von Termessos maior, abg. Arch. Ztg. 1881 S. 157
(G. Hirschfeld).
15. Relief aus dem Theater von Catania. Stark IV.
16. Relief aus d. röm. Virunum (Kärnthen); abg. Lajard, Recherches
sur le culte de Mithras XCV 1.
17. Relief aus Trient, jetzt in Innsbruck; abg. Ann. d. J. 1864 F.

1. Die Betrachtung der Reliefs lenkt zunächst unsern Blick von
jenen malerisch bedeutenden, auch für ein nicht archäologisches Auge
erfreulichen Schöpfungen zurück auf die minder entwickelten, etwas
einförmigen Typen des älteren Vasenstils. Der Fries des Tempels
von Sunion hält sich, was man auch von seinen Lapithenkämpfen
sagen kann, wesentlich in den alten, schon etwas ausgetretenen
Geleisen. Man sieht hier (Taf. XVIII, 7) eine langgewandete Göttin,
deren rechter Arm offenbar kämpfend erhoben war, von links her
eilen, in einer Haltung, welche darauf deutet, dass der Gegner, wie
es in den alten Giganten-Schemata Regel ist, bereits niedergesunken
war. Athena, wie man behauptet, kann dies nicht sein; diese Bezeichnung gebührt vielmehr der Göttin von Taf. XIX, 10 mit ihrer
ganz deutlich erkennbaren Aegis und der scharfen, für den älteren
Stil charakteristischen Hintercontur der unteren Körperhälfte. Man
glaubt ausser dem aufrecht stehenden Gegner, der nach rechts hin
entweicht, noch den dicht vor ihr Niedergefallenen besonders an den
Gewandfalten (einer über dem Arm hängenden Chlamys) zu erkennen.
Also durchaus das hergebrachte Schema. Ohne Zweifel gehört zur
Gigantomachie auch das Viergespann (Taf. XVIII, 8), aber keinesfalls
aus dem von Fabricius geltend gemachten Grunde, „dass auf den meisten (!) Darstellungen der Gigantomachie die Götter zu Wagen in den
Kampf ziehen". Nichts kann unrichtiger sein, als diese noch ganz
neuerdings wieder vorgetragene Anschauung [147], die lediglich von
den Parthenonmetopen hergenommen ist, wo der Tradition gänzlich
zuwider bloss der Mannichfaltigkeit halber Kämpfergruppen mit (am
Kampfe unbetheiligten) Gespannen wechseln. Vielmehr kämpfen „die
Götter" im Allgemeinen durchaus zu Fuss, wenigstens in der ganzen

[147] Trendelenburg in Baumeisters Denkm. Pergamon, Separatabdr. 55.

Epoche, deren Ende die vorliegenden Bildwerke noch angehören;
nur Zeus ist es, der von jeher zu Wagen erscheint, und zwar von
Herakles begleitet, an dessen Stelle die entwickeltere Kunst dann
die Nike setzt als blosse Wagenlenkerin, während Zeus abgesprungen ist [148]. Nur dem Zeus kann das Gespann an unserm Relief
gehören, und es verlohnt sich zu vergleichen, einen wie ähnlichen
Eindruck das Zeusgespann auf der streng rf. Berliner Schale (oben
S. 335 a) macht; die Aehnlichkeit liegt wesentlich in der sehr vul-
gären, gestreckten Haltung der Pferde gegenüber der springenden,
frei erhobenen Bewegung, wie sie gerade die ältere Kunst liebt, und
ist zurückzuführen auf die Beschränkung, welche der schmale, streifenförmige Raum der Darstellung auferlegte, wenn der Wagen des Zeus
mit den als Fusskämpfe überlieferten Gruppen der übrigen Götter
verbunden und dabei die Pferde in natürlicher Grösse gebildet
werden sollten.

2. Die Ostmetopen des Parthenon müssen, obwohl der Marmor-
bau von Sunion nach Dörpfelds Urtheil der jüngere ist (Ath. Mitth.
IX 336), an zweiter Stelle besprochen werden. Denn sie stehen als
freie Schöpfungen der Phantasie grösstentheils ausserhalb der an den
älteren Vasen zu beobachtenden Entwickelung. Höchstens in der
Manier, die Götter nach rechts hin zu wenden (von 10 Kämpfern
haben 7 diese Richtung), wird man an Bekanntes erinnert werden.
Dass im Charakter sowohl wie im Einzelnen die Aristophanesschale
diesen Metopen am nächsten steht, ist trotz der grausamen Verstümmelung noch zu erkennen.

Innerhalb des beschränkten quadratischen Raumes liess sich auf
14 Metopen nicht eine solche Mannichfaltigkeit der Kämpfergruppen
erzielen, dass der Gesammteindruck nicht eine gewisse Ermüdung
zurückgelassen hätte. Der Künstler hat deshalb die Einförmigkeit
dieser Einzelkämpfe von Zeit zu Zeit durch die Götterwagen unterbrochen, und zwar so, dass jeder Wagen von der Gottheit, der er
gehört, hinweg fährt*). Eine Ausnahme macht nur der Wagen, der
von der r. Ecke aus dem Meere her aufsteigt.

Von der linken Ecke anfangend bemerkt man drei männliche
Gottheiten gegen je einen Giganten kämpfend. Das auf den Vasen

---

[148]) Erst die späteren Vasen lassen Ares, Dionysos, Helios auf ihren
charakteristischen Wagen erscheinen.
*) Gewöhnlich wird das Umgekehrte angenommen.

und den gesammten älteren Bildwerken stereotype Unterliegen des
Giganten wechselt hier, um Einförmigkeit zu vermeiden, mit andern
Stellungen, in welchen die Giganten aufrecht stehen und manchmal
fast mit den Göttern ringen. Gleich bei den ersten Platten tritt
diese Abwechselung in günstiger Weise hervor. Während auf I ein
mit der Chlamys bekleideter, wahrscheinlich das Schwert führender
Gott den Gegner niedergeworfen hat und auch auf III der schild-
tragende Gott einen Gefallenen vor sich hat, leistet auf II der Gegner
stehend heftigen Widerstand. Man erkennt hier Dionysos, der den
Gegner an der Gurgel gepackt hat und mit der erhobenen Rechten
den Thyrsos oder die Lanze führt. Panther und Schlange fehlen
auch hier nicht; doch springt der Panther nicht mehr katzenartig
auf dem Gegner herum, sondern steht entsprechend der natürlichen
Grösse, in der er hier gebildet ist, auf dem Boden aufgerichtet und
mit den Vordertatzen den Giganten anfallend[140]. Die Gruppe des nach
rechts hin vordringenden Gottes mit seinem Thier zur Seite ist
durchaus die, welche in Pergamon wiederkehrt. Ob freilich Dionysos
(wie dort) oder vielmehr das Thier die vordere Figur bildete, ist nicht
mehr zu entscheiden bei dem hohen Grad von Genauigkeit, mit
der die Parthenonkünstler auch die verdeckten Theile ausarbeiteten.
Für den nackten, heftig bewegten, mit Schild versehenen Gott der
dritten Metope würde, wenigstens meiner Empfindung nach, Ares die
weitaus angemessenste Bezeichnung sein, zumal dieselbe von keinem
der übrigen Kämpfer in Anspruch genommen wird. Diese beiden
Nachbarn, Ares und Dionysos, sind es auch wahrscheinlich, die auf
dem Cellafries desselben Tempels durch Demeter getrennt einander
gegenübersitzen. Die IV. Metope zeigt von rechts her eine Göttin
im Aermelchiton, deren Bewegung ziemlich deutlich anzuzeigen
scheint, dass sie nicht eine Lanze, sondern ein Schwert hielt. Sie
kann daher nicht wohl Athena sein, sondern eher Hera, die dann
auch hier zur Seite ihres Sohnes erschiene. Auf den der Göttin
gehörigen Wagen (der etwa von Hebe gelenkt sein könnte) folgt
(VI.) eine Metope, die ausnahmsweise drei Personen enthält, unter
denen rechts im Hintergrunde ein gewaltiger Kämpfer hervorragt.
Da er nach derselben Richtung gewendet ist wie der Gefallene, so
scheint es, dass nicht er der Gott sei, sondern der, welcher von links

---

[140]) Wie ehemals der Löwe; über dessen Zurücktreten im 5. Jahrhundert s. S. 321.

her mit gegengestemmtem Knie anstürmt. Mit dem gestürzten, im
Profil gesehenen Giganten, der die Hände ausstreckt, dürfte der nur
nach der andern Seite gewendete Pergamener zu vergleichen sein,
der vom Donnerkeil des Zeus niedergeschmettert ist.

Mit Recht betont Robert (Arch. Ztg. 1884 S. 47), dass nur
dieser Gottheit zwei Giganten gegenübergestellt seien, und schliesst
darum auf Zeus. Wenngleich die excentrische Bewegung, besonders
das vorgestemmte Knie, der Würde des höchsten Gottes nicht ganz
angemessen erscheint und besser für Poseidon passen würde, so lehrt
doch eine kurze Umschau, dass keine andere Metope für Zeus entfernt gleiche Chancen bietet wie diese, die ohnehin der Mitte nah
ist und Hera zur Nachbarin hat. Ein unterstützendes Moment,
welches Robert nicht gewürdigt hat, wird sogleich noch zu erwähnen
sein. Mit Metope VIII — den Flügelwagen überspringe man zunächst
— befinden wir uns über der Mitte des Gebäudes. Wenn hier mit
der langbekleideten, Schild und Lanze führenden Gottheit die Haupt-
göttin dieses Tempelbaus etwa nicht gemeint sein sollte, so würde
sie überhaupt keinen Platz finden; denn unter den noch folgenden
Gottheiten lässt sich die einzige etwa fragliche, die von Platte XIII,
doch ziemlich wahrscheinlich als männlich bezeichnen. Die Nachbarschaft des Zeus zur einen, des deutlich erkennbaren Herakles
zur andern Seite würde zugleich die Verbindung derjenigen drei
Hauptkämpfer herstellen, welche in den attischen Gigantomachieen
von altersher unzertrennlich sind. Robert, dem die richtige Deutung dieser Figur verdankt wird, bezieht auf sie den Wagen mit
den Flügelrossen, nur um die Zusammengehörigkeit der den Inter-
columnien je entsprechenden zwei Metopen zu wahren. Eine Rücksicht, die, wie ich glaube, nicht allzu sehr zu betonen und die am
Parthenon selbst nicht einmal durchführbar ist. Auch sollte es
schwer sein, eine Wagenlenkerin der Athena, wie sie hier gebraucht
wird, ausfindig zu machen oder gar durch Monumente zu belegen;
Aglauros, die Robert nennt, kann nur als ein Nothbehelf und nicht
einmal als ein glücklicher gelten. Vor Allem aber lässt sich die
Verbindung der Athena mit dem Flügelwagen [150] nicht rechtfertigen;
dazu reicht weder der mit Flügelrossen gezierte Helm der Parthenos

---

[150]) Nicht nur ein drittes Hinterbein, was Michaelis, bestochen durch
die hübsche Deutung auf Pegasos, anzweifelte, sondern noch ein viertes
ist auf dem Gypsabguss mit Hilfe einer Leiter deutlich zu erkennen.

aus, noch, worauf man sich berufen könnte, die Bellerophontische
Athena Chalinitis von Korinth. Es bedarf eigentlich kaum der Erwähnung, wie viel mehr Anspruch Zeus auf diesen Wagen habe.
Neben den bekannten Schriftstellen, die sich auf den Pegasos beziehen (Iles. Theog. 286 u. Eurip. Fr. 314 ὑφ' ἅρματ' ἐλθών Ζηνὸς
ἀστραπηφορεῖ), fällt ganz besonders ein gewöhnlich übersehenes
Zeugniss ins Gewicht: Ζεὺς ἐλαύνων πτηνὸν ἅρμα Plato Phaedr.
246 E (vgl. Lucian Piscat. 22. Plut. Mor. p. 1102 E); ἐπὶ πτηνῶν
ἵππων ἅρματι bekämpft Zeus den Typhon bei Apollod. I 6, auf
dem geflügelten, von Winden gezogenen Viergespann bei Nonn. II 422.

Die folgende Metope lässt durch den Löwenschweif, der nach
alter Manier in der Mitte herabhängt, Herakles erkennen, der die
Keule ums Haupt schwingend nach links hin ausweicht etwa in der
Art, wie wir ihn im Dreifusskampfe zu sehen gewohnt sind. Die
Erinnerung an diese Scene wird noch verstärkt durch die überaus
ruhige, fast majestätische Haltung des Gegners, die von dem Ungestüm der übrigen Kämpfer merklich absticht. Mit fester Bewegung
und ohne die Haltung des Oberleibs und des hoch erhobenen Haup-
tes merklich zu verändern, packt er den Gegner an, den einen Fuss
auf eine stufenartige Erhöhung setzend. Das weithin flatternde reiche
Haupthaar, welches von Dichtern und Künstlern oft an den Giganten hervorgehoben wird, erhöht die Bedeutung dieser Figur, in der
man einen Gott vermuthen würde, wenn nicht die Persönlichkeit
des Herakles durch Vergleich mit dem pergamenischen jedem Zweifel entrückt würde. Man weiss nicht recht, ob mit all diesen eine
gewisse Ueberlegenheit über den Gegner bekundenden Zügen nur daran
gemahnt werden soll, dass jener ein Sterblicher, der einzige unter
so vielen Göttern sei, oder ob so etwa der Gigantenkönig charakterisirt werden soll, Porphyrion, den Herakles sonst gemeinsam mit
Zeus bekämpft; oder ob beides gleichzeitig in der Absicht des Künst-
lers lag.

Wenden wir uns zur XI. Platte, so werden wir durch Laborde
belehrt, dass sich dort ein sehr weit links und ziemlich weit von
dem fallenden Gegner stehender Gott befand, der sowohl seiner ruhigen Stellung als der Armhaltung nach nicht wohl anders denn als
Bogenschütze, d. h. als Apollo gelten kann (vgl. Michaelis S. 147).
Ein Blick auf den Apoll der Pergamenischen Gigantomachie, der nur
dem dortigen Stil gemäss in der Breite mehr Spannung entwickelt,
wird dies bestätigen. Die rechts folgende langbekleidete Göttin mit

den beiden Fackeln (XII) kann daher, wie man bereits erkannt hat,
nach der Anschauung des 5. Jahrhunderts nur Artemis vorstellen.
Unter solchen Umständen sollte, dünkt mich, die Zugehörigkeit des
Wagens links von Apoll (X) nicht zweifelhaft sein können. Denselben dem Herakles zuzutheilen, der in diesem Kampf nie einen
eignen Wagen hat, und als Wagenlenker den in diesem Mythus
unerhörten Jolaos anzunehmen, wurde Robert wohl nur durch die
Meinung verführt, dass je zwei Metopen den Säulenzwischenräumen
gemäss zusammengehörten. Dagegen zeigt uns die attische Kunst
dieser Zeit die beiden Letoiden auf einem Wagen z. B. an dem
Fries von Phigaleia, und passend würde die Mutter das ruhige Amt
Wagenlenkerin üben.

Es folgen rechts noch zwei Metopen. Auf der ersten ist der
Gigant nach links hin gestürzt, während der Gott — wie das erhaltene
Bruststück zu schliessen erlaubt, ein männlicher — weit rechtshin
schreitend sich offenbar umgewandt und von oben her den Gegner
niedergestossen hat. Dass diese Art des Stosses, wobei der (wie
der Ansatz des erhobenen Armes lehrt) sehr lange Speer fast am
Ende gefasst war, noch besser als für eine gewöhnliche Lanze für
einen Dreizack passt, scheint mir einleuchtend. Den Poseidon hat
in diesem Kämpfer schon Robert vermuthet; eine Deutung, der man
sich schwer wird entziehen können, wenn man die VI. Metope, die
einzige, die in Frage kommt, auf Zeus bezieht. Der benachbarte
Wagen, der aus dem Meere aufsteigt und, ganz wie der entsprechende
pergamenische, gleichfalls von einer r. Ecke kommende, das steile
Gestade erklimmt, würde kaum eine bessere Beziehung als auf den
Meergott und seine Gattin finden.

Es erübrigt nur noch die Eckplatte der entgegengesetzten Seite,
die einen leichtbewegten Gott mit der Chlamys angethan und mit
dem Schwerte fechtend zeigt. Man wird auch hier nicht umhin
können Robert, der ihn Hermes benennt, beizustimmen, und damit
die bis auf eine Ausnahme (Poseidon) frappirend übereinstimmende
Reihenfolge der Götter hier und an dem Cellafries zu constatiren.

3. Eine beträchtliche Zeitspanne muss übersprungen werden,
um wieder Gigantenreliefs — auch diesmal sind es Metopen — anzutreffen. Dass der Athena-Tempel von Neu-Ilion durch Lysima-
chos, also noch im 4. Jahrhundert errichtet und ausgeschmückt sei,
ist durch Rossbachs Auseinandersetzungen sehr unwahrscheinlich ge-

worden, wenn auch der Stil soweit erkennbar nicht direct widerstreitet
und mit dem Pergamenischen, den Rossbach hier zu erkennen glaubt,
wenig gemein hat. Die Athena entspricht allerdings ziemlich genau
der des grossen Altars, wo nur die Richtung umgekehrt ist; auch
ihr niedergeworfener Gegner, wie Rossbach nicht hervorhebt, findet
sich dort wieder und zwar in der Zeus-Gruppe, wo der vom Donnerkeil durchbohrte, nur ebenfalls die Richtung gewechselt hat. Aber
beide sind, wie dort gezeigt werden soll, attischen Gigantomachien
unmittelbar entlehnt, an die sich in mancher Hinsicht Pergamon, in
anderer Ilion näher anschliesst. Die Helios-Metope (die übrigens,
ebenso wie die mit dem Barbarenkampf, einen recht weichlichen,
fast saloppen Stil verräth) wird man nach Mafsgabe der Neapeler
Vase, der Friese von Pergamon und Priene, gleichfalls der Gigantomachie zurechnen. Vielleicht auch eine dritte in härterem Stil
gearbeitete Platte, wo ein sehr langbärtiger, nackter Mann mit eingelegter Stichwaffe kämpfte, dessen Kopfbedeckung weit mehr einer
Lederkappe der oben S. 358 behandelten Gattung als einem be-
buschten Helm ähnlich sieht; wirklich findet sich der mit einer langen
Kappe bedeckte Poseidon in dieser Composition, den Gegner von
r. her am Schild festhaltend, auf jüngeren Bronzereliefs. (Cap.V A 1),

4. Wir kommen hiermit zu dem Pergamenischen Altar,
demjenigen Monument, auf welches sich wohl heut und noch auf
lange hinaus das Interesse concentriren wird, wo man von der Gigantomachie spricht und schreibt. Eine vollständige, genaue Beschreibung dieses Wunderwerkes würde ein Buch für sich allein ausmachen
und den amtlichen Publicationen vorgreifen. Die hier folgende Uebersicht stützt sich grossentheils auf das (nicht öffentlich ausgestellte)
Holzmodell mit den aufgereihten Photographien des jetzigen Ge-
sammtstandes [151]. Von einer Begründung der getroffenen Anordnung,
die hauptsächlich von dem Bildhauer Freres herrührt [152], ist natürlich
abgesehen. Doch möchte ich auf Grund eigner Prüfung glauben,
dass sich an jener Anordnung nichts Wesentliches mehr ändern wird;

---

[151]) Natürlich von der Masse kleinerer, noch nicht untergebrachter
Fragmente abgesehen. Das Modell befindet sich in der Werkstatt der
Kgl. Museen.

[152]) für deren Richtigkeit aber die Generalverwaltung d. Kgl. Museen
bis jetzt keinerlei Verantwortung übernimmt.

zumal seitdem ein unscheinbarer aber glücklicher Fund gelehrt hat,
dass der Treppeneinschnitt viel breiter war als ursprünglich angenommen, dass wir also von dem ganzen Relief viel mehr besitzen
als man geahnt.

Von der Rückwand des Baues, der östlichen, ausgehend entfaltet sich die Composition über beide Flügel, um die Anten herum-
greifend. An jener Hauptseite kämpft Zeus, wie schon früher öfter
gegen drei Widersacher zugleich, r. neben ihm seine Tochter Athena
von Nike bekränzt, von der aufsteigenden Ge um Gnade angefleht.
Man möchte annehmen *), dass die letztere Gruppe die Mitte einnahm, so
dass der Gigant, von dessen l. Arm das herabhängende Fell mit seiner
Raubthiertatze links an der Zeusgruppe sichtbar ist, schon der links
anstossenden Apollogruppe gehören würde. Das πτηνὸν ἅρμα des
Zeus (S) würde dann auf der rechten Seite hinter Athena seinen Platz
finden, immer noch durch eine beträchtliche Lücke getrennt von den
feurigen Rossen des Ares, die — er selbst ist bis auf die örtlich fixirte
Inschrift verloren — von der r. Ecke heranstürmen. Links folgen
die prächtigen, durch Leto zusammengehaltenen Gruppen des Apollo
und der Artemis, denen sich Hekate anschliesst, um nach der andern
Seite gekehrt durch ihre phantastische Erscheinung und die grandiose
Gestalt ihres Gegners, eine karyatidenhafte Eckfigur, die Schritte des
hier umbiegenden Beschauers noch einmal zu hemmen. Jenseits
setzt sich dieselbe Familie noch in einer oder mehreren Göttinnen
fort, wie die hier wiederkehrenden Hunde ohne Weiteres darthun.
Entweder der ersten, vom Hund begleiteten Göttin mit dem Schwert (B)
oder der von ihr abgekehrten Fackelschwingerin (A) muss die Inschrift
Ἀστερίη gehören, so heisst die Schwester der Leto und Mutter der
Hekate. Was dieser Seite des Altars, der südlichen, den Stempel
aufdrückt, das ist der Zug der sich gleichmässig dahin bewegenden
Lichtgottheiten auf ihren Reitthieren und Wagen, der von einigen
eingestreuten Figuren der andern Partei kaum merklich unterbrochen
wird. Voran reitet auf ihrem Pferd lang hingegossen Eos [163], ebenso
wie ihr Thier zurückblickend nach dem soeben den Wellen ent-
stiegenen Helios, der seine Fackel gegen einen vor den Pferden her-
laufenden Gigantenjüngling schwingt. Dem Wagen folgt, wieder
durch einen laufenden Widersacher des Helios [164] getrennt, Selene,

---

*) Nicht so die officielle Beschreibung S. 8. 21 (VII. Aufl.)

[163] s. Trendelenburg in Baumeisters Denkm. Pergamon S. 52.

[164] Es ist der ganz ins Profil gestellte Jüngling mit den outrirten

deren üppige Gestalt von hinten gesehen auf einem leichten, munter
anspringenden Reitthier ruht, welches sich theils durch seine Körperformen, theils durch die Art seines Schweifes[155] als Maulthier, das
aus Kunst und Legende bekannte Thier der nächtlichen Göttin, zu
erkennen giebt. Hinter dem verhältnissmässig ruhigen Zug der Gestirne beginnt wieder das heftigste Kampfgetümmel. Zunächst die
Gruppe des Löwenwürgers. In dem schlangenfüssigen Giganten mit
Löwenhaupt und Tatzen hat Conze (Vorläuf. Ber. 176) gleich zu
Anfang den Milesischen Leon vermuthet. Aber wer ist sein Gegner?
Ich dächte der mit einem Schurz bekleidete Gott kann Niemand
anders sein als der Handwerksmann des Olymps, Hephaist, dem wir
in solchem Costüm auch auf jüngeren Vasenbildern begegnen (Petersburg 335, Wiener Vorl.-Bl. III 5, 1. Vgl. Brunn Jahrb. d. Pr. K.-S.
V 247). Keiner eignet sich besser für diese Stelle, in die Gefolg-
schaft der Himmelslichter, mit deren ruhigem Glanze sein Wüthen
wie loderndes Feuer contrastirt. Nicht ohne Absicht liess man ihn
mit dem titanischen Anverwandten der Gestirne (S. 144. 187) ringen.
Der nächste Gott (P¹) ist ein bärtiger Mann mit grossen Flügeln,
mit dem Schwertriemen über der Exomis; (er hat einen Gegner nieder-
gehauen, der sich in ähnlicher Erscheinung wie der Aigaion der
Erginos-Schale wehrt). Ein ganz ähnlicher Flügeldämon kämpft
aber in der nächsten Gruppe auf Seiten der Giganten und gegen
eine Göttin, nur dass er nackt und mit kurzen Hörnern ausgestattet
ist und in seine Flügel sich Flossen und Seegewächse mischen, dergleichen auch an seinen Spitzohren zu Tage tritt. Hat man den ersten
Windgott richtig erkannt und etwa als Boreas bezeichnen können,
so darf man nicht zögern, auch den Seegiganten der gleichen Dämonen-
gattung beizuzählen und einen Seewind darin zu erkennen. Nichts
rechtfertigt die Voraussetzung[156], dass die Winde auf Seiten der Götter
gehören. Schon Hesiods Titanomachie mit den Worten (Theog. 706)

---

unschönen Körperformen, der jetzt in der Rotunde des Museums noch
provisorisch mit der Apollogruppe verbunden ist.

[155]) Die Haare umgeben denselben nicht lang und büschelförmig, sondern stehen kurz zu beiden Seiten des breiten Grates. — Trendelenburg
a. a. O. S. 55 konnte von dem ruhigen Gang dieses Thieres sprechen, weil
er die l. anstossende Platte mit den Resten der stark gehobenen Vorder-
füsse nicht kannte.

[156]) die z. B. Trendelenburg ausspricht, Berl. Wochenschr. f. Philol.
1885 S. 1153.

σὺν δ' ἄνεμοί τ' ἔνοσις τε κονίην ἐσφαράγιζον
ἐς μέσον ἀμφοτέρων, ὄτοβος δ' ἄπλητος ὀρώρει
σμερδαλέης ἔριδος,

die freilich nur den Aufruhr der Natur beim Götterkampfe malen,
liess, wenn man wollte, die sehr natürliche Vorstellung zu, die der
Dichter des Aetna 56 ausspricht:

incursant vasto primum clamore Gigantes;
hinc magno tonat ore pater, geminuntque faventes
undique discordi fremitum simul agmine venti.

Nicht viel anders spricht Seneca Thy. 1079:

bella ventorum undique
committe et omni parte violentum intona,
manumque non qua tecta et immeritas domos
telo petis minore, sed qua montium
tergemina moles cecidit et qui montibus
stabant pares Gigantes, haec arma expedi
ignesque torque.

Und woher anders hatten wohl die augusteischen Dichter das Bild
von dem Streit der Winde (Hor. C. I 3, 12. Ovid M. I 58) als
aus der hellenistischen Poesie? — Uebrigens enthält sowohl die Platte
der Selene wie des Leon je einen Flügelrest von einer dazwischen
fehlenden Figur, deren Parteistellung aber nicht klar wird. Da man
mindestens vier Winde erwarten sollte, so würde — vorausgesetzt,
was gar nicht zu beweisen, dass jene Reste einem derselben gehören
— der vierte nur an der linken Seite der Gestirne, vor Eos, wo eine
Lücke ist, seinen Platz haben können. Die ganze Zusammenstellung
von Eos, Helios und Selene mit den Winden erinnert beiläufig an
Hes. Theog. 370—380. Von der linken Ecke her bewegt sich den
Gestirnen entgegen Kybele, die grosse Naturbeherrscherin auf ihrem
Löwen, ihr voran eine jugendliche, gleichfalls am Kampf unbetheiligte
Göttin. Erst deren männlicher Vorläufer (W) schwingt wieder eine
Waffe, und zwar einen Hammer, woran man ihn als einen der bekanntlich in Pergamon verehrten Kabiren, der nächsten Cultverwand-
ten der asiatischen Mysteriengöttin, erkannt hat. Auch wen jene
jugendliche Frauengestalt darstelle, die ihren segelförmig über den
Schultern geblähten Mantel fasst, lässt sich meines Erachtens noch
bestimmen. Bei den Römern wurden solche Gestalten als *Aurae
velificantes sua veste* bezeichnet (Plin. N. H. 36, 29). Hier nun
haben wir in einem der frühesten Beispiele dieser Art zugleich

einen Fall, wo das Motiv noch auf keine Luna oder anderweitige
Person übertragen ist, sondern noch in seiner ursprünglichen Bedeutung vorliegt und lediglich die *Aüra* selber zu kennzeichnen dient.
Das ergiebt sich aus der Erzählung des Nonnos XLVIII 238 ff., ohne
die man eine solche Persönlichkeit nicht gerade in der Umgebung
der Kybele suchen würde.

Ῥείης εἰς δόμον ἦλϑεν (Dionysos), ὅπῃ Φρυγίῃ παρὰ πέζῃ
δαίμονος εὐώδινος ἴσαν Κυβεληΐδες αὐλαί.   ˏ

ἐνϑάδε ϑηρεύουσα παρὰ σφυρὰ Δίνδυμα πέτρης
Ῥυνδακὶς οὐρεσίφοιτος δέξιτο παρϑένος Αὔρῃ,
εἰςέτι νῆις ἔρωτος, ὁμόδρομος Ἰοχεαίρῃ κτλ.

Eine genauere Illustration unserer Gruppe wird sich kaum denken
lassen. — Entsprechen sich also an dieser Seite des Altarfrieses
Kybele und jene Urgöttinnen worunter Asterie, dann Aura und der
Seewind, Hephaist und der Feuergott der Mysterien, sehen wir
andrerseits Hephaist mit einem Gegner verwandten Elementes ringen,
so wird es nicht gezwungen erscheinen, die Responsion auch auf den
Gegner des Kabiren auszudehnen. Es ist ein Ungeheuer, dessen
ungeschlachter Riesenleib nur mühsam auf seinen Schlangenbeinen
ruht, ausgestattet mit Nacken, Ohren und Hörnern eines Buckel-
ochsen, aus dessen bärtigem Maul ein tiefes Brüllen zu dringen
scheint: kann hier, wenn die Persönlichkeit einmal im feurigen Element gesucht werden soll, ein anderer gemeint sein als Typhon?
Es müsste seltsam zugehen, wenn die so sorgfältig abgewogene Anordnung der Gestalten und eine so ausgeprägte Charakteristik die
Interpretation hier irre führen sollten. Brychon, an den ich früher
dachte (S. 234), hat weniger für sich, ebenso Aigaion-Briareos; wenigstens finde ich es nicht sonderlich geistreich, einen Wasserdämon
durch einen Feuergott besiegen zu lassen; das βρυχᾶσϑαι findet sich
auch bei Typhoeus (Nonn. II 245).

Verliess man diese Wand und wendete sich zur Treppe, so stand
man rechterseits vor Dionysos mit seinen kleinen Satyrn, der auf
einen sehr energischen, noch keineswegs wankenden Gegner stiess,
· wie aus der Richtung des geführten Stosses zu ersehen. Bakchos, der
r. den Thyrsos schwang, packte den Giganten mit der ausgestreckten
Linken vielleicht an der Gurgel, etwa wie in der Parthenon-Metope,
an welche die ganze Erscheinung mitsammt dem anspringenden
Panther lebhaft erinnert, wie uns denn auf den Parthenon auch die
Petersburger reliefirte Vase führt, wo neben den beiden streitenden

Göttern, die dem Westgiebel nachgebildet sind, auch der jugendliche
Bakchos in ganz ähnlicher Weise erscheint. — Er begegnet sich auf
dem Altar mit einem Löwen, seinem alten Kampfgenossen, der hier
aber eine befreundete Göttin (U^{12}), wahrscheinlich des Bakchos Mutter
Thyone geleitet. Ueber das Personal der Treppenwange, welche jetzt
bis auf den Giganten Bro(teas) noch leer ist, kann nur theilweise
ein Zweifel bestehen. Nicht gefehlt haben können an dieser Stelle
die Eleusinischen Gottheiten Demeter und Persephone, die an keinem
Punkte des Frieses begegnen, während sich ein gleich Bakchos mit
Epheu bekränzter Frauenkopf sowie der zur Treppe gehörige Rest
eines Frauengewandes gefunden haben. Natürlich müsste Pluton
dabei sein, wenn der Raum gefüllt werden und die Zahl der Erdgott-
heiten der der Wassergötter auf der andern Treppenwange einiger-
maſsen entsprechen soll.

Dort kämpfen paarweise und nach gleicher Richtung Okeanos
und Nereus mit ihren Gattinnen (beide inschriftlich, der letzte auch
örtlich gesichert), vorn auf der Stirnseite der Ante sich begegnend
Amphitrite und Triton, und jenseits Poseidon, ehemals — denn
seine Figur fehlt — mit zwei Hippokampen die steile Küste hinan-
fahrend, wo ihn bereits ein Schlangenfüssler erwartet (T^2). Nur
diese r. Eckgruppe der Nordseite gehört noch den Soegottheiten;
hart daneben stösst man auf die Ausläufer einer ganz andern
Reihe.

Diese beginnt an der entgegengesetzten Ecke mit einer jugendlichen Göttin (F), deren reiche, aber nicht sehr eingehend behandelte
Formen sich von dem Gewand auffällig abzeichnen. Auch darin,
dass das Gewand nachgebend grössere Theile des Busens und des
Unterschenkels sehen lässt, unterscheidet sich diese Göttin mit einer
einzigen Ausnahme (L) von ihren Mitkämpferinnen. Eine gewisse Zart-
heit oder Unsicherheit der Haltung, daneben die Gefühllosigkeit, mit
welcher sie einem der Gefallenen aufs Gesicht tritt, vollenden die
Charakteristik der hetärenähnlichsten Olympierin. Wie in drei Fällen
sich Gruppen verwandter Gottheiten um die Ecken herumziehen, so
auch hier. Von dem Ares der Ostseite ist dies die Genossin. Ihr
Weg geht über einen wahren Leichenhaufen, in welchem sich die
Opfer — der Kriegs- oder der Liebesgottheit? — wälzen. Mit Waffen ist sie hinreichend beladen, Schild und Speer führt die Linke,
das Schwert der umgehängten Scheide war wohl in der Rechten.
Aber sie geht in einer Weise, als ob sie es nicht wagte oder als ob

es ihr nicht recht Ernst wäre, auf den Gegner los. Dieser (G), ein jugendlicher Flügelhold, in der Bewegung und Zeichnung vielleicht die am feinsten empfundene Figur der ganzen Composition, — es ist als ob statt der Blechmusik einmal Streichinstrumente einsetzten — hebt sich schwebend so hoch als seine Wurmsnatur gestattet und wendet sich, wenn ich recht verstehe, von Aphroditen ab, um sich gegen die wuchtigen Streiche zu wehren, mit welchen ein wüthendes Götterweib matronalen Charakters ihm in den Rücken fällt [157]. Dies muss die inschriftlich bezeugte Dione sein, die Mutter der Aphrodite, während Enyo, an die man wohl gedacht hat, in der grossen Lücke der Hauptseite vor dem Areswagen ihren Platz gehabt haben wird. Solche Züge von Grausamkeit, wie sie hier Aphroditen kennzeichnen, fanden sich übrigens früher bei Artemis, wo sie aber wohl weniger die Göttin charakterisiren sollen, als das Unterfangen der Giganten, das eine entsprechende Ahndung findet; derjenigen Epoche, mit welcher wir es hier zu thun haben, kann man, zumal wo das Motiv die Aphrodite auszeichnet, nicht Raffinement genug zutrauen, und ein Vergleich mit der Artemisgruppe, wo ein ähnliches Verhältniss des Feindes zur Feindin durch die zarteste Begegnung ausgedrückt ist, scheint der vorgetragenen Auffassung vor der schlichteren ethischen den Vorzug zu geben. — Die beiden nächsten Götter (H, J) geben sich als untergeordnete zu erkennen, der erste durch das wild zurückfliegende Haar, der andre, ein struppiger, bärtiger Gesell (der sogar schreit), durch die heikele, eines Gottes höchst unwürdige Situation. Man hat hier durchaus passend von Deimos und Phobos oder ähnlichen Wesen gesprochen; ich nenne diese beiden Begleiter des Ares, weil Zeus sie bei Nonn. II 415 gegen Typhon zu Hülfe ruft. — Es folgt Herakles (K)*, der hier von seiner alten Rolle als nächster und entscheidender Bundesgenosse des Göttervaters nichts mehr behalten, sondern weit von jenem entfernt lediglich als Ahnherr der Telephiden die Reihe der Pergamenischen Götter beginnt. Die hervorstechende Gestalt aus deren Gruppe, eine mit heiligen Binden geschmückte, jugendlich kräftige Frau (N), die das schlangenumringelte Gefäss schleudert, hat eine Debatte hervorgerufen, die mir, wie ich bekennen muss, von ihrem Anfang bis heute unverständlich geblieben ist, namentlich seit wir wissen, dass der Umfang dieses Götterkreises

---

[157]) Die amtliche Beschreibung spricht von einem erschreckten Zurückweichen der Göttin, welches ich nicht finden kann.

*) Die Keule ist naturalistisch als Baumast behandelt.

überschätzt worden und es nicht ferner nöthig ist, entlegene Personen heranzuziehen. Neben der Göttin erscheint von oben her der
geringelte Hals einer Schlange, die diesmal nicht einem Gigantenbein
gehört — dazu steht sie zu hoch und ist viel zu stark —, sondern
wie ich stets behauptet habe, auf Seiten der Götter kämpft. Trendelenburg, der Einzige der dies eingesehen zu haben scheint (Baumeisters Denkm. Perg. 62), ist dem Richtigen von Anfang an am
nächsten gekommen, indem er eine Genossin des Asklepios erkannte,
wiewohl sich über die Bezeichnung als Epione, die Epidaurische Gemahlin desselben, streiten lässt wie über den matronalen Charakter
der Figur überhaupt. Wenn hier Erinys, Styx oder Isis gemeint
sein soll, so möchte man wohl wissen, an welcher Stelle des Altars
die Heilgötter überhaupt gesucht werden sollen und welche anderen
Charakteristika für dieselben sonst zu Gebote standen. Der an sich
dankenswerthe Nachweis, dass der schlangenumwundene Topf auch
bei andern Gottheiten vorkomme [158], kann doch nicht hindern, hier
Hygieia in solcher Weise gekennzeichnet zu sehen. So nenne ich
die Göttin, bis sich zu der Gruppe eine weitere Göttin hinzufindet,
die ihr den Namen streitig macht. Recht wohl kann der gewaltige
Gott hinter ihr (M) Asklepios sein und statt des Speers, den man annimmt, den schlangenumzüngelten, frei herausgearbeiteten Stab gegen
den Angreifer geschwungen haben. Den Umstand, dass sein einziger
Gegner keine Miene zum Weichen macht, würde Asklepios mit den
zwei andern nicht rein göttlichen Personen, Dionysos und Herakles,
gemein haben. — Rechts von Herakles kämpft noch ihm zugewandt eine
jugendliche, geflügelte Göttin (L), die einen Giganten von hinten her
auf das eine Schlangenbein tretend gepackt hat und ihm den kurzen
Jagdspiess in die Halsgegend stösst. Das ganze Motiv erinnert nicht
ohne Absicht an die stieropfernde Nike; und diese Göttin ist als
Geleiterin des Herakles, wo Iris keinen Sinn hätte, in der That gemeint. Eine Mehrheit der Niken, von denen die auf Athena zuflie-
gende herkömmlicher Weise etwas kleiner gebildet wurde, scheint
mir nichts Anstössiges, ja sogar etwas Selbstverständliches, so gut
wie die Adler, welche man überall flattern sieht. Weit grössere
Schwierigkeiten macht eine junge Göttin in der Schlussgruppe des
Ganzen. Dort, von den Gesundheitsgöttern durch eine kleine Lücke

---

[158]) Puchstein Arch. Ztg. 1884 S. 214. Vgl. übrigens D'Hancarville
II 21, III 93.

getrennt, kämpfen in durchaus gleichartiger Erscheinung zwei Schwester-
gottheiten mit frei herabwallendem, halblangem Haar (QR): Frauen, die
man ohne Kühnheit als Moiren bezeichen darf (*Κλωθώ* ist gefunden),
sei es dass die auf sie zukommende, vom Löwen begleitete Verwandte
(T¹) die dritte Schwester darstellt, was durchaus nicht nöthig (S. 186),
oder dass Adrasteia, Themis oder sonst eine Schicksalsgöttin gemeint
ist. Wer aber ist die Anmuthige, die ihr Antlitz nach jenem zurück-
wendet, wie es scheint ohne selber zu kämpfen? Hades und Persephone (vgl. Claud. Gig. 44) sind nicht mehr frei und schon an
einem andern Orte untergebracht. Man möchte das Mädchen gern
Hebe nennen, wenn nicht eine kleinere, vom Rücken gesehene Flügelfigur diesen Namen ohne Weiteres in Anspruch nähme.

Was die Feinde der Götter betrifft, so bemerkt bereits Conze,
dass ein Gigant ohne Beischrift nie mit Sicherheit zu benennen sei;
nur ganz ungewöhnliche Mittel der Charakteristik liessen einen
Leon, Alkyoneus [159], auch wohl Typhon erkennen. Voraussetzung
ist natürlich immer, dass man sich innerhalb der hinreichend weiten
Grenzen der Ueberlieferung halte und nicht Personen wie Orion, den
man in der Artemis-Gruppe erkennen wollte, hineinmenge (S. 41. 252).

Fügt man auf der Hauptseite, der lückenhaftesten, die noch arg
verstümmelte, aber an Diadem und Schleier wohl richtig erkannte
Hera (N¹), sowie Hebe und Enyo hinzu [160], während die Dioskuren
passender bei den Lichtgottheiten Platz finden, so ergiebt sich, zur
vorläufigen Uebersicht genügend, umstehendes Bild.

Eine stilistische Würdigung der Reliefs zu geben, muss sich der
versagen, der nur die Erscheinungsformen der Gigantomachie historisch zu verfolgen hat: dabei kommt die Erfindung mehr in Betracht
als der Stil. Beides hängt allerdings insofern zusammen, als es der
veränderte Formensinn und die Gleichgültigkeit gegen die Schranken
des Reliefstils ist, woraus so viel neue und erstaunliche Motive entspringen, während andrerseits die überkommenen Typen nicht nur
von dem Sturm und Pathos der neuen Richtung erfasst sind, sondern auch eine Menge überraschender Details der Anatomie und der
Schattenwirkung, der Haut- und Haarbehandlung in sich aufgenommen
haben: letzteres ein Verhältniss, das uns ähnlich berührt, wie wenn ein

---

[159]) s. meine Bemerkungen in der Arch. Ztg. 1885 S. 123, 5.
[160]) Hermes lenkte nach den Analogien aus dieser Epoche vielleicht
den Zeuswagen.

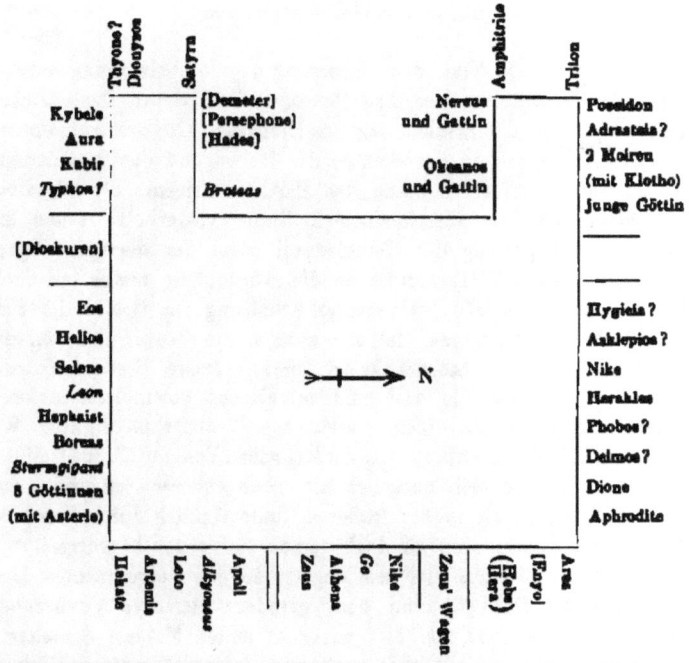

Gluck'sches, machtvoll erfundenes, aber dünn instrumentirtes Musik-
stück von Berlioz oder Wagner neu bearbeitet und mit Stimmen-
füllung versehen wird. Vielleicht zeigt das Altarwerk — wie von
der Mitwirkung attischer Künstler nicht anders zu erwarten — einen
stärkeren Durchbruch attischer Traditionen, als irgend ein Erzeugniss
der nach Asien gewanderten Kunst; nur dass uns zur Vergleichung
authentisches Material aus dieser Periode fast gänzlich mangelt und
der Gedanke nicht loszuwerden ist, der zähe Faden bildlicher Ueberlieferung sei in der Reliefcomposition niemals ganz abgerissen, auch
nicht in dieser von Subjectivität überschäumenden Epoche. So stösst
man denn überall auf Altbekanntes. Die Gestalt der Athena, der
wir bereits in Neu-Ilion begegneten, giebt genau denjenigen Typus
wieder, der durch das Madrider Puteal dem Parthenon-Ostgiebel zugewiesen wird [161]; nur dass dort wie auf der Ilischen Metope und
den attischen Münzen die Bewegung nach r. hin ging und die von

---

[161]) R. Schneider, Geburt der Athena.

l. herabschwebende Nike den Uebergang zur Giebelneigung vermittelte. Auf Sculpturen desselben Baues, theils Metopen theils Giebelfelder, wies 'uns die Erscheinung des Dionysos. Oft bemerkt worden ist die Aehnlichkeit in der Gruppe des Helios und des voranlaufenden Jünglings mit einer Scene des Parthenonfrieses, die allerdings sehr häufig und im verschiedensten Sinne wiederholt worden ist. Die Uebereinstimmung des Herakles mit dem der dortigen Gigantomachie (Metope VIII) springt in die Augen. So meine ich auch, dass der dortige Apollo bei besserer Erhaltung das Urbild des Pergamenischen zeigen würde, der nur nach l. hin, wo er nicht wie der der Metope räumlich beschränkt ist, eine grössere Breitenentwickelung erhielt. Sogar die viel und mit Recht bewunderte Artemis fordert unmittelbar zu einem Vergleich mit attischen Figuren, wie der bogenschiessenden Amphitrite der Melischen Vase auf (S. 358). Unter den Giganten, wo sich natürlich ein ganz anderer Reichthum von Motiven entfaltet, als in der früheren, hauptsächlich durch Vasen repräsentirten Kunst, sind es doch gerade einige der hervorstechendsten Gestalten, welche sich am engsten in den hergebrachten Umrissen halten. Das gilt von dem geradezu stereotyp gewordenen Hauptgegner des Zeus, der hier nur zum ersten Mal als Schlangenfüssler begegnet. Es gilt aber auch von dem vielberufenen Gegner der Athena, den man mit dem Laokoon vergleicht. Die Vergleichung der so ähnlich bewegten, schlangenumwundenen Gestalten aus verwandter Schule behält ihr gutes Recht. Nur ist das Bewegungsmotiv in allen seinen Theilen für eine Kampfscene, nicht für eine Situation wie die des Laokoon geschaffen. Die Grundbewegung des Körpers, die Streckung nach der einen Seite hin mit stark gebeugtem Knie, die sich für eine sitzende Figur weit weniger natürlich ergab, als für eine fallende, ist aus attischen Kampfscenen jedes Alters genügend bekannt und wiederholt sich auf dem Gigantenfries selbst zu mehreren Malen. Aber auch die eigenthümliche Neigung des Haupts und Einbiegung der Brust nach der entgegengesetzten Seite, nach der sich auch der eine Arm zurückstreckt, ist wesentlich eine abwehrende und muss sich, speciell mit der Eigenthümlichkeit, dass der andere Arm über den Kopf hin zurückgriff, bereits genau so auf attischen Monumenten gefunden haben. Das ergiebt sich mit Evidenz aus der Melischen Giganten-Vase. Auch dort packt zweimal (auf dem unteren Plan) eine Gottheit den ins Knie gesunkenen Gegner ins Haar, bei dem in Folge des Ruckes Brust und Kopf

seitwärts zurückgehen, während die Arme sich instinctiv gegen den
Verfolger wenden, der eine über dem Kopf liegend, bemüht die feindliche Hand zu entfernen, der andere abwehrend ausgestreckt. Legt
man die links darauf folgende Athenagruppe desselben Vasenbildes
zu Grunde, welche in der Richtung der Scene und dem sehr ähnlich
bewegten Unterkörper des Giganten mit dem Relief stimmt, so lässt
sich aus den hier gegebenen Elementen das pergamenische Motiv Zug
für Zug zusammensetzen. Das hat Brunn (Jahrb. d. Pr. Kunsts.
V S. 263) mit Recht ausgesprochen, und darauf musste Jeder, den
die älteren Gigantomachieen beschäftigten, vom ersten Augenblick
der Fragestellung an geführt werden. Nicht minder treffend hat
Kekulé (Laokoon S. 42) die ursprüngliche Bedeutung des fraglichen
Motivs a priori behauptet, wie es scheint ohne sich der Melischen
Vase zu erinnern. Uebrigens kehrt das ähnliche Motiv der dortigen
Hermesgruppe überraschend ähnlich an der l. Treppenwange wieder.
— Von den fallenden Figuren wecken noch Reminiscenzen namentlich der sterbende Krieger der Apollogruppe, der mit dem Capitoli-
nischen Gallier verglichen wird, der aber ähnlich schon in Phigaleia
(Overb. Plast.³ I Fig. 94, 21) vorkommt; sodann der linke Gegner des
Zeus, der wie sein Ebenbild auf dem Ilischen Relief seinen Ursprung
von der Zeus-Metope des Parthenon herzuleiten scheint. Es sei bei
der letzten Figur beiläufig bemerkt, dass der massive Donnerkeil,
der sie durchbohrt hat, keine Neuerung der Pergamener ist, wie Overbeck Plast.³ II 239 annimmt, sondern der ‚schwere‘ κεραυνός αἰχμα-
τάς in dieser Form von dem herausflammenden Blitz unterschieden
schon im 5. Jahrhundert vorkommt (S. 335); die geniale Künstler-
idee, denselben als Schleuder und Stichwaffe seine Wirkung thun
zu lassen, ohne gleichzeitig die Hand des Donnerers ihrer Waffe zu
entblössen,‘ konnte allerdings erst Platz greifen, wo in der Entfernung die Adler gezeigt wurden, die dem Gotte vom Aetna her
(S. 222, 166) immer neue Blitze zutragen. Zu dem alten Bestand
attischer Kunst gehören endlich auch die für Herakles geschaffenen
Kampfmotive, als das Löwenwürgen (vgl. Belger Arch. Ztg. 1883,
S. 85) und das Emporheben des um den Leib gefassten Gegners.
Das Antaios-Motiv, wahrscheinlich durch Praxiteles in Theben endgültig gestaltet, erinnert hier um so unwillkürlicher an seinen Ursprung, als unmittelbar daneben Herakles in Person erscheint. Frei-
lich nöthigte in dieser Gruppe der Rahmen des Reliefs dazu, dem
Würger Schlangenfüsse zu geben und die Höhe um soviel zu be-

schränken, als sie in der ursprünglichen Form, wo sie wohl die Giebel-
mitte einnahm, über die Durchschnittshöhe der übrigen Kämpfer
emporragte; aus diesem Zwang, der nicht ohne eine proportions-
widrige Kürzung des Gigantenleibes abging, ist dann wiederum ein
neues Motiv entsprungen, der Widerhalt, den der Emporgehobene
mit seinen Füssen in den Schlangenwindungen des Gegners findet.
Solche Vergleichungen, die freilich immer ganz äusserlich bleiben und wenn man sie zum Mafsstab der Werthschätzung machte,
eine Ungerechtigkeit gegen das, was die Pergamener wollten und
konnten, sein würden, liessen sich wahrscheinlich noch fortsetzen,
wenn wir aus früheren Epochen mehr monumentale Gigantomachien
besässen. Der Parthenon, der die Phantasie aller nachfolgenden Geschlechter befruchtete, kann doch auch hier nur mittelbar Quelle
sein. Und doch wird es uns schwer, die gewaltige Kluft, die zwischen
seinen zwei Gigantomachien und der von Neu-Ilion liegt, in Gedanken
auszufüllen. Nur die Peploswebereien, von denen wir keine greifbare
Vorstellung haben, und etwa die jüngeren Vasenbilder zeugen von
der andauernden Bedeutung und Fortentwickelung des Gegenstandes. Aber auf welchem Gebiete böte unser Antikenbesitz nicht
ähnliche Lücken dar, die nur ein richtiges Verstehen und Verwerthen
der jüngeren Nachbildungen ausfüllen kann. Man hat, indem man
sich den Reliefs späterer Entstehungszeit zuwendet, sich vor Nichts
mehr zu hüten, als der Neigung, überall den Einfluss des grossen
Altars zu wittern. Auf uns Nachgeborne mag die Masse und Gewalt dessen, was uns hier ungeahnt in den Schooss gefallen, er-
drückend wirken. Aber nicht an das Alterthum können wir diesen
Mafsstab anlegen. Schon äusserlich war man seit Alexander an
solche Kolossalwerke gewöhnt, wie die Pyra des Hephaistion, die
Prachtschiffe Hierons und Ptolemaios', und andre mit Sculpturen reich
geschmückte Riesenbauten, die nur zu früh zu Grunde gingen, um
noch in den Kanon der Weltwunder aufgenommen zu werden; der
ein ganzes Stadion lange Altar von Parion, der auch keine kahlen
Wände dargeboten haben wird, war als Bauwerk und Weltwunder
dem unsrigen doch ungefähr ebenbürtig; und dass Strabo [169] ihn
rühmt, von dem Pergamenischen aber schweigt, ist mindestens ein
Zeichen davon, dass dieser nicht das Original, sondern der spätere

---

[169] 487. 588, Paroemiogr. I 438, II 191. Vgl. auch den grossen Altar
Hierons II. in Syrakus und den Ephesischen (Baumeist. Denkm. a. a. O. 45 f.).

von beiden war und daher in Strabos Quellen keine Berücksichtigung
mehr fand. Und was speciell die Gigantomachie angeht, sollte Tarent die einzige Stadt gewesen sein, die im 3. Jahrhundert v. Chr.
Kolossalreliefs davon besass (S. 264)? So wird man den Formenreichthum,
über den auch dieses Sujet verfügte, stets verkennen oder würdigen,
je nachdem man von Pergamon ausgeht oder von der früheren Kunst.
Gar die Schlangenfüssler, in deren Motiven die Phantasie so reich
begabter Künstler gewiss den freiesten Tummelplatz fand, als deren
Schöpfung hinzustellen, war nur in dem ersten, vorübergehenden
Stadium der Sachkenntniss möglich.

Nur die Marmorgruppe von Wiltonhouse (No. 7) wiederholt in
unverkennbarer Weise einen der Pergamenischen Ringkämpfe, nämlich die Antaios-Gruppe (um sie kurz so zu bezeichnen), wenn auch
nicht ohne gewisse beeinträchtigende Variationen. Schwanken kann
man schon bei dem Fries von Priene (5). Ueber die Entstehungszeit dieser Arbeit, deren Qualitäten allerdings, schon nach den Gyps-
abgüssen beurtheilt, die ihr von Overbeck eingeräumte Stellung in
der Kunstgeschichte schwer begreifen lassen, ist nichts festgestellt.
Immerhin bekundet, wie bereits beobachtet worden, die Gruppe eines
Löwen, der einem nach l. hinstürzenden Giganten den Arm zerfleischt,
nicht nur eine auffällige Aehnlichkeit mit der Gruppe zwischen den
Moiren und Poseidon, und zugleich in der Profilstellung des Fallenden eine Kühnheit, die man einem verhältnissmässig so untergeordneten Werke kaum zuzutrauen wagt. Aber gegen diese Abhängig-
keit sind nicht minder triftige Gründe vorhanden. Darauf dass der
Löwe hier, wie der dahinter befindliche Nebris-Träger d. h. Satyr
anzeigt, zur Umgebung des Dionysos gehört, also einen ursprüng-
licheren Ort behauptet als dort, will ich kein Gewicht legen; denn
der Fries von Priene hatte nicht solchen Ueberfluss an Löwen, wie
der grosse Altar und konnte jenes Motiv für seinen einzigen (von
dem nicht kämpfenden Thier der Kybele abgesehen) entlehnen. Allein
wie steht es mit der Kybele, die mit dem Tympanon in der Hand
auf ihrem Löwen sitzt? Ihr Motiv ist im Vergleich mit der majestä-
tisch hingelehnten λοχέαιρα Pergamons nicht bloss das minder künstlerische, einfachere, wie bemerkt wird, sondern zugleich das ver-
breitetere, auf Bronzen, Münzen, Gemmen und Sculpturen wiederkehrende, welches sich aus der Persönlichkeit und dem Cult der

Göttin so natürlich ergab, wie eine Hekate und Selene auf dem Maulthier, eine Artemis auf dem Hirsch, eine Aphrodite auf dem Bock, eine Europa auf dem Stier; wenn eine künstlerische Schöpfung den herrschenden Typus prägte, war es am wenigsten die bescheidene Balustrade von Priene. Aehnlich ist es mit dem Helios, der, seit Pheidias in diesem Zusammenhang ohnehin eine ständige Erscheinung, künstlerisch mit dem Pergamenischen gar nichts gemein hat und noch oher allenfalls an den von Neu-Ilion erinnert. Ferner wird unter den Resten, die nach Wolters alle der Gigantomachie angehören, eine männliche Figur beschrieben, die ähnlich wie sonst Kaineus mit halbem Leib in der Erde steht; der Gigant ist aber keineswegs in die Erde hineingeblitzt, ein Gedanke, wofür bis jetzt wenigstens jeder Anhalt fehlt, sondern er steigt eben erst aus der Erde auf, wie dies in ähnlicher Weise die Petersburger Vase aus Ruvo vorführt. Das ist ein Motiv, welches in Pergamon gänzlich fehlt und auch in den verlornen Theilen schwerlich vorkam, da es sich sonst so gut wie die meisten andern wiederholen würde.

Vollends finden wir uns bei dem schönen Vaticanischen Relief (8), wo Artemis und eine matronale Göttin kämpft, nicht mehr im Einklang mit der herrschenden Meinung. Der Gegner der Artemis giebt in der That die Figur des Pergamenischen Zeus-Gegners mit grosser Genauigkeit wieder, aber wie man hinzufügen muss, mit derselben Genauigkeit, mit welcher sich diese Gestalt auf den verschiedenen Monumenten wiederholte, bevor sie Schlangenfüsse erhielt. Das Aufsehen, welches die Schöpfung dieses Motivs erregte, datirt nicht erst von hier, sondern wahrscheinlich schon von Pheidias her. Und die Veränderung, welche der Gigant von den Knien abwärts erfuhr, hatte um so weniger zu bedeuten, als er schon früh, eigentlich von Anfang an, tiefer als der Gott gestellt war und die Richtung der Blicke und des Körpers nach links oben ging. Nur wer behaupten wollte, dass die Pergamenischen Künstler die ersten gewesen, welche die längst aufgekommene, für die Giganten charakteristisch gewordene Mischgestalt dem Häuptling zuertheilten, könnte an jenem Abhängigkeitsverhältniss festhalten. Mit diesem Punkt ist aber auch der Zusammenhang erschöpft. In der bogenschiessenden Artemis würden die Nachahmer der herrlichen Pergamenerin ausserordentlich weit aus dem Wege gegangen sein, so weit, dass die zurückgelehnte Figur mit dem stark vorgesetzten Fusse nur noch eine weitere Beugung des aufruhenden Beins bedürfte, um geradezu derjenigen gleich

zu werden, die auf der·Petersburger Vase und dem Urnenrelief begegnet. Ebenso gehört der erste Gegner der andern Göttin, der,
schräg hingeneigt, rückwärts mit beiden Händen nach einem Felsblock
greift, einem wie es nach derselben Vase scheint verbreiteten, in
Pergamon aber nicht nachweisbaren Typus an, während das Motiv
seines Genossen von einem hammerschwingenden Kyklopen der He-
phaistosschmiede stammen mag. Endlich wird man das Vorbild der
verschleierten Göttin mit den Fackeln kaum wagen auf erhaltenen oder
verlorenen Theilen des grossen Frieses zu suchen, wo sich gerade
die matronalen Göttinnen, wie Hera, Leto, Dione, durch eine merkwürdige Heftigkeit auszeichnen; eine erhabene Ruhe beseelt sie, die
ihr offenbar schon von der Conception mitgegeben war, und in der
Vertheilung des Gewands und der Extremitäten liegt soviel Wohl-
abgewogenes, in der Zeichnung des Ganzen soviel Adel, dass man
ihr sehr Unrecht thun würde, sie nur für eine flüchtige, ungenaue
Entlehnung aus Pergamon zu halten. Je glänzender sich dieses Relief — dessen landschaftlicher Hintergrund (wenn darauf Gewicht zu
legen wäre) nach Wolters' eignen Bemerkungen auf hellenistische,
also dem Altar parallele Vorbilder deuten würde — aus der Reihe
der römischen heraushebt, um so eindringlicher mahnt es, an der
Armseligkeit unseres Besitzes nicht den des Alterthumes zu messen.

Gleichfalls nur in diesem Sinne kann das Lateranische Fragment
(9) wirken, dessen einziger Gigant [163], ein nach r. hinaufstürmen-
der mit gewaltigem Baumstamm, an Grossartigkeit der Proportionen
wie der Bewegung jene drei entschieden überragt. Auch hier waren
Bäume in den nicht gerade bequemen Zwischenräumen vorhanden,
aber, wie mir beinahe scheinen will, weniger zu stilistischen Zwecken
als zum Ausreissen für die Giganten, wie man besonders an dem
Vaticanischen Sarkophag (10) wahrzunehmen meint. Was dieses
schöne Relief anlangt, so wiederholen sich dabei dieselben Fragen
und, wie sogleich zu gestehen ist, dieselben Antworten. Der vom
Rücken gesehene ‚Porphyrion' ist zweimal angebracht sogar mit dem
in 8 fehlenden Fell um den l. Arm, nur dass die Windungen des
zweiten Schlangenbeins mit dem ersten nicht die Symmetrie halten
wie sonst. Der kopfüber Stürzende, der Zweite von der l. Ecke,
erinnert sogar entschieden an denjenigen, auf welchen die Pergamenische Aphrodite tritt. Andrerseits mischt sich so Manches ein, was

---

[163]) Links neben ihm kämpfte eine Flügelgestalt.

nach dorthin gar keine Verbindung zulässt. Die feinen Unterschiede in der Behandlung der Schlangen, die Brunn wahrnimmt und auf anders geartete, hervorragende Vorbilder zurückführt (a. a. O. 251), seien nur nebenhin erwähnt. Aber die ganze Anlage, die gewaltsam nach oben hinaufstrebt, wo die Götter zu denken sind, würde keine unpassendere Anlehnung gefunden haben als an einem Friese, wo allerwärts die Horizontale herrscht. Aus einer solchen Composition stammt ja ersichtlich auch der mächtig hinaufschreitende Lateranische Gigant, an den in der Haltung des Baumstücks wie in einigen anderen Puncten die l. Eckfigur des Sarkophages erinnert, deren rechter Arm nur durch den Abschluss der Platte an einem ähnlichen Ausholen verhindert wird. Ferner begegnet auf der einen Schmalseite jener über eine Erderhöhung mit herabhängenden Extremitäten bogenförmig hingestürzte Todte, der aus den nach meisterhaften Vorbildern gefertigten (zum Theil gefälschten) Niobidenreliefs, dem Campana'schen, dem Diskos und dem Fragment Ludovisi (Ber. der Sächs. Ges. 1877 Taf. I III V, 1) bekannt ist; ein Motiv, das in ein zu mehreren Etagen abgestuftes Bergterrain, wie es der Niobidendiscus und die vermuthete Pheidias'sche Gigantomachie (S. 268) bieten würde, unendlich besser passt, als in ein streifenförmiges Relief. Schliesslich könnte noch Jemand die Stierfelle, mit welchen die Giganten hier ausgerüstet sind, auf den Altar zurückführen, wo gerade an der Treppenseite der solchermafsen ausgestattete Gigant in die Augen fiel; aber haben wir nicht in den Händen der Giganten auch sonst die Exuvien eines stierförmigen Ungeheuers gefunden? (Ovid, s. S. 233).

Der Zufall will, dass wir noch eine zweite Gigantomachie aus Pergamon besitzen, die Reste eines kleinen Frieses (G), der ungefähr mit den gleichen Stilformen wenn auch nachlässiger operirt, sonst aber recht wenig mit der grossen gemein hat. Zeus, der nach entgegengesetzter Seite wie dort, d. h. nach der alten conventionellen Richtung hineilt, ist ähnlich gekleidet wie auf dem Altar, wie aber auch sonst nicht eben selten. Er packte, wie man es aus alten Zeiten her kennt und es Valerius Flaccus III 131 beschreibt *(quem Juppiter alte* [144] *crine tenet)*, den Gegner an den Schopf, und dieser, hier schlangenfüssig, streckt hülflos oder flehentlich nach alter Manier die Rechte gegen den Ueberwinder aus; der Ansatz der Schlangenbeine wird

---

[144]) d. h. auf der schon halb erstürmten Höhe.

durch die flossenähnlichen Uebergänge verdeckt, die wir schon auf
vorpergamenischen Thonreliefs antreffen. Neu ist, dass Zeus mit dem
vorschreitenden linken Fuss auf den Nacken eines aufs Gesicht gestürzten Todten tritt. Dahingegen muss die von dem Göttervater
links hinwegstürmende Athena ähnlich bereits auf viel älteren Werken, z. B. dem Megarer - Schatzhaus vorgekommen sein. Sonst ist
nur noch der jugendliche Dionysos mit den Spuren der aufschiessenden Weinrebe erhalten; er hat nichts, was nicht seit dem Anbruch
der klassischen Epoche überall hätte vorkommen können. — Interesse
erweckt dieses unscheinbare Monument, auch wenn es nach dem
Altar entstanden sein sollte, schon dadurch, dass es uns, um den
nie zu leugnenden Einfluss Pergamons auf die Nachbarlandschaften
darzuthun, eine festere Handhabe bietet, als die Motive des grossen
Frieses, woran so Vielerlei künstlerisches Gemeingut war. Denn der
Fries von Aphrodisias (13) wiederholt die Gruppe des auf den
Todten tretenden Zeus, den der am Kopf gepackte Gegner um Gnade
fleht. Die Art der Wiedergabe entspricht freilich dieser schon kin-
disch werdenden Altersstufe der Kunst, und die vollständige Bekleidung des Zeus sowie das in der Nähe errichtete *Διὸς τρόπαιον* (vgl.
S. 244, 209) begründen keine innere Verschiedenheit. Nur diese, des
Raummangels halber on miniature gehaltene Gruppe lässt ihren Sinn
deutlich erkennen; die fünf andern Götter entziehen sich jeder Bestimmung, wenn nicht etwa Herakles, Athena und Eros darunter zu
erkennen sind. — Höchst merkwürdig ist es, auf den plumpen Reliefs von Termessos maior (14) den nach links ausfallenden Zeus
des grossen Altars wiederzufinden, aber verbunden mit dem Motiv
des kleineren Frieses; denn auch hier wird der en face gezeigte
Schlangenfüssler am Kopf gepackt und berührt oder umfasst mit der
Rechten die Kniee des Gottes. Andrerseits erinnert der ins Profil
gestellte, in fliegendem Mantel elastisch dahinschreitende Apollo, der
den Bogen vorstreckt und einen Pfeil aus dem Köcher zieht, theils
an den Belvedereschen, theils an die Versailler Artemis, nur nicht an
Pergamon.

Das Fragment vom Palatin (11) bietet in recht guter Arbeit
wieder den stereotypen Hauptgiganten, von dem wenigstens signifcante
Theile der unteren Körperhälfte erhalten sind. Das von Smyrna (12),
weit untergeordneter zeigt die oberen Hälften zweier unbärtigen Giganten, von denen der eine mit der l. Hand einen Stein, der andere
ebenfalls mit der Linken einen Ast schleudert, indem er im Eifer

mit der Rechten den ihm hinderlichen Arm seines Vordermannes
bei Seite zu schieben sucht. Auch hier geht wie auf dem römischen Sarkophag die Richtung gegen Götter, die nicht dargestellt
sind, nach oben, wenn auch nicht so steif senkrecht wie dort. Es
scheinen übrigens keine Schlangenfüssler zu sein; wenigstens deuten
die unteren Reste des zweiten entschieden auf ein hochauftretendes
r. Bein, dem ein weit zurückgesetztes entsprochen haben muss.

Die übrigen drei Reliefs (15—17) sind so späte und geringe
Arbeiten, dass sie sich nach keiner Richtung hin verwerthen lassen.

V. Kleinere Bildwerke jüngerer Epoche.

A. Einige vorpergamenische Motive.

1. Poseidon zu Pferde.

Bereits auf der grossen Melischen Vase begegnete unter den
Kämpfern der aus Münzen von Potidaia und dem Parthenon-West-
giebel in anderer Weise bekannte Reiter. Dort war er nicht mit
einem bestimmten Gegner verbunden, sondern wendete sich rechtshin sprengend zurück nach dem Beschauer zu, indem er mit dem
Dreizack nach dem Angreifer eines minder starken Gottes stach.
Um so mehr verdient es bemerkt zu werden, wenn er auf
>   Bronze-Phaleren aus dem Bereich der Krim, Stephani C. R. p. 1865
>   V 5. 6, vgl. S. 172,

wo er allein kämpft, dieselbe Erscheinung darbietet, sogar bis auf das
um die Hüften flatternde Tuch. Der unterliegende Gigant nämlich,
mit dem er gruppirt ist (einmal ein nackter, einmal ein gerüsteter),
stürzt nicht nach der herkömmlichen Weise solcher Reiterkämpfe
in der Richtung des Pferdes, sondern entgegengesetzt. Auch
der Stil würde diese fast identisch geformten Reliefs mit der Vase
in die gleiche Epoche verweisen. Eine andere Composition ergab
sich, wo der Gigant Schlangenfüsse erhielt. Diese liegt vor auf der
>   Gemme, s. unsere Figur 3 S. 395, (vgl. unten Gemmen).

und den kleinen, bis zur Unkenntlichkeit rohen
>   Thongruppen aus der Rheingegend, Westdeutsch. Ztschr. f.
>   Alterth.-K. 1882 S. 42, Proben abg. Taf. I (E. Wagner).

Hier hat der Gigant seinen Platz zwischen den Vorderbeinen des
Pferdes, unter dessen Bauch die Schlangenbeine des Fliehenden in
die Höhe gehen. Wenn die Gruppe, die Pausanias im Kerameikos
sah, den Poseidon und Polybotes darstellte, so sollte man meinen,
dass sie eher in der letzteren Art gehalten war, da sich mit dem
menschlichen Gegner der Reiter schwer zu einer Gruppe abrunden
liess, während der davor placirte Schlangenfüssler durch seine empor-
gesträubten Windungen zugleich dem Pferdeleib diejenige Stütze gab,
die sonst in andrer Weise hätte beschafft werden müssen. Ich sage,
wenn dieser Mythus gemeint war. Zu Pausanias' Zeit lautete die
Inschrift anders und nicht im Einklang mit seiner periegetischen,
drei- bis vierhundert Jahre älteren Quelle, ohne dass man die Ursache
dieses Umstandes begriffe. Die Reitergruppe liess sich doch nicht,
zumal wenn sie von Erz war, gleich ruhigen griechischen Porträt-
statuen (Paus. I 18,3) mit römischen Köpfen versehen. · Beruhte die
Discrepanz auf verschiedener Auffassung des Gegenstandes, der anfangs vielleicht gar keine erklärenden Beischriften hatte, so würde
man wohl den Aelteren trauen müssen, während die Späteren, abgesehen von der significanten Insel, die der Reiter nicht führen
konnte, den Dreizack vermissen mochten, den in der Gigantomachie
oft wie hier der Speer (δόρυ ἀφιείς Paus.) ersetzt; und selbst ein
Schlangenfüssler liess sich umdeuten, z. B. als Erechtheus, der von
eines Thrakers oder Eumolpos' Händen fällt.

Auf den Kertscher Reliefs geht der Kampf, wie Wellen- und
Fischandeutungen erkennen lassen, auf dem Meere vor sich und betheiligen sich in Folge dessen die Geschöpfe der See, durch eine
Wasserschlange repräsentirt. Diese Momente wiederholen sich auch
sonst. Auf den
    drei reliefirten Füssen einer Bronzecista im Museo Kircheriano;
    Gori Mus. Etr. I 124, Inghirami Mus. Chius. III 17, Müller-
    Wieseler II 84 (vgl. Overb. Poseid. 332),
wo Poseidon zu Fuss kämpft, schreitet er, mit einer langen Kappe
angethan, nach l. hin über die Wellen und hält den jugendlichen,
behelmten Gegner, der in der R. eine undeutliche breite Waffe führt [165],
am Schildrande fest, während von zwei grossen Schlangen, die ihn
begleiten, die eine den Giganten ins Bein beisst, die andre — ein
riesengrosses κῆτος — hart vor seinem Gesicht ihr furchtbares Haupt

---

[165]) Wahrscheinlich ein in der Scheide steckendes Schwert.

erhebt. Die sehr gut erfundene Gruppe, in der namentlich die jetzt
durch den Raum beschränkte Handhabung des Dreizacks in der L.
grösserer Lebhaftigkeit fähig war, scheint, wenn nicht Alles trügt,
bereits in einer Metope von Ilion vorzuliegen. Die eine Schlange
mit dem phantastisch gebildeten Kopf, die von unten her den starken Hals erhebt und den Giganten in den Oberschenkel beisst, findet
sich genau so auf einer Gemme wieder, die nur den Giganten, aber
in anderer Bewegung, vorführt.

2. Zeus zu Wagen.

Vorauszuschicken ist ein die künstlerischen Fragen wenig be-
rührendes Vasenbild, das der

Unteritalischen Prachtamphora Petersburg 428, Minervini Monumenti Barone 21. Gazette arch. 1879 p. 31 (Lenormant),

über dessen Sinn noch allgemeine Unsicherheit herrscht. Dort fährt
von l. her Zeus mit Hermes, dem er mit der L. beim Lenken hilft,
während die R., die aber nicht gehoben ist, den Blitz hält. Von
der andern Seite her sieht man einen Pantherwagen, worauf ein
nackter — jetzt seines Kopfes beraubter — Mann mit Schild und
Speer in der gebückten Haltung eines Wagenlenkers steht, einher-
fahren, aber nicht auf Zeus zu, sondern nach dem Hintergrunde,
was dem Maler in der Stellung des Wagens und des von hinten
gesehenen Lenkers besser auszudrücken gelungen als bei den Zug-
thieren, wo dies seine Schwierigkeiten hatte. Von derselben Seite
her, den lockigen Kopf dahin zurückwendend, läuft zwischen beiden
Wagen eine jugendliche, kurzgekleidete Gestalt, die rechts eine Fackel,
links, wo ein Fell über dem Arm hängt, zwei Speere trägt. Die
Erklärer sind durchgehends in dem Irrthum befangen, die beiden
Wagen begegneten sich einander, und wissen dann diesen Umstand nur im feindlichen Sinne und die Mittelfigur nicht anders
denn als Eris oder Lyssa zu deuten [166]. Sie sind nur nicht darüber
einig, ob etwa der nackte Krieger Dionysos sei und was wohl in
diesem Fall Vater und Sohn mit einander auszufechten haben mögen,
oder ob derselbe einen ,Titanen' darstelle, sei es einen der Zagreus-

---

[166]) Stephani C. R. 1867, 172. Rosenberg Erinyen 71, 52. Körte Per-
sonif. Affect. 75. Lenormant. Kuhnert in Roschers Lex. 1662.

Feinde (Minervini, Lenormant) oder einen der gewöhnlichen Giganten (Heydemann), die man ja auch sonst zu Wagen fahren lässt.
Man sieht, wie weit es die Kunst methodischer Vasen-Interpretation
seit Minervini gebracht. In Wirklichkeit weichen sich die Wagen
einander aus, ist Zeus, wie der gesenkte Blitz zeigt, noch keiner
Feinde ansichtig geworden und stellt die Mittelfigur, die nur bei
gänzlicher Verkennung des unteritalischen Stils als unbedingt weiblich gelten kann, dieselbe Persönlichkeit dar, die auf der Melischen
Vase mit Lanze, Fackel und über den Arm geworfenem Fell dos-à-
dos mit dem Zeus-Gespann ihren Pantherwagen lenkt. Die einzig
fragliche Figur, die auf dem Wagen, muss der Lenker des abgesprungenen Bakchos, also ein Satyr sein, worauf auch ihre Erscheinung verglichen mit den oben S. 324 beigebrachten Vasen durchaus
hinführen würde, wenn nicht das Schwänzchen auf der Vase oder,
was viel wahrscheinlicher, auf der Publication vernachlässigt resp.
unterdrückt wäre. Mochte man früher den Thiasos im Ernst oder
Scherz in die Gigantomachie eingeführt haben: wenn Dionysos einmal absteigen sollte wie sonst Zeus, so stand zur Lenkung des
Wagens keine Nike, kein Hermes, sondern nur das bakchische Personal zur Verfügung, wie ja auch gelegentlich eine Bakchantin auf
dem Pantherwagen fährt (Stephani C. R. 1860 III). — Das Ganze lässt
sich als eine Episode auffassen, *cum bellantes Phlegraea in castra
coirent* (Stat. Ach. I. 484), aber auch als eine willkürliche Theildar-
stellung, etwa wie die zwei Sarkophage, die nur die Gegenpartei, die
aufwärts strebenden Giganten vorführen.

Wenn wir an der Seite des höchsten Gottes Hermes lenkend
finden, so ist es hier nicht mehr am Orte, dafür auf seinen allgemeinen Charakter zu verweisen, der unter so vielerlei Dienstleistun-
gen für die Götter auch manchmal das Kutschiren mit sich bringt
(Hom. Ω 440. hymn. Cer. 377). Vielmehr sahen wir ihn als Lenker
des Zeus-Wagens oder in dessen nächster Nähe schon in der archaischen Kunst (S. 301); und die Literatur kennt ihn ausdrücklich als
Beistand des Zeus gegen Typhon. Auf einer späten, rohen

　　　Kanne aus Canosa, Heydemann I. Hall. Winckelm.-Progr. danach
　　　　　unsere Fig. 1 S. 395,
fahren beide wirklich gegen einen schlangenfüssigen Unhold los, der
über dem Haupt einen gewaltigen Felsblock erhebt, während über
ihm in grösseren Proportionen der Kopf eines Sturmdämons sichtbar
wird, der mit Macht gegen den Götterwagen bläst. Die verschieden-

artige Mitwirkung der Winde beim Gigantenkampfe wurde bereits
früher beleuchtet. Hier aber, wo die Scene auf dem Meere vor sich
geht, wird nicht sowohl an den allgemeinen Götterkampf als speciell
an den gegen Typhon zu denken sein, dessen Persönlichkeit zwar
mit der der Giganten in dieser Epoche stark verschwimmt, aber
gerade dadurch, dass beide ihre Attribute so häufig tauschen[167], die
Flügel, an deren Fehlen der Herausgeber Anstoss nimmt, gelegentlich entbehrlich macht. Das Windgesicht — dies übrigens eine in
der nachklassischen Kunst übliche Darstellungsweise[168] — braucht
in diesem Falle nicht einer besonderen Person anzugehören, sondern
kann für den Kenner griechischer Formensprache, die in Mythologie
und Kunst gleichermaassen redet, auch ein blosses Attribut, eine
losgelöste Potenz der Hauptperson darstellen. Vermuthlich würde
kein alter Künstler auf die Frage, was mit dem Ganzen gemeint
sei, eine andere Antwort gewusst haben als *Typhon igne simul ven-*
tisque rubens (S. 218, 151)[169].

Der in's Halbprofil gestellte Wagen des Donnerers mit den gegen
einen weichenden Riesen anspringenden Rossen muss in dieser Epoche
zu den beliebten Erscheinungen gehört haben. Auf dem obersten
Felde am Bildstreifen des Dresdener Pallas (S. 272[170]) ist eine solche
Gruppe noch zu erkennen, nur dass der Wagen auf diesem äusserst
beschränkten Bildraum über den Riesenleib hinwegfährt. Welch eine
glänzende Entwickelung diesem Typus bevorstand, lässt schon eine
rf. Hamilton'sche Vase ahnen,

> der rf. Krater, Tischbein I 21, Elite I 13. Inghirami pitt. d.
> v. I 47 vasi fitt. 27,

wo freilich der Gigant, gegen den der Blitz geschleudert wird, fehlt.
Jedenfalls fällt in die hellenistische Zeit jene Ausbildung, deren
Höhepunct wir auf dem mit Recht berühmten

> Cameo des Athenion (s. unten Gemmen)

---

[167] Vgl. S. 217 ff. Der Hauptgegner des Zeus in Pergamon hat Spitzohren, wie ehemals Typhon.

[168] s. Heydemann S. 16 f. Vgl. Grimm Deutsch. Myth.[4] I 525. „Holz-
schnitte und Bilder des Sachsenspiegels pflegen halbsymbolisch die Winde
als blasende Gesichter und Häupter aufzufassen, wahrscheinlich von sehr
früher Zeit an." — Offenbar die fortlebende antike Tradition.

[169] Auch Klügmann Bull. d. J. 1877 p. 7 hat sich für Typhon entschieden; vgl. Zarncke's Lit. Centr.-Bl. 1878 S. 94.

[170] Von den übrigen 10 Feldern ist nur eins, das mit Athena einiger-
maassen charakterisirt.

anschauen. Es ist dies neben den Pergamenern künstlerisch wohl
die bedeutendste Darstellung aus der Gigantomachie, und sie verbreitet ihren Glanz weit über diesen Kreis hinaus. Gewiss ist niemals vorher und nachher die Bewegung des zum Wurf tief zurück-
gelehnten und alle Kräfte zu einem gewaltigen Schlage sammelnden
Donnerers mit dieser Wucht erfasst worden; gewiss haben die
zurückscheuenden Rosse, die sich so hoch aufbäumen, als wollten
sie sich überschlagen, niemals ein solches Feuer zugleich mit solcher
Mannichfaltigkeit und Schönheit der Bewegung entfaltet. Aber gerade
die Gegenpartei, deren gefährliche Hiebe und Schlangenbisse diesen
fesselnden Conflict erzeugen, ist dabei zu kurz gekommen. Denn
indem die gewaltige Hebung der stark in die Breite gerückten Rosse
Platz für zwei Gegner schuf, deren einer bereits todt liegt, geriethen
beide etwas klein und kam die wichtigere dieser Figuren, die in
ausweichender Bewegung die Keule um's Haupt schwingt, besonders
in den thierischen Theilen nicht zu derjenigen Entfaltung, wie sie
ein solcher Zusammenstoss erwarten lässt. Das gilt natürlich auch
von Wiederholungen, wie sie Münzen des Septimius Severus bieten
(unten 1 c). In ihrem früheren Stadium, wie es die Vasen beobachten
lassen, hatte die Composition jedenfalls nur einen Giganten, dessen
Widerstand und dessen unter den Pferdebäuchen emporsteigende
Schlangen dann aber um so mehr zu bedeuten hatten. An dem nüch-
tern steifen, unentwickelten Stil der Cornelier-Münze aus dem Anfang
des 2. Jahrhunderts v. Chr. (1 a), die nur durch ihr frühes Datum eine
wichtige Etappe auf diesem Wege bildet, ist dies nicht gut zu verdeutlichen, besser schon an einem Medaillon der Antonine (1 b), das
freilich die Richtung der Gruppe umkehrt und den Zeus der Abwechselung halber erst auf den Wagen steigen lässt. Am deutlichsten ist es auf den Gemmen, welche sich von dem Athenion-Stein
nur in diesem Puncte unterscheiden.

Nachstehend habe ich mit einer der Pergamenischen Gruppen[171]
die Poseidongemme und die Canosiner Vase zusammengestellt. Es
sind, wie man wenigstens von dem ersten und zweiten[172] Werk sagen

---

[171]) Es ist die der ersten Moire nach der obigen Bezeichnung.
[172]) Vgl. Beschreibung d. Perg. Bildw. 7. Aufl. S. 18 Q.

Fig. 1.

Fig. 2.

Fig. 3.

muss, die alleruntergeordnetsten Arbeiten ihrer Gattung. Und dennoch oder vielmehr desshalb sind sie lehrreich, wo es gilt, das Besitzverhältniss hinsichtlich der Erfindung, namentlich der Schlangenfüssler und mancher ihrer Motive, zwischen Pergamon und seiner Vor- und Folgezeit abzugrenzen. Wir stossen hier auf eine jener Vorrathsstellen, woraus in gleichgiltigen Momenten der höhere Künstler wie der niedere zu schöpfen pflegte. Die Aehnlichkeit zwischen dem Pergamener und dem Canosiner Giganten ist keine oberflächliche und zufällige, sondern beruht eben darauf, dass wir es hier mit einem verbreiteten Typus zu thun haben, den übrigens, wie man sich an dem Gegner der Pergamenischen Hekate überzeugen kann, der Felsträger getreuer wiedergiebt, als jener, der mit den gleichen, hierzu nicht eben geschickten Bewegungen die Hand der Gegnerin von seinem Kopf zu entfernen sucht. Vollends vermisst man in den schweren, simpel aufgesträubten Windungen jede Spur von jenem unerschöpflichen, raffinirten Gedankenreichthum, worin sich, gerade was die Verwen-

dung der Schlangen angeht, die Pergamener beständig selbst zu über-
bieten scheinen. Von dieser Seite betrachtet passt die Figur ungleich besser in eine Wagen- oder Reitergruppe, wo sich die
Schlangenkörper mit einer formalen Nothwendigkeit in den Raum
unter den anspringenden Pferden fügten, indem sie dort zugleich die
empfindlichsten Stellen für ihre Bisse fanden. Und man wird nicht
behaupten wollen, dass diese Compositionen an der dürftigsten Stelle
Pergamons eine Anleihe machten. Schon die Chronologie würde
wahrscheinlich im Wege stehen. Natürlich ist es ein Moment von
nebensächlicher Bedeutung, dass hinsichtlich der Armbewegung die
Gemmen, sowohl die mit dem Zeus-Wagen wie die einzige mit Poseidon, ein anderes Motiv bevorzugen, wo der Gigant mit der R. eine
Keule oder ein Aststück um den Kopf schwingt.

Zu ganz ähnlichem Ergebniss führt die folgende Gruppe.

3. Athena und ein Schlangenfüssler.

1. Spiegelkapsel im Museo Kircheriano; abg. Journ. of Hell. stud.
   1883, 90 (Smith).

Hätte der Gigant nicht Schlangenbeine, man würde diese meister-
hafte kleine Metallarbeit am liebsten an die Aristophanes-Schale anknüpfen, mit deren Stil sie sich so nahe berührt, wie zwischen einer
Sculptur und einer Zeichnung überhaupt nur möglich. Das Motiv
des dortigen 'Ροῖτος (S. 200) mit der quer über den Kopf geschwun-
genen Waffe, welches schon auf der Vase von Altamura für den
Gegner der Athena verwendet ist, erfährt durch die Schlangen, welche
die Unterschenkel des sonst niedergestürzten Kriegers vertreten,
keine merkliche Veränderung, nur dass am l. Arm statt des Schildes, der sich mit dem thierischen Element nicht verträgt, das um-
gewickelte Fell eintritt. Das weggebrochene Gesicht war übrigens
ohne Bart; auch waren Schulterflügel vorhanden, von denen nur die
eine, mit der andern Figur zusammenhaftende Seite Theile hinterlassen hat. Die Gegnerin, welche ihre l. Seite mit dem Schilde
deckt, schreitet lebhaft nach der entgegengesetzten, indem sie mit
der Lanze, die bis auf einen Ansatz weggebrochen [173], zurückstach.
Die Spuren des Gigantenmotivs wird man in Pergamon vergebens
suchen. Und es gehört schon starke Illusion dazu, um die Athena

---

[173] Man sieht nicht ein, weshalb der Herausgeber einen Donnerkeil
annimmt. — Uebrigens scheint diese Bronze mit dem ‚Silberrelief b. Wieseler 159 nach Winckelmanns Beschreibung identisch zu sein.

der dortigen ähnlich zu finden, wie es dem Herausgeber begegnet, der das Werk allen Ernstes von Pergamon abhängig glaubt. Die von unten her divergirende Bewegung der beiden Kämpfer, ein förmliches Auseinanderprallen zeichnete schon die Zeusgruppe der Erginos-Vase aus. Die Auffassung des Nackten, das ἦϑος in der Kopfneigung der Kämpferin, sogar eine gewisse Unruhe in der Behandlung der Gewandfalten: es entspringt alles derselben Kunstrichtung, der jenes Meistergemälde folgt, einer Richtung, die wohl im 4. Jahrhundert und darüber hinaus die verbreitete und herrschende gewesen sein mag, sich aber zur Zeit der Pergamener längst ausgelebt hatte[174]. Von diesen unterscheidet sich das Bronzerelief principiell schon in der eigenartigen Behandlung der Schlangenfüsse. Die natürliche Form und Höhe der Oberschenkel ist wie bei allen besseren Reliefs gewahrt und geht erst in der Kniegegend ins Thierische über. Aber angedeutet ist das letztere schon von den Lenden und Glutäen an, derart dass die obere Seite schwach geschuppt ist, wenn auch immer noch den Charakter menschlicher, rauher, haariger Körperformen behauptend, die Unterseite aber in grossen Querstreifen oder Ringen gepanzert ist wie der Bauch gewisser Schalthiere. Man könnte die Eintheilung ungefähr durch den Vergleich mit einer Reithose verdeutlichen; in Wirklichkeit ist diese Unterscheidung von Schlangen-Bauch und -Rücken dieselbe, der wir schon auf den archaischen Typhoeusbildern begegnen, bis zu denen (oder deren Parallelen) die Tradition auch wohl zurückreicht.. — Ein mehr geistiges Unterscheidungsmoment gegenüber Pergamon liegt darin, dass die Schlange (nur eine ist sichtbar) zwar dicht neben dem Unterschenkel der Göttin emporzischt, aber nicht hineinzubeissen wagt.

2. Eine Reihe paarweise auftretender Thonmedaillons, deren zwei Compositionen sich zwar genau wiederholen, die aber trotz der wie es scheint übereinstimmenden Grösse (ca. 0,12 m Durchmesser) nicht alle aus derselben Form gedrückt zu sein scheinen[175]. Ich kann nur das Heydemannsche Verzeichniss wiedergeben.

A. An den Henkeln der Petersburger Prachtamphora 422 aus Ruvo. Overb. Zeus 377 e. — a) und b) abg. Mon. d. J. V 12. Overb. Atlas V 7 a. b.

---

[174] Man beachte noch die scharflinige Begrenzung der Schamhaare.
[175] Namentlich können Abweichungen wie die Stiefel und die kurze Kleidung der Athena B b nicht wohl auf Ungenauigkeit der Abbildung beruhen.

B. An den Seiten einer runden, flachen Flasche [176] aus Ruvo, früher bei
R. Gargiulo z. Neapel. a) Gargiulo Raccolta IV 7. b) ebend.,
Müller-Wieseler II 849.

C. An einem gleichen Geräth im Antiquarium z. München, a) und b)
beschr. Christ und Lauth Leitfaden S. 83 f. No. 1034.

D. Zwei ca. 0,005 m (nicht 0,05) starke Scheiben. Antiquar. Berlin No.
691 (a) und 697 (b).

E. Zwei ganz dünne Aufsatz-Scheiben, Neapeler Museum, Sammlung
Santangelo.

F. Scheibe b) Würzburg No. 22 (Urlichs).

Auf b) wird ein rückwärts gekrümmter bärtiger Schlangenfüssler
mit Flügeln von der beschildeten Athena, die ihn von hinten auf
die Schlangenbeine tritt, mit einer kurzen Waffe in die Gegend des
Schulterblatts gestochen, wobei er mit der R. ihren Arm abwehrt
und die L. gegen ihren Oberschenkel stösst. Die andere Gruppe (a),
viel unbedeutender und offenbar nur als Pendant [177] zu jener noth-
dürftig zusammengestellt, zeigt Athena, von dem erhobenen Speer
abgesehen fast unbeweglich vor einer höchst ungeschickten, der
Abwechselung halber jugendlichen und flügellosen Figur, die den
Arm über dem Kopf erhebt. Alles ist hier verschwommen und
zweifelhaft: ob die Schlangenwindungen den Giganten gehören oder
der Burgschlange, und wo er in diesem Fall seine Beine habe; ob
der längliche Gegenstand oben sein Baumstamm oder Athenas Schild
sei und was für eine Waffe er in diesem Falle schwinge. Wie der
links stehende Baum nur eine Lücke der Composition zu füllen dient,
so deuten die kleinen Schlangen, welche seine Hüften gürtelweis
umgeben, auf ein grobes Missverständniss jenes auswärts gekräusel-
ten Schurzes, der aus Blättern oder Flossen bestehend auf b) die
Ansätze regelrecht gebildeter und geschuppter Schlangenleiber
verdeckt. In Betracht kommt also nur b), eine Gruppe, worin man
die der Pergamenischen Nike, der Nachbarin des Herakles, längst
wiedererkannt hat*. Der Wechsel der Person hat dabei nur schaden
können. Denn diese künstliche Stellung eignet sich für die leicht-
beschwingte Göttin, nicht aber für die schwerbeschildete, deren

---

[176]) Also nicht an den Henkeln einer Amphora, wie seit Overb. Zeus
377 d öfter zu lesen.

[177]) Beide begegnen sich in der Richtung der Figuren. Möglich, dass
die Einführung dieses Doppelkampfes sich auf den Pallas und Enkelados
der Mythologie stützte. Andere Namen kommen schwerlich in Betracht.

*) Conze, Vorl. Ber. 172.

Würde sie auch nicht entspricht. Und um den Gegner von hinten her in die Brust zu treffen, müsste sie ihn mit der anderen Hand, die hier den Schild hält, festhalten, d. h. an dem Kopf, dessen heftiges Zurückwerfen man hier nicht versteht, zurückreissen, wie es Nike thut, für die das ganze Motiv auch wohl geschaffen ist. Auch die geflügelte (?) Athena eines Spiegels (S. 348) lässt dies erkennen. Man könnte um so mehr geneigt sein, unmittelbaren Einfluss der Altargruppe anzunehmen, als die Waffe, die Athena führt, durchaus einem in die Höhe gekehrten Schwerte ähnlich sieht, also in sinnloser Weise die kurze Lanze der Pergamenerin wiedergeben würde. Allein die Chronologie steht diesem Verhältniss im Wege. Niemand hat es meines Wissens bisjetzt für möglich gehalten, dass noch in der Mitte des 2. Jahrhunderts oder später der Ruveser Vasenstil so florirte, wie es das Jasonbild der Vase A uns zeigt. Gerade in Tarent, woher dieses Gefäss dem Alphabet nach stammt [179], haben wir schon im 3. Jahrhundert monumentale Gigantomachien und in Grossgriechenland überhaupt, wo die Thonmedaillons fabricirt sind, zu der gleichen Zeit bereits *bicorpores Gigantes* gefunden (S. 267).

3. In den übrigen Athenadarstellungen — nur für die Gemmen des nächsten Abschnitts gilt dies nicht — offenbart sich keine so ausgeprägte Erfindung, dass sie sich irgendwo bestimmt anknüpfen liessen. Man bemerkt nur in A der folgenden Reihe den Versuch, in dem Giganten die stereotype Rückenfigur wiederzugeben, in der Anlage von B eine Aehnlichkeit mit der Athenametope von Ilion.

A. Relief auf einem Bronzehelm in Neapel, abg. Mus. Borb. X 31; vgl. oben S. 267.

B. Rundes Blechplättchen in Basel, abg. Vischer, Kl. Schriften II Taf. XIX 6 zu S. 429.

C. Wandgemälde aus Pompeji. Helbig 774; abg. Pitt. d'Ercol. II p. 233.

D. Eroten-Sarkophag. Jahn, Ber. d. S. Ges. 1861 VIII 1 zu S. 321, wo auch die früheren Abb. angegeben.

E. Eroten-Sarkophag in Villa Pamphili aussen eingemauert; s. Jahn a. a. O. S. 320, 322. Matz-Duhn Ant. B. 2733.

In CDE ziert die Darstellung einen Schild, der von Eroten auf einen Altar oder sonst eine Basis gehoben wird. Solche Waffen werden besonders gern der Athena gegeben. Die stark verdorbene Stelle in Claudians Proserpinaraub, einem Gedicht, das sich mit den Sarkophagen besonders nahe berührt, beschreibt offenbar ein ähnliches Relief an ihrem Helm, II 21:

---

[179] Robert Bull. d. J. 1875, 56 f.

Tritonia casside fulva
caelatum Typhona [179] gerit, qui summa peremptus
ima parte viget moriens et parte superstes,
† hastaque (l. *cristaque*) terribili [180] surgens per nubila [181] † ferro
instar erat silvae; tantum stridentia colla
Gorgonis obtentu pallae fulgentis (?) inumbrat.

Da die Göttin den Besiegten überragt, müssen die Schlussworte, wo
dann *inumbrant* zu schreiben wäre, wohl bedeuten: den so Grossen [182]
überschatten noch die Gorgoschlangen der vorgestreckten glänzenden
Aegis; vgl. S. 218, 150. Das wäre also der Athena-Typus der attischen Vasen.

B. Gemmen und Münzen.

1. Gemmen.

Zeus zu Wagen.

a. Onyx des *Ἀθηνίων*, Neapel; Cades Vol. II 107; abg. Tassie-Raspe catal.
  (986) II 19. Bracci Memorie d. ant. incisori I 30. Keightley Mytho-
  logy Taf. 1. Mus. Borb. I 35. Müller-Wieseler II 34. Overb. K.-M.
  Zeus Gemment. V 2.
b. Carneol, Florenz. Cades II 109; abg. Gori Mus. Flor. I 57, 7 (im Gegen-
  sinne), Gall. d. Fir. V (II) 44.
c. Glaspaste Stosch. Raspe 989. ⎱
d. Glaspaste Stosch. Raspe 988. ⎰ Tölken III 52 = c oder d.
e. Schwefelabdruck frgmt. St., Raspe 990.
f. Schwefelabdr. St., Raspe 985.
g. Glaspaste. Cades a. a. O. 108.

Allen liegt die Composition *a* zu Grunde, theils in einfacher
Form, indem nur ein, zuweilen (c) geflügelter Gigant da ist, theils
in Uebertreibungen der Bewegung, die auf *g* Ungeschicklichkeit, auf
dem Wiener Onyx [183] moderne Fälschung zum Grunde hat. Auf *b*
sieht man ausserdem eine Mondsichel (wie auf der Sisenna-Münze

---

[179]) Dass Jeep die L.a. *Pythona* bevorzugt, befremdet nicht, da er es
auch sonst liebt, antiquarischen Thatsachen ins Gesicht zu schlagen; z. B.
versteht er unter den Giganten, die Claudian am Capitol sah (S. 265)
Apollo und Herakles; Anderes S. 204, 110.
[180]) Vielleicht Schlangenhaare wie S. 275.
[181]) Hier fällt der Dichter aus der Schilderung heraus.
[182]) Bei ,nur' würde man das Object vermissen.
[183]) Sacken u. Kenner S. 418, 3. Cades 105; abg. Eckhel choix de
pierr. 13.

Sonne, Mond und Sterne) als Andeutung des Himmelsraumes, wie Overbeck S. 392 u. 388 richtig bemerkt, und zwar kann man hinzufügen — im Einklang mit den römischen Dichtern, welche den Kampf nicht mehr unten, sondern auf der Höhe, nahe den schon halb gewonnenen Gestirnen, ausfechten lässt. (Val. Flacc. III 130. IV 236).

Zeus zu Fuss.

1. Sardonyx, Florenz. Paste davon b. Stosch. Cades II A 110; abg. Gori, Mus. Flor. II 35, 2. Raspe (991) II 20. Gall. d. Fir. V (II) 44, 2 Trésor de Numism. et de Glypt. IV 18 p. 17. Overb. Gemment. V 1.

In einen hohen Rahmen gebannt kann die Zeusgestalt, die unmotivirter Weise einen fliegenden Gewandstreif hat, zu keiner Bewegung kommen, nur dass sie den stereotypen Blitz auf den Gegner schleudert, dessen Armbewegungen gleichfalls den Raumzwang bekunden. Es ist viel Kunst auf eine verfehlte Composition verschwendet.

2. Schwefelabdr. frgmt. Stosch; abg. Raspe (971) II 18.

Obere Hälfte des nach r. stark vorgelegten Zeus, beide Arme nach verschiedenen Seiten ausstreckend, die L. nach dem Gegner (der nicht da ist), die R. hinterwärts, mit dem Blitz ausholend.

Zeus thronend.

Rother Jaspis, Berlin Inventarnummer S 52.

Nach r. sitzt Zeus, den Blitz in erhobener R. schwingend gegen einen Schlangenfüssler, der die Hände nur erschreckt bewegt. Die ausgestreckte L. des Gottes, welche auf dem Kopf des Gegners zu ruhen scheint, umfasst in Wirklichkeit ein dickes Scepter, welches mit einer kranzbringenden Nike, über der ein Adler sitzt, gekrönt ist. Der r. Fuss tritt auf die unter dem Thron schlaff hingezogene Schlange, während die zweite Schlange sich lebendig ringelt (vgl. Münze 1 b). Albricus Philos. de deor. imag. C. II: *Juppiter pingebatur in throno eburneo sedens, sceptrum regium in manu tenens, scilicet sinistra, ex altera vero, scilicet dextra, fulmina ad inferos mittens et Gigantes repressos fulmine tenens sub pedibus et conculcans.* Wieseler S. 157, dem wir dieses Citat verdanken, konnte es nur auf die Münzen 3 a.b anwenden, wo zwar die Darstellung reicher gehalten ist und durch die en face-Stellung zweien Giganten Platz bietet, aber das *conculcare* nicht zum Ausdruck kommt.

Athena.

1. Paste Mus. Fol 1878 IV pl. 68; vgl. p. 317.

Plumpe Arbeit. Nach r. hin schreitend und den Speer schwingend erfasst die Göttin mit der beschildeten L. von hinten her den Kopf des nackten, nur mit Schild versehenen Jünglings, der von ihr abgewandt kniet und mit der R. den feindlichen Arm abzuwehren sucht.

2. a. Gemmae Stephanonii (Venet. 1646) Taf. 16. Licetus ant. schemat. gemmar. (1653) p. 153. Gorlaei dactylioth. explic. Gronow (1707) II 489. Montfaucon I 403. Raspe No. 1753 II pl. 26.
   b. Paste, früher ,bei Ch. Townley'. Raspe No. 1752.
   c. Braune Paste mit weissem Querstreifen, Berlin, Inv. S 374.
   d. Braune Paste, Berlin S 375.
   e. Violette Paste, Berlin. Tölken III 60.
   f. Schwarze Paste, Berlin. Tölken III 61.
   g. Gelbe Paste, Berlin. Tölken III 59.
   h. Paste, Millin pierres grav. XIX.

Diese Reihe, worunter auch die beiden Pasten Winckelmann 119 und 120 jedenfalls mit einbegriffen sind, wenn auch eine Identification nicht möglich [184], zeigt übereinstimmend Athena en face, vor ihr einen bärtigen Schlangenfüssler, stark nach r. überfallend, mit quer über den Kopf gehaltenem r. Arm. Aus c, dem besten Exemplar, ersieht man, dass Athena heftig nach l. ausschritt und überhaupt die aus der Spiegelkapsel (S. 396) bekannte Composition zu Grunde liegt, die nur, wie dort auf 3 B, eine Modificirung in dem nackt heraustretenden Bein der Göttin und eine Verflachung in dem aufgestützten l. Arm des Gegners erfahren hat; auch dass Athena mit dem hinwegschreitenden Fusse auf ein Schlangenbein tritt, widerspricht dem Grundmotiv.

3. Sardonyx frgmt. Berlin. Tölken 62, abg. Müller-Wieseler II 844.

Die Göttin ist hier begleitet von dem jugendlichen Herakles der etwas kleiner gehalten ist als die Gottheit, wie auf dem alten, korinthischen Pinax (Cap. I, 1), dem einzigen sonst bekannten Beispiel, wo der Heros zu Fuss an der Seite einer Gottheit gegen Giganten kämpft. Die ansprechende Nebeneinanderstellung der Beiden, deren Wirkung

---

[184]) Im Allgemeinen habe ich Winckelmann nicht citirt.

durch musterhafte Zeichnung gehoben wird, scheint mindestens noch
einen und zwar aufrechten Gegner zu verlangen, auf den Athenas
Lanze zielt, und auch den unter Herakles' Keulenschlägen Fallenden
nicht so nah vorauszusetzen wie den Schlangenfüssler, dessen Spuren
an dem Bruch des unterwärts gebrochenen Steines zum Vorschein
kommen [165].
  Auch auf einer Florentiner Gemme Gall. d. Fir. V (II) p. 60, 3
(die dortige Verweisung auf Gori gemm. II tav. 35, 3 stimmt nicht)
sollen Athena und Herakles gemeinsam kämpfen.

Herakles.

1. a) Cades Vol. 24, 206.
   b) Braune Paste frgmt. Berlin S 1725.
2. Cades a. a. O. 208.
3. Cades a. a. O. 209.
4. Carneol frgmt. früher Neapel königl. Besitz; Raspe 5831.
5. Carneol restaurirt, früher ebenfalls dort; Raspe 5832 = Bracci II
   Anhang tav. VII (vgl. p. 68)?
7. Maffei Gemment. II tav. 97. Montfaucon I 2 tav. 127, 2.
8. Grüne Paste, Berlin. Tölken III 63 = Raspe 5833?
9. Onyx, convex, Raspe 5834.
10. Gori Mus. Flor. II 35,3.
11. Cades a. a. O. 207.

  Keiner dieser Steine, wovon einige leicht identisch sein können,
der von Winckelmann p. 52 No. 123—125 angeführten Pasten gar
nicht zu gedenken, lässt sich an Eigenthümlichkeit der Auffassung
und des Stils mit 1 a und b vergleichen, deren Alter übrigens, was
für die Frage nach den Schlangenfüssen wichtig, von den Kennern
entschieden vor die Zeit des pergamenischen Altars gesetzt wird.
Nur eine vorzügliche Publication kann die Eigenschaften dieser Gruppe
verdeutlichen und ihre kunstgeschichtliche Stellung nach allen Seiten
hin ins Licht setzen. Das Grundmotiv des fast en face stehenden,
die Keule ums Haupt schwingenden Helden, das dort in einer ganz
neuen Auffassung erschien, wiederholt wie zum Spotte der elende
Stein No. 2, welcher dem hier bärtigen Herakles einen Panzer giebt
und an Stelle der einen meisterhaften Flügelfigur zwei erbarmens-

---

[166]) Vgl. den ähnlich eingezwängten bei Ares, Gemme 9. Man sieht
den Kopf, den in's Fell gewickelten Arm und hinter Herakles, wie es
scheint, Schwanzspitzen.]

werthe Schlangenmenschlein setzt. 3 lässt den jugendlichen gut ge-
zeichneten Helden in anderer Weise aus dem Hintergrunde heraus-
wirken und macht sich nur durch die missverstandene Bildung der
beiden Giganten, auf die jener losschlägt, auffällig, um nicht zu
sagen verdächtig; die Unterbeine des einen erscheinen wie amputirt
und durch dünne Stricke ersetzt, und der zweite, der einen Pileus (!)
trägt, hat überhaupt nur ein Bein, auf dem er aber vollkommen
steht. Man meint den Einfluss von Odysseebildern zu spüren, wo
Skylla das Ruder über ihren Opfern schwingt. — Die übrigen, soweit mir durch Anschauung bekannt, zeigen nur Routine aber wenig
Eigenes. Herakles tritt von hinten her, wie früher Nike und Athena,
auf die Schlangenbeine des Gegners, der auf 10 wirklich wie dort
zurückgerissen wird, während der Sieger mit einem Bein auf ihm
kniet wie sonst auf der Hindin; der schon vor der Pergamenischen
Gruppe geäusserte Gedanke an ein Thier, das geschlachtet wird,
drängt sich immer wieder auf, mag wie hier ein Keulenschlag das
Haupt oder ein Stich die Brust des Opfers treffen. — Der Schild
des Herakles, wovon die Beschreibung No. 5 spricht, und Winckelmann 124 spricht, muss wie schon seine unmögliche Lage auf der
Abbildung darthut, auf Verwechselung mit dem umgeschlungenen
Fell beruhen.

Ares.

1. Gemme abg. Gazette arch. 1886 pl. II 2.
2. a) Braune Paste, Berlin S 549.
   b) Braune Paste, Berlin S 519 a.
3. Karneol, Berlin, Tölken 54.
4. Karneol, Berlin, Tölken 55.
5. Gelbe Paste, Berlin, Tölken 56.
6. Gelbe Paste, Berlin, Tölken 57.
7. Rother Jaspis, Berlin, Tölken 58.
8. Dunkelblaue Paste mit weissem Querstreif, Berlin S 549 b.
9. Paste, Mus. Fol IV pl. 70, 12 (vgl. p. 323).
10. (= 3? 4?) Karneol, Raspe 7346.
11. Paste, Raspe 7345.

Der Erwähnung werth ist von den controlirbaren Nummern nur
8, welche durch kräftige Erfindung und ungemein sichere Ausführung
hervorragt. Der wie immer nackte, mit Schild und Helm ausgestattete
Gott, in voller Breite vorgeführt, drückt mit der L. den r. Arm des
Gegners hinter dessen Haupt nieder, indem er mit der R. nach ihm
sticht und mit dem ausschreitenden Bein dieser Seite auf ein

Schlangenbein tritt. Der Gigant, im Gegensatz zu jenem bärtig, fällt mehr vorn über als nach der Seite, wenn auch die Grundbewegung immer nur den auf den Gemmen herrschenden Typus des runden Bronzereliefs variirt, der für das Oval wohl am bequemsten gewesen sein muss; in der hier vorliegenden Variation erinnert er, zumal bei der Bestimmtheit, womit die menschliche Form bis zu den Knien festgehalten ist, an den vom Löwen angefallenen Giganten in Pergamon und Priene. — Die Gegner haben hier ausnahmslos Schlangenfüsse, das einzige sichere Merkmal der Gigantomachie. Denn fehlt dies, wie ist es möglich die beiden Krieger von Heroen zu unterscheiden?

Hera.

Zwei ganz kleine, kaum kenntliche Gemmenbilder, die sich jeder genaueren Beschreibung entziehen. Ann. d. J. 1840 tav. A 10, B. 11; vgl. Overb. K.-M. III 166.

Poseidon.

1. Grüne Paste, Berlin. Tölken 53, abg. Müller-Wieseler II 78. Overb., K.-M. Poseid. Gemment. III 1; s. unsere Fig. 3 S. 395.

Ueber die Reitergruppe ist oben das Nöthige gesagt. Dagegen führe ich das Ueberbleibsel einer anderen, mehr in die Richtung der drei Bronzen (S. 390) einschlagenden Poseidongruppe an:

2. Braune Paste, Berlin S 1600 a.

Es ist nur der kämpfende Gigant dargestellt, ein menschlich gestalteter Jüngling, der von l. her, wohin sein Angriff geht, von einer grossen Wasserschlange in den Oberschenkel des vorgesetzten r. Beines gebissen wird; die phantastische, geschnäbelte Kopfform der Bestie und ihr Auftauchen aus der Tiefe — während z. B. die Athenaschlange den Gegner zu umwinden pflegte — stimmen mit den bezeichneten Reliefs des Mus. Kircheriano genau überein. Die Figur des Giganten ist neu und bereichert unsere Kenntniss dieses Bilderkreises um ein vortreffliches und vorzüglich durchgeführtes Motiv: gewaltig ausschreitend schwingt er, beiderseits von dem Fell umflattert, einen Felsblock über dem Haupt, sogar bis hinter dasselbe ausholend, so dass der Körper eine förmliche Bogenlinie beschreibt. Man begegnet ähnlichen Motiven sonst nur in anderer Verbindung; sie sind eben mehr für den Hieb als für den Wurf berechnet. Der Stein verlangt eine Publication.

Einzelne Giganten.

1. Archaische (etruskische) Gemme; Cades Vol. I A 100; vgl.
   Overb. K.-M. Zeus 390.

Die bärtige Mischgestalt, welche für die Verbindung mit einer Gottheit kaum berechnet ist, trägt auf der r. Schulter einen grossen
Stein; ihre kurzen Schlangenbeine sind soweit es der Raum gestattet, ineinander verschlungen und gehen an den Enden symmetrisch in die Höhe. Die Figur variirt im Grunde nur jene vorwiegend decorativen Gestalten, die unser Typhoeus-Capitel beleuchtete,
deren Heimath auch wohl die ihrige sein wird. Einer bestimmten
Benennung bedarf es nicht.

2. Cades Vol. 25 B 1.

Der Stil ist entwickelter und bekundet namentlich in der Behandlung der Schlangenfüsse eine in den Gigantengommen oft zu be-
obachtende Manier. In kläglicher Geberde erhebt der Gigant die
Hände, wie man es auf den etruskischen Arbeiten S. 339, 1. 3 findet.

3. Scarabaeus, Mus. Fol IV pl. 69, 2.

Ein nackter, beschildeter Mann, bartlos mit fliegendem Haar kniet
und schleudert einen mässig grossen Stein, während ein grösserer
am Boden liegt. Von dem etruskischen Stil, wovon der Herausgeber
spricht, lässt die Abbildung nichts merken. Ist diese Figur heftig
bewegt und kniet nur des Raumzwanges halber, so findet man dagegen einen Jüngling von ähnlicher Erscheinung wie gelähmt und
durch höhere Gewalt auf die Knie geworfen bei Raspe 9100 II pl. 51
— andre dieser Art nennt Overbeck Z. 390 b —, wo auch ein Stein
an der Erde zu liegen scheint. Möglich dass dieser nach oben
blickende Krieger hierher gehört.

4. Eine der beliebtesten Figuren der Gemmenschneider bildet
jener nach r. hinaufschleudernde junge Schlangenfüssler, der in der
Bewegung theils an den Zeus des Athenion erinnert, theils wie eine
Umdrehung der stereotypen Rückenfigur erscheint. Eine auf keinem
Exemplar fehlende Eigenthümlichkeit dieser Schöpfung besteht darin,
dass der in ein Fell gewickelte l. Unterarm sich in totaler Verkürzung darstellt, so dass der Arm am Ellenbogen mit einem Klumpen
zu endigen scheint. Manchmal scheint an Stelle des geschleuderten
Steines ein Schwert oder eine Keule getreten zu sein [186]. Ausser der

---

[186]) Es ist übrigens genau die Figur, welche der Münztypus 1 b benutzt.

Nott'schen Paste (Cades I 103 Overb. Z. Gemment. V 3, vgl. S. 392) und dem gefälschten Dioskorides-Stein (Cades 101 [187]) erwähne ich ohne die Frage nach der Identität und der Echtheit der einzelnen entscheiden zu können: Berlin S 1600, Raspe 993—995, 998, 997 — Tölken 50, Tölken 48, Gal. d. Fir. V (II) 44, Gorlaeus II 324, 325, King Kupfertaf. V 50 vgl. p. 76.

Giganten im Kampf mit Thieren.

Verschiedene Gemmen, deren Aufzählung bei Stephani C. R. 1864, 73 (vgl. 1865, 33) und 1867, 112, 9 ich nur wiederholen könnte, stellen einen bärtigen Schlangenfüssler dar, welcher einen Greif oder einen Hirsch würgt. Man erklärt [188] diese Thiere als die Apoll's und der Artemis oder als die auf der Flucht vor Typhon verwandelten Götter selbst, aber auch als Sternbilder. Vielleicht kommt die Deutung auf gewöhnliche Jagdscenen dem Richtigen am nächsten, sei es dass man sich auf Gratius (oben S. 198, 92) berufen will, wo die Hirschkuh vorkommt, oder die Fabelmenschen mit fabelhaften Thieren kämpfen lässt; beide Thiere ist man ja im Kampf mit einander zu sehen gewohnt (C. R. 1864 S. 70). Auf einer Wandmalerei aus Herculanum, abg. Pitt. d'Erc. V p. 337 sieht man einen Schlangenfüssler gegen einen Greifen mit Schild und Streitaxt, für ihn sehr ungewöhnlichen Waffen, kämpfen. Sollten etwa die in dieser Weise kämpfenden Arimaspen, die das Epos als einäugige riesenhafte Menschen [189] beschrieb, hier als Giganten dargestellt sein? Auf einer bekannten Kertscher Vase, dem reliefirten Aryballos des Atheners Xenophantos Petersbg. 1790 sind Barbaren, sei es Perser, sei es Arimaspen (C. R. 1866 S. 147) im Kampf mit Greifen und andern Fabelthieren, aber auch gewöhnlichen Jagdthieren dargestellt und in einem Streifen darüber Giganten- und Kentaurenkampf [190]. Wenn man nur wüsste, was die

---

[187]) Raspe 996. Zannetti gemme ant. 33. Bracci II 67. Mus. Worslei. XXIX; vgl. Overb. 392e.

[188]) Die Literatur bei Overbeck Z. 587.

[189]) πάντων στιβαρώτατοι ἀνδρῶν. s. Kinkel ep. fr. p. 245 f. Vgl. oben S. 114, 144.

[190]) Die Auffassung ist bereits ganz barbarisch. Athenas Gegner wird zugleich von hinten durch Herakles gepackt. Vgl. die Schildverzierung S. 268, wo ein Gig. zwischen Athena und einem Bogenschützen.

etruskische Gemme Cades Vol. XXV, III D, 1, Micali Storia tav. 46, 8 bedeutet, wo ein sonderbarer, wie es scheint, selbst geflügelter und geschwänzter Mann mit einem Gcifen ringt.

2. Münzen.

Die Münztypen sind mit Ausnahme von 1 *a* alle aus der späteren Kaiserzeit und wenig ergiebig.

1. Zeus zu Wagen. a) Denar des Corn. Sisenna, abg. Müller-Wieseler II 35 nach Cohen, Overb. Münzt. V 9; vgl. Text S. 387, Koepp de gigantom. usu p. 33. b) Med. d. Antoninus Pius, Overb. V 10 (nach Früheren), c) Denare und Medaillons des Septimius Sev. z. B. Cohen méd. imp. Suppl. VII p. 210, 1. Fröhner médaillons de l'emp. S. 157; vgl. Koepp p. 34. Die Bilder sind nach ihrer Anlage und ihren verschiedentlichen Beziehungen bereits oben besprochen (S. 394). Der Zeus von *a* ist jugendlich, der Gegner kein Seegigant (Imhoof-Blumer Num. Ztsch. XIII 138), sondern ein gewöhnlicher Schlangenfüssler mit einem Büschel in der Hand, welches einen Baumzweig darstellen soll (ebenso Overb. a. a. O.). Gleiches gilt von dem einzelnen Giganten der Valeriermünze (Cohen méd. cons. Taf. XL 12 S. 322, 19), wo das Attribut fälschlich für einen Blitz gehalten wurde (Friedländer Num. Ztschr. IX 7).

2. Zeus zu Fuss. a) Marc Aurel - Münze von Diokaisarea (Kilikien): Imhoof-Bl. a. a. O. Taf. IV 9. b) Antoninus Pius-Med. Fröhner S. 64. c) Commodus-Med. Fröhner S. 133. d) und e) Diocletian-Münzen, Overb. V 11; Imh.-B. IV 15. f) Maximian-M. Cohen p. 447, 69. In *be* befindet sich die Darstellung auf einem Altar des Münzbildes. Für diese Gruppe werden vier Typen, zwei für Zeus und zwei für den Gegner verwendet und in verschiedener Weise combinirt: Zeus (immer nackt mit fliegendem Gewandstreif um den l. Arm) α) zurückprallend wie auf der Erginos-Schale, β) losschreitend auf den Gegner; Gigant α) die stereotype, namentlich aus der Pergamenischen Zeusgruppe bekannte Rückenfigur, β) ein ängstlich zurückweichender, die R. erhoben, die L. an die Brust gelegt.

3. Zeus thronend. a) M. des Maximin und Maximus von Bruzos (Phrygien), Mionnet Suppl. VII pl. XII 2; vgl. Overb. S. 389. b) M. d. Gordian III von Akmonia (ebend.), Imhoof-B. IV 13. Unterhalb des en face dargestellten Thrones sieht man auf *b* jederseits einen ausweichenden Schlangenfüssler; die Bewegung ihrer R.

bedeutet nicht, dass sie das Götterbild (?) tragen (Imh.-B.), sondern stammt von dem in der späteren Epoche üblichen Umfassen der Knie; vgl. oben S. 388, 14. Auch der Anschein, dass sie auf *a* mit einem Stein, den sie in der Hand führen, sich gegenseitig bewerfen (Imh.-B.), kann nur auf ungenauer Darstellung beruhen [191].

4. Athena zu Fuss. Gordian-M. von Seleukeia (Kilikien) Imhoof-Bl. IV 10. Für den Giganten ist auch hier die beliebte Rückenfigur verwendet.

5. Athena zu Wagen. Durchweg kilikische Münzen; zu den beiden genannten Städten (beidemal Caracalla-Münzen) a) Imh.-B. IV 11 und b) Ann. d. J. 1839 tav. E 5 kommt hier noch Tarsos hinzu: c) Maximin-Münze Imh.-B. IV 12. Es macht hier keinen Unterschied für die Erklärung des Typus, wenn unter dem en face gestellten Viergespann auf *bc* die Giganten fortgelassen sind. Ueber Kilikien s. oben S. 245 Anmk. und S. 410 zu 150.

6. Giganten allein? Auf einem in zwei Exemplaren vorhandenen Medaillon des Domitian (Fröhner Méd. p. 19, nach Cohen) sieht man auf dem Schild der sitzenden (in hellenistischem Athenatypus gehaltenen) Roma das Capitol abgebildet (wie die Burg auf Athenischen Münzen) und quer an dem Fels ein Relief mit heftig bewegten männlichen Figuren, deren manche bei den Knien anzufangen scheinen; man wird entschieden an Gigantenreliefs wie IV 10 und 12 (S. 386 ff.) erinnert. Koepp in einem zu Athen gehaltenen Vortrag vermuthet hier höchst ansprechend das von Claudian erwähnte Monument (S. 265), das etwa Domitian selber errichtet hätte, nachdem er die Sarmaten (i. J. 93 n. Chr.) besiegt, ein Kampf der, wie ehemals die Göttersiege der Diadochen, als ein Sieg des vergötterten Herrschers über Giganten gefeiert wurde (Martial VIII 50 vgl. Koepp de gigantom. usu 22). Der Tarpeische Fels wäre eine sinnreich gewählte Stelle, um die Erhebung und den Sturz der mythischen ἀδίκων ἀνδρῶν in effigie anzubringen. Es passt gut zu dieser Auffassung, dass auf der Münze den Schild der Göttin ein kauernder Barbar trägt, wie sonst ein schlangenfüssiger Gigant [192].

---

[191]) An einem Kandelaber in Villa Wolkonsky zu Rom, den ich nicht gesehen, sollen nach Matz-Duhn III 3490 je zwei Giganten mit einander kämpfen. Das können doch auch nur lebhaft bewegte Decorationsgestalten sein. An die Verwandtschaft der Sparten dachte längst Niemand mehr.

[192]) Beispiele bei Overb. Z. 389 e, darunter ein Münzbild, welches Imhoof-Blumer a. a. O. 138 irrig auf den Polos tragenden Atlas bezieht.

Fehler-Verzeichniss.

———

———————

Register.

(Hauptsächlich den I. Theil angebend; G. = Gigant, T. = Titan.)

Verbesserte oder erklärte Stellen.

Druck von G. Bernstein in Berlin.

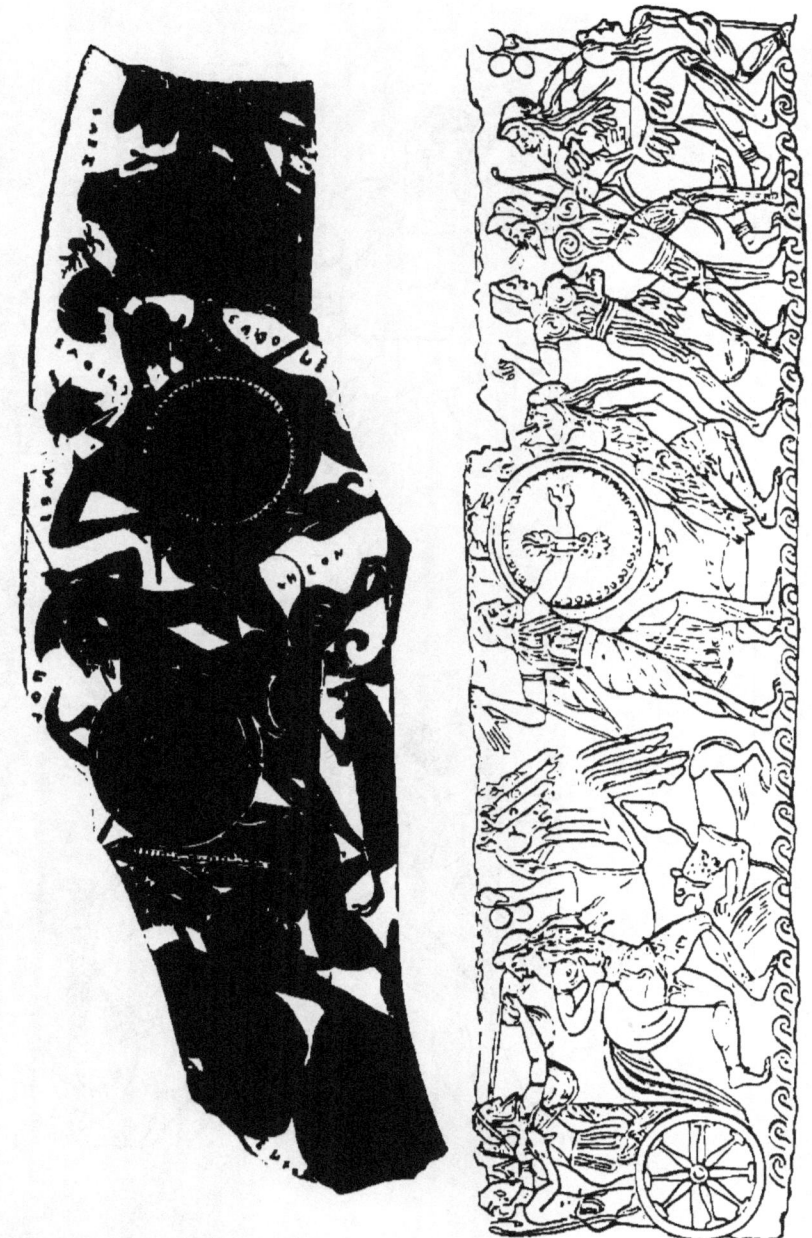

Weidmannsche Buchhandlung in Berlin.

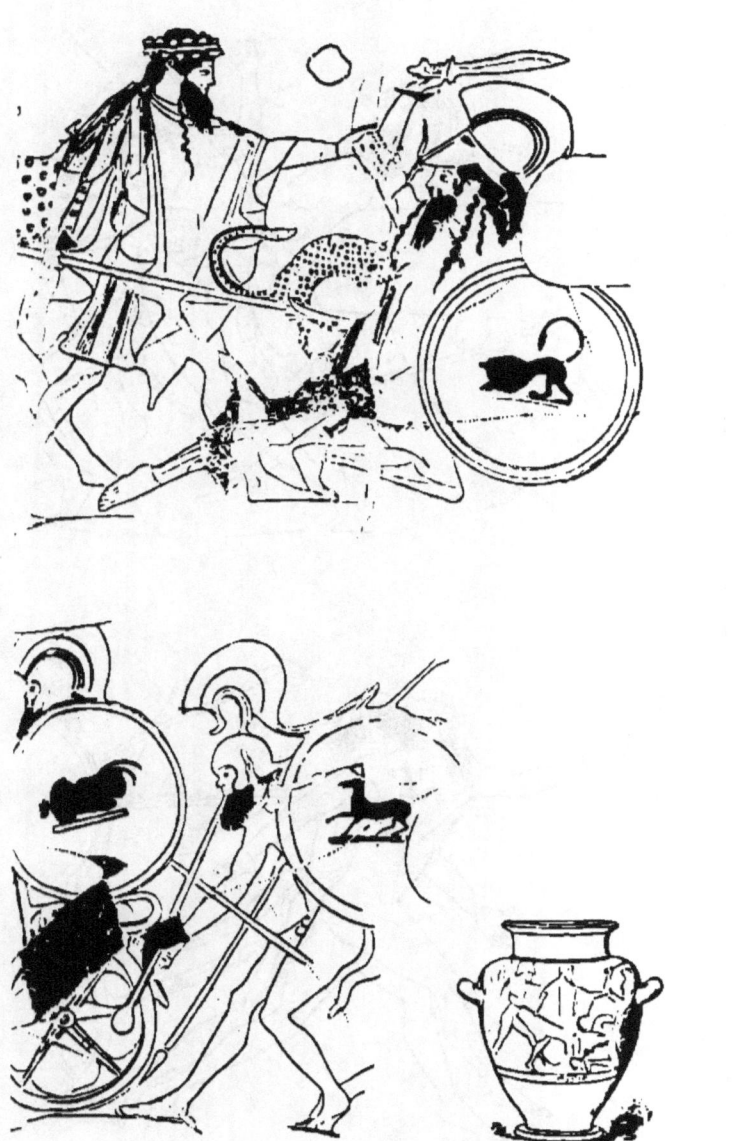

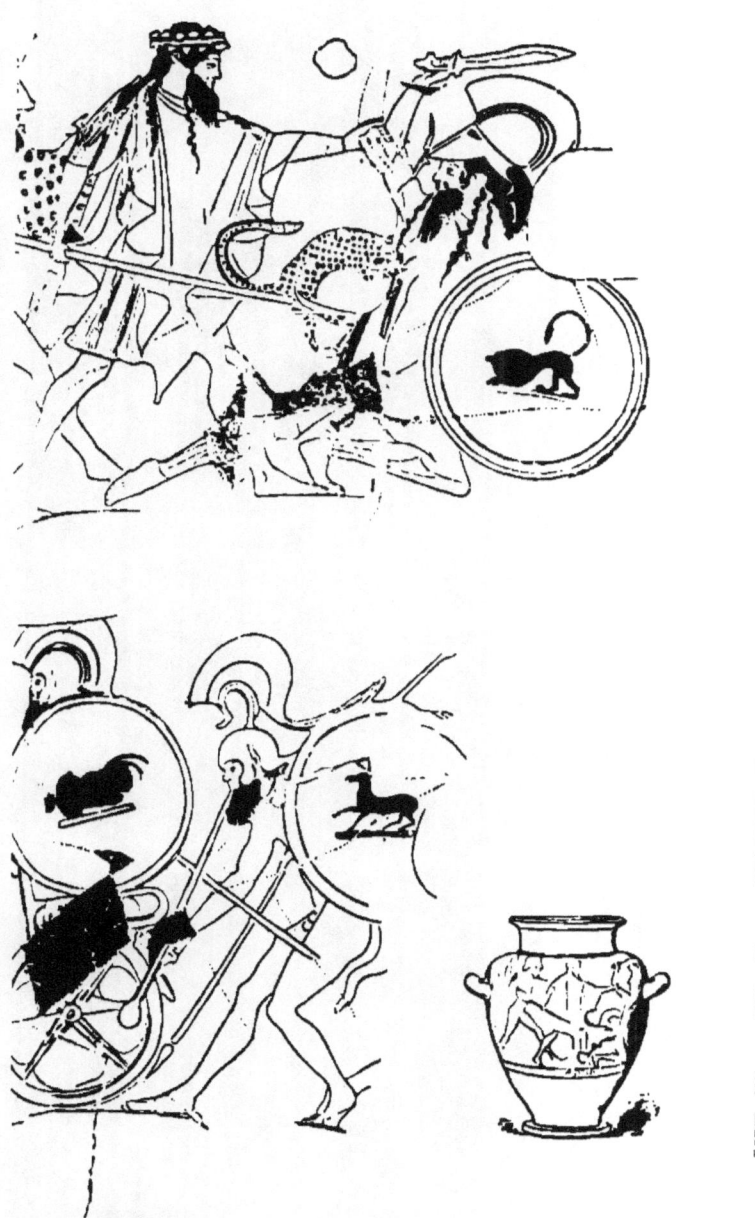